KB131655

상대적이며 절대적인
지식의 백과사전

상대적이며 절대적인 지식의 백과사전

베르나르 베르베르 지음 이세욱·임호경·전미연 옮김

NOUVELLE ENCYCLOPÉDIE DU SAVOIR RELATIF ET ABSOLU
by BERNARD WERBER

이 책은 실로 꿰매어 제본하는 정통적인 사철 방식으로 만들어졌습니다.
사철 방식으로 제본된 책은 오랫동안 보관해도 손상되지 않습니다.

프롤로그

백과사전을 구성하는 일은 플로리스트라는 직업을 연상시킵니다.

꽃을 만들지는 않았지만, 골라서 자르고 다듬어 어울리게 섞는 게 플로리스트의 일이죠.

이 책에 소개된 이야기들도 제가 지어낸 게 아니라 듣고 보거나 읽으면서 신기하고 놀랍게 느낀 것들입니다.

열세 살 때부터 하나둘 모으기 시작한 이야기가 차곡차곡 쌓여 어느덧 수백 개가 되었습니다.

이 특이한 이야기들 대부분은 전통적인 지식 습득 경로(학교 공부나 신문, TV, 일상 대화) 밖에서 누구한테 들은 것입니다. 주변 사람들이 〈깜짝 놀랄〉 이야기가 있다면서 들려주면 다시 누구한테 물어보거나 자료를 읽어 확인한 뒤 하나씩 기록해 두었죠. 저한테는 일종의 〈병행 지식〉 같은 것이었습니다.

이야기를 수집하다 보니 잊어버릴지 모른다는 강박증이 생겼습니다.

저는 절대 기억력이 좋은 사람이 아니거든요.

그래서 철저히 수집가의 자세로 임하기로 마음먹었죠. 기발한 농담이나 마술을 외워 두었다 나중에 써먹듯이 이 이야기들도 제대로 수집해 두어야겠다고 생각했습니다.

읽는 재미를 더하기 위해 사진과 만화를 오려 넣고, 직접 그림을 그리거나 충격적인 이미지를 붙여넣기도 하는 사이, 사람들에게 많이 알려지지 않은 이상한 이야기들은 점점 늘어 갔습니다.

성인이 돼서도 나비 표본 수집을 계속하는 사람들이 있듯이 제 이야기 수집도 과학 기자가 된 이후에도 계속되었습니다. 취재 기자라는 직업 덕분에 이전보다 훨씬 다양하고 믿을 만한 이야기들을 수집할 수 있었죠. (빈대의 성생활처럼) 남들은 접근 불가능한 이야기를 독점 수집하는 행운도 누렸고, (코트디부아르에서 만난 식인 개미 떼나 아소르스 제도 해역을 유영하는 돌고래들처럼) 취재 현장에서 직접 체험한 일들도 적지 않았습니다.

『개미』를 쓸 때 처음에는 계획에 없다가 마지막에 가서 백과사전을 넣기로 결정했는데, 그러고 나니 수집에 대한 욕심이 더 커지더군요.

독자들이 지인이나 친구와의 식사 자리에서 백과사전의 한 토막을 꺼내 재밌게 들려주면 참 좋겠다는 생각도 하게 됐죠.

여러분, 혹시 누스피어에 대해 들어 보셨나요? 이것은 인간들이 꾸는 꿈을 모두 모아 놓은 의식의 구름 같은 것을 말합니다.

이그나츠 제멜바이스가 누군지는 아세요? 이 의사는 인류를 위해 가장 큰 공헌을 한 사람입니다.

아, 제 의견에 동의하지 않는 분이 계실지도 모르겠네요. 이렇듯 백과사전은 우리에게 흥미로운 토론 거리를 던져 줄 수도 있습니다. 어쨌든 이제 백과사전은 소소한 정보들로 채워진 하나의 지식 모음집이 되었습니다.

(기욤 아레토스가 그림을 그린) 초판 백과사전에는 『개미』 3부작 중 1부와 2부의 백과사전이 들어갔습니다. 두 번째 증보판에는 『개미』 3부작 전체의 백과사전이, 세 번째 증보판에는 『개미』 3부작에 더해 『신』 3부작의 백과사전까지 포함됐습니다.

　지금 여러분이 들고 계신 이번 신판에는 『개미』와 『신』의 백과사전뿐만 아니라 『제3인류』와 (제가 심령이라는 소재를 조금 깊이 다뤄 본) 『죽음』에서 추려 낸 백과사전이 추가되었습니다. 이번에는 항목 배치도 이전 백과사전들과는 조금 다르게 해보았습니다. 출간 순서에 따라 최근 책부터 시작해 지난 책들로 거슬러 올라가는 방식을 택해 첫머리에 『죽음』의 백과사전을, 말미에 『개미』의 백과사전을 배치해 보았어요.

　지금 다시 읽어도 저한테는 여전히 흥미진진하고 놀랍기만 한 이야기들인데, 여러분은 어떻게 느끼실지 모르겠습니다. 부디 저만큼 흥미롭게 읽으시면 좋겠습니다.

　독자 여러분, 재미있게 골라 읽으세요.

차례

제1장

죽음

나는 나와 생각이 같지 않은 이들을 설득하기 위해 말하는 게 아니다.
이미 나와 생각이 같은 이들에게 혼자가 아님을 깨닫게 해주기 위해 말하는 것
이다.

— 에드몽 웰스

1
첫 문장과
끝 문장

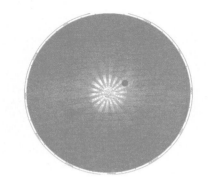

유명한 첫 문장들:

태초에 하느님이 천지를 창조하시니라.

—성경

강둑에 언니와 나란히 앉아 있던 앨리스는 아무 할 일이 없다는 게 슬슬 지겨워졌다.

—루이스 캐럴, 『이상한 나라의 앨리스』

어느 날 아침 어수선한 꿈에서 깨어난 그레고르 잠자는 자신이 침대에서 흉측한 벌레로 변해 있는 것을 발견했다.

—프란츠 카프카, 「변신」

그것은 카르타고의 메가라, 하밀카르의 정원에서였다.

—귀스타브 플로베르, 「살람보」

오래전부터 나는 일찍 잠자리에 들어 왔다.

—마르셀 프루스트, 『스완네 집 쪽으로』

오늘, 엄마가 죽었다.

—알베르 카뮈, 『이방인』

유명한 끝 문장들:

보다시피 인생은 절대 우리가 생각하는 것만큼 좋지도 나쁘지도 않은 것 같아요.

—기 드 모파상, 『여자의 일생』

우리가 자라면, 우리 역시 그들과 다름없이 어리석을지도 모르지.

— 루이 페르고, 『단추 전쟁』

눈을 똑바로 뜨고 죽음 속으로 들어갑시다.

— 마르그리트 유르스나르, 『하드리아누스 황제의 회상록』

그렇게 우리는 물길을 거슬러 가는 쪽배들처럼, 끊임없이 과거로 밀려나면서도 앞으로 나아간다.

— 프랜시스 스콧 피츠제럴드, 『위대한 개츠비』

점토에 입김을 불어넣듯 정신만이 인간을 창조할 수 있다.

— 앙투안 드 생텍쥐페리, 『인간의 대지』

해골을 품에서 떼어 내려 하자 그는 먼지로 흩어졌다.

— 빅토르 위고, 『파리의 노트르담』

2

엉뚱해서 유명한 죽음들

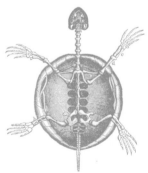

그리스의 비극 작가 아이스킬로스는 기원전 456년에 황당한 사고로 사망했다. 맹금류 새 한 마리가 그의 머리를 매끈하고 둥근 돌이라고 착각하는 바람에 등딱지를 깨서 먹으려고 살아 있는 거북이를 머리에 내리친 것이다.

철학자 크리시포스는 기원전 205년에 연회를 즐기다 갑자기 사망했다. 귀빈들을 위해 마련된 무화과 바구니에서 무화과를 꺼내 우적우적 씹어 먹는 당나귀를 보고 포복절도하던 그는 웃음이 멎지 않아

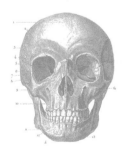

결국 질식해 죽었다.

기원후 1세기에 로마 황제 클라우디우스의 아들인 드루수스는 친구들이 보는 앞에서 배 하나를 공중에 던져 입으로 받다가 그만 숨이 막혀 죽었다.

1518년, 스트라스부르 주민들 일부가 느닷없이 춤바람이 났다. 원인은 바로 곡식 창고에서 생긴 맥각균이라는 곰팡이였다. LSD로 불리는 마약을 합성하는 데 들어가는 이 곰팡이에는 즉각적인 환각 효과가 있다. 환자를 치료할 방법을 고심하던 의사들은 시장 한복판에 사람들이 춤출 수 있도록 무대를 설치해 놓고 악사들을 불러 반주를 하게 했다. 4백 명이 넘는 사람들이 한 달 동안 광란의 춤을 추다가 심장 마비로 쓰러지거나 탈진해 세상을 떠났다.

1567년, 현재는 오스트리아의 도시인 브라우나우의 시장 한스 슈타이닝거는 길이가 1.4미터에 이르는 자신의 수염에 걸려 넘어지는 바람에 목이 부러져 죽었다.

1599년, 버마의 난다 버인 왕은 도시 국가 베네치아가 왕 없이 의회가 통치하는 공화국이라는 사실을 접한 순간 발작적으로 웃다가 사망했다.

1601년, 현대 천문학의 창시자인 덴마크 천문학자 튀코 브라헤는 황제 루돌프 2세와 같은 마차에 탑승하는 영광을 누렸다. 황제 앞에서 열성적으로 행성의 운행을 설명하던 그는 방광이 터질 듯한 요의를 느끼면서도 차마 마차를 세우라고 하지 못했다. 그는 오줌의 독성이 혈관으로 퍼져 결국 사망했다.

1687년, 루이 14세의 공식 궁정 작곡가였던 장바티스트 륄리는 심한 독감을 앓다가 쾌차한 왕을 위해 성가 「테 데움」을 연주하던 도중 박자를 맞추기 위해 휘두르던 지팡이에 우연히 발이 맞았다. 발에 난 상처에 괴저가 생겨 그는 결국 목숨을 잃었다.

1763년, 소설 『마농 레스코』의 작가 아베 프레보가 십자가 예수상 밑에 누운 채로 발견됐다. 부검의가 사망 원인을 밝히기 위해 가슴을 절개하는 순간, 그가 눈을 번쩍 뜨더니 비명을 질렀다. 부검이 그의 죽음을 부른 것이다.●

● 그의 죽음과 관련하여 널리 퍼진 소문들 중 하나로, 현재는 부정되고 있다. 이하 모든 주는 옮긴이의 주이다.

1864년, 불 대수학의 창시자인 수학자 조지 불이 감기에 걸렸다. 당시 신종 치료법이던 동종 요법에 심취해 있던 그의 아내 메리가 〈독을 독으로 치료〉하는 원칙에 따라 차디찬 물을 감기에 걸린 남편에게 끼얹었다. 불은 결국 폐렴으로 사망했다.

3
폭스 자매

폭스 목사의 세 딸은 근대 심령술 운동의 창시자이다.

1848년 3월, 뉴욕주 하이즈빌에 살던 세 자매는 집 지하실에서 나는 이상한 소리를 들었다. 사실 이 집은 폭스 가족이 이사 오기 전부터 동네에서 이미 귀신이 나오는 집으로 유명했다.

당시 열다섯 살과 열두 살이던 둘째 딸 마거릿과 셋째 딸 케이트는 그 소리를 내는 귀신을 〈스플릿풋〉이라고 불렀다. 자매는 종이에 적힌 알파벳을 가리키면 귀신이 예, 아니요, 하고 대답해 의사소통이 가능하다고 주장했다. 그들과 대화를 나눈 떠돌이 영혼은 자신의 이름이 찰스 B. 로스마이고 직업은 외판원이었는데, 5년 전에 자신을 살해한 범인이 시신을 폭스 자매가 살고 있는 집 지하실에 묻었다고 말했다.

세 자매가 어른들을 설득해 지하실을 파자 머리카락과 뼛조각이 발견됐고, 그것들은 감정 결과 사람의 것으로 판명되었다. 이 사건이 큰 반향을 일으키면서 폭스 자매는 일약 유명해졌다.

장녀인 리아는 미국 순회공연에 나섰다. 그녀의 공연에 점점 더 많은 관중이 모였고 유력 인사들도 심령술 운동에 동참하기 시작했다. 폭스 자매를 따르는 수백 수천 명의 사람이 자신들도 혼령과 대화가 가능하다고 주장했다. 테이블 터닝과 혼령이 대답할 수 있게 알파벳이 적혀 있는 위자 보드 붐이 일었고, 1852년 미국에서만 공식적인 심령술 신봉자가 3백만 명에 이르렀다.

이 현상은 순식간에 영국(셜록 홈스를 창조한 아서 코넌 도일이 대표적 신봉자), 프랑스(빅토르 위고와 프랑스 심령술의 창시자인 알랑 카르데크), 러시아(라스푸틴), 남미로 확산되었다.

폭스 세 자매는 어마어마한 돈을 받고 심령 대화 시연을 펼쳤다. 막내딸 케이트는 부유한 영국인 변호사를 만나 결혼했는데, 그녀의 남편은 아내를 설득해 심령 현상의 속임수를 밝히는 전문가인 윌리엄 크룩스에게 검사를 받아 보게 했다. 감정 결과 케이트의 심령술은 전혀 사기 가능성이 없는 것으로 판명됐다.

비슷한 시기에 둘째 딸인 마거릿도 탐험가와 결혼했다. 하지만 5년 뒤 남편이 탐험 도중 사망하자 실의에 빠진 그녀는 술에 의존하게 된다.

몇 달 뒤, 케이트 역시 남편을 잃고 언니처럼 알코올 중독에 빠진다.

두 알코올 중독자 동생은 국제적 위상을 갖게 된 심령술 운동을 이끄는 큰언니 리아와 심각한 불화를 겪게 된다. 그들은 언니의 명성에 흠집을 내기 위해 진실을 폭로하기로 한다. 뉴욕에서 다시 대중 앞에 선 마거릿과 케이트는 혼령들이 예 혹은 아니요, 라는 의사 표시를 위해 낸다고 알려진 소리는 사실 자신들이 발가락 마디를 꺾어서 낸 소리였다고 밝혔다. 그들은 자신들의 주장을 입증하기 위해 의사 앞에서 직접 시연을 펼쳤다. 그들은 언니 리아가 돈을 벌기 위해 자신들을 강제로 무대에 세웠다고 고백했다.

합리주의자들은 쾌재를 불렀지만, 이 사건이 이미 엄청난 규모로 확산된 심령술 운동의 기세를 꺾을 수는 없었다. 심령술 신봉자들은 도리어 두 자매가 협박을 받아 억지 자백을 했다고 주장했다. 이후 알코올 중독 증세가 더 심해진 마거릿과 케이트는 극도로 곤궁한 삶을 살았다. 재기하기 위해 안간힘을 쓰던 마거릿은 다시 한번 무대에 올라 이전에 했던 말을 번복하면서 자신은 진정한 심령술의 대가라고 주장했다. 하지만 대중의 관심은 이내 다시 시들해졌고, 극빈자 생활을 하던 그녀는 1893년, 60세의 나이로 사망했다. 동생 케이트가 세상을 떠난 지 불과 몇 달 뒤의 일이었다.

두 자매가 사망한 지 11년 뒤인 1904년, 폭스 자매가 살았던 하이즈빌의 집 지하실에서 놀던 아이들이 벽 뒤에서 해골을 발견했다. 이 사건은 대서특필되었고, 세계적으로 심령술 운동 부흥의 계기가 되었다.

4

영혼의 무게

미국의 덩컨 맥두걸 박사는 영혼의 존재를 물질적으로 입증하려고 한 최초의 의사였다.

그는 보스턴의 한 결핵 센터에서 동의를 받아 환자들의 무게를 재는 실험에 착수했다. 먼저 임종 직전의 결핵 환자를 침대째 저울에 올려 무게를 달고 나서, 사망 뒤 다시 무게를 달았다.

첫 번째 환자에게서 그는 정확히 21그램의 차이를 발견했다.

똑같은 실험을 다섯 명에게 더 실시한 결과 예외 없이 같은 결과가 나왔다. 숨을 거둔 환자 모두에게서 정확히 21그램의 차이가 확인된 것이다.

그는 자신의 실험을 통해 영혼의 무게가 21그램이라는 결론을 내렸다.

그는 똑같은 방식으로 개 열다섯 마리에게 같은 실험을 진행했다. 개들에게서 무게의 차이가 확인되지 않자 그는 인간만이 영혼을 소유한다는 결론에 도달했다.

1907년, 그가 연구 결과를 발표하자 언론에서는 〈맥두걸 박사의 21그램 이론〉이라며 대서특필했다. 그러나 과학자들은 회의적인 반응을 보였다. 그들은 실험 대상이 여섯에 그친 연구는 중요한 의미를 가질 수 없다며 실험의 조건 자체를 문제 삼았다. 피험자 한 명은 사망 후 1분이 넘게 지나서야 몸무게가 줄었다는 점도 지적했다. 하지만 맥두걸 박사는 영혼이 육체에서 빠져나오기를 〈망설인〉 탓에 그런 지체가 일어났을 뿐이라고 설명했다.

이 같은 합리화는 그에 대한 신뢰를 떨어뜨리는 결과를 낳았다. 맥두걸 박사는 1920년에 사망했는데, 사망 전후 그의 몸무게를 달아 차이를 확인해 본 사람은 아무도 없었다.

5

플라나리아

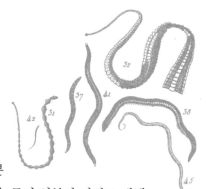

플라나리아는 민물에 사는 편형동물이다. 몸길이가 4센티미터에 불과하지만 머리와 눈이 달려 있고 뇌가 붙어 있다. 또한 척수를 통해 신경 계통이 몸의 나머지 부분과 연결돼 있다. 플라나리아는 입과 소화 기관뿐만 아니라 암수한몸인 생식기도 가지고 있다. 몸의 일부가 잘려도 재생이 가능해 〈칼을 맞아도 죽지 않는 동물〉이라고 불리는 플라나리아의 자동 재생력은 오래전부터 많은 과학자들의 관심을 끌었다. 2014년, 미국 매사추세츠주에 있는 터프츠 대학의 한 연구팀은 플라나리아를 대상으로 일종의 조련 실험을 벌였다. 먹이와 전기 충격이 공존하는 환경에 놓인 플라나리아는 열흘 만에 먹이가 있는 곳과 전기 충격을 당하는 곳의 위치를 구분해 기억하고 행동했다. 그러자 연구팀에서 환경에 적응한 플라나리아들을 꺼내 머리를 잘랐다.

2주 뒤 머리가 다시 자란 플라나리아를 같은 환경에 다시 노출시키자 놀랍게도 상과 벌이 있는 지점을 정확히 기억해 냈다.

이 실험은 우리에게 다음의 질문을 던지게 했다. 기쁨과 고통의 기억이 뇌 속에 있는 게 아니라면, 과연 어디에 있을까?

6

미라가 된 강도

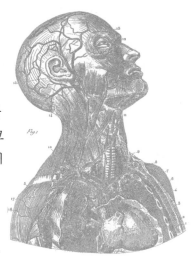

죽고 나서 제2의 커리어를 시작하는 사람이 세상에 얼마나 될까. 엘머 매커디가 바로 그런 사람이었다. 그는 1880년 미국에서 태어났다. 알코올에 지나치게 의존했던 그는 직장을 쉽게 구하지 못하자 스물일곱 살에 자원입대했다. 그리고 군에서 3년간 폭발물을 취급하는 일을 하다 제대한 뒤 갱단에 들어갔다. 열차 강도가 돼 처음으로 인디언 부족들에게 돈을 수송하는 열차를 터는 일에 투입된 그는 폭발물 제조를 잘못해 궤짝에 들어 있던 지폐까지도 함께 날려 버리고 말았다. 이후에도 비슷한 이유로 그가 참가한 강도 행각은 번번이 실패로 끝났다. 그가 강도짓으로 번 가장 큰 액수는 46달러에 불과했다. 그런 그에게 2천 달러의 현상금이 걸렸다. 그는 세 명의 보안관에게 쫓기다 한 농가 안으로 도망쳤다. 그는 투항을 거부한 채 〈너희들은 절대 나를 산 채로 잡지 못할 것이다!〉라고 소리치며 끝까지 저항했다. 예언 같은 마지막 말을 뱉은 지 몇 분 뒤에 그는 보안관들에 의해 사살됐다.

장의사 조지프 존슨은 매커디의 시신을 찾으러 오는 사람이 없자 비소 화합물 용액으로 방부 처리한 후 카우보이 복장을 입혀 관에 넣은 다음 자신의 가게 입구에 전시했다. 그는 시체 옆에 〈투항을 거부한 사내〉라는 푯말을 세우고 10센트의 관람료를 받기 시작했다. 이 전시가 엄청난 인기를 끌자 여러 유랑 서커스단에서 미라를 사러 찾아왔지만 존슨은 거절했다. 5년 뒤, 매커디의 동생이라고 자신을 소개하는 한 남자가 나타나 형의 장례를 제대로 치러 주겠다면서 시신을 찾아갔다.

사실 그 남자는 횡재를 노린 사기꾼이었다. 이때부터 엘머 매커디의 두 번째 커리어가 시작되었다. 그는 60년 동안 박물관, 놀이공원, 카니발에 〈미라가 된 강도〉

라는 이름으로 임대되었다. 1935년에는 영화 「나르코틱」을 상영하던 극장 입구에 전시되었고, 유명한 무법자들을 테마로 만든 밀랍 인형 박물관에 전시되었으며, 1967년에는 공포 영화 「더 프릭」에 출연 아닌 출연을 하기도 했다. 그는 캘리포니아 롱비치 소재의 〈더 래프 인 더 다크〉 놀이공원에서 커리어를 마감했다. 공원 측에서는 그를 알몸 상태로 새빨갛게 칠한 다음 유령 열차 코스의 급커브에 매달아 승객들에게 공포를 선사했다. 1976년 12월, 이 공포의 터널에서 「6백만 불의 사나이」의 한 에피소드가 촬영되었다. 당연히 밀랍 인형이라고 여긴 소품 담당자가 위치를 바꾸기 위해 밑으로 끌어내린 순간, 인형의 한쪽 팔이 몸체에서 떨어져 나가면서 허연 뼈가 드러났다. 촬영 팀에서 급히 의사를 불러 확인한 결과 인형은 인간 미라로 밝혀졌다. 미라의 입속에서는 1924년에 발행된 페니 동전 한 개와 로스앤젤레스 범죄 박물관의 입장권 한 장이 발견되었다. 경찰에서 이 입장권의 정보를 가지고 여정을 역추적한 결과 시체의 주인공은 엘머 매커디로 밝혀졌다. 죽은 지 66년이 지나 오클라호마에서 거행된 매커디의 장례식에는 3백 명이 넘는 사람이 참석했다. 도굴을 막기 위해 그의 관 위에 2톤의 콘크리트가 부어졌다.

7

건강한 상태에서 죽음을 맞다

수피 철학*에서는 죽음이 황홀경에 가까운 극적인 순간이며, 이 경험 자체를 최대한 지각하기 위해서 건강한 상태에서 죽음을 맞아야 한다고 말한다.

• 이슬람교의 신비주의적 경향을 띤 분파. 8세기 무렵 이슬람교의 형식주의가 강해지자 그에 대한 반발로 생겨났다. 금욕과 고행, 명상, 청빈한 생활을 강조한다.

8

공식 증인이 된 유령

1897년 1월 23일, 미국 웨스트버지니아주의 작은 마을 그린
브라이어에서 한 소년이 조나 히스터 슈라는 여성의 시체를 발
견해 즉시 주변에 알렸다. 한 시간 뒤 의사인 냅 박사가 현장에 도
착했을 때는 이미 남편인 에드워드 슈가 죽은 아내 곁을 지키고 있
었다. 그는 아내의 시신을 큰 시트로 감싸 끌어안고 통곡했다. 그
는 시신을 살펴보려는 의사를 거칠게 밀어내며 어느 누구도 사랑
하는 아내의 몸에 손댈 수 없다고 말했다. 아내가 아끼는 물건이
었다면서 시신에 숄을 두르고 보닛을 씌워 놓은 다음 장례를
치를 때까지 아무도 관 속 시체에 다가가지 못하게 했다. 사
람들은 모두 그의 이상한 행동이 아내를 잃은 슬픔 때문이
라고 여겼지만, 조나의 어머니 메리 제인 히스터만은 예외
였다. 그녀는 사위가 딸을 살해했다고 의심하기 시작했다.
그녀는 사실을 확인하고 싶어 매일 밤 잠들기 전 딸의 혼령
과 접속을 시도했다. 장례를 치른 지 4주가 지난 어느 날 밤,
조나의 유령이 그녀 앞에 나타나 에드워드가 자신의 경추를 부
러뜨렸다고 말한다. 시체의 목이 비틀려 있는 것을 보지 못하게 하
려고 에드워드가 사람들의 접근을 막았다는 것이다. 메리 제인은
바로 검사를 찾아가 사건 수사를 요청했다. 냅 박사한테서 남편의 제지로 검시를
할 수 없었다는 얘기를 들은 검사는 유해 발굴을 지시했다. 드디어 부검을 통해 시
신의 목뼈에 충격이 가해져 고개가 한쪽으로 꺾여 있다는 것이 밝혀진다. 남편인
에드워드가 즉각 유력한 용의자로 지목되면서 소송이 시작됐다. 증거가 전혀 없
는 상태에서도 메리 제인 히스터는 차마 자신이 딸의 유령과 얘기를 나누었다는
사실은 입 밖에 내지 못했다. 그런데 에드워드 슈의 변호인 측에서 먼저 이 재판의

유일한 증언은 저승에서 온 희생자의 증언이라고 말했다. 고발인을 웃음거리로 만들려는 작전이었던 것이다. 하지만 변호인의 의도와 달리 배심원들은 희생자의 어머니를 정신병자로 여기기는커녕 그녀의 주장을 수긍했다. 결국 에드워드 슈는 무기징역을 선고받았다. 그는 수감된 지 3개월 만에 원인을 알 수 없는 고열에 시달리다 독방에서 혼자 숨을 거뒀다.

사람들의 흥미를 유발하기 위해 이 마을의 공동묘지에는 1981년 다음과 같은 안내 팻말이 내걸렸다. 〈여기 조나 히스터 슈가 잠들다. 1897년 세상을 떠난 그녀의 죽음은 자연사로 알려져 있었다. 하지만 그녀의 혼령이 어머니를 찾아가 어떻게 남편인 에드워드가 자신을 살해했는지 알려 주었고, 결국 그는 법의 심판을 받았다. 유령의 증언이 살인자의 유죄를 입증한 것은 지금까지 이 사례가 유일하다.〉

9

일본 소쿠신부쓰 승려들과 죽음

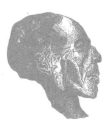

우리는 누구나 자기 죽음의 순간을 완벽히 통제하고 싶어 한다. 이런 열망은 일본 진언종 승려들에게서 극에 달해, 고도한 죽음의 기술을 만들어 내게 했다.

진언종은 13세기 일본 북부 지방에서 한 밀교 승려에 의해 만들어졌다. 이 종파의 창시자인 홍법 대사는 스스로를 동굴에 가둔 채 명상하면서 최후의 순간을 맞기로 결심했다. 한참 뒤에 동굴로 스승을 찾아간 제자들은 그의 몸이 썩지 않고 미라로 변해 있는 것을 발견했다. 그들은 자신들도 명상을 통한 깨달음에 도달함으로써 육신이 썩지 않게 된 스승의 기적을 재현하길 바랐다. 그들은 〈소쿠신부쓰〉, 즉신 불(卽身佛)이 되고자 했다.

이런 상태에 도달하기 위해 승려들은 아주 엄격한 식단을 따랐다. 살을 최대한 빼기 위해 솔잎과 목피, 알곡으로만 연명했다. 그러다 때가 되면 스스로 가로세로 1미터 크기의 땅속 석관에 들어가 가부좌를 틀고 참선을 시작했다. 바깥으로 연결된 대나무 대롱 하나를 통해 공기가 들어왔고 또 다른 대롱으로 알곡들이 떨어졌다. 땅속에 있는 승려들이 아침마다 종을 쳐서 살아 있다는 것을 알리면 밖에서 대롱으로 알곡을 부어 주었다. 아침에 더 이상 종소리가 들리지 않으면 관 속의 승려가 죽었다고 판단해 동료들이 대롱 두 개를 빼고 관 뚜껑을 닫은 다음 흙을 덮어 주었다.

3년이 지나면 관 뚜껑을 다시 열어 명상에 의한 미라화가 이루어졌는지 확인했다. 대개는 실패로 끝났다. 그러면 관을 완전히 봉인하고 무덤을 만들어 주었다. 드물게 성공해 소쿠신부쓰가 된 승려의 시신은 땅에서 꺼내 씻긴 후 옷을 입혀 전시하고 숭배했다. 1200년부터 현재까지 소쿠신부쓰가 된 승려의 사례는 모두 24건이 확인됐다.

이집트의 미라와 다르게 장기가 몸속에 들어 있는 상태에서 방부 처리도 없이 〈자연적인〉 미라화가 일어난 것은 경이로운 일이다. 어떻게 박테리아나 세균, 벌레 등을 통한 시신의 부패가 일어나지 않았는지를 과학적으로 설명하기는 불가능하다.

10
헤디 라마

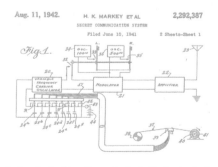

헤디 라마(본명은 헤트비히 에바 마리아 키슬러)는 보통 할리우드 여배우가 아니라 배우인 동시에 미래를 내다보는 과학자였다.

그녀는 1914년 오스트리아 빈에서 태어났다. 아버지는 우크라이나 출신 은행가였으며 어머니는 헝가리 출신 피아니스트였다. 유명 연출가 막스 라인하르트가 〈세계 최고의 미인〉이라고 평가한 헤디 라마는 열여섯 되던 해에 배우의 길을 걷기 위해 집을 떠났다. 그녀는 열아홉 살에 오스트리아와 체코 합작 영화인 「엑스터시」에 출연하면서 유명해졌다. 이 영화에서 남편에게 사랑받지 못해 애인을 만나는 주부 역할을 맡은 헤디 라마는 영화 역사상 최초로 전라로 오르가슴 연기를 펼쳐 화제가 되었다. 교황청에서 이 영화를 비난하고 나서자 그녀는 도리어 국제적인 명성을 얻었다. 10여 편의 영화와 연극에 출연한 뒤 그녀는 무솔리니, 히틀러와 교류하는 오스트리아 출신의 무기상 프리드리히 만들과 결혼했다. 4년 뒤, 억압적인 남편에게서 벗어나기로 결심한 그녀는 자신을 감시하던 하인에게 약을 먹인 후 옷을 빼앗아 입고 도망쳤다. 그녀는 나치가 세력을 얻고 있던 유럽을 떠나 미국으로 향한다. 그녀는 대서양을 횡단하는 여객선 노르망디호에서 미국인 영화 제작자 루이스 B. 메이어를 만나 당시 세계 최대의 영화 제작사인 메트로 골드윈 메이어(MGM)와 7년 독점 출연 계약을 체결했다. 그녀는 할리우드에 정착해 당대 최고의 남자 배우였던 스펜서 트레이시, 존 웨인, 그레고리 펙 등과 호흡을 맞추며 열다섯 편가량의 장편 영화에 출연했다. 1949년, 그녀는 성경을 소재로 한 영화 「삼손과 델릴라」에서 빅터 머추어와 호흡을 맞추며 전성기를 구가했다. 유명 잡지들로부터 세계 최고의 미인이라는 평을 받은 이 요염한 바람둥이는 여섯 번 결혼했고 많은 유명인들을 애인으로 삼았다. 스튜어트 그레인저, 존 케네디, 장피에르 오몽, 하워드 휴스, 로버트 카파, 에롤 플린, 오슨 웰스, 찰리 채플린, 클라크 게이블, 빌리 와일더가 대표적인 그녀의 연인이었다. 헤디 라마는 〈서른다섯 살 이하의 남자는 배워야 할 게 너무 많은데 나는 그런 남자를 가르치고 있을 시간이 없다〉, 〈애정과 독립성을 동시에 원하는 나에게 결혼은 간단한 문제가 아니다〉 등의 유명한 말을 남겼다. 1957년에 제작된 그녀의 마지막 영화 「더 피메일 애니멀」은 대실패작이었다. 할리우드 명예의 거리에 자신의 이름을 새긴 별까지 있는 스타 여배우는 이때부터 서서히 나락으로 떨어진다. 에로틱한 회고담을 출간해 대중에게 충격을 던지고 성형에 중독되더니 급기야 절도죄로 체포되기까지 한다. 결국 그녀는

85세의 나이에 대중에게 잊혀 가난과 고독 속에 홀로 죽음을 맞는다. 그녀가 오랜 배우 활동 기간에 유일하게 받은 상은 〈골든 애플 어워드〉 중에서도 촬영장에서 성질을 부리기로 악명 높은 여배우에게 주어지는 상이었다.

그런데 1980년대에 들어와 그때까지 군사 기밀로 분류돼 있던 그녀의 새로운 면모가 밝혀져 세간의 주목을 받았고, 죽은 그녀에게 명성을 안겨 주었다. 그녀는 1941년에 무선 조종 어뢰의 송수신기 주파수를 바꿔 적의 잠수함 공격을 피하게 하는 통신 기술을 발명했다.

군 전문가들은 처음에는 이 발명을 진지하게 여기지 않아 시험조차 해보지 않고 서랍 속에 묵혀 두었다. 냉전 시대를 맞아 쿠바 미사일 위기가 최고조에 달한 1962년에야 이 기술을 시험적으로 사용했는데, 그 결과는 대성공이었다. 1980년, 이 주파수 도약 특허가 기밀 해제되자 민간 기업들은 즉시 기술의 상용화에 나섰다. 오늘날 〈라마 기술〉은 휴대폰 통신과 GPS, 군의 암호화된 통신, 우주선과 지상 간의 통신, 와이파이에 광범위하게 적용되고 있다. 1997년 헤디 라마는 뒤늦게 미국 전자 통신 재단에서 주는 상을 받았고, 2014년에는 미국 최고의 발명가들을 선정해 회원으로 추대하는 미국 발명가 명예의 전당에 입성했다.

11
죽은 사람을 소생시키는 과학자

볼로냐 대학의 물리학 교수였던 조반니 알디니는 과학의 힘으로 죽은 사람을 소생시키려고 시도한 여

러 과학자 중 한 명이었다. 그는 다리 신경에 전기를 흘려보내 개구리를 움직이는 실험을 한 뒤 이를 바탕으로 1780년에 갈바노미터를 발명한 루이지 갈바니의 조카였다.

전기가 보편적인 생명 에너지라는 믿음을 가진 알디니는 전기를 이용해 시체를 소생시키는 실험을 하기로 마음먹었다.

그는 유럽의 궁정들을 돌면서 놀라운 소생 시연을 펼쳐 오스트리아 황제로부터 철관 훈장을 받았고, 여러 유수의 과학 아카데미에 회원으로 임명되기도 했다.

1803년 1월 18일, 알디니는 런던 왕립 의과 대학의 저명한 회원들이 지켜보는 가운데 소생 실험을 펼쳐 더욱더 유명해졌다. 그는 아내와 자식을 살해해 사형 선고를 받고 뉴게이트 교도소에서 교수형이 집행된 26세의 조지 포스터를 실험 대상으로 삼았다. 포스터의 시신은 알디니의 실험 장소로 옮겨졌다.

알디니가 동료 과학자들 앞에서 시체의 손에 전극을 붙인 다음 전기 충격을 가하자 시체가 눈을 번쩍 뜨면서 입을 벌렸다. 두려움에 휩싸인 관객들 중에는 토하거나 기절하는 사람들도 나왔다.

좌중을 공포로 몰아넣었다는 사실에 흡족해하며 알디니는 결정적 쐐기를 박았다. 그는 포스터의 귀와 직장에 전극을 연결하고 전압을 높여 다시 전기를 흘려보냈다. 그러자 시체가 마치 관절 인형처럼 사지를 움직이기 시작했고, 경악한 영국 과학자들 사이에서 박수갈채가 터져 나왔다. 이 시연은 영국 소설가 메리 셸리에게 영감을 주어 『프랑켄슈타인』을 탄생시키게 했다.

주: 프랑켄슈타인은 또 다른 과학자이자 의사였던 요한 콘라트 디펠한테서 아이디어를 얻어 만들어진 인물이다. 요한 콘라트 디펠은 1673년 독일 다름슈타트 인근의 프랑켄슈타인 성에서 태어났다. 그는 젊어서 프러시안 블루, 간질을 치료하는 프랑켄슈타인 오일, 촌충 치료제 등 여러 놀라운 발견을 했고 의학, 화학, 생물학에 걸쳐 70권에 이르는 저서를 집필하기도 했다. 하지만 개신교를 맹렬히 비난했기 때문에 이단으로 취급돼 투옥되었다. 그는 교도소에서 나온 뒤 연금술에

눈을 돌렸고, 죽은 사람의 영혼을 다른 몸에 이식하는 실험을 하며 여생을 보냈다. 그러나 수년간의 실험에도 불구하고 단 한 번도 성공을 입증하지 못했다. 그는 135세까지 살 수 있는 생명의 묘약을 찾아냈다고 주장했지만, 이런 발표를 한 지 1년 뒤 60세라는 평범한 나이에 세상을 떠났다.

12
심령술에 빠진 작가 아서 코넌 도일과 회의주의자 마술사 해리 후디니

아서 코넌 도일은 1859년 영국에서 태어났다. 대학에서 의학을 전공한 그는 탐정 셜록 홈스를 등장시킨 첫 장편 『주홍색 연구』로 일약 유명해졌다. 그는 사소해 보이는 조그만 단서들을 관찰하는 것만으로 수수께끼를 풀어 나가는 새로운 인물 유형을 창조해 냈다.

코넌 도일은 직접 경찰 수사에 참여하기도 했다. 그는 관찰과 추리를 통해 동물 상해죄로 복역 중이던 인도계 영국인 조지 에달지와 살인죄로 사형을 선고받은 유대계 독일인 오스카 슬레이터의 무죄를 입증했다.

순식간에 인기 작가가 되어 최고의 영예를 누린 그는 셜록 홈스라는 인물에 점차 싫증을 느끼다 1893년에 발표한 소설 「마지막 사건」에서 그를 죽인다. 이 작품에서 셜록 홈스는 숙적인 모리아티 교수와 함께 라이헨바흐 폭포로 떨어진다. 하지만 홈스의 죽음에 대한 대중의 원성이 쏟아지자 급기야 영국 여왕까지 나서 그를 다시 살려 달라고 요청한다. 도일은 1901년 발표한 『바스커빌가의 개』에서 홈스를 다시 등장시킨다.

스코틀랜드의 가톨릭 학교에서 수학한 도일은 원래 종교에 회의적인 사람이었다. 하지만 그에게 벌어진 일련의 비극적 사건들이 그를 바꿔 놓았다. 1906년, 그는 첫 번째 아내 루이자를 결핵으로 잃었다. 1918년에는 아들 킹즐리가 같은 병으로 세상을 떠났다. 그의 남동생 더프는 폐렴으로 죽고, 매제 두 명과 조카 두 명도 제1차 세계 대전 중 사망했다. 많은 죽음을 경험한 도일은 장기간 우울증에 시달리다 심령술의 힘을 빌려 저세상의 가족들과 소통을 시도했다. 이 암울한 시기가 지나고 도일이 발표한 셜록 홈스 시리즈에는 그가 심취해 있던 심령술의 영향이 짙게 배어 있다. 러시아에서는 이런 작품들을 〈오컬티즘을 전파〉한다며 금서로 지정하기도 했다. 이 시기에 도일은 후디니와 운명적인 만남을 하게 된다.

1874년 헝가리 부다페스트의 유대인 가정에서 태어난 해리 후디니는 미국으로 건너가 마술사로 이름을 날린다. 처음에는 지역 축제를 돌며 마술을 선보였던 그는 복잡한 탈출 마술을 시도하면서 점차 명성을 얻기 시작한다. 가령 그는 검을 삼키는 묘기에서 아이디어를 얻어 식도에 만능열쇠를 감추고 있다가 시카고 교도소에서 30분 만에 탈출에 성공하기도 했다. 도일은 후디니에게 큰 감명을 받고 그가 초현실적인 능력의 소유자라고 믿었다. 그런데 도일은 죽은 가족과의 소통이 가능하다고 믿었던 반면, 1913년에 사랑하는 어머니를 잃고 수차례 대화를 시도했지만 실패한 경험이 있는 후디니는 죽은 사람과 소통한다고 주장하는 자들은 모두 사기꾼이라고 생각했다.

도일이 신비주의에 빠져드는 사이 후디니는 신비주의의 가면을 벗기는 일에 팔을 걷어붙였다. 그는 1920년부터 대중을 기망하는 영매들의 정체를 고발하는 실험을 진행하기 시작했다. 그가 팔다리를 묶어 신체를 구속한 상태에서 능력을 보여 줄 것을 주문하자 성공한 영매는 단 한 사람도 없었다. 후디니는 이후에도 지속적으로 자신의 시간과 돈을 바쳐 사기꾼 영매들의 정체를 폭로하고 조롱하는 일에 앞장섰다.

하지만 도일은 그의 이런 마녀사냥을 못마땅하게 여겼고, 절친했던 두 사람은 점차 소원해지다 결국 철천지원수가 되었다. 영매들과 신지학자들의 살해 협박에 시달리던 후디니는 1926년, 52세의 나이로 핼러윈에 세상을 떠났다. 세계 최고의 마술사로 인정받던 후디니의 죽음은 아이러니하게도 사소한 사건이 발단이었다. 우연히 배를 가격당해 장 출혈이 생긴 그는 40도의 고열에 시달리면서도 계획된 마술 공연을 취소하지 않고 무대에 올랐다. 그는 아픈 상태에서 공연을 계속하다가 결국 관객들이 보는 앞에서 쓰러졌다.

그런데 후디니는 이미 자신이 죽을 때를 대비해 아내인 베스와 약속을 해둔 상태였다. 그는 아내에게 이렇게 말했다. 〈내가 죽으면 기일마다 최고의 영매들을 불러 모아요. 내가 떠돌이 영혼이 됐다면 당신을 찾아와 《로자벨, 믿어요》라고 당신이 즐겨 부르던 노래의 가사를 인용해 말할게요. 영매들 중에 그 말을 하는 사람이 있으면 도일이 맞았다는 증거예요. 내가 저승에서 당신에게 말을 걸 수 있다는 뜻이니까.〉 후디니의 아내는 남편이 세상을 떠나고 10년 동안 매해 그와의 약속을 지켰지만 결과는 실망스러웠다. 그녀는 남편의 열 번째 기일에 사람들을 향해 말했다. 〈그는 모습을 나타내지 않았어요. 내 마지막 희망은 물거품이 됐어요. 굿나잇, 해리.〉

끝까지 신비주의에 대한 믿음을 버리지 않고 심령술을 옹호하던 코넌 도일은 1930년, 71세의 나이에 심장 마비로 세상을 떠났다.

13

하일브론의 유령

1993년 5월 26일, 16년 동안 유럽 전역의 언론을 떠들썩하게 할 범죄 수사가 개시됐다. 독일 이다오버슈타인에서 한 은퇴자 여성이 시체로 발견된 게 발단이었다. 그녀는 철사에 목이 졸려 숨진 채 집에서 발견되었다. 시체에 외상은 있었지만 절도의 흔적은 없었고, 증인이나 살해 동기도 발견되지 않았다.

과학 수사대는 현장에서 발견한 DNA를 토대로 범인이 여성이라고 밝혔다. 하지만 범인의 성별 외에는 신원을 확인할 수가 없었다.

2001년 3월, 동일한 DNA가 심각한 외상을 입고 머리가 깨진 상태로 숨진 한 골동품상에게서도 발견되었다. 피해자가 우람한 덩치의 남성임을 감안하면, 이러한 범행을 단독으로 저지른 여성은 괴력의 소유자일지도 모른다고 대중은 추측했다.

2007년 4월 25일, 독일 하일브론에서 두 명의 경찰이 총상을 입는 사건이 발생했다. 범인은 총을 쏜 뒤 현장에서 달아났다. 머리에 총을 맞은 22세의 미셸 키제베터는 사망했고 동료인 25세의 마르틴 아르놀트는 3주 동안 혼수상태에 빠졌다. 마르틴은 의식은 회복했지만 기억 상실증에 걸려 자신과 동료를 공격한 범인의 얼굴을 기억해 내지 못했다. 현장에서 DNA를 수집한 경찰은 그것이 이전의 사건들과 동일한 DNA라는 결론을 내렸다. 언론에서는 이 연쇄 살인범을 〈하일브론의 유령〉이라고 부르기 시작했다. 대중은 범인이 곧 체포되리라 기대하며 사건에 관심을 기울였지만 검거는 쉽게 이루어지지 않았다…….

급기야 경찰에서는 지지부진한 수사에 도움이 될 만한 정보를 제공하는 사람에게 2만 유로를 주겠다고 현상금을 내걸었다. 인터폴도 수사에 나섰다. 독일 일간지 『빌트』는 이 사건을 〈희대의 범죄 미스터리〉라고 불렀다. 30명이 넘는 수사관과 2백여 명의 경찰이 이 여성 연쇄 살인마의 DNA가 발견된 독일과 프랑스, 오스트리아의 여러 사건 현장에서 수사를 펼쳤다. 1천4백 가지 가능성이 제기됐다. 그러나 마치 경찰을 비웃기라도 하듯 〈하일브론의 유령〉의 DNA 흔적은 다른 살인 사건 현장에서도 계속 발견되었다. 긴장이 고조되자 현상금은 30만 유로로 인상되었다.

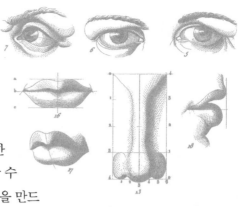

2009년 3월, 이 사건은 뜻밖의 평범한 단서에 의해 새로운 국면을 맞았다. 한 수사관이 이 DNA의 유전 정보를 지닌 사람의 신원을 확인한 것이다. 주인공은 다름 아닌…… 과학 수사대가 DNA 수집 시 사용하는 면봉을 만드는 공장의 여직원이었다. 그녀의 조작 실수로 완벽한 무균 상태여야 하는 면봉에 흔적이 남았던 것이다.

이 사건은 결국 한 연쇄 살인마의 소행이 아니라 여러 명의 살인자가 저지른 개별 살인 사건들이었던 것으로 결론이 났다.

〈하일브론의 유령〉은 자신에게 흥미를 느끼는 사람들의 상상 속에만 존재하는 묘수를 부렸던 것이다.

14
조상들의 매장 풍속

오늘날 우리가 알고 있는 것과 같은 묘지의 형태는 비교적 최근에 갖추어졌다. 1800년까지만 해도 왕과 귀족, 장군, 사제 같은 유력 인사들만 죽어서 개인 묘지에 묻힐 수 있었다. 프랑스의 경우, 일반인들은 〈안식의 들판〉이라고 불리던 공동 묘혈에 묻혔다. 보통 너비가 10~30미터, 폭이 10~20미터, 깊이가 5~10미터에 달했던 이 거대한 구덩이에는 2만 구 정도의 시체를 묻을 수 있었다. 묘혈 인부들은 알몸 혹은 수의 차림의 시신들을 간격 없이 최대한 바짝 붙여 구덩이에 채워 넣었

다. 한 층을 시체로 다 채우면 10센
티미터가량 흙을 덮고 다시 2층, 3층
을 채우는 식으로 지표면까지 겹겹이
쌓아 올렸다. 이렇게 만들어진 〈시체
라자냐〉의 꼭대기에는 움직일 수 있
는 뚜껑을 덮어 나중에 쉽게 새로운
시신을 추가할 수 있게 했다. 이 안식
의 들판에는 악취가 진동했다. 비가
내리면 시체 더미들이 내뿜는 역겨
운 수증기 때문에 숨을 쉴 수가 없었
고, 묘혈 주변에 있는 집들에도 악취
와 가스가 스며들었다. 이곳은 해골
들과 썩어 가는 살들 사이에서 기하
급수적으로 번식하는 쥐들의 놀이터

로 변했다. 구덩이가 다 차면 그 안에
있던 시체들을 꺼내 도시 외곽에 위치한 더 크고 깊은 구덩이로 옮기고 나서 새로
운 시체들을 채워 넣었다. 더러는 구덩이를 흙으로 덮은 다음 그 위에 바로 집을
짓기도 했다. 사람들은 지반 밑에 공동 묘혈이 있다는 사실을 인식조차 하지 않았
다. 시체들을 지표면 위까지 언덕처럼 높이 쌓아 올려 삶의 자연스러운 순환에 처
리를 맡기기도 했다. 당시 역사학자들의 기록을 보면 돼지들이 흙을 파서 시체를
끄집어내거나 개들이 해골 뼈다귀를 뒤지는 모습이 일상적인 풍경으로 묘사되어
있다. 비와, 땅속을 활개 치는 쥐들과, 부패하는 살들이 내뿜는 가스의 삼박자가
갖춰져 지반이 약해지면 붕괴 사고도 수시로 일어났다. 그러면 묘혈 위에 지어진
집들이 내려앉으면서 그 속에서 살고 있던 거주자들까지 해골들과 쥐들 사이로 끌
고 내려갔다. 1786년 랭제리 거리에 있는 한 식당 지하실이 인근 공동 묘혈의 가스
팽창으로 폭발하고 난 뒤에야, 프랑스 의회는 보건 위생 차원에서 공동 묘혈들의

이전을 결정했다. 묘혈 속 시신들은 이렇게 해서 현재 파리 남단에 위치한 당페르로슈로 광장의 카타콤으로 이장됐다. 시신들은 이때부터 사회 계층이 아니라 해골의 크기에 따라 카타콤에 분류돼 안치되었다.

15
마이크로 페니스의 법칙

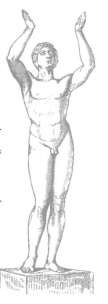

비평가와 작가의 반목은 어제오늘의 일이 아니다. 볼테르는 셰익스피어의 「햄릿」 공연을 관람하고 나서 〈술주정뱅이가 쓴 저속하고 야만적인 작품〉이라고 혹평했다.

『피가로』의 한 비평가는 『마담 보바리』에 대해 〈플로베르는 작가라고 부르기 민망하다〉라는 평을 했다.

레프 톨스토이가 『안나 카레니나』를 출간했을 때, 『오데사 쿠리에』의 평론가는 〈아이디어가 들어 있는 문장을 하나라도 찾기 위해〉 애를 썼다고 술회했다.

『샌프란시스코 이그재미너』 소속 비평가는 러디어드 키플링의 『정글 북』에 대해 〈키플링 씨, 미안하지만 당신은 영어를 정확하게 말할 줄조차 모르는군요〉라고 조롱했다.

에밀리 브론테의 『폭풍의 언덕』이 출간되자 『노스 브리티시 리뷰』에는 〈이 소설은 샬럿 브론테의 『제인 에어』보다도 결점이 천배는 많은데, 독자가 별로 없을 것 같아 그나마 위안이 된다〉라는 악평이 실렸다.

안네 프랑크의 『안네의 일기』를 두고 한 기자는 〈이 소녀의 책에는 전혀 지각이나 감수성을 엿볼 만한 내용이 없어, 단순한 호기심 말고는 흥미를 느낄 수 없다〉

라고 썼다.

이렇게 가혹한 비평을 받아도 대부분의 작가들은 반응을 보이지 않지만, 『쥬라기 공원』으로 유명한 마이클 크라이턴은 예외였다. 그가 쓴 소설 『공포의 제국』이 『뉴 리퍼블릭』 소속 마이클 크롤리 기자의 혹평을 받은 적이 있다. 기자는 무지한 사람이 쓴 반지성적 프로파간다라며 소설을 맹비난했다. 이듬해, 크라이턴은 믹 크롤리라는 이름을 가진 왜소 음경증 소아 성애자를 주인공으로 등장시킨 소설 『넥스트』를 발표했다. 워싱턴에 살고 있는 기자로 묘사된 주인공은 이름만 살짝 바뀌었을 뿐, 나이와 외모가 평론가 마이클 크롤리를 그대로 연상시켰다. 이 일화로 인해 〈마이크로 페니스의 법칙〉이 만들어졌다. 특정 언론 매체나 평론가로부터 모욕을 당한 작가가 손해 배상을 청구하거나 반론 보도 청구권을 요구하는 대신 다른 방식으로 역공에 나서는 것이다. 작가는 기자가 아니기 때문에 기사를 통한 반론이 불가능하지만, 해당 평론가의 인물 됨됨이를 고스란히 드러내는 등장인물을 창조해 자신의 소설에 넣을 수가 있다. 저마다의 무기가 있는 법이다……

16
알랑 카르데크

알랑 카르데크(본명은 이폴리트 레옹 드니자르 리바이)는 프랑스 심령술 운동의 창시자다. 1804년 리옹에서 태어난 그는 미국 폭스 목사의 세 딸이 붐을 일으킨 테이블 터닝을 1855년 처음 접한 뒤 심령술의 세계에 눈을 떴다. 그는 전생에 자신이 알랑 카르데크라는 이름의 드루이드였다고 굳게 믿고, 스스로를 알랑 카르데크라고 불렀다.

그 자신이 영매는 아니었지만 카르데크는 수많은 영매와 활발히 교류했다. 그가 1857년 영매들의 증언을 모아 낸 『영혼의 서』는 출간 즉시 베스트셀러에 올랐다.

그는 『심령술 잡지』를 직접 창간해 육신은 영혼의 옷에 불과하며 영매들을 매개

로 죽은 자와 산 자의 소통이 가능하다
는 이론을 펼쳤다.

빅토르 위고, 테오필 고티에, 카미유
플라마리옹, 아서 코넌 도일을 비롯한
당대의 유명 인사들이 카르데크의 저술
에 매료돼 그의 테이블 터닝 심령회에
참석했다.

카르데크는 〈심령술에 관한 예언〉이
라는 가제가 붙은 미완성 원고를 남긴 채
1869년 뇌동맥류 파열로 세상을 떠났다.

고인돌 모양으로 만들어진 그의 무덤
에는 〈태어나서, 죽고, 다시 태어나, 끝없이 나아가는 것, 이것이 법칙이다〉라는 글
귀가 새겨져 있다. 그의 무덤은 페르 라셰즈 묘지에서 사람들이 가장 많이 찾아 헌
화하는 곳 중 하나다.

알랑 카르데크의 심령술 운동은 브라질에만 6백만 명의 회원이 있고, 도시마다
그의 이름을 딴 알랑 카르데크 거리가 존재한다. 그는 브라질 독자들이 가장 많이
읽는 프랑스 작가이기도 하다.

17

특이한 증후군들

정신이 자기 주인을 골탕 먹이는 경우가 있는데, 이렇게 특이한 심리적 고착을
정신 의학 용어로는 〈증후군syndrome〉이라고 부른다. 몇 가지 대표적인 증후군의
예를 들어 보자.

코타르 증후군: 이 증세를 나타내는 사람은 자신이 죽었다고 생각하며, 주변 사람

들이 자신이 죽었다는 사실을 인지하지 못하고 산 사람으로 취급한다고 생각해 고통을 느낀다.

노아 증후군: 애니멀 호딩이라고도 하는 이 증상은 많은 수의 반려동물을 키우는 60세 이상의 여성에게 주로 나타난다. 2011년 프랑스 로슈포르에 사는 한 여성이 작은 스튜디오에서 고양이 17마리와 거북이, 햄스터, 비둘기, 열대어 등을 포함해 2백 마리가 넘는 동물을 키운다는 사실이 알려지기도 했다.

타골라 증후군: 이 병에 걸리면 기억 증진 증세를 보여 자신이 보고 듣고 경험한 것을 하나도 잊어버리지 않고 세세하게 모두 기억한다. 이 병은 특히 나치 수용소 생존자들에게서 많이 나타난다. 일부 환자들은 헬리콥터를 타고 하늘에서 도시를 내려다보고 나서 길 하나하나를 그대로 떠올리며 말할 수 있을 만큼 기억력이 좋다.

카그라스 증후군: 이 증후군을 앓는 환자는 자신의 가족과 친구, 지인들이 모두 신분을 강탈한 가짜이며 진짜 행세를 하면서 자신을 감쪽같이 속이고 있다고 믿는다. 프랑스 정신과 의사 조제프 카그라가 처음으로 이름을 붙인 증후군이다.

프레골리 증후군: 프레골리 증후군 환자는 자신이 만나는 사람들이 실은 한 사람인데, 이탈리아의 유명한 변장 마술사 레오폴도 프레골리처럼 순식간에 옷을 갈아입어 자신을 속이고 있다고 믿는다.

투렛 증후군: 뇌 질환인 투렛 증후군은 다양한 틱을 유발한다. 헛기침을 하거나 코를 훌쩍거리는 등의 반복적인 행동을 보이며, 말끝마다 자신도 모르게 욕을 하거나 외설적인 단어를 내뱉기도 한다.

선천성 무통각 증후군: 이 유전 질환을 앓는 사람은 대개 오래 살지 못한다. 통증은 사람의 생명 유지에 필요한 일종의 경보 시스템이기 때문이다.

외계인 손 증후군: 이 질환은 좌뇌와 우뇌를 연결하는 뇌량이 손상을 입어 생기는 것으로 알려져 있다. 마치 손 자체가 의지를 가진 것처럼 한 손이 제멋대로 움직이는 증후군이다. 가령, 한 손이 환자의 입에 담배를 물리는 즉시 다른 손이 그 담배를 빼버리는 식이다. 본인의 의지와 상관없이 손이 옷의 단추를 풀기도 하고 따귀를 때리기도 한다……

트루먼 쇼 증후군: 동명의 영화에서 이름을 따온 이 증후군에 걸리면 자신의 삶이 리얼리티 쇼처럼 TV를 통해 세상에 중계되고 있다고, 수백만 명의 시청자가 TV 앞에서 자신의 일거수일투족을 지켜본다고 믿게 된다.

스탕달 증후군: 스스로 생각하는 완벽한 미의 기준에 부합하는 예술 작품을 대할 때 나타나는 증세이다. 심장 박동이 빨라지면서 몸에 열이 오르고 홍조와 현기증이 일어난다. 심한 경우 환자가 졸도하기도 한다.

18

죽은 사람과 이야기하는 기계

미국 출신의 과학자이자 발명가, 사업가인 토머스 에디슨(1847~1931)은 자신이 이끌던 연구진과 함께 1천 종이 넘는 특허를 출원했다고 알려져 있다. 그의 대표적 발명품으로는 전신기, 송화기, 전구, 형광등, 알칼리 전지, 축음기, 심지어 전기의자가 있다.

에디슨은 말년에 『회상과 관찰』이라는 회고록을 집필했는데, 〈저승의 왕국〉이라는 제목을 붙인 마지막 챕터에 다음과 같이 썼다.

〈나는 《혼령들》이 테이블이나 의자, 위자 보드 같은 기괴하고 비과학적인 물건들이나 가지고 놀면서 시간을 허비하리라는 상상이 늘 말이 안 된다고 생각했다.〉

에디슨은 이 책에서 사자들과 소통하게 해주는 제대로 된 기계를 만들기 위해 발명가로서 마지막 노력을 기울였다고 밝혔다. 그는 자신의 조수이던 윌리엄 딘위디와 먼저 죽는 사람이 살아 있는 사람에게 저승에서 이승으로 메시지를 보내기로 진지하게 약속까지 했다.

에디슨은 1931년에 사망했고, 1948년 그의 회고록이 출간되었다. 하지만 지나

치게 오컬트에 경도돼 저자를 희화할 위험이 있다는 판단에 따라 이후에 나온 판본에서는 마지막 챕터가 빠지게 되었다. 1949년에 출간된 최초의 프랑스어판 번역에서야 비로소 독자들은 사라진 마지막 챕터를 만날 수 있었다.

에디슨은 이 챕터에서 자신은 심령의 존재를 믿기 때문에 영매들이 사용할 수 있는 과학적 도구를 만들고 싶었다고 밝혔다. 그는 유령들이 수다스러운 존재라고 믿는다고도 했다. 그는 〈생명의 영역을 정확히 한정할 수는 없다〉라고 하면서도, 〈심령의 존재를 증명할 확실하고 반박 불가능한 연구 결과〉는 아직 얻지 못했다고 솔직히 고백했다.

에디슨이 죽은 사람들과 소통하는 기계의 시제품을 실제로 만들었다는 증거는 오늘날까지 발견되지 않았지만, 그가 남긴 스케치 한 장과 과망가니즈산 칼륨 화학식은 그런 상상을 가능하게 한다. 그 스케치에는 나팔처럼 생긴 기계와 송화기, 안테나가 그려져 있다.

여러 증언을 종합해 보면 에디슨은 사자와의 소통을 일종의 전자기파 통신으로 이해했으며, 언젠가 각 가정의 거실에 이 기계가 놓이게 될 날을 꿈꿨던 것 같다.

에디슨의 생각은 저승과의 통신의 초석이 되었고, 수십 년 뒤 이 기계는 〈네크로폰〉이라는 이름으로 불리게 되었다.

19

아홀로틀

몸의 모든 부위가 재생 가능한 도롱뇽 아홀로틀은 영생불멸의 동물이라고 할 수 있다. 도마뱀의 경우 이런 재생 능력이 꼬리에 한정되지만, 아홀로틀은 뇌를 포함해 몸 전체가 이런 능력을 갖고 있어 어떤 부분이 잘리거나 절단돼도 재생할 수 있다.

이런 특징은 아홀로틀이 변태를 거치지 않고 일생 동안 유생 상태로 머무르기 때문에 가능하다. 엄마 배 속에 있는 인간 태아처럼 아홀로틀의 몸은 재생 가능한 줄기 세포 덩어리로 이루어져 있다. 또한 양수 안에 떠 있는 인간 태아가 그렇듯 몸의 일부가 잘려 나가면 그 자리가 아무는 게 아니라 다시 자라난다.

아홀로틀이라는 이름은 고대 방언인 나우아틀어로 〈수중 괴물〉을 뜻한다. 이 말처럼 아홀로틀은 멕시코 중부, 해발 2천 미터 높이에 있는 소치밀코 호수와 찰코 호수에서 서식한다.

아홀로틀은 대부분 분홍빛을 띠는 하얀 몸체를 가지고 있다. 몸 양옆에 고사리 모양으로 아가미들이 달려 있는데, 빨강 혹은 분홍 아가미들이 길고 더부룩하게 뻗은 모습이 마치 레게 머리를 연상시킨다. 아홀로틀은 이런 귀여운 외양 덕분에 만화 영화 「포켓몬스터」의 캐릭터 중 하나인 우파의 모델이 되기도 했다.

수중에 사는 아홀로틀은 물고기처럼 아가미로 호흡한다. 아홀로틀은 번식은 하지만 노화는 하지 않는다. 유형(幼形) 상태에서 성장을 멈춘 채 생식기만 성숙해 번식한다.

서식하던 호수의 물이 마르면 아홀로틀은 액체 환경을 나와 뭍에서 살게 된다.

이렇게 환경이 변하면 갑자기 변태가 일어나 반투명 피부가 갈색이나 초록색으로 변하고, 아가미 대신 허파로 숨을 쉬게 된다. 몸의 재생 능력을 상실하고 노화 현상이 일어나게 되면서 아홀로틀의 수명은 기껏해야 5년으로 단축된다.

오늘날 의학 전문가들은 아홀로틀이 지닌 재생 능력의 비밀인 〈유형 성숙〉 현상을 재현해 낼 수 있다는 희망을 가지고 이 도롱뇽을 연구하고 있다.

하지만 환경 오염과 기후 변화로 인해 서식지가 파괴되면서부터 이 종은 2006년 이후 멸종 위기에 처해 있다. 아홀로틀이 사라지면 이것의 유전자에 새겨져 있는 놀라운 신체 재생 능력의 비밀도 함께 사라지게 된다…….

20
라스푸틴

정치인에게 영향을 끼친 유명한 영매 중 대표적인 인물이 그리고리 라스푸틴이다. 그는 1869년경 시베리아 동부 포크롭스코예의 농부 가정에서 태어났다. 강렬한 파란 눈동자를 지녔던 그는 키가 장승같이 크고 힘이 장사였다. 그는 어릴 적부터 남다른 카리스마로 주변 사람들을 휘어잡았다. 주색을 탐하기로 유명했던 라스푸틴은 술에 취하면 사람들 앞에서 뿌리에 점이 있고 길이가 30센티미터도 넘는 음경을 자랑하듯 꺼내 보였다고 그의 많은 정부들이 술회했다.

라스푸틴은 주술을 펼친다는 이유로 군중에게 린치를 당하다 경찰의 개입으로 간신히 목숨을 건진 뒤 성도착자와 범죄자의 교화 및 갱생을 담당하는 한 수도원에 보내졌다. 거기서 그는 신비주의자로 변모해 수도승들을 놀라게 했다. 성경 몇 장을 처음부터 끝까지 암기했고, 몇 주간 잠을 자지 않고 식사도 거른 채 무릎 꿇고 밤새워 기도하기도 했다.

치유 능력을 지닌 라스푸틴이 맹인에게 시력을 되찾아 주고 불임 여성에게 쌍둥이를 낳게 해줬다는 일화는 유명하다. 그는 동물과도 소통이 가능해 사나운 말도 금세 길들였다고 한다.

수도원을 나와 전국을 여행한 뒤 그는 상트페테르부르크의 상류 사교 모임들에 초대되었다. 이 신비주의 전문가는 사자들과의 통신을 언급하고 폭스 자매처럼 테이블 터닝 심령회를 조직해 권태감에 빠져 있던 지역 부르주아들의 마음을 사로잡았다.

당시 황제 니콜라이 2세의 아들인 알렉세이는 일명 〈왕가의 병〉으로 불리던 혈우병을 앓고 있었다. 아들의 병을 고칠 방법을 고심하던 알렉산드라 표도로브나 황후는 기적을 기대하고 라스푸틴을 황실로 불러들였다. 그런데 장발에 크고 파란 눈을 가진 이 수도승이 치료차 다녀가자 황태자는 그야말로 기적처럼 병세가 호전되기 시작했다. 라스푸틴은 이때부터 궁에 머물면서 자신의 신통력으로 황실 가족의 주치의 노릇을 했다.

황제 부부의 절대적 신임을 얻은 그는 닥치는 대로 궁녀들과 잠자리를 가졌다. 그는 황실 가족을 돌보는 데 그치지 않고 정사에도 개입하기 시작했다. 황제 부부는 그에게 군사 정책에 대한 자문을 구하고 각료들의 자질과 충성심에 대한 의견도 물었다. 국사 전반에 대한 그의 영향력은 날이 갈수록 커졌다.

1911년, 그는 자신의 권세를 입증하듯 이렇게 선언했다. 〈신께서 러시아 황실의 운명을 나에게 맡기셨다. 만약 내가 천수를 다하지 못하면 황제와 황후, 그리고 다섯 자녀들도 고통스럽게 명이 끊어질 것이다.〉

제1차 세계 대전이 발발하자 프랑스와 영국이 동맹인 러시아에게 동쪽 전선을 열어 서쪽의 부담을 덜어 줄 것을 요구했다. 하지만 황제는 라스푸틴의 조언에 따라 동맹의 요청을 거절했다. 지나친 전횡을 일삼는 주술사를 증오하던 러시아 귀족들의 지원하에 이때부터 라스푸틴을 제거하기 위한 서양 정보기관들의 공작이 시작됐다.

1916년 6월 29일, 교회를 나서던 라스푸틴은 걸인으로 위장한 여성 스파이에게 칼로 습격당했으나 금방 회복했다.

1916년 12월 29일, 모이카 궁전에서 열린 연회에서 독살을 계획한 펠릭스 유수포프 공작이 라스푸틴의 과자에 다량의 청산가리를 집어넣었다. 하지만 독극물이 전혀 효과가 없었던 탓에 라스푸틴은 저녁 내내 즐겁게 노래 부르고 기타를 치며 파티를 즐겼다. 인내심이 한계에 도달한 유수포프가 권총을 들고 와 식당에 있던 라스푸틴의 가슴을 쏘았다. 쓰러진 라스푸틴이 죽었는지 확인하기 위해 유수포프가 허리를 숙이는 순간, 그가 한쪽 눈을 번쩍 뜨더니 몸을 일으켜 공작의 목을 조르기 시작했다. 가까스로 그 손아귀에서 벗어난 유수포프가 〈이놈이 아직 살아 있다!〉라고 외치며 도움을 청했다. 황급히 권총으로 무장한 네 사람이 식당으로 달려 내려왔지만 라스푸틴은 이미 궁전을 빠져나간 뒤였다. 그들은 눈밭에 찍힌 흔적을 뒤쫓아 가 기어서 도망치는 라스푸틴을 향해 권총 세 발을 추가로 쏘아 확인 사살했다. 그들은 그가 입고 있던 외투를 벗겨 시신을 둘둘 만 다음 결박해 얼어붙은 네바강에 던졌다. 다음 날, 라스푸틴은 폐에 물이 찬 상태로 발견됐다. 그가 결박을 풀고 헤엄치던 도중 탈진해 익사했다는 증거였다.

그의 영험한 능력을 갖고 싶었던 숭배자들이 시신에서 흘러나오는 물을 얻으러 모여들었다. 라스푸틴의 음경은 따로 수거돼 상트페테르부르크 박물관에 전시됐는데, 오늘날까지도 관람객들 사이에 구경거리로 인기를 끌고 있다.

프랑스와 영국 편에서 제1차 세계 대전에 참전한 러시아에 1917년 혁명이 발발했다. 마치 라스푸틴의 예언이 실현되기라도 하듯 황제 니콜라이 2세와 황후, 다섯 자식을 비롯한 황실의 많은 사람들이 혁명 세력의 손에 죽임을 당했다.

21

어두운 영혼들

동류 인간에게 고통을 가하는 데 혈안이 된 인간들이 간혹 있다. 증오심에 불타는 그런 인간 유형의 몇 가지 예를 들어 보자.

중국의 진시황(B.C. 259~B.C. 210)은 생각을 금지하겠다고 공표했다. 그는 단순히 성문법에 의존하지 않고, 백성들이 도둑질을 하고 싶어도 손이 말을 듣지 않게 만들고 싶어 했다. 이를 위해 그가 사용한 무기는 다름 아닌 공포였다. 그는 잔인한 형벌을 만들고 고문 기관을 세웠다. 아이들이 부모를 감시해 황제에 불온한 생각을 품는 즉시 고발하게 만드는 형사 체계를 수립했다. 또한 분서갱유로 5백 명에서 6백 명의 학자를 참살하기도 했다. 그의 치하에서 3백만 명이 넘는 사람이 목숨을 잃었다.

로마인들에 의해 왕위에 오른 유대 왕 헤롯(B.C. 73~B.C. 4)은 이스라엘 부족들의 정치권력을 박탈하고 랍비들을 파면했으며 자신의 아내와 자식 여럿을 처형했다. 예수 그리스도와 같은 시대를 살았던 헤롯은 유대 소년 수만 명을 학살해 공포 정치의 극단을 보여 주었다. 그는 자신의 권력에 조금이라도 위협이 되는 인물은 무조건 제거했다. 로마인들의 편에 선 그는 강탈과 음모, 도적질로 유대 백성을 탄압했다. 그는 자신이 죽으면 나라의 주요 인물들을 모두 처단해 자신의 죽음을 위대한 사건으로 만들라고 명령했다.

로마 황제 칼리굴라(12~41)는 집권 초기에는 합리적이고 지혜로운 결정을 내리는 성군으로 백성들의 추앙을 받았다. 하지만 혼수상태에 빠질 만큼 고열에 시달리다 깨어난 후 완전히 딴사람이 되었고, 자애롭던 그의 얼굴은 어둡게 일그러졌다. 그는 상식에 어긋나는 법을 공표하고 자신의 뜻을 따르지 않는 사람들을 무조건 처단했다. 자신의 정적은 물론이고 아무나 기분에 따라 붙잡아 고문을 가하고 죽였다. 일부러 고통이 오래 지속되는 고문 방법을 지시하기도 했다. 그가 가장 좋아한 고문 방식은 사타구니부터 가슴까지 척추를 따라 포를 뜨듯 살을 벗기는 것이었다. 그는 누이들과 근친상간을 벌이기도 했다. 귀족의 결혼식에 참석해 신부와의 첫날밤을 요구하고, 거절하는 신랑의 고환을 잘라 신부가 보는 앞에서 직접 먹는가

하면 신부에게 먹으라고 강요하기도 했다. 그가 남긴 말들 중 다음 몇 가지는 아주 유명하다. 〈신들과 대적하기 위해서는 오로지 그들처럼 잔인해지는 방법밖에 없다.〉〈인간이 똑똑해질 수 있는 방법은 증오뿐이다.〉〈하루라도 사람을 죽이지 않으면 어마어마한 고독감이 밀려온다.〉 결국 그는 휘하 병사들의 칼에 찔려 죽었다. 부하들은 황제의 죽음을 불가역적으로 만들기 위해 시신을 먹어 치웠다.

잔혹한 폭군이었던 로마 황제 네로(37~68)는 기독교인을 박해하고 그들의 처형식을 공연으로 만들었다. 그는 로마 시가지에 불을 지르게 한 뒤 불타는 집들을 보면서 시를 읊었다. 그는 자신의 어머니와 고모, 이복 여동생, 두 명의 아내, 처남을 비롯한 가족을 살해하고 수천 명을 처단했다. 수시로 강간을 행하고 잔혹하게 사람을 죽였던 그가 즐겨 사용한 살해 방법으로는 독살과 참수, 십자가형, 몸에 말뚝 박기 등이 있다.

〈신의 재앙〉이라는 이름으로 불렸던 훈족 왕 아틸라(406~453)는 로마 제국을 멸망시키겠다는 원대한 목표를 세웠다. 그는 포로들의 사지를 찢는 등 잔인한 고문을 가하고 아들 둘을 잡아먹는 식인 행위를 했으며, 죽인 사람들의 피를 마시기도 했다. 그는 서로마 제국 여성과 결혼하려 했다가 외교적 문제로 실패하자 1만 1천 명을 잔인한 방식으로 죽여 보복했다. 침략하는 도시들을 불태워 초토화시키기로 유명했던 그가 왕좌에 머무는 동안 수십 만 명이 죽임을 당했다.

측천무후(624~705)는 10대 소녀 때 당 태종의 후궁이 되어 입궐했다. 절세미인이었던 그녀는 금방 황제의 총애를 얻었다. 그녀는 아버지 태종의 뒤를 이어 왕위에 오른 고종을 유혹해 아이를 낳은 뒤 목 졸라 죽이고 황후에게 죄를 뒤집어씌웠다. 황후가 폐위되자 후궁이었던 그녀가 대신 자리를 차지했다. 그녀는 정사에 개입해 전쟁을 일으키고 고종을 시켜 한반도의 세 나라에 정벌군을 파견하게 했다. 토번과 돌궐을 상대로 전쟁을 지휘하는 동안 측천무후는 중국 고위 관리의 절반을 참수하고 그들의 자식을 노예로 만들었다. 그녀는 남편인 고종을 독살하고 스스로 최초의 여황제가 된 뒤 당나라 황족을 모두 제거하고 국호를 주(周)로 바꾸었다. 50년에 이르는 철권통치 기간 동안 그녀는 하루도 빠짐없이 연회를 열고 고문을 자행하고 공개 처형을 실시했다. 그녀가 가장 즐겼던 고문은 코와 귀, 다리, 발 등을 절단하는 것이었다. 그녀는 자신의 궁정뿐만 아니라 주나라가 정복한 동쪽과 서쪽의 접경 국가들에서도 공포 정치를 행했다.

칭기즈 칸(1162~1227)은 금나라를 복속시키고 동유럽과 중앙아시아의 여러 왕조들을 침략해 몽골 제국을 세웠다. 그는 패전한 적장들을 가마솥에 넣어 삶는가 하면 자신에게 예우를 갖추지 않는다며 사람들을 잡아 와 귀와 눈에 뜨거운 쇳물을 붓는 등 끔찍하고 잔혹한 고문을 행했다. 그는 전투 때마다 포로 수십만 명을 인간 방패로 최전선에 세워 적진에 화살이 동나게 만들었다. 그는 휘하의 전사들이 말의 핏줄을 잘라 피를 마셔 원기를 돋우게 했다. 그의 치하에서 2천만~3천만 명이 사망했고, 이란 고원과 중부 유럽 평원에 살던 인구의 4분의 3이 줄어들었다.

튀르크몽골의 전사 티무르 왕(1336~1405)은 중앙아시아의 도시들을 무참히 파괴하고 대량 학살을 자행해 티무르 제국을 세웠다. 정복 과정에서 그에게 죽임을 당한 사람의 숫자만 해도 1천5백만 명에서 2천만 명에 이를 것으로 추정된다. 그는 사람을 서서히 질식시켜 죽이거나 창이 빽빽이 꽂혀 있는 벼랑 아래로 강제로 뛰어내리게 만드는 등 잔인한 고문을 행했다. 바그다드에 진격해 민간인 9만 명을 본보기 삼아 참수했고, 티크리트에서 7만 명, 이스파한에서 7만 명, 알레포에서 2만 명을 똑같은 방식으로 죽였다. 그는 해골을 벽돌처럼 쌓아 올린 탑을 세워 공포를 조성하기도 했다.

로빈 후드 전설의 발단이 된 잉글랜드의 존 왕(1166~1216)은 난폭하고 잔인하며 음탕한 통치자로 유명했다. 그는 대신들의 아내를 강제로 취해 12명의 혼외 자식을 낳은 뒤 여자들을 추방하거나 살해했다. 그는 자신의 아버지와 형제들, 아내, 그리고 자신과 뜻을 같이했던 귀족들을 차례로 배신했고, 종국에는 조국 전체를 배신했다. 그는 자신에게 복종하지 않는 사람들을 무조건 감옥에 가둬 굶겨 죽였다. 그가 많은 세금을 징수해 방탕하고 호사스러운 생활을 영위하는 동안 백성들은 곤궁에 내몰렸다. 그는 이질에 걸려 사망했다.

크메르 루주 지도자이자 캄보디아 공산주의 독재자였던 폴 포트(1925~1998)의 치하에서는 170만 명 — 캄보디아 인구의 20퍼센트였다 — 이 죽임을 당했다. 폴 포트는 농민들을 사주해 도시인들을 죽이고 문맹들을 부추겨 지식인들을 살해하게 했다. 그는 고문의 목적이 자백을 받아 내는 것뿐 아니라 고문 대상으로 하여금 스스로 처형을 요구하게 만드는 데 있다고 믿었다. 그는 반공주의자로 간주되는 사람들은 무조건 제거했다. 폴 포트는 자신이 죽고 나면 흔적도 없이 시신을 처리하고, 자신의 이름이 언급된 행정 문서는 전부 폐기한 뒤 자신을 알았던 사람들을 모조리 잡아 죽이라고 명령했다. 자신이 마치 존재하지 않았던 사람처럼 만인에게 잊히길 바랐던 것이다.

22
백 번째 원숭이 이론

〈백 번째 원숭이 이론〉은 일본원숭이(학명 *Macaca fuscata*)의 행동을 주의 깊게 관찰한 결과 탄생한 이론이다. 얼굴이 붉고 몸이 긴 은빛 털로 덮인 일본원숭이들은 1952년에서 1965년 사이 일본의 고지마섬과 규슈섬에서 안개가 내려앉은 호수에 몸을 담근 모습이 주로 카메라에 잡혔다.

과학자들의 관찰은 모래사장에 원숭이들이 먹을 고구마를 던져 주면서부터 시작됐다. 원숭이들은 고구마를 좋아했지만 고구마에 묻은 모래 때문에 선뜻 손을 대려고 하지 않았다.

그러던 어느 날 과학자들이 〈이모〉라는 이름으로 부르던 암컷 원숭이가 기발한 해결책을 찾아냈다. 우연히 고구마를 물에 씻어 모래를 털어 내고 먹어 보더니, 그

다음부터 무조건 고구마를 물에 씻어 먹기 시작했다.

처음에는 이모 혼자 이런 습관을 보였는데, 시간이 가자 다른 원숭이들이 따라 하기 시작했다. 제일 먼저 어린 원숭이들이, 그다음은 암컷 원숭이들이 이모의 행동을 흉내 냈다. 제일 소극적이었던 늙은 수컷 원숭이들은 새로운 행동에 거부감을 보이며 못마땅하게 여겼다.

시간이 흐르자 같은 군집에 속한 더 많은 원숭이들이 고구마를 씻어 먹기 시작했다.

이들을 관찰하던 일본 과학자들은 백 번째 원숭이가 고구마를 씻어 먹으면서 임계치를 넘어서자, 섬에 서식하는 모든 원숭이가 고구마를 씻어 먹는 행동을 당연히 여기게 됐다는 사실을 알게 되었다.

더욱 놀라운 것은, 정확히 1백 마리라는 숫자를 넘어서는 순간 마치 전염이라도 된 듯 인접한 섬들에 서식하는 모든 원숭이 군집에서 똑같은 행동이 관찰되었다는 사실이다. 그러나 원숭이들이 섬을 헤엄쳐 건너는 것은 절대로 불가능한 상황이었다.

미국 학자 라이얼 왓슨은 이 같은 관찰을 바탕으로 다음의 가설을 수립했다. 일정 수 이상의 개체가 새로운 아이디어를 받아들여 태도를 바꾸게 되면, 이 아이디어는 물리적인 전파 없이도 마치 공기 속에서 파동이 퍼져 나가듯 모든 구성원에게 영향을 미친다는 것이다.

1984년, 켄 케즈는『백 번째 원숭이』라는 저서에서 일본원숭이들의 행동과 인간 사회 간의 유사성을 지적했다. 그는 개개인의 정신적 에너지들이 더해져 일정 단계에 도달하는 순간 일종의 폭발이 일어나 전반적인 의식의 변화가 일어나게 된다는 가설을 제시했다. 처음에는 제한된 수의 입문자와 호기심이 많은 구성원, 가령 유연한 사고를 지녀 새로운 행동에 호기심을 느끼는 젊은 층에서만 변화가 나타나지만, 일종의 시소 효과에 의해 독창성이 결국 규범으로 자리 잡게 된다는 것이다. 이후 세대들은 조상들이 했던 서툰 행동들을 기억조차 하지 못하게 된다.

23
긴쓰기

일본 문화에서는 깨진 물건이 온전한 새 물건보다 더 가치를 지니기도 한다. 보수 과정을 통해 그것이 더 흥미로운 물건으로 거듭난다고 여기기 때문이다.

물건을 고쳐 더 좋게 만드는 행위를 가리키는 긴쓰기(金継ぎ, 〈금으로 이음〉이라는 뜻)라는 단어도 존재한다. 긴쓰기의 기원은 15세기로 거슬러 올라간다. 쇼군 아시카가 요시마사는 자신이 사용하던 다기가 깨지자 중국에 보내 수선을 의뢰했다. 다기가 깨진 부분에 보기 싫은 철끈이 묶인 채 돌아오자 쇼군은 진노했다. 그러자 일본 장인들이 이음매에 옻칠을 하고 금박을 입혀 깨진 부분이 드러나게 다시 수선을 했다. 깨진 부분을 잇는 금박을 일종의 장식으로 사용한 것이다. 이러한 수선 방식이 자리를 잡자 쇼군들은 더 이상 깨진 도자기를 버리지 않았다. 물건에 생긴 흠결을 감추기보다 그것의 가치를 살려 제2의 생명을 주는 방법을 택한 것이다.

긴쓰기가 인기를 얻자 일부 수집가들, 특히 다인(茶人)들 사이에는 금박을 입혀 수선하기 위해 일부러 도자기를 깨는 유행까지 생겨났다. 물건에 제2의 삶을 불어넣는 이런 긴쓰기 방식에는, 비극을 겪는 과정에서 부서졌다 회복된 인간이 삶의 풍파를 전혀 모르는 온전한 인간보다 훨씬 매력 있다는 생각 또한 담겨 있다.

24

드루이드교

드루이드교의 기원은 파르홀론이 이끌었던 동명의 부족에서 찾을 수 있다.

5천 년 전 아일랜드 땅에서 살았던 파르홀론족은 천재지변으로 절멸하고 딱 한 명, 파르홀론의 조카인 투안 ― 아일랜드어로 〈침묵하는 자〉라는 뜻 ― 만 살아남았다. 당시 1백 살이었던 그는 죽음을 면한 뒤 사슴으로 둔갑해 3백 년을 살았고, 다시 멧돼지, 독수리로 변신해 각각 2백 년과 3백 년을 살았다. 마지막에 연어의 몸으로 1백 년을 살고 나서 그는 낚시하던 인간의 손에 잡혀 켈트족 문더그 왕의 아내인 카이릴 왕비에게 바쳐졌다.

연어를 먹고 출산한 왕비는 투안의 영혼이 깃든 아기의 이름을 투안 맥 카이릴이라고 지었다. 투안은 자신의 기억에 간직하고 있던 파르홀론족의 지식과 지혜를 드루이드식 교육 ― 드루이드는 〈입문자〉라는 뜻이다 ― 을 통해 사람들에게 전했다. 그는 인류 최초의 드루이드였던 셈이다. 드루이드의 지식 전달은 활자가 아닌 구전 방식으로만 이루어졌다. 지식은 입에서 귀로, 스승으로부터 제자에게로 전달되었을 뿐 기록으로는 남지 않았다.

드루이드는 지식 전수 외에도 공동체 내에서 다양한 역할을 맡았다. 그들의 주거지로 추정되는 장소에서 발견된 해부용 칼과 핀셋, 접골한 뼈, 개두술을 실시한 두개골 등으로 미루어 짐작하건대 드루이드는 뇌 수술을 포함한 의학 전반에 해박한 지식을 가지고 있었을 것이다.

율리우스 카이사르는 사법 분야에서도 드루이드의 역할을 중시해, 계약 체결을 주관하고 계약이 지켜지지 않을 경우 처벌을 내리는 일을 그들에게 맡겼다. 켈트족 왕들은 정식 임명한 드루이드와 정사를 논의했고, 반드시 그의 의견을 물은 뒤 중요한 결정을 내렸다.

드루이드는 공동체의 역사는 물론 부족 구성원 개개인의 족보까지 꿰뚫고 있었다. 그들은 각지를 여행했고 여러 언어를 말했다. 다친 병사들을 위해 보철구를 제작하고, 전투에서 한쪽 팔을 잃은 누아다 왕에게 의수를 만들어 주기도 했다. 그들은 천문학에도 정통해 자신들만의 달력을 가지고 있었다. 갈리아 시대에 제작된 콜리니 달력은 드물게 활자로 남아 있는 갈리아 드루이드교에 관한 자료 중 하나다.

드루이드는 갖가지 영험한 힘을 지녔다고도 알려져 있다. 몸을 씻으면 상처가 낫고 죽어 가는 사람을 살린다는 건강의 샘, 마시면 모든 것을 잊게 해준다는 망각의 영약, 지능과 지혜를 얻게 해주는 지식의 사과, 입에 올리기만 해도 대상을 죽게 만든다는 원격 죽음의 저주인 글람 디킨, 깨달음에 이르게 해준다는 주술인 임바스 포로스나이가 그들이 행한 대표적인 마법이다.

드루이드들은 사모니오스라는 이름의 축제를 벌였는데, 사람들은 이 축제 기간에 산 자를 잡으러 오는 악마들의 눈을 속이기 위해 죽은 사람으로 변장했다. 사모니오스는 핼러윈이라는 이름으로 서양에서 오늘날까지 전통이 이어지고 있다.

영혼의 불멸을 믿었던 드루이드들은 죽음이 인간에게 일어나는 최악의 불행이라고 여기지 않았으며, 죽으면 게일어로 저승을 뜻하는 시드에 간다고 믿었다. 그들은 구름 위에 떠 있는 화려하고 웅장한 크리스털 궁전으로 시드의 모습을 상상했다.

25
빅토르 위고와 심령술

1852년, 나폴레옹 3세가 쿠데타를 일으키자 빅토르 위고는 채널 제도의 저지섬으로 피신해 춥고 어두운 계곡에 위치한, 귀신이 나온다는 외딴집을 빌려 살기 시작했다. 그의 도착은 별다른 사건이 벌어지지 않는 조용하고 작은 섬에서 일대 사건이었다. 빅토르 위고는 이따금 주민들을 집에 불러 저녁을 대접하고 왕성한 창작 활동을 하며 시간을 보냈다.

1년 뒤, 그의 친구이자 시인인 델핀 드 지라르댕이 섬을 찾았다. 그녀는 아메리카 대륙에서 건너와 유행하는 폭스 자매의 심령술과 프랑스 심령술 운동의 새로운 교주인 알랑 카르데크 얘기를 들려주었다. 단 1주일 저지섬에 머무는 동안 그녀는 저녁마다 사람들을 불러 심령회를 했다. 섬 주민들은 테이블 터닝에 열광했지만, 정작 빅토르 위고는 미덥게 여기지 않아 첫 심령회에 참석하지 않았다. 실제로 1853년 9월 7일에 있었던 첫 번째 심령회에는 영혼이 나타나지 않아, 실망한 참석자들이 사자들 얘기가 아니라 반(反) 보나파르트 음모를 얘기하다 헤어졌다.

1853년 9월 11일, 드디어 테이블이 흔들리기 시작했다. 이때 나타난 영혼은 다름 아닌 센강에서 익사한 빅토르 위고의 딸 레오폴딘이었다. 유명 작가는 이때부터 태도가 돌변해 열성적으로 심령회에 참여했다. 그는 죽은 딸과 나눈 대화는 물론 다른 사자들과 나눈 대화도 꼼꼼히 기록했다. 그는 심령 대화를 소재로 「어두운 입이 하는 말」이라는 시를 쓰기도 했다.

빅토르 위고는 델핀 드 지라르댕이 돌아간 뒤에도 거의 매일 저녁 섬 친구들을 집에 불러 심령회를 열고 사자들과 나눈 대화를 기록했다. 그가 소통했다고 한 유명인들 중에는 모세, 플라톤, 아리스토텔레스, 아이스킬로스, 카르타고의 한니발, 예수 그리스도, 루터, 단테, 갈릴레오, 셰익스피어, 라신, 몰리에르, 루이 16세, 장 폴 마라, 로베스피에르, 나폴레옹 1세, 바이런, 샤토브리앙이 있다. 그는 자신이 흰색 부인, 검은색 부인, 회색 부인이라고 이름을 붙인 세 인물과 나눈 대화도 기록에 남겼다. 위고는 안드로클레스의 사자, 발람의 당나귀, 노아의 방주의 비둘기 등 신화 속 동물들도 심령회에 소환했다.

영혼들과는 모두 프랑스어로 소통했으며, 유명한 사자들 외에도 철천지원수였던 나폴레옹 3세(위고는 그의 면전에서 하고 싶은 말을 속 시원히 했다고 적었다)의 잠든 영혼과도 대화를 나눴다고 그는 기록했다. 심령회는 대개 밤 9시 30분경 시작해 새벽 1시가 넘도록 이어졌다. (위고는 심령회의 시작 시간과 끝 시간을 정확히 기록해 두었다.)

1855년, 심령회 도중 의사 에밀 알릭스의 동생 쥘 알릭스가 갑자기 정신 착란을 일으키는 사건이 발생했다. 이후 심령회는 중단되었고, 쥘 알릭스는 결국 샤랑통의 정신 병원에 수용되었다.

이 무렵 빅토르 위고는 정치적 사건에 연루됐다는 의혹을 받고 저지섬에서 쫓겨나 채널 제도의 다른 섬인 건지섬으로 이주했다. 여기서 14년을 지내는 동안 그는 집에 있는 가구에 자신과 심령 대화를 나눈 유명인들의 이름을 빠짐없이 새겨 놓았다.

26

밝은 영혼들

최대한 많은 동족 인간들에게 고통을 가할 궁리만 하는 사람들이 있는가 하면, 그들을 돕기 위해 삶을 바치는 사람들도 있다. 후자의 사례 중 다음 세 가지는 우리에게 잘 알려지지 않았다.

폴란드에서 의사의 딸로 태어난 이레나 센들러는 약자들을 위한 삶을 살았다. 1942년, 그녀는 티푸스 발진 증상을 확인하는 간호사로 위장해 바르샤바 유대인 거주지에서 어린이 1천2백 명의 탈출을 도왔다. 1943년 밀고당해 체포된 후 고문을 당하면서도 그녀는 끝까지 관련 사실을 밝히지 않았다. 결국 사형을 선고받았지만 그녀는 천신만고 끝에 도망쳐 적극적인 레지스탕스 활동을 이어나갔다. 전쟁이 끝나자 그녀는 — 부모들의 이름을 적은 명단을 항아리에 넣어 집 마당에 묻어 두고 있었다 — 자신이 구한 아이들의 부모를 찾아 주었다. 그녀는 98세를 일기로 눈을 감는 순간까지도 더 많은 아이들을 구하지 못한 안타까움을 드러냈다.

호주에서 태어난 제임스 해리슨은 열세 살의 어린 나이에 한쪽 폐를 절제하는 대수술을 받았다. 그는 수술 뒤 입원해 있던 3개월 동안 많은 양의 피를 수혈받았다. 그는 수많은 헌혈자들 덕분에 자신이 살 수 있었다고 생각해 도덕적 부채 의식을 느꼈다. 성인이 되면 평생 헌혈을 하며 살기로 굳게 마음먹고 퇴원했다. 그런 그의 혈액에는 신기하게도 치명적 혈액 질환인 Rh 부적합증에 걸린 아이들을 살릴 수 있는 귀한 항원이 들어 있었다. 그는 56년 동안 1천 번이 넘게 헌혈해 어린이 2백만 명의 목숨을 구했다. 그의 혈액 덕분에 생물학자들은 백신 개발에 성공했다.

샤바르시 카라페티안은 1953년 아르메니아에서 태어났다. 그는 세계 수영 대회에서 17차례, 유럽 대회에서 13차례, 소련 대회에서 7차례 우승했고, 11개의 세계 수영 신기록을 보유하고 있었다. 1976년 9월 16일, 동생과 함께 평소처럼 조깅 중이던 그는 버스 한 대가 차로를 벗어나 예레반 호수의 차가운 강물로 추락하는 모습을 목격했다. 버스에 타고 있던 92명의 승객들은 추락의 충격으로 모두 의식을 잃었다. 즉시 강물로 뛰어든 그는 수심 10미터 아래 처박힌 버스를 발견한 후 발로 뒤쪽 유리창을 깨고 안으로 헤엄쳐 들어갔다. 이 과정에서 유리 조각에 부상을 입었지만 그는 30명의 승객을 물 밖으로 끌어 올려 구조를 위해 밖에서 대기 중이던 동생에게 인계했다. 이렇게 해서 20명의 목숨을 구했지만, 정작 그는 부상을 입고 탈진한 상태에서 저체온증이 와 45일간 사경을 헤맸다. 다행히 목숨을 건진 그는 이로부터 9년이 흐른 어느 날, 우연히 불타는 건물 앞을 지나가게 된다. 건물 안에 아홉 명이 갇혀 있다는 사실을 알게 된 그는 이번에도 주저하지 않고 불길 속으로 뛰어들었다. 그는 화상을 입어 장기간 입원 치료를 받았다. 그의 정신을 기리기 위해 소행성 하나에 그의 이름이 붙여졌다.

27

분별없는 인간

이그나츠 제멜바이스 박사는 객관적으로 동족 인류를 위해 가장 좋은 일을 한 사람이라고 말할 수 있다. 의사들에게 분만 시술 전 반드시 손을 씻으라는 그의 권고 덕분에 영아 사망률이 획기적으로 감소했기 때문이다. 반면 토머스 미즐리는 본인은 자각하지 못했지만 인류에게 가장 심각한 해악을 끼친 사람이다.

미국 화학자 토머스 미즐리는 애초에는 선한 의도를 지닌 사람이었다. 1911년, 그는 엔진 연소 시 발생하는 소음을 줄일 방안을 찾고 있던 제너럴 모터스(GM)의 연구소에 취직했다. 미즐리는 휘발유에 납을 첨가하면 엔진이 훨씬 부드럽게 돌아간다는 것을 발견했다. 다국적 기업인 GM은 이렇게 개발한 새로운 연료 수백만 리터를 전 세계 시장에 유통시켰다. 그런데 당시 미즐리는 이 연료가 지닌 독성을 간과하고 있었다. 새로운 연료를 사용하는 자동차들이 배출하는 배기가스가 대기를 오염시켜 세계적으로 수만 명이 피해를 입게 되었다. GM의 노동자들과 미즐리 자신도 그런 피해자들 중 한 명이었다.

화학자 미즐리가 인류에 끼친 해악은 여기서 끝나지 않는다. 그는 유연 휘발유에 이어 1920년에는 냉장고에 사용되던 독성 가스를 대체할 물질을 개발하는 임무를 맡았다. 그는 누출 사고로 많은 사람의 목숨을 앗아간 기존의 유해 가스 대신 최초의 CFC 계열 냉매인 프레온을 개발했다. 그는 이 혁명적 물질의 무해성을 입증하기 위해 대중 앞에서 직접 프레온 가스를 흡입해 보이기도 했다. 1970년대에 들어와 오존에 거대한 구멍이 뚫린 사실이 알려지고 나서야 비로소 CFC의 유해성에 대한 논란이 일어났다. 역사학자 존 R. 맥닐은 인류 역사상 지구 대기에 가장 큰 영향을 끼친 유기체가 바로 토머스 미즐리라고 평가했다. 의도와 다르게 사용된 그의 파괴적 천재성은 결국 부메랑이 되어 그 자신에게 돌아왔다. 소아마비에 걸린 뒤 침대에서 쉽게 바닥으로 내려오기 위해 복잡한 도르래 장치를 손수 제작해 쓰고 있던 그는 1944년 도르래 밧줄에 목이 졸려 죽었다.

유연 휘발유는 환경에 심각한 해를 끼친다는 사실이 입증된 2000년대 초반에야 유통이 금지되었다.

28
멜첼의 체스 기사

1770년, 헝가리 출신의 엔지니어 볼프강 폰 켐펠렌은 오스트리아 황실에 체스를 두는 자동인형을 선보였다. 단풍나무로 짠 커다란 서랍장처럼 생긴 이 기계의 윗면에는 체스판이 올려져 있었고, 뒤쪽에는 짙은 콧수염에 터번을 두르고 털 달린 망토를 입은 인형의 상반신이 붙어 있었다. 인형의 왼쪽 팔은 곰방대를 들고 있었고, 오른쪽 팔은 게임을 할 수 있게 테이블 위에 올라와 있었다. 문 세 개 달린 서랍장을 열면 인형이 동작할 때마다 움직이는 복잡한 기계 장치가 보였다.

켐펠렌이 〈터키인〉이라는 이름을 붙인 이 자동인형이 체스를 둘 수 있으며 최고 실력자들과 겨루어도 충분히 이길 수 있다고 공언하자, 사람들은 조소와 야유를 보냈다.

켐펠렌이 오스트리아 황실에서 펼친 최초의 시연에서 자동인형은 모든 상대를 30분 이내에 압도하며 승리를 거두었다. 상대가 규칙에 어긋나는 수를 두면 터키인은 못마땅한 듯 고개를 가로저으면서 상대방이 움직인 말을 원위치에 되돌려 놓아 보는 이들을 경악하게 만들었다.

1783년, 켐펠렌은 자동인형과 함께 유럽 순회 경기에 나섰다. 상대 선수들을 모조리 꺾은 터키인은 파리에 와서 당대 세계 최고의 체스 선수였던 앙드레 필리도

르에게 딱 한 차례 패했다. 하지만 필리도르 역시 이렇게 강력한 적수를 만나기는 처음이라고 고백했다. 터키인이 당시 파리 주재 미국 대사였던 벤저민 프랭클린을 꺾은 것은 유명한 일화로 전해지고 있다.

유럽 순회 경기 동안 켐펠렌이 과학자들에게 터키인의 내부를 공개했지만 어느 누구도 이 기계 장치의 비밀을 알아내지 못했다. 순회를 마치고 오스트리아로 돌아온 터키인은 쇤브룬 궁전에 자리를 잡았다. 오스트리아를 침공한 황제 나폴레옹 역시 그와 체스 대결을 벌였지만 패배했다.

켐펠렌이 죽자 그의 아들은 메트로놈을 발명한 독일인 음악가 요한 멜첼에게 자동인형을 팔았다. 멜첼은 터키인이 눈알을 굴리고 입으로 〈체크〉 소리를 낼 수 있도록 한결 정교하게 만든 다음 다시 유럽 순회 경기에 나섰다. 이탈리아와 프랑스를 거친 터키인은 영국에서 당대 최고의 수학자였던 찰스 배비지와 체스 대결을 펼치기도 했다. 막대한 빚에 시달리던 멜첼은 터키인을 가지고 대서양 건너편으로 도주했다. 그는 미국에서도 내로라하는 체스 챔피언들과의 경기에서 모두 승리를 거두었다. 1836년, 에드거 앨런 포는 이 자동인형에게 영감을 얻어 「멜첼의 체스 기사」라는 단편을 쓰기도 했다. 터키인은 필라델피아 국립 극장에 화재가 발생했을 때 소실됐는데, 목격자들은 불에 휩싸인 터키인이 여러 차례 〈체크〉 하고 소리를 질렀다고 증언했다.

터키인의 비밀은 1857년, 이 기계 장치의 마지막 소유자의 아들인 사일러스 미첼에 의해 세상에 밝혀졌다. 미첼은 장치의 바닥이 이중으로 돼 있었고, 그 속에 가로 막대와 지렛대를 이용한 장치를 통해 터키인의 팔을 움직이는 소인이 숨어 있었다는 사실을 폭로했다. 말을 움직여 체스를 둔 것은 바로 그 소인이며, 터키인이 활동했던 84년의 세월 동안 두 팔이 없는 폴란드 출신 상이군인을 필두로 도합 열다섯 명이 장치의 이중 바닥에 몰래 숨어 대신 체스를 두었다고 말했다. 켐펠렌을 비롯한 터키인의 소유주들은 비밀 보장을 약속하는 천재 소인을 구하느라 하나같이 애를 먹었다고 그는 밝혔다. 1997년에 와서야 컴퓨터 〈딥 블루〉가 러시아 출신의 세계 체스 챔피언 가리 카스파로프를 꺾을 수 있었다.

제2장

땅울림

나비가 알에서 애벌레로 부화하여 고치를 짓고 번데기가 되었다가 도달하는 세 번째 단계는 〈새로운 존재인 성충으로 거듭 태어나는 것〉이다. 탈바꿈의 이 단계에서는 애벌레 때와 전혀 다르게 거뭇하거나 몸에 털이 나 있지도 않고 옴실옴실 기어다니지도 않는다. 개체가 가늘고 섬세한 날개가 달린 성충으로 변화하여 공기 역학을 거스르지 않는 사뿐한 존재가 된다. 날개를 펼치면 아롱다롱한 빛깔이 드러난다. 금속성 파랑이나 주황이나 노랑이나 연보라가 섞여 있는가 하면, 붉은 바탕에 검정과 하양의 얼룩이 나 있는 것도 있다. 경이로운 무늬들이 가면처럼 환각을 불러일으키고 형광색 광택을 낸다.

어느 구석을 보더라도 아름답고 조화롭고 가벼운 새 생명체다.

번데기에서 벗어나자마자 나비는 날개를 펴서 말리고, 따뜻한 기운과 빛을 발하는 태양 쪽으로 올라간다. 나비는 꿀을 찾아 이 꽃 저 꽃으로 날아다닌다. 바야흐로 나비의 임무는 단 하나. 자기에게 남아 있는 시간이 헛되지 않도록 짝짓기 상대를 만나 종의 영속성을 위해 교미를 하는 것이다.

그런데 나비는 빛에 현혹된다. 어둠이 깃들고 촛불이 켜지면, 그 단순한 불꽃을 햇빛과 혼동하기도 한다. 그 감각의 덫에 속절없이 이끌린 나비는 불에 타는 것도 마다하지 않고 불꽃으로 날아든다.

불을 경험한 동물 종들은 본능적으로 불을 피한다. 그렇게 반사적으로 행동하도록 자기들 유전자에 고통의 경험을 새긴 것이다. 하지만 나비는 예외다.

이 대목에서 이런 의문이 떠오른다. 애벌레에서 나비로 탈바꿈하는 것은 섬세하고도 복잡한 일인데, 왜 자연은 그것으로 만족하지 않고 가장 파괴적인 요소인 불에 대한 유혹을 나비의 유전자에 남겨 놓았을까?

— 에드몽 웰스

29

과학과 감성

생물학자에게는 배우자와 애인이 있어야 한다.

그리하여 배우자에게는 애인과 함께 있을 거라고 말하고, 애인에게는 배우자와 함께 있을 거라고 말한다. 그러면 혼자 조용히 자기 실험실에서 과학 연구를 행할 수 있다.

30

비폭력

중국 속담: 모기 한 마리가 당신 불알에 내려앉을 때, 그럴 때에만 당신은 폭력을 사용하지 않고 문제를 해결하는 방법이 언제나 있다는 것을 깨닫게 된다.

31

소행성

지구는 언제나 천체들의 공격을 받는다. 천문학자들은 매일 우주에서 날아와 지구 표면에 닿는 물질이 1천 톤에 이를 것으로 추산한다. 그 형태는 먼지에서 수백 킬로미터의 바위에 이르기까지 매우 다양하다.

천문학자들의 추산에 따르면, 지구에 접근할 수 있는 소행성의 수는 3백만 개에 달하며, 그중 90퍼센트가 오늘날까지 검색되지 않았다.

대다수 소행성은 화성과 목성 사이에 있는 소행성 벨트에서 온다. 이들은 원시 태양계의 잔해, 태초의 무수한 바윗돌이다. 서로 합쳐져서 하나의 행성을 만드는 데 실패하거나, 다른 소행성의 공격을 받고 행성에서 떨어져 나오기도 했다.

두 행성 사이의 벨트에 떠 있는 무수한 천체 중에서 해마다 1천 개 정도가 자기들의 궤도에서 벗어난다. 이 현상은 목성의 인력에 이끌려 생긴 섭동과 관련되어 있을지도 모른다. 목성의 거대한 인력이 소행성들 사이에 충돌을 가져오고, 그로 인해 소행성들이 평소의 궤도를 벗어날 수 있다는 것이다.

이 떠돌이 소행성들 가운데 60퍼센트는 결국 태양에 흡수된다. 하지만 20퍼센트는 행성들과 충돌하게 된다.

행성들과 충돌하는 소행성 중에서 지름이 140미터가 넘는 것은 지구에 위험한 것으로 간주된다. 천문학자들은 지구에 떨어진 소행성들 중에서 30퍼센트가 그것에 해당했다고 생각한다(크기가 그보다 작으면 대기권에서 타버리거나 아주 작은 피해를 줄 뿐이다). 현재 천체의 낙하 때문에 목숨을 잃었다는 사람은 거의 없지만(소행성의 대다수는 바다에 떨어지거나 하늘에서 폭발한다), 낙하하는 소행성의 수와 그 크기는 기하급수적으로 늘어나고 있다.

〈언젠가 하늘에서 갑자기 죽음이 나타나 지구를 박살 내리라〉는 예언은 여러 문화권에서 확인할 수 있다.

32

장바티스트 드 라마르크

장바티스트 드 라마르크는 종들의 진화에 관해 사유한 최초의 과학자이다.

그는 〈비올로지〉라는 말을 처음으로 사용한 인물이다. 〈비올로지〉란 〈비오〉, 즉 〈생명〉의 세계를 연구하는 학문이라는 뜻이다.

장교로 근무하던 시절, 벨링하우젠 전투(1761년 프랑스가 프로이센·영국·하노버 연합군과 맞붙어 싸웠던 7년 전쟁의 한 전투)에서 부상을 당하고, 군대를 떠나 의학에 이어 식물학에 관심을 갖고 연구했다.

1779년 『프랑스 식물지』라는 책을 출간하여, 꽃과 식물을 더 쉽게 알아볼 수 있게 하는 몇 가지 규칙을 세웠다. 이 책의 명성 덕분에 과학 아카데미 회원이 되었고, 왕립 정원에서 〈곤충과 지렁이에 관한 자연사 교수〉 자리를 받아들였다. 그는 이 특권적인 지위를 이용하여 왕립 정원을 파리 자연사 박물관으로 개조하는 일에 참여했고, 무척추동물에 관해서 가르쳤으며, 무척추동물을 정돈하고 분류하기 시작했다.

동물들을 관찰하면서, 그는 〈변이론〉이라는 개념을 이끌어 냈다. 변이론이란 종들이 시간과 함께 변화하고, 주위의 살아 있는 존재들이 적응하는 데 따라서 더 복잡하고 더 다양하고 더 특별하게 되어 간다는 주장이다.

1809년 라마르크는 『동물 철학』을 출간하여, 종들의 진화가 다음처럼 내적인 변이를 통하여 이루어진다는 이론을 발표했다. 〈어느 동물이건 한 기관의 능력을 최대로 발휘하는 데 아직 도달하지 않았다고 치자. 그렇다면 이 기관을 더 빈번하고 지속적으로 사용함으로써 기관다운 면모를 조금씩 강화하고 발전시키고 키우고

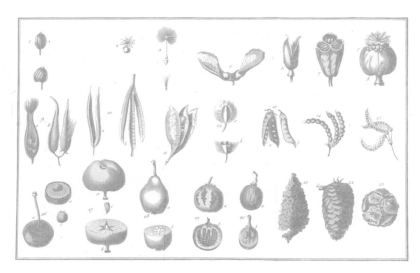

사용 기간에 걸맞은 힘을 부여할 수 있다. 반면에 그 기관을 계속 사용하지 않으면, 기관이 약해지다가 끝내는 사라지고 만다.〉

그는 기린의 예를 들었다. 기린은 건기에 커다란 나무의 꼭대기에 달려 있는 잎에 닿기 위해서 목을 늘이고, 그럼으로써 목의 구조에 변화를 가져온다. 이 기린이 새끼를 낳으면 목이 더 길어져서 우듬지의 잎을 맛볼 수 있다. 그런 식으로 세대가 바뀌면 나중에는 엄청나게 긴 목이 생겨난다.

라마르크는 또 다른 예를 들었다. 두더지가 점차적으로 앞을 보지 못하게 되었다면, 그것은 땅속에서 시력을 사용하지 않았기 때문이다. 〈자연은 개체들에게 환경의 지속적인 영향을 고려하여 어떤 것을 얻게 하거나 잃게 한다. 얻는 것이든 잃는 것이든 그 변화가 새로운 개체들을 낳은 양성에게 공통된 것이라면, 그것은 미래 세대를 위한 변화이다.〉

그 저술을 출간한 뒤에 라마르크는 다른 과학자들의 공격을 받고 직접적인 대립을 겪었다(특히 조르주 퀴비에라는 저명한 과학자는 종들이 진화하지 않는다는 것을 뜻하는 고정론을 내세워 라마르크의 변이론에 반대하였다).

자연사 박물관의 한 전시실이 문을 열던 날, 나폴레옹 1세는 라마르크와 마주치자 이렇게 말했다. 〈당신의 최근 저서는 당신의 옛날을 불명예스럽게 만들고 있소. 자연사는 있지만 동물 철학이라고 할 만한 것이 없으니 말이오.〉 증인들의 말에 따르면, 늙은 과학자는 그 말에 큰 충격을 받고 울기 시작했다.

라마르크는 75세 무렵에 앞을 보지 못하게 되었다. 현미경을 너무 오래 들여다본 탓이었다고 한다. 동료들에게서 신용을 잃고 학계에서 버림을 받고 비참한 삶에 내몰린 그는 먹고살기 위해 외국 과학자들에게 자기가 수집한 꽃과 곤충을 팔았다. 그러다가 10년 뒤인 1829년에 외롭고 스산하게, 자기 저술들이 동료들의 웃음거리가 되는 가운데 세상을 떠났다. 가족이 그의 시신을 거두지 않았기에, 그는 몽파르나스 묘지의 공동 묘혈에 묻혔다. 조르주 퀴비에는 그가 죽은 뒤에 행한 연설에서 그의 모든 이론을 조롱했고 그를 실패한 과학자로 묘사하면서 순전한 어리석음과 고집 때문에 실패에 실패를 거듭했다고 주장했다.

그로부터 30년 뒤인 1859년, 찰스 다윈이 『종의 기원』이라는 책을 통해 자연 선택 이론을 개진하면서, 진화에 관해 사유했던 과거의 모든 과학자를 되짚어 보게 되었다. 그러면서 결국 자기야말로 라마르크의 가장 고약한 반대자임을 드러냈다. 다윈이 보기에 기린의 목이 긴 이유는 간단했다. 목이 짧으면 적응력이 떨어져서 도태된 것이다. 다윈은 어떤 편지에서 이렇게 쓰기도 했다. 〈나는 라마르크를 읽었고, 그가 형편없는 저자임을 깨달았다.〉 요약하자면 이렇다. 찰스 다윈이 보기에, 진화는 우연에 의해 이루어지는 것이고, 그의 적자생존 이론은 당대의 엘리트주의 개념과 일치하는 바가 있다. 반면에 장바티스트 드 라마르크는 모든 존재가 스스로를 계획화하는 능력이 있음을 인정하고, 특히 변화에 대한 능력이나 깊은 욕구를 지닌 개체들에 의해서 진화가 일어난다고 주장했다.

라마르크가 죽은 지 60년이 지나자, 일부 과학자들이 그의 사상을 재건하자고 주장했다. 그러나 즉시 공격을 당했고, 얼마 지나지 않아 주로 다윈주의자들로 이루어진 공식적인 학계의 신용을 잃었다. 오늘날 라마르크의 작업은 모두 잊히고, 다윈의 이론들이 과학계의 인정을 받는 유일한 진화론이 되었다. 하지만 어떤 현상들(예를 들어 꿀벌의 형태와 페로몬을 흉내 내기 위한 난초들의 변화!)은 다윈주의를 가지고는 어떤 설명도 찾아낼 수 없고, 오로지 생명체가 주위 환경에 적응하기 위해 자발적으로 변화할 수 있다는 라마르크의 이론에 기대어야만 무언가를 이해할 수 있다. 그리고 어떤 연구자들은 라마르크가 종들의 진화에 관해 사유한 최초의 인물이었다는 점을 인정할 뿐만 아니라, 그의 이론들이 오늘날까지 알려진 다른 모든 이론에 비해서 생명계의 복잡성을 설명하기에 더 적합한 면모가 있다는 점도 인정한다.

33

공포

공포가 갑자기 우리를 덮쳐 오면, 우리 뇌의 중심에 놓인 작은 아몬드 모양의 두 편도체가 경보라는 분명한 행위를 한다.

감각이 위험을 감지하면, 편도체는 심장 박동을 증가시키고 근육에 혈액을 공급함으로써 생존을 위한 두 가지 행위, 즉 싸우거나 도망치거나를 할 수 있는 상태가 되게 한다.

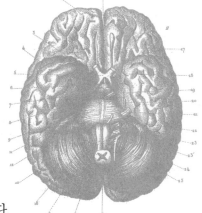

편도체는 부수적으로 다른 효과를 일으킨다. 체모를 바싹 서게 하거나(더 덩치가 커 보이게 함으로써 상대를 겁먹게 하려는 술책), 몸을 자동적으로 공격 자세나 뛰어갈 자세를 취하게 하며(무릎을 구부린다거

나 등이 휜 자세), 혈액 속에 코르티손이 분비되게 한다(상처를 입을 경우에 고통을 조절하기 위해).

또한 편도체는 신피질의 생각하는 구역을 작동하지 못하게 함으로써 도주나 싸움이 늦춰지는 것을 막아 준다.

그래서 공격을 당하면, 우리는 곧바로 행동 모드로 나선다. 사고 모드로 나설 시간이 없는 것이다.

예컨대 한 사람이 길에서 개미들이 지나가는 것을 보고 그 수를 세고 있는데, 풀숲에서 뱀 한 마리가 불쑥 기어 나오는 것을 보게 된다면, 그는 즉시 개미들의 수를 잊어버릴 것이다.

뱀이 멀어져 가거나 죽어 버리면, 그의 뇌는 편도체의 경보를 중단할 것이다.

두 해마가 편도체를 건드리면, 편도체는 경보를 멈추고 신피질로 하여금 본래의 기능을 하도록 할 것이다.

그렇게 해마가 작동하고 심장이 차분해지고 근육이 독소를 배출하면, 뇌는 사고를 할 수 있고 피해를 분석할 수 있으며 그런 일이 다시 일어나지 않도록 논리적인 전략을 짤 수 있다.

그런데 어떤 사람들의 경우에는 실제적인 위험이 지나갔을 때(뱀이 멀리 가버렸거나 죽었을 때)조차, 편도체가 계속 경보를 보낸다. 상황을 계속 심각하게 보면서 싸우거나 도망칠 준비를 해야 한다고 보는 것이다(풀숲에 다른 뱀들이 숨어 있을 수 있다고 생각하는 것이다).

경보가 그런 식으로 계속되면, 편도체는 산성의 물질을 만들어 내고 이 물질이 해마의 나선을 해친다. 마치 경보 사이렌이 울리고 나서 멈추지 않고 소리를 키워서 계속 울리는 바람에 소방대원이 귀가 먹먹해지고 나중에는 귀머거리가 되는 것과 같다.

스스로 경보를 멎게 할 수 있는 시스템이 없는 사람은 항상 공격을 당하고 있다고 느낀다. 신피질의 기능이 확실치 않아서, 논리적인 사고를 할 수도 없고 자기를 진정시킬 수 있는 사람들의 말에 귀를 기울일 수도 없다.

편도체의 이런 활성화 상태가 오래간다면, 지속적인 집착에 우울증과 편집증 상태로 옮아간다. 이런 기간이 길어지면 길어질수록 뇌의 정상적인 기능을 되찾기가 어려워진다. 신피질이 꺼져 있기 때문이다.

지금까지 알려진 해결책은 항우울제를 먹는 것이다. 하지만 이런 약은 경보 신호를 약하게 해줄 뿐이다. 약을 끊으면, 모든 게 다시 시작된다.

장기적으로 보면, 편도체를 진정시키고 해마를 복원시키는 길은 그저 스포츠와 웃음과 육체적인 사랑이다.

34
하루에 4만 가지 생각

우리는 하루에 평균 4만 가지 생각을 한다.

90퍼센트는 전날과 똑같은 생각이다.

90퍼센트는 부정적인 생각이다.

이 생각들은 우리를 끊임없이 갉아먹고 우리 건강을 해친다.

우리 몸이 질병과 맞서 싸울 수 있고 재건될 수 있는 유일한 시간은 잠자는 동안, 그것도 이른바 〈역설수면〉, 마침내 정신이 차분해지고 다른 현실로 넘어가는 단계이다.

그때부터 우리 인체는 평화 속에서 꿈을 꿀 수 있고 스스로를 치유할 수 있다.

35
양자 얽힘

〈얽힘〉이라는 개념을 가장 먼저 생각해 낸 사람은 17세기 영국의 물리학자 아이작 뉴턴이다. 그의 직관은 이러했다. 만약 달에서 물체의 낙하 같은 일이 벌어진다면, 그 현상이 지구의 표면에도 동시에 영향을 미친다. 마치 지구와 달이 중력도 아니고 자력도 아닌 눈에 보이지 않는 힘에 의해 연결된 것처럼 말이다.

그때부터 아이작 뉴턴은 두 요소(또는 두 물체) 사이에 물리학으로 설명할 수 없는 일종의 관계가 있을 수 있다는 사실에 주목했다.

먼 훗날, 〈얽힘〉이라는 개념은 세 명의 물리학자 알베르트 아인슈타인과 보리스 포돌스키와 네이선 로젠이 다시 사용했다. 1935년 양자 역학에 관한 한 논문에서였다. 그들은 두 물체가 서로 분리되어 있으면서도 〈얽혀 있는〉 경우를 설명했다. 두 물체 가운데 하나에 변화가 생기면, 그와 동시에 다른 물체에 변화가 생기는 경우 말이다. 사람들은 그런 경우를 EPR 역설, 즉 아인슈타인-포돌스키-로젠 역설이라고 불렀다.

세 물리학자는 한 사고 실험을 언급했다. 즉 광자의 미립자 두 개가 서로 분리되어 있는데, 한쪽의 미립자에서 편극이 변하면 다른 미립자에서도 부분적으로 변화가 생긴다. 둘 사이에 파동의 관계나 빛의 방출이나 소통의 수단은 전혀 없는데도 말이다.

이 무어라 설명할 수 없이 얽혀 있는 두 미립자의 관계는 온갖 종류의 프로젝트, 예컨대 얽힘 컴퓨터, 혹은 시간과 공간 속의 여행에 대한 가설로 나아가는 길을 열어 주었다.

36

사하라 은색 개미

극한적인 삶의 조건에 가장 눈부시게 적응한 사례를 꼽으라면, 최근에 발견된 동물 종인 사하라 은색 개미(학명 *Cataglyphis bombycina*)를 꼽겠다.

사하라 사막에서 고비 사막에 이르는 열사 지방에서 살아가는 이 개미는 몹시 더운 기온을 못 견디고 죽은 동물들(곤충과 작은 설치 동물)을 먹이로 삼는다. 살아 있는 동물을 죽이지는 않고, 태양에 희생된 동물의 에너지를 되찾아 간다.

하지만 사하라 은색 개미는 더위에 제법 견디는 포식자들(도마뱀, 뱀, 풍뎅이……)을 피해 다녀야 한다. 그래서 자기네 사냥감들은 햇볕에 죽어 있고 포식자들은 태양을 피하는 가장 뜨거운 시간대, 즉 정오 무렵에 외출을 한다. 태양은 중천에 뜨고, 땅바닥은 70도(계란이 익을 수 있는 온도)에 달할 수 있는 때 말이다.

사하라 은색 개미는 어떻게 그런 온도를 견디어 낼 수 있을까?

먼저, 이 개미의 몸은 태양 광선을 반사시키는 표면으로 되어 있어서, 마치 크롬 몰딩으로 광택을 낸 자동차처럼 햇빛을 되쏜다.

다음으로 다리가 장다리 물떼새처럼 길어서 몸이 되도록 땅바닥에서 멀리 떨어지게 되어 있다.

이런 몸으로 사하라 은색 개미는 접촉과 부상을 최소화하면서 초속 1미터의 속도로 아주 빠르게 이동할 수 있다. 만약 이 개미가 치타와 크기가 같다면, 치타보다 열 배나 더 빨리 달릴 것이다. 그러니까 모든 비율을 같이 고려한다면, 이 개미는 지상에서 가장 빠른 동물이다. 위에서 보면 말 그대로 모래 위를 날아가는 것 같은 인상을 준다.

이렇듯 사하라 은색 개미는 뜨거운 모래를 몸에서 멀리 두고 이동할 수 있다. 전력을 다해서 질주한 다음, 갑자기 멈춰 서서 오던 쪽으로 방향을 튼다. 태양을 이용하여 자기의 위치를 알아내고 정확히 어떤 각도로 돌아가야 하는지 파악해 낸다. 그러고는 다시 전력을 다해 질주한다. 냄새도 없고 안표도 없는 모래 언덕이라는 환경에서는 태양이 선회할 각도를 정하는 데 중요한 구실을 한다.

사하라 은색 개미는 달리고 주위를 탐색할 때, 걸음을 세는 게 아닌가 싶다. 그럼으로써 방향뿐만 아니라 집까지의 거리를 측정하는 것일 게다. 그렇다면 자기 집과 사냥감 사이의 지도를 기억 속에 저장해 두는 것일까?

사하라 은색 개미가 한창 달릴 때는 체온이 54도에 달할 때도 있다.

어쨌거나 이 개미의 적응 사례는 놀라운 것이 많지만, 그중에서도 가장 범상치 않은 생존 수단은 사회성에서 찾아볼 수 있다. 한 개미가 외출을 해서 주위를 돌아 다녔지만, 먹이를 전혀 발견하지 못했다. 그래서 돌아올 기약이 없을 정도로 더 멀리 떨어진 곳으로 가야 한다. 이제 이 개미는 동료를 만나 먹이가 있는 방향을 알려 주고 먹이를 굴로 운반하는 중에 죽게 될 것이다. 그러면 햇볕에 익어 숨이 끊어진 그를 동료가 발견하고, 그 동료 역시 스스로를 희생하며 먹이를 굴로 운반한다. 그런 식으로 희생에 희생이 겹쳐지면서 먹이가 개미굴에 돌아오고 공동체가 살아남게 되는 것이다.

이는 이제껏 본 적이 없는 가장 극단적인 사회적이고 유기적인 적응인 것이다.

37

바닷가재의 관점

똑같은 상황이 어느 쪽에서는 재앙으로, 어느 쪽에서는 기적으로 지각될 수 있다.

예를 들어 타이태닉호의 침몰은 끝이 아주 좋은 행운을 가져다주는 사건으로 보일 수도 있다.

누가 그 재난을 그런 식으로 볼 수 있을까?

여객선의 주방 수족관에 살던 바닷가재들, 일등칸 승객들의 입천장에 기쁨을 줄 요리를 위해 뜨거운 물에 던져지기를 기다리던 바닷가재들이었다면 똑같은 상황을 달리 보지 않았을까?

침몰해 가는 타이태닉호와 1천5백여 명에 달했던 인간의 죽음은 그 순진무구한 동물들에게는 그저 최악의 상황을 피하여 드디어 자유를 찾는 수단이 되었을 것이다. 이렇듯 관점을 달리하면 다르게 보이는 문제들이 있게 마련이다.

38
세상의 몇 가지 종말

서력 기원 이래로 세상의 종말이 오리라는 예언은 2백 차례 가까이나 있어 왔고, 그때마다 폭넓은 군중과 미디어를 흔들어 댔다.

그 예언들 가운데 가장 최근에 나타났던 것들을 예로 들자면, 다음과 같다.

미국인 셸던 나이들에 따르면, 세상의 종말은 1996년에 일어나리라고 했다. 그는 그 날짜에 레이저 광선 무기를 가진 외계 생명체가 지구에 침입할 것을 예상했다.

일본의 신흥 종교 수쿄 마히카리(崇敎眞光)는 1997년 핵전쟁이 세계적인 규모로 일어나 세상의 종말이 오리라고 했다.

2008년 프랑스와 스위스의 국경 지대에서 가동을 시작한 대형 강입자 충돌기가 일군의 하와이 사람들에게는 세상의 종말을 초래할 것처럼 보였다. 그들은 이 거대한 충돌기의 운행 양상으로 보아 곧 블랙홀이 만들어질 것이고, 이 블랙홀은 자기 주위의 모든 물질을 빨아들일 것이며 나아가서는 온 지구를 삼켜 버릴 것이라고 생각했다.

그노시스 연구 그룹의 프랑스인들에 의하면, 세상의 종말은 2000년에 오리라고 했다. 그들은 지구와 다른 떠돌이 행성의 충돌을 예상했다.

브라마쿠마리스 협회에 속한 인도인들 중에서도 세계의 종말이 2000년에 오리라고 예언한 사람들이 있었다. 그들은 핵전쟁이 미국에서 시작되어 유럽을 덮치고 이후에 인도에서 끝나리라고 생각했다.

미국인 리처드 눈의 주장에 따르면, 세상의 종말은 2000년에 벌어져야 했다. 그는 빙하가 녹아 모든 대륙이 갑작스럽게 물에 잠기는 기후 변화를 예상했다.

마야의 책력을 나름대로 해석한 몇몇 사람들은 2012년에 세상의 종말이 오리라고 보았다. 그들은 거대한 천재지변(화산 분출 또는 지구와 충돌하는 소행성)이 도래하여 인류가 종말을 고하게 되리라고 예상했다.

미국인 진 딕슨의 주장에 따르면, 세상의 종말은 2020년에 오기로 되어 있다. 그녀는 예수 그리스도의 신봉자들과 적그리스도의 지지자들 사이에 총체적인 전쟁, 즉 아마겟돈이 일어나리라고 예언했다.

39
소멸 중인 사면발니

동식물 종들 가운데 사면발니(학명 *Pthirus pubis*)가 있다. 2~3밀리미터 크기의 작은 게 모양으로 생긴 이 곤충은 음부의 거웃 속에 기생하며 피를 빨아 먹는다.

사람의 음부에서만 기생하는 사면발니는 사람의 성을 가리지 않는다. 머릿니가 그렇듯이, 그들은 숙주의 피를 빨아 먹으며 서캐를 거웃의 밑뿌리에 붙여서 낳는다. 그런데 이들과 달리, 사면발니는 축축한 온기가 필요하기 때문에 다른 곳보다 온도가 따뜻한 거웃에 틀어박혀 지내야 한다.

2000년까지 사면발니는 많은 사람에게서 번성하며 푸르스름한 상처와 가려움증을 주었다. 하지만 2000년이 지난 뒤로 갈수록 점점 더 많은 젊은이들이 생식기 둘레에 난 털을 뽑아 버리거나 면도를 한다(아마도 남녀 배우가 거웃 없이 등장하는 포르노 영화의 영향인 듯).

한 여론 조사에 따르면, 2005년 미국 대학생들의 80퍼센트가 거웃이 없었다. 영국에서는 16세 젊은이들의 90퍼센트가 겨드랑이 털, 다리 털, 거웃을 가리지 않고 몸에 난 모든 털을 상대로 전쟁을 벌였다. 같은 해에 프랑스 여성을 상대로 실시한 여론 조사는 자기 생식기에서 털을 뽑았다고 대답한 사람이 4분의 3에 달한다는 것을 보여 주었다.

사면발니가 완전한 소멸의 길로 가고 있는 이유가 바로 그런 행위의 간접적인 결과가 아닌가 싶다.

이렇듯 어떤 기생 동물은 숙주의 단순한 행동 변화 때문에 나타나기도 하고 사라질 수도 있는 것이다.

40 수플레 치즈 케이크 만드는 법

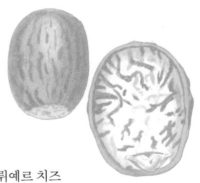

• 재료(4인분): 달걀 5개, 가루로 만든 그뤼예르 치즈 150그램, 버터 60그램, 밀가루 60그램, 우유 400밀리리터, 육두구 가루

• 준비 시간: 15분
• 굽는 시간: 35분

오븐을 180도에 맞춰서 예열할 것.

수플레 치즈 케이크 틀에 버터를 바를 것.

냄비에 버터를 녹인 다음, 밀가루를 넣어 1분 동안 빠르게 휘저을 것. 미지근한 우유를 보태어 은근한 불에서 몇 분 동안 젓개로 휘저을 것.

냄비를 불에서 꺼낼 것.

달걀의 흰자위를 분리하여 소금 한 자밤과 함께 세게 저을 것.

식은 냄비에 달걀 노른자위를 하나씩 넣고, 그뤼예르 치즈를 첨가할 것. 육두구 가루, 후추, 소금을 조금씩 넣을 것.

저은 흰자위를 조심스럽게 섞어 넣을 것.

이렇게 만들어진 내용물을 틀에 담되, 가장자리 높이가 최대한 4센티미터가 넘지 않도록 할 것.

열을 바꿔 가며 35분 동안 오븐에서 구울 것.

41
인도네시아에 살았던 플로레스인

두 명의 고고학자, 오스트레일리아 사람 마이크 모우드와 인도네시아 사람 라이덴 소에조노가 플로레스섬(인도네시아의 자바섬 근처에 있으며, 아소르스 제도의 플로르스섬과는 그저 발음이 비슷하다는 것 말고는 아무 상관이 없음)의 한 동굴에서 낯선 사람의 뼈대를 발견했다. 바로 플로레스인(호모 플로레시엔시스)의 뼈대이다.

연대를 추정해 보니 그 뼈대는 1만 8천 년 전에 죽은 사람의 것이었다. 발견자들은 깜짝 놀라지 않을 수 없었다. 당시까지는 호모 사피엔스가 네안데르탈인의 소멸 이후에 지구에 살았던 인류의 유일한 대표자로 간주되어 왔던 것이다. 결국 플로레스인은 자바해의 한 섬에 고립해서 살았던 〈평행〉 인류였던 셈이다.

그 고고학자들은 발굴지에서 한 가족으로 보이는 아홉 사람들(그중에는 서른 살쯤 되어 보이는 여자까지 포함해서)의 뼈대를 가져왔다. 그들은 뼈와 은신처로 간주되는 장소를 분석할 수 있었다. 그 아홉 사람이 누구인지를 알기 위해서였다.

그들의 분석에 따르면, 플로레스인은 작은 체구의 사람이었다. 키가 평균 1미터에 몸무게가 평균 17킬로그램이었다. 직립 보행을 했고, 주황색 뇌가 비록 작기는 했지만(호모 사피엔스가 1천4백 세제곱센티미터이지만 플로레스인은 4백 세제곱 센티미터) 반드시 덜 영리했다고 할 수는 없다.

호모 플로레시엔시스는 부싯돌을 부수어 연장을 만들어 사용했다(주먹 도끼가 해골 곁에서 나왔다). 그들은 커다란 동물들을 사냥할 줄 알았다(그들의 찌꺼기에서 난쟁이 스테고돈, 즉 사라진 코끼릿과의 동물 화석이 발견되었다). 그들은 불을 사용해서 먹이를 구웠다. 그들은 9만 5천 년 전에 플로레스섬을 차지하기 시작하여, 1만 2천 년 전 화산 분출로 섬이 망할 때까지 조용히 발전해 왔던 것으로 보인다. 따라서 플로레스인은 더 작고 특별하게 살다가 사라져 간 인류이다.

이 발견은 섬나라의 발전 경로를 보여 준다. 먹이라는 측면에서 보면 환경이 녹록지 않고, 커다란 포식자들(코모도왕도마뱀, 즉 길이가 3미터에 달할 수 있는 거대한 도마뱀 같은 포식자들) 때문에 고통을 겪으면 겪을수록, 거주민들은 크기를 줄이는 쪽으로 발전할 수도 있는 것이다.

42
한 문명의 절정

우리는 다음과 같은 때에 한 문명이 절정(꼭대기, 그러나 성장 과정이 뒤집어지는 때)에 달했다고 볼 수 있다.

〈정치가들은 국가의 이익을 내세우며 자유를 제한한다.〉

〈언론인들은 자기네 개인적인 의견을 내세우며 진실을 감춘다.〉

〈종교인들은 하느님에 대한 사랑을 내세우며 개인들 사이에 사랑이 번지는 것을 방해한다.〉

〈교육자들은 훈육을 내세우며 상상력을 발휘하거나 속생각을 발표하는 것을 방해한다.〉

〈은행들은 기업이 돈을 대출해 달라고 하면, 사정을 잘 알면서도 기업의 상환 능력을 넘어서는 돈을 빌려준다.〉

〈판사들은 자신들의 도덕적 가치를 내세우며 정의의 실현을 포기한다.〉

〈병원들은 바이러스가 돌연변이를 일으켜 치유할 수 없는 병으로 변하는 장소가 된다.〉

〈군인들은 새로운 무기를 시험하기 위해 전쟁을 일으킨다.〉

그리고 더 흔하게 볼 수 있는 현상이 있다.

〈소방의 임무를 띠고 있는 사람들은 자기들이 꼭 필요하다는 것을 보여 주기 위해서, 또한 자기들의 봉급이 오르는 것을 정당화하기 위해서 방화광으로 변한다.〉

43
짝의 탄생

갑작스러운 기후 변화 때문에 일부 영장류가 커다란 나무들 사이에 있는 풀숲에 살게 되었다. 이 영장류는 새로운 환경에 적응해야만 했다. 위험이 닥치는지 보기 위해서 또는 그 식물들 위쪽에 먹이가 있는지 알기 위해서 몸을 일으켜 세워야만 했다.

그런데 직립 보행의 자세를 채택하면서 모든 점에서 변화가 일어났다.

우선 아기들은 엄마 배 속에서 더 일찍 세상에 나왔다. 엄마의 배에 불필요한 압력을 주어서는 안 되기 때문이다. 이렇게 태어난 신생아들은 혼자서 살아남을 수 없었고, 어미와 결합되어 있을 필요가 있었다. 직립 자세의 어미들은 네 발로 나아가는 대다수 영장류와는 달리 새끼를 등에 매달고 다닐 수 없었다. 대신 한쪽 팔로 새끼를 가슴에 붙인 채로(새끼에게 젖을 주기에는 이것이 편리했다), 앞에다 데리고 다녔다.

그러다 보니 새로운 문제들이 생겨났다.

포식 동물에게 쫓기는 경우에는, 두 팔의 평형추 효과를 얻지 못하기 때문에 덜 빨리 달릴 수밖에 없었다. 설령 용기를 내어 포식 동물과 맞섰다고 치더라도, 한 팔은 상대를 때리거나 몽둥이를 잡을 수밖에 없었고, 다른 팔은 아기를 안고 보호해야만 했다. 그러니 어미와 자식은 죽음을 면할 수 없었을 것이다. 몇몇 영장류는 그 장면을 보고, 자기들만으로는 살아남을 수 없으며 일종의 〈경호원〉이 있어야 자기와 자식이 보호받는다고 결론을 냈다. 누가 그 역할을 하기에 적당할까? 바로 신생아를 만들어 주었던 그 수컷이 아니겠는가? 그때까지 영장류 수컷은 암컷을 임신시키고 나면 암컷과 새끼에 대한 관심을 버렸으므로, 그가 남아 있도록 설득할 필요가 있었다. 암컷은 한 가지 방안을 생각해 냈다. 성행위를 에로틱하게 만들기가 바로 그것이었다.

사실 암컷은 수컷에게 성생활의 쾌감에다가 놀이의 차원까지 제공하면, 수컷을 자기 곁에 붙들어 둘 수 있다는 것을 알게 되었다. 그 협상은 어떻게 진행되었을까? 수천 년에 걸쳐 암컷들은 수컷을 다루기 위한 다양한 행동을 시험해 보았다.

암컷들은 욕정을 유발하는 걷기, 성행위의 몸짓 흉내 내기, 입술에 침을 묻혀 더 반짝거리게 하기, 성기를 매끄럽게 만들기, 몸이나 머리 모양 다듬기를 개발했다.

그렇게 유혹의 메커니즘을 연구한 뒤에는 환상적인 차원을 고안해야 한다는 것을 이해했다. 수컷의 성적인 욕구 불만을 이어 가는 게 바로 그것이었다. 일단 수컷의 욕망이 채워지고 나면, 그 뒤에는 어떤 식으로 수컷을 붙들어 둘 수 있을까? 참신한 섹스 체위의 개발, 지속적인 간질이기, 쾌감 자극, 만족감, 뒤이어 또 자극.

욕정을 유발하는 그런 유희를 이해하지 못한 암컷들은 성적인 파트너를 구하지 못하고 포식 동물에 쫓기다가 새끼와 함께 죽어 갔다.

다른 암컷들은 뛰어난 암컷들과 경쟁 관계에 있음을 알아차렸고, 거기에서 아마도 〈수컷들을 자기들의 에로스 제국으로 끌어들여 꼼짝 못 하게 하는 기술〉이

나왔을 것이다.

십중팔구는 그런 방식에서 짝(또한 〈팜파탈〉)이 생겨났을 것이다. 그리고 그렇게 짝이 만들어지면서, 인간은 직립 보행의 험난한 단계가 야기한 위험들을 이겨 내고 진화의 길을 걸어왔을 것이다.

44
세대의 비교

인간의 한 세대는 25년에 한 번씩 나타난다.

박테리아의 한 세대는 25분에 한 번씩 나타난다. 다시 말하면 박테리아 세계에서는 25분마다 부모 세대보다 더 진화하고 환경에 더 잘 적응하며 새로운 문제들을 해결할 줄 아는 개체들이 나온다는 것이다.

45
히파티아

이집트 알렉산드리아에는 알렉산드로스 대왕의 그리스 장군이었던 프톨레마이오스가 건설한 대도서관이 있었다. 그 대도서관의 마지막 관장이 테온이었는데, 히파티아는 바로 그 테온의 딸이다.

히파티아는 370년에 태어나 아버지의 도움으로 수학과 철학과 천문학에 빠르게 입문했다. 그다음에는 아테네에 가서 공부를 계속했다. 당대에 가장 널리 읽히던 수학자 디오판토스와 페르게의 아폴로니오스가 남긴 저서들에 주해를 달았고, 다른 한편으로는 대중 토론을 할 때 가장 전위적인 철학적 테제들을 옹호함으로써 초기의 명성을 얻었다.

이집트에 돌아와서는 알렉산드리아의
열린 회당에서 부자나 가난한 사람, 지식
인이나 문맹자를 가리지 않고, 원하는 사
람 모두에게 플라톤과 아리스토텔레스
철학이나 천문학의 기초를 가르쳤다.

키레네 사람 시네시오스는 그녀의 제
자 중 하나였는데, 그녀를 매우 아름답고
남자가 없는 여자로 묘사했다. 그의 말에
따르면, 그녀는 무엇을 만드는 재주가 비
상하고 유량 측정기나 천문 관측기구 같
은 기계를 만들어 낼 줄 알았다.

역사가 소크라테스 스콜라스티코스는 〈그녀가 도달한 교양의 수준이 높아서 어
느 남자도 따라갈 수가 없었고, 자기가 알고 있는 바를 원하는 사람 누구에게나 나
누어 주었다〉고 이야기한다.

그러나 콘스탄티누스 황제가 가톨릭을 로마의 종교로 인정한 뒤로, 예전에는
이단 취급을 당하던 가톨릭이 국가의 존중을 받는 종교가 되었다. 412년, 가톨릭
민병대(거룩한 말씀을 전파한다는 명분을 지니고 있었지만 다른 종교 공동체들
사이에 공포를 뿌려 댔다)를 이끌던 키릴로스가 알렉산드리아의 주교로 임명되었
다. 그때부터 그는 황제의 대리인, 특히 오레스테스 총독이 개입하는 것을 두려워
하지 않고 백성을 상대로 자기 마음대로 행동할 수 있었다. 네오플라톤 학파 철학
자 다마스키오스가 후대에 쓴 글에 따르면, 415년 3월 키릴로스는 히파티아의 천
문학 강의를 듣기 위해 군중이 모여 있는 것을 우연히 보게 되었다. 깜짝 놀랄 일
이었다. 신을 믿지 않는 여성 과학자가 그렇게 인기가 높다는 게 샘이 났다. 더구
나 그녀는 태양 중심설을 주장하고 있었다. 지구는 우주의 중심에 있는 것이 아니
라 태양의 둘레를 돌고 있다는 것이다.

소크라테스 스콜라스티코스는 그 사건을 이런 식으로 이야기한다. 〈키릴로스 주교의 명령에 따라 수도사들 한 무리가 히파티아를 감시하고 있다가 집으로 돌아가는 그녀를 붙잡았다. 수도사들은 그녀를 성 미카엘 성당으로 끌고 가서 옷을 벗기고 그릇의 깨진 조각으로 죽을 때까지 공격했다. 그러고는 시신의 사지를 절단하고 나머지 시신을 거리에 내놓고 사람들에게 구경을 시킨 뒤에, 키나론 언덕에 가지고 올라가 불태웠다.〉

7세기에 주교를 지낸 니케이 사람 요한은 그 이야기를 조금 다르게 들려준다. 〈히파티아는 신을 믿지 않고 마법을 믿었으며, 천문 관측기구를 사용했고 몇 가지 악기를 연주했다. 그 악마적인 재능으로 많은 사람들을 유혹했다. 심지어는 자기 주술을 이용하여 오레스테스 총독을 홀리기까지 했다. 그녀를 죽이기로 한 날, 신자들은 그녀를 찾아내어 옷을 벗기고 수레에 매달아 거리로 끌고 다녔다. 그러다가 성당으로 데려가서 죽였다. 그들은 그녀의 시신을 바로 불태웠다. 그렇게 키릴로스는 알렉산드리아 우상 숭배의 상징이던 여자를 제거했다.〉

히파티아는 개인적으로 많은 과학적 연구를 행했고, 여러 가지 저서를 썼을 것이다. 하지만 그 사건에 이은 최초의 알렉산드리아 대도서관 화재 때, 그녀의 저술 모두가 불에 탔다.

키릴로스 주교는 사후에 복자를 거쳐 성인이 되었다.

46
기제의 피라미드

많은 역사가들이 오랫동안 주장해 온 것과는 달리, 기제 평원의 대(大) 피라미드를 실제로 누가 건설했는지는 아무도 모른다. 그것이 모든 피라미드들 가운데 가장 오래되고 가장 신비로운 것임에도 말이다.

파라오 쿠푸는 기원전 2500년경이 되어서야, 이미 존재하고 있던 그 피라미드(아마도 2500년 전에 건설되었다가 버려진 피라미드)를 자기 것으로 삼고 자기

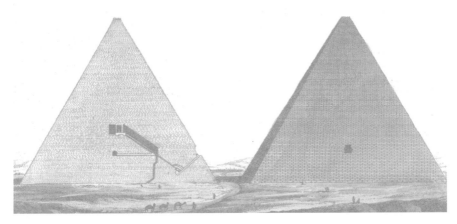

이름을 붙이기로 결심한다.

파라오 쿠푸는 입구를 찾을 수가 없어서 제디라는 이름을 가진 늙은 마법사에게 부탁을 한다. 마법사는 피라미드 안에 들어갈 수 있게 하는 비밀 통로를 찾아낸다.

그렇게 해서 쿠푸는 당시에 이유를 알 수 없이 아주 오래된 폐허로만 생각되던 그 피라미드를 자기가 묻힐 무덤으로 변화시키게 된다.

나중에 그의 서사들은 그를 선전하기 위해 역사를 새로 쓰고, 파라오 쿠푸가 피라미드 건설을 명령했으며 기록적인 시간인 20년 만에 건설에 성공했다고 믿게 한다.

그러나 그 기적 같은 기념물을 세운 진짜 건축가들은 자기들 공으로 놀라운 성과를 이루어 냈다. 그 성과를 재현하는 것은 오늘날에도 어렵거나 불가능하다. 몇 가지 예를 들어 보자.

• 쇠도 없고 바퀴(기원전 3500년경 수메르에서 발명)도 없을 만큼 도구가 초보적이던 시절에, 그들은 점토질 언덕을 밀어 6만 제곱미터의 평원을 만들었다.

• 그들은 아스완에 있던 채석장으로부터 9백 킬로미터나 떨어진 곳으로 하나에 70톤이나 나가는 화강암 덩어리 130개를 옮겼고(배나 썰매를 가지고는 실현하기가 불가능한 일), 그것들을 바닥에서 70미터 높이까지 올렸다(오늘날의 기중기로도 실현하기가 어려운 일).

• 그들은 130개 화강암 덩어리 주위에 작은 덩어리 2백만 개를 배치했다. 크기

는 작고 형태는 제각각이지만 큰 덩어리와 아귀가 딱딱 맞아떨어지는 것들이었다. 전체적으로 보면 일종의 복잡한 테트리스 게임처럼 틈이 벌어져 있지 않다. 이 피라미드가 건설된 뒤로 지진이 세 차례쯤 일대를 뒤흔들어 댔을 때, 저항력을 보이며 꿋꿋하게 버텨 낸 것도 이것과 무관하지 않다. 돌덩어리들 사이사이에 시멘트 같은 것을 부어 움직이지 않게 한 것도 아닌데 말이다.

- 그들은 피라미드의 사면이 정확하게 사방을 향하게 했다.
- 그들이 고안한 형태는 완전한 조화의 의미를 담고 있다. 특히 기하학과 수학에서 볼 때 그렇다는 것이다. 1859년 영국의 이집트 연구가 존 테일러는 이 피라미드의 높이와 둘레를 계산한 뒤에 둘레의 반을 높이로 나누었다. 그랬더니 원주율을 나타내는 파이, 즉 3.14를 얻었다.

그다음에 세워진 다른 피라미드들은 기제 평원의 피라미드를 근사치로 베껴 낸 것들이었다.

47
톈안먼 광장

1980년대 중반, 고르바초프가 러시아의 정치적 해빙을 시도하자 중국의 지도자 덩샤오핑 역시 마오쩌둥이 확립한 공산주의 독재의 현대화와 유화 정책을 결정한다. 그는 이 목표를 위해 후야오방과 자오쯔양이라는 두 개혁파의 도움을 받는다. 이 두 인물은 경제 이론가 천원과 그의 총애를 받던 리펑으로 대변되는 보수 강경파와 대립각을 세운 것으로 알려져 있다.

개혁파와 보수파라는 두 진영 간의 경쟁은 보다 넓은 의미에서 나라 전체에 나타난 갈등 현상을 그대로 드러내는 것이다. 한쪽에서는 노동자들과 농민들이 공산주의의 강화를 요구하고, 다른 쪽에서는 학생들과 상인들이 민주주의의 강화를 요구했다.

1986년, 최초로 발발한 대규모 학생 시위는 후야오방의 좌천과 개혁의 중단, 보수파의 세력 강화를 부른다. 3년이 흐른다.

1989년 4월 15일, 독살로 추정되는 후야오방의 의문사 직후 베이징의 톈안먼 광장에서 학생들의 자발적인 평화 시위가 벌어진다. 시위자들은 이 개혁가의 사후 복권을 요구한다. 학생들은 공식 체제는 지지하면서도 상당수 지도자들의 부패와 중국 공산당 당원 자녀들에게 주어지는 특혜 시스템을 고발한다.

1989년 4월 17일을 기해 시위 참가자의 숫자는 기하급수적으로 늘어나 곧 수십만 명에 이른다. 그들은 인민 대표 대회가 열리는 인민 대회당 앞에서 연좌 농성에 돌입한다.

베이징에서 시발한 학생 시위는 상하이, 충칭, 우루무치 등 학생 인구가 많은 4백 개 이상의 도시로 확산된다. 결연한 의지를 드러내기 위해 1천 명이 넘는 학생들이 단식에 들어간다.

노동자들 역시 공산당 지도부의 부패와 극심한 사치를 비난하며 학생들을 지지하고 나선다.

홍콩과 타이완을 비롯한 화교 거주지의 젊은이들도 멀리서 지지를 표명한다. 당내에서는 시위 대응에 대한 지도자들의 입장이 엇갈린다. 자오쯔양은 평화적인 협상을 지지하는 반면, 리펑은 강경 진압을 주장한다. 당 원로들이 나라가 혼란에 빠지는 상황을 우려하게 되고, 결국 덩샤오핑은 리펑의 손을 들어 준다. 강경파의 입장이 채택된다. 이 방침에 반기를 든 여덟 명의 장군은 즉각 강제적으로 병가에 들어가고, 자오쯔양은 좌천되어 가택에 연금되고, 리펑이 권력을 잡는다.

5월 20일, 계엄령이 선포된다. 시위자들과 친인척 관계에 있는 군인들을 배제하기 위해 일부러 몽골 같은 먼 지방들에서 차출한 20만 명의 병력이 진압에 배치된다. 수백 대의 전차가 군인들을 따라 등장한다.

베이징 시민들이 학생들을 돕기 위해 발 벗고 나서고, 곳곳에 탱크를 막기 위한 바리케이드가 설치된다.

리펑은 신속히 처리해야 한다고 판단한다.

그러나 군 수뇌부에서 이견이 발생하고, 일부 군단 병력은 시위대를 지지하는 쪽으로 돌아선다. 베이징 외곽에서는 친정부 군인들과 친시위대 군인들 사이에 대포와 중무기를 동원한 교전이 벌어지기도 한다.

6월 3일, 리펑의 명령을 받는 군인들이 밤 10시에 톈안먼 광장 주위에 집결한다. 폭도들에게 최후통첩이 내려진다.

6월 4일 새벽 4시, 시위 지도부가 퇴거와 저항을 놓고 투표를 벌인 끝에 결국 두 번째 방법을 택한다.

리펑은 살상 명령을 내린다. 군인들은 비무장 상태의 군중을 향해 실탄을 장전해 발사한다. 훗날 정부 관료들은 당시에 고무탄이나 최루탄 같은 폭동 진압 장비가 없었기 때문이라고 해명한다.

군인과 경찰 50명을 포함해 3천 명 이상이 사망하고 7천 명이 부상을 입는다. 생존 학생들은 철수를 협상한다.

새벽 5시 40분, 광장은 텅 비었다.

경찰이 동시에 시위 진압에 들어갔던 다른 도시들까지 합계하면 사망자는 1만 2천 명 이상으로 늘어난다. 여기에 도시 외곽에서 학생 시위대의 편에서 싸우다 사망한 수백 명의 군인들과 체포된 수천 명을 더해야 한다. 신속한 재판이 이루어진다. 판사들이 사형을 선고하면 즉각 집행된다.

리펑이 공식적으로 이 반란을 〈깡패 무리들이 일으킨 소요 사태〉로 규정하자, 중국에서는 톈안먼 시위에 대한 어떤 형태의 언급도 일절 금지된다. 뉴스와 서적, TV 방송에 이르기까지 전면 검열이 가해진다. 리펑이 군림한다. TV에서는 프롤레타리아 독재의 이점과 위대한 조타수 마오쩌둥의 지혜를 선전하는 캠페인이 펼쳐진다.

이 1989년 6월의 시위에서 가장 인상적으로 남는 이미지는 늘어선 탱크들에 맞서 혼자, 무기도 없이 서 있던 하얀 셔츠 차림의 이름 모를 한 남학생의 모습이다. 선두에 서 있던 탱크가 그를 비켜 가려고 할 때마다 이 학생이 자리를 옮겨 어김없이 다시 탱크를 막아서는 바람에 결국 이 탱크와 뒤따르던 탱크들 모두 진행을 멈출 수밖에 없었다.

이 주인공의 모습을 다시는 볼 수 없었다.

48
지구 공동설

지구가 속이 꽉 찬 구가 아니라 텅 빈 구일지도 모른다는 생각은 이미 여러 고대 신화에서부터 등장한다. 그리스인들에게 지구의 중심은 명부(冥府)의 왕인 하데스의 왕국이다. 북유럽 신화에서는 도크알프들의 고향인 스바르트알파 헤임이 지구의 중심이다.

〈텅 빈 지구〉의 개념을 처음으로 발전시킨 과학자는 그의 이름을 딴 혜성이 있는 영국 천문학자 에드먼드 핼리이다. 그는 1692년에 지구는 8백 킬로미터 두께의 껍질이며, 이 속에 두 번째 껍질, 이어 세 번째 껍질이 있고, 중심에는 단단한 핵이 있다고 가정한다. 위쪽 껍질과 아래쪽 껍질 사이에는 구름이 떠 있는 밝은 대기가 존재한다고 상상한다.

1776년, 스위스 출신의 수학자이자 물리학자 레온하르트 오일러는 핼리의 다중 껍질 개념을 폐기하면서, 지구는 중간에 태양이 존재하고 외벽과 내벽 모두에 발전된 문명이 살고 있는 텅 빈 구라고 주장한다. 이런 생각은 『지구 속 여행』을 쓴 쥘 베른을 비롯해 여러 사람에게 영향을 미친다.

1818년, 미군 장교였던 존 클리브스 심스 주니어도 오일러와 유사한 모델을 제시하는데, 그와는 달리 두께 1,250킬로미터의 껍질이 하나 있으며 북극과 남극에 구멍이 존재한다고 주장한다. 그에 따르면, 오일러가 지구 내부에 살고 있다고 말한 문명은 이상한 이방인들의 집단이 아니라 바로…… 우리라는 것이다. 그는 이렇게 인류가 지구의 바깥쪽이 아니라 안쪽에서 살고 있다는 가정을 내놓으면서, 우리가 볼록하다고 생각하는 땅이 사실은 오목한 세계일 수 있다고 주장한다.

심스의 눈으로 보면 우리는 공 모양으로 생긴 수족관의 내벽을 걸어다니는 곤충들이며, 우리를 땅에 붙여 두는 것은 중력이 아닌 원심력이다. 태양과 달과 별들이 지구의 중심에 존재하고, 우리들은 둥그런 감옥에 갇힌 죄수들이나 마찬가지라는 것이다.

심스의 빈 지구 이론에 매료된 아돌프 히틀러는 1942년 4월, 발트해의 뤼겐섬에 원정대를 파견한다. 레이더 장비들과 망원경들, 적외선 수신기들이 하늘과 45도 각도로 여러 지점에 설치됐다. 스캐파플로에 정박 중인 영국 함대의 정확한 위치가 지구의 오목한 내벽에 반사되는 것을 포착하겠다는 의도였다.

여러 날 레이더들을 작동시켜 보았지만 소득이 없었다. 이후 미국 영토를 정탐할 목적으로 똑같은 실험을 다른 곳에서도 진행했지만 결과는 마찬가지였다.

히틀러가 이 실험을 중요하게 여겼던 이유는, 이를 통해 유대인 출신 과학자 아인슈타인의 어리석음과 잘못된 물리학적 관점을 입증할 수 있다고 생각했기 때문이다. 하지만 실패로 끝난 원정들은 총통에게 대단한 실망감을 안겨 주었고, 뤼겐섬 원정대 파견을 주도했던 페터 벤더는 체포돼 강제 수용소로 보내진 후 그곳에서 죽음을 맞았다.

49
이스터섬

이스터섬에서 최초로 인간이 살기 시작한 것은 기원후 400년으로 추정된다.

전설에 의하면, 폴리네시아에 민중 봉기가 일어나자 호투 마투아 왕이 아바레이푸아 왕비와 신하들, 하인들을 거느리고 투아모투 제도를 도망쳐 나왔다. 동쪽을 향해 떠난 일행은 20여 일을 항해(당시로서는 대단히 위험한 장기 항해였다)한 끝에 우연히 무인도 하나를 발견해 정착한다.

몇 세기 후, 급조한 쪽배들을 타고 서쪽으로 항해 중이던 잉카 부족들 역시 이 섬에 도착한다.

여자가 없었던 잉카족 개척자들은 폴리네시아 원주민들과 섞여 혼혈 인구와 혼혈 언어, 혼혈 문화를 낳았다.

이 사회는 두 개의 카스트, 즉 잉카족 출신의 성직자로 소수 지배 계급을 형성한 〈장이족(長耳族)〉과 폴리네시아 출신의 노동자와 농부로 구성된 〈단이족(短耳族)〉으로 나뉘었다.

장이족과 단이족은 힘을 합쳐 아후라는 이름의 석단과 통돌을 깎아 만든 거대한 석상으로 특징지어지는 〈라파누이〉 문명을 일군다. 열두 개 부족으로 나뉘었던 라파누이인들은 우주에 퍼진 생명의 기운을 〈마나〉라고 부르며 숭배했다.

하지만 1500년경부터 태풍으로 추정되는 기후 현상 때문에 기근이 닥치고 사회적 위기가 찾아왔다. 1650년부터는 섬의 생물 다양성이 급격히 감소하고 극심한 흉년이 들었다. 해안에는 어류가 사라졌고, 원주민들이 고기잡이를 하러 먼바다에 타고 나갈 배를 만들 나무조차 없었다(당시 주민들이 먹다 남긴 음식에서 돌고래의 뼈가 사라졌다고 한다).

이런 고달픈 상황이 광신의 열정과 신비주의를 불렀고, 그들은 얼마 남지 않은 나무와 마지막 에너지를 모두 쏟아부어 신성한 조각상들을 만들어 세우기 시작했다. 유독 비에 집착했던 잉카인들은 비를 기원하며 점점 더 크고 무거운 조각상을 만들었다.

그러나 이러한 신비주의적 열정이 효과를 보지 못하자, 종교가 기근의 원인이라고 판단한 사람들이 1680년경에 사제들을 상대로 반란을 일으켰다.

〈단이족〉에 의한 〈장이족〉의 대학살이 이루어졌다.

이 봉기의 와중에 모아이상들도 일부 파괴됐다.

그러나 단이족 또한 섬을 살기 좋은 곳으로 만드는 데 실패하자, 인구는 서서히 감소하기 시작했다. 한때 1만 5천 명에 달했던 이스터섬의 인구는 계속 줄어들어, 네덜란드 출신의 항해가인 야코프 로헤베인이 1772년, 부활절 날에 섬에 상륙했을 때는 50명의 주민만이 남아 있었다.

그가 이스터섬이라는 이름을 붙인 라파누이의 인구는 그러나 2000년을 기준으로 5천 명까지 다시 늘어났다.

50
낙관론자와 비관론자

독일의 한 대학에서 2013년 2월 18일에 비관론과 낙관론이 개인의 수명이 미치는 영향에 대한 연구 결과를 발표했다. 이 연구는 세 개의 연령층에 속하는 4만 명의 대상자들에게 10년에 걸쳐 질문한 내용을 바탕으로 이루어졌다.

연구 대상자들은 향후 5년 동안의 삶을 예상해서 0점에서 10점까지 점수를 매겨야 했다.

그 결과, 43퍼센트는 실제로 벌어진 일에 비해 지나치게 비관적으로 대답했다.

25퍼센트는 정확히 판단해 벌어진 상황을 제대로 예측했다.

32퍼센트는 지나치게 낙관적이었던 것으로 판명됐다.

그런데, 연구 결과 마지막 그룹의 건강 악화 위험이 평균보다 높은 것으로 나타났다.

9.5퍼센트는 중증 장애가 발생했고, 10퍼센트는 단기적으로 사망할 위험에 처해 있었다.

이 연구를 행한 과학자들은 비관론자들이 건강 문제에 더 예민하기 때문에 의사나 치과 의사를 자주 찾다 보니 치료도 더 신속하게 이루어진 때문이라고 이유를 설명했다. 앞으로의 기대 수명이 더 긴 것도 바로 이 비관론자들이다.

결과적으로 비관론자가 되는 것이 더 오래 사는 비결인 셈이다.

51

아메리카 인디언들의 벌새 전설

아주 옛날, 인간이 생기기도 전에, 거대한 불길이 느닷없이 밀림을 덮쳤다. 기겁한 동물들이 사방으로 흩어져 달아났다. 그런데, 유독 한 동물만은 자리를 지켰다. 벌새라는 자그마한 새였다. 새는 강과 불이 난 숲을 쉼 없이 오가며 그 자그마한 부리로 물을 한 방울씩 길어다 불 위에 뿌린다.

커다란 부리를 가진 투칸이 벌새의 반복되는 행동을 지켜보다 못해 한마디 한다.

「제정신이 아니구나, 벌새야. 아무 소용이 없다는 걸 잘 알잖니. 설마 온 숲의 불을 그렇게 끄려는 건 아니지?」

「음, 나 혼자서 대단한 걸 할 수 없다는 건 잘 알아.」 벌새가 대답한다. 「하지만 해결을 위해 내가 할 수 있는 한에서 내 역할을 하고 있다고는 믿어.」

52

골든 호르드

유럽에서 최초로 대성당들이 건축되고 십자군이 원정에 나서고 카타리파가 위세를 떨치고, 프랑스에서는 생루이 왕과 필리프 오귀스트 왕이 권좌에 있던 13세기, 동쪽에서 위협이 감지된다.

40개의 몽골 유목 부족을 하나로 통합한 칭기즈 칸은 이 연합군을 이끌고 그의 표현에 따르면 〈세계 유일의 군주〉가 되기 위해 무한 영토 확장에 나설 채비를 갖춘다.

1213년, 그는 동쪽으로 공격을 감행한다. 그는 적 내부에서 일어난 배신 덕분에 중국 제국을 야만인들의 침략에서 지키기 위해 세워진 만리장성을 넘는 데 성공한다.

1215년, 힘겨운 포위 끝에 베이징을 함락한 칭기즈 칸은 도시를 약탈하고 집단 체형을 가해 중국인들에게 값비싼 저항의 대가를 치르게 한다. 그는 속국이 된 중국에 장군 몇 명을 남겨 다스리게 하고 서쪽 정벌에 나선다.

그는 20만 명의 병사를 이끌고 아프가니스탄의 산맥을 넘어 1218년에 페르시아 제국을 복속시킨다.

1221년에 인도에 도달한 칭기즈 칸은 북부 전역을 장악한다. 하지만 그는 5년 후 평범한 낙마 사고의 후유증으로 세상을 떠난다.

그러자 그의 아들인 오고타이(몽골어로 〈관대한 사람〉이라는 뜻) 칸과 손자 바투 칸이 〈골든 호르드〉라는 이름으로 몽골의 영토 확장을 위한 원정을 계속한다.

1237년, 오고타이는 바투 칸과 이란 침공을 계획했던 능수능란한 책사 수부타이 장군을 시켜 저항하는 서쪽 왕국들의 방어선을 뚫는다. 몽골은 러시아를 침공해 진군 길목에 있는 키예프, 블라디미르, 콜롬나, 쿠르스크, 모스크바 같은 도시들을 차례로 초토화시킨다. 몽골군은 약탈을 저지르고 여성들을 강간하고 포로들을 살해한다.

몽골군이 정복민들을 잔혹하게 집단 처형했다는 끔찍한 사실은 익히 알려져 있다. 역사학자들은 당시 러시아 인구의 절반 가까이가 그렇게 제거됐을 것으로 추정한다.

몽골인들은 전장에서 효과적인 전술을 구사한 것으로도 유명하다. 그들은 일부러 기아 상태로 살려 둔 포로들을 최전선에 인간 방패로 세워 적의 화살을 소진시키고 최초의 충격을 흡수하게 했다. 또한 퇴각하는 척하면서 적들을 아군이 매복해 있는 곳으로 유인하기도 했다.

　평지 전투에서 몽골인들은 속도전에 능한 기마대를 활용했다. 기병들이 전투 도중에 갈아탄 싱싱한 새 말들이 적진을 향해 질주했다. 말을 타고 달리는 상태에서 활을 쏘는 몽골 기병들의 솜씨는 다른 나라 전사들에 비해 월등했다.

　도시를 포위할 때는 투척 장치를 이용해 돌과 화살뿐 아니라 생포 중인 포로들까지 적진을 향해 날려 보냈다. 이렇게 적진으로 날아간 포로들 중에는 페스트 같은 치명적인 바이러스에 감염된 사람들도 섞여 있었으니, 가히 역사상 최초의 세균전이라 부를 만하다.

　그들은 물을 건널 때는 분해가 가능한 배를 띄웠다. 통신을 책임진 파발꾼들은 잘 갖춰진 역참 제도 덕에 늘 싱싱한 말을 타고 이동했다.

　현지에서는 수시로 정치적 소수 세력들과 손을 잡았다. 주변 지형에 밝고 당연히 다수 지배 세력에 적대적일 수밖에 없는 이 원주민 동맹군의 능력을 백분 활용한 것이다.

　1240년, 수부타이 장군과 바투 칸이 이끄는 몽골군은 폴란드를 침공해 크라쿠프를 함락한 뒤, 발슈타트 전투에서 독일과 폴란드의 연합 기병대를 격퇴하고 나서 기세를 몰아 크로아티아를 침공한다. 1241년, 수부타이와 바투 칸은 교묘한 포위 작전을 펼친 끝에 모히 전투에서 벨러 4세가 지휘하는 헝가리 군대를 격파한다.

이때부터 몽골군은 유럽 동부 전선을 향해 승승장구로 진격을 계속한다.

1242년, 그들은 오스트리아의 수도인 빈의 성벽에 당도해 포위에 돌입한다.

그러나 오고타이 칸의 서거 소식이 전해지자 수부타이 장군과 바투 칸은 몽골로 돌아가서 장례식에 참석하고 새로운 칸을 추대하기 위해 어쩔 수 없이 최후 공격을 포기하고 돌아선다. 〈몽골 내의 행정적 절차〉 때문에 결국 골든 호르드는 진군을 멈추고 오스트리아 함락을 포기한다. 서유럽의 나머지 국가들은 이 덕분에 자신들의 동쪽 변방이 침공 위험에서 아슬아슬하게 벗어났다는 사실을 물론 인지하지 못했다.

53 전쟁별 사망자 숫자

대규모 살상이 벌어진 역사적 사건들:

제2차 세계 대전(1939~1945년): 6천5백만 명

중국 마오쩌둥 정권의 숙청(1949년부터): 4천5백만 명

제1차 세계 대전(1914~1918년): 2천2백만 명

러시아 스탈린 정권의 숙청(1950년부터): 1천3백만 명

한국 6.25 전쟁(1950년부터): 280만 명

수단 내전(1955년부터): 190만 명

캄보디아 크메르 루주(1975~1979년): 180만 명

베트남 독립전쟁(1954년부터): 170만 명

아프가니스탄 소련과의 전쟁 그리고 탈레반과의 전쟁(1980년부터): 160만 명

나이지리아 비아프라 분리 독립 전쟁(1967~1970년): 130만 명

이라크 대 이란 전쟁(1980~1988년): 120만 명

54
차르 봄바

냉전시대였던 1960년대, 미국과 소련은 더 뛰어난 살상력을 지닌 핵폭탄을 제조하기 위한 경쟁에 돌입했다.

이 경쟁은 인간이 발명한 최대의 원자 폭탄이 폭발한 1961년 10월 30일에 정점에 달했다. 폭탄의 황제라는 뜻으로 〈차르 봄바〉라는 이름이 붙은 이 폭탄은 1945년 히로시마에 투하된 미국의 원자 폭탄인 리틀 보이의 3천3백 배에 달하는 57메가톤의 파괴력을 지녔다.

차르 봄바는 지금까지 인간이 사용한 가장 강력한 살상 무기이다.

폭탄은 러시아의 인구 거주 지역에서 가장 멀리 떨어진, 북극해에 위치한 무인도 노바야제믈랴섬 상공에서 투폴레프 폭격기에 의해 투하되었다.

애초에 차르 봄바는 1백 메가톤 급에, 1단계 핵분열, 2단계 핵융합, 3단계 핵분열이 일어나는 3단계 폭탄으로 설계되었다.

당시 소련의 최고 지도자였던 니키타 흐루쇼프는 실험 직전에 이 폭발이 가져올 효과를 예측하기가 불가능하고, 멀리 떨어진 인구 거주 지역까지 방사성 낙진의 영향권에 들 수 있다는 보고를 받고 폭탄의 위력을 줄이기로 결정했다.

이 결과 3단계의 우라늄 반사재가 납 반사재로 대체되는 바람에 이 괴물 핵폭탄의 위력은 50메가톤 급에 머무르게 됐다.

흐루쇼프의 직관적 결정은 결론적으로 참으로 다행스러운 일이었다. 이 살상 무기의 파괴력이 모든 예측을 뛰어넘었기 때문이다. 최초 폭발로 생긴 지름 7킬로미터의 화구는 위로 갈수록 넓어져 상층에서는 지름이 30킬로미터에 달했다. 버

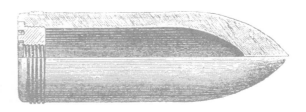

섯구름은 에베레스트 높이의 7배에 달하는 64킬로미터 상공까지 치솟았고, 폭발 시의 강한 빛은 반경 1천 킬로미터 너머까지 환하게 비추었다.

폭발 지점으로부터 25킬로미터 내에 있던 모든 것이 유리화되었고, 테스트용 건물들은 1백 킬로미터 거리까지 모두 파손되었으며, 복사열은 폭발 지점에서 3백 킬로미터 떨어진 지점까지 전해졌고, 5백 킬로미터 내에 있던 건물들의 유리창이 전부 깨졌다.

이 폭발 이후 대형 핵폭탄 제조를 위한 경쟁은 일단락됐다. 미국 역시 핵폭탄을 수송 중이던 B52 폭격기에서 히로시마 핵폭탄의 위력의 260배에 달하는 수소 폭탄이 기체와 분리돼 노스캐롤라이나주의 한 농경지에 잘못 떨어지는 사고를 경험한 바 있다. 만약 이때 기폭이 일어났다면 워싱턴과 볼티모어, 뉴욕, 심지어 보스턴까지 폭발의 위력이 전해졌을 것이다. 이 사건 역시 2013년에 와서야 세상에 알려졌다.

노바야제믈랴섬은 여전히 러시아의 핵 실험 기지로 쓰이고 있고, 현재까지 이곳에서 총 1백 차례가 넘는 핵 실험이 진행됐다. 이 섬은 방사능 폐기물 매립지로도 사용되어 약 1만 2천 개의 핵폐기물 컨테이너가 보관돼 있는 것으로 알려져 있다. 그런데 부식으로 폐기물 컨테이너의 밀폐력이 떨어지는 바람에 점점 강한 독성을 발산하고 있는 실정이다. 여전히 섬 주위에는 어류들이 서식하고, 침출수에 오염된 바닷물이 해류를 통해 순환되고, 방사능에 오염된 공기가 바람을 타고 순환되며, 예전에 일어난 핵폭발이 지금까지도 주변의 동식물에 영향을 끼치고 있다.

차르 봄바의 제조에 참여한 과학자 중 한 명인 물리학자 안드레이 사하로프는 1975년에 노벨…… 평화상을 수상했다.

55

메르캉투르
늑대들의 전략

1992년 가을, 프랑스의 니스 북쪽에 위치한 메르캉투르 국립 공원에서 이탈리아에서 알프스산맥을 넘어온 것으로 추정되는 늑대들이 발견되었다. 메르캉투르 국립 공원 관계자들과 프랑스 환경부에서는 이 지역의 늑대가 멸종 위기에 처한 상황에서, 새롭게 나타난 늑대들이 생물적 다양성에 도움이 되리라 판단하고 이들의 출현을 반겼다. 당시에 세 무리로 나뉘어 포착된 회색 늑대들의 숫자는 총 스물두 마리였다.

하지만 늑대들이 번식을 해 숫자가 늘어나고 양 떼를 공격하기 시작하자 인근의 양치기들은 불안에 떨었다. 그들은 양 떼를 지키기 위해 전기 울타리와 철책을 세우고 개들을 풀어놓는 자구책을 마련해야 했다. 어느 날 저녁, 늑대 무리가 양 떼를 공격했다. 기습 공격에 당황한 울타리 밖의 개들부터 처치한 늑대들은 이내 전기 울타리에 가로막혔다. 그러자 늑대들은 양들이 자신들을 지켜 주는 보호벽을 스스로 무너뜨리도록 유도하는 전략을 구사했다. 늑대들이 큰 소리로 울어 대면서 공포심을 불러일으키자 양들이 일제히 울타리 반대편으로 몰려갔다. 한데 뒤엉켜 아우성을 치며 이리 몰리고 저리 몰리고 하던 양 떼들의 힘에 결국 전기 울타리가 무너지고 말았다.

그러자 정확히 울타리 반대편에서 대기 중이던 또 다른 늑대 무리가 안으로 들이닥쳤다. 포식자들은 힘들이지 않고 양들을 잡아먹을 수 있었다.

공포에 내몰리면 자기 자신의 보호 수단마저 스스로 파괴하게 된다는 것을 보여 주는 사례이다.

56

기생충과 박테리아

다른 종에 일방적으로 해를 끼치는 종이 취할 수 있는 행동이 두 가지 있다.

하나가 벼룩이나 모기, 촌충 같은 기생충이 취하는 행동이다. 이들은 자신에게 영양분을 제공하는 유기체를 죽여서는 안 된다. 그렇게 되면 자신도 결국 죽게 되기 때문이다.

다른 하나는 박테리아가 취하는 행동이다. 박테리아는 번식을 해서 유기체로 옮겨 가는데, 숙주인 유기체가 죽을 경우 자신도 죽을 위험이 있다는 것을 인식하지 못한다.

우리들, 지구에 입주해 있는 하나의 종인 우리 인간들 역시 이 두 가지 행동 중 하나를 선택할 수 있다.

기생충처럼 우리를 살아 있게 해주는 숙주를 살려 둔 채 행동을 취할 것인지, 무분별한 박테리아처럼 자신들이 번식만 하면 지구야 파괴되든 말든 개의치 않고 행동을 취할 것인지.

57

호피족의 예언

애리조나에 사는 호피족 인디언들에 따르면 우리가 살고 있는 세계는 이미 세 번 파괴되고 나서 다시 세 번 태어난 곳이다.

첫 번째 세계는 화산들과 운석들의 불 때문에 파괴되었다.

두 번째 세계는 빙하기에 찾아온 추위 때문에 파괴되었다.

세 번째 세계는 바다에 가라앉았다(대양에 가라앉은 거대한 섬을 암시한다).

오늘날 우리는 네 번째 세계에서 살고 있다.

새로운 시기가 도래할 때마다 인간이 가진 물질의 힘은 늘어나고 정신의 힘은 줄어들었다.

말간 피부에 턱수염을 기른 인종이 십자가 문장이 그려진 불을 뿜는 무기를 손에 든 채 기이한 짐승을 타고 동쪽에서 나타날 것이라고 호피족은 예언했다.

호피족은 이 인간들이 어머니이신 지구와의 조화를 깨는 바람에 인류는 〈코야니스카시〉(나중에 동명의 영화가 제작되었다)라는 불균형의 시대로 들어가게 될 것이라고 말했다.

그들은 원자 폭탄(바가지에 담긴 재가 하늘에서 쏟아져 내려 바닷물을 끓게 하고 대지를 불태운다)의 출현과 UN의 창설(세상의 모든 지도자들이 동쪽에서 회합을 갖는다), 달의 정복(예언에서는 〈독수리가 달 위를 걸을 것이다〉라고 했는데, 1969년에 발사된 아폴로 11호의 달 착륙선 이름이 독수리를 뜻하는 〈이글〉호였다)을 예측했다.

호피족에 의하면 네 번째 세계는 이제 운이 다했다.

그들은 앞으로 대규모 제3차 세계 대전이 일어나 불로 세계가 정화되고 코야니스카시의 시대가 끝날 것으로 내다본다. 그리고 이러한 시련이 다가오는 징후들이 점차 나타나리라고 예언한다.

〈동쪽에서 철마가 출현한 것이다(기차를 가리키는 암시).〉

〈하얀 인간이 땅 위에 철사를 늘어뜨릴 것이다(전신선에 이어 전화선과 전기선의 출현?).〉

〈거미줄들이 하늘을 수놓을 것이다(제트 엔진 비행기가 만드는 비행운?).〉

〈하얀 인간이 재 덩어리를 만들어 지구를 오염시키고 미래 세대가 쓸 수 없는 불모의 땅으로 만들 것이다(원자 폭탄 효과를 암시? 애리조나 호피족의 신성한 땅과 인접한 뉴멕시코에서 핵 실험이 일어난 적이 있다는 사실을 떠올릴 필요가 있다).〉

〈케이프를 걸치고 붉은 모자를 쓴 인간 부족이 하늘을 통해 동쪽에서 올 것이다(호피족 족장 토머스 바냐차의 이 예언과 비슷한 예언을 티베트 라마승인 파드마삼바바도 한 적이 있다. 《철조(鐵鳥)가 하늘을 날면 티베트 민족은 개미들처럼 지구에 흩어지고 붉은 인간들의 나라에는 다르마가 찾아올 것이다.》그런데 실제로 1970년부터 티베트인들과 호피족이 상호 방문을 하는 등 직접적인 교류를 시작했다).〉

예언에는 〈하얀 인간이 하늘에 영구적인 집을 지을 것이다〉라고도 나와 있다 (국제 우주 정거장을 가리키는 말인가?).

경고가 끝나고 나면 제3차 세계 대전이 일어나 불완전한 세계를 불로 정화할 것이다.

이 위기를 겪어야 세계는 비로소 정화된 상태에서 새로운 생명력을 얻어 다섯 번째 시기로 이행할 것이다.

시련에서 살아남은 지구의 모든 지도자들이 한자리에 모여 호피족이 주는 평화와 화합의 메시지에 기꺼이 귀를 기울일 것이다.

58
무적함대

스페인 함대가 1588년 8월 8일 공격을 감행했다. 당대 최대 규모의 해전이었다. 중무장한 130척의 갤리언선에 3만 명의 병력이 말과 노새, 포위 장비, 이동식 야전 병원을 싣고 타고 있었다. 메디나 시도니아의 공작이 지휘한 이 스페인 함대의 임무는 영국 해안에 상륙해 런던을 함락하는 것이었다.

이들에 맞서 자국의 해안에서 전투를 펼치게 된 2만 명의 영국 해군은 크기는 작지만 기동성이 뛰어난 150척의 배에 나눠 타고 있었다. 배들 중에는 급히 군선으로 개조한 상선들도 섞여 있었고, 스페인의 침략으로부터 나라를 지키기 위해 참전한 자원병들도 상당수 있었다. 해군의 지휘는 막판에 엘리자베스 1세가 직접 임명한 프랜시스 드레이크가 맡았는데, 그는 장교 출신이 아니라 접현 공격과 약탈에 능한 해적 출신이었다.

스페인 해군은 국왕인 펠리페 2세가 수호자를 자처한 엄격한 가톨릭교가 뿌리

내리게 하기 위해 성전에 임한다고 생각했다.

마지막 구교도 여왕이자 〈피투성이 메리〉라는 별칭을 가진 메리 튜더가 사망하자, 영국은 그녀의 여동생인 엘리자베스 1세의 등극과 함께 신교도 국가가 되었다. 스페인은 엘리자베스 1세가 구교도 출신의 스코틀랜드 여왕으로서 영국 왕위를 노렸던 그녀의 사촌 메리 스튜어트를 참수한 것은 잘못이라고 주장했다.

한창 해상 전투가 벌어지던 중에 별안간 태풍이 일자, 민첩한 작은 배들을 보유한 프랜시스 드레이크의 군대에 유리하게 전황이 전개됐다.

이 해전은 사실상 날랜 소형 군선들이 털털대는 대형 군선들을 격파한 것을 넘어 두 가치 체계가 충돌한 결과였다.

한쪽에는 신앙과 기사도, 세습 귀족 체제, 로마 교회를 중시한 스페인의 가톨릭교가 있었고, 다른 한쪽에는 무역과 개인의 능력, 노동, 간소하고 중앙 집권화되지 않은 종교를 설파한 새로운 영국의 개신교가 있었다.

무적함대(영국인들이 비아냥거리며 스페인 함대에 붙여 준 이름이다)의 패배로 영국뿐 아니라 네덜란드, 덴마크, 스웨덴 같은 개신교 국가들은 그동안 스페인과 포르투갈을 위시한 가톨릭 국가들이 독점해 온 해상 교역로를 확보하게 되었다.

이것은 결국 이 두 나라의 식민지 확장의 종말을 의미했다. 현대 세계가 영어를 공용어로 사용하는 자본주의 세계가 된 데는 이날 악천후 속에서 벌어졌던 전투가 결정적인 역할을 했다. 1588년 8월 8일, 해적 출신의 프랜시스 드레이크는 상대 지휘관인 스페인 메디나 시도니아의 공작보다 뛰어난 상황 적응력을 보여 주었다.

만약 무적함대가 이겼으면 세상은 어떻게 달라졌을까? 무역과 과학, 산업은 지금보다 훨씬 더디게 발전했을 것이고, 절대 군주제와 왕정 귀족 체제는 특권을 누리며 더 오랫동안 유지되었을 것이다.

59
침술

침술*acupuncture*이라는 단어는 라틴어의 〈바늘〉을 뜻하는 아쿠스*acus*와, 〈찌르다〉를 뜻하는 풍게레*pungere*에서 왔다. 침술을 행한 최초의 기록은 기원전 3000년, 인도의 아유르베다 의학서에 남아 있다.

또한 기원전 2000년, 고대 이집트의 에베르스 파피루스에서도 〈생명의 에너지가 흐르는〉 네 개의 통로가 그려져 있는 그림들이 발견된다.

기원전 1000년경에 살았을 것으로 추정되는, 이탈리아와 오스트리아의 국경에서 냉동 상태로 발견된 미라 〈외치〉의 몸에서도 경혈에 해당하는 자리들에 동그라미 문신을 새겨 넣은 것이 발견됐다.

중국에서는 기원전 167년, 순우의라는 의사의 재판에서 이 의술이 최초로 언급됐다. 환자의 피부에 바늘을 꽂아 치료한 죄로 재판을 받게 된 순우의는 재판관들 앞에서 피부에 바늘을 꽂는 것이 의학적인 효과가 있음을 입증하라는 요구를 받았다. 그러자 그는 자신의 침술을 설명했다.

인간의 몸에는 음과 양의 두 가지 기운이 흐르는데, 생명을 구성하는 이 상보적인 두 기운 간에 불균형이 발생해 모든 질병이 생긴다는 게 침술의 기본 전제다. 의사의 역할은 결국 이 상반적인 두 기운이 조화를 이루게 만드는 것이다. 증세가 나타난다는 것은 의사가 환자의 몸에서 균형이 유지될 수 있도록 예방적 차원의 조치를 제대로 취하지 못했다는 뜻이다.

음과 양의 기운은 경락(경락에는 심장, 간, 폐, 콩팥…… 등의 장기에 대응하는 정경이라는 12경맥과 기경이라는 8경맥이 있다)을 따라 흐른다. 경락은 피부 밑에서 보이지 않게 흐르는 강물과 비슷해, 강물이 호수로 흘러들 듯이 경락도 경혈에 이른다. 사람의 몸에는 360개의 핵심 경혈과 2천 개의 추가 경혈이 있다.

60
수렵-채집인에서 정주 농경인으로의 이행

인간이 수렵-채집인에서 정주 농경인으로 이행하는 과정은 간단치 않았다.

초기 정주 농경인은 자신의 집과 가까운 곳에 구덩이를 파거나 장소를 정해 쓰레기와 배설물을 모아 놓았다. 그러다 보니 쓰레기가 삭고 썩어 악취를 풍기고 파리 떼와 모기 떼가 날아들었다.

막힌 공간에서 쓰레기와 가까이 살다 보니 당연히 지저분해지고 세균과 질병이 퍼졌다. 반면 유목 생활을 한 수렵-채집인은 수시로 이동을 했기 때문에 불결한 쓰레기 더미 옆에서 살지 않아도 됐다. 그들은 발길 닿는 대로 떠돌다가 한데서 잠을 잤다.

이들은 토착 농경민들이 오염시키지 않은 깨끗한 강과 호수에서 몸을 씻으며 상대적으로 청결하게 생활했다.

수렵-채집인은 나무뿌리와 풀뿌리, 과일, 사냥한 동물을 먹으며 건강하고 하얀 치아를 유지했다.

반면, 발효 과정에서 당분이 산성으로 변하는 빵을 주식으로 삼은 농경인은 충치가 생기고 치아가 망가져 치근만 남고 심한 구취가 났다.

농사일은 조직화와 반복적이고 규칙적인 노동을 요구했다. 밭을 갈고 씨를 뿌린 다음 수확을 하는 세 단계로 이루어진 농사는 수렵이나 채집에 비해 피로도가 높은 일이었다. 수렵-채집인은 늘 새로운 환경을 발견하는 기쁨을 누리며 살았지만 농경인은 짜여진 일상을 살았다.

조직화된 노동을 하면서부터 정주인들 사이에 위계질서가 생겨났다. 수렵-채집인들은 음식과 잠자리를 찾게 길을 안내해 주는 가이드 같은 역할을 하는 우두머리 한 명으로 충분했지만, 정주 농경 사회에서는 우두머리 밑에 있는 사람, 또 그 밑에 있는 사람, 이런 식으로 타인의 노동을 이용해 자신의 노동은 최소화하는 중간자들이 층층이 생겨났다. 막힌 공간에서 살다 보니 지배 남성들 간에 경쟁이 심화되고 지나친 폭력이 초래됐다.

수렵-채집인의 식단은 무척 다양했던 반면, 농경인은 거의 매일 똑같은 음식(가령 유럽의 초기 농경 공동체의 주식은 호밀과 완두콩이었다)을 먹다 보니 비타민과 미량 원소 결핍을 겪게 됐다. 한쪽은 불안정하지만 건강한 음식을 섭취했고, 다른 쪽은 규칙적인 대신 영양이 부족한 음식을 섭취했다.

위생 상태가 좋지 않고 공기와 물, 음식의 질이 떨어지다 보니 정주 농경인은 키가 점차 줄어들었고, 농사일의 자세 탓에 척추에 문제가 생기고 관절 류머티즘이 발생했다.

수렵-채집인은 많은 아이를 키울 수 없고 걷거나 사냥이 힘든 노인들을 보살필

수 없는 환경 때문에 스스로 출산을 제한한 반면, 정주 농경인은 아이들과 노인들을 먹여 살릴 수 있다는 확신이 있었기 때문에 낳는 대로 다 키웠다.

수렵-채집인은 현재를 살았던 반면 정주 농경인은 미래를 살았다. 몇 달 뒤에 수확하기 위해 씨를 뿌리는 행위는 당연히 미래를 관리하는 사고 체계를 필요로 했고, 이런 속에서 최초의 달력이 생겨났다.

1만 년 전에 결국 정주 농경인만 살아남았다. 수렵-채집인은 서서히 자취를 감춰 지금은 몇 개 부족만 아마존과 파푸아, 콩고의 마지막 남은 울창한 삼림 지역에 살고 있다.

61
안티키티라의 기계

1901년, 해저 탐험가들이 그리스의 키티라섬과 크레타섬 사이에 위치한 안티키티라섬 인근 해역에서 난파선을 한 척 발견한다. 기원전 86년에 로마 선박에 의해 침몰된 그리스 선박이었다.

난파선 내부에서 많은 조각상들과 항아리들, 주화들과 함께 시계와 비슷하게 생긴 이상한 물건이 하나 발견됐다. 이 기계는 82개의 조각으로 이루어져 있었고, 표면에는 2천2백 개의 글자가 새겨져 있었다.

사람들은 기계를 발견할 당시에는 전혀 용도와 개념을 이해하지 못했지만, 금방 구조를 파악해 원형을 복원하기 시작했다.

이 기계에는 달과 태양의 위치를 가리키는 숫자판이 네 개 있다.

황도 12궁과 이집트 달력을 표시한 별도의 숫자판들과, 일식일과 월식일을 가리키는 바늘도 들어 있다. 기계 전체는 크랭크를 통해 맞물리고, 복잡하고 정교한 톱니바퀴가 돌아가 움직인다.

이것은 천체의 운행을 이해하고 예측하게 하는 일종의 천문 계산기이다.

정교한 톱니바퀴들로 이루어진 이 복잡한 장치는 컴퓨터의 선조 격에 해당하는 역사상 최초의 계산기인 셈이다. 안티키티라의 기계가 제작된 시기는 기원전 87년이다. 이집트 해안에 있던 그리스 도시인 알렉산드리아가 황금기를 누렸던 당시, 알렉산드리아 도서관의 과학 작업장에서 만들어진 것으로 추정된다. 지중해 연안의 우수한 학자들이 모두 알렉산드리아 도서관으로 모여들던 때였다. 안티키티라의 기계는 기계 공학과 천문학 분야에서 그리스 과학자들이 일구어 낸 가장 뛰어난 업적이라고 할 수 있다. 이밖에도 알렉산드리아 도서관이라는 학문 공동체로 모여든 학자들의 창의성의 산물인 무수한 현대적 발명품이 각종 문헌들과 그림들을 통해 전해지고 있다.

이 공동체의 일원이었던 그리스 학자 크테시비우스는 물에 매료돼 물을 이용한 다양한 발명품을 만들었다. 그는 기원전 3세기에 도시 방어용으로 물 포탄을 발사하는 물대포를 제작했고, 수력 승강기, 물을 채운 파이프의 힘으로 작동하는 사람 모양의 자동인형, 그리고 수력 오르간인 히드라울리스를 발명했다. 한 세기 뒤, 역시 알렉산드리아에서, 고대의 레오나르도 다빈치에 비견할 만한 헤론(알렉산드리아의 헤론이라고 불림)은 증기에 매료돼 많은 증기 관련 발명품을 만들었다. 그는 가마솥에서 나오는 증기로 축의 바퀴를 돌리는 최초의 증기 기관인 기력구를 만들었는데, 훗날 이 장치의 정확한 설계도가 발견되었다. 신전의 기계 장치에 유난히 관심이 많았던 그는 증기로 움직이는 자동문을 발명하고, 구멍에 주화를 넣으면 성수(聖水)가 나오는 성수함을 만들기도 했다. 그는 또한 인간의 목소리와 흡사한 소리로 신탁을 전하는 기계도 만들었는데, 새 모양으로 생긴 이 장치는 지렛대를 눌러 움직였다. 헤론은 기관포처럼 속사가 가능한 노리쇠가 달린 투석기도 발명했다.

물리학자 아르키메데스는 로마인들에 의해 암살됐다. 안티키티라의 기계와 과학자들을 싣고 가던 선박은 로마인들에 의해 침몰됐고, 알렉산드리아 도서관은 로마의 기독교 광신도들한테 약탈을 당한 뒤, 8세기 아랍인들의 침략 때 완전히 소실됐다.

주1: 재미 삼아 주변 사람들한테 그리스 출신 학자를 대보라고 하면 아마도 피타고라스, 에우클레이데스, 탈레스, 아르키메데스, 아리스토텔레스, 히포크라테스 같은 이름이 줄줄이 나올 것이다. 똑같은 사람들한테 이번에는 로마 출신의 학자를 대보라고 하면 분명히 쩔쩔맬 것이다. 이유는 아주 단순하다. 로마인들이 안티키티라의 기계처럼 그리스인들의 발명품을 파괴하거나 망각했고, 살아남은 발명품들의 덕만 봤지 발전시키지 않았기 때문이다.

주2: 만약에 알렉산드리아 과학자들이 만든 안티키티라의 기계와 증기 기관, 물대포, 자동인형이 계승자들을 만났다면 어떻게 됐을까, 하는 상상을 해볼 수 있다. 우리는 아마 1천5백 년의 시간을 벌었을 것이다. 이 모든 기술들이 16세기, 이름에 걸맞은 르네상스 시대에 와서야 다시 발전할 수 있었기 때문이다.

62

행운을 빌어요, 미스터 고르스키

1969년 7월 21일, 닐 암스트롱은 아폴로 11호에서 내려 달 표면에 발을 디딜 때 한 광고 회사에서 미리 준비해 놓은 〈한 인간에게는 작은 걸음이지만 인류에게는 위대한 도약이다〉라는 문구를 말하기로 예정돼 있었다. 그런데 감압실을 나서기 직전, 그가 난데없이 〈행운을 빌어요, 미스터 고르스키〉 하며 개인적인 소회를 밝혔다.

휴스턴의 관계자들과 그들과 함께 있던 기자들 모두 이 말을 똑똑히 들었다.

지구로 돌아와 닐 암스트롱은 여러 차례 이 말의 의미를 묻는 질문을 받았지만, 번번이 대답을 피했다.

1995년 7월 5일, 탬파만에서 한 기자가 습관처럼 같은 질문을 던졌을 때, 그 말에 연관된 사람들이 모두 사망했기 때문에 입을 열어도 되겠다고 판단한 닐 암스트롱이 기자에게 들려준 얘기는 이렇다.

그가 어렸을 때, 야구를 하다가 하루는 그만 공이 이웃에 사는 고르스키 씨 집 정원으로 날아갔다. 공을 주우러 그 집의 정원으로 들어간 꼬마 닐의 귀에 주인 부부가 다투는 소리가 들린다. 한참을 옥신각신하던 끝에 여자가 소리를 지른다. 〈오럴 섹스? 오럴 섹스를 하자고? 옆집 꼬마가 달에 가서 걸어다니는 날에 내가 해줄게!〉

63

벌거숭이 두더지쥐

벌거숭이 두더지쥐(학명 *Heterocephalus glaber*)는 아프리카 동부, 에티오피아와 케냐 북부 사이에 서식한다. 앞을 보지 못하고 분홍색 피부에는 털이 거의 없으며, 앞니로 수 킬로미터에 이르는 터널을 판다.

놀라운 것은 벌거숭이 두더지쥐가 포유류로는 유일하게 곤충처럼 군집 생활을 한다는 사실이다. 보통 5백 마리 정도가 한 군집을 형성하는데, 이 군집은 개미들처럼 생식과 노동, 군사를 담당하는 세 개의 계급으로 나뉜다. 여왕 두더지쥐에 해당하는 암컷 한 마리가 생식을 담당하는데, 한 배에 최대 서른 마리까지 새끼를 낳는다. 여왕 두더지쥐는 다른 암컷들의 생식 호르몬 분비를 막아 유일한 〈생식자〉의 지위를 유지하기 위해 냄새가 지독한 물질을 오줌에 섞어 배출한다.

벌거숭이 두더지쥐가 군집 생활을 하는 것은 사막이나 다름없는 서식 환경과 밀접한 관계가 있다. 두더지쥐는 덩이줄기와 식물의 뿌리가 주식인데, 이 먹이가 크기가 크고 땅속에 넓게 퍼져 있다 보니 혼자서는 몇 킬로미터씩 땅을 파고도 결국 찾지 못해 굶어 죽는 경우가 허다하다. 그렇지만 군집을 이루어 살면 먹이를 발견할 가능성이 훨씬 높아진다. 두더지쥐들은 작은 덩이줄기 하나도 공평하게 나눠 먹는다.

얼마 전에는 벌거숭이 두더지쥐가 다른 포유동물한테는 치명적인 질병들에 뛰어난 저항력을 갖고 있다는 사실이 밝혀지기도 했다. 연구 결과 암세포를 주입해도 암이 발병하지 않는 것으로 확인된 것이다. 뿐만 아니라 같은 크기의 설치 동물은 평균 수명이 5년인데 반해 벌거숭이 두더지쥐는 30년인 것으로 알려져 있다. 두더지쥐는 이렇게 무병장수하다가 때가 되면 일체 활동을 중단하고 자리에 누워 잠든 상태로 죽음을 맞는다.

64

진화

이전에는 진화가 수동적인 방식으로 일어났다.

오늘날에는 마침내 정보와 적합한 도구를 갖게 된 인간이 선택적으로 할 수 있는 가능성이 생겼다.

　그러므로 인간은 더 이상 필연이나 운명, 대자연, 신, 혹은 보이지 않는 힘을 탓할 수 없다.

　앞으로 벌어질 일은 온전히 인간에게 책임이 있다.

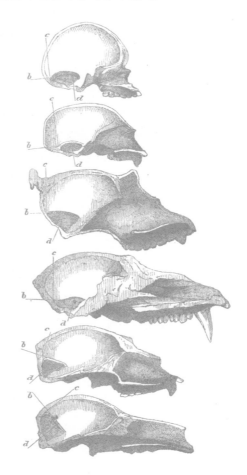

제3장

초소형 인간

한 존재의 탈바꿈은 진화의 몇 단계를 잇달아 겪으며 이루어진다. 첫 단계는 의식이 각성되어 변화의 의지를 갖는 것이다. 둘째 단계에서는 충분히 자란 애벌레처럼 과거에서 벗어나 스스로를 정화해야 한다. 변화를 앞둔 존재는 격렬한 복통과 설사, 구토와 같은 증상을 겪는다. 고통스럽지만 반드시 거쳐야 하는 정화의 과정이다. 그렇게 깨끗해지고 가벼워진 애벌레는 머리를 아래로 두고 나뭇가지에 매달리고 실을 토하여 제 몸을 감쌀 고치를 짓는다. 그런 다음 강렬한 빛과 남의 시선을 막아 주는 그 두껍고 불투명한 장막 뒤에 숨어서 다음 단계를 준비한다. 고치를 가르고 성충이 되어 세상으로 나갈 때를 기다리는 것이다. 애벌레와 성충의 중간 단계에 있는 이 번데기는 숨을 늦추고 움직임을 멈춘다. 마치 번들거리는 미라와 같은 모습이다. 그런데 번데기는 외부의 공격에 매우 취약하다. 적들의 관심을 끌지 않기 위해 주위 환경에 맞춰 되도록 눈에 띄지 않는 모습을 취한다. 색깔뿐만 아니라 생김새까지 어떤 열매나 이파리나 꽃눈처럼 보이게 하는 것이다. 이 시기에 번데기는 앞을 전혀 보지 못하고 외부에서 무슨 일이 벌어지느냐에 따라 운명이 달라진다. 외부의 사건에 영향을 미칠 수도 없고 그것들에 맞서 스스로를 지킬 수도 없다. 성충이 되기 위해서 반드시 거쳐야 하지만 무사히 통과하기가 매우 어려운 단계이다. 어떤 우연이 작용하느냐에 따라 번데기는 살아남기도 하고 사라지기도 할 것이다.

—에드몽 웰스

65

영아 살해

피임이라는 것을 몰랐던 고대에는 대다수 문명이 자기들 나름의 방법을 고안하여 〈인구 문제〉에 대처하고자 했다.

고대 로마에서는 갓 태어난 아기를 아버지의 발치에 가져다 놓는 풍습이 있었다. 아버지는 아기를 살펴보고 나서 자기의 성을 아기에게 줄지 말지를 결정했다.

만약 아기가 불구자로 보이거나 못난이라면, 또는 아기가 딸이라면(그래서 나중에 지참금을 마련하기 위해 추가 비용을 부담하기가 싫다면), 아버지는 아기에게 자기 성을 주지 않겠다고 결정할 수 있었다. 자기가 진짜 아버지라는 사실에 의심이 생기는 경우나 이미 낳은 아이들만으로도 자식이 충분하다고 생각하는 경우에도 마찬가지였다.

아버지에게 인정을 받지 못한 신생아는 이른바 〈유기〉의 시련을 겪었다. 유기란 아기를 가장 가까운 갈림목의 쓰레기 더미 위에 놓아두는 것이었다. 그렇게 버려진 아기들은 운이 좋으면 행인들의 눈에 띄어 다른 집안에 입양될 수도 있었지만, 대개는 노예 상인들이나 포주들이나 앵벌이 대장들의 차지가 되었다. 포주들은 주워 온 아이들을 교육시켜 창녀나 남창으로 만들었고, 앵벌이 대장들은 아이들을 불구자로 만들어 구걸을 시켰다. 만약 버림받은 아기들에게 아무도 관심을 갖지 않으면, 이 아기들은 쓰레기 더미 위에서 굶주림과 추위에 시달리다 죽어 버리거나 개들과 쥐 떼의 먹이가 되었다.

그 시대에는 기독교인과 유대인만이 자식들의 생김새나 성별이나 건강 상태가 어떠하든 모든 자식을 거두어 보육하는 습속을 가지고 있었다. 이런 관행은 로마인들의 경멸을 샀다. 로마인들은 자식을 선별하지 않는 그런 행동을 〈원시적인〉 풍속으로 여겼다.

중세의 일본에도 신생아들을 선별하는 풍속이 있었다. 사실 일본은 경작지가 적은 나라여서 백성들이 기아에 허덕이는 때가 많았다. 그래서 일부 쇼군들은 농

업 생산력에 비추어 3천만 명 정도가 일
본의 적정 인구라 여기고 그 수준을 유
지하는 쪽으로 백성들을 이끌었다.

인구가 너무 늘어나는 것을 막으려는
목적에서 일본에서는 두 가지 풍속이 생
겨났다. 하나는 생산 활동에 종사할 수
없는 노인이나 병자를 산속에 내다 버리
는 풍속이었다(이마무라 쇼헤이의 영화
「나라야마 부시코」를 참조할 것). 또 하
나는 〈마비키〉*라 불리는 풍속이었다. 고
대 로마에서와 마찬가지로 에도 시대의
일본에서도 갓 태어난 아기를 살리느냐
죽이느냐는 아버지의 결정에 달려 있었

다. 만약 아기가 살림을 더 쪼들리게 만들 군식구로 간주되면, 사람들은 갖가지 방
식으로 아기를 살해했다. 물에 적신 창호지로 아기의 얼굴을 덮어 버리는 자들이
있었는가 하면, 아기의 입안에 찹쌀밥 한 덩이를 욱여넣고 두 콧구멍에도 작은 덩
어리를 쑤셔 넣은 뒤에 아이가 숨이 막혀 죽을 때까지 손으로 입과 코를 계속 막고
있는 자들도 있었다.

66
캥거루의 어원

〈캥거루〉라는 말은 그 유래가 기이하다.
제임스 쿡 선장이 이끄는 탐사대의 일원이었던 영국의 박물학자 조지프 뱅크스

• 間引き. 〈솎아 내기〉라는 뜻.

가 육아낭이 달린 그 기이한 동물을 보고 한 원주민에게 〈이 동물의 이름이 무엇입니까?〉라고 물었다. 원주민은 〈강 구루〉라고 대답했다. 때는 1770년 6월 25일이었다. 박물학자는 더 조사해 보지 않고 그 말을 기록했다. 그가 〈Kan gooroo〉 또는 더 간단하게 〈Kanguru〉라고 표기한 이 말은 나중에 〈Kangaroo〉로 조금 변형되어 그 동물을 통칭하는 이름으로 공식적인 인정을 받았다.

훨씬 나중에 가서야 사람들은 쿡 선장의 탐험대가 만났던 구구 이미디르 부족의 토속어에 관심을 갖게 되었고, 그 결과 〈강 구루〉라는 말이 〈무슨 소리를 하는지 모르겠다〉라는 뜻의 문장임을 알게 되었다.

67
가정집

우리 조상이 살던 집들은 실내가 어두웠다. 투명한 창유리가 비싸서 대개는 기름 먹인 종이로 창문을 가렸기 때문이다.

옛날 집들은 추웠다. 일반적으로 벽난로가 유일한 열원이었다. 대부분의 벽난로는 굴뚝의 배연 성능이 좋지 않아서 연기가 밖으로 빠져나가지 않고 실내로 퍼져 나가기가 일쑤였고, 그래서 거주자들은 연기에 질식하지 않기 위해 수시로

창문을 열어 놓아야 했다. 18세기 문헌들의 기록에 따르면, 당시 백성들은 실내에서도 외투를 입고 지냈다. 햇볕이 좋은 겨울날에는 집 안이 바깥보다 훨씬 추웠다고 한다.

새로 집을 짓거나 어떤 건물의 일부에 새로 주거를 마련하면 벽난로에 쇠로 만든 톱니 막대를 매달고 여기에 솥단지를 걸었다(이 톱니 막대를 〈크레마예르〉라

불렀고, 이 말에서 〈집들이를 하다〉라는 뜻의 표현 〈크레마예르를 매달다〉가 나왔다). 그 솥단지는 매우 무거웠기 때문에 사람들은 그것을 떼어 내어 깨끗이 씻는 것을 게을리했다. 그래서 솥단지 바닥에는 앞서 끓여 먹은 스튜의 찌꺼기가 남아 있기 십상이었고, 그 찌꺼기 때문에 새로 끓인 음식에서 특별한 맛이 나곤 했다. 사람들은 솥단지에 담긴 것을 먹은 다음, 거기에 다시 물을 부어서 수프를 만들고 그 수프에 빵을 적셔 먹었다. 여자들은 불을 피워 놓은 벽난로 가까이에서 요리를 했고, 그러다 보면 불똥이 튀어 폭이 넓은 치마에 불이 붙기가 일쑤였다. 화재는 출산에 이어 두 번째로 여자들의 목숨을 많이 앗아 가던 사망 원인이었다.

산업 사회가 도래하자 부르주아 가정에서는 주방과 식당을 분리하여 서로 멀리 떨어지게 하는 것이 유행했다. 하인들의 귀를 의식하지 않고 자유롭게 대화하면서 식사하기를 원했기 때문이기도 하고, 대개 주방에 쓰레기 배출 시설이 갖춰져 있지 않아 악취가 진동하기 때문이기도 했다.

하인을 부리는 것이 비싸고도 드문 일이 되어 감에 따라 부르주아 가정의 안주인들이 직접 요리를 하기 시작했고, 그에 따라 주방과 식당의 거리가 다시 가까워졌다.

수도가 없던 시절에는 물장수가 집집마다 물을 길어다 주었다. 1700년 무렵 파리에는 3만 명이 넘는 물장수가 있었다. 물이 필요할 때는 거리를 향해 휘파람을 불기만 하면 그들이 물지게를 지고 달려왔다고 한다.

전기를 사용하기 시작하면서 일상생활에 혁명적인 변화가 일어났다. 방 안에 불을 환히 밝히자 벽난로와 촛불의 희미한 빛 속에서는 보이지 않던 찌든 때가 눈에 들어왔다. 그리하여 사람들은 벽이며 천장을 깨끗하게 닦기 시작했다. 전깃불은 사람들, 특히 부자들의 활동 시간에도 변화를 가져왔다. 그전에 사람들은 초를 아끼기 위해 해가 뜨면 일어나고 해가 지면 잠자리에 들었다. 또 어둠 속에서 괴한의 공격을 당할까 두려워 밤에는 거의 외출하지 않았다. 그랬는데 전등이 보급되고 거리에 가로등이 생기면서 야간 파티며 잔치가 빈번해지고 연극이나 오페라를 보러 나가는 일이 잦아졌다.

20세기 후반 집집마다 텔레비전을 갖추게 되면서 가정의 풍속도가 딴판으로 달라졌다. 텔레비전은 대개 거실 벽의 한복판을 차지하고 그 불빛은 벽난로의 장작불과 같은 옛날의 불을 대신하여 가족을 한자리에 모은다. 그러면 모두가 침묵을 지키며 오락 프로그램이나 드라마나 영화나 뉴스를 본다. 특히 텔레비전 뉴스는 가깝거나 먼 주위 세계의 사건들을 전해 주는 무한히 열린 창이다. 그 사건들이 무서우면 무서울수록 가족은 그 불빛 앞에서 더욱 강한 결속력을 느끼고 한 덩어리로 굳게 뭉치게 된다.

68
키티 제노비스 신드롬

키티 제노비스는 뉴욕시 퀸스의 어느 바에서 종업원으로 일하던 28세 여성이었다. 1964년 3월 13일, 그녀는 근무를 마치고 집으로 돌아가던 길에 괴한의 습격을 당한다.

괴한은 칼로 그녀를 찌른다. 그녀는 있는 힘을 다해 소리친다. 〈오 마이 갓! 이 남자가 칼로 나를 찔렀어요! 도와주세요!〉

이 습격 사건은 그 뒤로 35분 동안 이어진다. 장소는 그녀가 살던 집 근처의 보도이다. 길 양쪽에는 건물들이 늘어서 있다. 피해자는 계속 소리를 치고 도움을 요청한다. 창문들에 불이 들어오고 사람들이 밖을 내다본다. 수사 결과에 따르면 범행 장면을 보고 피해자의 절규를 들은 사람이 적어도 38명에 달한다고 한다.

어느 집 창문에서 한 남자가 머뭇머뭇 소리친다. 〈그 여자를 놔줘요!〉 범인은 그 말 한 마디에 불안을 느끼고 죽어 가는 피해자를 버려둔 채 달아난다. 하지만 아무도 피해자를 도우러 가지 않고 아무도 경찰에 신고하지 않는다.

그러는 사이, 현장에서 멀어져 갔던 범인은 자기가 공연히 불안에 사로잡혔다고 생각한다. 피해자가 나중에 자기를 알아볼 수 있으리라는 데에도 생각이 미친다. 그래서 피해자를 완전히 죽일 생각으로 돌아간다. 키티 제노비스는 다시 도와 달라고 소리친다. 하지만 아무도 반응을 보이지 않는다. 범인은 여자를 칼로 더 찌르고 겁탈까지 자행한 뒤에 유유히 사라진다.

이 살인 사건은 미궁에 빠진 채 그대로 종결될 수도 있었다. 그런데 엿새 뒤에 범인이 체포되었다. 결혼해서 자식까지 둔 윈스턴 모즐리라는 남자가 강도 짓을 하다가 붙잡힌 것이다. 경찰에서 신문을 받던 도중에 범인은 키티 제노비스를 살해했다고 스스로 고백했다. 경찰관들이 그 사건에 관해서 묻지도 않았는데 자백이 나온 것이다.

『뉴욕 타임스』의 기자 마틴 갠스버그는 이 사건을 대서특필하여 단순한 살인 사건을 훨씬 넘어서는 중대한 사회 문제가 담겨 있음을 부각시킨다. 기자는 이런 질문을 제기한다. 〈어엿한 시민 38명이 강간 살인 현장을 목격하고 도와 달라고 외치는 소리를 들었음에도 왜 아무런 행동을 하지 않았을까?〉

기자는 그 38명의 이웃 사람들이 어떤 식으로 변명을 했는지 조사한다. 〈연인 사이인 두 남녀가 싸우는 줄 알았다〉는 사람, 〈우리 집 창문에서는 제대로 볼 수가 없었다〉는 사람, 〈남의 일에 끼어들고 싶지 않았다〉는 사람이 있었는가 하면, 심지어는 〈피곤해서 귀를 막고 침대로 돌아갔다〉는 사람도 있었다.

그 뒤에 심리학자 라타네와 달리는 범행 장면을 목격한 사람들의 행동에 영향을 미치는 요소들을 연구하고 〈키티 제노비스 신드롬〉이라는 용어를 만들어 낸다. 그들의 연구에 따르면 범행의 목격자들은 다음과 같은 것들에 영향을 받는다.

- 자신에게 뒤탈이 생길 것에 대한 두려움. 〈살인자가 나에게 원한을 품게 해서는 안 된다.〉
- 남이 하는 대로 따라 하려는 태도. 〈먼저 남들이 어떻게 하는지 보고 그와 똑같이 하겠다.〉
- 그릇된 판단에 대한 우려. 〈눈앞에 벌어지고 있는 일을 심각한 것으로 오판하면 안 된다. 자칫하면 나 자신이 웃음거리가 된다.〉

• 책임 회피. 〈나보다 능력 있고 경험 많은 사람들이 있는데, 왜 내가 나선단 말인가?〉

그런 행동은 학교 교정에서 쉬는 시간에 처음 생겨나는 것으로 보인다. 우리는 힘없는 아이들이 아무런 저항도 하지 못하고 난폭한 아이들에게 괴롭힘을 당하거나 돈을 빼앗기거나 구타당하는 것을 종종 보았다. 우리는 누구나 이렇게 자문할 수 있다. 〈만약 우리가 1964년 3월 13일에 그 거리에 있었다면, 그래서 피해자는 도와 달라고 애원하고 불이 켜진 집들의 창가에서 사람들이 내다보고 있는 것을 보았다면, 우리는 어떻게 행동했을까?〉

69
파라켈수스의 견해에 따른 유사 인류

스위스 의사 파라켈수스는 1537년 무렵에 집필한 『위대한 천문학』에서 이나니마툼의 종류를 논한다. 이나니마툼이란 〈영혼이 없는 인간〉을 가리키는데, 이것에는 여섯 종류가 있다.

먼저 우리 눈에 잘 띄지 않는 네 종류의 이나니마툼이 있다. 이들은 각기 4대 원소, 즉 물, 불, 공기, 흙에서 생겨났고 그 가운데 하나에 깃들여 산다. 물의 정령인 님프는 호수와 강과 바다의 딸이고, 불카누스는 불에서 나와 불에서 살며, 그노무스는 공기의 정령이고, 레무레스는 산의 땅속에 사는 흙의 정령이다(라틴어 레무레스는 자살자나 피살자처럼 비극적으로 죽음을 맞은 사람들의 혼령을 뜻하는데, 훗날 사람들이 여우원숭이에게 이 라틴어에서 나온 이름을 붙인 것은 이 동물의 생김새가 원한을 품은 망자들의 유령처럼 보였기 때문이다).

　그다음으로는 거인들과 난쟁이들이 이나니마툼에 포함된다. 이들은 주로 큰 나무가 우거진 숲의 그늘에서 살아간다.

　파라켈수스의 주장에 따르면, 이 모든 존재들은 하늘에서 온 정액과 4대 원소가 결합하여 생겨났지만, 형상은 사람이로되 신성한 진흙의 비옥함을 얻지 못하여 영혼이 없다. 파라켈수스 자신의 말을 빌리자면, 〈이들은 진흙탕에서 저절로 생겨나는 곤충처럼 세상에 온다〉. 따라서 이들은 존중을 받을 자격이 없고 과학적인 관심의 대상이 되지 못한다.

70

모세

　모세는 기원전 1200년 무렵에 이집트 땅 고센에서 태어났다.

　그는 세 개의 유일신 종교에 의해 예언자로 인정받고 있다(히브리인들은 모세, 기독교인들은 모세, 무슬림들은 무사라고 부른다).

　모세의 부모는 아므람과 요케벳이며, 이들은 이집트에서 출생한 히브리인들의 첫 세대였다.

　성경에 따르면, 이집트의 파라오는 히브리인이 번성하고 널리 퍼져 나가는 것을 두려워한 나머지, 히브리인에게서 태어나는 아들은 모두 강에 던져 버리고 딸은 살려 두라고 명령한다. 요케벳은 임신하여 아들을 낳자 석 달 동안 숨겨 기르다가 왕골 바구니에 담아 강가 갈대 사이에 놓아둔다. 파라오의 딸 바티야는 강에서 목욕을 하다가 아기를 발견하고는, 아기가 히브리인의 아들임을 짐작하고서도 양자로 삼는다. 공주는 〈물에서 건져 냈다〉는 뜻으로 아기에게 모세라는 이름을 지어 준다. 공주는 아이를 이집트 왕자처럼 교육시킨다. 아이는 말을 더듬는 장애 때문에 고생을 했던 것으로 보인다. 성년에 도달한 모세는 자기가 히브리인의 아들임을 알게 된다. 어느 날 그는 피라미드 건설 공사장에 갔다가 자기 동포들이 노예처럼 강제 노동에 시달리는 것을 본다. 그때 이집트 사람 하나가 히브리인 노동자를 죽일 듯이 때리는 것을 보고, 그 이집트인을 때려죽여서 땅에 묻은 뒤에 미디안 땅으로 도망친다. 거기에서 그는 치포라와 혼인하고 양치기가 된다. 모세는 인생의 대부분을 그런 식으로 보낸다.

그런데 그는 여든 살이 되어 떨기나무 한가운데에서 솟아오르는 불꽃의 계시를 받는다. 그는 떨기 한가운데에서 나오는 하느님의 음성을 듣는다. 그가 장차 무엇을 해야 하는지를 일러주는 음성이다. 그 지침에 따르면 그는 히브리인들을 노예 상태에서 해방시켜야 하고, 그들을 약속의 땅 가나안으로 이끌어야 하며, 하느님과 계약을 맺어야 하고, 율법을 가르쳐야 한다.

모세는 임무가 어려우리라 짐작하고 맡지 않으려고 하지만, 하느님은 파라오를 굴복시키기 위한 초자연적인 권능을 그에게 부여한다.

그것은 이집트에 열 가지 재앙을 내릴 수 있는 권능이다. 모세는 매번 파라오를 찾아가 히브리 백성들을 내보내지 않으면 재앙이 일어나리라고 경고한다. 파라오는 완고한 마음을 굽히지 않고 모세의 말을 듣지 않는다. 그리하여 다음과 같은 열 가지 재앙이 잇달아 이집트를 덮친다.

첫째, 나일강이 피의 강물로 바뀌는 것. 둘째, 개구리들의 침입. 셋째, 모기 떼의 습격. 넷째, 등에 떼의 습격. 다섯째, 집짐승들을 죽이는 지독한 흑사병. 여섯째, 이집트 온 땅에 있는 사람과 짐승에게 궤양을 일으키는 종기. 일곱째, 우박. 여덟째, 농작물은 물론이고 들판의 나무까지 모조리 먹어 치우는 메뚜기 떼의 습격. 아홉째, 사흘 동안 이집트 온 땅을 덮은 어둠(로마 시대의 역사가 플라비우스 요세푸스의 주장에 따르면 그 시기에 일식이 있었다고 한다). 열째, 이집트인들의 맏아들과 짐승의 맏배들이 모조리 죽임을 당하는 재앙.

파라오는 자기 맏아들이 그 마지막 재앙에 희생되고 나서야 굴복한다. 그리하여 히브리 노예들은 마침내 이집트 땅을 떠난다. 최근의 고고학적 발견에 따르면, 백만 명이 넘는 히브리인들이 모세를 따라 홍해를 건너고 광야로 들어갔다고 한다.

모세는 자기 백성들을 시나이산 쪽으로 이끈다. 거기에서 그는 혼자 산봉우리로 올라가 하느님에게서 율법과 계명이 적힌 석판을 받는다. 그 계율에는 다음과 같은 십계명이 포함되어 있다.

1. 나는 너를 이집트 땅에서 이끌어 낸 주, 너의 하느님이다.

2. 너는 우상을 숭배하지 않을지라.

3. 너는 내 이름을 헛되이 부르지 않을지라.

4. 너는 엿새 동안 일하고 이렛날에는 쉴지라.

5. 너는 아버지와 어머니를 공경할지라.

6. 너는 살인하지 않을지라.

7. 너는 간음하지 않을지라.

8. 너는 도둑질을 하지 않을지라.

9. 너는 이웃에게 불리한 거짓 증언을 하지 않을지라.

10. 너는 남이 가진 것을 탐내지 않을지라.

(미래 시제를 사용한 것은 이것이 명령이 아니라 예언임을 의미한다. 말하자면, 〈언젠가 너는 사람을 죽이거나 도둑질을 하거나 남의 여자를 탐내는 것이 아무것에도 도움이 되지 않음을 깨닫게 되리라〉는 식이다.)

이집트를 떠나 약속의 땅으로 가는 동안, 금송아지 숭배 사건을 비롯한 몇 차례 반란이 일어났다. 하지만 히브리 백성들은 몸이 녹초가 되고 물과 식량이 부족한 상황에서도 계속 모세를 따라 북쪽으로 갔다.

이 여행에는 40년이 걸렸다. 성경에 따르면 하느님은 그들 가운데 어느 누구도 노예의 심성을 버리지 못한 채로 약속의 땅에 들어가는 것을 원하지 않으셨다.

모세는 백스무 살에 모압 땅 느보산에서 죽었다. 거기에서 약속의 땅을 눈으로 바라보기는 했으나 직접 그곳으로 건너가는 것은 허락되지 않았다.

71

여우원숭이

원숭이가 생겨나기 훨씬 전부터 지구에 살았던 동물들 중에 여우원숭이가 있다.

여우원숭이는 영장목에 속하는 동물이다. 손가락이 다섯 개 달린 손과 발가락이 다섯 개 달린 발이 있으며, 엄지손가락은 다른 손가락들과 마주 대할 수 있고, 손톱과 발톱이 있으며, 얼굴 앞쪽에 모인 눈은 양안시 기능을 한다.

이 동물을 영어로 리머, 프랑스어로 레뮈리앵이라고 부르는 것은 스웨덴의 생물학자 린네가 이 동물의 몇몇 종에 〈레무르〉라는 속명을 붙였기 때문이다. 린네는 이 동물이 밤중에 조용히 돌아다닐 뿐만 아니라 생김새도 유령과 비슷하다 해서, 유령을 뜻하는 라틴어 〈레무레스〉에서 나온 그 이름을 붙인 것이다.

옛날에 여우원숭이는 모든 대륙에 살고 있었다. 그런데 원숭이를 비롯한 다른 영장목 동물들과 생존 경쟁을 벌이게 되었다. 여우원숭이들은 경쟁자들에 비해 육식을 덜 하는 편이었고 공격성과 신속성에서도 그들에게 못 미쳤기 때문에, 점차 경쟁에서 밀려났다(덩치가 나무늘보만 했던 팔레오프로피테쿠스처럼 체구가 큰 종들이 더러 있기는 했지만 그렇다고 사정이 달라지지는 않았다).

결국 여우원숭이들 중에서 살아남은 종들은 가장 키가 작은 종들이었던 것으로 보인다. 어떤 종들은 머리에서 발바닥에 이르는 몸의 길이가 5센티미터밖에 되지 않는다. 커다란 여우원숭이들이 사라져 갈 때, 작은 여우원숭이들은 행동이 조심스럽고 눈에 띄지 않는 곳에 집을 짓는 데다가 비교적 몸이 날래서 가까스로 생존할 수 있었다.

원숭이들의 침범을 견디지 못하고 여우원숭이들은 점차 모든 대륙, 모든 서식지에서 쫓겨났다. 일이 계속 그런 식으로 진행되었다면, 경쟁에서 뒤진 여우원숭이들은 지상에서 사라졌을 것이다. 그런데 그들 가운데 일부가 바닷물에 떠다니는 나뭇가지에 올라타는 모험을 감행했다. 그 천연 뗏목들은 인근의 섬들, 특히 아프리카 동남부 해안에서 멀지 않은 마다가스카르섬까지 흘러갔다.

다행히도 마다가스카르섬에는 원숭이들이 전혀 없었다. 여우원숭이들은 평온하게 살면서 번식할 수 있었다. 그런데 지금으로부터 2천 년 전에 또 다른 영장류인 인간이 마다가스카르섬에 상륙했다.

여우원숭이들이 원숭이들의 침범에 대해서는 뗏목을 타고 도망치는 방식으로 해결책을 찾아냈지만, 인간의 침입에 대해서는 뾰족한 방책이 없는 것으로 보인다. 그저 인간들에게 잡히지 않도록 점점 더 눈에 띄지 않게 행동하는 수밖에 없다. 숲이 자꾸 파괴됨에 따라 여우원숭이들은 더 안전한 곳을 찾아 옮겨 다닌다.

현재는 35종의 여우원숭이들이 남아 있는 것으로 알려져 있지만, 인간이 오기전에는 백여 종이 존재했던 것으로 보인다. 어렵게 살아남은 그 35종 가운데 10종은 멸종 위기에 놓여 있다고 한다.

우리는 그리 멀지 않은 미래에 여우원숭이들이 어떤 운명을 맞게 될지 상상해볼 수 있다. 여우원숭이들은 사람들의 마음을 끄는 구경거리가 되어 그저 동물원에서만 살게 될 수도 있다. 생김새가 귀엽다는 것, 어쩌면 그것이 생존의 열쇠일지도 모른다. 어떤 종에게는 귀엽다는 것이 생존을 위한 마지막 희망이 될 수도 있는것이다.

72
일라이자

영국의 수학자 앨런 튜링(나치가 사용하던 에니그마라는 암호 기계의 작동 원리를 알아내어 그들이 잠수함에 보내는 군사 정보를 해독한 것으로 유명)은 1950년에 발표한 「계산하는 기계와 지능」이라는 논문에서 컴퓨터가 사람 행세를 하는 능력을 가지고 있는지 알아보기 위한 테스트를 제안한다.

이 테스트는 영국인들이 파티를 할 때 초대받은 손님들을 상대로 벌이는 〈모방 게임〉을 본떠서 고안된 것이다. 한 남자와 한 여자가 각자 이웃한 두 방에 자리를 잡으면, 손님들은 몇 가지 질문을 써서 두 남녀에게 보내고, 두 남녀는 질문에 대한 답을 타자로 쳐서 밖으로 내보낸다. 그러면 손님들은 그것을 읽고 나서 어느 쪽이 남자이고 어느 쪽이 여자인지 알아맞힌다. 두 남녀는 모두 여자처럼 보이도록 대답을 해야 한다.

앨런 튜링의 테스트에서는 두 남녀 대신 사람과 컴퓨터가 판정자들을 상대한다. 사람과 컴퓨터는 모습을 드러내지 않고 판정자들로부터 얼마쯤 떨어진 곳에서 그들의 질문에 문장을 써서 답하되, 둘 다 사람으로 보이도록 노력해야 한다. 만약 판정자들이 사람과 컴퓨터를 구별하지 못한다면, 이 컴퓨터는 튜링 테스트에 합격한 것으로 간주된다.

인간처럼 사고한다는 착각을 불러일으키는 데 성공한 최초의 프로그램은 1966년 조지프 와이젠바움이 만든 일라이자*이다.

일라이자(3페이지밖에 안 되는 프로그래밍 언어로 작성된 프로그램)는 피험자들의 말을 이해하는 것처럼 보이게 할 만한 자동적인 문장들을 사용했다. 예를 들어 〈아빠〉나 〈엄마〉, 〈아들〉이나 〈딸〉 같은 말이 포함된 문장들에 대해서는 〈당신의 가족에 대해서 조금 더 이야기해 주시겠어요?〉 하는 식으로 대꾸했다. 또 문장이 너무 복잡한 경우에는 〈물론 이해합니다〉라든가 〈왜 그런 말씀을 하시죠? 정말 그렇게 생각하십니까?〉 하는 식으로 대답했다.

이 프로그램은 튜링 테스트에 합격하지 못했다. 그러나 피험자들의 질문에 제법 그럴싸하게 대답했기 때문에 일부 피험자들은 일라이자에게 호감을 느끼기도 했고 〈재치가 넘친다〉고 평하기도 했다. 어떤 피험자들은 일라이자를 사람으로 여기

• 조지 버나드 쇼의 희곡 「피그말리온」의 주인공 일라이자 둘리틀에서 따온 이름이라고 한다. 희곡 속의 일라이자는 거리에서 꽃을 파는 아가씨인데 언어학자 히긴스 교수의 교육을 받고 상류층의 교양을 갖춘 기품 있는 여자로 거듭난다.

면서 그 인물에게 정서적으로 의존하고 싶은 마음이 들었다고 고백하기까지 했다.

조지프 와이젠바움의 견해에 따르면, 진짜 대화를 나눌 수 없다는 것이 이 프로그램의 약점이지만 때로는 그것이 장점으로 작용하기도 했다. 그 이유는 많은 사람들이 상대방의 대답을 듣기보다 자기 이야기를 하고 싶어 한다는 데에 있다. 상대방에게 이해받고 있다는 착각을 불러일으키면서 이야기를 들어 주는 것, 일라이자는 바로 그 일을 해낸 것이다.

앨런 튜링은 128메가바이트(당시의 기준으로는 매우 큰 용량) 이상의 메모리를 가진 컴퓨터라면 5분 동안의 테스트에서 30퍼센트의 판정자들을 속일 수 있으리라고 생각했다. 그는 2000년이 되면 그런 역사적인 이행이 이루어지리라고 예상했다.

바로 그 2000년에, 일라이자를 계승한 ALICE(인공 언어 인터넷 컴퓨터 엔티티)라는 프로그램이 튜링 테스트에서 훌륭한 결과를 얻어 뢰브너 상을 받았다.

아직까지는 어떤 컴퓨터 프로그램도 뼈와 살을 가진 인간과 경쟁할 수 있을 만큼 긴 시간에 걸쳐 판정자들을 속이지 못했다. 그러나 프로그램들의 점수는 갈수록 좋아지고 있다. 예를 들어 2011년에 나온 어떤 프로그램은 80퍼센트의 피험자들을 속였다. 그 피험자들은 대화를 나누고 있다는 착각에 빠져 상대방을 인간으로 생각했다.

73
죽음의 상수

〈죽음의 상수(常數)〉라는 말은 앙드레 앙티비라는 학자가 고안했다. 그는 수학자이자 교육학자로서 툴루즈 폴 사바티에 대학 교육학 연구소를 이끌고 있다. 그는 먼저 학교의 성적 평가 관행에 이의를 제기한다. 교사는 자기가 가르치는 학생들을 세 등급으로 나누어, 3분의 1의 학생들에게는 좋은 점수를, 3분의 1의 학생들에게는 중간 점수를, 나머지 3분의 1의 학생들에게는 나쁜 점수를 준다. 만약 어떤 교사가 20점 만점에 12점 미만의 점수를 절대로 주지 않는다면, 사람들이 뭐라고 말할까? 사람들은 십중팔구 이 교사를 두고 지나치게 후하다고 말할 것이다. 교사가 믿을 만하다는 소리를 들으려면, 3분의 1의 학생들에게는 나쁜 점수를 주어야 한다. 그렇듯이 교사는 사회의 압력 때문에 자기 의지에 상관없이 선별자 구실을 하게 된다.

앙티비 교수가 2010년에 2천 명의 교사들을 상대로 조사한 바에 따르면, 95퍼센트의 교사들은 일정한 비율의 학생들에게 나쁜 점수를 주어서 열등생으로 분류하는 것을 어쩔 수 없는 일로 여긴다고 대답했다. 그렇게 학생들 가운데 일부를 열등생으로 분류하는 것, 그게 바로 〈죽음의 상수〉다. 이것은 실패한 학생들을 가려냄으로써 자신감을 잃게 하고, 학생들의 사기를 꺾음으로써 그런 평가 제도의 희생양으로 만든다.

앙티비 교수는 죽음의 상수를 피하기 위해 EPCC, 즉 〈신뢰할 수 있는 계약에 의한 평가〉라는 새로운 방식을 제안한다. 이 방식은 교사와 학생의 협력이라는 원칙에 바탕을 두고 있으며 학생에게 문제 해결에 대한 자신감을 주는 데에 그 목적이 있다.

그런데 한 집단의 구성원을 세 등급으로 나누어 승자와 중간자와 패자를 구별하는 관행은 학교에서뿐만 아니라 모든 인간 집단에서 찾아볼 수 있다. 사람들은 흔히 세계의 나라들을 선진국과 신흥국과 후진국으로 분류한다. 마치 그런 식으로 나라들을 분류해 놓아야 세계의 판도를 이해할 수 있다는 식이다.

또한 각 나라의 내부에서도 국민을 세 등급으로 나누어 부유층, 중간층, 빈곤층 하는 식으로 분류하는 관행을 찾아볼 수 있다.

마치 망델브로의 프랙털 도형에서 작은 구조가 전체 구조와 동일한 형태로 끝없이 되풀이되는 것처럼, 인간 사회의 이 3등급 도식은 크고 작은 영역에서 무한히 반복된다.

도시 주변의 빈민촌에서도(중간층이나 상류층의 내부에서와 마찬가지로) 상중

하의 구분이 나타난다.

평등주의의 이상을 실현하려는 온갖 시도(아나키즘, 공산주의, 히피 문화 등)에도 불구하고, 죽음의 상수를 유지하려는 경향은 사라지지 않는다. 마치 승자와 패자를 가르는 것이 인류의 어찌할 수 없는 속성인 것처럼 보일 정도다. 죽음의 상수가 있는 평가 방식에서는 어떤 승리도 그 자체로 평가되지 않는다. 오로지 〈패자〉로 간주된 집단의 실패에 비추어서만 평가될 수 있다.

74
나노 테크놀로지

물리학자 리처드 파인만은 1959년에 행한 〈바닥에는 공간이 넉넉하다〉라는 제목의 강연에서, 만약 우리가 모든 원자를 분리해서 다루게 되면 분자의 조합이 아니라 원자의 조합을 통해 전자 장치를 만들 수 있을 것이고, 그럼으로써 초소형의 도구를 얻을 수 있으리라고 말했다. 이런 발상은 반도체 집적 회로의 크기를 줄이는 데 기여했다(무어의 법칙에 따르면 집적 회로의 트랜지스터 수는 18개월마다 두 배로 늘어나고 그에 따라 컴퓨터의 성능도 두 배로 좋아진다). 이런 초소형화의 원리가 적용된 예를 하나 들자면, 바로 RFID(전파에 의한 개체 식별) 칩이 있다. 미세한 크기의 이 전자 칩은 갈수록 용도가 많아지면서 우리가 일상적으로 사용하는 많은 물건들에서 찾아볼 수 있게 되었다. 여권, 회원 카드, 고속 도로 통행료 카드뿐만 아니라, 자동차와 휴대폰에도 이 칩이 들어가 있다. 우리는 RFID 칩을 이용해서 물건들이 어디에 있는지 그리고 어떻게 사용되고 있는지 상시적으로 확인할 수 있다.

얼마 전부터 나이트클럽의 일부 고객들은 RFID 칩을 피하에(엄지와 집게손가락 사이의 살 속에) 삽입하는 것에 기꺼이 동의한다. 이들은 회원제 클럽에 입장할 때 자동으로 신원이 확인된다. 우리는 가까운 미래에 이 칩이 서명과 바코드와 QR

코드와 암호문을 대체할 것으로 상상할 수 있다. 또한 상품에 RFID 칩을 부착하는 것도 생각해 볼 수 있다. 그런 상품들은 어디로 이동하는지 스스로 알려 준다. 따라서 우리는 슈퍼마켓에서 판매대를 거치지 않고 상품을 구입할 수 있다. 그냥 물건을 들고 나오면 거기에 부착된 RFID 칩이 컴퓨터 수신기에 신호를 보낼 것이고, 고객은 나중에 집에서 계산서를 받게 된다. 그런 식으로 RFID 칩은 상품의 유통과 재순환 경로를 추적할 수 있게 해줄 것이다.

이 칩은 다른 분야에서도 활용될 수 있다. 예를 들어 사령관은 휘하의 장병들이 싸움터에서 어떻게 움직이는지를 판단할 수 있을 것이다.

이런 나노 테크놀로지는 우리를 언제 어느 때든 모든 것의 위치를 파악할 수 있고 모든 것의 정체를 알아낼 수 있는 세계로 옮겨 가게 해줄 것이다. 그럼으로써 우리가 예전에 살던 세계는 온갖 무리가 우글거리는 혼란스럽고 통제하기 어려운 세계였다는 느낌을 갖게 하리라.

75

1054년 초신성

우리는 이해할 준비가 되어 있는 것만 이해할 수 있다.

1054년에 초신성 하나가 폭발하여 낮에도 보일 만큼 강렬하게 빛났고, 2년에 걸쳐 밤하늘에서 관측되었다. 분명 지구의 모든 나라 백성들이 그 사건을 목격했을 것이다. 하지만 유럽의 문헌에서는 그것에 관한 기록을 어디에서도 찾아볼 수 없다. 유럽의 주민들은 프톨레마이오스와 아리스토텔레스 같은 고대의 학자들이 제공한 우주관의 틀을 벗어나지 못하고 있었다. 그들이 보기에 우주는 불변이었고 새로운 현상은 일어날 수 없었다. 하늘은 그저 순환적인 사건들이 갈마드는 공간일 뿐이었다.

볼 수 있음에도 보지 않으려 하는 사람은 장님 중의 장님이다.

서양의 천문학자들은 일체의 과학적 설명에서 벗어나 있는 그 사건을 관찰했지만 그것을 기록하지 않았다. 그들에게는 그것이 존재하지 않는 것이나 마찬가지였다.

반면에 중국의 역사책에서는 그 초신성을 아주 상세하게 묘사한 대목을 많이 찾아볼 수 있다. 『송회요』, 『송사천문지』, 『속자치통감장편』 같은 송나라 때의 사료를 종합해 보면 그 사건은 이렇게 요약될 수 있다. 〈송나라 인종 지화 원년 음력 5월에 객성(客星) 하나가 천관의 남동쪽에 나타났다. 이 별은 아주 밝아서 한낮에도 볼 수 있었고, 그 빛깔은 붉은 기운이 도는 백색이었으며, 1년 넘게 빛나다가 사라졌다.〉

초신성 SN1054가 폭발했다는 증거는 오늘날에도 아직 남아 있다. 그 폭발의 잔해들이 우리가 게성운이라 부르는 것을 이루고 있기 때문이다. 이 성운은 아마추어 천문가들도 쉽게 관찰할 수 있다.

76
루이 16세

루이 16세는 국정을 개혁하려 애를 쓰고도 민심을 얻지 못한 군주의 전형이다. 금속 공예 애호가, 뚱보, 통풍 환자, 바람둥이 여자의 남편, 단두대의 이슬로 사라진 프랑스 혁명의 피해자인 그는 역사책에 〈패자〉로 기록되어 있다.

하지만 그를 〈승자〉로 통하는 군주들, 예컨대 그의 유명한 조상인 루이 14세와 객관적으로 비교해 보면, 아마도 우리의 생각이 달라질 것이다.

루이 14세는 귀족 계급의 지지를 받았고 귀족들을 베르사유 궁전에 자주 초대하였으며 전대미문의 사치를 누리며 살았다. 또한 루이 14세는 막대한 군비만 드는 무용한 전쟁을 벌였고, 군대가 네덜란드에서 익사하는 등 패전을 거듭함으로써 프랑스 재정을 파탄 상태로 몰아갔다. 게다가 민생을 제대로 보살피지 않아서 두 차례의 기아가 온 나라를 휩쓸게 했고(2백만 명 사망), 민중의 모든 반란(특히 세벤에서 위그노파 신교도가 일으킨 카미자르의 난)을 잔인하게 진압했다. 그는 스스로를 〈태양왕〉이라고 칭했지만, 국고를 바닥내고 백성을 도탄에 빠트린 채로 죽었다.

그의 후계자인 루이 15세는 나라가 망하는 것을 막기 위해 최선을 다했다.

루이 16세는 국가 재정이 나날이 악화하는 상황에서 왕위를 이어받았다. 그는 먼저 나라의 경제 상황을 면밀하게 검토하고 귀족에게 세금을 면제해 주는 것이 부당하다고 생각했다. 그는 장관들의 도움을 얻어 더 합리적인 경제 정책을 추진하고자 했다. 재정 문제를 해결하기 위해 삼부회를 소집했고, 백성들의 의견을 듣기 위해 청원서를 작성하게 했다. 어느 마을에서나 백성들은 불만과 고충을 토로하도록 권유받았고, 그들의 진술은 청원 문서에 기록되었다. 군주가 이렇게 백성들에게 직접 의견을 묻고, 그럼으로써 지방의 백성들이 어떻게 살아가는지를 진정으로 알게 된 것은 전례가 없는 일이다.

하지만 루이 16세는 개혁을 시도하다가 적들을 많이 만들었다. 그리고 마침내 자기의 불행을 말로 표현하기 시작한 백성들은 점차 목소리를 높여 나갔다.

루이 16세는 계몽주의 철학자들과 경제학자들의 글에 공감하면서 프랑스를 새로운 시대에 걸맞은 나라로 만들고 싶어 했고 국정 개혁을 계속 추진하고자 했다. 그는 고문을 공식적으로 금지한 임금이다. 그는 농노제와 인두세와 부역 제도(아직 널리 행해지고 있던 중세의 관행)를 폐지했고, 종교적인 관용을 재확립하였으며

(프로테스탄트들은 그때까지 박해를 받고 있었다), 자의적인 체포를 금지했고, 결혼한 여자들이 남편의 허락 없이도 보조금을 받을 수 있게 해주었으며, 평등주의적인 직접세를 도입했다. 또한 백성들이 기아에 시달리지 않도록 감자 재배를 장려하기도 했다.

루이 16세는 멀리 앞을 내다볼 줄 알았고 지리와 항해에도 관심이 많았다. 미지의 대륙들을 탐험하기 위한 사업을 추진하여 많은 식민지를 개척하는 데 기여했고, 〈원주민을 학대하지 말고 동등한 인간으로 대우하라〉는 지시를 처음으로 내렸다. 또한 라파예트를 매개로 삼아 최초의 근대 혁명인 미국 독립 전쟁을 지원했다.

1789년 파리에서 시민들이 처음으로 궐기했을 때, 그는 군대가 시민에게 사격하는 것을 금지했다. 프랑스인들에게 다른 프랑스인들을 죽이라는 명령을 내리지 않겠다는 게 그의 뜻이었다.

결국 그는 혁명을 막지 못했고 일시적으로 입헌 군주의 지위를 유지하다가 구금된 뒤에 국민 공회에서 유죄 판결을 받고 단두대에 올랐다. 그가 사형 집행인에게 마지막으로 한 말은 〈라페루즈 백작에게서는 아무 소식이 없는가?〉였다. 라페루즈 백작은 루이 16세의 명을 받고 태평양 탐험에 나섰다가 몇 해 전에 실종된 탐험가였다.

오랜 세월이 흐른 지금에 와서 평가해 보면, 루이 16세는 혁명가를 자처했던 숱한 사람들 못지않게 백성의 이익을 지켜 주려 노력했고 국정 개혁에 단호한 의지를 보였다고 말할 수 있다. 하지만 역사는 그를 정당하게 평가해 준 적이 없다.

반면에 〈태양왕〉 루이 14세는 과대망상에 빠진 난폭한 독재자일 뿐이었고, 그런 점에서 루이 16세와 정반대였다.

77

인간을 상대적으로
바라보기 위한 몇 가지 수치

2010년에 인간은 매일 37만 명이 태어나고 16만 명이 죽었다. 그러니까 세계 인구는 매일 21만 명씩 증가한 셈이다. 이는 매일 유럽의 큰 도시 하나를 채울 만한 인구가 늘어났음을 뜻한다.

2010년의 세계 인구는 전년에 비해 7천9백만 명 증가했다.

그 가운데 15억 명은 과체중과 비만으로 고생하고 9억 명은 영양실조에 시달린다.

해마다 360만 헥타르의 숲이 파괴되어 경작지로 바뀐다. 그런데 830만 헥타르의 경작지는 누구도 돌보지 않는 황무지로 변해 간다.

마약으로 벌어들이는 수입은 의약품 판매로 벌어들이는 수입과 거의 비슷하다.

78

리틀빅혼 전투

캘리포니아 골드러시의 광기가 사그라든 1870년대 초, 새로운 노다지를 찾던 사람들이 사우스다코타주와 와이오밍주의 경계에 있는 블랙 힐스에서 금이 나는 광맥을 발견한다. 미국 정부는 금을 캐는 사람들이 몰려들 것을 예상하고, 거기에 살고 있던 수족(族) 인디언들에게 그들이 합법적으로 소유하고 있던 땅을 사들이겠다고 제안한다. 땅값을 놓고 협상을 벌이지만 합의가 이루어지지 않는다(그도 그럴 것이 미국 정부가 제안한 금액은 인디언들이 요구한 금액의 100분의 1밖에 되지 않았다).

그러자 테리 장군은 수족에게 최후통첩을 보낸다. 만약 땅을 내주지 않으면 무력을 사용해서 쫓아내겠다는 것이다.

인디언들은 굴복하지 않는다. 그리하여 조지 암스트롱 커스터 중령이 이끄는 미 육군 제7기병대가 〈문제 해결〉의 임무를 띠고 파견된다.

수족과 그들을 도우러 온 샤이엔족은 1천5백 명의 전사로 부대를 결성하여 기병대에 맞선다. 사령관은 〈시팅 불〉이라 불리던 위대한 추장이다.

기병대 척후병들이 몬태나주 리틀빅혼강 근처에서 부녀자와 아이와 노인을 포함한 6천 명의 인디언들이 야영하고 있는 것을 발견하자, 커스터 중령은 포위 작전을 펼치기로 하고 병력을 셋으로 나눈다. 본대는 커스터가 직접 지휘하고, 두 분견대는 리노 소령과 벤틴 대위가 이끌기로 했다.

전투는 1876년 6월 25일 오후 3시 25분에 시작되었다. 리노가 이끄는 170명의 파견대는 남쪽 방면에서 야영지를 기습함으로써 기선을 잡는다. 하지만 리노는 적진으로 돌진했다가 강력한 저항에 부딪히자 가까운 숲으로 후퇴한다. 숲에서는 나무 때문에 병사들에게 명령을 내리는 것조차 쉽지 않다. 그의 부대는 투 문, 크레이지 호스, 레인 인 더 페이스, 크로우 킹 같은 추장들이 이끄는 인디언 전사들의 공격에 시달린다. 리노는 결국 퇴각을 결정한다.

그러는 동안 커스터는 리노의 분견대가 남쪽에서 인디언들과 대치하고 있으리라 생각하고 북쪽에서 공격을 개시한다. 하지만 그들을 기다리고 있던 인디언 전사들 수백 명이 당당하게 공격을 저지한다. 커스터는 언덕 쪽으로 달아났다가 포위를 당하고 만다. 마땅한 은폐물을 찾을 수가 없는 상황이라서, 그는 말들을 죽여 바리케이드를 친다.

제7기병대의 본대와 두 분견대는 서로 연락을 취할 수 없어서 다른 쪽에 무슨 일이 벌어지고 있는지 파악하지 못한다. 벤틴 대위는 뒤늦게 리노가 퇴각했다는 사실을 전해 듣고 그의 분견대와 합류한다. 고립 상태에 빠진 커스터의 본대는 안간힘을 다하여 인디언들의 공격에 저항한다.

해거름에 커스터 부대의 방어선이 무너진다. 샤이엔족의 레임 화이트 맨이 이끄는 인디언들이 마지막 공격에 나선다. 커스터 중령과 그의 모든 병사들이 이 공격을 견디지 못하고 죽는다.

결국 전투는 인디언들의 승리로 끝났다. 미군 측에서는 263명이 죽고 38명이 부상을 당했다. 인디언 진영의 인명 피해는 2백 명 정도에 달했던 것으로 보인다.

리틀빅혼 전투를 분석한 전략가들은 커스터 중령의 전술에 실수가 있었기 때문이 아니라 리노 소령과 벤틴 대위가 책임을 방기했기 때문에 미군이 패배했다고 생각한다.

두 장교는 커스터 중령을 제때에 돕지 않은 혐의로 1879년에 재판을 받는다. 벤틴 대위는 〈커스터 중령이 혼자서 헤쳐 나갈 수 있으리라 생각했다〉고 진술한다. 리노 소령은 〈커스터를 돕는 것은 자살행위였다〉고 주장한다.

사고방식이 고루했던 이들 두 장교는 전투 전날 커스터와 언쟁을 벌였던 것으로 보인다. 그들은 자기들보다 어린 커스터가 명령을 내릴 때 쓰는 〈말투〉를 마뜩잖게 여겼다고 한다.

위대한 추장 시팅 불은 훗날 이렇게 술회한다. 〈커스터는 명예로운 지휘관이었고 그의 부하들은 내가 싸워 본 병사들 가운데 가장 용감했다는 사실을 인정하지 않을 수 없다. 인디언들은 내가 굳이 요구할 필요도 없이 커스터를 존경했고 그래서 그의 머리 가죽을 벗기지 않았다.〉

79
헉슬리 대 윌버포스 논쟁

1859년 찰스 다윈이 『종의 기원』을 출간한다.

일곱 달 뒤, 옥스퍼드의 주교 새뮤얼 윌버포스는 다윈에게 인류의 진화라는 주제를 놓고 토론을 벌이자고 제안한다. 다윈은 건강에 문제가 있다고 핑계하면서 참가를 거절한다. 그 대신 자기와 같은 관점을 가진 벗이자 언변이 뛰어난 생물학자인 토머스 헨리 헉슬리를 보낸다.

토론 장소인 옥스퍼드 대학 자연사 박물관 대강당은 천 명이 넘는 청중으로 초만원을 이룬다. 대강당에 들어가지 못한 사람들은 토론에 관한 이야기를 듣기 위해 밖에 남아서 기다린다.

윌버포스 주교는 이렇게 포문을 연다.

「인간 친구들, 나는 이 자리에 모인 청중과 여기에 참석하지 못한 많은 이들을 대표해서 말하고 있다고 확신합니다. 나는 원숭이를 마주하거나 원숭이가 내 조상이라는 믿음을 갖게 하려는 이를 만나면 불안을 느낍니다.」

청중은 열띤 반응을 보인다. 주교의 견해에 찬성하든 반대하든 반응이 뜨겁기는 마찬가지다. 윌버포스는 성경에 반하는 갖가지 어리석은 주장을 고발하는 것으로 연설을 이어 간다.

「다윈 씨는 말합니다. 파타고니아의 석회암 동굴에서 거대한 동물들의 화석을 발견했는데, 이 동물들이 자기가 아마조니아 정글에서 만난 더 작은 동물들의 조상이라는 것입니다. 그 화석들은 그저 대홍수 이전에 살았던 동물들의 뼈일 뿐입니다. 그 동물들이 대홍수 때 살아남지 못한 것은 너무 덩치가 커서 노아의 방주에 들어갈 수 없었기 때문입니다. 다윈 씨는 그런 사정을 이해하지 못하는 것일까요?」

윌버포스 주교는 이렇게 말을 맺는다.

「헉슬리 선생, 나는 당신에게 이렇게 묻고 싶습니다. 당신의 주장대로 당신이 원숭이의 후손이라면, 당신의 부계와 모계 중에서 어느 쪽이 원숭이인가요?」

그런 공격에 대해 토머스 헉슬리는 이렇게 반박한다.

「종교적인 원리와 과학적인 이론이 서로 대립하는 것은 처음 있는 일이 아닙니다. 만약 다윈 선생님이 4백 년 전에 살았다면, 틀림없이 감옥에 갇혔을 것이고 종교 재판소에서 고문을 받다가 화형을 당했을 것입니다. 다행히도 우리는 더 개명한 시대에 살고 있습니다. 볼 수 있는 눈과 생각할 수 있는 뇌를 가진 사람들에게 다윈 선생님은 자연이 무엇을 이루어 냈는지 설명하기 위한 이론을 제안하고 있습니다. 월버포스 주교님, 당신 자신이 어떻게 변화해 왔는지 생각해 보십시오. 당신은 육안으로 볼 수 없는 아주 작은 씨였다가 수십 년이 지나서 지금과 같은 어른이 되었습니다. 이런 변화를 하나의 증거로 받아들이셨으면 좋겠습니다. 자연은 수백만 년에 걸쳐서 그런 식으로 우리에게 작용해 왔습니다. 그리고 월버포스 주교님, 저희 조상에 대해서 관심이 많으신 모양이니 이 말씀을 꼭 드려야겠습니다. 저는 먼 조상이 원숭이라는 사실을 부끄러워하지 않겠습니다. 반면에 자연의 은총을 입어 많은 능력과 영향력을 갖게 된 어떤 인간과 혈연으로 연결되어 있다 하더라도, 만약 그가 자신의 지성을 사용해서 진실을 호도하려 한다면 그것을 부끄러워하겠습니다.」

이 토론에 대한 양쪽 진영의 평가는 서로 엇갈렸다. 저마다 자기네 대표자가 더 설득력이 있었다고 주장했다. 신문들도 각자 자기네와 의견이 같은 쪽의 손을 들어 주었다.

그 뒤로 과학이 계속 발전하고 우리 종의 과거를 밝혀 주는 화석들이 많이 발견되었다. 하지만 오늘날에도 나라와 종교를 막론하고 인류의 80퍼센트가 인간이 신 또는 신들에 의해 창조되었다고 생각한다. 그리고 적지 않은 사람들이 그런 주제에 관한 토론을 종결짓기 위해 살인을 저지를 준비가 되어 있다.

80
제멜바이스

상당한 세월이 흐른 지금에 와서 돌이켜 보면, 그는 누구보다 인류에게 큰 도움을 주었고 인명을 구하는 데 누구보다 많이 기여했다. 그 사실을 어찌 부정할 수 있으랴.

이그나츠 제멜바이스* 헝가리 출신의 산부인과 의사였던 그는 손 소독의 중요성을 가장 먼저 인식하고 분만 시술을 앞둔 의사들과 산파들에게 손을 씻으라고 요구했다. 산과 병원에서 수많은 여자들이 산욕열 때문에 죽어 가는 것을 그저 운명으로 받아들이던 시절이었다. 당시 프랑스에서는 산욕열이 추위나 달의 영향에 기인하는 것으로 생각하고 있었다.

1846년 제멜바이스는 빈 종합 병원의 산과에서 교수를 보좌하는 의사가 되었다. 동료인 해부학자 야콥 콜레츄카가 사망했을 때, 그는 야콥을 치료하려던 의사들이 더러운 손으로 병원균을 감염시킴으로써 환자를 죽음에 이르게 했다는 사실을 알아차렸다.

세균의 정체를 아직 모르던 시절이라 제멜바이스는 〈눈에 보이지 않는 독〉이라는 용어를 사용했다. 그는 그 독을 없애기 위해 염소화 석회 용액으로 손을 씻자고 권유했다. 1847년부터 그의 지시를 따랐던 산과에서는 환자들의 사망률이 12퍼센트에서 2.4퍼센트로 낮아졌다.

당시에는 부검을 하던 의사가 손도 씻지 않고 분만실로 들어가는 경우가 흔했다. 제멜바이스는 그런 관행을 없애기 위해 분만에 관여하는 모든 의료진에게 손 소독을 권장했다. 그의 권고를 충실하게 이행한 산과에서는 사망률이 1.3퍼센트로 더 내려갔다.

하지만 그의 성공은 동료들의 질시와 증오를 야기했다. 빈의 의료계에서 그는 갖가지 조롱의 대상이 되었다. 어떤 사람들은 손을 깨끗하게 씻자는 그의 권고를 〈유대인들의 미신〉으로 간주했다(모세의 율법에 환자를 보살피기 전에 손을 씻으라는 말이 있기는 하다). 제멜바이스는 이론의 여지가 없는 성과에도 불구하고 유

• 이것은 독일어 발음으로 표기한 것이고, 성을 먼저 말하는 헝가리인들의 방식을 따르면 멜베이시 이그너츠.

럽의 다른 지역에서도 지지를 얻지 못했고 오히려 놀림을 당하는 처지가 되었다.

그는 결국 빈의 병원에서 쫓겨나 아버지가 태어난 도시인 페슈트●의 산과 병원으로 근무지를 옮겼다. 헝가리 정부는 그의 의견을 수용하여 손 소독을 널리 권장했지만, 빈을 비롯한 다른 지역에서는 여전히 그것을 어리석은 주장으로 여겼다.

1865년 그는 페슈트 대학에서 그 문제를 놓고 발표를 하려던 차에 경찰에 붙잡혔다. 그의 동료들은 신경 쇠약에 걸린 그를 억지로 빈에 보내어 정신 병원에 입원시켰다. 당시의 증언에 따르면, 제멜바이스는 〈손을 씻는 것〉에 너무 집착한 나머지 의료진을 짜증나게 하고 남자 간호사들과 싸움을 벌이기가 일쑤였다. 무엇보다 기이한 아이러니는 그가 심하게 싸움을 벌이다가 여러 곳에 상처를 입고 한 의사의 치료를 받았는데, 이 의사가 손을 씻지 않은 탓에 그에게 세균을 감염시켰다는 사실이다. 그 세균 때문에 그는 괴저에 걸렸고 끔찍한 고통을 겪다가 세상을 떠났다.

그 뒤로 20년이 지나서 체계적인 살균법이 개발되었고, 그럼으로써 제멜바이스의 직관을 비로소 논리적으로 설명할 수 있게 되었다. 놀림을 받던 그의 주장은 자명한 사실로 바뀌었고, 이후로 수백만 환자들의 목숨을 구하는 데 기여하게 된다.

81
싸움닭 이야기

주나라 선왕은 매우 강력한 싸움닭을 갖고 싶어 했다. 그래서 기성자라는 조련사에게 싸움닭 한 마리를 훈련시키라고 명했다.

열흘이 지나 임금이 물었다.

「그 닭을 싸움판에 내보낼 수 있겠소?」

기성자가 대답했다.

• 도나우강 서안의 부더와 동안의 페슈트가 통합되어 부다페스트가 된 것은 1873년의 일이다.

「아닙니다. 기운이 왕성하기는 하나 아직 교만하여 그 기운을 헛되이 쓰려 합니다. 더 훈련을 시켜야 합니다.」

다시 열흘이 지나 임금이 물었다.

「그래, 이제는 싸움을 시켜도 되겠소?」

「아닙니다. 아직 때가 되지 않았습니다. 투지가 너무 강해서 다른 닭을 보기만 하면 싸우려고 덤빕니다.」

열흘이 더 지나 임금이 물었다.

「이제 싸움판을 벌여도 되겠소?」

「아닙니다. 아직 기운이 너무 성합니다. 다른 닭의 울음소리, 심지어는 이웃 마을의 닭이 우는 소리만 들어도 허공으로 뛰어올라 싸우는 시늉을 합니다.」

열흘이 또 지나 임금이 물었다.

「어떻소? 이제 준비가 되었소?」

「이제 제풀에 날뛰지 않습니다. 다른 닭이 울어도 전혀 동요하지 않고 차분한 태도를 유지합니다. 자세가 반듯하고 기운을 잘 조절합니다. 어느 닭보다 힘이 좋지만, 그 힘을 밖으로 드러내지 않습니다. 마치 나무를 깎아 만든 닭을 보는 듯합니다.」

임금이 조바심을 내며 재차 물었다.

「그러니까 싸움을 시켜도 좋다는 뜻이오?」

「그렇습니다.」

신하들이 싸움닭 여러 마리를 데려와 싸움판을 벌였다. 그런데 다른 닭들은 기성자가 훈련시킨 닭에게 감히 덤벼들지 못하고, 겁을 먹은 채 달아났다. 기성자의 싸움닭은 싸울 필요조차 없었다.

이 싸움닭은 전투 기술을 익히는 것에 그치지 않고 내적인 힘을 키웠다. 그 힘은 아주 강력했다. 굳이 밖으로 드러내지 않아도 남들이 감지할 수 있을 정도였다. 그래서 다른 수탉들은 강한 기운을 감추고 있는 그 의연하고 차분한 싸움닭 앞에서 투지를 잃고 만 것이었다.*

82
식물의 힘

우리는 식물에 의식이 없다고 생각한다. 그러나 때로 식물들은 고도로 진화한 생명체들의 정신에 영향을 미치기도 한다.

대다수 동물이 식물을 먹는다. 식물이 대단한 영양을 제공하는 것은 아니지만, 동물의 신경계에 매우 강력한 효과를 발휘할 수 있다. 예를 들어 가봉에서는 코끼리들과 원숭이들이 〈이보가〉라는 관목을 먹는데, 이 관목의 뿌리에는 신경계를 자극해서 환각을 일으키는 성분이 들어 있다. 아프리카의 개코원숭이들은 〈마룰라〉라는 나무의 발효된 열매를 삼키는데, 때로는 그것을 너무 많이 먹은 나머지 술에 만취한 것처럼 비틀거리거나 쓰러지기도 한다.

캐나다의 순록들은 붉은 버섯을 먹는다. 자작나무 껍질에 기생하는 이 버섯은 순록에게 현기증과 경련이 일어나게 한다.

미국 남부에서는 양들과 말들이 자운영속에 딸린 풀을 먹는다. 그러고는 몇 시간이 지나도록 과도하게 흥분하여 펄쩍펄쩍 뛰거나 온갖 장애물을 뛰어넘으려고 한다.

• 『장자』 달생편과 『열자』 황제편에 나오는 〈태약목계〉 이야기에 약간의 살을 붙인 것. 『장자』에는 주나라 선왕이 그냥 임금이라고 되어 있다.

유럽에서는 고양이들이 네페타 카타리아, 즉 개박하라 불리는 풀을 씹는다. 이 풀은 환각제와 비슷한 효과를 일으킨다. 그래서 고양이들은 눈에 보이지 않는 쥐를 잡으러 내달리는 시늉을 하기도 한다.

인간 역시 식물에 중독된다. 〈정신적인 위안을 주는 식물들〉에 의존하며 살아가는 사람들이 무수히 많다. 담뱃잎이나 커피콩이나 찻잎이나 카카오나무 열매에 의존하는 사람들도 있고, 포도 같은 과일이나 홉이나 쌀을 발효시킨 액체에 중독된 사람들도 적지 않다. 사탕수수나 사탕무에서 나온 단것은 우리에게 즉각적인 심리적 위안을 준다. 그런 위안을 전혀 받지 않고 살아갈 수 있는 사람은 많지 않을 것이다. 어떤 식물들은 인간의 정신을 완전히 지배하여 심리적인 노예로 만들기도 한다. 대마의 잎이나 코카의 잎, 아편의 원료가 되는 양귀비 열매의 진, LSD의 원료가 되는 맥각 따위가 그런 무서운 위력을 발휘한다.

하지만 그것들은 신경계가 없는 식물들일 뿐이다. 따라서 우리처럼 복잡하고 정교한 기관들을 가진 동물들에 대해서 어떤 의도도 가지고 있지 않다.

83
종들의 소형화

생물의 역사를 돌이켜 보면, 동물들이 끊임없이 크기를 줄여 왔다는 사실을 확인할 수 있다.

공룡은 도마뱀으로 변했고, 매머드는 코끼리로 바뀌었으며, 잠자리는 2미터에 달하던 날개 폭이 12센티미터로 줄었다.

지구의 기온이 높아지면 이런 현상은 더욱 두드러지게 나타난다.

예를 들어 5천5백만 년 전, 지구의 온난화가 시작되어 2만 년 동안 기온이 6도 정도 상승하는 일이 벌어졌을 때, 얼음이 녹고 해수면이 높아졌으며 동식물의 전반적인 소형화가 이루어졌다. 벌이나 개미나 딱정벌레 같은 곤충들은 원래 크기의

70퍼센트에 이를 정도로 작아졌고, 쥐나 다람쥐 같은 포유류도 40퍼센트가량 크기가 줄었다.

현재 벌어지고 있는 새로운 지구 온난화도 그와 마찬가지 방식으로 영향을 미친다. 몇몇 학자들이 85종의 동물을 놓고 연구한 결과 지난 20년 동안 40종의 동물이 상당한 정도로 소형화의 길을 걸어왔다고 한다. 거북이, 도마뱀, 이구아나, 뱀, 두꺼비, 갈매기, 방울새, 비둘기, 북극곰, 사슴, 양 등이 그런 동물에 속한다.

지구 온난화에 따라 그렇게 동식물의 크기가 줄어드는 현상을 어떻게 설명할 수 있을까? 현재로서는 미국 앨라배마 대학의 생물학자 제니퍼 A. 셰리든과 싱가포르 국립 대학 교수 데이비드 빅포드가 공동 연구를 통해 그 문제와 관련된 유일한 가설을 제시하고 있다. 기온이 상승하면 가뭄이 심해지고 풀과 열매와 곡식의 크기가 줄어든다(기온이 1도 올라가면 열매의 크기는 3퍼센트에서 17퍼센트까지 줄어든다). 또한 이산화탄소가 많아지면서 대양이 산성화하고 플랑크톤과 해조류, 산호, 연체동물의 크기가 작아진다. 그러면 그것들을 먹이로 삼는 동물들의 영양이 부족해지면서 성장이 정체하거나 심지어 크기가 작아진다.

84
로제타석

1799년 7월15일, 나폴레옹 보나파르트의 이집트 원정에 학예 위원회의 일원으로 참가한 피에르 프랑수아 부샤르 중위는 나일강 델타 지역의 로제타 근처에 있는 한 요새에서 긴 글이 새겨져 있는 진회색 판석을 발견한다. 판석의 크기는 가로 72센티미터에 세로가 114센티미터이다. 이 돌은 원래 한 신전에 세워져 있던 송덕비인데 중세에 이집트를 점령한 터키인들이 요새를 지을 때 가져다가 건축 자재로 쓴 것이다. 이 비석에는 매우 희귀한 점이 한 가지 있다. 비문이 한 가지 문자가 아니라 그리스 문자를 비롯한 세 가지 문자로 새겨져 있다는 점이다.

나폴레옹의 원정군이 영국군에게 패함에 따라 이 비석은 영국의 전리품이 되어 런던으로 옮겨진다. 이미 프랑스 학자들이 시작한 로제타석의 탁본 작업은 더욱 활발하게 이루어져 그 사본들이 고대 언어 연구자들 사이로 퍼져 나간다.

비문의 고대 그리스어 번역은 1803년에 이루어진다. 하지만 두 가지 문자로 새겨진 나머지 글을 해독하는 과제가 남아 있다. 그 두 문자는 이집트 백성들이 사용하던 민용 문자와 사제들이 기념물이나 무덤에 새기던 히에로글리프이다.

그 뒤로 20년 가까운 세월이 흘러서 히에로글리프를 해독하기 위해서는 각각의 그림을 음절에 대응시켜야 한다는 새로운 가설이 나온다. 그 가설을 가장 먼저 제시한 사람은 프랑스의 언어학자 장프랑수아 샹폴리옹이다.

로제타석이 발견되었을 때 샹폴리옹은 열 살이 채 되지 않은 소년이었다. 하지만 그는 아주 어려서부터 세상의 언어들과 이집트 문명에 관심이 많았다. 열여섯 살 무렵에는 형 자크 조제프의 주선으로 나폴레옹의 이집트 원정에 참가했던 학자를 만나기도 했다. 샹폴리옹은 로제타석의 비문이 세 가지 문자로 새겨져 있다는 점에 흥미를 느끼고, 그것을 해독하는 데 진력하기로 결심한다.

샹폴리옹은 열여덟 살의 젊은 나이에 라틴어, 그리스어, 히브리어, 아랍어, 아람어, 중국어 등을 구사하는 언어의 달인이 된다. 고대 이집트어에서 파생한 이집트 기독교인들의 언어인 콥트어도 익혔다.

1822년 그는 이집트 신전들의 새김글 탁본을 비교하고 검토한 끝에 히에로글리프의 특성과 사용 원리를 알아낸다. 그의 추론은 이런 식으로 이루어진다. 먼저 그는 한 탁본에서 되풀이하여 나타나는 파라오의 이름에 주목한다. 파라오의 이름에는 네모난 테두리가 쳐져 있기 때문에 금방 알아볼 수 있다. 예를 들어 [𓇳𓏺𓏏𓏏𓏏] 와 같은 히에로글리프를 보자.

샹폴리옹은 이미 다른 탁본들을 통해 지팡이처럼 생긴 마지막 두 글자가 s의 음가를 가지고 있음을 알고 있다. 그렇다면 앞의 두 그림은 어떻게 읽어야 할까? 첫 번째 그림은 해를 가리키는 게 분명하다. 샹폴리옹은 태양이 콥트어로 〈레〉라는 것을 알고 있다. 이로써 〈R + ? + s + s〉라는 조합이 생기고, 이집트 역사에 밝은 샹폴리옹은 람세스라는 유명한 파라오를 떠올리면서 두 번째 그림이 m의 음가를 가졌으리라고 가정한다.* 이 가정은 다른 탁본과의 비교를 통해 검증된다. 이런 과정을 거쳐 샹폴리옹은 이 히에로글리프가 고대 이집트 파라오의 이름을 소리 나는 대로 적은 표음 문자인 동시에 〈태양신 라(또는 레)의 자식〉이라는 뜻을 담은 표의 문자임을 알아낸다.

샹폴리옹의 이 발견은 이집트 신전들의 모든 히에로글리프를 해독하는 열쇠가 된다. 그는 로제타석에 새겨진 글의 의미를 해독해 낼 뿐만 아니라(이 비문은 기원전 196년에 이집트 신관들이 작성한 것으로 당시의 임금인 프톨레마이오스 5세가 신전들을 위해 베풀어 준 은전을 칭송하면서 임금에게 경배를 바치는 내용을 담고 있다), 히에로글리프로 쓰인 새김글들을 무엇이든 번역할 수 있게 된다.

잊혀 가던 문명, 신비의 너울에 가려진 문명이 일거에 역사학자들 앞에 모습을 드러낸다.

하지만 샹폴리옹은 번역에 늘 신중을 기한다. 어떤 글들의 경우에는 그것들이 새겨진 시대가 3천 년이나 4천 년도 더 된 것으로 밝혀진다. 이는 이집트의 역사가 당시 기독교인들이 아담과 하와의 시대라고 간주하던 시대보다 훨씬 먼저 시작되었다는 이야기로 받아들여질 수 있다. 그래서 샹폴리옹은 종교계의 반발을 사지 않을까 저어한 것이다.

그 뒤에 샹폴리옹은 프랑스인들이 이집트 신전의 천장에서 떼어 온 〈덴데라의 황도대〉라는 부조(현존하는 가장 오래된 천문도들 가운데 하나)를 분석하여 책을 내기도 하고, 『사자의 서』를 연구하여 이 문헌이 죽은 이들의 세계를 거쳐 환생에 이르는 여행을 묘사하고 있음을 알아내기도 한다. 그는 이 여행에 관한 묘사가 곤충의 탈바꿈에 관한 관찰에서 영향을 받았다는 사실도 간파한다(특히 띠로 칭칭

---

* 실제로는 ms의 음가를 가진 것으로 밝혀진다. 하지만 이 차이는 별로 중요하지 않다. 샹폴리옹의 중요한 업적은 히에로글리프가 뜻글자인 동시에 소리글자임을 알아냈다는 데에 있다.

감은 시신은 개미의 애벌레와 유사하고 피라미드 속의 무덤은 개미집에 있는 여왕의 거처와 비슷한 자리에 있다).

그는 신성 갑충(히에로글리프의 발음은 케프리)이 지닌 상징적인 의미도 알아낸다. 고대 이집트인들이 쇠똥구리를 신성하게 여겼던 것은 이 곤충이 굴리고 다니는 쇠똥의 덩어리가 태양을 닮았다고 보았기 때문이다. 무덤과 신전에서 찾아낸 문헌에서 케프리라는 말은 문맥에 따라 변화, 진화, 변신 등을 의미한다.

고대 이집트의 문헌들이 번역되기 시작하자, 이집트에 대한 프랑스인들의 열광은 이집트학으로 발전한다. 유행을 좇는 부르주아들의 호사 취미에서 진정한 학문으로 옮겨 간 것이다. 그리하여 곤충의 탈바꿈에서 사후 세계와 영생의 가능성을 보았던 사라진 문명과 현재의 문명이 관계를 맺게 된다.

85
작은보호탑해파리

장년에 도달하면 노화가 시작되기 전에 다시 젊어질 수 있는 존재, 자연에는 그런 존재가 있다. 작은보호탑해파리(학명 *Turritopsis nutricula*)가 바로 그것이다.

길이가 5밀리미터쯤 되고 카리브해에서 처음 발견된 이 동물은 다음과 같은 특성을 지니고 있다.

동물 세포들은 시간이 흐르면 늙고 죽게 마련이지만, 이 해파리의 세포들은 마모시키고 훼손시키는 시간의 힘에 저항할 수 있다. 성적인 완숙기에 다다르면, 세포들의 프로그래밍이 역전되어 다시 젊어진다. 그렇게 해서 유체로 돌아가면(다시 말해서 바위에 붙어 있는 원통 모양의 폴립이 되면) 다시 나이를 먹기 시작하고, 장년에 도달하면 또다시 젊어진다. 작은보호탑해파리는 유년과 장년을 오가는 이런 삶을 무한히 되풀이할 수 있다. 생명 과학에서는 이런 현상을 〈전환 분화〉라고 부른다.

이 해파리가 발견되기 전까지, 우리가 알고 있던 그와 유사한 현상은 도마뱀이 꼬리를 자르고 도망간 뒤에 새 꼬리를 자라게 하는 것뿐이었다. 하지만 이 해파리는 몸의 일부가 아니라 세포들 전체를 다시 젊게 할 수 있다. 그것도 무한정으로.

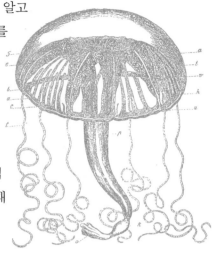

그러니까 이론적으로 말하면 작은보호탑해파리는 불사의 존재다. 하지만 현실적으로 보면 이 해파리는 파괴될 수 없는 존재가 아니다. 세상의 모든 동물처럼 병에 걸려 죽을 수도 있고 포식자에게 잡아먹힐 수도 있다.

몇 해 전부터 이 해파리들이 크게 증식하는 현상이 목격된다. 십중팔구는 기후 온난화와 관련되어 있을 것이고, 참치나 상어 같은 천적들이 남획으로 인해 사라지기 때문이기도 할 것이다. 불사의 능력을 지닌 이 작은 해파리들이 모든 대양으로 퍼져 나가는 데는 잠수함들이 크게 한몫을 하고 있다. 잠수함들은 한 바다에서 빨아들인 해파리들을 다른 바다에 가서 뱉어 낸다.

86

심해 아귀

심해 아귀는 수심 1천 미터에서 4천 미터 사이로 내려가 칠흑 같은 어둠 속에서 살아간다. 이 물고기는 무시무시하게 생겼다. 커다란 입에는 날카로운 이빨들이 나 있고 이마에는 낚싯대 구실을 하는 긴 돌기 끝에 먹이를 유인하기 위한 발광체가 달려 있다.

암컷의 크기가 멜론만 하다면 수컷의 크기는 체리만 하다.

암컷이 수컷 옆으로 지나가면, 수컷은 암컷에게 덤벼들어 돌출한 두 이빨을 암컷의 살에 박고 다시는 암컷에게서 떨어지지 않는다.

이렇게 암컷에 붙어 버리면 수컷은 암컷과 피가 통하여 모든 것을 암컷에게서 얻는다. 하지만 이제 자기에게 없어도 되는 지느러미며 소화기며 눈 따위는 점차로 모두 퇴화해 버린다. 그저 암컷에 달라붙은 불알로 바뀌는 것이고, 암컷은 이 불알을 자기 마음대로 사용한다.

수컷의 덩치가 크지 않기 때문에, 암컷은 자기 살에 박힌 수컷을 그대로 둔 채로 사냥을 계속한다. 수컷은 한낱 불알로 전락하여 정자를 계속 만들어 내고, 암컷은 그 정자를 마음껏 가져다가 알을 낳는다.

어부들이 그물에 걸린 심해 아귀를 건져 올리면, 암컷의 옆구리나 등이나 뺨이나 이마에 여러 마리의 수컷이 다소 퇴화한 채로 매달려 있는 것을 흔히 볼 수 있다. 이 물고기는 흉측한 머리가 잘린 채로 〈아귀 꼬리〉라는 이름으로 생선 가게를 거쳐 우리 식탁에 올라온다.

제4장

제3인류

만물은 끊임없이 진화한다.

그런데 어느 때가 되면 변화가 갑자기 빨라지고 급격해지고 두드러진다.

옹골차게 불거진 꽃망울은 활짝 핀 꽃으로 변한다.

애벌레는 두껍고 거뭇한 껍질을 벗고 여러 빛깔의 사뿐한 나비로 탈바꿈한다.

소년 소녀는 자라서 어른이 된다.

그저 공포와 이기심과 폭력 속에서 살던 미개한 부족은 의식이 고양되어 서로 연대하는 문명사회로 변모해 간다.

그런 변화는 종종 경련이나 수축이나 고통을 통해 이루어진다.

변화가 일어나고 나면, 속이 빈 채로 나무에 걸려 있는 낡은 껍질이나 빛바랜 사진들이 불러일으키는 고통스러운 추억, 역사책에 기록된 비극들, 폐허, 박물관 등 옛 세상의 보잘것없는 흔적들만이 남는다.

그러면 탈바꿈한 존재는 태양을 향해 날아올라 새로 돋은 젖은 날개를 말릴 수 있다.

하지만 변화의 시간이 다가올 때면 그것의 실현을 저지하려는 힘들이 나타난다. 그런 힘들은 어디에서 오는가? 미지의 것을 향해 변화하는 것을 두려워하는 사람들, 변화보다는 정체나 복고를 선택하는 사람들에게서 나온다. 그 방해 세력을 과소평가해서는 안 된다.

우선 그 세력이 종종 다수파로 나타나기 때문이고, 다음으로는 그 세력이 뿌리를 더 깊이 내리고 있어서 진보 세력보다 강력하기 때문이다.

오래전부터 있어 온 세계에 그냥 머물러 있겠다고 생각하면 마음이 놓인다. 앞으로 나아가는 것에 대해 두려움을 느끼는 것은 당연하다. 하지만 만약 유기체가 변화를 거부하면 경화증에 걸리고 낡은 껍질 속에서 숨이 막혀 잠재력을 발휘하지 못한다.

한 개인이 시간과 공간 속에서 시야를 확대하는 데 성공하면, 그는 자연스럽게 자기 자신뿐만 아니라 자기 주위의 모든 존재가 변화하기를 바라게 된다.

—에드몽 웰스

87

아포칼립스

묵시록을 뜻하는 아포칼립스는 그리스어 아포칼립시스에서 나온 것이고, 이 말은 〈감추다〉라는 뜻의 동사 〈칼립테인〉에 부정을 뜻하는 접두사 〈아포〉를 붙인 아포칼립테인에서 나온 것이다. 이 어원에서 보듯이 아포칼립시스는 원래 〈감춰진 것을 드러내기〉, 〈장막을 걷어 내기〉라는 뜻이었다.

나중에 이 말은 〈계시〉 또는 〈진리를 드러냄〉이라는 뜻으로 번역되었고, 〈세상의 종말〉과 동의어가 되었다. 만약 인간이 진리(인간 자신의 미망과 거짓이라는 장막에 가려진 진리)를 마주할 능력이 없다면, 진리를 드러내는 것이 인간에게 치명적인 결과를 가져올 수도 있다는 생각이 반영된 것이리라.

88

거인족 문명

한때 거인들의 문명이 지구상에 번성했으리라는 것은 5대륙 모든 문명의 모든 신화에 암시되어 있다.

고대 이집트인들의 신앙에 따르면, 최초의 왕조는 거인들의 종족에서 유래했으며, 이 거인들은 바다를 통해 들어와서 이집트인들을 가르쳤다고 한다. 그들에게 의술과 피라미드 건축술을 가르친 것도 그 거인들이었을지 모른다.

성경(민수기 13장 32~33절)에는 이런 말이 나온다. 〈그리고 우리가 그 땅에서 본 백성은 모두 키 큰 사람뿐이다. 아낙의 자손들은 바로 이 네피림에서 나온 것이다. 우리 눈에도 우리 자신이 메뚜기 같았지만, 그들의 눈에도 그랬을 것이다.〉

그리스 신화에는 기간테스라는 거인들이 나온다. 이들은 크로노스가 우라노스의 남근을 자른 상처에서 흘러나온 피가 대지에 떨어져 태어났다. 포세이돈과 가이아의 아들로 태어난 안타이오스라는 거인의 이야기도 잘 알려져 있다. 그는 어머니인 대지를 밟고 있는 한 어떤 공격도 이겨 낼 수 있는 존재로 간주되었다. 그를 죽이려면 땅에서 번쩍 들어 올리는 수밖에 없었다. 그것은 오로지 헤라클레스만이 해낼 수 있는 일이었다. 고대 그리스인들은 신들과 거인들을 분명하게 구별하지 않았다. 프로메테우스가 인간에게 불의 사용법을 가르친 것과 마찬가지로, 거인족에 속하는 키클롭스들은 야금술을 가르쳤다.

로마 시대에 플리니우스가 저술한 『박물지』 7권 16장에는 크레타섬에서 지진으로 언덕이 무너진 뒤에 발견된 거인의 유골에 관한 이야기가 나온다. 이 유골은 키가 46큐빗(약 20미터)에 달했으며, 혹자는 그것이 거인 사냥꾼 오리온의 유골이라고 주장했다는 것이다.

로마 시대의 또 다른 작가인 필로스트라투스 역시 『영웅에 관하여』라는 책에서 그리스와 에티오피아 등지에서 거인의 유해가 발견되었던 사례들을 이야기한다.

태국의 신화를 보면, 세상이 처음 열리던 때에는 인간의 키가 어마어마하게 컸다.

기독교가 전래되기 전의 북유럽 사람들은 세상에 가장 먼저 생겨난 생명체가 거인이었다고 믿었다. 이 거인들의 나라 요툰헤임이 있었다는 곳은 스칸디나비아 해안 서쪽, 그러니까 고대 그리스인들이 툴레라고 부르던 섬의 위치와 비슷했을 것이다.

1171년에 역사가 시길버트는 홍수가 휩쓸고 간 뒤에 땅속에 묻혀 있던 거인의 유해가 드러났는데, 이 거인의 키가 17미터에 달했다고 이야기한다.

도미니코 수도회의 수사인 레히날도 데 리사라가는 1555년부터 4년 동안 페루를 여행한 뒤에 쓴 책에서 키가 15미터가 넘는 거인들에 관한 신화를 들려주고 있다.

16세기에 『페루 연대기』를 쓴 스페인의 역사가 시에사 데 레온은 산타엘레나의 원주민들에게서 채집한 민담을 전하고 있다. 그 이야기에 따르면, 먼 나라에서 배를 타고 온 거인들이 하룻밤 사이에 티아우아나코 신전을 건설했다고 한다.

인도의 대서사시 『라마야나』에는 락샤사라는 거인들이 나온다. 이 거인들은 라마에 맞서 전쟁을 벌이지만, 이들 가운데 일부는 하누만이 이끄는 원숭이 종족과 함께 라마의 편에 서서 저희 형제들과 싸운다.

17세기에 멕시코의 역사학자 알바 코르테스 익스틀릴소치틀이 저술한 톨테카족의 역사에는 먼 옛날에 쿠이나메친이라는 거인들이 살았다는 이야기가 나온다. 이 거인들은 지진 때문에 거의 지상에서 사라졌다. 그들 다음에는 보통 크기의 인간 종족인 올메카족과 시칼란카족이 지상에 살았는데, 이들은 재앙을 이기고 살아남은 마지막 거인들을 몰살했다고 한다.

우리는 학문의 영역에서도 호모 사피엔스보다 앞서 존재했던 거인족의 문명에 관한 주장을 찾아볼 수 있다. 독일의 아마추어 인류학자 루트비히 콜 라르센은 1936년에 탄자니아의 에야시 호수 기슭에서 키가 10미터가 넘는 인간의 해골을 발견했다고 한다. 1960년대에 오스트레일리아의 고고학 연구자 렉스 길로이는 빅토리아산에서 거인들의 발자국 화석을 발견했다고 주장했다. 그는 전문적인 탐사 작업을 계속 벌인 끝에 자바와 남아프리카와 중국 남부에서도 거인의 턱뼈를 발굴했다고 한다. 1964년에 프랑스 선사 시대 연구 협회 회원인 브뤼칼테르라는 연구자는 크기가 비정상적으로 큰 인간의 해골을 다량으로 발견했으며, 이 발견으로 아슐리안기(전기 구석기 시대의 문화기)에 거인들이 존재했음을 확인할 수 있다고 발표했다.

만약 거인들이 정말로 존재했다면, 그들이 사라졌다는 것은 인류가 점점 작아지는 것이 진화의 자연스러운 방향이라는 증거이다.

89

묵시록의 네 기사

요한 묵시록은 신약 성경의 마지막 책이다. 이 책은 사도 요한이 82세 무렵에 (서기 79년 베수비오 화산이 분출하던 때), 그리스의 파트모스섬에서 제자들에게 구술한 것으로 추정된다.

사도 요한은 예언자 즈카르야가 쓴 더 오래된 문헌(구약 성경 즈카르야서)에서 깊은 영감을 받은 것으로 보인다. 요한 묵시록은 신약 성경의 문헌들 가운데 가장 신비주의적이고 가장 극적이다.

〈내가 또 보니, 흰 말 한 마리가 있는데 그 위에 탄 이는 활을 가지고 있었습니다. 그는 화관을 받자, 승리자로서 더 큰 승리를 거두려고 나갔습니다. (……)

그러자 다른 붉은 말이 나오는데, 그 위에 탄 이는 사람들이 서로 살해하는 일이 벌어지도록 땅에서 평화를 거두어 가는 권한을 받았습니다. 그리하여 그는 큰 칼을 받았습니다. (……)

내가 또 보니, 검은 말 한 마리가 있는데 그 위에 탄 이는 손에 저울을 들고 있었습니다. 나는 또 네 생물 한가운데에서 나오는 어떤 목소리 같은 것을 들었습니다. 「밀 한 되가 하루 품삯이며 보리 석 되가 하루 품삯이다. 올리브기름과 포도주에는 해를 끼치지 마라.」(……)

내가 또 보니, 푸르스름한 말 한 마리가 있는데, 그 위에 탄 이의 이름은 죽음이었습니다. 그리고 그 뒤에는 저승이 따르고 있었습니다. 그들에게는 땅의 4분의 1에 대한 권한이 주어졌으니, 곧 칼과 굶주림과 흑사병과 들짐승으로 사람들을 죽이는 권한입니다.〉

90

손위의
사회성 동물

개미들은 1억 2천만 년 전에 출현했다.

인간들은 7백만 년 전부터 지상에 존재하기 시작했다.

그러니까 개미들은 인간들보다 1억 1천3백만 년이나 앞서 있다.

개미들은 수백만 개체를 수용할 수 있는 도시를 건설해 냈을 뿐만 아니라, 농업이며 목축이며 전쟁 등을 창안했다. 우리는 젊은 종이므로 손위의 사회성 동물인 그 종을 관찰하면서 교훈을 얻어야 한다.

91

피그미

피그미들은 이미 폼페이의 폐허에서 발굴된 벽화와 고대 이집트의 피라미드 벽화에도 그 모습이 그려져 있었다. 서구 사회의 공식적인 기록에 따르면, 그들은 1870년 영국 탐험가들에 의해 발견되었다고 한다. 당시에 과학자들은 그들이 원숭이와 인간 사이의 〈빠진 고리〉라고 생각했다. 서구인들은 그들을 데려다가 진기한 구경거리로 삼았고 곡마단의 흥행에 이용하기도 했다.

피그미는 난쟁이(염색체 이상이나 영양 대사 질환 등에 기인한 소인증 환자)가 아니라, 열대림이라는 특별한 환경에 적응한 사람들이다. 그들의 키는 1백에서 150센티미터 사이로 개인차를 보인다. 그들은 적도 주변의 가장 덥고 습한 지역에서 살고 있다.

그들은 서로 다른 언어를 말하는 여러 부족으로 나뉘어 있다. 카메룬에는 바기엘리족과 메드잔족이 살고, 가봉에는 봉고족과 콜라족이 산다. 중앙아프리카에는 아카족과 음벤젤레족이, 콩고 민주 공화국에는 트와족과 음부티족이 산다. 그런 부족들만큼 수효가 많지는 않지만, 르완다와 부룬디와 우간다 등지에도 피그미들이 살고 있다.

그들은 서로 다른 언어를 말하지만, 모든 부족이 두루 사용하는 단어들도 있다. 예컨대 숲의 위대한 정령을 가리키는 〈젱기〉 같은 단어가 그러하다.

콩고 민주 공화국의 일부 민족학자들은 피그미들과 반투족이 같은 뿌리에서 나왔지만 2만 년 전 서로 다른 자연 환경에 적응하는 과정에서 달라지게 되었다는 가설을 내놓았다. 평원에 살던 반투족은 정착 생활을 하면서 농업과 목축에 종사했기 때문에 영양 상태가 점점 좋아지고 키가 더 커졌을 것이다. 반면 밀림 속에 살던 피그미족은 식량을 구하기가 쉽지 않았던 탓에 아기들에게 충분한 영양을 공급하지 못했고, 그에 따라 점차 신장이 작아졌을 것이다. 키가 작아지면 몸을 숨기거나 위장을 하기가 쉬워지므로, 밀림 속에서는 그게 오히려 장점이 되었을 공산이 크다. 결국 그들은 포식자의 공격을 피하고 사냥감을 더 쉽게 찾아낼 수 있는 쪽으로 진화한 셈이다.

현재 공식적으로 집계된 피그미는 약 20만 명이고, 그들 가운데 15만 명은 정착 생활을 하고 있다. 그들의 정착은 대개 여러 나라 정부의 압력을 받아 강제적으로 이루어진 것이다. 그때부터 그들은 노예 취급을 당했다(특히 콩고 민주 공화국에서는 반투족이 그들에게 아주 싼 임금을 주면서 힘든 노동을 시켰다).

5만 명 정도의 피그미들은 조상 대대로 이어 온 생활 방식을 고수하고 있다. 그들은 채집과 사냥과 낚시를 하며 살아가고, 기온의 변화와 사냥감의 움직임에 따라서 끊임없이 이동한다. 그러나 아프리카의 열대림이 급속하게 파괴되면서 그들은 소멸의 위기를 맞고 있다.

92

3보 전진, 2보 후퇴

인류의 역사를 전체적으로 조망해 보면, 인류가 3보 전진과 2보 후퇴를 반복하면서 진화하고 있음을 알 수 있다. 인류는 문명의 더 높은 단계를 지향하며 나아가다가 어느 단계에 도달하면 갑자기 걸음을 멈추고 뒤로 돌아간다. 그런 다음 얼마간 세월이 흐른 뒤에 다시 앞으로 나아간다.

예를 들어 로마 문명은 그리스 문명을 개선하고 구체화하면서 발전해 간다. 그리스의 정치적 원리(민주주의, 공화제)와 과학(천문학, 기하학, 의술, 건축)을 계승하고, 그리스의 종교와 언어에서도 많은 것을 모방하고 차용한다.

로마 제국의 세력은 갈수록 커진다. 지중해 연안은 물론이고 스코틀랜드에서 사하라까지, 브르타뉴에서 슬라브족의 나라들까지 영토를 넓혀 간다. 또한 기술, 건축, 문학, 법학, 의학 등의 영역에서도 괄목할 만한 발전을 이룬다.

그러다가 500년경 발전이 중단되고 내리막길을 걷기 시작한다. 야만족들이 모든 국경을 위협한다. 북쪽에서는 앵글로색슨족과 픽트족과 바이킹이, 동쪽에서는 동고트족과 서고트족과 훈족이, 남쪽에서는 사라센인과 무어인이 로마 제국을 잠식해 들어온다.

유럽은 다시 혼란 속으로 빠져든다. 약탈이 횡행하고 기아와 전염병이 퍼져 나가고 광신과 폭력이 제국의 질서를 대신한다.

사고방식의 진화가 끊긴 흐름을 다시 이어 가기 위해서는 그 뒤로 천 년을 기다려야 한다. 인간성 해방의 기치를 내걸고 문화 혁신 운동을 주도한 예술가들은 그 운동이 고대 그리스 로마 문명과 연결되어 있음을 의식하고 〈르네상스〉라는 이름을 사용한다. 사실 이 시대에는 가장 혁신적인 창작자들이 그리스 역사나 로마 역사의 장면들을 즐겨 그리고, 극작가들은 고대의 신화를 되살리고, 건축가들은 잊힌 기술을 재발견한다. 의사, 본초학자, 항해가, 천문학자 등도 비슷한 작업을 벌인다.

하지만 그러기까지 천 년의 세월이 흘렀다. 야만족들의 침략과 약탈이 없었다면, 그리고 몽매주의의 시대를 거치지 않고 진보의 흐름이 그대로 이어졌더라면 어떻게 되었을까?

장구한 세월을 두고 돌이켜 보면 인류의 역사는 그런 식으로 진보한다. 3보 전진했다가 멈추고 2보 후퇴한 뒤에 다시 3보 전진함으로써 결국 한 발짝의 진보를 이루어 낸다.

그런데 어찌 보면 뒤로 돌아가는 그 두 걸음은 피할 수 없는 것인지도 모른다. 인류 사회의 전위들은 나머지 구성원들에 비해 너무나 빨리 나아간다. 따라서 가장 뒤떨어진 구성원들과의 격차를 줄이고 인류가 함께 나아가자면 시간이 필요할 수도 있다.

93

아마존

고대의 한 문헌에 비추어 보면, 여자 무인족이 처음 출현한 것은 기원전 2000년경 이집트인들이 소아시아를 공략한 뒤의 일이었을 것이다. 파라오의 군대는 카파도키아까지 진출하여 스키타이족과 사르마트족의 선조쯤 되는 어느 부족과 맞닥뜨렸다. 부족의 건장한 남자들은 침략군에 맞서 싸우다가 모조리 전사했고, 살아남은 여자들은 자기들끼리 군대를 결성하여 침략자들에게 저항하기로 결정했다.

그리스 신화에는 아마존족(그리스어로는 〈아마조네스〉라고 하는데, 민간 어원에 따르면 이 말은 〈없다〉라는 뜻의 〈아〉와 〈유방〉을 뜻하는 〈마조스〉를 합친 것으로 그녀들이 활을 더 잘 쏠 수 있도록 오른쪽 유방을 제거한 데서 유래한 것이라고 한다)의 이야기가 나온다. 아마존족은 오늘날의 터키 북부에 있는 테르모돈강 근처에 살고 있었다. 그녀들은 오로지 종족 보존을 위해서만 이방의 남자들과 일시적으로 관계를 가졌다(대개는 한 해에 딱 한 번, 씨내리로 쓰기 위해 이웃 부족들에서 납치해 온 헌헌장부들과 관계를 가졌다).

기원전 1세기의 그리스 역사가 디오도로스 시켈로스에 따르면, 그녀들은 성적 수치심을 느끼지 않았으며 남자들을 공정하게 대하지 않았다. 아마존족의 사회는 여자들이 혈통을 이어 나가는 모계 사회였다. 남자아이를 낳으면 노예로 삼기도 하고, 장님이나 절름발이로 만들기도 했다.

그녀들의 주된 무기는 청동 화살과 활, 그리고 반달 모양으로 된 짤막한 방패였다. 공격 신호를 내릴 때는 청동으로 된 타악기의 일종인 시스트럼을 사용했다.

아마존족의 전성기를 이끌었던 리시페 여왕은 지략이 매우 뛰어난 정복자였다. 여왕은 아마조니오스강 인근의 모든 민족을 공격했다. 그녀는 결혼을 경멸하고 전쟁에만 몰두함으로써 아프로디테 여신의 미움을 샀다. 여신은 그녀를 벌하기 위해서 그녀의 아들 타나이스로 하여금 자기 어머니를 향해 연정을 품게 만들었다. 타나이스는 근친상간의 죄를 범하지 않고 강물에 뛰어들어 죽었다. 그 뒤로 이 강은 타나이스라 불리게 되었다. 리시페는 아들의 망령에 시달리지 않기 위해 딸들을 데리고 흑해 연안으로 갔다. 딸들은 저마다 거기에 도시를 세웠다.

그들의 후예인 마르페사와 람파도와 히폴리테는 아마존족의 영향력을 프리기아(오늘날 터키 아나톨리아 고원의 서쪽 지역)와 트라케(오늘날의 불가리아)로 확대했다.

아테네의 영웅 테세우스가 아마존들의 왕국에 와서 안티오페를 납치해 가자, 그녀들은 그리스를 공격하여 아테네 한복판에 진을 쳤다. 테세우스는 고전을 면치 못하다가 가까스로 그녀들의 한쪽 진영을 돌파하여 승리를 거두고 화친 조약을 맺었다.

헤라클레스의 열두 가지 과업 가운데 하나는 아마존들의 여왕 히폴리테의 허리띠를 빼앗아 오는 것이었다.

아마존들은 트로이 전쟁 중에 명망 높은 펜테실레이아 여왕의 명령에 따라 그리스 침략자들에 맞서 트로이인들을 도우러 갔다. 펜테실레이아는 결국 아킬레우스와 싸우다가 죽었다. 하지만 아킬레우스는 그녀의 마지막 눈길을 보는 순간 사랑에 빠지고 말았다.

알렉산드로스 대왕의 위업을 칭송하는 야사 중에는 대왕이 아마존족의 여왕 탈레스트리스를 만났다는 이야기도 있다. 이 전설에 따르면, 여왕은 알렉산드로스의 장점을 물려받은 자식을 낳고 싶어 했다. 그들은 잉태가 확실하게 이루어지도록 13일 동안 계속 방사를 벌였다고 한다.

훨씬 뒤에 로마 장군 루쿨루스는 아마존들의 수도 테미스키라를 침공하여 기개 높은 여전사들의 마지막 저항을 분쇄했다.

오늘날에도 터키 동부와 이란 북부에는 여자들이 주민의 대부분을 차지하는 마을이 남아 있다. 그녀들은 테미스키라에 살았던 아마존들의 후예임을 자처하고 있다.

94
도마뱀붙이

도마뱀붙이의 하나인 레피도닥틸루스 루구브리스는 필리핀, 호주 및 태평양의 여러 섬에서 찾아볼 수 있다. 이 작은 도마뱀붙이는 이따금 태풍에 휩쓸려 날아가서 무인도에 떨어진다고 한다. 수컷이 그렇게 되는 경우에는 그 뒤로 아무 일도 일어나지 않는다. 수컷은 죽고, 그 종은 섬에서 사라진다. 그런데 암컷이 그렇게 되는 경우에는 아직 어떤 과학자도 설명해 내지 못한 기이한 적응이 이루어진다. 레피도닥틸루스 루구브리스는 양성 생식을 하는 동물, 즉 암수의 결합에 의해 새로운 개체를 낳는 동물이다. 하지만 섬에 홀로 떨어진 암컷에게는 이내 생식 방법의 변화가 일어난다. 온 유기체가 변하여 혼자서 알을 낳을 수 있게 되는 것이다. 이 알들은 수정란이 아니지만 부화하여 새끼가 될 수 있다. 이렇게 단성 생식을 통해 생겨난 새끼들은 모두 암컷이다. 이 암컷들 역시 수컷의 정자를 받아들이지 않고 알을 낳을 수 있는 능력을 지니고 있다. 더더욱 놀라운 일은 최초의 어미에게서 나온 암컷들이 클론이 아니라는 사실이다. 유전자의 혼합을 통해 새끼 도마뱀붙이들이 서로 다른 특성을 갖게 하는 감수 분열 현상이 일어나는 것이다. 그래서 몇 해 뒤 태평양의 이 무인도에는 오로지 암컷으로 이루어진 도마뱀붙이들의 군집이 형성된다. 이 군집에는 아무런 결함이 없다. 개체들은 아주 정상적이고 크기와 색깔이 다양하다.

주: 자발적인 단성 생식의 또 다른 사례가 최근에 상어에게서 발견되었다. 암컷 상어들이 수컷을 만난 적이 없음에도 새끼를 낳은 사례가 여러 건 보고된 바 있다 (2012년 두바이의 한 호텔에 있는 수족관에 혼자 갇혀 살던 암컷 점박이 상어가 4년 연속 새끼를 부화시킨 것이 대표적인 경우이다). 상어들이 4억 년 전부터 생존해 온 비결은 아마도 그렇게 홀로 번식하는 능력과 무관하지 않을 것이다. 상어들은 그런 변이의 능력이 없었던 다른 종들이 사라져 간 곳에서도 살아남았다.

95
꿀벌이 만들어 내는 독과 약

꿀벌 요법은 꿀벌을 이용하여 상처나 질병을 치료하는 방법이다. 이것은 인류 문명의 여명기에 그 기원을 두고 있다. 중국인, 이집트인, 유대인, 그리스인, 로마인이 남긴 고대의 약학 서적들을 보면, 이미 오래전부터 벌꿀이 상처를 아물게 하는 데뿐만 아니라 내장병을 치료하는 데 사용되어 왔음을 알 수 있다.

1세기에 활동한 그리스의 의사이자 약물학자인 디오스코리데스는 기침병을 치료하거나 음경의 포피가 너무 죄는 것을 완화시키는 데 벌꿀을 사용하도록 권했다.

인도에서는 눈병, 나이지리아에서는 귓병, 말리에서는 피부병을 치료하는 데 꿀을 사용한다.

벌집에는 효능이 각기 다른 여러 가지 물질이 들어 있다.

첫째는 꿀이다. 꿀은 소독약으로 쓰일 수 있다. 과산화수소수를 천연적으로 만들어 내는 효소(포도당 산화 효소)를 함유하고 있기 때문이다. 또한 꿀의 당분은 삼투 작용을 통해 상처의 물기를 없애 준다. 꿀의 일부 성분들은 상처를 아물게 하는 물질이 인체 내에서 생성되도록 도와준다.

둘째는 꽃가루다. 이것에는 항산화 효능을 지닌 폴리페놀이 많이 함유되어 있다. 이것은 몇몇 종양을 치료하는 데 사용된다.

셋째는 벌침의 독이다. 꿀벌의 침에 심한 알레르기 반응을 보이는 사람들(전체 인구의 약 4퍼센트)에게는 예외이지만, 벌침의 독은 살균제이자 면역 강화제, 혈전 방지제이자 방사선 방호제이다. 벌침의 독은 혈액 순환을 촉진하고, 혈압을 낮춰 주며, 부신 피질 호르몬의 생성을 도와준다. 이것은 류머티즘을 치료하는 데 사용된다.

넷째는 프로폴리스, 즉 벌풀이다. 이것은 꿀벌들이 벌집의 틈이나 구멍을 메우는 데 쓰는 유기적인 접착제로 항진균성 약물과 항생제의 효능을 지니고 있다. 전 세계의 거의 모든 약전에서 프로폴리스는 기침병, 앙기나, 질염, 전립선 질환, 무월경증, 안염, 구강염 등을 치료하는 데 사용된다.

다섯째는 로열 젤리, 즉 왕유이다. 이것 역시 항균, 항바이러스, 소염, 항진균 작용을 하는데, 그 효능은 프로폴리스보다 훨씬 우수하다. 로열 젤리는 콜레스테롤 수치를 낮춰 주고, 신경과 근육의 피로를 덜어 주기도 한다.

그런데 오늘날의 농업에서 살충제를 일반적으로 사용함에 따라 꿀벌들의 이 모든 생산물이 점점 희귀해지다 못해 아예 사라질 위험에 놓여 있다.

96

티모시 리어리에 따른 진화의 단계

심리학자 티모시 리어리는 매우 신산스러운 삶을 살았다. 멕시코에서 환각을 일으키는 버섯들을 시험 삼아 먹어 보고, LSD를 이용한 심리 치료를 주창한 뒤로 그의 고난이 시작되었다(리어리의 친구였던 존 레넌의 노래 중에는 그의 영향을 받아 만들어진 것들이 있는데, 제목에 들어 있는 명사들의 머리글자를 합치면 LSD가 되는 「다이아몬드를 가지고 하늘에 떠 있는 루시Lucy in the Sky with Diamonds」, 그리고 리어리가 캘리포니아 주지사 선거에 출마했을 때 내건 슬로건에서 영감을 얻은 「컴 투게더」가 바로 그 노래들이다).

1963년 티모시 리어리는 하버드 대학의 강단에서 쫓겨났다. 학생들에게 환각제를 나누어 주었다는 것이 그 이유였다(그는 나중에 술회하기를, 〈내가 보기에 환각제로 쓰이는 그 식물 종들이 우리의 신경계와 직접적으로 상호 작용하는 것은 자연스러운 일이며, 내가 하버드에서 보낸 4년과 성경과 세인트패트릭 대성당과 일요일마다 치르는 종교 의식이 오히려 인위적이다〉라고 했다).

그 뒤로 그는 미국의 극좌파 운동 단체에서 활동했고, 마약을 소지한 혐의로 두 차례 재판을 받았다. 1970년 20년 징역형을 받고 교도소에 수감되었으나 몇 개월 뒤에 탈출하여, 한 급진 좌익 단체의 도움으로 알제리로 도망쳤다. 알제리에 도착한 뒤 거기에 망명해 있던 미국의 급진적인 흑인 해방 운동 단체 흑표당의 한 당원에게서 도움을 받고자 했으나, 그자는 오히려 리어리를 인질로 잡고 몸값을 요구하는 소동을 벌였다. 리어리는 다시 스위스를 거쳐 아프가니스탄으로 도망쳤다가 미 연방 마약국의 요원들에게 체포되어 미국으로 송환되었다. 그는 재판을 받고 다시 교도소에 수감되었지만, 연방 수사국의 수사에 협력한 대가로 1976년에 석방되었고 그 뒤로는 요가와 명상 및 의식의 고양을 통한 외계 여행 쪽으로 방향을

돌렸다. 그는 『뉴러로직』을 비롯한 여러 권
의 책을 썼다(그는 자기 저서를 통해 〈정신
병은 없으며, 알려지지 않았거나 제대로 탐
사되지 않은 신경 회로들이 있을 뿐이다〉 또
는 〈내면의 현실은 외부의 현실보다 훨씬 중
요하다〉라고 선언했는가 하면, 〈LSD를 복용
하면 세 가지 부수적인 효과가 나타나는데,
첫째는 장기적인 기억을 파괴한다는 것이고,
둘째는 단기적인 기억을 파괴한다는 것이며,
셋째는 이제 생각이 나지 않는다〉라고 농담
을 하기도 했다).

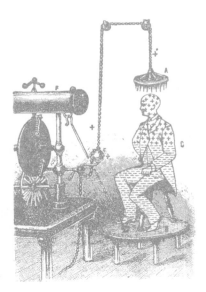

그는 전립선암에 걸려 죽어 가면서 며칠간
의 임종 장면을 비디오로 촬영하게 했다. 그가 남긴 마지막 말은 〈뷰티풀〉이다. 그
의 유해 가운데 일부는 로켓에 실려 우주 공간에 뿌려졌다.

티모시 리어리가 여러 저서를 통해 주장한 인간 개개인의 진화 단계를 나열하
자면 다음과 같다.

1. 젖을 빠는 반사 행동.

2. 헤엄을 치는 반사 행동.

3. 기어서 나아가는 반사 행동.

4. 일어서서 걷는 반사 행동 그리고 직립 상태에서 균형을 잃지 않는 능력.

5. 달리는 반사 행동과 빠르게 움직이면서 균형을 유지하는 능력.

6. 높은 곳으로 올라가는 반사 행동과 현기증을 이겨 내는 능력.

7. 서술적인 언어, 그리고 뒤이어 상징적인 언어의 습득.

8. 상징을 사용하는 능력과 창의력.

9. 사회적 협동.

10. 성징의 발현과 성애에 눈뜨기.

11. 부모가 되는 능력과 자식을 가르치는 능력.

12. 성생활이 끝나는 것(폐경과 성기능 쇠퇴)을 받아들이고 생애의 말년을 관리하는 능력.

이상은 자연스럽게 이루어지는 반사적인 진화들이다. 하지만 개인들의 감수성에 따라서 차이를 보이는 다른 진화들도 있다.

13. 쾌락에 대한 감각. 이는 우리 몸이 느끼는 희열의 순간들에 주의를 기울이는 능력이다.

14. 아름다움에 대한 감각. 이는 시각적인 또는 청각적인 구성을 통해 기쁨을 얻는 능력이다.

15. 공유의 능력. 이는 아름다움과 즐거움에 대한 우리의 지각을 다른 사람들과 공유함으로써 모두가 열렬한 마음으로 하나가 될 수 있게 하는 능력이다.

외부 세계의 아름다움과 내면의 즐거움에 대한 지각 말고도 첨단 기술을 통해 이루어지는 다른 수준의 진화들도 있다.

16. 게임과 같은 가상 현실이나 환각적인 인공 세계 속에 자신을 투사하는 능력.

17. 꿈결에 본 것 같은 자기의 개인적인 환영을 다른 사람들에게 전달하기 위해 가상 현실이나 컴퓨터 프로그램을 만들어 내는 능력.

18. 컴퓨터의 기억 능력과 계산 능력을 활용하여 자신의 뇌를 확장하는 것.

현대의 개인들은 그런 단계를 넘어서서 다음과 같이 진화할 수도 있다.

19. 자기의 유기체를 DNA에 의해 프로그래밍된 세포들의 집합으로 의식하는 것.

20. 유전학적 창의력. 자기 것과 다른 유전적 프로그램들을 만들어 내려는 욕구. 이는 단지 자식을 낳으려는 욕구(우연에 좌우되는 불확실한 생산 방식)뿐만 아니라 자식을 예술 작품으로 프로그래밍하려는 욕구를 포함한다.

21. 공생. 서로 다른 DNA를 가진 유기체들끼리 협력할 수 있는 길을 찾아내는 능력. 현존하는 생물학적 예술 작품들을 융합하여 아직 존재하지 않는 작품들을 만들어 내는 것.

마지막으로 티모시 리어리는 개인의 의식이 정점에 달할 때 나타내는 진화의 단계들을 언급한다.

22. 우리 안에 있는 무한히 작은 것과 무한히 큰 것에 대한 의식.

23. 물질에 더 이상 의존하지 않는 능력: 명상 등을 통해서 육신에서 벗어나 보는 것.

24. 물질에서 벗어난 순수한 정신의 실체들과 융합하는 능력.

97

아포칼립스 (계속)

요한 묵시록에 앞서 구약 성경에서도 몇몇 예언자들이 세상의 종말을 예언하고 있다. 즈카르야도 그들 가운데 하나다. 그는 「즈카르야서」에서 〈그날〉에 벌어질 일들을 길게 묘사한다. 〈그날〉이란 히브리 말로 〈아하리트 하야밈〉을 가리킨다. 이는 〈시대의 종말〉이라고 번역될 수 있는 말이다.

성경에 나오는 여러 이야기를 종합해 보면, 세상의 종말이라는 사건은 다음과 같은 두 단계로 나뉘어 있다.

먼저 하르마게돈 전쟁. 이는 빛의 군대가 어둠의 군대를 격파하는 최후의 전쟁이다. 어둠의 군대는 곡과 마곡의 동맹군이다(곡과 마곡은 이스라엘을 공격하기 위해 동맹을 맺은 스키타이 왕국과 페르시아 왕국을 암시하는 것일 수도 있다). 하르마게돈은 팔레스타인의 요충지인 하르 므기또(므기또 언덕이라는 뜻)에서 유래한 이름이다. 이 언덕에서 기원전 609년에 유다 왕국의 요시야 임금이 이집트의 파라오 느코와 맞서 싸우다가 죽었다.

그다음은 하느님의 사자인 예언자 엘리야의 재림, 그리고 그 뒤를 잇는 메시아의 도래와 메시아 시대의 시작이다. 이 두 번째 단계는 다음과 같은 세 국면을 포함한다.

첫째, 〈트히야트 하메팀〉, 즉 죽은 사람들의 부활.

둘째, 〈욤 하딘〉, 즉 심판의 날. 모든 인간이 하느님 앞에서 자기들이 지상에서 행한 선행과 악행을 보고해야 하는 날이다.

셋째, 〈올람 하바〉, 즉 영원히 이어질 더 나은 세계의 건설. 영혼들이 과거의 공덕에 따라 보상을 받고 메시아가 시간의 흐름을 멎게 한다.

98 아스테카 사람들이 상상한 세상의 종말

아스테카 신화에 따르면 세계는 네 차례에 걸쳐 파멸을 겪는다.

첫 번째 파멸은 테스카틀리포카(〈연기 나는 거울〉이라는 뜻)라는 신이 지배하는 첫 번째 태양기에 벌어진다. 테스카틀리포카는 엄격한 신이다. 티틀라카우안이라고도 불리는데 이는 나와틀 말로 〈우리의 주인〉이라는 뜻이다. 이 신의 몸은 검고 얼굴에는 노란 줄무늬가 있다. 그를 상징하는 동물인 재규어를 연상시키는 모습이다. 그의 조각상은 눈에 띄지 않게 숨겨 두도록 되어 있었고, 사제들만 그것을 볼 수 있었다. 아스테카 사람들은 한 해에 한 번씩 이 신에게 인신 공양을 했다. 해마다 젊은 남자 수십 명이 처녀 네 명과 함께 제물로 바쳐졌다. 네 명의 처녀는 이 신의 아내 노릇을 하는 것으로 간주되었다.

아스테카 신화에서 첫 번째 태양기는 거인들이 살던 시대였다. 그런데 테스카틀리포카 신과 그의 동생이자 경쟁자인 케찰코아틀(〈깃털 달린 뱀〉이라는 뜻) 사이에 불화가 생겼다. 두 신은 서로 싸웠고, 마침내 케찰코아틀이 승리하여 상대를 바다에 던져 버렸다.

당시에 거인들은 모두 한 섬에 살고 있었는데 갑자기 큰 파도가 덮쳐 그들의 왕

국을 삼켜 버렸다. 거인들의 섬을 휩쓸어 간 대
홍수, 이것이 세계가 겪은 첫 번째 파멸이다.

이어서 두 번째 태양기가 도래했다.

테스카틀리포카 신은 익사를 면하고 헤엄
을 쳐서 다시 해변에 닿았다. 그는 복수를 원했
다. 그래서 경쟁자 케찰코아틀을 찾아갔고, 두 신
은 다시 맞붙어 싸웠다. 이번에는 테스카틀리
포카가 더 빨랐다. 그는 케찰코아틀의 배를
세게 걷어차서 쓰러뜨렸다. 그러고는 상대
가 정신을 못 차리고 있는 틈을 타서 엄청
난 폭풍을 일으켰다. 이 폭풍에 휩쓸린 인
간들은 모두 원숭이로 변했다. 이것이 인
류가 겪은 두 번째 파멸이다.

세 번째 태양기는 틀랄록 또는 틀라로칸테쿠틀리(〈만물을 흥건히 적시는 자〉라
는 뜻)라는 신이 지배하는 시대였다. 그는 기다란 송곳니가 나 있고 악어로 둘러싸
인 크고 동그란 눈 둘레에 악어가 붙어 있는 모습으로 그려진다. 그는 비의 신이다.
앞선 시대에 테스카틀리포카와 싸우다가 타격을 입었던 케찰코아틀은 기력을 되찾
고 이번에는 틀랄록에 맞서 싸웠다. 깃털 달린 뱀의 형상을 한 케찰코아틀은 악어
신을 제압하고 불의 비에 그를 태웠다. 그렇게 승리를 거두고 나서는 악어 신을 숭
배하던 인간들을 모두 칠면조로 변화시켰다. 이것이 인류가 겪은 세 번째 파멸이다.

네 번째 태양기는 틀랄록의 아내인 물과 바람의 여신 찰치우틀리쿠에(〈비취 치
마를 입은 여자〉라는 뜻)가 지배하는 시대였다. 케찰코아틀은 이번에도 또 나서서
여신과 싸움을 벌였다. 이 전쟁의 여파로 하늘에서 폭풍이 몰아닥쳐 산들이 깎여
나가고 구름 덩어리가 땅으로 떨어지고 인간은 모두 물고기로 변했다.

아스테카 사람들의 신앙에 따르면, 인류는 이렇듯 네 시대에 걸쳐 네 번의 파멸
을 겪었고, 미래에 또다시 겪을 수도 있다고 한다.

99

사랑에 대한 욕구

위스콘신 대학 교수를 지낸 미국의
심리학자 해리 할로는 1950년대에 어미
원숭이가 새끼를 버리거나 돌보지 못하
게 될 때 새끼에게 어떤 문제가 생기는지 알아보기 위해 일련의 실험을 벌였다.

당시만 해도 사람들은 영장류의 새끼(그러니까 인간을 포함하는 영장류의 어린
개체)가 성장하는 데 어미의 신체 접촉이 얼마나 중요한지를 모르고 있었다. 세 살
정도까지는 그저 잘 먹고 잘 자기만 하면 되는 것으로 생각했다.

해리 할로는 레서스원숭이를 실험동물로 선택했다. 먼저 그는 새끼들을 어미에
게서 떼어 놓고 저희 종족의 다른 구성원들과도 일절 접촉하지 못하게 했다. 새끼
들의 나이는 갓 태어난 아기부터 생후 3개월, 6개월, 12개월, 24개월에 이르기까
지 다양했다.

할로는 그렇게 어미의 애정이 결핍된 채로 자란 레서스원숭이들을 동류들 속에
다시 편입시켰다. 그들은 사회생활에 제대로 적응하지 못하는 것으로 나타났다.
이성의 개체들과 교접하는 일에도 흥미를 느끼지 않았고 정신병에 걸린 사람들에
게서 나타나는 것과 유사한 공격적인 행동이나 기괴한 행동을 보이기도 했다. 이
실험들은 애착에 관한 다른 연구들(특히 영국의 심리학자 존 볼비의 1958년 논문)
을 선도하는 것이었다고 볼 수 있다.

이어서 할로는 어미에게서 떼어 낸 새끼 레서스원숭이들의 우리에 어미 원숭이
의 모형을 설치해 놓고 실험을 벌였다. 어미의 모형은 두 종류였다. 하나는 어미의
털가죽처럼 부드러운 천으로 만들고 속에 온기를 내는 장치를 넣은 원숭이 모형,
다른 하나는 철사를 엮어서 만든 몸통에 젖병을 달아 놓은 모형이었다. 새끼 원숭

이들은 젖병이 달린 철사 모형에 매달려서 놀기보다 헝겊으로 된 모형에 웅크리고 있는 것을 더 좋아했다. 신체적인 접촉에 대한 욕구가 배를 채우려는 욕구보다 강하다는 것을 말해 주는 결과였다.

어미의 모형마저 없는 우리에 갇힌 새끼 원숭이들은 팔로 저희의 몸을 감싸는 행동을 습관적으로 되풀이했다. 이런 원숭이들은 사회 집단 속으로 돌아와도 자폐증과 비슷한 유형의 행동을 보였고, 다른 원숭이들이나 놀이나 짝짓기에도 무관심했다. 어미의 모형이 설치된 우리에서 자란 새끼 원숭이들도 사회성이 없기는 마찬가지이지만, 그래도 이들은 어미 품에서 자란 다른 새끼 원숭이들과 매일 몇 시간씩 놀게 해주면, 어느 정도 사회성을 회복하는 것으로 나타났다.

누군가를 사랑한다면 그 사랑을 몸으로 보여 주어야 한다. 그러지 않으면 상대는 자기가 사랑받고 있다는 것을 모를 수도 있는 것이다. 아이를 사랑한다면, 품에 안아 주고 응석을 받아 주고 토닥토닥 달래며 재워 주고 이야기를 들려주어야 한다.

세상에 태어나는 모든 아이들을 위해 만국 공통의 법률을 제정하는 것은 어떨까? 어느 아이든 부모 가운데 적어도 한쪽의 사랑을 받을 수 있도록. 그리고 모든 부모가 자식을 사랑하는 의무를 실천할 수 있도록…….

100
버리고 떠나기

자라거나 진화하거나 성숙하기 위해서는 소중한 것을 버리고 떠나는 아픔을 겪어야 한다.

가장 먼저 버리고 떠나야 하는 것은 어머니의 배이다. 신생아는 액체로 이루어진 그 따뜻하고 조용한 환경을 떠나 상시적인 영양 섭취가 보장되지 않는 춥고 시끄럽고 건조한 환경에 놓이게 된다.

두 번째로 버리고 떠나야 하는 것은 어머니의 젖가슴이다. 신생아는 영양을 공급해 주는 유방을 통해 어머니와 화학적 결합을 유지하지만, 어느 날 갑자기 플라스틱 젖꼭지가 그 유방을 대신한다. 많은 아기들은 자기들을 사랑하는 것으로 보이던 사람들이 행한 그 첫 번째 속임수의 충격에서 오래도록 벗어나지 못한다.

세 번째로는 어머니 자체를 포기해야 한다. 아기는 때때로 어머니가 어딘가로 사라졌다가 한참이 지나서야 돌아온다는 사실을 깨닫는다. 이것은 아기에게 하나의 트라우마이다.

이어서 아이는 자기에게 위안을 주던 모든 것과 차례차례 이별해야 한다. 유아기에 사용하던 젖니를 갈아야 하고, 유아원과 유치원을 떠나야 한다.

철이 들면 버릴 것도 많아진다. 어린 시절의 환상, 산타클로스나 푸에타르 영감,* 베개 밑에 넣어 둔 젖니를 가져간다는 생쥐에 대한 순진한 믿음을 버려야 하고, 매력적인 왕자나 공주에 대한 생각을 포기해야 하며, 정의나 도덕이나 부에 대한 몽상과도 작별해야 한다.

성인이 된 뒤에는 생애 최초의 이사나 실직, 실연, 이혼 따위를 겪게 된다. 의존증의 종류와 진행 양상은 사람마다 다르겠지만, 자유로운 성생활이나 담배, 술, 마약, 비디오 게임 등을 포기해야 하는 경우도 있다. 뱃살을 빼야 하는 사람도 있을 것이고 머리털이 빠지는 사람도 있을 것이다.

인생이란 전체적으로 놓고 보면 이별과 포기의 연속일 뿐이다. 무언가를 잃거나 버릴 때마다 아픔이 따르지만 그 대신 속박에서 풀려나기도 한다.

그러다가 인생의 말년에 다다르면 초년에 잃었던 것을 되찾으려 하게 된다. 요양원이 유치원을 대신하고 병원이 유아원을 대신한다. 늙으면 아기가 된다는 말대로 이유식처럼 부드러운 음식을 먹고 따뜻한 침대를 떠나지 않으며 눈에 보이지 않는 자애로운 존재들에 대한 믿음을 되찾는다. 갑자기 세상을 떠나는 경우가 아니라면, 생애의 마지막 며칠 동안은 태아를 보호해 주는 어머니의 배 속처럼 따뜻

* 성 니콜라우스 축일(12월 6일)에 니콜라우스 성인과 함께 와서, 니콜라우스 성인이 아이들에게 선물을 나눠 주는 동안 악동들을 벌하기 위해 채찍이나 회초리로 때린다는 전설 속의 인물. 나라와 지역에 따라 이름이 다르며, 이런 풍속이 없는 나라들에는 주로 〈크네히트 루프레히트〉라는 독일어 이름으로 알려져 있다.

하고 습도가 높고 어두운 곳에 누워 있다가 눈을 감는다. 그럼으로써 순환이 완성되고 버리고 떠났던 것을 되찾게 되는 것이다.

101
파울 카메러

헝가리 태생의 영국 작가 아서 케스틀러는 어느 날 과학계의 사기행위에 관해서 책을 한 권 쓰기로 했다. 연구자들에게 물어보았더니, 과학계의 사기 사건 가운데 가장 딱한 것은 아마도 파울 카메러 박사가 연루되었던 사건일 거라고 알려 주었다.

카메러는 오스트리아의 생물학자였다. 그의 주요 발견들은 1922년에서 1929년 사이에 이루어졌다. 그는 언변이 뛰어나며 매력적이고 열정적인 사람이었으며, 〈살아 있는 모든 존재는 자기가 살고 있는 환경의 변화에 적응할 수 있고 그 적응의 결과를 후손에게 전할 수 있다〉고 주장했다. 그 이론은 다윈의 주장과는 정반대였다. 카메러 박사는 자기 이론이 옳다는 것을 증명하기 위해 흥미로운 실험을 생각해 냈다.

그는 건조하고 추운 환경에 익숙해져 있는 산속의 두꺼비들을 잡아다가 물이 많고 더운 환경에서 살게 했다. 이 두꺼비들은 보통 뭍에서 교미를 하는데, 추운 곳에서 더운 곳으로 옮겨 오자 시원한 물속에서 교미하는 것을 더 좋아하게 되었다. 수컷들은 물기 때문에 미끈미끈해진 암컷 위에서 미끄러지지 않기 위해 발가락들 사이에 검은색 돌기를 발달시키기 시작했다. 교접 돌기라 불리는 이 기관을 사용해서 수컷들은 물속에서 교미를 하는 동안에 암컷에 매달릴 수 있었다. 환경에 대한 이런 적응은 후손에게 전해져, 그 새끼들은 발가락 사이에 검은 돌기를 가진 채로 태어났다. 그러니까 이 두꺼비들은 수중 환경에 적응하기 위해 유전자 정보를 변화시킬 수 있었다는 얘기가 된다.

카메러는 산속에서 살던 두꺼비들에게 그런 식으로 교접 돌기가 생겨나는 것이 여섯 세대에 걸쳐 이어지는 것을 확인했다.

그는 전 세계를 돌며 자기 이론을 옹호했고 그 결과 상당한 성공을 거두었다. 그러던 어느 날 일군의 과학자들과 대학교수들이 다시 증거를 보여 달라고 그를 압박했다. 그 증명을 지켜보기 위해 대형 강의실에 많은 사람이 몰려들었다. 그중에는 기자들도 많이 섞여 있었다.

그런데 공교롭게도 증거를 공개하기 전날, 그의 실험실에 화재가 발생했다. 그의 두꺼비들은 단 한 마리만 빼고 모두 죽어 버렸다. 카메러는 유일하게 살아남은 그 두꺼비를 가지고 나와 검은 돌기를 보여 줄 수밖에 없었다. 과학자들은 돋보기를 들고 그 두꺼비를 살펴보다가 폭소를 터뜨렸다. 두꺼비 발가락 사이에 난 돌기는 검은 반점이었고, 그것은 살가죽 속에 먹물을 주입해서 인위적으로 만들어 낸 것임이 누가 보기에도 분명했기 때문이다. 사기가 폭로되자 강의실은 웃음바다가 되었다.

카메러는 야유를 받으며 강의실을 떠나야 했다. 그는 일거에 신뢰를 완전히 잃었고, 연구 업적을 인정받을 기회도 놓치고 말았다. 모두에게서 배척을 당하고 학계에서도 추방되었다. 다윈주의자들이 승리를 거둔 셈이었다.

그는 숲속으로 달아나 입에 권총을 물고 자살했다. 그러면서도 간결한 글을 남겨, 자기 실험의 진실성을 재차 주장하고, 〈사람들 속에서 죽느니 차라리 자연 속에서 죽고 싶다〉라고 말했다. 그렇게 자살함으로써 실추된 명예를 회복할 기회마저 스스로 없애 버리고 말았다.

그런데 아서 케스틀러는 『두꺼비의 교미』라는 책을 쓰기 위해 조사를 하던 중에 카메러의 조교였다는 사람을 만났다. 그 남자는 자기가 바로 그 사건의 장본인이라고 실토했다. 다윈주의 학자들 그룹의 사주를 받고 자기가 실험실에 불을 질렀으며, 교접 돌기를 가진 변종 두꺼비들 가운데 마지막으로 남아 있던 놈을 살가죽 속에 미리 먹물을 주입해 놓은 다른 두꺼비로 바꿔치기했다는 것이다.

102
임신 기간

고등 포유류의 경우, 완전한 임신 기간은 보통 18개월이다. 그런데 인간의 태아는 아홉 달이 되면 어머니 몸 밖으로 나와야 한다. 이미 몸집이 너무 커져 있기 때문이다. 더 기다리다가는 너무 키가 크고 통통해져서 어머니의 골반이 벌어지면서 틔워 주는 산도를 빠져나올 수 없게 된다. 그건 마치 포탄의 크기가 대포의 구경에 맞지 않아서 포를 쏠 수 없게 되는 상황과 비슷하다.

따라서 태아는 아직 완전히 발육되지 않은 채로 세상에 나오는 셈이다. 그런 점에서 우리는 모두가 조산아다. 옛날에는 많은 산모가 분만 도중에 목숨을 잃었다. 아기가 너무 커서 모체의 터널을 빠져나올 수 없으면 결국 모체를 찢게 되고 그로 인해 심한 출혈이 생겨서 어머니가 죽음에 이르곤 했던 것이다.

망아지는 어미 배 속에서 나오자마자 몸을 일으켜서 걸어다닐 수 있지만, 갓 태어난 아기는 앞을 보거나 걸을 수도 없고 혼자서 음식을 먹을 수도 없다.

사정이 이러하므로, 태아가 자궁 속에서 보낸 9개월의 삶을 자궁 밖에서 9개월 정도 연장시키는 것이 불가피해진다. 이 기간에는 태아와 모체의 밀착된 관계가 자궁 밖에서도 유지되도록 어머니 또는 어머니를 대신하는 존재가 늘 곁에 있어 주어야 한다. 아기의 부모는 아기가 아직 진정으로 태어난 것이 아닌 만큼 아기 스스로 보살핌과 사랑을 받고 있다고 느끼도록 애정이 가득한 가상의 자궁을 마련해 주어야 할 것이다. 그렇게 9개월이 지나면 〈아기의 애도〉라 부르는 일이 벌어진다. 아기는 자기와 어머니가 한 몸이 아니라 별개의 두 실체임을 의식한다. 나아가서는 자기를 둘러싸고 있는 세계와 자기가 서로 구별되어 있다는 사실도 깨닫게 된다. 그것은 크나큰 슬픔으로 아기의 가슴에 새겨져 죽을 때까지 그의 삶에 영향을 미칠 것이다.

요컨대 아기는 불완전한 채로 태어나기 때문에 부모의 도움이 필요하다. 부모는 아기가 생존하도록 보살피고 정성과 애정을 쏟을 뿐만 아니라 지식과 기술을 가르쳐 인격을 길러 준다. 인간의 모든 문화는 어쩌면 여성의 골반이 완전하지 않다는 사실에서 기인한 것인지도 모른다.

103
소인국 사람들

릴리퍼트에 산다는 소인들은 『걸리버 여행기』 작가 조너선 스위프트의 머릿속에서 나온 상상의 인간들인 것만은 아니다.

그들은 정말로 존재한다. 그들을 난쟁이나 피그미와 혼동해서는 안 된다. 릴리퍼트 사람들의 신체 비례는 보통의 인간과 똑같다. 다만 크기가 일정한 비율로 축소되어 있을 뿐이다. 그들의 키는 40~90센티미터, 몸무게는 5~15킬로그램으로 다양하다. 그들은 19세기 말에 중부 유럽, 더 정확하게는 헝가리에 있는 어느 숲의 야생 지대에서 발견되었다. 그때까지 그들은 인구가 밀집된 도시와 멀리 떨어져 자급자족하며 살았다. 그들은 존재가 알려지자마자 쫓기는 신세가 되었고, 뿔뿔이 흩어져서 생존을 도모하기로 결정했다. 그러자 그들을 다시 모으려는 자들이 나타났다. 가장 먼저 시도한 사람은 미국의 흥행사이자 서커스단 소유주인 피니어스 테일러 바넘이었다. 하지만 그는 자기 서커스단에 네 명의 릴리퍼트 사람들을 끌어들이는 것으로 만족해야 했다. 프랑스에서는 1937년 파리 만국 박람회를 겨냥하여 전 세계에 흩어진 릴리퍼트 사람들에 대한 체계적인 조사를 벌였다. 그럼으로써 60명을 모으는 데 성공했고, 그들의 몸집에 맞는 집과 우물과 정원이 있는 마을을 지어 주었다.

현재 세계 전역에 흩어져 있는 릴리퍼트 사람들은 8백 명 정도로 추산된다. 그들은 대개 박람회장이나 서커스단에서 구경거리 노릇을 한다. 일본인들은 그들에게 열광했고, 소인들로만 이루어진 극단도 결성되어 그들의 공연은 큰 인기를 얻었다.

104
오비츠 가족

오비츠 가족은 루마니아 북부 마라무레슈 지방에서 났다. 아버지 삼손 이사악 오비츠는 순회 랍비였다. 그는 열 명의 자녀를 낳았는데 그중 일곱이 소인증에 걸렸다. 그 자녀들은 〈릴리퍼트〉라는 이름의 극단을 만들었다. 그들은 1930년대와 1940년대에 걸쳐서 루마니아, 헝가리, 체코슬로바키아를 계속 순회하면서 악기를 연주하고 노래를 불렀다. 난쟁이 형제자매는 공연을 하고 보통 크기의 나머지 식구들은 무대 뒤에서 그들을 도왔다.

1944년 5월 15일, 가족 전원이 헝가리 경찰에 체포되어 유대인 절멸 수용소로 이송되었다. 그들은 아우슈비츠 강제 수용소에 도착하자마자 수용소의 의사 요제프 멩겔레의 주목을 받았다. 〈죽음의 천사〉라는 별명을 얻은 이 의사는 유전에 관한 인체 실험을 하기 위해 신체적 특이성을 보이는 피수용자들을 모으던 중이었다.

멩겔레는 오비츠 일가를 다른 피수용자들과 격리하여 자기의 실험 대상 컬렉션에 포함시키기로 결정했다. 그는 이 가족이 키가 작은 구성원들과 보통 크기의 구성원들을 아울러 포함하고 있다는 사실에 호기심을 느꼈다. 그는 그들을 쉽게 통제할 수 있도록 수용소 내부에 특별한 건물을 짓게 했고, 그들이 좋은 위생 조건에서 양적으로나 질적으로 그리 나쁘지 않은 음식을 먹으며 살아갈 수 있도록 조처했다. 이른바 〈인간 동물원〉을 만든 것이었다.

오비츠 일가는 갖가지 실험에 동원되었다. 멩겔레의 팀원들은 유전 질환의 증표들을 찾아내기 위해 골수와 치아와 모발을 채취했다. 그들의 귓속에 뜨거운 물과 찬물을 번갈아 가며 붓기도 했고, 그들의 눈에 화학 약품을 넣어 장님으로 만들기도 했다. 당시 18세였던 신숀 오비츠는 보통 크기의 부모에게서 태어난 난쟁이라는 이유로 가장 고통스러운 시련을 겪었다. 멩겔레는 그의 귀 뒤쪽에 있는 혈관과 손가락에서 혈액을 채취했다. 오비츠 일가의 증언에 따르면, 생체 실험에 동원된 난쟁이들은 그들 가족 말고도 더 있었고, 그 가운데 두 명이 살해되었다. 멩겔레 일당은 그들의 뼈를 박물관에 전시할 수 있도록 시신을 끓는 물에 넣고 삶았다고 한다.

나치의 고위층 인사들이 아우슈비츠를 방문했을 때, 멩겔레는 오비츠 일가를 발가벗겨 그들에게 구경시켰다. 또한 아돌프 히틀러에게 즐거움을 선사할 목적으로 오비츠 일가의 모습을 필름에 담기도 했다.

1945년 1월 27일 아우슈비츠 수용소가 해방된 뒤에, 오비츠 가족의 생존자들은 7개월 동안 걸어서 고향으로 돌아갔다. 하지만 막상 도착해 보니 그들의 집은 폐허로 변해 있었다. 1949년 5월, 그들은 이스라엘에 정착했고, 순회공연을 다시 시작해서 성공을 거두었다. 1955년에는 무대에서 은퇴하고 연극 제작자로 나섰다. 여러 해가 지난 뒤에 오비츠 가족의 믿기 어려운 인생 역정을 이야기하는 책이 출간되었다. 『마음속으로 우리는 거인이었다』라는 제목의 책이었다.

105

오리너구리

유럽인들이 오스트레일리아에서 오
리너구리를 발견한 건 1798년의 일이
다. 당시 뉴사우스웨일스의 총독이었던 존 헌터는 그 표본들을 영국에 보냈다. 그
표본을 접한 박물학자들은 그것이 가짜 박제일 거라고 믿었다. 박제사가 비버의
몸통에 오리의 부리와 발을 꿰매어 붙였을 거라고 생각한 것이다. 그들은 봉합 자
국을 찾아보았지만 그런 자국은 어디에도 없었다.

그들이 보기에는 오리너구리의 존재 자체가 의심스러웠다. 그도 그럴 것이 이
동물은 포유류의 특성(온혈, 유선, 모피)과 조류의 특성(부리, 알, 물갈퀴)을 아울
러 가지고 있을 뿐만 아니라, 주둥이로 다른 동물의 움직임을 탐지하고 독침을 가
졌다는 점에서 파충류의 특성까지 지니고 있다.

1800년에 독일의 동물학자 요한 블루멘바흐는 이 동물에 〈오르니토링쿠스 파라
독수스〉라는 이름을 붙였다. 새의 부리(〈오르니토〉와 〈링쿠스〉는 각각 새와 부리
를 뜻한다)를 가진 이 네발 동물의 역설적인 측면을 강조한 이름이라 할 수 있다.

오리너구리는 관찰하기가 쉽지 않다. 야행성인 데다가 사람들이 나타나면 곧바
로 숨어 버리기 때문이다. 오랫동안 이 동물은 그저 모피를 얻을 수 있는 동물의
하나로만 알려져 있었다.

오리너구리가 난생 동물이라는 사실 자체도 1884년에 이르러서야 확인되었다.
콜드웰이라는 학자가 오스트레일리아 남동부의 원주민들에게 오리너구리의 알이
들어 있는 둥지를 찾아보라고 독려한 끝에 마침내 몇 개의 알이 발견된 것이다.

오리너구리가 알을 낳는 광경이 실제로 목격된 것은 그 뒤로 수십 년이 더 지난
1943년의 일이다. 오스트레일리아의 한 연구소가 오리너구리를 인위적인 환경에
서 사육하는 데 성공함으로써 그 장면을 관찰할 수 있었다.

하지만 그것으로 이 동물의 신비가 다 밝혀진 것은 아니다. 오리너구리는 아주

많은 점에서 우리를 놀라게 한다.

오리너구리는 물속에서 헤엄치기 편리하도록 네발에 물갈퀴가 있다. 그런데 뭍에 올라와서 이동할 때, 또는 바위가 많은 물기슭에 매달리거나 땅굴을 파기 위해 발톱을 사용해야 할 때는 이 물갈퀴를 접을 수 있다.

수컷의 발목에는 15밀리미터 길이의 침이 있는데, 이 침은 독샘에 연결되어 있다. 사람이 그 독침에 쏘이면 며칠 동안 사지가 마비될 수 있다.

오리너구리는 대부분의 시간을 물속에서 보내는 포유류 동물 가운데 하나이고, 물속에서만 교미를 한다. 오리 부리처럼 생긴 기다란 주둥이는 잠수함의 탐지기와 같은 성능을 갖추고 있다. 눈과 귀는 부리 바로 뒤에 오목하게 파인 홈 안에 들어 있는데, 오리너구리가 물속에 잠기면 눈구멍과 귓구멍에 물이 들어가지 않도록 이 홈이 닫힌다. 그래서 앞이 보이지 않고 소리가 들리지 않게 되면, 오리너구리는 천연 레이더가 이끄는 대로 나아간다. 부리에 있는 감각 기관을 이용해서 주위의 생명체가 일으키는 미세한 전기장을 감지할 수 있는 것이다.

오리너구리는 물속에서 안정되게 움직일 수 있도록 물이나 공기를 입안에 저장하여 밸러스트와 같은 효과를 낼 수 있다. 비버처럼 꼬리에 지방을 저장해서 필요할 때에 에너지원으로 사용하기도 한다. 이 납작한 꼬리는 물속에서 헤엄칠 때 방향타와 같은 구실을 하기도 한다. 오리너구리가 물속에 잠겨 들어가면 산소를 절약하기 위해 심장의 박동이 느려진다. 그래서 오리너구리는 11분 동안 무호흡 잠수를 할 수 있다.

오스트레일리아 원주민들은 이 동물을 일컬어 신에게 유머 감각이 있음을 보여 주는 증거라고 말한다.

106
아스클레피오스
신전의 치료법

고대 그리스인들은 의술의 신 아스클레피오스를 널리 숭배했다. 아스클레피오스의 탄생지로 알려진 에피다우로스를 비롯한 여러 도시에 이 신을 기리기 위한 신전이 있었다. 아스클레피에이온이라 불리던 이 신전은 병자들의 발길이 끊이지 않는 순례지이자 일종의 치료소였다. 이 신전의 사제들이 개발한 주목할 만한 치료법 중에는 오늘날의 〈전기 충격〉과 비슷한 것도 있었다. 어떤 유형의 광기는 강한 충격에 바탕을 둔 치료법에 의해서 해소될 수 있다는 사실을 당시의 의사들이 이미 알고 있었다는 얘기다.

다만 전기가 아직 발견되지 않았던 시대라서, 아스클레피에이온의 사제들은 다른 방법을 사용했다.

그들은 정신 장애를 앓고 있는 것으로 보이는 환자가 찾아오면 어두운 땅굴 속으로 들어가게 했다. 환자는 더듬거리며 한참 나아간다. 그렇게 어둠 속을 걸어가다 보면 모든 감각이 예민해지기 마련이다. 귀는 어떤 소리도 놓치지 않으려고 바짝 긴장되어 있고, 눈의 망막은 아주 희미한 빛에도 즉각 반응할 준비가 되어 있다. 앞으로 나아갈수록 공포감은 점점 고조된다. 환자가 오감의 모든 지표를 상실하는 그런 상태가 절정에 달했을 때, 갑자기 땅굴 안쪽에 빛이 나타난다. 환자는 어두운 땅굴에서 빠져나가리라는 희망을 품고 그 빛이 들어오는 수직 통로를 향해 빠르게 나아간다. 그런데 환자가 수직 통로의 밑바닥에 다다라 하늘을 올려다보는 순간, 사제들은 그의 얼굴 위로 바구니 안에 가득 담긴 꿈틀거리는 뱀들을 쏟아붓는다. 불안과 안도와 희망에 이은 그 무시무시한 결말은 〈전기 충격〉의 효과를 만들어 낸다.

어두운 미로 속을 헤매다가 빛이 비쳐 드는 출구를 발견한 뒤에 극단적인 공포를 느끼는 것으로 마무리되는 이 치료법의 원리는 훗날 희곡이나 짤막한 이야기의 극적인 구조로 사용되었다. 그런 구조를 가진 이야기는 관객이나 독자들에게 전기 충격 치료의 효과를 발휘할 수 있다. 그 효과는 아스클레피오스 신전의 치료법이 환자들에게 주었던 효과와 유사하다.

107
알렉산드리아 도서관

이집트의 알렉산드리아 도서관은 기원전 288년 프톨레마이오스 1세에 의해 건립되었다. 프톨레마이오스 1세는 알렉산드로스 대왕의 휘하에 있던 마케도니아 장군이었는데, 대왕이 죽은 뒤에 이집트를 차지하고 새 왕조를 열었다.

알렉산드로스 대왕의 진정한 후계자를 자처하며 파라오 자리에 오른 프톨레마이오스 1세는 독특한 목표 하나를 설정했다. 대왕의 이름을 딴 수도 알렉산드리아를 아테네보다 더 훌륭한 문화와 학문의 중심지로 만들겠다는 것이 그의 포부였다.

그리하여 그는 궁궐 근처에 대학과 연구 기관과 도서관을 포함하는 대규모 복합 학술 단지를 건설하게 했다. 그는 특히 도서관 건립에 공을 들였고, 〈세상의 모든 지식을 한데 모으리라〉는 야심을 천명했다.

그는 수만 권의 책을 모으는 일로 그의 야심을 실현해 가기 시작했다(물론 당시에는 종이책이 존재하지 않았으므로, 여기에서 말하는 책 한 권은 파피루스 낱장들을 붙여서 만든 두루마리 한 개를 가리킨다). 장서 수집의 임무를 맡은 학자들과 서사들은 책을 사들이기도 하고, 살 수 없는 책은 되도록 빠르게 베껴 내기도 했다.

그의 뒤를 이어 왕위에 오른 프톨레마이오스 2세는 선왕의 유지를 받들어, 교류가 가능한 모든 나라의 군주들에게 사신을 보냈다. 각국의 학자들과 문호들이 집

필한 모든 책들을 보내 달라고 요청하기 위
해서였다.

그 뒤로 알렉산드리아 도서관의 장서는
나날이 증가하여 50만 권이라는 수치에 도
달했다.

그렇게 지식의 보고가 갖춰지자 자연스
럽게 인재들이 모여들기 시작했다. 알렉산드리아 도서관은 중력이 강한 행성처럼
지중해 연안의 학자들을 두루 끌어들였고, 그들은 알렉산드리아에 와서 자기들의
지식을 심화하거나 자기들이 발견한 것을 전해 주었다.

이곳의 매력은 비단 장서가 어마어마하게 많다는 사실에 국한되지 않았다. 도
서관 옆에 마련된 연구 기관에는 학자들이 자유롭게 사용할 수 있는 과학 도구들
이 갖춰져 있었고, 식물원과 동물원이 딸려 있었으며, 지도며 암석이며 식물이며
동물 유골의 수집품들이 비치되어 있었다.

알렉산드리아 도서관에 들어오는 책들은 모두 그리스어로 번역되었다. 헬레니
즘 왕국인 당시의 이집트에서 그리스어는 학자들과 역사가들의 국제적인 공용어
였다. 성경의 일부인 모세 5경이 히브리어에서 그리스어로 번역된 것도 이 무렵의
일이다. 그 번역에 참가한 사람들은 유대인 12지파에서 각각 6명씩 선발된 72명의
율법학자들이었다. 그들은 알렉산드리아 앞바다에 있는 파로스섬에 틀어박혀서
72일 만에 그 임무를 완수했다고 한다. 또한 이 시기에 알렉산드리아에서는 플라
톤이나 아리스토텔레스 같은 철학자들이며 호메로스 같은 시인들에 관한 연구와
주해 작업도 널리 행해졌다.

기원전 3세기부터 기원후 4세기에 이르기까지 알렉산드리아 도서관은 모든 학
문이 한데 어우러져 발전하는 융합의 장소였다. 수학, 천문학, 지리학, 생물학, 물
리학은 물론이고 철학과 시학의 영역에서도 다양한 관점들이 이곳에 모인 학자들
사이에서 대비되고 검증되었다. 그리고 이 지식의 성소 덕분에 각 분야의 새로운
발견이나 연구 성과들이 상당히 빠르게 전파되었다.

알렉산드리아 도서관의 관장 자리에 오르는 것은 크나큰 명예였다. 초대 관장 제노도토스, 지구의 둘레를 최초로 측정한 에라토스테네스, 사모트라케 사람 아리스타르코스, 로도스 사람 아폴로니오스, 그리고 훨씬 후대의 알렉산드리아 사람 테온에 이르기까지 당대의 명망 높은 학자들이 그 영예로운 직책을 맡았다.

알렉산드리아 도서관의 전성기에는 그 장서가 무려 70만 권을 헤아렸다. 소아시아에 있었던 페르가모스 왕국에서도 알렉산드리아 도서관에 버금가는 큰 도서관을 세우고 장서 수집 경쟁을 벌였지만, 끝내 알렉산드리아 도서관을 따라잡지 못했다(페르가모스 도서관의 장서는 20만 권에 지나지 않았다).

그런데 그 소중한 지식의 보고를 파괴하려는 움직임이 생겨났다. 그런 만행을 가장 먼저 시도한 사람들은 415년 알렉산드리아 주교 키릴로스(훗날 성인품에 오름)를 추종하던 과격한 기독교인들이었던 듯하다. 스페인 영화감독 알레한드로 아메나바르는 알렉산드리아 도서관 관장의 딸인 히파티아라는 실존 인물의 삶을 그린 영화 「아고라」에서 그 사건을 다루고 있다. 히파티아는 아버지에게서 훌륭한 교육을 받고 천문학과 철학과 수학 분야에서 탁월한 재능을 보였으며 알렉산드리아의 대학에서 젊은이들을 가르쳤다. 하지만 이교의 신앙을 지닌 이단자로 간주되어 기독교인들의 돌에 맞아 죽었다.

알렉산드리아 도서관이 결정적으로 파괴된 것은 642년 아므르 이븐 알 아스 장군이 이끄는 아랍인들이 침략했을 때였다. 아므르 장군이 알렉산드리아를 점령한 뒤에 도서관을 어떻게 해야 하느냐고 칼리프 오마르에게 물었을 때, 칼리프는 이런 식으로 대답했다고 한다. 〈모두 없애 버려라. 그 책들이 코란이라면, 그건 우리가 이미 가지고 있는 것이다. 그 책들이 코란이 아니라면, 우리에게 유익한 어떤 진리도 담고 있지 않은 것이다.〉

그 파괴 행위가 어찌나 악착스러웠는지, 오늘날에도 우리는 대도서관이 들어서 있던 정확한 자리를 알지 못한다.

108

페스트

페스트라는 말은 돌림병을 뜻하는 라틴어 〈페스티스〉에서 나왔다. 그러니까 고대에는 티푸스나 천연두, 홍역, 콜레라 같은 전염병들을 두루 일컫는 말이었다. 하지만 후대에 와서는 예르시니아 페스티스라는 병원균이 림프절을 공격하여 종창을 일으키거나 (림프절 페스트), 폐 또는 혈액을 침범하여 사망에 이르게 하는(폐페스트와 패혈성 페스트) 전염병만을 지칭하게 되었다.

페스트가 언제 어디에서 처음 발생했는가에 대해서는 정설이 없지만, 페스트균의 여러 게놈을 비교한 연구에 따르면 이 병원균의 기원은 약 2천6백 년 전의 중국에서 찾아야 할 것으로 보인다. 그러나 고대 이집트의 문헌이나 성경에 흑사병이 나오는 것을 보면 그보다 훨씬 전에 나타났을 수도 있다(구약 성경 사무엘기 하권 24장에서 다윗 임금은 이스라엘 백성에 대한 하느님의 벌로 세 가지 가운데 하나를 선택해야 하는 괴로운 처지에 놓인다. 일곱 해에 걸친 기근, 석 달 동안의 전쟁, 사흘간의 흑사병 중에서 다윗은 마지막 것을 선택했고, 그에 따라 이스라엘 땅에 흑사병이 번져 사흘 만에 7만 명이 죽는다). 고대 그리스에서는 호메로스의 『일리아드』에 나오듯이 페스트를 아폴론의 복수로 여겼다. 기원전 430년경에는 이른바 〈아테네의 페스트〉가 창궐했다.

샅고랑의 림프샘이 부어오른다는 식으로 림프절 페스트의 증상을 구체적으로 묘사한 기록이 처음 나타난 것은 동로마 제국 유스티니아누스 대제가 재위하던 때의 일이다.

당대의 역사가 프로코피우스에 따르면, 그 림프절 페스트는 541년 나일강 어귀의 어느 항구에서 시작되어 이듬해에 콘스탄티노폴리스에 다다라 지중해 연안을 휩쓸었다. 이어서 손강과 론강을 오르내리는 배들을 통해 내륙으로 올라가 프랑스와 이탈리아와 독일로 퍼졌고, 나중에는 영국과 아일랜드까지 건너갔다. 그렇게 592년에 이르도록 창궐하다가 언제 그랬냐는 듯 갑자기 사라졌다. 이 시기에 페스트에 걸려 사망한 사람들의 수는 2천만 명이 넘는 것으로 추정된다.

림프절 페스트는 그 뒤로 767년까지 더 작은 규모로 열두 차례 더 발생했다가 소멸했다. 왜 발생하고 왜 소멸하는지를 분명하게 설명해 주는 것은 아무것도 없었다.

페스트가 다시 나타난 것은 그로부터 6세기가 지나서였다. 최초의 발병지는 중국의 만주였고, 얼마 지나지 않아 몽골 사람들에게 전염되었다. 몽골 사람들은 당시 제노바 공화국의 영토였던 크림 반도의 흑해 연안 도시 카파(오늘날 크림 자치 공화국의 페오도샤)를 공격했다. 포위전이 벌어지는 동안 몽골군은 투석기를 이용하여 페스트에 감염된 시신들을 성벽 너머로 쏘아 보냈다. 이를테면 최초의 세균전을 벌인 셈이다. 양쪽 진영의 병력이 눈에 띄게 감소하자, 몽골군은 제노바군과 강화 조약을 맺었다. 그리하여 제노바 사람들은 다시 상선을 바다에 띄웠고, 그로 인해 페스트가 유럽의 항구들로 번져 갔다.

페스트는 두 매개 동물을 통해 전염된다. 쥐와 쥐에 기생하는 벼룩이 바로 그것들이다.

쥐벼룩이 사람을 물면, 물린 자리 주위에 검은 반점이 나타난다. 그런 다음 페스트균이 림프계를 침범하면 림프절이 부어올라 종창이 생긴다. 대개는 샅고랑과 겨드랑이와 목의 양 옆에 있는 림프절이 부어오른다. 페스트균에 감염된 환자는 오한, 고열에 이어 구토와 현기증에 시달리며, 폐를 공격당하면 며칠 만에 사망한다.

그러니까 페스트의 1차적인 매개 동물은 쥐이다. 그런데 당시에는 고양이를 찾아보기가 쉽지 않았다(유럽인들은 고양이를 상서롭지 않은 동물로 여겼고 가톨릭 교회도 고양이 사육을 금지하고 있었다). 게다가 유럽의 작은 쥐들뿐만 아니라 그것들보다 덩치가 큰 동방의 쥐들이 들끓고 있던 터였다.

1347년의 페스트(훗날 〈페스트 누아르〉로 명명됨)는 이전의 페스트들에 비해 훨씬 큰 피해를 가져왔다. 당시에는 그 재앙을 끝으로 인류가 완전히 멸망하리라고 생각한 사람들이 많았다. 그 시기의 한 문헌에는 〈이제 살아 있는 사람들이 많지 않아서 시체를 묻을 수도 없다〉라는 말이 나와 있다. 역사가들의 추산에 따르면, 당시의 유럽 인구 8천만 명 가운데 3천만~4천만 명이 사망했다고 한다. 거의 주민 두 명 가운데 한 명 꼴로 목숨을 잃었다는 얘기가 된다. 그로 인해 온 유럽이 혼란에 빠지고 도시와 마을을 버리고 떠나는 경우가 속출했다.

사람들은 전염병이 어디에서 기인하는지 모르는 상황에서 유대인들을 속죄양으로 삼았다. 유대인들은 고양이를 기른 덕에 쥐들의 침범을 그런대로 막아 내고 있었고, 그래서 페스트에 걸려 죽는 사람들이 비교적 적었다. 하지만 다른 주민들은 그런 사정을 이해할 수 없었다. 프랑스의 몇몇 도시(특히 스트라스부르, 카르카손), 그리고 독일과 스페인과 이탈리아의 여러 도시에서 유대인들이 학살당했다. 염소 냄새와 말 냄새가 벼룩을 쫓아 준 덕에 피해를 덜 보았던 염소 치기와 마부, 살갗에 기름이 번들거려서 벼룩에 잘 물리지 않았던 올리브기름 배달꾼도 사람들의 미움을 받았다.

어떤 도시에서는 페스트를 물리치기 위한 방편의 하나로 편달 고행을 하는 수도사들을 모아 기도를 올리게 했다. 고행 수도사들은 인류의 죄를 씻기 위해 33일 동안 못이 박힌 채찍으로 자기들의 등을 후려치면서 「디에스 이라이(분노의 날)」를 노래했다.

페스트가 창궐하는 동안 많은 사람들이 살던 도시를 버리고 도망쳤다. 그들의 대탈주로 인하여 페스트균은 더욱더 널리 퍼져 나갔다.

당시의 의사들은 이렇다 할 치료법을 찾아내지 못했다. 그저 림프절의 종창을 째고 양파즙 따위를 흘려 넣는 게 고작이었다.

15세기에 들어서고 나서야 페스트의 확산을 막기 위한 다음과 같은 보건 위생 규칙들이 생겨났다. 첫째, 이방인을 유숙시키지 말 것. 둘째, 페스트에 걸린 환자들을 격리할 것. 셋째, 전염병이 돌고 있는 지역에서 온 선박들을 40일 동안 격리하여 검역을 실시할 것.

이제껏 알려진 페스트 가운데 세 번째로 피해가 컸던 것은 1666년 런던에서 발생하여 또다시 유럽 전역으로 퍼졌던 페스트이다. 당시의 의사들은 오염된 공기로부터 스스로를 보호하기 위해 한 세기 전에 노스트라다무스가 발명한 방독면을 썼다. 이 방독면은 입 부분이 부리 모양으로 튀어나와 있었고, 그 부리의 내부에는 정향이나 로즈마리 같은 약초 또는 식초나 독주를 묻힌 헝겊을 넣게 되어 있었다.

1894년 홍콩을 비롯한 중국 남부 지방에 페스트가 발생했을 때, 스위스 출신의 프랑스 의사 알렉상드르 예르생은 파스퇴르 연구소의 요청에 따라 홍콩에 체류하며 페스트의 원인을 밝히기 위한 연구를 진행했다. 그는 환자의 림프절 종창을 째고 그 내용물을 채취하여 현미경으로 검사했다. 그리하여 페스트를 일으키는 병원균의 정체가 드러났고, 그 병원균에는 그의 이름을 딴 예르시니아 페스티스라는 학명이 붙었다.

109

유행성 감기

유행성 감기 또는 독감을 뜻하는 프랑스어 그리프*grippe*는 〈붙잡다〉라는 뜻의 옛 프랑스어 동사 그리페에서 나왔다. 싸우는 상대의 먹살을 잡거나 도둑을 잡을 때처럼 기습적으로 들이닥치는 병이라는 뜻으로 그런 이름을 붙인 것이다. 영어로는 인플루엔자라고 하는데, 이는 〈영향〉을 뜻하는 이탈리아어를 그대로 가져온 것이다. 이 말은 별자리의 나쁜 영향, 또는 추위의 영향이라는 뜻을 함축하고 있다.

비록 이름은 달랐지만 유행성 감기와 똑같은 증상을 보이는 질병은 이미 고대에도 나타났다. 그리스의 의사 히포크라테스는 2천4백 년 전에 그런 증상을 기술했고, 고대 로마의 역사가 티투스 리비우스 역시 유행성 감기였을 것으로 짐작되는 전염병이 창궐했던 사실을 기록으로 남겼다.

유행성 감기의 증상은 고열, 오한, 두통, 기침, 재채기, 콧물, 인후염 등이고, 심한 경우에는 폐렴이나 중이염 따위의 합병증을 일으키기도 한다.

보통의 독감 바이러스에 의한 계절성 전염병으로 사망하는 사람들은 전 세계적으로 한 해 평균 50만 명(대개는 노인, 당뇨병 환자, 또는 다른 병들을 앓으면서 쇠약해진 사람들)이다.

하지만 변종 바이러스가 나타나면 독감이 훨씬 치명적인 전염병이 되어 노약자는 물론이고 건장한 젊은이들의 생명까지 위협할 수 있다.

독감이 세계적으로 대유행했던 최초의 사례는 1580년으로 거슬러 올라간다. 이 독감은 중국에서 발생하여(아마도 시골에서 사람과 돼지가 뒤섞여 살고 돼지의 유전 암호가 사람과 아주 비슷하기 때문에 바이러스의 변이가 쉽게 일어날 수 있었던 듯하다) 유럽과 아프리카로 퍼졌다. 이때의 사망자는 수백만 명에 달했던 것으로 추정된다.

하지만 세계적으로 널리 유행했던 독감 가운데 가장 많은 인명을 앗아 간 것은 1918년에서 1919년 사이에 창궐했던 스페인 독감이다. 그 대유행을 일으킨 바이러스는 A형의 아형인 H1N1이다. 스페인 독감은 유럽에서만 4천만에서 5천만 명에 이르는 사망자를 냈다고 한다(이 수치는 제1차 세계 대전 때 사망자 수의 서너 배에 해당한다). 유럽은 물론이고 미국, 인도, 인도네시아, 심지어는 서사모아에 이르기까지 세계 전역에서 환자들이 발생했다. 최근의 연구자들이 추산한 사망자 수는 예전의 추정치를 훨씬 상회한다. 스페인 독감 때문에 사망한 사람들이 전 세계적으로 1억 명에 달하리라는 것이다. 이렇듯 스페인 독감은 1347년의 페스트와 더불어 인류 역사상 가장 큰 피해를 가져다준 질병 재앙이다.

스페인 독감의 최초 발병지는 스페인이 아니다. 그럼에도 그런 이름이 붙은 것은 스페인이 정치적으로 중립을 지키며 제1차 세계 대전에 참가하지 않았다는 사실과 관련되어 있다. 당시 스페인의 언론은 전시 보도 검열을 받지 않았기 때문에, 이 독감으로 인한 피해 상황을 국민들에게 사실대로 알렸다. 반면에 프랑스나 영국이나 독일에서는 군대의 사기를 저하시키지 않기 위해 정부가 독감이 유행하고 있다는 사실 자체를 숨겼다.

독감 바이러스가 처음으로 확인된 것은 1931년의 일이다. 그 성과를 바탕으로

1944년에는 토머스 프랜시스 교수가 미군의 지원을 받아 백신을 개발하는 데 성공했다. 그 뒤 연구자들은 독감 바이러스를 A형, B형, C형의 세 가지 유형으로 분류하고, 이 중에서 가장 독성이 강하고 종들 간의 전염을 통해 대유행을 일으킬 수 있는 A형을 다시 수많은 아형으로 분류했다. 이 아형들은 바이러스 입자의 표면에 달라붙어 있는 두 가지 항원, 즉 헤마글루티닌과 뉴라미니다제의 종류에 따라 서로 구별된다(헤마글루티닌이 16종, 뉴라미니다제가 9종이므로 144가지의 조합이 가능하다).

이런 발견과 연구는 유행성 감기들의 피해를 줄이는 데 기여했다.

1957년에 유행한 아시아 독감(A-H2N2)은 2백만 명, 1968년에 유행한 홍콩 독감(A-H3N2)은 1백만 명의 인명을 앗아 갔다. 분명코 엄청난 재앙이지만, 스페인 독감 때에 비하면 그만한 것도 〈다행〉이었다.

110
세상의 종말과 신약 성경

세상의 종말에 대한 견해는 기독교 교리의 중심에 있다. 마르코 성인은 이렇게 썼다. 〈민족과 민족이 맞서 일어나고 나라와 나라가 맞서 일어나며, 곳곳에 지진이 발생하고 기근이 들 것이다. 그러나 그것은 진통의 시작일 따름이다.〉(「마르코 복음서」 13장 8절) 또 요한 성인은 80세 무렵에 그리스의 파트모스섬에서 한 천사를 만나 세상의 종말에 관한 계시를 얻고 「요한 묵시록」을 썼다.

2세기에 신학자로 활동한 유스티누스 순교자는 하느님이 기독교가 모든 인간에게 보편적으로 인정되기를 기다리고 있기 때문에 세상의 종말이 연기되었다고 주장했다.

중세에 여러 종말론자들이 계산한 바에 따르면, 세상의 종말은 예수가 사망한 지 정확히 1천5백 년이 지난 해인 1533년에 일어나는 것으로 되어 있었다. 이 예언에 따라 그해 유럽 곳곳에서 천년 왕국설을 신봉하는 자들의 반란이 몇 차례 일어났다. 그들은 부자들과 가난한 사람들 사이의 평등을 주장했다. 반란은 이내 진압되었지만, 권력자들은 천년 왕국설을 믿는 종말론자들을 두려워했다. 그래서 한때 종말론자들을 격려했던 바티칸은 그 자발적인 민중 운동을 단죄했다.

루터 역시 한때는 종말론에 열광하는 신자들을 지지했지만, 나중에는 그들을 버렸다. 심지어는 부자들에 맞서 가난한 사람들의 반란을 이끌었던 얀 마티스나 토마스 뮌처나 레이던의 얀 같은 지도자들을 악마로 몰기까지 했다.

반란군은 농민, 수공업자, 빵집 주인 등 다양한 계층의 사람들로 이루어져 있다. 그들은 마침내 세상의 종말이 올 것이며 자기들은 더 이상 잃을 것이 없다고 생각했다.

재세례파의 지도자 얀 마티스는 1543년 초 독일의 뮌스터를 점령하고 그곳을 〈새 예루살렘〉으로 선포했다. 그해 4월의 부활절에 그는 소수의 군대로 로마 가톨릭 군대를 무찌르라는 계시를 받았다며 신자들 몇 명을 거느리고 성문 밖으로 나갔다. 하지만 신자들은 어딘가로 가버리고 혼자서 말을 타고 가다가 포위군과 마주치게 되었다. 그는 정말로 그날 최후의 심판이 내릴 것이므로 자기는 무사하리라고 믿었다. 그래서 무기도 없이 혼자 군대를 향해 돌진했다. 그는 곧바로 땅바닥에 나동그라졌고 병사들에게 난도질을 당했다.

이 종말론자들의 운동은 3백 년 뒤에 나타난 또 다른 민중 운동의 씨앗이 되었다.

111

메두사호의 뗏목

1816년 6월 17일, 프랑스 해군의 쾌속 범선 〈메두사〉호가 세네갈의 생루이를 향해서 프랑스를 떠난다. 항해의 목적은 영국이 반환한 식민지를 접수하기 위해 생루이에 부임하는 프랑스 관료를 수송하는 것이다. 이 프리깃함의 함장 드 쇼마

레는 왕년의 해군 장교로서 25년 전부터 항해를 하지 않은 인물이다. 그럼에도 함장으로 임명된 것은 귀족의 혈통, 그리고 나폴레옹이 권좌에서 쫓겨난 뒤에 왕위에 오른 루이 18세에게 충성을 바친 덕분이다. 이 범선에는 신임 세네갈 총독과 그의 가족을 비롯해서 총독의 하인들, 과학자들, 선원들과 병사들, 그리고 식민지 세네갈에서 한 재산을 모으리라는 꿈을 안고 떠나는 상인들과 수공업자들과 농부들이 타고 있다. 승선자 수는 도합 245명이다.

승선한 장교들은 대부분 나폴레옹을 지지하는 젊은이들이다. 그들은 이내 함장에 대한 적대감을 표시한다. 그들이 보기에 함장은 거드름만 피우는 늙다리 귀족이다. 정치적 갈등은 고조되고 분위기는 갈수록 나빠진다.

그런 상황에서 7월 2일, 메두사호가 모리타니 연해의 유일한 위험 요소인 아르갱 사주를 마주하게 되었을 때, 함장이 명령을 잘못 내린 탓에 또는 명령이 잘못 이해되는 바람에 배가 사주에 좌초하고 만다. 모리타니 연안에서 160킬로미터 떨어진 해역에서 벌어진 일이다.

배가 부서지기 전에 승선자들을 모두 구명정으로 대피시켜야 하는데, 메두사호에는 구명정이 부족하다. 분위기가 갈수록 험악해지는 가운데, 함장과 장교들은 배의 목재들을 모아서 커다란 뗏목을 만들기로 결정한다. 그리하여 길이 20미터에 너비 7미터의 뗏목이 급조된다.

드 쇼마레 함장과 그의 편에 선 장교들, 가장 노련한 선원들, 그리고 신임 총독과 그의 가족은 여러 척의 구명정에 옮겨 탄다. 그렇게 메두사호의 승선자들 가운데 88명이 더 안전한 구명정을 차지하고 나니, 나머지 157명은 이 구명정들에게 끌려가는 커다란 뗏목에 탈 수밖에 없다. 뗏목에는 사람들뿐만 아니라 짐도 잔뜩 실려 있다. 그래서 발목까지 물이 차오를 만큼 수면 아래로 내려간다. 뗏목에 탄 사람들이 항의를 하는 것은 당연하다. 함장은 그들을 안심시키기 위해 구명정들을 서로 매달고 맨 마지막 구명정에 뗏목을 붙들어 맨다. 하지만 구명정들도 힘겹게 노를 저어서 나아가고 있는 판에 무거운 뗏목까지 끌고 가려니 항해가 더딜 수밖에 없다. 함장은 뗏목을 연결하고 있는 밧줄을 끊어 버리기로 결정한다. 함장과 그의 친구들을 태운 구명정들은 나흘 뒤에 무사히 세네갈 해안에 당도한다. 하지만 뒤에 남겨진 뗏목은 157명의 조난자들을 태운 채 표류한다.

첫날 저녁, 살아남기는 글렀다고 생각한 일부 병사들이 더 고생하지 말고 빨리 죽자며 뗏목을 파손하려고 한다. 그러나 선원들이 그들을 제지하면서 난투가 벌어진다. 그들은 밤새 도끼와 정글 칼을 휘두르며 싸운다. 이튿날 새벽 선원들이 승리를 거두기는 했으나 뗏목 위에는 시체가 즐비하다.

그때부터 생존을 위한 악몽이 시작된다. 그들은 강렬한 햇살 때문에 치명적인 일사병에 걸리고, 굶주림과 목마름에 시달린다(뗏목에 실린 통들에는 술만 담겨 있었기 때문에 그들은 그것을 마시고 대취하여 다시 자기들끼리 싸움을 벌인다). 그렇게 이틀이 지나자 생존자는 반으로 줄어든다. 닷새째가 되자, 그들 가운데 일부는 허기를 달래기 위해 밧줄을 쏠고 혁대와 모자를 씹어 대던 끝에 시신을 먹는 짐승으로 전락해 버린다.

생존자는 더 줄어든다. 더 건장한 자들은 저희끼리 의견을 모아 더 허약한 사람들을 죽여서 나머지 사람들의 목숨을 이어 가기로 결정한다.

그러는 동안 드 쇼마레 함장은 9만 프랑어치의 금화가 담긴 통 세 개를 뗏목에 두고 왔음을 기억해 내고 분통을 터뜨린다. 그는 그 보물을 되찾기 위해 범선 〈아르귀스〉호를 보내기로 한다. 그때 뗏목에 생존자가 있으리라고 생각한 사람은 아무도 없다.

하지만 12일째 표류하고 있는 뗏목에는 아직 15명이 생존해 있다. 그들은 햇살을 막기 위해 임시변통으로 천막을 쳐놓고 버틴다.

13일째가 되던 7월 17일, 생존자들은 멀리 범선 한 척이 지나가는 것을 본다. 그들은 소리를 치고 신호를 보내고 막대기 끝에 옷가지를 매달아 흔들어 댄다. 하지만 범선은 그들을 발견하지 못한다. 두 시간 뒤, 뗏목에 타고 있던 해군 포수 쿠르타드가 다시 범선이 지나가는 것을 본다. 그 배가 바로 9만 프랑을 회수하기 위해 뗏목을 찾고 있던 아르고스호다.

이번에는 범선의 선원들이 그들을 발견한다.

죽음의 문턱에서 살아 돌아온 그들은 신문을 통해 자기들이 겪은 일을 이야기한다. 이 경험담은 세인의 비상한 관심을 끌면서 당대의 화제가 된다.

드 쇼마레는 세상 사람들의 따가운 질책을 오히려 의아하게 여기는 뻔뻔한 작태를 보이다가 재판을 받고 3년의 징역형을 선고받는다. 그의 아들은 아버지의 행동에 역겨움을 느낀 나머지 자살을 선택한다.

메두사호가 뗏목을 망망대해에 버려두고 떠남으로써 생겨난 이 비극은 낭만파 화가 테오도르 제리코에게 영감을 준다. 그는 1년에 걸친 작업을 통해 가로 7미터 세로 5미터에 이르는 매혹적인 유화 작품을 만들어 낸다. 제리코는 사실성을 고려하여 사전 조사 작업을 통해 실제로 무슨 일이 벌어졌는지 알아내고, 생존자들을 만나 자기를 위해 포즈를 취해 줄 것을 요구하기도 한다. 그러니까 「메두사호의 뗏목」이라는 그림 속에는 그 비극을 실제로 겪은 사람들의 모습이 담겨 있는 셈이다. 제리코는 시신의 다양한 측면을 사실적으로 묘사하기 위해 병원의 시체 안치소에 가서 스케치를 하고 심지어는 화실에 시신을 가져다 놓고 부패의 양상을 관찰했다고 한다. 여느 그림에서 찾아보기 어려운 강한 힘을 지닌 이 그림은 현재 루브르 박물관의 초입에 마치 하나의 경고처럼 걸려 있다.

112
툴루즈식 카슐레 만드는 법

재료(6~8인분)

말린 흰강낭콩(갸름하고 동글게 생긴 것) 1킬로그램

기름을 입혀 차게 보관한 오리나 거위 다리 3개

돼지 무릎 살 또는 어깨 살 4백 그램

어린 양 목살 4백 그램

돼지고기 소시지 4백 그램

돼지 껍질 3백 그램

족발 1개

소금에 절인 돼지비계 1백 그램

마늘 7쪽

분홍색 양파 1개

육두구 가루 한 자밤

소금, 후추

조리법

말린 흰강낭콩을 찬물에 담가 밤새 불린다.

이튿날, 강낭콩을 냄비에 담고 찬물을 붓는다. 냄비에 열을 가하여 물을 끓이고, 강낭콩을 끓는 물에 5분 동안 삶는다. 강낭콩을 건져서 물기를 빼고 보관한다.

돼지 껍질을 큼직큼직하게 썬다. 껍질을 벗긴 마늘 2쪽과 양파를 다진다. 소금에 절인 돼지비계를 네모나게 썬다.

육수를 내기 위해 스튜 냄비에 돼지 껍질과 족발, 마늘, 양파, 돼지비계, 물 2리터를 넣고 소금과 후추를 친다. 그런 다음 약한 불에 2시간 동안 삶는다. 그러는 동안 국물이 너무 졸지 않았는지 살피면서 필요하다면 물을 더 붓는다.

모든 게 익으면 육수를 걸러 내고 돼지 껍질을 건져 둔다. 또 족발의 뼈를 발라 내고 살만 남겨 둔다.

식힌 육수에 강낭콩을 넣는다. 육수가 끓어오르면 불을 약하게 하여 10~30분 동안 더 끓인다. 이 시간은 어떤 강낭콩을 선택했느냐에 따라 다르다. 강낭콩이 물렁해지도록 흠씬 익히되 그 형태를 온전히 유지하도록 하는 게 적당하다.

오리 다리(또는 거위 다리)를 프라이팬에 넣고, 겉에 입힌 기름이 녹도록 약한 불에 데운다. 기름이 다 녹으면 다리를 프라이팬에서 꺼낸다.

프라이팬에 남아 있는 뜨거운 기름에 잘게 썬 돼지 무릎 살을 넣고 튀긴다. 돼지고기가 노릇노릇해지면 꺼내서 기름을 뺀다.

양 목살도 같은 방식으로 살짝 튀긴다. 같은 기름에 돼지고기 소시지를 익히고, 끝으로 마늘 5쪽을 넣어 몇 초 동안 튀긴다(이 마늘들은 잘게 다져도 되고 그냥 쪽채로 두어도 된다).

오븐을 150도로 예열한다.

전통 용기인 〈카솔〉 또는 바닥이 제법 깊은 도기 접시의 바닥에 돼지 껍질을 깐다. 준비해 둔 강낭콩의 약 3분의 1을 그 위에 얹고 후추와 육두구 가루를 뿌린다. 이어서 돼지 무릎 살과 족발과 양 목살과 오리 다리(또는 거위 다리)를 넣고, 남은 강낭콩으로 덮는다.

강낭콩 아래로 소시지를 박아 넣는다.

그런 다음 그 위에 뜨거운 육수를 붓는다. 강낭콩이 잠기도록 넉넉하게 부어야 한다.

후추를 친다.

2시간 30분 동안 오븐에 넣고 익힌다.

카솔을 꺼내어 따끈따끈할 때 먹는다.

주의 사항

오븐에 넣고 익히는 동안 조리 중인 카술레의 위쪽에 노릇노릇한 외피가 생겨난다. 이 껍질을 여러 번(전통에 따르면 7번) 부수고, 강낭콩이 마르지 않았는지 확인한다. 이때 강낭콩을 으깨지 않도록 조심해야 한다.

배 속에 가스가 차지 않도록 꼭꼭 씹어 먹어야 한다.

점심에 카술레를 먹었다면 저녁은 거르는 게 좋다.

남은 것은 이튿날 다시 먹어도 된다. 하지만 데울 때 태우지 않도록 조심해야 한다.

113
문어

문어는 사람보다 훨씬 많은 감각기를 가지고 있다. 게다가 뇌의 기억 용량도 엄청나게 크다. 감각이 그렇게 예민하고 기억력이 좋다는 점만 놓고 보면, 문어는 인간의 강력한 경쟁자가 될 수도 있었을 것이다.

그런데 문어에게는 한 가지 약점이 있다. 부모들의 행동 때문에 이 종의 강점이 빛을 발하지 못한다. 그들의 행동을 보면 마치 이 종의 유전자에는 스스로 개체 수를 줄이기 위한 암호

가 새겨져 있는 것만 같다.

암컷은 새끼들이 알을 깨고 나오면 이내 죽어 버린다. 수컷은 새끼들을 보면 식욕이 발동해서 새끼들 가운데 일부를 잡아먹고 아주 도망쳐 버린다.

이렇듯 문어의 세계에는 부모의 사랑도 없고 자녀 교육도 없는 셈이다. 새끼 문어들은 부모의 경험을 전수받지 못한 채로 스스로 알아서 생존해 가야 한다. 세대마다 비슷한 생존 경험을 되풀이해야 하는 것이다. 그러니 이 좋은 감각기와 뇌만 놓고 보면 수만 년 전부터 진화할 준비를 갖추고 있음에도 진화의 길로 나아가지 못한다.

만약 부모 문어들이 새끼들을 놓아둔 채로 일찍 죽거나 도망치지 않고, 대대로 새끼들에게 경험과 지식을 전수한다면, 문어들의 문명이 어떻게 달라질까?

그 질문의 연장선에서 우리는 이런 것도 상상해 볼 수 있을 것이다. 만약 부모 세대가 제대로 교육을 하지 않고 우리의 기억이 전수되지 않는다면, 우리 인간의 문명은 어떻게 변할까?

114
가짜 기억을 생성하는 방법

객관적이고 공정한 기억이란 없다. 각각의 기억은 우리가 사실이라 여기고 있는 어떤 일에 대한 개인적인 해석이다. 워싱턴 대학과 캘리포니아 대학의 교수를 지낸 미국의 심리학자 엘리자베스 로프터스는 허위 기억의 문제를 오랫동안 연구했다.

1990년에 로프터스 교수는 성인들을 상대로 한 가지 실험을 했다. 그녀는 먼저 피실험자들에게 그들이 다섯 살 때 대형 마트에서 길을 잃은 적이 있음을 자기가 알고 있다고 이야기했다. 그러면서 특정한 대형 마트의 이름과 정확한 날짜를 말하고 그들의 부모에게서 그 사건에 관한 이야기를 들었노라고 주장했다. 실험에

응한 사람들 가운데 4분의 1은 그 사건을 완벽하게 기억한다고 단언했다. 게다가 그들의 반은 세세한 정보를 덧붙임으로써 완전히 허구적인 그 이야기를 뒷받침하기까지 했다.

2000년대에 로프터스 교수는 더 복잡한 실험을 고안했다. 그녀는 사람들을 모아 네 그룹으로 나누고 그들에게 디즈니랜드를 구경한 뒤에 홍보 영화 한 편을 평가해 보라고 제안했다.

첫째 그룹은 이 테마 파크를 구경하고 나서 단순한 홍보 영화를 보았다. 이 홍보 영화에는 애니메이션에 나오는 어떤 인물에 대한 언급이 전혀 없었다.

둘째 그룹 역시 디즈니랜드를 구경하고 나서 첫째 그룹과 같은 홍보 영화를 보았다. 그런데 영화가 상영되는 동안 실험 관계자들이 만화 영화 주인공 벅스 버니를 나타낸 1.2미터 크기의 조각상을 관람실 안에 가져다 놓았다.

셋째 그룹에게는 앞의 두 그룹이 본 것과 다른 홍보 영화를 보여 주었다. 이 영화에서는 한 등장인물이 디즈니랜드에 벅스 버니가 있다고 말하고 있었다.

넷째 그룹이 관람실에 들어갔을 때는 벅스 버니를 나타낸 1.2미터 크기의 조각상도 보여 주고, 한 등장인물이 벅스 버니를 언급하는 홍보 영화도 보여 주었다.

그런 다음 참가자 전원에게 디즈니랜드를 구경할 때 벅스 버니를 만난 적이 있느냐고 물었다. 40퍼센트가 벅스 버니를 만났다고 대답했다. 그런데 당연한 얘기지만 디즈니랜드에서는 벅스 버니를 만날 수가 없다. 이 애니메이션 주인공은 월트 디즈니의 경쟁사인 워너 브라더스의 대표적인 캐릭터이기 때문이다.

더욱 놀라운 것은 인터뷰를 더 진행하자 그 40퍼센트 가운데 절반이 디즈니랜드를 구경하는 동안 벅스 버니와 악수를 나눴다고 주장했다는 사실이다. 그들은 실제로 이루어진 적이 없는 그 만남의 정황과 한 손에 당근을 들고 있는 그 토끼의 모습을 자세하게 묘사했다.

115

신앙

2000년 7월에 미국, 캐나다, 영국, 프랑스 등 네 나라 국민들을 상대로 신앙의 양상을 비교하는 연구가 실시되었다. 동일한 주제에 관한 50건의 설문조사를 교차 검증한 결과에 따르면, 신, 악마, 외계인, 유령, 사후의 삶을 믿는 사람들의 비율은 다음과 같이 나타났다.

신의 존재를 믿는다

미국 86퍼센트

캐나다 81퍼센트

영국 56퍼센트

프랑스 56퍼센트

악마의 존재를 믿는다

미국 69퍼센트

캐나다 48퍼센트

영국 25퍼센트

프랑스 27퍼센트

외계인의 존재를 믿는다

미국 54퍼센트

캐나다 52퍼센트

영국 51퍼센트

프랑스 48퍼센트

유령의 존재를 믿는다

미국 51퍼센트

캐나다 38퍼센트

영국 38퍼센트

프랑스 13퍼센트

사후의 삶이 있다고 믿는다

미국 26퍼센트

캐나다 29퍼센트

영국 33퍼센트

프랑스 14퍼센트

비이성적인 것이 득세를 하고 있음에도 이런 수치들은 점점 낮아지고 있는 듯하다. 예를 들어 기도를 올리면 바라는 바가 이루어진다고 믿는 프랑스인의 비율이 1994년에는 54퍼센트였는데 2003년에는 46퍼센트로 내려갔다.

또한 별자리가 일상생활에 영향을 미친다고 믿는 프랑스인들의 비율도 같은 기간에 60퍼센트에서 37퍼센트로 떨어졌다. 우리에게 일어나는 일은 눈에 보이지 않는 외부의 힘이 작용한 결과라고 생각하는 사람들의 비율 역시 44퍼센트에서 29퍼센트로 낮아졌다.

116
오스만 제국의 하렘

하렘은 금단 구역이나 성스러운 장소를 뜻하는 아랍어 하람에서 나온 말이다. 어원 그대로 오스만 제국 시대에 하렘은 더없이 은밀한 장소였다. 하렘은 궁궐들의 내부에 건설되어 있었고, 못이 딸린 정원이며 목욕탕이며 침소들을 갖추고 있었다. 황제의 여러 하렘에 거주하던 여자들의 수는 보통 4백 명에 달했고, 환관 수십 명이 그녀들을 감독했다.

하렘은 호화스러운 감옥이었다. 오스만 제국이 침략한 나라들, 특히 슬라브족의 나라들에서 납치되어 온 젊고 아름다운 여인들, 그리고 배를 타고 여행하다가 해적들에게 잡힌 뒤에 노예 시장에서 팔려 온 젊은 여자들이 거기에 갇혀 있었다 (무슬림 여자들을 노예로 삼는 것은 금지되어 있었으므로, 다른 종교를 믿는 여자들만 납치했다).

창살은 금빛으로 반짝이고 장식은 매우 세련되고 산해진미가 제공되기는 했지만, 하렘은 진짜 감옥이었다. 창문들이 북쪽으로 나 있어서 여자들은 해를 볼 수도 없고 시간의 흐름을 감지할 수도 없었다. 바깥세상에서 들려오는 소리는 분수의 요란한 물소리에 묻혔다.

하렘의 기능은 황제의 대를 이어 주는 것이었다. 황제는 손수건을 던져 밤에 잠자리를 같이할 여자를 골랐다. 그렇게 승은을 입은 여자들은 손수건을 집어 들고 황제의 침소로 들어갔다. 하렘의 여자들을 가리키는 프랑스어 오달리스크는 〈침소의 여자〉를 뜻하는 터키어 오달리크에서 나온 것이다.

낮이면 하렘의 여자들은 황제의 눈에 들기를 기대하면서 서로 경쟁을 벌였다. 황제의 총애를 얻고 그럼으로써 아들을 낳을 수 있는 기회를 얻기 위함이었다. 황제는 질병이나 사망으로 대가 끊기는 것을 우려하여 되도록 많은 아들을 얻고 싶어 했다.

황제의 총희들은 서로 아들을 먼저 낳으려고 경쟁했다. 장자가 황위를 계승하도록 되어 있었기 때문이다.

황자들은 하렘에 인접한 전각에 모여 살았다. 〈황금 새장〉이라 불리던 이 전각은 호화롭지만 감옥이나 다름없다는 점에서 작은 하렘이라 할 만했다. 보통 하렘의 여자들이 4백 명이라면 황자들은 50명 정도가 있었다.

황제가 죽으면 장자가 그 뒤를 이어 황위에 올랐고, 그의 동생들과 이복동생들은 모두 죽임을 당했다. 환관들이 비단 끈으로 그들의 목을 졸라 죽이는 것이 관행이었다. 이는 황위를 찬탈하려는 기도를 사전에 봉쇄하기 위한 제도였다. 새 황제가 즉위하면, 모후로 바뀐 그의 어머니에게는 하렘의 다른 여자들과 구별되는 특권적인 지위가 부여되었다.

사정이 이러했기 때문에 황제의 총희들은 경쟁자들의 아들을 죽이기 위해, 또는 황제와 황태자를 동시에 살해하여 자기 아들을 황제로 만들기 위해 끊임없이 음모를 꾸미고 암투를 벌였다.

황자들 역시 형제들에 대한 증오와 공포 속에서 살았고, 그 때문에 편집증 환자가 되거나 완전히 미쳐 버리는 경우도 더러 있었다. 〈황금 새장〉에서 그들을 만나는 것이 허락되어 있던 어머니들은 아들들의 사기를 북돋우고 경쟁자들을 제거하는 데 필요한 칼과 독약을 제공해 주었다.

하렘과 〈황금 새장〉 내부의 경찰 노릇을 하던 환관들은 그런 폭력과 증오의 수위를 낮추기 위해 노력했다. 이 환관들은 주로 소년기에 에티오피아에서 납치되어 온 흑인들이었다. 납치자들은 소년들을 환관으로 만들기 위해 음경과 고환을 완전히 잘라 내고 그 자리에 소변을 보는 데 필요한 대롱을 달았다. 그런 거세 시술을 받은 사람들 가운데 80퍼센트는 얼마 지나지 않아 죽었다. 대개는 제대로 배출되지 않는 오줌의 독이 퍼져서 죽었다고 한다. 살아남은 사람들은 카이로의 노예 시장에서 매매되었다.

1908년 청년 튀르크당의 혁명이 일어나고 이듬해에 황제 압둘하미트 2세가 궁궐에서 쫓겨났다. 그때 토프카프 궁전에 딸린 하렘의 문이 열리고, 15세에서 50세에 이르는 여자들 수백 명이 그 안에서 세상과 완전히 단절된 채 살고 있었다는 사실이 드러났다. 그런데 그녀들 가운데 대다수는 노예 상태에서 해방시켜 준다고 하는데도 하렘을 떠나고 싶어 하지 않았다. 바깥세상의 삶이 훨씬 괴로우리라 생각한 것이었다.

117

외계 생명체가 존재할 가능성 1: 드레이크 방정식

1961년, 열 명의 과학자들이 외계 생명체의 존재 가능성을 따져 보기 위해 한자리에 모였다. 훗날 무인 우주 탐사선 보이저호를 쏘아 올리는 데 기여하게 될 천문학자 칼 세이건, UC 버클리 대학 교수인 화학자 멜빈 켈벤, 그리고 전파 천문학자 프랭크 드레이크 등이 참가한 모임이었다. 프랭크 드레이크는 이 모임을 준비하면서 외계 문명의 존재 여부를 〈수학적으로〉 고찰하기 위한 방정식을 고안했다.

드레이크 방정식은 다음과 같다.

$$N = R^* \times F_p \times N_e \times F_l \times F_i \times F_c \times L$$

이 방정식을 이해하기 위해서는 N과 각각의 인수가 가리키는 바를 알아야 한다.

N은 우리 은하에 있는 교신 가능한 문명의 수이다.

R^*은 우리 은하에서 한 해에 평균적으로 생겨나는 항성의 수이다.

F_p는 그 항성들이 행성계를 가지고 있을 확률이다.

N_e는 행성계를 가진 항성마다 생명이 존재할 수 있는 환경을 갖춘 행성들의 평균 개수이다.

F_l은 생명이 존재할 수 있는 환경을 갖춘 행성들 중에서 실제로 생명이 출현하여 진화할 수 있었던 행성들의 비율이다.

F_i는 생명이 출현한 행성들 중에서 그 생명이 지능을 갖출 만큼 진화했을 가능성이 있는 행성들의 비율이다.

F_c는 위의 행성들에 사는 지능을 가진 생명체가 우주 공간에 자기들의 존재를 알리는 신호를 보낼 수 있을 만큼 고도의 기술 문명을 발전시켰을 확률이다.

L은 그런 문명들이 우리가 탐지할 수 있는 신호를 우주 공간에 방출하는 시간의 길이이다.

각 인수의 값이 얼마인가에 대해서는 연구자들에 따라서 많은 차이를 보인다. 하지만 드레이크가 1961년에 이미 알려진 값들이나 자기 나름대로 추산한 값들을 각각의 인수에 대입하여 계산한 바에 따르면, N의 값은 1천에서 1억 사이라고 한다. 이 전파 천문학자의 계산이 맞는다면, 지적인 생명체가 발전시킨 고도의 기술 문명이 우리 은하에만 1천 개에서 1억 개까지 있을 수 있다는 얘기다.

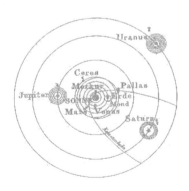

118

외계 생명체가 존재할 가능성 2: 페르미의 역설

프랭크 드레이크의 방정식이 나오기 10여 년 전에 이탈리아 태생의 미국 물리학자 엔리코 페르미는 외계 생명체의 존재 가능성을 놓고 벗들과 토론하던 중에 〈만약 외계인들이 존재한다면, 그들은 모두 어디에 있는 거야?〉라는 물음을 제기했다. 훗날 〈페르미의 역설〉이라는 이름이 붙은 이 말에는 다음과 같은 문제의식이 담겨 있다. 〈우리 은하에 정말 그토록 많은 외계 문명이 존재한다면, 적어도 그 문명들 가운데 하나는 자기 존재를 드러냈을 것이다. 그런데 외계 문명이 우리와 접촉하려고 했음을 보여 주는 징후는 어디에서도 찾아볼 수 없다. 이는 외계 문명이 존재하지 않는다는 증거가 아닐까?〉

페르미와 드레이크 이후에도 여러 연구자들이 외계 문명에 관한 의견을 냈다. 그들은 단순한 믿음이나 〈구름 속에서 이상한 것을 보았다〉는 식의 인상을 넘어서서 이 문제에 관한 진지한 논의를 진전시켰다.

SETI, 즉 〈외계 지적 생명체 탐사〉 프로젝트를 이끌었던 물리학자 폴 데이비스도 그들 가운데 하나다. 그는 우주 비행사 러스티 슈웨이카트의 견해를 받아들여, 외계인들은 바로 우리일 수도 있다는 가설을 내놓았다.

어쩌면 우리는 우주 공간이 아닌 우리의 세포들 속에서, 우리의 게놈 속에서 외계 생명체의 흔적을 찾아야 할지도 모른다. 그런 연구는 은하들 속을 뒤지는 것보다 훨씬 수행하기 쉬울 것이다.

119

조너선 스위프트

〈진정한 천재가 이 세상에 태어났음은 바보들이 단결해서 그와 맞서는 것을 보면 알 수 있다.〉 조너선 스위프트의 이 말은 평생에 걸쳐 당대의 반동적인 세력에 맞서 싸운 이 아일랜드 출신 작가의 정신을 잘 보여 준다.

아일랜드에서 몇 해 동안 성직자로 활동한 뒤에 그는 영국으로 건너가 〈책들의 전투〉라는 제목의 짤막한 풍자문을 쓴다. 오래된 책들과 새로운 책들이 도서관에서 전투를 벌이는 이야기를 통해 영국의 신구 논쟁을 재치 있게 풍자한 이 작품은 많은 반향을 불러일으킨다.

그 뒤로 그는 동시대인들을 조롱하는 팸플릿과 풍자문과 논문을 계속 발표한다(그 때문에 앤 여왕과 일부 귀족의 미움을 사기도 한다. 그 글들에는 다음과 같은 유명한 문장들이 들어 있다).

〈우리를 서로 미워하게 만드는 종교들은 지금 있는 것만으로 충분한데, 서로 사랑하게 만드는 종교는 오히려 부족하다.〉

〈자기가 잘못 생각했음을 고백하는 것은 자기가 더 합리적인 사람이 되었음을 겸허하게 입증하는 것이다.〉

〈법이란 거미줄과 비슷해서, 작은 파리들은 잡지만 말벌들은 빠져나가게 내버려 둔다.〉

조너선 스위프트는 현기증과 구토와 귀울림 증상이 계속 나타나는 질병(메니에르병)에 시달린 탓인지 말수가 적고 통 웃지 않는 것으로 유명했다. 그럼에도 그는 유머가 넘치는 작품을 만들어 냈다.

그의 유머 감각과 풍자 정신이 가장 잘 드러나 있는 작품은 1720년경부터 쓰기 시작해서 1726년에 출간한 『걸리버 여행기』이다. 이 소설은 주인공 레뮤얼 걸리버가 선의(船醫) 또는 선장으로 세계 여러 곳을 항해하다가 우연히 표착하게 된 기이한 나라들에 관한 이야기를 담고 있다. 첫 번째 여행기에서 걸리버는 난파를 겪고 표류하다가 소인들이 사는 섬 릴리퍼트에 다다른다. 이 섬의 주민들은 이웃한 섬나라 소인들과 끊임없이 전쟁을 벌인다.

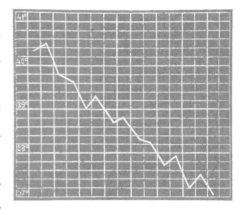

두 번째 여행기에서 걸리버는 마실 물을 구하기 위해 상륙한 섬에 홀로 남게 된다. 브롭딩내그라 불리는 이 기이한 섬에는 거인들이 살고 있다. 그들에 비해서 걸리버는 너무나 작다. 거인들은 그를 서커스단의 구경거리로 삼는다. 그는 돈에 눈이 먼 주인 때문에 온 나라의 주요 도시들을 순회하며 혹사를 당한다. 그러다가 자비로운 왕비의 눈에 들어 궁궐에서 생활하기 시작한다. 왕비는 그를 살아 있는 보석처럼 아껴 준다.

세 번째 여행기에서 걸리버는 공중을 날아다니는 섬 라푸타를 방문한다. 이 섬에는 수많은 철학자들과 과학자들이 살고 있다. 그들은 수학과 음악에 조예가 깊고 늘 사색에 몰두해 있다. 그들은 삶과 직결되지 않은 공허한 논쟁으로 세월을 허송한다. 지구의 종말 등을 놓고 제각기 다른 의견을 내어 끊임없이 논쟁을 벌이지만 그들의 불안을 해소하는 데는 도움이 되지 않는다.

마지막 여행기에서 걸리버는 〈어드벤처〉호의 선장으로 무역로를 개척하기 위한 항해에 나섰다가 선원으로 위장한 해적들에게 배를 빼앗기고 혼자서 낯선 나라의 해안에 다다른다. 이곳은 후이늠이라 불리는 말들의 나라이다. 이 말들은 사람처럼 언어를 구사하고 높은 수준의 지성을 가진 존재들이다. 이들은 인간을 〈야후〉라고 부르면서 원시적인 동물로 취급한다.

훗날 조너선 스위프트가 술회한 바에 따르면, 이 소설의 아이디어는 1720년 영국에서 벌어진 주식 대폭락에서 비롯되었다고 한다. 그는 남양 회사(사우스 시 컴퍼니)의 주식에 1천 파운드를 투자했다. 처음엔 주가가 상승해서 그 돈이 1천2백 파운드로 불어났다. 그러다가 주가가 폭락하면서 모든 소액 투자자들을 파산시켰다. 스위프트는 주가가 그렇게 폭등했다가 폭락하는 현상을 겪고 나서 한 가지 영감을 얻었다. 머나먼 섬나라들에서 주인공이 어떤 종족을 만나느냐에 따라 갑자기 거인이 되기도 하고 소인이 되기도 하는 이야기를 지어내어 영국 사회를 풍자해 보기로 한 것이다.

조너선 스위프트는 1745년 향년 78세를 일기로 더블린에서 세상을 떠났다. 그의 유산은 모두 정신 병원을 설립하는 데에 사용되었다. 1757년에 문을 연 그 병원의 이름은 〈바보들을 위한 세인트패트릭 병원〉이다.

120
피의 백작 부인

인류 역사를 피로 얼룩지게 한 살인마들 가운데 바토리 에르제베트 백작 부인이 있다.

그녀는 1560년 헝가리에서 태어났다. 그녀의 집안은 트란실바니아 공국을 통치하던 유서 깊고 세도가 당당한 가문이었다. 그녀의 가까운 친척들 중에는 트란실바니아 공 바토리 지그몬드와 폴란드 왕, 그리고 몇 명의 주교와 추기경까지 있었다.

그녀의 생애와 범죄 사실을 기록한 문서들에 나와 있는 것을 보면, 그녀는 매우 아름답고 애교가 많고 거동이 우아한 여자였으며, 색정이 매우 강하여 아주 젊을 때부터 남녀를 가리지 않고 숱한 사람들과 성적인 교제를 했다고 한다.

그녀는 15세에 헝가리의 귀족인 나더슈디 페렌츠 백작과 결혼했다. 신성 로마 제국의 황제인 합스부르크가의 막시밀리안 2세가 그들의 결혼식에 친히 참석했다.

남편이 오스만 제국을 상대로 한 전쟁을 지휘하기 위해 떠났을 때, 에르제베트는 남편이 결혼 선물로 준 체이테 성에 정착했다. 이 성은 성벽이 두껍고 지하 깊숙한 곳에 방들이 나 있는 요새형 성관이었다.

어느 날 그녀는 애인과 함께 인근 마을을 산책하다가 한 노파와 마주쳤다. 그녀는 노파의 쪼글쪼글한 주름을 보며 흉측하다고 놀렸다. 노파는 그 말을 듣고 〈마님도 언젠가는 쉰네와 비슷해질 테니 두고 보세요〉 하고 대답했다. 그때부터 에르제베트는 늙는 것에 대한 공포에 사로잡히게 되었다. 어느 날 아침, 그녀는 자기 머리를 매만지던 하녀가 실수로 머리카락을 뽑자 하녀의 뺨을 때리고 코뼈를 부러뜨렸다. 그 서슬에 에르제베트의 손에 피가 묻었다. 전설에 따르면, 백작 부인은 하녀의 피가 묻었던 자리에 변화가 생겼음을 알아차렸다고 한다. 그 부위의 살결이 더 뽀얘지고 부드러워진 것으로 여겼다는 것이다. 그 점을 신기하게 생각한 에르제베트는 대야에 그 하녀의 피를 받아 얼굴을 씻었다. 그러고는 즉시 얼굴이 젊어지는 기분을 느꼈다.

그때부터 에르제베트는 하녀들의 피를 뽑기 시작했고, 얼마 뒤에는 한 패의 하인들에게 젊은 처녀들을 납치해서 성으로 데려오는 임무를 맡겼다. 그녀에게는 사디즘의 성향이 있었다(그녀의 남편은 그것을 우려하기는커녕 〈심심할 때 하는 놀이〉로 여기면서 일소에 부쳤다). 그녀는 그런 성향을 충족시키기 위해 성 안에 고문실을 마련해 놓고 하인들의 도움을 받아 젊은 여자들에게 고통을 가한 뒤에 피를 뽑았다.

그녀는 처녀들을 깨물어 상처를 내고 거기에서 직접 피를 빨기도 했고(훗날 브램 스토커는 아마도 이 전설에서 영감을 얻어 『드라큘라』라는 소설을 썼을 것이다), 급기야는 그녀들의 피로 가득 채운 수조에서 목욕을 하기까지 했다.

성에서는 종종 새된 비명 소리가 새어 나왔다. 인근 수도원의 수도사들이 참다 못해 탄원을 할 정도였다. 황제는 그런 불평에 전혀 관심을 기울이지 않았다. 탄원은 이내 없었던 일로 되어 버렸다. 피해자들의 부모들조차 감히 증언에 나서려 하지 않았다.

바토리 에르제베트 백작 부인은 황제가 자기를 비호하고 있다는 사실에 기고만장하여 자기의 범죄 행각을 굳이 숨기려 하지도 않았다. 먼 곳으로 여행을 갈 때는 무료함을 달래기 위해 마차 안에 고문실을 설치하는 대담성을 보이기까지 했다.

그런데 그녀는 귀족 처녀들의 피가 시골 처녀들의 피보다 노화를 막는 데 더 효

과적이라고 생각했고, 결국 그 때문에 몰락의 길을 걷게 되었다. 피해자들의 부모들이 단결하기 시작했고, 그녀는 서서히 지지자들을 잃어 가다가 마침내 1610년 8월에 체포되었다. 성 안을 수색하러 들어간 수사관들은 몸에서 피가 반쯤 빠져나간 듯한 몰골로 작은 독방에 갇혀 있는 여자들과 땅속에 묻혀 있는 시신들을 찾아냈다. 그들은 바토리 에르제베트가 6백 명 넘는 피해자들의 이름과 그들에게 가했던 가혹 행위를 기록해 놓은 장부도 발견했다.

재판이 열렸다. 그녀를 도와서 범죄에 가담했던 자들은 그녀가 10여 년에 걸쳐서 행한 짓들을 낱낱이 고백했다(황제와 가까운 다른 귀족들 중에도 그 잔인한 피의 잔치에 동참한 자들이 더러 있었고, 그래서 그녀는 더더욱 자기가 벌을 받지 않으리라 생각했던 듯하다). 공범들은 모두 화형에 처해졌다. 하지만 그녀는 귀족 출신이라는 이유로 화형을 면하고 자기 성에 유폐되는 형벌을 받았다.

3년이 지나자 성문 밖에서 배식구를 통해 넣어 주는 음식을 가지러 오는 사람이 아무도 없었다. 그래서 사람들은 그녀가 죽었다고 생각했다.

제5장

신들의 신비

나는 꽃들을 묶어 꽃다발을 만드는 리본에 불과하다. 하지만 꽃을 창조한 것은 내가 아니다. 꽃의 형태도, 색깔도, 향기도 내가 만들어 내지 않았다. 내게 한 가지 공이 있다면, 그것은 꽃들을 고르고 한데 모아 새로운 방식으로 여러분에게 제시 했다는 것뿐이다.

— 에드몽 웰스

121

영혼 진화의 세 단계

모든 영혼의 진화는 세 단계로 이루어진다.

1. 공포.

2. 모색.

3. 사랑.

그리고 모든 이야기들이 말하고 있는 것은 결국 한 가지, 이 각성의 세 단계이다. 이 세 단계는 하나의 생, 또는 여러 개의 환생을 통해 진행될 수도 있지만, 하루, 한 시간, 혹은 1분 사이에 일어날 수도 있다.

122

숫자의 상징체계

숫자의 상징체계는 생명과 의식이 나아가는 도정을 잘 보여 준다.

숫자에 있는 곡선은 사랑을 나타내고, 교차점은 시련을 나타내며, 가로줄은 속박을 나타낸다. 숫자들의 생김새를 살펴보자.

1은 광물이다. 세로줄 하나로 되어 있으므로 아무런 속박도 없다. 곡선이 없으므로 사랑도 없다. 돌은 아무것과도 연관되어 있지 않으며 아무것도 사랑하지 않는다. 교차점이 없으므로 시련도 없다. 광물은 물질의 첫 단계로 그냥 존재할 뿐이다.

2는 식물이다. 여기서 생명이 시작한다. 밑바닥의 가로줄은 식물이 땅에 속박되어 있음을 나타낸다. 식물은 땅에 뿌리를 박고 있으므로 움직일 수 없다. 위의 곡선은 식물이 하늘과 태양과 빛을 향해 품고 있는 사랑을 뜻한다. 식물은 하늘을 사랑하면서 땅에 속박되어 있다.

3은 동물이다. 두 개의 곡선으로 이루어져 있다. 동물은 땅도 사랑하고 하늘도

사랑한다. 하지만 어느 것에도 매여 있지

않다. 동물에게는 순수한 감정만 있을 뿐이다. 동물은 오직 두려움과 욕구 속에서 살아간다. 두 개의 곡선은 두 개의 입이다. 하나가 물어뜯는 입이라면, 다른 하나는 입맞춤을 하는 입이다.

4는 인간이다. 인간은 3과 5의 교차로에 있는 존재이다. 더 높은 단계로 나아갈 수 있다.

5는 깨달은 인간이다. 이 숫자는 생김새가 2와 정반대이다. 위의 가로줄은 하늘에 매여 있음을 나타내고 아래의 곡선은 땅에 대한 사랑을 나타낸다. 그는 다른 인간과 거리를 두면서도 인간과 지구를 사랑한다.

6은 천사이다. 하늘을 향해 오르는 나선 모양 사랑의 곡선이다. 천사는 순수한 정신이다.

7은 신 후보생이다. 7은 교차점이 있는 숫자로서 또 하나의 교차로이다. 생김새는 4와 정반대이다. 신 후보생은 천사와 그 아래 단계 사이의 갈림길에 놓여 있다.

123

네로

네로는 서기 37년, 도미티우스 아헤노바르부스와 아그리피나 사이에서 태어났다.

남편을 독살하고 클라우디우스 황제의 네 번째 부인이 된 아그리피나는 황제를 설득하여 자기 아들을 양자로 삼게 한다. 그녀는 여기에서 멈추지 않고, 네로를 황제의 딸 옥타비아와 결혼시키는 데 성공한다. 이렇게 네로는 수완 좋은 어머니 덕분에 당대 최고 권력자의 양자 겸 사위가 된다.

이어 클라우디우스 황제는 아그리피나에 떠밀려 친아들 브리타니쿠스 대신 양아들 네로를 후계자로 삼는다. 그러고 나서 얼마 되지 않은 서기 54년, 황제는 암살당한다(아마도 그가 생각을 바꿀까 봐 초조해진 아그리피나가 독살했을 것이다). 로마 원로원은 아그리피나의 능란한 책략에 휘말려 클라우디우스의 마지막 선택을 인준하고, 네로를 새 황제로 선언한다.

젊은 황제 네로는 초기에는 어머니와 스승인 세네카의 영향 아래 비교적 〈이성적인〉 통치를 하여 선정을 베풀며 분별력 있게 제국을 관리해 나간다.

하지만 이런 상태는 오래가지 못한다. 네로는 성인이 된 브리타니쿠스가 제위를 탈취할 야심을 품을지도 모른다는 불안에 사로잡혀 그를 독살한다.

얼마 뒤에는 어머니를 궁 밖으로 추방한다. 자신이 요부 포파이아 사비나를 새 정부로 삼은 것에 대해 어머니가 끊임없이 잔소리를 해대자 지겨워진 것이다.

아그리피나는 배를 타고 가다가 아들이 쳐놓은 덫에 걸려 죽을 뻔하는 위기를 겪는다. 그녀가 누운 침대의 천개(天蓋) 위에 무거운 납덩이가 올려져 있었고, 네로의 지시를 받은 선장이 장치를 작동시키자 아래로 떨어져 내린 것이다. 곁에 있던 시종은 즉사하고, 다른 시녀 한 명은 방정을 떨다가 아그리피나로 오인되어 선원들에게 맞아 죽는다. 배의 혼란을 틈타 강변까지 헤엄쳐 가 간신히 목숨을 건진 아그리피나는 아들을 찾아간다.

그러나 네로는 호위병들을 보내 그녀를 살해하게 한다. 병사들은 그녀를 에워싸고 몽둥이찜질을 한 다음 칼로 찔러 죽인다. 점성술사들은 아그리피나에게 아이가 장차 황제가 될 것이지만 어머니를 죽일 거라고 예언했다고 한다. 하지만 아그리피나는 〈황제가 되기만 하면 날 죽여도 상관없어!〉라고 대답했단다.

네로는 내친김에 또 다른 범죄를 저지른다. 이번에는 자기 아내 옥타비아를 살해한 것이다. 이로써 그는 정부 포파이아와 결혼할 수 있게 된다.

세네카가 그에게 정신 좀 차리라고 간언하자, 그마저 내쳐 버린다.

이때부터 아그리피나의 아들은 고삐 풀린 미친 폭군이 된다. 스스로를 운동선수로 착각한 그는 전차 경주에 출전하며, 위대한 시인이라 생각하고는 시인 대회에 나간다. 그리고 매번 우승자로 선포된다.

또 밤이면 변장을 하고 질펀하고도 난잡한 축제나 파티에 참가하여 평민들과 뒤

섞이는데, 사람들은 그를 알면서도 모르는 척해 준다. 술판이 끝나 갈 때쯤이면 술자리에 같이 있던 사람 중 하나를 으슥한 곳으로 끌고 가 실컷 두들겨 패준 다음 하수구에 던져 버리는 게 취미이다.

세네카가 계속하여 자신을 비난한다는 말이 들려오자 그를 암살해 버린다.

어느 날 화가 치민 그는 자신의 아기를 임신 중인 포파이아 사비나에게 발길질을 해댄다. 그녀는 이때 입은 상처로 죽고 만다.

그는 이번에는 스타틸리아 메살리나와 결혼한다(이를 위해 우선 그녀의 남편

부터 처형한다). 서기 64년에는 로마 시의 3분의 2를 불사르라고 명하니, 비위생적 구역들의 재건축이라는 위대한 계획을 실현하기 위함이란다. 그는 화염에 휩싸인 수도의 장관을 기리기 위해 시와 노래를 짓기도 한다. 이 〈부동산 작전〉을 미리 통고받지 못한 사람들은 무수히 죽어 나간다. 주민들 사이에 불만과 분노가 고조된다. 이에 네로는 희생양을 찾아낸다. 이 화재를 일으킨 사람들로 기독교도를 지목한 것이다. 대규모 검거 작전이 벌어지고, 붙잡힌 기독교도들은 고문 끝에 있지도 않은 죄를 자백한다. 네로는 민중의 분노를 잠재우기 위해 대규모 공연을 벌이고, 그 가운데서 기독교도들에게 끔찍한 형벌을 집행한다. 하지만 제대로 관리되지 못한 제국은 내적 경련을 보이기 시작한다. 기근, 전염병, 반란 등……

결국 로마 원로원은 네로를 공적으로 선언하고 집정관 갈바를 새 황제로 추대한다. 자신에게 사형이 선고되었다는 사실을 알게 된 네로는 서기 68년 6월 9일, 노예의 도움을 받아 자살한다. 그는 죽는 순간까지 흐느끼면서 이렇게 되뇐다. 〈오, 애석하도다! 세상이 나같이 위대한 예술가를 잃게 되다니!〉

124

파란색

오랫동안 파란색은 폄하되어 왔다. 고대 그리스
인들은 파란색은 진정한 색이 아니라고 생각했다.
흰색, 검은색, 노란색, 붉은색만을 진정한 색으로 여
긴 것이다. 염료 기술의 문제도 있었다. 염색공들과 화
가들은 파란색을 제대로 염착시키지 못했다.

파라오 시대의 이집트만이 파란색을 피안
(彼岸)의 색으로 여겼다. 그들은 구리로부터
이 염료를 제조해 냈다. 고대 로마 시대에는 파
란색이 야만인들의 색이었다. 그것은 아마도 게
르만족 사람들이 유령처럼 으스스한 모습으로 보
이기 위해 얼굴에 청회색 가루를 바르고 다녔기 때
문일 것이다. 라틴어와 그리스어에서 〈파랑〉이라는
단어는 그 의미가 명확히 규정되어 있지 않았고, 회색 혹은 녹색과 혼동되는 경우
가 많다. 〈파랑〉이라는 단어 자체가 게르만어 〈블라우*blau*〉에서 온 것이다. 로마인
들은 파란 눈의 여자는 천하며, 파란 눈의 남자는 거칠고도 어리석다는 편견을 지
니고 있었다.

한편 성경에서 파란색이 언급되는 일은 드물지만, 푸른 보석인 사파이어는 가
장 귀한 보석으로 여겨진다.

파란색에 대한 멸시는 서양에서 중세까지 이어진다. 빨간색은 선명할수록 더 큰
부의 상징이 된다. 따라서 빨간색은 사제들, 특히 교황과 추기경의 옷을 물들였다.

하지만 이러한 경향은 역전된다. 남동석, 코발트, 인디고 덕분으로 화가들은 마
침내 파란색을 염착하는 데 성공한다. 파란색은 성모의 색이 된다. 성모는 파란색
외투나 파란색 드레스를 입은 모습으로 묘사된다. 이처럼 성모와 파란색이 연결

되는 것은 성모가 하늘에 살기 때문이기도 하고, 파란색이 거상(居喪)의 색인 검은색 계열로 간주되기 때문이기도 하다.

이전에는 하늘이 검은색이나 흰색이었으나, 이 시대에 와서 비로소 파란색으로 칠해진다. 녹색이었던 바다 역시 목판화 등에서 파란색으로 바뀌는 것을 볼 수 있다. 이렇게 유행은 바뀌어 파란색은 귀족들이 선호하는 색이 되며, 염색공들은 이 유행을 따른다. 그들은 서로 경쟁을 벌이며 점점 더 다양한 종류의 파란색을 만들어 낸다.

토스카나, 피카르디, 툴루즈 등지에서는 파란색 제조의 원료가 되는 식물인 〈대청(大青)〉이 재배된다. 파란색 염료 산업 덕분으로 이 지역들 전체가 융성하게 된다. 아미앵 대성당은 대청 상인들의 기부금으로 지어진 것이다. 반면 스트라스부르에서 붉은색의 재료인 꼭두서니를 취급하는 상인들은 성당 건축 자금을 대는 데 애를 먹는다. 이런 까닭으로 알자스* 지방 성당들의 스테인드글라스는 악마를 예외 없이 파란색으로 묘사하게 된다. 이렇게 하여 파란색을 좋아하는 지방들과 붉은색을 좋아하는 지방들 사이에 일종의 문화적 전쟁이 시작된다.

종교 개혁 시대에 칼뱅은 검은색, 갈색, 파란색은 〈정직한〉 색이고, 붉은색, 주황색, 노란색은 〈정직하지 않은〉 색이라고 주장한다.

1720년 베를린의 한 약사는 감청색을 발명하며, 이로 인해 염색공들은 파란색의 색조를 더욱 다양화할 수 있게 된다. 항해술의 발전 덕분으로 대청보다 훨씬 강력한 염착력을 지닌, 앤틸리스 제도와 중앙아메리카의 인디고를 이용할 수 있게 된다.

색의 세계에 정치도 끼어든다. 프랑스에서 파란색은 흰색의 왕당파와 검은색의 가톨릭파에 맞서 일어난 공화파의 색이 된다. 또한 나중에 공화파의 파란색은 사회주의자들과 공산주의자들의 붉은색과 대립한다.

1850년대 파란색의 위상을 결정적으로 드높인 옷이 등장하니, 바로 샌프란시스코의 재단사 리바이 스트라우스가 발명한 청바지이다.

현재 프랑스에서 설문 조사를 하면 대부분의 사람들은 가장 좋아하는 색으로

• 알자스는 스트라스부르가 위치한 지방이다.

파란색을 꼽는다. 유럽에서 스페인은 붉은색을 선호하는 유일한 나라이다.

청색이 아직 발을 붙이지 못한 유일한 영역은 음식이다. 파란 통에 든 요구르트는 흰색이나 붉은색 통에 든 것보다 덜 팔린다. 파란색 음식은 거의 없다고 할 수 있다.

125

아폴론

제우스와 레토의 아들인 아폴론은 아르테미스의 쌍둥이 오빠이기도 하다. 누이동생은 자신의 상징으로 달을 골랐고, 그는 태양을 선택한다. 여신 테미스가 넥타르와 암브로시아를 먹여 길러서인지, 그는 태어난 지 며칠 만에 어른의 체격이 된다. 훤칠한 키에 치렁치렁한 금발의 미남인 그는 올림포스 신들로부터 사랑을 듬뿍 받는다. 또 보기 드문 장사인 데다가, 음악과 점술에까지 뛰어난 재능을 보인다.

대장간의 신 헤파이스토스는 그에게 마법의 화살을 선사한다. 그것으로 무장한 그는 누이와 힘을 합쳐 피톤이라는 용의 지배하에 있는 도시 델포이를 해방시킨다. 이때부터 그는 피톤 아폴론이라는 이름으로 불리게 되고, 음악 경연 대회와 체육 시합이 이어지는 피티아 제전, 그리고 델포이 신전에서 미래를 예언하는 여사제인 피티아의 이름도 모두 여기서 연유한다.

못 말리는 바람둥이인 아폴론에게는 정부가 끊이지 않는다. 애인 중에는 특히 님프가 많았는데, 여러 관계를 통해 아니오스, 아스클레피오스 등 유명한 인물들을 낳는다. 하지만 그의 매력 앞에서도 버티는 여자가 있었으니 바로 다프네다. 그녀는 그에게서 벗어나고자 월계수로 변신해 버리니, 슬퍼한 아폴론은 이를 자신의 나무로 삼는다.

아폴론의 연인 가운데는 히아킨토스, 키파리소스 같은 미소년들도 있었다. 이 두 연인의 죽음으로 마음이 갈가리 찢어진 아폴론은, 죽은 히아킨토스는 히아신스 꽃으로, 키파리소스는 사이프러스 나무로 변하게 한다.

음악의 신이며 뮤즈들의 대장인 그는 현악기 류트를 창안한다. 그의 또 다른 악기인 리라는 원래 이복형제인 헤르메스의 것으로, 헤르메스가 아폴론에게서 훔쳐간 암소 50마리를 포기한다는 조건으로 얻은 것이다. 한번은 마르시아스라는 사티로스와 음악 시합을 벌인다. 승자가 패자에게 원하는 벌을 내린다는 조건이었다. 양손으로 리라를 능란하게 연주하여 승리한 음악의 신은 불쌍한 마르시아스를 산 채로 가죽을 벗겼고, 또 무엄한 도전자의 악기가 피리였으므로 그것의 사용을 금한다.

많은 동물들이 그와 연결된다. 늑대, 백조, 까마귀, 콘도르(점관들은 이 맹금류 새들이 나는 모양을 보고 아폴론의 뜻을 알아내려 했다)뿐 아니라, 그리핀, 금조(琴鳥), 나중에는 돌고래까지…….

아폴론은 원래 아시아의 신이었을 것이다. 이는 그가 신는 신이 그리스식 샌들이 아니라, 당시 아시아 나라들의 전형적인 신이었던 구두인 것을 보면 알 수 있다. 또 그는 올림포스의 제신 중 로마인들이 그리스식 이름을 그대로 사용한 유일한 신이기도 하다. 로마인들은 제우스는 유피테르, 아프로디테는 비너스 등 그리스 신들을 자기네 식으로 개칭했던 것이다.

126

타지마할

타지마할의 파란만장한 이야기가 시작된 것은 1607년의 어느 날, 그러니까 무

굴 제국 황실이 황실 전용 시장을 일반에게 특별히 개방하는 연례행사 날이었다. 이날은 평소에는 금지된 일들이 예외적으로 허용되는 일종의 사육제라고 할 수 있었다. 예를 들어 하렘의 여인들은 시장에 모습을 드러내 큰 소리로 떠들거나 백성들 틈에 섞여서 향, 화장품, 보석, 의복 등을 살 수도 있었다. 또 상인들과는 물론 시장을 찾은 다른 손님들과도 얼마든지 대화를 나눌 수 있었다. 그렇게 사람들은 서로의 신분을 모르는 채로 대화를 나눴고, 젊은 귀공자들은 예쁜 아가씨를 유혹하기 위해 시(詩)를 겨루는 시합을 벌이곤 했다.

이해에 자한기르 황제의 아들인 쿠람 황자는 열여섯 살의 소년이었다. 용맹한 전사이자 각종 기예에 출중한 미소년이었다고 전해지는 이 황자는 친구들과 함께 시장을 구경 나왔다가 한 미소녀를 발견하게 된다. 마찬가지로 고귀한 혈통의 공주였던 아르주만드 바누 베굼이었다. 황자는 그 자리에서 불같은 사랑에 빠진다. 다음 날, 쿠람 황자는 아버지를 찾아가 아르주만드와 결혼하도록 허락해 달라고 간청한다.

황제는 기본적으로 결혼하는 것은 승낙하지만, 얼마간 더 기다리라고 이른다. 그리고 그 이듬해, 황제는 황자를 페르시아 공주와 결혼시킨다. 또 이슬람의 관습에 따라 황자는 페르시아 공주 외에도 다른 여러 여인을 취해야 했다. 그렇게 사랑하는 연인과 만나지도, 말 한마디 나누지도 못한 채로 꼬박 5년을 기다려야 했던 쿠람 황자는 1612년 5월 10일 마침내 황실 점성술사들의 허가를 받아 그토록 갈망하던 세 번째 결혼식을 올릴 수 있게 되었다. 며느리의 아름다움과 매력을 직접 눈으로 확인하게 된 황제는 며느리에게 〈뭄타즈 마할〉이라는 이름을 붙여 주었는데, 이는 〈궁전의 빛〉이라는 뜻이다. 그날 이후로 황자와 공주는 결코 떨어지지 않았다. 부부는 열네 명의 자녀를 두었고, 그중 일곱 명이 살아남았다. 1628년, 쿠람은 역모를 꾸며 아버지를 퇴위시키고 자신이 황좌에 오르며, 이때부터 〈샤 자한〉이라는 명칭을 쓰게 된다.

황제가 된 쿠람은 흥청망청 놀기만 좋아할 뿐 관리 능력은 형편없었던 선황이 수많은 정치적, 경제적 문제들을 남겨 놓았음을 알게 되고는 이를 해결하고자 노력한다. 또 그는 반역한 봉신(封臣)과 전쟁도 벌여야 했다. 이 토벌전에 남편을 따라나선 왕비는 여행 중에 열네 번째 아이인 공주를 출산하다가 그만 죽고 만다. 왕비는 임종하면서 남편에게 두 가지 소원을 말한다. 첫째는 다른 여인에게서 아이를 갖지 말아 달라는 것이고, 둘째는 그들의 사랑의 힘을 상징할 수 있게끔 자신을 기념하는 묘당을 지어 달라는 것이었다. 이듬해, 당시 무굴 제국의 수도였던 아그라에서 묘당 공사가 시작된다. 샤 자한은 이 건축 프로젝트를 위해 인도와 터키에서뿐 아니라, 멀리 유럽에서도 최고의 건축가들과 장인들을 불러온다. 그렇게 해서 지어진 타지마할은 흰 대리석으로 되어 있지만 새벽에는 분홍색, 정오에는 흰색이며, 저녁에는 황금빛으로 신비하게 물든다.

하지만 아내를 잃은 샤 자한 황제는 점점 더 교조주의적인 폭군으로 변한다. 1657년 샤 자한이 병으로 약해진 틈을 타서 그의 아들이며 그보다도 더욱 교조주의적인 아우랑제브가 그를 퇴위시킨 뒤 유폐해 버린다.

샤 자한이 아들에게 한 부탁은 단 하나였다. 사랑하는 아내를 위한 궁전의 공사가 진척되는 것을 볼 수 있게끔, 자신이 갇힌 감방의 벽에다 구멍을 내달라는 것이었다. 이 청은 받아들여진다. 그는 1666년에 옥사한다.

127

심리 역이용 게임

수학자 호프스태터는 그의 저서 『괴델, 에스허르, 바흐』에서 매우 흥미로운 게임 하나를 소개하고 있다. 두 사람이 노는 게임으로 그 어떤 카드도 말도 필요 없고, 오직 두 개의 손만 있으면 되는 게임이다.

신호와 함께 두 참가자는 각자 손을 내밀고, 1에서 5까지의 수 중 하나를 손가락으로 표시한다. 이때 더 높은 수를 낸 사람이 두 사람이 낸 수의 차이만큼을 점수로 얻는다. 예를 들어 한 사람이 5를 내고, 한 사람이 3을 냈다면, 5를 낸 사람이 5-3, 즉 2점을 획득한다. 그렇게 해서 얻은 점수를 0점부터 더해 나간다. 그렇다면 언제든 5만 내면 될 것 아닌가? ……하지만 이 첫 번째 규칙을 보충하는 두 번째 규칙이 있다.

두 사람 사이의 차이가 1점이 되는 경우, 작은 수를 낸 사람이 두 사람의 수를 합한 점수를 얻는다. 예를 들어 한 사람이 5를 내고 다른 한 사람이 4를 내면, 4를 낸 사람이 5+4, 즉 9점을 획득한다.

만일 두 사람이 같은 수를 내면 점수가 나지 않고, 다시 시작한다. 이런 식으로 계속하여 먼저 21점을 얻는 사람이 이긴다. 물론 돈을 걸고 하는 사람들도 있다. 이것은 별다른 장비도 필요 없고, 규칙을 금방 익힐 수 있는 매우 간단한 게임이다. 하지만 실제로 해보면 상당한 수준의 심리 분석과 교묘한 전략을 요구하는 게임임을 알 수 있다. 이기기 위해서는 끊임없이 상대의 생각, 특히 나의 생각에 대한 상대의 생각을 예측해야 하기 때문이다. 또, 하나의 전략이 성공하면 즉시 전략을 변경하여 상대의 허를 찌를 줄 알아야 한다.

128

붉은 여왕의 역설

붉은 여왕의 역설은 생물학자 리 밴 베일른이 제기한 것이다. 그는 루이스 캐럴의 『거울 나라의 앨리스』(『이상한 나라의 앨리스』의 속편)의 한 장면을 예로 든다. 이 소설에서 앨리스는 카드 게임의 붉은 여왕과 손을 잡고 미친 듯이 달린다. 이때 소녀는 이렇게 말한다. 「그런데 붉은 여왕님, 정말 이상하네요. 지금 우리는 아주 빨리 달리고 있는데, 주변의 경치는 조금도 변하지 않아요.」 여왕은 대답한다. 「제자리에 남아 있고 싶으면 죽어라 달려야 해.」 리 밴 베일른은 종들 간의 진화 경쟁을 설명하기 위해 이 은유를 사용한다. 전진하지 않는 것은 곧 후퇴하는 것이다. 제자리에 남아 있기 위해서는 주변의 다른 것들만큼 빨리 달려야 한다.

구체적으로 말해 보자. 어느 한 시점에서 자연 선택의 양상이 가장 빠른 포식자들에게 유리하게 전개된다면, 동시에 가장 빠른 피식자들도 빨리 도망갈 수 있으므로 이점을 갖게 된다. 결과적으로 포식자와 피식자 간의 힘의 관계는 변하지 않는다. 그러나 전체적으로 개체들의 속도는 점점 더 빨라지게 된다.

붉은 여왕의 역설 이론은 이렇게 말한다. 〈우리가 살고 있는 환경은 진화한다. 그리고 우리가 제자리에 남아 사라지지 않기 위해서는, 최소한 환경과 같은 속도로 진화해야 한다.〉

리 밴 베일른은 또 하나의 예를 든다. 바로 난초 꽃 속에 긴 대롱을 집어넣어 꿀을 빨아먹는 나비이다. 나비는 꿀을 빨면서 머리에 꽃가루를 묻히게 되며, 그것을 운반하여 다른 꽃들을 수정시킨다.

그러나 나비들의 크기가 커짐에 따라 대롱 역시 길어졌고, 녀석들은 꽃가루를 건드리지 않고도 꿀을 빨 수 있게 되었다. 이러한 변화의 결과로 가장 깊은 꿀샘을 가진 난초들만이 살아남게 되었다. 꿀샘이 깊어야만 나비들이 꽃가루를 묻히게 되기 때문이다.

이렇게 꽃은 변화에 적응하여 꿀샘으로 들어가는 통로를 늘였고, 그 결과 작은 나비들은 사라지고, 큰 나비들은 더욱 번성하게 되었다. 각 세대마다 꿀샘이 가장 깊은 난초 꽃들과, 대롱이 가장 긴 나비들이 선택되었다. 그 결과 꿀샘의 깊이가 25센티미터나 되는 난초까지 나타나게 되었다! 이 붉은 여왕의 역설은 바로 다윈의 이론에 이의를 제기하고 있다. 다윈의 자연 선택과 달리 종들은 함께 진화하며, 환경과 조화를 이루려고 변형된다고 주장하기 때문이다. 자연 선택을 결정하는 요인은 환경의 변화를 따라가는 능력인 것이다.

리 밴 베일른은 이 붉은 여왕의 역설을 통해 포식자-피식자 간의 무기 개발 경쟁, 나아가 인간의 칼과 방패의 발전 과정까지 설명한다. 칼이 날카로워질수록 방패도 두꺼워진다. 핵미사일의 파괴력이 높아질수록, 벙커는 더욱 깊어지고, 방어 미사일도 더욱 빨라진다.

129
북유럽의 우주 신화

북유럽의 신화에서 발할라는 〈영웅들의 낙원〉이다.

병들어 죽었거나 늙어 죽은 자는 들어갈 수 없는 곳이다.

오직 전사한 군인만이 들어갈 자격을 얻는다. 그들을 거기로 데려가는 것은 전쟁의 처녀들인 발키리들이다. 이 반여신들은 사내들을 도취시켜 살육의 광기에 빠지게 한 다음, 죽어 전장에 쓰러져 있는 전사자를 한데 모아 지붕이 창과 방패로 덮여 있는 발할라 궁에 데려간다. 여기서 일명 보탄이라고도 하는 싸움의 신 오딘은 그들을 맞아 주면서, 그들이 지상에서 싸웠던 것처럼 여기서도 계속 싸워야 한다고 설명한다.

그리하여 발할라의 전사들은 아침부터 저녁까지 싸운다. 죽으면 다시 살아나서 저녁 식사 종이 울릴 때까지 계속 싸운다.

그리고 저녁마다 향연이 벌어지고, 전사들은 마음껏 먹고 마시면서 그날의 싸움에 대해 논평을 나눈다. 그들은 원기를 회복하기 위해 암염소 헤이드룬의 젖을 마시고 산돼지 세프림니르의 고기를 먹으며, 그들에게 맥주를 아낌없이 제공하는 발키리들과 사랑을 나눈다.

이 향연 중에 오딘은 먹을 것을 입에 대지 않고 포도주만 마시면서 두 마리의 이리에게 먹이를 던져 주기만 한다. 그리고 전사들에게는 최후의 대전을 준비해야 함을 상기시키는데, 이것이 바로 그 유명한 〈신들의 황혼〉, 라그나뢰크이다.

그날이 되면 발할라 궁에 있는 540개의 문이 열리고 거기서 튀어나온 전사들은 불의 신 로키와, 그가 이끄는 군대, 즉 거대한 늑대 펜리르, 미드가르드의 뱀, 그리고 무수한 악마들로 이루어진 무리와 맞서야 한다. 이 라그나뢰크 전투에서 발할라의 전사들이 패할 경우, 승리한 로키는 마침내 파괴된 우주를 바라보면서 거대한 광소(狂笑)를 터뜨린다고 신화는 전한다.

130
피타고라스

학교 다닐 때 우리는 피타고라스의 정리를 배운 바 있다. 〈직각삼각형의 빗변을 한 변으로 하는 정사각형의 넓이는 다른 두 변을 각각 한 변으로 하는 정사각형의 넓이의 합과 같다.〉 하지만 이 정리를 처음 증명했다고 알려진 학자는 단순한 수학자를 훨씬 뛰어넘는 인물이었다.

피타고라스는 기원전 6세기 초 부유한 보석상의 아들로 사모스섬에서 태어났다. 그의 부모는 여행 중에 델포이의 아폴론 신전을 들렀는데, 이때 신전 여사제는 장차 이들 부부에게서 〈모든 시대의 모든 사람에게 유용한 아들〉이 태어나리라고 예언하면서, 그를 페니키아의 시돈에 있는 한 히브리 성전에 보내 축복을 받게 하라고 충고한다.

운동을 좋아했던 젊은 피타고라스는 올림픽 경기에 참가한다. 또한 그는 여러 나라를 돌아다니면서 다양한 — 때로는 서로 모순적이기까지 한 — 지식을 습득한다. 밀레토스에서는 수학자 탈레스 밑에서 공부하고, 또 이집트에 가서는 23년 동안 멤피스의 사제들에게서 기하학과 천문학 등을 배우는 한편 그들의 신비 사상에 입문한다. 하지만 이 무렵 이집트를 침공해온 페르시아인들이 그를 다른 학자들과 함께 바빌론으로 끌고 간다. 그곳에서 10여 년을 보낸 뒤에 간신히 탈출한 그는 남이탈리아에 위치한 그리스 식민지 크로토네에서 세속적인 학교를 세운다. 남녀 모두 입학이 허용되었던 이 학교에서 교육은 단계별로 이루어졌다.

첫 번째 단계, 이른바 〈준비〉 단계에서 초심자들은 2년에서 5년에 걸치는 기간 동안 가르침을 들으며 침묵을 지켜야 한다. 그렇게 함으로써 직관력을 기를 수 있다고 생각한 것이다.

또 그들은 델포이 신전에 새겨져 있는 〈너 자신을 알라, 그러면 하늘과 신들을 알게 될 것이다〉라는 유명한 금언의 의미를 배운다.

두 번째 단계인 〈진화〉 단계에서는 수에 대한 공부가 시작된다. 그다음에는 수의 조합으로 간주된 음악에 대한 공부가 이어진다.

피타고라스는 이렇게 말한다.

〈진화는 생명의 법칙이다.

수는 우주의 법칙이다.

통일은 신의 법칙이다.〉

세 번째 단계인 〈완성〉 단계에서는 우주 이론에 대한 가르침이 시작된다. 피타고라스는 당시로서는 혁명적인 우주관을 가지고 있었다. 즉 행성들은 태양에서 나왔고 태양 주위를 돌고 있으며(반면 고대의 대표적인 자연 철학자 아리스토텔레스는 지구를 우주의 중심에 위치시켰다), 별들은 그 각각이 하나의 태양계라고 생각한 것이다. 또 그의 생물학적 관점 역시 놀라운 것이었다. 〈동물은 인간의 친척이며, 인간은 신의 친척이다.〉 또 생명체들은 계속 변형되어 가는데, 그 변형은 대지에 의한 선택 및 박해로써 이루어지며, 또 그 선택과 박해를 결정하는 것은 이해 가능한 원칙들일뿐 아니라 보이지 않는 힘들이기도 하다고 주장했다.

네 번째 단계, 즉 〈에피파니아〉(문자 그대로 해석하면 〈위에서 내려다본 전체적 진리〉) 단계에 이른 피타고라스 밀의(密儀)의 수행자는 세 가지 측면에서 완성되어야 한다. 즉 지적으로는 진리를 발견해야 하고, 영혼의 현덕함과 육체의 순수함에 이르러야 한다. 이런 상태에 도달한 학생은 가급적 동일한 경지에 이른 상대와 생식 행위를 나눌 수 있으니, 이는 한 영혼에게 환생할 기회를 주기 위함이다.

피타고라스는 이렇게 주장하기도 했다.

〈잠, 꿈, 그리고 황홀경은 저승으로 통하는 세 개의 문이며, 이 문들 덕분으로 영혼의 과학과 점술이 가능해진다.〉

피타고라스 학교에서 공부를 마친 학생들에게는 공공 활동 참여가 권장되었다. 이 학교의 졸업생 중 가장 뛰어난 인물로는 고대 의학의 창시자이며 그의 이름을 딴 유명한 선서의 주인공인 히포크라테스가 있다.

이웃 도시 국가인 시바리스의 군대가 크로토네를 공격해 오자, 피타고라스학파에 속하는 한 영리한 장군이 상황을 역전시켜 오히려 시바리스를 점령하게 된다. 하지만 피타고라스 학교의 입학 시험에서 낙방하여 앙심을 품은 한 학생이 승전 후의 혼란한 상황을 틈타서 피타고라스의 추종자들이 노획품을 독점하고 있다는 거짓 소문을 퍼뜨린다. 이에 크로토네 시민들은 학교를 습격하여 불을 지르고, 피타고라스와 그를 보호하려 한 그의 제자 서른여덟 명을 살해한다. 이렇게 그가 죽고 난 후, 제자들은 박해를 받고 그의 책들은 불살라진다.

이 화재에서 기적적으로 살아남은 세 권의 저작 중 한 권을 읽을 기회가 있었던 소크라테스는 자신의 가르침이 피타고라스와 직접적으로 이어져 있음을 결코 숨기지 않았다.

131

니므롯 왕

성경에 따르면, 노아가 기적의 배 덕분으로 인류를 구해 낼 수 있었던 대홍수가 지나간 뒤에 아라라트산에 내려앉은 그의 자손들은 다시 땅 위에서 살기 시작했다고 한다. 그들의 수는 급속히 증가했으며 세계의 각 평원에 퍼져나갔다. 그들 중에 니므롯 왕이라는 카리스마 넘치는 지도자가 있었다. 명성 높은 사냥꾼이었던 그는 우선 사람들을 모아 부족들을 만들었고, 부족들은 다시 도시들을 이루었다. 그는 니네베와 바벨을 건설했으며, 대홍수 뒤에 군대와 경찰을 갖춘 최초의 국가를 조직했다.

히브리와 로마 역사가인 플라비우스 요세푸스가 저서 『유대 고대사』에서 주장하는 바에 의하면, 사냥꾼 왕 니므롯은 폭군이 되었고, 인간을 신에 대한 공포로부터 해방시킬 유일한 방법은 신보다도 훨씬 더 무서운 대상을 이 땅 위에 만들어 놓는 거라고 생각했다고 한다. 또 니므롯은 백성들에게 신이 다시 내릴지도 모를 대홍수로부터 그들을 보호해 주겠노라 약속하고는 기상천외한 계획을 추진하기 시작했다. 바로 바벨 땅(나중에 바빌론이 된다)에 아라라트산보다도 높은 탑을 세우겠다는 것이었다. 플라비우스 요세푸스는 이렇게 쓰고 있다. 〈백성들은 니므롯의 말에 혹했으니, 신을 두려워하고 그에게 복종해야 하는 것을 하나의 굴종이라고 여겼던 까닭이다. 그리하여 사람들은 탑을 쌓기 시작했고, 공사는 예상보다 훨씬 빠른 속도로 진척되었다.〉

탑이 상당히 높아지자 니므롯 왕은 꼭대기에 올라 이렇게 말했다. 〈자, 이제 우리가 꼭대기에서 신을 볼 수 있는지 한번 보자.〉 하지만 신이 보이지 않자, 이번에는 사냥용 활을 들어 이렇게 말했다. 〈우리가 신에게 닿을 수 있는지 한번 보자.〉 그는 구름을 향해 화살을 날렸지만 화살은 다시 땅에 떨어졌다. 니므롯 왕은 선언했다. 〈바벨탑은 충분히 높지 못하다. 계속 쌓아 올리도록 하라.〉 그 이후의 일은 창세기 11장에 묘사되어 있다. 왕의 방자함에 노여움을 느낀 신은 탑을 쌓는 공사를 하는 사람들이 더 이상 같은 언어로 말하지 못하도록 만들었고, 이로 인해 탑은 잘못 지어져 결국은 붕괴되었다. 또 니므롯 왕은 끔찍한 벌을 받게 되었다. 모기한 마리가 그의 콧속으로 들어가 몹시 고통스러운 두통을 일으켰던 것이다. 왕은 자신을 괴롭히는 모기를 다시 나오게 해볼 양으로 만나는 사람마다 자기의 머리통을 때려 달라고 부탁했다고 한다. 이렇게 화살로 신을 맞히려 했던 사람이 모기라는 모든 피조물 중에서 가장 작고도 약한 미물의 침에 의해 죽게 된 것이다.

132
아폽토시스

아폽토시스는 세포가 예정된 프로그램에 의해 스스로를 파괴하는 현상을 말한다. 예를 들어 인간 태아의 손이 형성될 때 이 아폽토시스가 일어난다.

태아의 손은 형성 초기에는 물고기의 지느러미나 물개의 앞발과 같은 형태를 지닌다. 그러다가 손가락 사이에 있는 세포들이 죽어 인간 손의 형태가 드러나게 된다. 인간 손이 존재하기 위해서는 이 세포들의 〈자살〉이 반드시 필요한 것이다. 이렇게 해서 우리는 〈물고기〉의 단계를 넘어설 수 있게 된다.

태아의 엉덩이에 달려 있는 조그만 꼬리도 동일한 과정을 거쳐 사라지게 된다. 태아의 꼬리는 스스로를 파괴하여 꼬리가 없는 인간의 척추를 형성하게 되고, 이로써 우리의 〈원초적 동물〉 단계는 끝나게 된다.

식물 세계에서 아폽토시스는 나무가 새롭게 재생할 수 있도록 가을에 낙엽이 떨어지는 현상에서 관찰된다. 매년 나무는 자신의 진화에 필요하지만 이 진화가 계속되기 위해서는 일정 기간 후에 사라져 주어야 할 세포들을 생산하는 것이다.

인체의 모든 세포는 끊임없이 뇌에게 물어보고 있다. 자신의 임무가 무엇이며,

자신의 존재가 아직도 유용한지를. 뇌는 각 세포에게 어떻게 성장하고 진화할 것인지를 지시해 주는 한편, 어떤 세포들에게는 죽을 것을 명한다.

아폽토시스 현상의 이해는 다양한 연구 분야, 특히 암 연구에 새로운 길을 열어 주고 있다. 사실 암은 어떤 세포들이 몸이 보내는 아폽토시스의 메시지에 따르지 않음으로써 발생한다. 암세포들이 뇌가 스스로를 파괴하라고 신호를 보내는데도 계속 성장하기 때문이다. 이처럼 암세포들이 자살을 거부하고 〈이기적으로〉 불멸성을 추구함으로써 결국 몸 전체를 죽게 한다는 것이 일부 과학자들의 견해이다.

133
화면과
정신의 각성

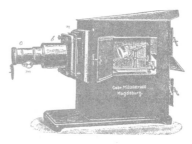

다큐멘터리 전문 영화 제작자 피터 엔텔은
「튜브」라는 작품에서 이미지가 우리에게 작용하는 방식에 대해 보여 준다. 이를 위해 영화 관람자와 텔레비전 시청자 간의 차이를 보여 주는 실험이 행해졌다.

두 그룹의 관객들에게 똑같은 천 위에 영사된 영화를 보여 준다. 한 가지 차이점이 있다면 한 그룹에는 영사기를 등 뒤에 놓고, 다른 그룹에는 영사기를 관객 앞에 놓음으로써 마치 텔레비전을 보듯이 영사기에서 나오는 빛을 관객의 눈이 정면으로 받아야 한다는 점이다. 영화가 끝난 뒤 각 그룹에게 질문을 하는데, 첫째 그룹 관객들은 작품에 대한 분석 능력과 비판 정신을 간직하고 있는 반면, 둘째 그룹 관객들은 스스로 수동적이라고 느끼고 있었고, 작품에 대해 별다른 의견이 없었다.

또 빛을 정면으로 받은 사람들이 영화 상영 시에 보여 준 두뇌 활동은 빛이 등 뒤에서 나간 사람들보다 훨씬 약한 것으로 드러났다. 이러한 이유로 피터 엔텔은 텔레비전과 관련하여 〈정신 기능의 쇠퇴〉라는 표현을 사용한다. 빛을 정면으로 받으면 거리감을 상실하게 된다. 반대로 영화에서 보는 것은 빛의 반영이기 때문에 정신은 활동을 계속하게 되는 것이다.

134
자긍심

자긍심에 관한 실험이 행해진 적이 있다. 먼저 사회학자들은 한 그룹의 젊은 남성들에게 아주 쉬운 교양 문제 테스트를 치르게 했다. 테스트를 쉽게 통과할 수 있었던 이 남성들은 이어서 젊은 여성들이 있는 방으로 자리를 옮긴다. 그러면 테스트 통과자들, 즉 참가자 전원은 가장 예쁜 여자들에게 접근하는 모습을 보여 주었다.

다음에는 다른 그룹의 남성들에게 이번에는 어려운 문제들로 이루어진 테스트를 치르게 했다. 물론 이들은 모두 합격하지 못했다. 이들을 젊은 여성들과 만나게 하면 한쪽 구석에 처박혀 있든지 가장 매력이 덜한 여성들에게 접근하는 모습을 보여 주었다.

젊은 여성들도 마찬가지의 반응을 보였다. 시험을 쉽게 통과한 여성들은 서슴없이 가장 매력적인 남성들에게 다가갔고, 자신들에게 어울리지 않는다고 판단되는 남성들에 대해서는 무시하는 태도를 보여 주었다.

이처럼 우리는 간단한 테스트 하나로 한 사람의 자긍심을 조건 지을 수 있다. 하지만 한 개인이 인간 사회의 다른 구성원들로부터 받는 점수는 좋을 때도 있고 나쁠 때도 있기 마련이어서 사람의 자긍심은 칭찬 혹은 비난에 따라 높아지기도 하고 낮아지기도 한다. 따라서 우리가 진정으로 자유로워지기 위해서는 스스로에게 시험을 부과하고 그에 따른 보상을 부여함으로써 외부에서부터 오는 〈당근과 채찍〉의 자극으로부터 벗어나야 한다. 그렇다면 이런 식으로 스스로의 자긍심을 향상시킬 수 있는 방법에는 어떤 것이 있을까? 그중 하나는 〈위험을 무릅써 보는 것〉, 다시 말해서 스스로 어려운 일을 시도해 봄으로써 자신의 한계를 알아보는 일이다. 이 경우, 실패한다고 하여 자신을 평가 절하해서는 안 된다. 승리를 결정짓는 데는 자신의 재능 외에도 다른 많은 요인들이 있기 때문이다. 우리가 칭찬해야 할 것은 승리가 아니라, 위험을 무릅써 보았다는 사실 자체이다.

135

마야 천문학

마야인들은 세계가 지하, 땅, 하늘이라는 세 개의 층으로 나뉘어 있다고 믿었다.

땅은 편평한 사각형이었다. 그리고 이 사각형의 네 각은 저마다 하나의 색으로 상징되었다. 즉 북은 흰색, 서는 검은색, 남은 노란색, 동은 붉은색이었고, 중앙은 녹색이었다. 이 네모진 판은 연꽃으로 뒤덮인 수반(水盤) 안에서 쉬고 있는 거대한 악어의 등 위에 놓여 있었다.

하늘은 사방위에 해당하는 백색, 흑색, 황색, 적색의 네 나무로 지탱되고 있었다. 그리고 하늘의 중앙은 녹색 나무가 떠받치고 있었다.

마야인들이 보기에 하늘은 열세 개의 층으로 이루어져 있고, 각각의 층에는 그곳을 다스리는 신이 하나씩 있었다.

한편 지하 세계는 아홉 층으로 이루어져 있고, 이곳 역시 층마다 특정한 신이 다스리고 있었다.

그리고 이 하늘과 지하의 신들은 해골, 박쥐 머리의 남자, 날개 돋친 뱀 등 제각기 특별한 모습으로 그려졌다.

마야인들은 죽은 이의 영혼이 태양의 길을 따라간다고 생각했다. 다시 말해서 밤이 되면 해가 지듯이 영혼도 지하 세계로 내려갔다가, 다시 부활하여 하늘 높이 올라가 하늘나라의 신들에게로 간다고 믿었다.

마야인들은 뛰어난 수학자들이었다. 그들은 0을 발견했으며, 20진법을 매우 효율적으로 사용했다. 그들은 특히 천문학에서 높은 수준에 올라 있었다. 그들은 많은 천문대를 세워 대부분의 행성을 관측했고, 달의 주기와 태양의 주기를 정확히 계산하여 1년을 365일(이 365일의 주기를 그들은 〈하압〉이라고 불렀다)로 계산하는 역법을 서구인들보다 훨씬 일찍부터 사용하고 있었다. 마야의 사제들은 이 역법을 사용하여 과거와 미래를 읽을 수 있다고 주장했다. 또 마야인들은 세계가 주기적으로 탄생과 죽음을 반복한다고 믿었다. 그들의 성전이라 할 수 있는 『포폴 부』에 따르면, 세계는 모두 네 번 태어나고 죽는다. 첫 번째 시대는 진흙 인간들의 시대였다. 이들은 너무도 흐물흐물하고 어리석어서 신들은 그들을 없애 버렸다. 그리고 나무 인간들의 시대인 두 번째 시대가 왔는데, 역시 감정과 지성이 없던 그들을 신들은 홍수를 내려 멸종시켰다. 그다음에는 후나푸와 이시발랑케라는 두 영웅이 출현했다. 이들은 땅의 괴물들과 맞서 싸웠고, 하늘의 벼락을 두려워하고 신을 경배할 줄 아는 옥수수 인간을 탄생시켰다. 그리고 그다음 주기가 끝날 때에는 이 세계가 완전히 파괴될 거라는 게 마야 사제들의 예언이다. 서양식 역법으로 따져서 2012년이 바로 그 종말의 시간이다.

136
여교황 요한나

요한나는 독일 마인츠 근처의 잉겔하임에서 822년에 태어났다. 그녀는 색슨족에게 기독교를 전파하기 위해 영국에서 건너온 참사회원 게르베르트의 딸이었다. 여자의 신분임에도 총명하고 학구열에 불탔던 그녀는 공부를 하기 위해 요한네스 앙글리쿠스(〈영국인 존〉이라는 뜻)라는 이름의 남자로 변장하고 한 수도원에 필사승으로 들어간다.

이후 그녀는 유럽 각지의 수도원을 유랑하면서 다양한 경험을 쌓는다. 콘스탄티노플에서는 비잔틴 제국의 테오도라 황후를 만났고, 아테네에서는 당대의 명의 이삭 이스라엘리에게서 의학을 배웠으며, 독일에서는 〈대머리 왕〉 카를 2세를 만나 대화를 나누었다고 한다. 그러다가 848년에 성서 교수 자격으로 로마 교황청에 들어가게 된 그녀는 계속 진짜 성을 숨기면서, 깊은 교양과 능란한 외교적 수완 덕분으로 권력의 계단을 차근차근 오르게 된다. 결국 교황 레오 4세를 만나게 되었

고, 그에게 필요 불가결한 존재가 되어 교황의 국제 관계 보좌관이 된다. 레오 4세가 855년에 선종하고, 세월이 흘러 마침내 그녀가 교황으로 선출되니 바로 요한 8세이다. 그런데 별 탈 없이 교황직을 수행하던 요한 8세는 덜컥 임신을 하게 된다. 여교황은 날마다 부풀어 오르는 배를 풍성한 법의로 감출 수 있었다. 하지만 성모 승천일, 산클레멘테 성당에서 일이 터지고 만다. 노새를 타고 가면서 신도들에게 인사를 건네던 요한 8세는 갑자기 고통으로 몸을 뒤틀며 탈것에서 떨어진다. 구조하려 달려든 사람들은 교황의 법의 자락 아래에서 신생아를 발견했다. 그것은 엄청난 충격이었다. 장 드 메이에 의하면, 군중의 경악은 곧바로 집단 히스테리로 변했고, 여교황 요한나는 아기와 함께 돌에 맞아 죽었다.

이 사건 이후, 추기경들은 앞으로는 교황의 남성성을 확인하는 의식을 갖기로 결정했다. 이제 새로 선출된 교황은 고환이 빠져나오게끔 구멍을 뚫어 놓은 의자에 앉아야 했다. 그러면 한 남자가 확인해 보고는 〈그분은 두 개를 가지고 있으며

그것들은 제대로 늘어져 있노라*Habet duos testiculos et bene pendentes*〉라고 외치게 된다.

마르세유 타로의 2번 아르카나 그림은 이 여교황 요한나를 모델로 한 것이다. 법의를 걸치고 교황 삼중관을 쓴 그림 속의 인물의 무릎에는 책이 펼쳐져 있는데, 이는 〈책을 통한 깨달음〉이라는 통과 제의의 첫 번째 단계의 상징이다. 그런데 이 그림에는 사람들이 흔히 못 보고 지나치는 세부가 하나 있다. 카드의 오른쪽에 조그만 알 하나가 놓여 있는 것이다.

137
타히티의 창세기

타히티인들은 태초에 〈유일자〉 타로아가 있었다고 생각했다.

타로아는 알 속에서 고독하게 살고 있었고, 이 알은 텅 빈 공간을 빙빙 돌고 있었다. 그런데 타로아는 너무 심심했다. 그리하여 그는 부화하여 알을 깨고 밖으로 나왔다.

하지만 바깥에는 아무것도 없었다. 그는 자신이 들어 있던 알껍데기를 반으로 쪼개어 그 윗부분으로는 궁륭을 만들었으니 곧 하늘이었고, 아랫부분으로는 모래를 담아 놓는 받침대를 만들었다.

그리고 자신의 척추로는 산맥을 만들었다.

자신의 눈물로는 대양과 호수와 강을 만들었다.

자신의 손톱으로는 물고기의 비늘과 거북이의 등딱지를 만들었다.

자신의 깃털로는 나무와 관목을 만들었다.

자신의 피로는 무지개에 색깔을 입혔다.

이어 장인들을 불러 최초의 신 타네를 조각해 만들게 했다. 타네는 하늘을 별들로 채워 더욱 아름답게 만들었다. 또 태양을 두어 낮을 비췄고, 달을 올려 밤을 밝혔다. 타로아는 타네 외의 다른 신들도 창조했다. 이렇게 해서 루, 히나, 마우이, 그 밖의 많은 신들이 생겨났다. 마침내 타로아는 인간을 창조함으로써 자신의 작품을 완성했다.

타로아가 설계한 우주는 층층이 포개어진 일곱 개의 판으로 이루어져 있었다. 맨 아래층에는 인간이 살고 있었다. 이 아래층이 인간과 각종 동식물들로 가득 차게 되자 타로아는 몹시 기뻤지만, 인간들이 너무 답답함을 느낄 경우 위층에 올라갈 수 있게끔 판에 구멍을 하나 뚫어 놓는 게 좋겠다고 생각했다. 이렇게 해서 각 판마다 구멍이 뚫리게 되었고, 이 구멍 덕택에 가장 용감한 자들은 더 높은 깨달음으로 계속 상승할 수 있게 되었다.

138
니콜라 테슬라

사람들은 니콜라 테슬라가 얼마나 뛰어난 천재였는지 잘 모르고 있지만, 현대의 위대한 발명품들의 대부분은 그가 아니었다면 나올 수 없었을 것이다. 현재 크로아티아에 해당하는 지역에서 태어나 미국으로 이민 간 이 천재 과학자는 전기에 관련된 기술들을 무수히 발명해 냈다. 특히 교류 시스템(그때까지는 여러모로 불편한 직류 시스템만 사용되고 있었다), 방사선에 대한 이론, 무선 제어 장치(리모컨), 교류 발전기, 유도 전동기, 고주파 램프(네온보다 훨씬 경제적이다), 그리고 음극선관 텔레비전에 사용되는 테슬라 코일 등이 그의 대표적인 업적이다. 또 1893년에는 마르코니보다도 훨씬 일찍 헤르츠파를 이용한 무선 전신 장치를 시연해 보였으며, 1900년에는 파동 반향의 원리를 발견함으로써 훗날 레이더가 개발될 수 있는 문을 열어 주었다. 그는 모두 9백여 개에 달하는 특허를 출원했는데 그 대부분은 에디슨이 가로챘다고 한다.

이상주의자였던 테슬라는 자신이 개발한 기술들을 무상으로 대중에게 제공하기를 원했지만, 이는 오히려 당시 실업가들의 미움을 사는 이유가 되었다. 예를 들어 그는 에펠 탑에서 강력한 전기장을 발출함으로써 온 파리 시민이 전기를 무료로 사용하게 되기를 꿈꾸었다. 1898년, 그는 규칙적인 진동을 일으킴으로써 건물 전체를 흔들리게 할 수 있는 지진 발생기를 만들었다. 또 무선 원격 조종되는 어뢰 발사선들도 만들었는데 그중 한 척은 잠수함으로 발전 가능한 것이었다.

말년에 이르러 극도로 가난해진 그는 미국 공군을 위해 〈죽음의 광선〉을 개발한다. 또 우리가 공짜로 무한히 이용할 수 있는 에너지원인 〈우주 에너지〉도 개발하려 시도하지만, 이는 당시의 다른 과학자들이 그를 의심의 눈초리로 보게 하는 계기가 된다. 1943년 1월 7일, 그가 사망하자 FBI는 그의 모든 연구 노트와 제작 모형들을 압수해 간다.

불행한 삶을 산 그의 명성은 많이 잊혔지만, 그의 이름은 자기력선속 밀도의 단위 〈테슬라〉로 우리에게 남아 있다.

139
아서 코넌 도일

코넌 도일은 1859년, 스코틀랜드의 에든버러에서 태어났다. 그는 이미 어렸을 때부터 학교 신문을 만들어 거기에 단편소설을 발표하곤 했다고 한다. 의과 대학을 마친 도일은 부친의 알코올 중독으로 형편이 어려워진 집안의 가장 노릇을 해야 했다. 포츠머스에서 안과의로 개업한 그는 스물여섯 살 때 한 환자의 누이와 결혼하여 두 아이를 둔다. 이렇게 의사 일을 하면서도 글쓰기에 대한 정열을 잃고 있지 않았던 그는 1886년에 셜록 홈스가 주인공으로 등장하는 최초의 소설 「주홍색 연구」를 쓴다. 도일은 에든버러 의대 시절의 은사에게서 셜록 홈스의 모델을 발견했다고 한다. 바로 환자의 말도 듣기 전에 귀신같은 추론을 통해 질병을 알아맞히기로 유명한 조지프 벨 박사였다.

『스트랜드 매거진』은 그의 단편 여섯 편을 실었고, 독자의 반응이 좋자 다른 작품들을 써줄 것을 요청한다. 도일은 장난삼아 당시로서는 거액인 50파운드를 고료로 요구했는데, 의외로 이 요구가 받아들여진다. 이렇게 해서 스스로의 덫에 갇히게 된 도일은 의사 일을 그만두고 작품 집필에 전념하게 된다. 이후 셜록 홈스의 모험담이 줄줄이 발표된다. 이 명탐정의 세계에는 작가 자신도 모습을 비치는데, 바로 작품의 화자이며 탐정의 파트너이고, 작가와 여러모로 비슷한 왓슨 박사이다. 하지만 추리 소설을 밥벌이 정도로만 여겼던 도일은 셜록 홈스가 자신의 삶 가운데 점점 더 큰 자리를 차지해 감에 따라, 자신을 보다 진지한 문학적 노력으로부터 멀어지게 하고 있다고 생각하고는 그에 대한 혐오감마저 느끼기에 이른다. 아내의 결핵을 치료하러 스위스에 체류해야 했던 1892년, 드디어 그는 「마지막 사건」에서 자신이 창조한 인물을 죽여 버리기로 결심한다. 스위스 라이헨바흐의 한 폭포에서 불구대천의 원수 모리아티 교수와 싸우던 홈스는 악한 적과 함께 추락사하는 것이다. 독자들은 즉각적으로 반응했다. 독자들은 편지를 보내어 제발 셜록 홈스를 부활시켜 달라고 애원했다. 심지어는 도일의 어머니까지 명탐정을 구해 달라고 간청할 정도였다. 런던 거리에서는 죽은 영웅을 애도하기 위해 검은 완장을 차고 다니는 사람들을 심심찮게 볼 수 있었다. 애원이 통하지 않자 모욕과 위협이 뒤를 이었지만 코넌 도일의 뜻에는 변함이 없었다.

그는 「워털루」라는 희곡 한 편과 역사 소설들을 썼다. 또 에든버러에서 국회 의원 선거에도 출마했으나 낙선했다. 그는 여러 곳을 여행했다. 수단에서 의료 활동을 한 적이 있고, 보어 전쟁 때에는 남아프리카에서 병원장으로 근무했다. 1902년, 그는 만인의 예상을 깨고 『바스커빌가의 개』에서 셜록 홈스의 모험담을 다시 시작한다. 하지만 이 작품의 배경은 셜록 홈스가 라이헨바흐의 절벽에서 떨어지기 이전으로 설정되어 있다. 그리고 3년 뒤 『셜록 홈스의 귀환』에서 명탐정의 부활이 공식화되니, 작가에게 새로운 집을 지을 건축 비용이 필요했던 것이다. 기다렸다는

듯 작품은 대성공을 거뒀고, 도일은 더욱 화가 났다. 심지어 수신인이 셜록 홈스로 된 편지까지 받아야 했으니 그의 심정이 오죽했겠는가? 작가는 작중 인물을 점점 더 어둡게 그림으로써 복수한다. 셜록 홈스는 모르핀과 코카인 등 각종 마약 중독자가 되고, 성마른 성격의 고독한 여성 혐오주의자로 변해 간다.

1912년 코넌 도일은 『잃어버린 세계』에서 셜록 홈스의 경쟁자가 될 수 있는 챌린저 교수를 창조하지만, 홈스만큼의 인기는 얻지 못한다.

제1차 세계 대전의 참혹성을 목격하고 세상에 염증을 느낀 코넌 도일은 생의 황혼에 이르러 심령술에 경도된다(빅토르 위고처럼). 1927년 셜록 홈스의 마지막 모험담인 『쇼스콤 관(館)의 모험』이 발표된다. 그 이후로 레인코트 차림에 파이프 담배를 뻐끔거리는 이 명탐정의 모험담들은 끊임없이 재출간되고 영화화된다. 또 세계 도처에서 홈스의 팬클럽이 우후죽순으로 생겨난다. 영국의 한 셜록 홈스 연구가(〈셜로키언〉) 그룹은 셜록 홈스가 실제로 존재했다는 증거를 가지고 있다고 주장하기도 한다. 실제의 셜록 홈스, 그건 다름 아닌 작가 코넌 도일 자신이라는 것이다.

140

미장아빔

〈미장아빔*mise en abyme*〉이란 한 작품 안에 또 하나의 작품을 집어넣는 예술적 기법을 말한다. 예를 들어 이야기 안에 이야기를, 이미지 안에 이미지를, 영화 안에 영화를, 음악 작품 안에 음악 작품을 집어넣는 것이다.

문학의 경우, 우리는 이러한 방식의 서사 기법을 얀 포토츠키의 『사라고사에서 발견된 원고』에서 발견할 수 있다. 18세기에 쓰인 이 소설은 한 이야기 속에 이와 유사한 다른 이야기가 들어가 있고, 또 이렇게 삽입된 이야기 속에 또 다른 이야기가 삽입되는 식의 중층적인 구조로 이루어져 있다.

회화의 경우를 보자. 1434년 얀 반 에이크는 「아르놀피니 부부의 결혼」의 중앙에 거울 하나를 위치시킴으로써 〈이미지 속의 이미지〉를 보여 준다. 다시 말해서 거울 속에 아르놀피니 부부의 뒷모습과 함께 그들을 그리고 있는 화가 자신의 모습이 보이는 것이다. 얀 반 에이크의 이런 절묘한 회화적 아이디어는 후대의 다른 많은 작품들에서 다시 사용되었는데, 그 대표적인 경우가 디에고 벨라스케스의 「시녀들」로, 이 작품 안에도 그림을 그리고 있는 화가 자신의 모습이 포함되어 있다. 더 후대에 와서는 살바도르 달리가 작품에서 이러한 현기증 나는 시각적 효과를 자주 보여 주었다.

광고 분야에서도 미장아빔 구조를 찾아볼 수 있다. 프랑스의 유명한 치즈 〈웃는 암소〉의 용기 뚜껑에 그려진 그림이 그 예이다. 뚜껑 속 웃는 암소는 귀에 귀걸이를 하고 있는데, 그 귀걸이 안에 다시 똑같은 귀걸이를 한 암소 그림이 들어 있는 식으로 같은 이미지가 무한히 반복되는 것이다.

영화에서도 이런 기법은 빈번하게 사용된다. 예를 들어 「망각의 삶Living in

Oblivion」(1995, 톰 디칠로 감독), 「상자 속의 악마Le Diable dans la boîte」(1977, 피에르 라리 감독), 「플레이어The Player」(1992, 로버트 앨트먼 감독) 등은 영화를 촬영하는 영화 제작 팀의 이야기를 그리고 있다.

또 과학의 영역에서, 수학자 베노이트 만델브로트는 전체의 기하학적 형태와 유사한 작은 기하학적 형태가 존재한다는 사실에서 착안하여 1974년에 프랙털 이론을 제시하기도 한다.

어떤 영역에서 사용되든 간에 미장아빔은 최초의 시스템 안에 끼워지거나 감추어진 하위 시스템들을 만들어 냄으로써 우리로 하여금 현기증을 느끼게 한다.

141

중국 용

중국 용(龍) 테크닉이란 좌중으로 하여금 불확실한 가설을 받아들이게 하기 위한 하나의 전략이다. 때로는 과학에서 의심스러운 생각을 보강하려는 목적으로 사용되기도 한다.

예를 들어 〈중국 용〉을 만들고자 하는 과학자가 한 사람 있다고 하자. 그는 자신의 이론과 정반대의 이론을 주장하는 가상의 반대 이론가를 꾸며 낸다. 그리고 이 적수의 이론이 타당하지 않음을 증명해 보인 다음, 역으로 자신의 이론은 반드시 옳고 참될 수밖에 없다고 주장하는 것이다.

142

카히나 여왕

카히나 여왕은 아마지그 부족의 지방(현 알제리의 오레스 지방)을 지배하던 여왕이었다. 역사가들에 따르면 항상 붉은 옷차림을 하고 다니는 절세 미녀였다는 이 여왕은 강력한 카리스마와 외교력 덕분으로 점차 그 위명과 영향력을 높여 갔다. 마침내 베르베르 부족 연합의 수장으로 선출된 그녀는 반목 관계에 있는 부족들을 화해시키는 한편, 비잔틴 문화의 카르타고인들과 동맹을 맺어, 서기 695년에서 704년에 이르는 기간 동안 이슬람교를 앞세운 아랍 침략군에 맞서 싸웠다. 그녀의 주적은 다마스쿠스의 칼리프인 말리크가 파견한 아프리카 총독 하산 이븐 누만이었다. 각각 애니미즘과 기독교를 신봉하는 베르베르족과 카르타고인의 연합군은 카르타고를 점령하려 드는 이슬람교도들을 무찔렀다. 능란한 전략가였던 카히나 여왕은 미스키아나에서 적의 10분의 1밖에 안 되는 병력으로 하산 이븐 누만의 군대를 격파하여, 트리폴리타니아 지역으로까지 몰아 냈다.

굴욕을 당한 이븐 누만은 칼리프에게 도움을 요청했다. 이에 칼리프는 4만 명의 정예군을 보내 주면서 이렇게 경고했다. 〈카히나의 목을 가져와라. 그러지 못할 경우 네 목을 내놓아야 한다.〉 이 증원군을 이끌고 다시 공세에 나선 이븐 누만은 이번에는 카르타고를 쉽게 함락할 수 있었다. 이때부터 카히나 여왕은 베르베르족 전사들을 이끌고 홀로 이븐 누만에게 저항하지 않으면 안 되었다.

그녀는 침략군의 공격 의지를 꺾기 위해 초토화 작전을 펼쳤다. 702년에는 적의 20분의 1밖에 안 되는 병력을 이끌고 타바르카에서 결전을 벌인 끝에 승리를 눈앞에 두게 된다. 하지만 마지막 순간에 칼리드라는 청년에게 배신을 당하고 만다. 칼리드는 적의 전사였는데, 약자를 보호하는 〈아나이아〉라는 베르베르족 관습에 따라 용서해 주고 양자로까지 삼아 준 자였다. 결국 여왕은 적에게 사로잡혀 참수되었고, 그 머리는 칼리프 말리크에게 보내졌다.

칼리프는 여왕의 머리가 든 자루를 열면서 이렇게 말했다고 한다. 〈그래 봤자 제까짓 게 여자 아니겠어.〉

143

협동, 상호성, 용서

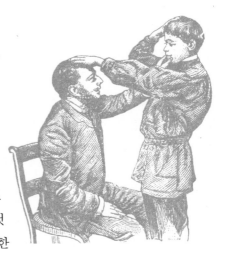

1974년에 철학자이자 심리학자인 토론토 대학 교수 애너톨 래퍼포트는 다음과 같은 견해를 발표한다. 타인을 상대로 행동하는 방식 중에서 가장 〈효율적인〉 것은 협동, 상호성, 용서이다. 다시 말해서 한 개인이나 조직이나 집단이 다른 개인이나 조직이나 집단을 만날 때 먼저 협동을 제안하고, 상호성의 원칙에 따라서 자기가 받은 만큼 남에게 주는 데에서 이익을 얻게 된다는 것이다. 상대가 도움을 주면 이쪽에서도 도움을 주고 상대가 공격을 하면 똑같은 방식과 똑같은 강도로 반격을 가한다. 그러고 나서는 상대를 용서하고 다시 협동을 제안해야 한다는 것이다.

1979년에 정치학자 로버트 액설로드는 살아 있는 존재처럼 행동할 수 있는 컴퓨터 프로그램들 중에서 가장 우수한 것을 가르는 일종의 토너먼트를 주최하였다. 이 대회에는 한 가지 제한 규정이 있었다. 어느 프로그램이든 다른 프로그램과 의사 소통을 할 수 있는 하위 프로그램을 갖추고 있어야 한다는 것이었다.

로버트 액설로드는 이 토너먼트에 관심을 가진 동료들로부터 14개의 프로그램 디스켓을 받았다. 각 프로그램에는 저마다의 행동 법칙이 있었다(행동 암호가 두 개의 라인으로 된 가장 간단한 것부터 1백여 개의 라인으로 된 가장 복잡한 것까지). 승부는 어느 프로그램이 가장 많은 점수를 축적하는가로 판가름 나게 되어 있었다. 어떤 프로그램들은 가능한 한 빨리 다른 프로그램에 접근하여 그 프로그램의 점수를 빼앗은 다음 상대를 갈아 치우는 것을 행동 규칙으로 삼았다. 또 어떤 프로그램들은 다른 프로그램들과의 접촉을 피하고 혼자 해나가려고 애쓰면서 자기 점수를 지키는 쪽으로 나갔다. 그런가 하면 어떤 것들은 〈남이 적대적으로 나오면 그만두라고 경고하고 나서 벌을 가하는〉 방식이나 〈협동하는 척하다가 기습적으로 배신하기〉 같은 방식을 행동 규칙으로 삼았다.

모든 프로그램이 다른 경쟁 프로그램들과 각각 2백 차례씩 대결을 벌였다. 그런데 다른 모든 프로그램을 이기고 승리를 거둔 것은 협동, 상호성, 용서를 행동 규칙으로 삼은 애너톨 래퍼포트의 프로그램이었다. 그보다 훨씬 더 놀라운 사실은 협동, 상호성, 용서의 프로그램이 다른 프로그램들 속에 놓이게 되면 처음에는 공격적인 프로그램들을 상대로 점수를 잃지만, 결국에는 승리를 거두고 시간이 흐르면 흐를수록 다른 프로그램들의 행동에 영향을 미치기까지 한다는 점이다. 이웃한 프로그램들은 그 프로그램이 점수를 모으는 데 가장 효율적이라는 점을 깨닫고 마침내 똑같은 태도를 취하게 된다는 것이다.

이렇듯이 장기적으로 보면 협동, 상호성, 용서의 원칙이 가장 이로운 행동 방식임이 드러난다. 우리는 일상생활에서 그 점을 확인할 수 있다. 이것이 의미하는 바는 직장 동료나 경쟁자가 우리에게 어떤 모욕을 가할 경우 그것을 잊고 마치 아무 일도 없었던 것처럼 같이 일하자고 그에게 계속 제안해야 한다는 것이다. 결국에 가서는 이 방식이 효과를 발휘하게 된다. 이것은 단지 선의의 문제가 아니라 우리 자신의 이익이 걸린 문제이다. 컴퓨터 공학은 무엇이 우리에게 이익이 되는가를 입증해 주고 있다.

144
바야돌리드 논쟁

바야돌리드 논쟁은 최초의 〈인권 재판〉이었다.

크리스토퍼 콜럼버스가 1492년에 아메리카 대륙을 발견한 이후로 스페인은 인디오들을 광산에서 노예로 부려 먹고 있었다. 또 이 〈인간과 비슷한〉 존재의 몇몇

〈표본〉들은 유럽에 끌려와 마치 서커스의 동물처럼 사람들의 구경거리로 제공되었다. 당시의 가톨릭교회는 심각한 고민에 빠지지 않을 수 없었다. 이들도 우리처럼 아담과 이브의 후손일까? 이들에게도 영혼이 있을까? 이들을 우리 종교로 개종시켜야 하나? 이 문제를 해결하기 위해 에스파냐 왕이자 신성 로마 제국 황제인 카를 5세는 1550년 바야돌리드의 산그레고리오 수도원에서 〈전문가〉들을 소집하여 인간과 비인간에 대한 정의를 내리기 위한 토론을 벌이게 했다.

인디오도 인간이라고 주장한 이는 도미니크회의 수사인 바르톨로메 데 라스카사스였다. 그의 부친은 콜럼버스와 함께 아메리카에 간 적이 있었고, 바르톨로메 자신은 에스파냐 사람과 인디오가 협력하는 이상적인 공동체를 카리브해의 섬들에 건설하려 시도했던 사람이다.

그와 맞선 사람은 신학자이자 아리스토텔레스를 번역한 헬레니즘 전문가이며, 루터의 공공연한 적이기도 했던 후안 히네스 데 세풀베다였다. 이들 외에도 네 명의 성직자와 열한 명의 법학자로 구성된 15인의 위원회가 두 사람의 논쟁을 판가름하기 위해 참석하고 있었다.

이 토론은 경제적으로 엄청난 중요성을 지니고 있었다. 왜냐하면 그때까지 에스파냐 정복자들이 보기에 인디오는 인간이 아니었고, 따라서 무한정한 공짜 노동력이 될 수 있었기 때문이다. 그리하여 그들은 인디오들을 굳이 개종시키려 하지 않았고, 아무런 양심의 거리낌 없이 그들의 부를 빼앗고 마을을 파괴하고 그들을 노예로 만들었다. 그런데 그들 역시 인간이라고 판명된다면 어찌되겠는가? 그들도 기독교로 개종시키고, 그들에게도 정상적으로 임금을 지불해야 하지 않겠는가? 여기서 또 하나의 문제가 제기되었다. 〈그들을 개종시켜야 한다면, 설득과 강제 중 어떤 방법을 써야 하는가?〉 이 논쟁은 1550년 9월에서부터 1551년 5월까지 계속되었는데, 이 기간 동안 신세계 정복은 잠시 중단되었다.

논쟁은 애초의 쟁점을 벗어나 크게 확대되었다. 세풀베다는 인디오에 대한 간섭의 권리 및 의무를 주장했으니, 인디오들은 식인종이며 인신 공양을 서슴지 않는 데다가 남색 등 교회가 금지하는 각종 성행위들을 자행한다는 것이 그 이유였다. 또 그들 스스로는 폭군의 지배에서 벗어날 수 없기 때문에 서구인들이 군사적으로 개입해 줘야 한다고 말했다.

라스카사스의 생각은 달랐다. 그가 보기에 인디오들이 인신 공양을 하는 것은, 그들이 신을 너무도 숭상하는 까닭에 평범한 동물 공양이나 기도로는 만족할 수 없기 때문이었다.

세풀베다는 가치의 보편주의를 내세웠다. 동일한 법이 만인에게 적용되어야 하며, 기독교적 윤리가 야만인들에게도 부과되어야 한다는 것이 그의 생각이었다.

반면 라스카사스는 상대주의를 제의했다. 각 민족, 각 문화를 개별적으로 연구해야 한다는 것이 그의 의견이었다.

평결은 라스카사스에게 불리한 방향으로 내려진다.

그리하여 인디오의 영토에 대한 정복 사업이 재개되었다. 한 가지 변화가 있었다면, 그것은 논쟁 중에 세풀베다가 권고한 대로 앞으로는 〈정당한 전쟁〉의 개념에 의해 정당화되지 않는 한 〈불필요한 약탈과 잔혹 행위와 살인 행위〉는 허용되지 않는다는 점이었다. 그러나 이 〈정당한 전쟁〉은 에스파냐 정복자들이 자의로 해석할 수 있는 너무도 애매모호한 개념에 불과했다.

145

음들에 대한 설명

영지주의자들에게 있어서 음악의 음들은 저마다 우주, 혹은 천문학적 공간 속에서 우리가 지각하는 어떤 것과 상응한다.

레: 레지나 아스트리스. 별들의 여왕. 달.

미: 믹스투스 오르비스. 선과 악이 섞여 있는 장소. 지구.

파: 파툼. 운명.

솔: 솔라리스. 태양.

라: 락테우스 오르비스. 은하수.

시: 시데루에스 오르비스. 별이 총총한 하늘.

도: 도미누스. 신.

146

힌두인의 창세기

힌두인들은 우주가 창조의 시기와 파괴의 시기가 주기적으로 순환하며 진행된다고 생각한다.

이 현상의 근원에는 비슈누, 브라흐마, 시바라는 세 신이 있다. 비슈누는 무한의 상징인 〈아난타〉라는 뱀 위에 누워 잠자고 있다(또 이 신성한 뱀은 무의식의 대양

에 떠 있다). 비슈누의 배꼽에서 연꽃 한 송이가 피어
나고 그 안에서 브라흐마가 깨어난다.

브라흐마가 눈을 뜨면 우주가 창조되니
이것이 바로 빅뱅인 셈이다.

이 우주는 비슈누의 꿈의 특징들을 지
니고 있다.

비슈누는 그가 전생에서 체험한 대로
세계를 꿈꾼다. 그리고 이 비슈누의 기억
들의 영감을 받아 브라흐마는 물질과 생명
을 만들어 낸다. 하지만 이렇게 창조된 세계는 불완
전한 것이어서 시바가 춤을 춤에 따라 우주는 쇠퇴하
여 결국에는 소멸하는데, 이는 다시 태어나기 위함이다.

브라흐마가 다시 잠들기 위해 눈을 감는 순간, 모든 것이 파괴된다. 바로 천체
물리학자들이 말하는 〈빅 크런치〉의 순간인 것이다. 힌두 사상에 따르면 「다니엘
서」의 예언처럼 황금시대로 시작된 각 우주에는 이어 은의 시대와 철의 시대가 도
래한다고 한다.

세 신은 지상에 돌아다니기 위해 하위 세계에 보내는 일종의 대사라 할 수 있는
〈아바타라〉들을 이용한다. 널리 알려진 비슈누의 아바타라 중에는 다음과 같은 인
물들이 있다. 첫 번째 아바타라의 일곱 번째 화신이며 땅에서 악마들을 몰아낸 라
마(『라마야나』의 이야기), 여덟 번째 화신이며 사람들에게 신성한 사랑 속에서 맛
보는 황홀경을 가르쳐준 크리슈나, 그리고 아홉 번째 화신인 부처(고타마 싯타르
타). 그리고 철의 시대가 끝날 때는 마지막 아바타라인 칼키가 나타난다고 한다.

147

화두

화두(話頭)란 선(禪) 불교에서 논리의 한계를 깨닫게 해주려고 던지는 역설적인 문장이다. 얼핏 들으면 터무니없는 말같이 보이는 문장이 우리의 정신으로 하여금 새로운 태도와 움직임을 취하도록 요구한다. 그리고 이러한 정신적 체조의 목적은 우리의 정신을 일깨워 현실을 새롭게 인식하게 해주는 데 있다. 이런 이유로 지나치게 경직된 사고를 지닌 사람에게 화두는 고통스럽게 느껴질 수도 있다.

이 고통은 경직된 흑백 논리에서 나온다. 통상적으로 우리의 정신은 흑과 백, 선과 악, 좌와 우, 참과 거짓 등으로 사실을 명확히 구분하기 좋아하는 것이다. 화두는 우리로 하여금 이러한 사고의 통상적인 궤도를 벗어나게끔 강요한다. 이런 의미에서 우리는 〈삼각형이 볼 때 원은 하나의 화두이다〉라고 말할 수 있다.

다음은 화두의 몇 가지 예이다.

〈더 이상 아무것도 못하게 되었을 때, 우리는 무엇을 할 수 있는가?〉

〈북극의 북쪽에는 무엇이 있는가?〉

〈의식이 없다면 우주는 존재할 수 있는가?〉

〈검은 빛은 사물을 밝힐 수 있는가?〉

〈박수를 치면서 두 손은 소리를 낸다. 그렇다면 한 손이 내는 소리는 무엇인가?〉

〈환상은 존재할 수 있는가?〉

〈사람은 거울을 보고, 거울은 사람을 본다.〉

〈자신을 잊으라. 우주 전체가 그대를 인정해 주리라.〉

〈흰 눈이 녹을 때 흰색은 어디로 가는가?〉

〈네게 부족한 것을 네가 갖고 있는 것 가운데서 찾으라.〉

〈나는 내 의견에 동의하는가?〉

〈자유를 구하라. 그러면 그대 욕망의 노예가 될 것이다. 규율을 구하라. 그러면 자유를 찾게 되리라.〉

〈우리가 어떤 것을 알 수 있는 것은 그것을 안다고《믿기》때문이다.〉

〈정적의 소리를 들어라.〉

148

바루야족

바루야족은 파푸아뉴기니의 원시 부족이다. 이들은 1951년에 호주 탐험가들에 의해 발견되기 전까지 문명 세계와 완전히 단절된 상태로 살아왔다.

이 부족에 대해 심화된 이해가 가능하게 된 것은 프랑스의 인류학자이며 『선물의 수수께끼』(1996)와 『친족 관계의 변모』(2004)의 저자인 모리스 고들리에가 1967년에서 1988년 사이에 행한 일련의 연구를 통해서였다.

고들리에가 처음 현지를 방문하여 발견한 것은 아직 석기 시대 수준의 기술에 머물러 있는 농경 수렵 사회였다. 그는 이 부족의 기원 신화와 그것이 어떻게 그들의 사회 구조를 조직해 나가는지를 이해하고자 했다.

바루야족에게는 국가나 계급의 개념도, 복잡한 위계질서의 개념도 없다.

반면 그들은 민족학자들이 지금까지 쌓아 온 모든 지식을 뛰어넘는 형태의 부계 사회 속에서 살고 있었다.

바루야족에게 정액은 모든 것의 중심에 위치한다. 인간은 정액과 햇빛의 혼합물인 〈우〉에서 나온다. 여자는 이 혼합물을 담아 놓는 하나의 용기일 따름이다. 그리고 이 혼합물이 잘못 만들어지면 계집아이가 태어나게 된다.

다시 말해서 난자의 존재를 몰랐던 바루야족에게 여성은 잘못 만들어진 인간일 뿐이었고, 생식의 주체인 남성이 〈진정한 인간〉인 남성을 낳는 데 도움을 주는 보조적인 존재에 불과했던 것이다. 이러한 여성관은 서구의 여성 혐오주의와는 성격이 전혀 다른 것이다(따라서 이러한 여성관이 〈정치적으로 올바르지〉 않은 것은 사실이지만, 여기서는 우리의 통상적인 가치 판단 기준을 내려놓을 필요가 있다).

사내아이들은 여덟 살이 되면 여성의 영향으로부터 벗어나야 한다. 그리고 가족을 떠나 열다섯 살이 될 때까지 마을에서 멀리 떨어진 산중에 머물며 통과 의례를 거쳐야 한다. 그곳에는 남성들로만 이루어진 공동체가 있다. 이 남성 공동체는 사내아이들을 마술적 의식들과 성(性)에 입문시킨다.

소년이 열여섯 살이 되면 한 가정을 이룰 수 있는 성인으로 간주된다. 그들은 산에서 내려와 여자를 취한다.

소년들은 성관계를 갖고, 아기를 갖게 된 여자는 임신 기간에 최대한 많은 남성 파트너들과 관계를 가져야 하는데, 이는 다른 남성들의 정액이 태어날 아이를 튼튼하게 해준다는 믿음 때문이다.

마찬가지로 어머니가 수유를 할 때도 모유는 〈변형된 정액〉으로 간주된다. 따라서 여성이 많은 모유를 생산하기 위해서는 계속 여러 남성과 성관계를 가져야 한다.

바루야족 사회에서 여자는 토지 소유권이 없다. 또 경작할 권리도, 종교 의식을 행할 권리도 없다. 이 사회야말로 지금까지 알려진 사회 중 가장 부계적인 성격이 강한 사회라 할 것이다.

이러한 바루야족 연구를 통해 모리스 고들리에가 얻게 된 결론은 무엇인가? 그것은 지금까지 대부분의 민족학자들이 생각해 왔던 것과는 달리 사회는 경제의 반영이 아니라, 창건 신화의 반영이라는 사실이다. 바루야족은 어느 순간 정액이 모든 것의 근원이라고 믿었기 때문에, 이 신앙을 중심으로 하여 그들의 의식과 사회 관계를 구축해 나갈 수 있었던 것이다.

149
오이디푸스

테베의 왕 라이오스와 이오카스테 왕비는 후사를 얻지 못해 상심해 있었다. 부부는 델포이의 아폴론 신전을 찾아가고, 여사제는 그들이 아들을 낳을 것이나 자기

아버지를 죽이고 어머니와 결혼하게 될
거라고 예언한다.

과연 몇 달 뒤, 사내아이가 태어난다.
라이오스 왕은 차마 아기를 죽이지
못하고 그냥 산에다 갖다 버린다. 양발
의 복사뼈에 구멍을 뚫고 가죽 끈을 꿰
어 한데 묶은 채로 말이다.

한 목동이 아이를 발견하고 끈을 풀
어 준 다음 코린토스 왕 폴리보스에게
데려간다. 자식이 없었던 폴리보스는
아이를 양자로 삼고 〈퉁퉁 부은 발〉이라
는 뜻의 〈오이디푸스〉라는 이름을 붙여
준다.

어느 날 오이디푸스가 델포이의 여사제를 찾아가 신탁을 묻자, 사제는 과거 그
의 부모에게 했던 예언을 되풀이한다. 〈너는 네 아비를 죽이고 네 어미와 결혼할
것이다.〉 폴리보스 왕이 자기 아버지라고 믿고 있던 오이디푸스는 이 예언이 실현
될까 두려워 코린토스를 떠나기로 결심한다.

여행 중에 그는 한 무리의 사내들을 만나게 된다. 오이디푸스는 이들이 강도떼
라고 생각했으나, 사실 이 무리는 라이오스 왕과 그의 신하들이었다. 말다툼이 벌
어졌고, 오이디푸스는 강도떼의 두목, 즉 자신의 친부를 죽이고 만다. 그런 다음
그는 다시 길을 떠난다.

그가 테베에 이르렀을 때 도시는 스핑크스라는 괴물로 인해 온통 두려움에 빠
져 있었다. 이 괴물은 만나는 사람마다 수수께끼를 하나 내고 대답하지 못하면 잡
아먹었다. 그 수수께끼는 이러했다. 〈아침에는 네 발이었다가, 정오에는 두 발이
되고, 저녁때는 세 발이 되는 게 무엇이냐?〉 오이디푸스는 정답을 찾아낸다. 〈인간
이다. 젖먹이는 네 발로 걷고, 성인이 되면 두 발로 걸으며, 늙으면 세 번째 다리인

지팡이에 의지하게 되니까.〉 화가 난 스핑크스는 바위 절벽 밑으로 몸을 던져 죽는다. 테베의 시민들은 그들의 영웅을 왕으로 삼고, 전왕 라이오스가 알 수 없는 이유로 실종된 탓에 과부가 되어 있던 왕비를 아내로 준다. 이렇게 해서 오이디푸스는 자신도 모르는 사이에 생모와 결혼하게 된 것이다. 오이디푸스와 이오카스테는 자식도 넷이나 낳으면서 행복하게 산다. 그런데 갑자기 흑사병이 돌았고, 델포이의 신탁은 이 전염병은 아직 해결되지 않은 라이오스의 살인 사건으로 인한 것이며, 범인이 밝혀져서 처벌되지 않는 한 역병은 계속될 것이라고 알려 준다. 오이디푸스 왕은 밀정들을 보내어 범인을 찾게 한다. 그리고 결국 진실을 알게 된 밀정들은 주군에게 무서운 진실을 밝힌다. 살인범은 바로 왕 자신이었던 것이다.

이 소식을 들은 이오카스테는 목매달아 죽는다. 고통으로 거의 실성하다시피한 오이디푸스는 옥좌에서 내려와 자신의 두 눈을 멀게 한다. 테베에서 쫓겨난 오이디푸스는 그를 끝까지 버리지 않은 딸 안티고네와 함께 구걸을 하며 세상을 떠돌아다닌다.

먼 훗날 지크문트 프로이트는 어머니를 사랑하게 되어 아버지를 파괴하고 싶어하는 사내아이들의 원초적 충동을 설명하기 위해 이 신화를 사용한다.

150
인간의 멍청함

미국의 기자 웬디 노스컷은 인간의 멍청함의 사화집을 만들기 위해 〈다윈상〉을 제정했다. 이 상의 수상자로는 매년 가장 멍청한 실수로 죽음으로써 열등한 유전자를 스스로 제거하여 인류 진화에 이바지한 사람이 선정된다. 수상 후보자는 다음의 세 조건을 충족시켜야 했다. 첫째 자신의 죽음에 스스로 원인을 제공할 것. 둘째, 정상적인 지적 능력을 지니고 있을 것. 셋째, 신문, 텔레비전 보도, 믿을 만한 사람의 증언 등 출처가 분명한 사건일 것. 다음은 수상자의 몇 예이다.

1994년의 다윈상은 한 테러리스트에게 수여되었다. 그는 개봉하면 터지게 되어 있는 폭탄을 넣은 소포를 보내면서 우표를 충분히 붙이지 않았다. 소포는 집으로 반송되었고, 그는 소포를 뜯어 보았다.

1996년의 수상자도 폭탄과 관계가 있다. 한 어부가 다이너마이트 심지에 불을 붙여 얼어붙은 호수 위로 던졌다. 그러자 그의 충견이 즉시 달려가 폭발물을 다시 물어 왔다.

1996년, 대상은 고층 빌딩 유리창의 견고도를 시험해 보고자 했던 토론토의 한 변호사에게 돌아갔다. 그는 힘차게 달려가 유리창에 몸을 부딪쳤고 24층 높이에서 추락했다.

1998년의 수상자는 스물아홉 살의 청년이었다. 그는 공연을 하던 한 스트립쇼 무용수의 몸에 붙은 반짝이 장식물을 이빨로 뜯어내어 삼키다가 질식사했다.

1999년의 대상은 세 명의 팔레스타인 테러리스트에게 돌아갔다. 그들은 폭탄을 설치한 두 대의 차에 나눠 타고 목표지를 향해 가던 중에 두 대의 차가 동시에 폭발하여 숨졌다. 그들은 서머 타임제로 인한 시간 변경을 고려하지 않았던 것이다.

2000년의 영예의 수상자는 친구들과 함께 러시안룰렛 게임을 한 시카고의 주민이었다. 하지만 그들이 사용한 총기는 리볼버가 아니라 그냥 집에 있는 자동 권총이었다. 그리고 그는 게임에서 졌다.

2001년 25세의 한 캐나다 남성은 쓰레기 하치장에서 쓰레기를 내리는 미끄럼틀을 타 보이겠다고 친구들에게 제안했다. 그런데 그가 모르는 사실이 있었다. 12층 높이의 미끄럼틀을 통해 내려온 쓰레기는 자동 압착기 속으로 들어가게 되어 있었다.

수상자는 대부분 사망자들이지만 예외도 종종 있었는데, 1982년 선외 가작 수상자 래리 월터스도 그중 하나였다. 로스앤젤레스에 거주하는 이 남성은 비행기가 아닌 다른 방법으로 하늘을 나는 평소의 꿈을 실현하려 했다. 그는 아주 안락한 소파에다 직경 1미터 크기의 헬륨 풍선 45개를 매달았다. 그런 다음 샌드위치와 캔

맥주, 그리고 권총을 가지고서 소파에다 자기 몸을 묶었다. 그가 신호를 하자 친구들은 소파를 땅에다 매어 놓은 줄을 풀어 주었다. 그런데 소파는 그의 희망대로 지상 30미터에 머무르지 않고 상승을 계속하여 5천 미터 고도까지 올라갔다.

하지만 겁에 질려 몸이 얼어붙은 월터스는 권총으로 풍선을 쏘지도 못했다. 그렇게 그는 로스앤젤레스 공항 레이더에 포착될 때까지 오랫동안 세찬 바람을 맞으며 구름 속을 떠돌아다녀야 했다. 마침내 용기를 내어 풍선 몇 개를 터뜨린 그는 지상에 내려올 수 있게 되었는데, 터진 풍선의 줄들이 고압선에 걸리는 통에 롱비치 전역에 정전 사태를 초래하게 되었다.

착륙 직후 그를 체포한 경찰이 왜 이런 짓을 했느냐고 묻자 그는 이렇게 대답했다. 〈하루 종일 아무것도 안 하고 앉아 있을 수는 없잖소.〉

151

판

그리스어로 〈판〉은 〈전체〉를 의미한다(따라서 접두사 〈판pan-〉은 〈전체성〉을 표시하기 위해 사용된다. 전경panorama, 전 세계적 유행병pandémie에서의 pan이 이런 의미이다.)

그리스 신화에 따르면 판은 아르카디아 출신이다. 혹자는 그가 헤르메스와 페넬로페(고향에 돌아가기 위해 아르카디아의 험산 준령을 넘어야 했던 오디세우스의 아내) 사이에서 태어난 아들이라고 주장한다.

반은 인간이고 반은 염소인 그의 머리에는 조그만 뿔이 나 있고, 몸은 털로 덮여 있으며, 역삼각형의 얼굴에는 턱수염이 달려 있다.

출산 직후 그의 흉측한 모습을 발견한 어머니는 두려움에 사로잡혀 아기를 숲에다 버린다.

그러자 아버지 헤르메스는 그를 토끼 가죽에 싸서 올림포스로 데려간다. 올림포스의 신들은 아이의 괴상한 모습을 오히려 재미있어하면서 잘 보살펴 준다. 특히 디오니소스는, 못생겼지만 익살스럽기 그지없는 이 아이를 몹시 귀여워한다.

그는 숲속의 샘가나 풀밭에서 가축을 기르며 살며, 주체할 수 없이 넘쳐 나는 성적 욕구로 인해 항상 님프나 미소년들을 쫓아다닌다고 한다.

아리따운 님프 시링크스를 보고 사랑에 빠지지만, 그가 싫었던 님프는 갈대로 변신한다. 상심한 판은 갈대를 잘라 피리를 하나 만드니, 그것이 바로 유명한 판의 피리, 즉 팬파이프이다.

판은 군중의 신이기도 하다. 특히 사람들로 하여금 이성을 잃게 하는 그의 능력으로 인해 집단 히스테리에 사로잡힌 군중의 신으로 여겨진다. 〈패닉 *panic*〉이라는 단어는 바로 그의 이름에서 나왔다.

152
웃음

웃음은 뇌에서 발생하는 사고에 의해 촉발된다.

좌뇌는 감각이 받아들이는 괴상하거나 역설적인 정보를 소화하지 못한다(좌뇌는 계산하고 추론하는 논리적 기능을 담당한다). 허를 찔린 좌뇌는 즉시 고장 상태에 빠지며, 받아들인 이질적인 정보를 우뇌에 보낸다(우뇌는 직관적, 예술적 사고를 담당한다). 이 정체불명의 소포를 받게 된 우뇌는 순간적인 전류를 보내어 좌뇌의 활동을 정지시키는 한편, 그사이에 자신은 이 정보에 대해 개인적이고도 예술적인 설명을 시도한다.

평소에는 항상 깨어 있는 좌뇌의 순간적인 활동 정지는 즉시 대뇌의 이완과 엔도르핀(이 호르몬은 사랑의 행위를 할 때도 나온다)의 분비를 초래한다. 역설적인 정보가 좌뇌에게 거북하게 느껴질수록 우뇌는 더 강한 전류를 보내게 되고, 엔도르핀의 분비량은 더욱 많아진다.

동시에 이질적인 정보가 야기하는 긴장 상태로부터 몸을 보호하기 위한 안전 메커니즘으로서, 온몸이 긴장 완화에 참여한다. 허파는 공기를 체외로 세차게 배출하기 시작하는데, 이것이 웃음의 〈신체적〉 과정의 시작이라 할 수 있다. 이어 광대뼈 근육 및 흉곽과 복부의 단속적인 움직임으로 몸은 수축과 이완을 반복한다. 몸의 더 깊은 곳에서는 심장 근육과 내장이 경련을 일으킴으로써 일종의 체내 메시지를 발출하여 복부 전체의 긴장을 푼다. 이 이완이 심하면 때로는 괄약근까지 풀어지게 된다.

요약하자면, 우리의 정신은 역설적 혹은 이질적인 성격의 뜻밖의 정보를 소화할 수 없으므로 스스로의 활동을 정지시킨다. 즉 〈고장〉 상태로 들어가는 것이다. 그런데 이 사고는 가장 기묘한 쾌락의 원천이 된다. 더 많이 웃을수록 우리의 건강은 더 좋아진다. 이 활동은 노화를 늦추고 스트레스를 감소시켜 준다.

153
하데스

하데스는 〈보이지 않는 자〉를 뜻한다. 크로노스가 패배한 후, 그의 세 아들은 우주를 나누어 가졌으니, 제우스는 하늘을, 포세이돈은 바다를 가졌고, 하데스는 지하 세계를 받았다.

하데스는 그의 왕국이 빛 가운데 있지 않은 까닭에 올림포스 열두 신에 끼지 못한다. 그래서 하데스는 열세 번째 신이며, 사람들이 가장 두려워하는 신이기도 하다.

그는 지옥 가장 깊은 곳에 흑단으로 만든 옥좌에 앉아 있으며, 머리에는 키클롭스들이 선물한, 착용하면 몸이 안 보이게 되는 투구를 쓰고, 손에는 죽음의 왕홀을 들고 있다. 그의 발밑에는 머리가 셋 달린 케르베로스가 웅크리고 있다.

키벨레나 미트라를 신봉하던 고대인들은 하데스의 노여움을 가라앉히기 위해 구덩이를 파고 신도들이 들어가게 한 다음 구멍 뚫린 널빤지로 덮은 후 그 위에서 검은 황소를 죽여 그 피가 신도들에게 떨어지게 했으니, 바로 〈타우로볼리움〉이라는 이름의 의식이다.

하데스의 왕국인 지옥에는 다섯 개의 강이 흐르고 있다. 바로 레테(망각의 강)와 코키토스(통곡의 강)와 플레게톤(불의 강)과 스틱스(증오의 강), 그리고 아케론(비통의 강)이다.

죽은 이들의 영혼은 뱃사공 카론의 배를 타고서 스틱스강을 건너 지옥으로 간다. 영혼이 지옥에 들어가면서 거치는 각 단계는 돌아가는 것을 불가능하게 만드는 일종의 역류 방지 밸브인 셈이다. 오디세우스, 헤라클레스, 프시케, 그리고 오르페우스만이 다시 지상으로 올라올 수 있었다. 하지만 이를 위해서는 모두가 큰 희생을 치러야 했다. 오르페우스는 그의 사랑 에우리디케를 잃었고, 프시케는 지옥 출구에서 잠에 빠졌다.

하데스가 명계를 떠난 것은 단 한 번뿐으로, 지옥 왕국의 왕비를 구하기 위해서였다. 하지만 그는 그 어떤 여인도 살아서 죽은 자들의 나라로 내려오려 하지 않을 것임을 잘 알고 있었다. 그래서 그는 땅을 열어 데메테르의 딸 페르세포네를 납치해 간다.

154

오르페우스

오르페우스는 트라키아 왕 오이아그로스와 뮤즈 칼리오페 사이에서 난 아들이

다(트라키아는 현재 불가리아에 해당하
는 지역에 있던 나라이다.) 아폴론은 소
년 오르페우스에게 일곱 개의 현이 있는
리라를 선물했는데, 여기에 그는 어머니
의 자매인 뮤즈들의 수에 맞추기 위해
현 두 개를 더하여 구현금을 만들었다.
뮤즈들은 그에게 각종 예술을 가르쳤는
데, 특히 작곡과 노래와 시 교육에 정성
을 쏟았다.

오르페우스의 재능은 너무도 뛰어나
그가 리라를 연주하면 새들은 노래를 멈
추고 귀를 기울였다. 그의 음악을 들으
려고 모든 짐승이 몰려오는데 늑대는 어
린 양과, 여우는 산토끼와 어깨를 나란히 하고 달려왔다. 상대를 해치려는 본능마
저 잊어버린 것이다. 강들도 흐르기를 멈추었고, 물고기들까지 음악을 들으려고
물 밖으로 뛰어올랐다.

이집트를 여행하여 오시리스 밀의에 입문한 그는 비로소 오르페우스라는 이름
을 갖게 되고(페니키아어로 〈아우르〉는 빛을 의미하고 〈로파에〉는 치유를 의미하
므로, 그의 이름은 〈빛으로 치유하는 자〉라는 뜻이다), 엘레우시스에서 오르페우
스교를 창시한다. 그리고 나서는 아르고호(號)의 영웅들과 함께 황금 양털을 찾으
러 떠난다. 그는 아름다운 노래로 영웅들이 노를 저을 때 힘을 북돋아 주고 풍랑을
잠재운다. 또 황금 양털을 지키는 콜키스의 용을 잠들게 하여 이아손이 임무를 완
수할 수 있게 해준다.

이 모험을 마친 오르페우스는 트라키아에 있는 아버지의 왕국에 정착하여 님프
에우리디케와 결혼한다. 어느 날 에우리디케는 목동 아리스타이오스가 자기를 쫓
아오는 줄 알고 급히 도망가다 독사를 밟고 만다. 독사에게 물린 그녀는 즉사한다.

비탄에 빠진 오르페우스는 그녀를 구하고자 죽은 이들의 왕국을 찾아간다.

그는 죽은 아내에 대한 사랑을 애절하게 노래하며 서쪽을 향해 걷는다.

그의 노래를 듣고 나무들조차 감동하여 가지를 굽혀 지옥 입구를 가리켜 준다.

그는 리라를 켜서 맹견 케르베로스를 진정시켰고, 복수의 여신 에리니에스의 분노도 가라앉혔으며, 지옥에 갇힌 자들의 형벌을 잠시나마 멈추게 해주었다. 그의 리라 연주에 감동한 하데스와 페르세포네는 그가 에우리디케를 산 자들의 세계로 데려가는 것을 허락한다. 하지만 명계의 신은 한 가지 조건을 내건다. 오르페우스는 아내가 햇빛 아래 설 때까지는 절대로 몸을 돌려서는 안 된다는 것이었다.

그렇게 에우리디케는 리라를 연주하는 남편의 뒤를 따라 지옥의 출구에 이르는 통로를 걷는다. 드디어 밝은 지상에 도달한 오르페우스는 뒤에서 발자국 소리가 들리지 않는 것이 불안하여 에우리디케가 여전히 따라오고 있는지 확인하려고 고개를 돌리고 만다.

아내에게 던진 이 단 한 번의 시선이 지금까지의 모든 노력을 물거품으로 만들어 버린다. 이제 에우리디케를 영원히 잃게 된 것이다. 한 줄기의 미풍이 마지막 키스인 양 그의 이마를 스칠 뿐이었다. 트라키아에 돌아온 오르페우스는 은자가 되어 아침부터 밤까지 잃어버린 사랑을 노래하며 세월을 보냈다.

그리고 그를 사랑한 트라키아의 여인들을 무시했고, 이 때문에 그를 증오하게 된 여인들에게 갈가리 찢겨 죽었다고 한다.

155
세 개의 체

어느 날 어떤 사람이 소크라테스를 찾아와 말했다.
「여봐. 방금 자네 친구에 대해 어떤 얘기를 들었는데 말이야……」
소크라테스가 그의 입을 막았다.

「잠깐만! 내게 그 얘기를 해주기 전에 우선 시험을 세 개 통과해 줬으면 좋겠네. 세 개의 체라는 시험일세.」

「세 개의 체?」

「나는 타인에 대한 얘기를 듣기 전에는 우선 사람들이 말할 내용을 걸러 내는 게 좋다고 생각한다네. 내가 〈세 개의 체〉라고 부르는 시험을 통해서지. 첫 번째 체는 진실의 체일세. 자네가 내게 얘기해 줄 내용이 진실인지 확인했는가?」

「아니. 그냥 사람들이 말하는 걸 들었을 뿐이야.」

「좋아. 그럼 자네는 그 얘기가 진실인지 모른다는 말이지. 그럼 두 번째 체를 사용하여 다른 식으로 걸러 보세. 이번에는 선(善)의 체일세. 내 친구에 대해 알려 줄 내용이 뭔가 좋은 것인가?」

「천만에! 그 반대야.」

「그럼 자네는 내 친구에 대해 나쁜 것을 얘기해 주려 하고 있군. 그것이 진실인지 아닌지 확실히 모르면서 말이야. 자, 이제 마지막 시험, 즉 유용성의 체가 남아 있네. 사람들이 내 친구가 했다고 주장하는 그것을 내게 말하는 것이 유익한 일인가?」

「뭐, 꼭 그렇다고는 할 수 없네.」

그러자 소크라테스는 이렇게 말했다.

「그렇다면, 자네가 내게 알려 주려는 내용이 진실도 아니고, 선하지도 않고, 유익하지도 않은 일이라면 왜 굳이 그걸 말하려고 하는가?」

156
아포테오시스

현재 〈신격화〉, 〈절정〉, 〈극치〉 등의 의미로 쓰이고 있는 아포테오시스는 원래는 한 인간을 신*Theos*으로 격상시키는 행위이다.

이집트의 파라오들은 선임 파라오가 죽으면 신이 된다고 생각하고는 아포테오시스 의식을 거행했다. 이는 자신들을 위해서도 유리한 것이었으니, 살아 있는 자기들 역시 〈미래의 신〉이라고 주장할 수 있었기 때문이다.

고대 그리스에서 영웅들을 마법의 능력을 지닌 신으로 변형시키는 것은 각 영웅이 창건한 도시의 위명을 드높이는 한 방법이었다(신이 된 인간 헤라클레스의 이름을 딴 도시 헤라클리온의 경우가 그러하다). 알렉산드로스 대왕이 죽은 뒤 사람들은 그를 신으로 숭배했다. 때로는 예술가들에게도 이런 영예가 주어지기도 하니 바로 호메로스 같은 경우이다. 고대 로마인들은 그들만의 특별한 방식으로 아포테오시스 의식을 거행했다. 우선 고인의 관 뒤에 원로원 의원, 고위 관리, 전문적인 대곡자(代哭者), 고인의 조상들의 가면을 쓴 배우, 고인의 생전 행동을 흉내 내는 어릿광대 등으로 이루어진 행렬이 뒤따른다. 시체를 장작 더미에 올려놓기 전에는 고인의 흔적으로 무언가를 지상에 남겨 놓기 위해 손가락 하나를 잘라 낸다.

이어 시체를 화장하고 독수리 한 마리를 날리는데, 이는 이 새가 고인의 영혼을 신들의 왕국으로 인도한다고 믿기 때문이다.

기원전 44년 암살된 뒤 율리우스 카이사르는 이 아포테오시스 의식을 받은 최초의 로마인이 되었다. 그 이후 로마 원로원은 모든 황제에게 이 의식을 거행해 주었다. 인간이 신 가운데 받아들여지는 극적인 순간이라 할 수 있는 이 아포테오시스는 회화와 조각에서 즐겨 다루는 주제 중의 하나가 된다.

157

어릿광대

사람들을 웃기는 직업은 어느 시대에나 존재했던 것 같다.

그리스 신화에서 〈모무스〉는 올림포스 신들의 익살꾼이었다고 할 수 있다. 하지만 신이 아닌 실제의 익살꾼에 대한 최초의 기록을 남긴 사람은 5세기의 그리스 역사가 프리스쿠스이다. 그에 의하면 훈족의 황제 아틸라에게는 연회 중에 동석자들을 웃기는 역할을 맡은 신하가 있었다고 한다. 이보다 훨씬 나중의 프랑스 국왕들의 회계 장부를 들여다보면, 〈익살꾼〉에 대한 지출 내역이 적혀 있는 것이 확인된다.

프랑스의 유명한 익살꾼들을 몇 명 들자면 다음과 같다.

트리불레. 루이 12세와 프랑수아 1세를 섬긴 궁정 공식 익살꾼.

브뤼스케. 의사였는데 솜씨가 너무도 서투른 탓에 환자깨나 죽였다고 한다. 결국 사형 선고를 받았는데, 앙리 2세가 사면해 주고 자기를 웃기는 신하로 삼는다. 신교로 개종했다는 의심을 받게 된 그는 늘씬하게 얻어맞은 뒤 도주한다.

니콜라 주베르. 앙리 4세의 익살꾼. 〈멍청이들의 왕자〉라는 별명을 가지고 있었다.

랑젤리. 원래는 콩데 공의 마구간 하인이었으나, 그의 재능을 발견한 루이 13세가 신하로 삼는다. 그의 거침없는 입담은 그 누구도 사정을 봐주지 않았다. 귀족들은 그의 신랄한 조롱을 피하고자 뇌물을 주었고, 그 결과 그는 상당한 부자가 되었다고 한다.

영국에서는 제임스 1세의 익살꾼 아치볼드 암스트롱이 유명하다. 별명이 〈아치〉였던 그는 주군이 죽은 후 캔터베리 대주교를 모시게 되지만, 결국 주교를 미워하게 되어 그를 욕하는 선전물까지 발행했다고 한다.

주로 서커스에서 활약하는 익살꾼bouffon을 가리키는 〈어릿광대clown〉란 말은 〈서투른 자〉를 의미하는 영어 단어 〈클로드clod〉에서 나왔다.

어릿광대가 처음 출현한 것은 중세였던 것 같다. 당시의 한 곡마단장은 관중이 항상 똑같은 마술(馬術) 묘기에 지루해하는 모습을 보고서 묘안을 짜냈다. 즉 승마에 서툰 농부가 항상 말에서 떨어지는 모습을 보여 줌으로써 곡마단원들의 솜씨를 부각시킨다는 거였다. 결과는 대성공이었고 다른 곡마단들도 따라 하게 되었다. 그런데 당시 고용된 농부는 대부분 코가 빨개지도록 술에 전 가난한 농부들이었고, 그 때문에 곡마단 어릿광대는 코를 빨갛게 칠하는 전통이 생겨났다.

흰 어릿광대(뾰쪽한 모자를 쓰고 얼굴에는 흰 분칠을 한)와 오귀스트(헐렁한 옷을 입은 거지) 콤비가 출현한 것은 더 나중의 일이다. 흰 어릿광대는 제대로 된 인물이지만 오귀스트는 어수룩하고도 서툴기 그지없다. 관객은 흰 어릿광대의 행동에는 웃을 일이 없지만 오귀스트는 손끝만 까딱해도 웃음보가 터지게 되어 있다. 그는 항상 흰 어릿광대의 행동을 따라 하려 시도하지만 결코 성공하지 못할 뿐 아니라 오히려 큰 사고만 치기 때문이다.

그런데 흥미롭게도 이 콤비의 관계는 북아메리카 인디언 나바호족과 주니족의 신화에 나오는 두 신 간의 관계에서도 발견된다. 한 가지 차이가 있다면 오귀스트에 해당하는 인물은 인디언 신화의 신들 가운데 가장 중요하고도 강력한 신이라는 점이다.

한 가지 덧붙이자면, 연금술에도 어릿광대가 존재한다. 이것은 그 화학적 분해 작용으로 인해 〈흑색화 단계〉를 가능케 해주는 용해제의 상징이다.

158
천문학의 역사

지구가 자전을 하면서 태양 주위를 돈다는 가설을 처음 내놓은 사람은 사모스 섬의 아리스타르코스(B.C. 310~B.C. 230)였다. 하지만 그의 이론은 또 다른 그리스 사람인 클라우디오스 프톨레마이오스에 의해 반박되었다. 프톨레마이오스가 보기에 지구는 우주의 중심에 고정되어 있었고, 그 주위를 태양과 달과 모든 행성과 별들이 돌고 있었다. 이러한 생각은 중세까지만 해도 절대적인 진리로 받아들

여겼는데, 태양이 동쪽에서 떠서 서쪽으로 진다는
단순한 이유 때문이었다.

그러다가 폴란드의 천문학자 니콜라우스 코페르
니쿠스(1473~1543)는 자신의 관측 기록을 통해
아리스타르코스가 생각했던 대로 지구는 태양
주위를 돈다는 결론에 이르게 되었다. 하지만
종교 재판에 의해 이단자로 몰릴까 두려웠던
그는 저서 『천구의 회전에 관하여』(전4권)의
출판을 자신의 사후로 미뤘다. 그리고 임종
의 순간에야 자신의 깊은 확신을 고백했다.

그가 죽은 1543년에 출간된 『천구
의 회전에 관하여』는 교황청에 의해
금서 처분을 받았으나, 그의 작업은 다른 학자들에 의해 계승되었다. 특히 덴마크
의 튀코 브라헤(1546~1601)는 덴마크 국왕을 설득하여 벤섬에 최초의 근대적 천
문대라 할 수 있는 기념비적인 우라니엔보르 관측소를 지었다.

합스부르크 황가의 궁정 수학자 요하네스 케플러(1571~1630, 하지만 이러한
신분에도 불구하고 그의 어머니는 마녀로 몰려 투옥되었다)는 티코 브라헤의 관측
자료에 관심이 많았다. 그래서 그의 조수가 되었지만, 브라헤는 자신과 견해가 조
금 달랐던 케플러에게 모든 것을 내주지는 않았다. 그래서 케플러는 브라헤가 죽
고 난 후에야 그의 관측 자료 전체를 열람할 수 있었다. 그는 행성들의 궤도가 원이
아닌 타원임을 밝혀냄으로써 선배 브라헤의 작업을 발전시켰으며, 달나라를 배경
으로 하는 글을 쓰기도 했는데, 이 작품은 서구 최초의 공상 과학 소설로도 꼽힌다.

같은 시대에 살았던 조르다노 브루노(1548~1600)는 코페르니쿠스의 가설을
이어받았고, 또 별들의 수가 무한하다고 주장했다. 그는 우주는 광대무변하며, 우
리의 세계와 같은 세계들을 무수히 포함하고 있다고 생각했다. 종교 재판은 8년에
걸친 고문과 신문 끝에 그를 이단으로 단죄하고 화형에 처한다. 화형대에 오르기

전에는 그의 〈거짓말〉을 멈추게 할 목적으로 혀를 뽑아 버렸다고 한다.

이탈리아 사람 갈릴레오 갈릴레이(1564~1642)는 좀 더 신중한 사람이었다. 그는 먼저 교황의 보호를 확보해 놓은 다음에 조르다노 브루노가 남긴 작업을 계속했던 것이다. 당시 네덜란드에서 최초의 망원경이 발명되었다는 소문을 들은 그는 즉시 볼록 렌즈와 오목 렌즈를 결합하여 망원경을 제작하여 별들을 관측하니, 이것이 세계 최초의 천체 망원경이었다. 그는 이것으로 태양의 흑점, 토성, 금성 등을 관찰했고, 은하가 수많은 별들로 이루어져 있다는 사실도 발견하게 되었다. 하지만 이런 작업에 불만을 품은 교황의 측근들은 그의 재판을 요구했고, 결국 그가 발견한 사실들은 부정되었으며 렌즈의 결함에 기인한 착시 현상이라고 선언되었다.

교회의 권위 앞에 무릎을 꿇게 된 갈릴레이는 자신의 생각이 틀렸다고 공개적으로 인정했다(전설에 의하면, 그는 이때 〈그래도…… 지구는 돈다〉라는 말을 했다고 한다).

그 뒤 3세기가 지나고 나서야 서구 여러 나라의 공식 시스템은 단죄되었던 저작들을 재검토하고, 지구가 태양 주위를 돌며 우주에는 무수한 별들이 존재한다는 사실을 인정하게 되었다.

하지만 2000년에 시행된 한 설문 조사 결과에 의하면, 아직도 대부분의 사람들은 태양이 지구 주위를 돈다고 생각하고 있다고 한다.

159
초광속 인간

의식 현상을 이해하기 위한 가장 전위적인 이론들 가운데 특히 주목할 만한 것이 하나 있다. 프랑스 푸아티에 의과 대학 물리학 교수였던 레지스 뒤테유의 이론이다. 이 연구자가 전개한 이론의 요체는 미국 물리학자 페인버그의 연구에 바탕을 두고 있다. 뒤테유의 주장에 따르면, 세계는 구성 요소의 운동 속도에 따라 세

가지 유형으로 나눌 수 있다.

첫째는 우리가 살고 있는 〈하(下)광속계〉. 뉴턴의 만유인력 법칙으로 대표되는 고전 물리학의 원리를 따르는 세계다. 이 세계는 브라디온 즉, 빛의 속도보다 느리게 운동하는 입자들로 구성되어 있다.

둘째는 〈광속계〉다. 이 세계는 광속에 근접하거나 도달한 룩손이라는 입자들로 구성되어 있고, 아인슈타인의 상대성 원리에 지배된다.

끝으로 〈초(超)광속계〉가 있다. 이 세계는 빛의 속도보다 빠른 타키온이라는 입자로 구성되어 있다.

레지스 뒤테유의 이론에 따르면, 세계의 이 세 가지 유형은 인간 의식의 세 수준에 대응한다. 첫째는 물질을 지각하는 오감의 수준이고, 둘째는 광속 사고 즉, 생각이 빛의 속도로 이루어지는 현세적 의식의 수준이며, 그다음은 생각이 빛의 속도보다 빠르게 돌아가는 초의식의 수준이다. 뒤테유는 우리가 꿈이나 명상을 통해서, 또는 어떤 마약들을 사용함으로써 초의식에 도달할 수 있다고 생각한다. 뿐만 아니라 그는 〈깨달음〉이라는 더 넓은 개념에 관해서도 말하고 있다. 우주의 원리에 관한 진정한 깨달음을 통해서 우리 의식의 속도가 빨라져 타키온의 세계에 도달할 수 있다는 것이다.

뒤테유의 생각대로라면, 〈초광속계에 살고 있는 존재에게는 삶을 구성하는 모든 요소가 완전히 한 순간으로 통합될 수 있다〉. 그리하여 과거와 현재와 미래의 관념들은 하나로 융화하여 사라진다. 그는 데이비드 봄의 연구를 받아들여, 우리가 죽는 순간 우리의 의식은 육신에서 빠져나가 초의식이 되고, 우리가 살던 세계보다 진화된 다른 차원의 세계 즉, 타키온의 시공간에 합류하리라고 생각한다. 그는 생애의 마지막 무렵에 딸 브리지트의 도움을 받아 훨씬 대담한 이론을 발표한다. 이 이론에 따르면, 과거와 현재와 미래는 지금 여기에서 하나가 될 수 있다. 뿐만 아니라, 초광속의 차원에서는 우리의 전생과 내생이 모두 현생과 동시에 전개된다고 한다.

160
고양이와 개

개는 이렇게 생각한다.

〈인간은 나를 먹여 줘. 그러니까 그는 나의 신이야.〉

고양이는 이렇게 생각한다.

〈인간은 나를 먹여 줘. 그러니까 나는 그의 신이야.〉

161
모든 것의 이론

과학의 최종 목적은 우주를 움직이는 위대한 시계 장치의 메커니즘들을 묘사하고 설명할 수 있는 단일한 이론을 제공하는 것이다.

바로 〈모든 것의 이론〉이라고 부를 수 있는 것이다.

이 이론은 무한히 작은 세계의 물리학(미시 물리학)과 무한히 큰 세계의 물리학(거시 물리학)을 통합하는 것을 목적으로 삼으며, 이를 위해 현재까지 알려진 다음의 네 힘 간의 관계를 규명하려 애쓴다.

만유인력. 질량이 있는 물체 사이의 힘.

전자기력. 전자기장과 전하를 띤 물체 사이에 작용하는 힘.

약한 핵력. (중성자가 양성자와 전자로 나눠지는) 베타 붕괴 현상에 관여하는 힘.

강한 핵력. 쿼크, 글루온 등의 소립자들이 서로 끌어당기는 힘.

알베르트 아인슈타인은 1910년대 〈통일장 이론〉이라는 이름의 이러한 이론에 대해 처음 접근하기 시작했고, 이후 죽을 때까지 네 힘을 통합할 수 있는 원리를 찾아내려 애썼지만 고전 물리학으로는 원자 같은 극미 세계와 행성 같은 극대 세계를 화해시킬 수 없었다. 그러나 이제 양자 역학의 부상과 새로운 입자들의 발견으로 인해 〈모든 것의 이론〉을 위한 새로운 길들이 열리고 있다. 그 가운데서도 가장 유망한 것인 〈초끈 이론〉은 통상적인 4차원이 아닌 10차원 이상의 우주를 제의한다. 이 이론에 따르면 입자들은 더 이상 구체 형태로 된 하나의 우주 안이 아닌, 서로 포개져 있으며 우주적 끈들로 연결되어 있는 〈종이 같은 우주들〉 안에서 순환하고 있다고 한다.

162
돌고래족˙ 치즈 케이크 만드는 법

우선 다음의 재료로 반죽을 만든다.

밀가루 250그램, 기름 100그램, 설탕 100그램, 달걀 1개, 화학 이스트 2자밤.

이 재료들을 잘 섞어 반죽한 다음, 황산지를 간 네모난 케이크 틀 안에 반죽을 채워 넣는다.

흰 치즈는 따로 준비한다.

• 베르베르가 소설 『신』에서 등장시킨 종족의 이름. 돌고래족은 협력과 사랑을 미덕으로 삼고 학문과 종교, 예술을 발전시킨다.

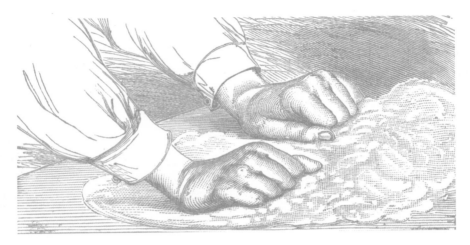

고운체를 사용하여 흰 치즈 800그램의 물기를 뺀다.

대접에 달걀노른자 4개를 넣어 잘 휘젓는다.

여기에 설탕 180그램, 생크림 200밀리리터, 바닐라향 설탕 2봉지, 건포도 한 줌을 넣는다.

이 재료들을 흰 치즈에 잘 섞는다.

전동 거품기로 이 흰 치즈 혼합물을 10분간 휘저어 거품을 낸다.

맛을 보아 흰 치즈가 너무 시다고 생각되면 설탕을 넣어 맛을 조절한다.

달걀흰자 4개를 흰 눈처럼 부풀어 오르게 젓는다. 거품을 내다가 흰자가 단단해지면 흰 치즈에 살며시 첨가한다.

네모난 틀에 넣은 반죽 위에 흰 치즈 혼합물을 붓는다.

오븐을 온도 4단에 맞춰 놓고 10분간 예열한다. 오븐이 달궈지면 흰 치즈 케이크를 오븐의 중간 칸에 넣고 45분간 굽는다. 그런 다음 오븐을 끄고, 몇십 분 동안 케이크가 오븐 속에서 서서히 식도록 놔둔다. 바로 꺼내면 케이크가 내려앉아 버릴 위험이 있다. 식으면 상에 내놓는다.

제6장

신들의 숨결

그리하여 세 가지 위대한 힘이 춤을 추면서 우주의 요람을 가만가만 흔들었으리라. 우주를 초월하는 그 세 가지 힘이란 지배와 분열과 파괴의 힘인 D력, 중성과 영(零)과 무지향의 힘인 N력, 그리고 협력과 융화와 사랑의 힘인 A력, 곧 DNA이다.

세 힘은 빅뱅 때에 시원의 입자, 즉 양전하를 가진 양성자, 음전하를 가진 전자, 전하를 갖지 않은 중성자에서 작용하기 시작했고, 분자 차원을 거쳐 인간 사회에서도 계속 작용하고 있으며, 인간 세상을 훨씬 넘어서는 차원에서도 계속 작용할 것이다.

—에드몽 웰스

163
받아들이기

타자의 문제에 관한 심오한 성찰로 프랑스 철학에 중대한 영향을 미친 에마뉘엘 레비나스에 따르면 예술가의 창조적인 작업은 다음 세 단계로 이루어진다.

첫째, 받아들이기.

둘째, 예찬하기.

셋째, 전달하기.

164
뮤즈

뮤즈의 그리스어 이름 무사(복수형 무사이)는 〈소용돌이〉를 뜻한다. 제우스와 기억의 여신 므네모시네가 아흐레 밤에 걸친 사랑을 나눈 뒤에 낳은 딸들인 이 아홉 자매는 원래 샘과 강과 개울의 요정이 될 운명을 타고났다. 그녀들이 맡아서 다스리던 물에는 특별한 효능이 있어서 그 물을 마신 시인이나 가객이 노래를 잘하도록 도와주었다고 한다. 하지만 그녀들의 권능은 거기에서 그치지 않았다. 스스로 노래를 불러 고통받는 이들을 위로하기도 했고, 예술의 영역에 상관없이 창작자들에게 영감을 주기도 했다.

뮤즈는 보이오티아 지방의 헬리콘산에 살았다. 그녀들의 성역 근처에는 샘이 있었으며, 음악가들과 시인들은 이 샘에 와서 물을 마시고 영감을 얻었다. 그녀들이 저마다 하나의 예술에 전념하게 되면서 다음과 같은 역할 분담이 이루어졌다.

- 칼리오페: 서사시
- 클리오: 역사

- 에라토: 서정시
- 에우테르페: 음악
- 멜포메네: 비극
- 폴림니아: 송가
- 테르프시코라: 무용
- 탈리아: 희극
- 우라니아: 천문학

한 전설에 따르면 트라케의 피에리아 지방에 노래를 아주 잘하는 또 다른 아홉 자매가 살았다고 한다. 피에로스의 딸들이라 해서 피에리데스라고 불렸던 그녀들은 헬리콘산에 가서 뮤즈와 노래 경연을 벌렸다. 결과는 뮤즈의 승리였다. 뮤즈는 감히 자기들에게 도전했던 피에리데스의 오만함을 벌하기 위해 그녀들을 새로 변하게 했다.

165

삼매

산스크리트어 〈사마디〉를 음역한 삼매(三昧)라는 말은 힌두교와 불교의 중요한 개념이다.

평소에 우리의 생각은 하나에 고정되지 않고 이리저리 옮겨 간다. 우리는 과거의 일에 마음을 빼앗겨서 또는 미래의 일을 생각하느라고 현재 하고 있는 일을 잊어버린다. 현재의 행위에 정신을 온전히 집중한 삼매 상태에서 우리는 자기 영혼의 주인이 된다. 삼매는 어떠한 생각이나 감정도 마음의 평온을 깨뜨리지 않는 최고도의 집중 상태이다.

삼매의 경지에서 우리의 오감을 통해 전해져 오는 것들은 아무런 의미를 갖지 못한다. 우리는 물질계와 일체의 집착에서 벗어난다. 진리를 깨달아 니르바나에 도달하고자 하는 단 하나의 동기가 있을 뿐이다.

우리는 세 단계를 거쳐서 이 경지에 도달할 수 있다.

첫 번째 단계는 〈무상(無相) 삼매〉이다. 이 단계에서는 우리의 마음을 구름이 끼지 않은 하늘과 같은 상태로 만들어야 한다. 구름은 검은빛이든 잿빛이든 금빛이든 하늘을 흐리게 한다. 우리의 생각은 구름과 같다. 구름이 나타나는 족족 몰아내어 하늘이 맑아지게 해야 한다.

두 번째 단계는 〈무향(無向) 삼매〉이다. 이 상태에서는 우리가 향하고 싶어 하는 특별한 길이 없고, 어떤 곳을 다른 곳보다 더 좋게 여기는 마음도 전혀 없다. 평평한 바닥에 놓여 있지만 어느 쪽으로도 굴러가지 않는 구체. 우리 마음은 바로 그런 구체와 같다.

세 번째 단계는 〈공(空)의 삼매〉이다. 이 경지에 도달하면 모든 것이 동일한 것으로 지각된다. 선이나 악도 없고, 유쾌한 것이나 불쾌한 것도 없으며, 과거나 미래도 없고, 가까운 것이나 먼 것도 없다. 모든 것이 동등하다. 그리고 모든 것이 동일하기 때문에 어느 것에 대해서도 다른 태도를 취할 까닭이 없다.

166
역사를 보는 눈

지구의 역사를 일주일이라는 시간으로 환치하면, 하루는 대략 6억 6천만 년에 해당한다.

우리의 역사가 월요일 0시에 지구가 단단한 구체로 출현하면서 시작된다고 가정해 보자. 월요일과 화요일과 수요일 오전까지는 아무 일도 일어나지 않는다. 그러다가 수요일 정오가 되면 생명이 박테리아의 형태로 나타나기 시작한다.

목요일에서 일요일 오전까지 박테리아가 증식하고 새로운 생명 형태로 발전한다.

일요일 오후 4시쯤에는 공룡이 나타났다가 다섯 시간 뒤에 사라진다. 더 작고 연약한 생명 형태들은 무질서한 방식으로 퍼져 나가다가 사라진다. 약간의 종만이 우연히 자연재해에서 살아남는다.

일요일 자정 3분 전에 인류가 출현하고, 자정 15초 전에 최초의 도시들이 생겨난다. 자정 40분의 1초 전, 인류는 최초의 핵폭탄을 투하하고 달에 첫발을 내디딘다.

우리는 기나긴 역사를 가지고 있다고 생각한다. 하지만 지구의 역사에 비하면 우리가 〈의식을 가진 새로운 동물〉로 존재하기 시작한 것은 겨우 한순간 전의 일일 뿐이다.

167
시시포스

그의 이름은 〈영리한 사람〉을 뜻한다. 그는 아이올로스의 아들이며, 플레이아데스(아틀라스와 플레이오네의 딸들) 가운데 하나인 메로페의 남편이다. 그는 코린토스라는 도시의 건설자이기도 하다.

그의 백성들은 펠로폰네소스반도와 그리스 본토를 연결하는 코린토스 지협을 통제하면서 여행자들을 공격하고 재물을 갈취했다. 코린토스가 초창기에 번영을 누리고 군자금을 모을 수 있었던 것은 바로 그 덕분이었다. 시시포스는 그런 해적질의 단계에서 점차 해상 무역의 단계로 넘어갔다.

어느 날 제우스가 코린토스에 들렀다. 하신(河神) 아소포스의 딸 아이기나를 납치해 가던 길이었다. 시시포스는 딸을 찾아다니던 아소포스에게 납치범이 누구인지를 알려 주었다. 아소포스는 그 대가로 영원히 마르지 않는 샘을 그에게 선물했다. 하지만 이 일로 그는 제우스의 노여움을 샀다. 제우스는 그의 고자질을 용서하지 않고 죽음의 신 타나토스에게 그를 영벌에 처하도록 명령했다.

타나토스가 족쇄를 들고 나타나자, 꾀바른 시시포스는 오히려 그에게 족쇄를 채웠다. 타나토스가 자기 자신을 상대로 족쇄를 시험하도록 꼬인 것이었다. 그렇게 죽음의 신이 코린토스에 감금되어 있었던 탓에 지상에서는 한동안 죽는 사람이 없었다.

제우스는 더욱 화가 나서 전쟁의 신 아레스를 보내 타나토스를 구출하고 교활하기 짝이 없는 코린토스의 왕을 붙잡았다.

그러나 시시포스는 그렇게 호락호락한 상대가 아니었다. 그는 운명에 굴복하는 척하면서 저승에 내려가기 전에 아내에게 자기의 장례를 지내지 말라고 넌지시 일렀다. 저승에 다다르자, 그는 자기 아내가 장례를 지내 주지 않았다고 개탄하면서 지상에 돌아가 아내를 벌할 수 있도록 사흘의 말미를 달라고 하데스에게 간청했다.

하데스의 허락을 얻고 코린토스에 돌아온 시시포스는 저승에 돌아가기를 거부했다. 제우스는 헤르메스를 시켜 그를 저승으로 다시 데려가게 했다. 저승의 심판관들은 신에게 거듭 반항한 죄를 엄중하게 다스려 본보기로 삼아야 한다고 생각했다. 그들은 그의 죄에 걸맞은 특별한 형벌을 만들어 냈다. 커다란 바위를 산꼭대기로 밀어 올리고 반대쪽 비탈로 굴러 떨어지면 다시 밀어 올리는 형벌이 바로 그것이었다. 그가 잠시 쉬었다 갈라치면, 에리니에스, 즉 복수와 징벌의 여신들 가운데 하나가 채찍을 휘둘러 그를 잡도리했다.

168
문자

기원전 3000년 무렵에 근동의 대문명들은 모두 문자를 가지고 있었다. 수메르인들은 설형 문자, 말 그대로 〈쐐기꼴〉 문자 체계를 발전시켰다. 그들의 위대한 혁신 덕분에 존재와 사물을 그대로 본뜬 회화 문자에서 훨씬 상징적인 선으로 이루어진 문자가 생겨난 것이다. 이 문자는 관념뿐만 아니라 소리도 나타낸다. 예를 들어 화살을 의미하는 기호는 〈티〉라는 소리를 나타내다가 곧 생명이라는 추상적인 개념과 결합되었다. 이 문자 체계는 가나안족과 바빌로니아인들과 후르리족에게 전파되었다.

기원전 2600년경에 수메르인들은 약 6백 개의 기호를 사용하고 있었다. 이 가운데 150개는 묘사와 거리가 먼 추상적인 의미를 지닌 것이었다. 서사들은 이 기호들을 젖은 점토판에 새긴 다음 점토판을 햇볕에 말리거나 화덕에 넣고 구워서 단단하게 만들었다. 이 문자는 교역과 외교에 사용되다가 곧 종교적인 글과 시를 적는 데도 사용되었다. 이 문자로 쓰인 길가메시 왕의 서사시는 인류가 만들어 낸 최초의 서사 문학으로 간주된다.

그 뒤에 페니키아의 도시 비블로스에서 현대 알파벳의 원조인 고대 표음 문자가 나타났다. 흔히 페니키아 문자라 부르는 이 문자는 오늘날의 히브리 문자와 상당히 비슷하다. 베이루트 국립 박물관에 소장되어 있는 비블로스 아히람 왕의 석관에 새겨진 글은 페니키아 문자의 가장 오래된 본보기이다. 이 새김글에는 22개의 자음자가 나타나 있다. 페니키아 문자는 교역과 탐험의 과정에서 지중해 전역으로 퍼져 나갔다.

히브리 문자에서와 마찬가지로 페니키아 문자의 첫 글자는 〈알레프〉라 불린다. 이 글자는 원래 소의 머리 모양으로 되어 있었는데, 뿔이 아래쪽을 향하도록 뒤집어짐으로써 우리가 사용하는 A가 되었다. 그런데 왜 소의 머리를 첫 글자로 삼았을까? 그건 아마도 당시에 소가 주된 에너지원이었기 때문일 것이다. 고기와 젖을 주고 수레와 쟁기를 끄는 소야말로 가장 소중한 동물이 아니었을까?

169

세미라미스 여왕

아시리아인이 이웃 민족들을 공포에 떨게 하면서 메소포타미아에 강대하고 안정된 왕국을 건설하던 때에 세미라미스라는 여인이 겪었던 놀라운 운명에 관한 이야기. 세미라미스는 오늘날의 이스라엘 남부 아슈켈론 근처에서 태어났다. 그녀의 어머니는 호수에 사는 여신이었는데, 갓 낳은 딸을 버리고 호수 속으로 도망쳤다. 아기는 비둘기들이 양치기에게서 훔쳐다 준 젖을 먹으며 자랐다. 그러다가 양치기가 거둬 준 뒤로 아리따운 처녀로 성장했다. 니누스 왕의 장수 하나가 총명하고도 아름다운 그녀에게 반하여 그녀를 아내로 맞았다. 어느 날 그는 아내를 니누스 왕에게 데려갔다. 왕은 그녀를 보자마자 사랑에 빠졌다. 그래서 그녀의 남편에게 자살을 강요하고 그녀를 왕비로 삼았다. 하지만 세미라미스는 얼마 지나지 않아 왕을 독살하고 거대한 영묘를 그에게 바쳤다.

여왕으로 등극한 세미라미스는 당대에 가장 큰 왕국 가운데 하나였던 아시리아를 평화롭게 다스렸다. 여왕은 유프라테스강 변에 바빌론을 건설하고 호사스러운 기념물들을 세우기 시작했다. 그중 하나가 고대 세계의 7대 불가사의에 속하는 유명한 〈공중 정원〉이다. 명예욕이 남달리 강했던 여왕은 그 정도로 만족하지 않고 정복 전쟁에 나섰다. 그럼으로써 이집트와 메디아, 리비아, 페르시아, 아라비아, 아르메니아 등지를 점령하기에 이르렀다. 하지만 인더스강 근처에 다다랐던 여왕의 군대는 인도인들에게 패하고 말았다.

세미라미스 여왕은 42년 동안 재위하면서 아시리아를 군사 대국이자 문화 강국의 반열에 올려놓았다. 그런 다음에는 아들 니니아스에게 왕위를 물려주고 가뭇없이 사라졌다.

후대의 왕들은 여자를 멸시한 나머지 여왕의 치세가 남긴 자취를 점차로 지워 버렸다. 한낱 여왕이 자기들보다 통치를 잘했다는 사실을 잊게 하기 위해서였다.

170

이크나톤

이크나톤*은 기원전 14세기 중엽에 이집트를 다스렸던 왕이다. 즉위할 때의 이름은 아멘호테프 4세였으나 태양신 아톤을 숭배하는 일신교를 창시하면서 〈아톤 신의 마음에 드는 자〉를 뜻하는 이크나톤으로 개명했다.

이크나톤을 나타낸 조각상들은 오늘날까지 보존된 것이 드물다. 그것들을 보면 이크나톤의 신체적 특징은 후리후리한 키, 길쭉한 얼굴, 가늘고 긴 눈, 차분한 눈매, 도톰한 입술, 뾰족한 턱, 관 모양의 수염 등으로 나타난다. 파라오들의 전통적인 조각상들과는 사뭇 다른 모습이다.

어떤 조각상에는 이크나톤 옆에 왕비 네페르티티가 파라오의 관을 쓴 모습으로

• 『표준국어대사전』의 표기를 따른 것이지만, 책에 따라서 아크나톤, 아케나텐 등으로 표기하기도 한다. 이와 같은 표기법의 혼란은 고대 이집트어의 신성 문자가 지닌 특성에서 비롯된 것이다. 신성 문자는 한 음절에 한 글자가 대응하며 자음과 모음이 결합해서 한 음절을 형성하는 경우에는 자음만 표기한다. 그래서 예를 들어 H에 해당하는 자음자가 있을 때 이것을 〈하〉로 읽어야 할지 〈헤〉나 〈호〉로 읽어야 할지 확실치 않다. 마찬가지로 AMNHTP로 표기될 수 있는 왕명의 경우에는 〈아멘호테프〉로 읽을 수도 있고 〈아멘헤테프〉나 〈아몬호테프〉 등으로 읽을 수도 있다. 다만 어느 정도의 일관성은 필요하다. 예컨대 아멘호테프는 〈아멘 신은 만족한다〉라는 뜻이므로 만약 신의 이름을 아몬으로 표기했다면 왕명도 아몬호테프나 아몬헤테프 등으로 표기하는 것이 바람직하다는 것이다(요시무라 사쿠지, 『고고학자와 함께하는 이집트 역사 기행』 12장 참조).

나타나 있다. 이는 이크나톤이 왕비에게 자기와 대등한 지위를 부여했다는 것을 말해 준다. 이크나톤의 개혁 의지는 어쩌면 네페르티티의 영향을 받은 것일지도 모른다.

이크나톤은 신관들의 과도한 권력을 축소하고 이집트 사회의 낡은 전통을 혁파하여 새로운 왕국을 건설하고자 했다. 그는 이집트의 최고신으로 숭배되던 숫양 머리의 아멘라*를 신들의 왕이라는 자리에서 끌어내리고 태양신 아톤을 유일신으로 숭배하게 했다. 이것은 다신교에서 일신교로 넘어가는 종교 혁명인 동시에 아멘라를 숭배하는 신관들을 권력에서 배제하기 위한 정치 개혁이기도 했다.

이크나톤은 아멘 신의 도시이자 신관들의 아성인 테베를 벗어나기 위해 오늘날의 텔 알 아마르나에 아케트 아톤, 즉 〈아톤의 지평선〉이라는 새 수도를 건설했다.

〈아톤〉이라는 말은 빛과 열기를 의미할 뿐만 아니라 정의 또는 우주에 두루 퍼져 있는 생명 에너지를 뜻하기도 한다. 이크나톤은 누비아인과 히브리인을 관직에 등용하는 파격적인 정책을 썼다. 〈아톤〉은 어쩌면 히브리인들이 사용하던 신의 호칭 가운데 하나인 〈아도나이〉가 변한 〈아돈〉에서 나온 말일지도 모른다.

새 수도를 꾸미는 데 참여한 예술가들은 이크나톤의 뜻을 받들어 사실주의의 작풍을 개척했다. 그리하여 백성들의 일상적인 삶이나 가정생활을 표현한 작품들이 처음으로 나타나게 되었다. 주로 전쟁이나 종교에서 소재를 취했던 기존의 예술과는 아주 다른 양식이었다.

이크나톤은 아톤 신에게 바치는 신전도 짓게 했다. 이 신전은 중심축으로 들어온 햇살이 건물 내부를 환히 비추도록 설계되어 있었다.

그가 재위하던 시기에 이집트 왕국은 오늘날의 에티오피아에서 터키 남부에 이

• 아멘라는 아멘과 라가 일체화한 신이다. 아멘(또는 아몬)은 〈감춰진 자〉라는 어원이 시사하듯 형상이 고정되어 있지 않고 다양한 모습(숫양이나 기러기의 머리가 달린 사람, 사람의 얼굴에 숫양의 뿔이 달린 모습, 머리에 한 쌍의 깃털 장식과 태양을 얹은 사람 등)으로 나타난다. 원래는 테베 지방에서 숭배하던 대기의 신 또는 풍요의 신이었으나 중왕국 시대에 테베가 이집트의 수도가 되면서 왕조의 수호신, 신들의 왕으로 지위가 격상되었고 하이집트의 태양신이었던 라(또는 레)와 일체를 이루면서 상하 이집트에서 두루 숭배되는 가장 강력한 신이 되었다. 고대 그리스인들은 아멘을 제우스와 동일시했다.

르는 광대한 지역에 영향력을 행사했다. 그러다가 이민족들의 침입이 잦아지면서 영토가 조금씩 잘려 나갔다. 하지만 이크나톤은 전쟁을 싫어하는 왕이었다. 그의 궁궐에서 발견된 이른바 〈아마르나 문서〉에는 비블로스의 제후 리브하다가 그에게 보낸 서신들이 다수 포함되어 있다. 이 서신들에 따르면 리브하다는 비블로스가 아무르족의 공격을 받고 있다면서 여러 차례 지원을 요청했다. 하지만 이크나톤은 수도를 건설하고 왕국을 다스리는 일에 전념하느라고 그 요청에 응하지 않았다. 그는 아리아인의 일파인 히타이트족이 북부의 도시들을 공격했을 때도 대응을 하지 않았다. 그러다가 다마스와 카데시와 카트나가 침략자들의 수중에 들어가고 나서야 군대를 보내기로 결정했다. 하지만 이미 때를 놓친 뒤였다.

아몬의 신관들은 군사 분야의 그런 실패를 빌미로 이크나톤의 일신교를 이단으로 몰았다. 급기야는 한 장군의 주도 아래 군사 정변이 일어났고, 이크나톤은 비참한 최후를 맞았다. 왕비 네페르티티는 아멘라를 주신으로 삼는 다신교로 다시 개종해야 했다. 새 수도는 폐허가 되었고, 〈이단적인 파라오〉를 나타낸 그림과 조각상은 거의 파괴되었다.

171

수메르와 태양계의 또 다른 행성

수메르의 우주 창성 신화를 담고 있는 점토 서판들은 태양계에 우리가 알고 있는 행성들 말고 또 다른 행성이 있음을 암시하고 있다. 아제르바이잔에서 태어나 팔레스타인에서 어린 시절을 보낸 미국의 수메르 문명 연구가 제카리아 시친의 주장에 따르면, 수메르 사람들은 이 행성을 니비루라 불렀다. 이 행성은 3천6백 년 주기의 타원 궤도를 그리면서 다른 행성들과 반대되는 방향으로 돌고, 태양계 전체를 관통하다가 지구에 접근할 때도 있다고 한다.

시친이 해석한 점토 서판의 기록에 따르면, 수메르인들은 이 행성에 안누나키 족이라는 외계인들이 산다고 생각했다(안누나키는 수메르어로 〈하늘에서 내려온 사람들〉이라는 뜻이다.* 이 외계인들은 키가 3미터에서 4미터에 달했고 수명이 수백 살이었다고 한다. 그런데 지금으로부터 약 40만 년 전에 안누나키족은 파멸의 겨울을 예고하는 기상 이변을 겪었다. 안누나키족의 과학자들은 대기의 위쪽 부분에 금가루를 뿌려서 인공 구름을 만들어 냈다. 니비루가 우리 지구에 충분히 접근했을 때, 안누나키족은 우주선을 타고 지구로 날아왔다. 이 우주선은 끝이 뾰족한 기다란 관(管)처럼 생겼고 꽁무니로 불을 토했다고 언급되어 있다. 그들은 우주선 선장 엔키의 지휘에 따라 수메르 지방에 착륙했다. 그들은 거기에서 금을 찾아내지 못하고 행성의 다른 지역을 탐사한 끝에 아프리카 남동부에 있는 한 골짜기에서 금광을 발견했다. 처음에 금광을 개발하고 금을 캔 것은 엔키의 동생 엔릴이 이끄는 안누나키족 일꾼들이었다. 그런데 이 일꾼들이 폭동을 일으키자 외계의 과학자들은 새로운 노동력을 만들어 내기로 했다. 그들은 안누나키족과 지구의 영장류를 교배했다. 그리하여 지금으로부터 30만 년 전에 인류가 생겨났다. 수메르 문헌들은 안누나키족이 〈아주 높이 달린 눈〉으로 땅을 살피고 〈모든 물질을 관통하는 뜨거운 광선〉을 가지고 있었기 때문에 자기들의 노예인 인간들에게 이내 경외심을 불러일으켰다고 이야기한다.

엔릴은 금을 거둬들이고 임무를 마친 뒤에 인류를 없애 버리라는 명령을 받았다. 이종 교배를 통해서 생겨난 인간들 때문에 지구에 분란이 생기는 것을 막아야 한다는 것이 그 명령의 이유였다. 하지만 엔키는 몇몇 인간을 살려 주고(노아의 방주?), 인간에게 계속 살아갈 자격이 있다고 말했다. 엔릴은 형 때문에 화가 나서(이집트인들은 이 이야기를 계승해서, 엔키와 엔릴의 대립을 오시리스와 세트 형

• 구약 성경 「창세기」 6장에는 사람의 딸들과 결혼했다는 〈하느님의 아들들〉에 관한 이야기가 나온다. 제카리아 시친은 이 〈하느님의 아들들〉이 누구일까라는 물음에 답하기 위해 수메르의 고문헌을 연구했다고 말한다. 하지만 독학으로 수메르어를 비롯한 고대 중근동의 언어에 통달했다는 그의 고문헌 해석은 지나친 주관성과 부정확성 때문에 전문 연구가들의 비판을 받고 있다.

제의 대립으로 바꿨을 수도 있다), 현자들의 회의를 소집했다. 현자들은 인간이 지구에서 번식하는 것을 허용하기로 했다. 그 뒤로 안누나키족은 사람들의 딸들을 아내로 맞아들였다. 지금으로부터 10만 년 전의 일이었다.

안누나키족은 자기네 지식을 조금씩 인간에게 전수하기로 하고, 인간들의 왕을 두 세계의 매개자로 삼았다. 왕들은 안누나키족의 가르침을 전해 받는 비밀 의식을 거행할 때마다 자기들 내부에 있는 안누나키의 요소를 일깨우기 위해 묘약을 삼켜야만 했다. 이 묘약에는 외계인들의 호르몬이 들어 있었다. 안누나키족 왕녀들의 월경수가 그것의 재료였다고 한다. 우리는 여러 종교의 의식들에서 그 기이한 행위를 상징하는 요소들을 찾아볼 수 있다.

172
다니엘의 예언

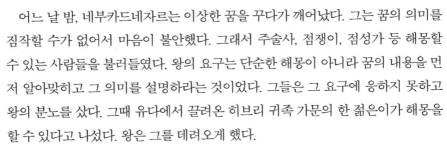

기원전 587년, 히브리인들의 유다 왕국은 네부카드네자르* 왕이 이끄는 바빌로니아인들의 침략을 받았다. 최초의 성전은 파괴되었고 여호야킴 왕과 귀족들은 포로가 되어 바빌론으로 끌려갔다.

어느 날 밤, 네부카드네자르는 이상한 꿈을 꾸다가 깨어났다. 그는 꿈의 의미를 짐작할 수가 없어서 마음이 불안했다. 그래서 주술사, 점쟁이, 점성가 등 해몽할 수 있는 사람들을 불러들였다. 왕의 요구는 단순한 해몽이 아니라 꿈의 내용을 먼저 알아맞히고 그 의미를 설명하라는 것이었다. 그들은 그 요구에 응하지 못하고 왕의 분노를 샀다. 그때 유다에서 끌려온 히브리 귀족 가문의 한 젊은이가 해몽을 할 수 있다고 나섰다. 왕은 그를 데려오게 했다.

젊은이의 이름은 다니엘이었다. 그는 먼저 왕이 무슨 꿈을 꾸었는지 이야기했

• 가톨릭 새 성경의 표기를 따른 것이다. 개신교 개역 한글판과 공동 번역 성서의 표기로는 느부갓네살.

다. 왕이 꿈에서 본 것은 무시무시한 거인이었다. 거인의 머리는 금으로 되어 있었고, 가슴과 팔은 은으로, 배와 넓적다리는 청동으로, 아랫다리는 쇠로, 발은 쇠와 진흙으로 되어 있었다. 그런데 느닷없이 돌 하나가 날아와 쇠와 진흙으로 된 발을 부수자 거인은 산산조각이 되어 흔적도 없이 날아가 버렸다.

이어서 다니엘은 꿈의 의미를 설명했다. 금으로 된 머리는 바빌로니아 왕국의 지배를 나타내는 것이었고, 은으로 된 가슴과 팔은 그보다 못한 나라가 뒤를 이어 지배하리라는 것을 예고하는 것이었다(우리는 이것을 기원전 539년에서 331년에 걸쳐 메디아 왕국과 페르시아 제국이 지배했던 것을 가리키는 것으로 생각할 수 있다). 그런가 하면 청동으로 된 배와 넓적다리는 그다음에 지배할 나라를 의미하는 것이었고(그리스인들은 기원전 331년에서 168년 사이에 지중해 연안 지역을 거의 다 점령했다), 쇠로 된 아랫다리는 쇠처럼 모든 것을 부숴 버리는 강건한 나라의 지배를 상징하는 것이었다(로마인들은 기원전 168년에서 기원후 476년에 걸쳐 이 지역을 지배했다). 쇠와 진흙으로 된 발은 앞의 강대한 나라가 둘로 갈라지리라는 뜻이었다(로마 제국은 4세기에 동서로 분열되었다). 끝으로 다니엘은 돌 하나가 산에서 떨어져 나와 금과 은과 청동과 쇠와 진흙을 부수듯이, 하느님이 세우신 나라가 앞의 모든 나라를 부수어 멸망시킬 것이라고 했다.

쇠처럼 강건한 나라가 히브리인들의 나라를 점령한 뒤에 결국 붕괴하게 되리라는 다니엘의 예언은 이후에 다양한 해석을 낳았다. 특히 꿈속의 거인을 부순 돌이 하느님 나라의 도래를 알리는 메시아의 예언일 거라는 해석이 생겨나면서 메시아를 자처하는 사람들이 숱하게 나타났다. 그들의 대다수는 로마인들에게 죽임을 당했다. 로마인들 역시 다니엘의 예언을 알고 있었고, 쇠처럼 강건한 자기들의 제국이 붕괴되는 것을 원치 않았던 것이다.

173

가이아의 대답

사람들은 오랫동안 왜 메뚜기들이 수백만 마리씩 떼를 지어 구름처럼 몰려다니는지 궁금하게 여겼다. 그런데 알고 보면 그런 현상은 아주 당연한 것이다. 그것은 단일 경작이라는 인간의 행위가 가져온 결과이다. 광대한 농경지에 한 가지 작물만 심다 보니 그 작물의 천적이 한 지역으로 몰려들게 되고 그럼으로써 기하급수적으로 개체 수가 불어난 것이다. 인간이 그렇게 관여하기 전만 해도 메뚜기는 혼자 있기를 좋아하고 별로 해를 끼치지 않는 곤충일 뿐이었다. 하지만 인간들이 자연을 변화시키고 싶어 했던 곳에서는 어디에서나 메뚜기들이 저희 나름의 방식으로 인간들에게 반응을 보였다.

인간이 땅거죽에서 핵폭탄을 터뜨리면 가이아는 지진으로 대답한다. 인간이 지구의 검은 피인 석유를 유독 가스로 변화시켜 생명을 질식시키는 구름을 만들어 내면 지구는 기온 상승으로 응답한다. 그러고 나면 빙하가 녹고 홍수가 일어난다.

인간은 자기들이 지구를 상대로 도발을 할 때마다 지구가 응답한다는 사실을 아직 깨닫지 못했다. 그래서 이른바 자연재해가 일어날 때마다 깜짝깜짝 놀란다. 하지만 인간이 자연재해라고 말하는 것들은 인간이 어머니인 지구와 대화를 하지 않음으로써 생겨난 인재(人災)일 뿐이다.

174

헤라클레스

헤라클레스는 그리스어로 〈헤라의 영광〉이라는 뜻이다. 그는 제우스가 절세가인 알크메네와 결합하여 낳은 아들이다. 제우스는 그녀의 남편이 원정을 떠난 사이에 남편으로 변신하여 그녀와 동침했다.

남편 제우스의 엽색 행각에 진저리를 내고 있던 헤라 여신은 요람에 누워 잠들어 있는 아기를 죽이기 위해 커다란 뱀 두 마리를 보냈다. 하지만 헤라클레스는 갓난아이 때부터 힘이 장사였기 때문에 뱀들의 목을 졸라 죽일 수 있었다.

헤라클레스에 대한 헤라의 증오는 거기에서 그치지 않았다. 그가 테베 왕국을 외적의 침입에서 구하고 메가라 공주와 결혼하여 많은 자식을 낳은 뒤에 헤라는 그를 미치광이로 만들어 버렸다. 그는 정신 착란 상태에서 자기 자식들을 살해했다. 제정신이 돌아오자 그는 죄를 씻기 위해 델포이의 아폴론 신전에 가서 신탁을 구했다. 피티아, 즉 아폴론의 여사제가 알려 준 신탁은 사촌 형인 티린스의 왕 에우리스테우스를 12년 동안 섬기면서 그가 명하는 과업을 수행해야 한다는 것이었다. 그리하여 헤라클레스는 자신의 죄를 씻고 헤라 여신의 영광을 드높이기 위한 다음의 열두 가지 위업을 이뤄 냈다.

1. 네메아의 사자 사냥: 네메아의 사자는 가죽이 거북의 딱지처럼 단단해서 곤봉이나 화살이나 칼로 공격하는 것은 아무 소용이 없었다. 헤라클레스는 맨손으로 괴물의 목을 졸라 죽인 다음 괴물 자신의 발톱을 사용해서 가죽을 벗겨 냈다.

2. 레르네 늪의 히드라 죽이기: 히드라는 개의 몸뚱이에 뱀의 머리가 아홉 개 달린 괴물이었다.

3. 케리네이아의 사슴 사냥: 청동 발굽에 황금 뿔을 지닌 이 사슴은 예전에 사냥의 여신 아르테미스조차 잡으려다 놓칠 만큼 발이 빨랐다.

4. 에리만토스의 멧돼지 생포.

5. 엘리스의 왕 아우게이아스의 외양간 청소.

6. 스팀팔로스 호수의 괴조(怪鳥) 퇴치.

7. 크레타의 황소 생포.

8. 디오메데스의 암말 생포: 트라케의 왕 디오메데스는 자기 나라를 찾아오는 이방인들의 살을 암말들에게 먹이로 주었다. 헤라클레스의 임무는 이 만행을 응징하고 암말들을 끌고 오는 것이었다.

9. 아마존 여왕 히폴리테의 허리띠 얻어내기.

10. 게리온*의 소 떼 훔치기: 게리온은 세 사람을 한 몸에 합쳐 놓은 거인으로서 망망대해 너머의 머나먼 서쪽에 있는 섬에서 많은 소를 기르며 살고 있었다.

11. 헤스페리데스의 정원의 황금 사과 따오기: 이 사과는 대지의 여신 가이아가 헤라에게 결혼 선물로 준 사과나무에서 열린 것이었다.

12. 저승을 지키는 개 케르베로스를 지상으로 데려오기: 헤라클레스는 가장 어려운 이 과업을 수행하기 위해 저승에 안전하게 가는 법을 가르치는 엘레우시스 신비 의식에 입문했다.

175

선발

예전에 미국 중앙 정보국에서는 첩보 요원이 될 사람들을 선발하기 위해서 여러 가지 방법을 사용했다. 그중에는 아주 간단한 방법도 하나 있었다. 먼저 신문에 구인 광고를 낸다. 이 광고에는 시험을 본다거나 이러저러한 서류를 제출하라는 얘기가 없다. 개별적으로 추천서를 받아 오라거나 이력서를 내라는 요구조차 없다. 누구든 관심이 있으면 모일 아침 7시에 모처의 사무실로 오라고 되어 있을 뿐이다. 그리고 나면 백여 명의 후보자들이 찾아와 대기실에서 함께 기다린다. 하지

• 게리온은 그리스의 비극 시인 아이스킬로스나 라틴어의 표기를 따른 것이며, 헤시오도스의 『신통기』를 비롯한 서사시에서는 게리오네우스, 아리스토파네스와 핀다로스의 시나 아폴로도로스의 『신화집』 등에서는 게리오네스로 표기되었다.

만 한 시간이 지나도록 아무도 그들을 데리러 오지 않는다. 다시 한 시간이 흐른다. 참을성이 없는 후보자들은 기다림에 지쳐서, 사람을 오라 해놓고 이게 뭐하는 거냐고 투덜대면서 자리를 뜬다. 오후 1시쯤 되면 반수 이상이 문을 쾅 닫으며 가버린다. 오후 5시쯤이면 4분의 1 정도만 남게 된다. 마침내 자정이 된다. 그때까지 버티고 있는 사람은 한두 명뿐이다. 그들은 자동적으로 고용된다.

176
돼지 이야기

　프랑스의 돼지고기 가공업자들은 언제부턴가 돼지고기에 지린내가 배어 뒷맛이 좋지 않다는 것을 알아차렸다. 이 뒷맛은 갈수록 고약해져서 식용에 적합하지 않을 정도가 되었다. 그들 중의 한 단체는 보르도 국립 보건 의학 연구소의 로베르 당체르 교수에게 그 수수께끼를 해결해 달라고 부탁했다. 수의학 박사이자 신경 생물학자인 당체르 교수는 도살장들을 돌아다니며 조사를 벌인 끝에 한 가지 사실을 깨달았다. 오줌 맛이 역하게 나는 돼지들은 죽음을 앞둔 저희의 상황을 의식하고 가장 심한 불안감을 느꼈던 돼지들이었다.

　당체르 교수는 이 문제를 해결하기 위해 두 가지 방책을 권했다. 정신 안정제를 투여하거나 돼지를 제 가족과 떼어 놓지 말라는 것이었다.

　그가 알아낸 바에 따르면, 도살하려는 돼지를 새끼들 곁에 놓아두면 자신의 상황을 있는 그대로 받아들이면서 스트레스를 받지 않는다고 했다.

　돼지고기 가공업자들은 정신 안정제를 투여하는 방법을 선택했다. 그에 따라 소비자들이 돼지고기를 먹으면 돼지의 불안감을 가라앉히기 위해 투여했던 발륨도 그들의 몸속으로 들어가게 되었다. 그런데 이 발륨에는 한 가지 단점이 있다.

습관성 의약품이라는 점이 바로 그것이다. 결국 발륨을 먹인 돼지고기를 먹은 사람들은 일정한 양의 발륨을 규칙적으로 복용해야 불안감에 빠지지 않는 신세가 되고 만다.

177
톨텍 인디언의 네 가지 약속

돈 미겔 루이스는 1952년 멕시코에서 태어났다. 그의 어머니는 쿠란데라(치료사)였고 할아버지는 나구알(샤먼)이었다. 그는 의학 공부를 하고 외과 의사가 되었는데, 어느 날 교통사고를 당하고 NDE(임사 체험)를 겪었다. 그 뒤로 그는 나구알의 지혜를 되찾기로 하고 톨텍 인디언의 가르침을 계승한 〈독수리 기사단〉 계보의 나구알이 되었다.

그는 대표적인 저서 『네 가지 약속』에서 자신의 가르침을 요약한 행동 지침을 제안하고 있다. 본디 자유롭고 평화롭게 살도록 태어난 개인에게 고통을 주는 집단적 길들이기와 미래에 대한 공포에서 벗어나기 위해서는 우리가 암묵적으로 또는 무의식적으로 받아들여 온 낡은 사회적 약속을 깨고 다음과 같은 새로운 약속을 맺어야 한다는 것이다.

첫 번째 약속: 말로써 죄를 짓지 말라.

공명정대하게 말하고 자기가 진정으로 생각하는 것만을 말하라. 자기 자신을 거스르는 말을 하지 말고 남에 대해서 나쁘게 말하지 말라. 말은 주위의 모든 것을 파괴할 수 있는 무기이다. 말의 힘을 의식하고 잘 다스려야 한다. 거짓말을 하거나 험담을 하지 말라.

두 번째 약속: 남이 어떤 말과 행동을 하든 당신 자신과 관련시켜 반응하지 말라.

다른 사람들이 당신에 관해서 말하고 당신에게 반대하여 행하는 것은 그들 자신의 현실, 그들의 두려움이나 분노나 환상의 투영일 뿐이다. 예를 들어 어떤 사람이 당신을 모욕한다면, 그것은 그 사람의 문제지 당신의 문제가 아니다. 상처를 받지 말고, 스스로를 문제 삼지도 말아야 한다.

세 번째 약속: 함부로 추측하지 말라.

부정적인 가능성을 가정하게 되면 나중엔 마치 그런 일이 꼭 일어날 것처럼 믿게 된다. 예를 들어 어떤 사람이 약속 시간이 지나서도 오지 않을 때, 그에게 사고가 난 게 아닐까 하는 식으로 생각하지 말라는 것이다. 사정을 모를 때는 지레짐작하지 말고 먼저 알아보아야 한다. 당신 자신이 두려워하는 것, 당신의 마음이 지어낸 것을 확신하지 말라.

네 번째 약속: 항상 최선을 다하라.

성공은 의무가 아니다. 의무가 있다면 최선을 다해야 할 의무가 있을 뿐이다. 만약 실패하더라도 스스로를 심판하거나 자책하거나 후회하지 말라. 앞날을 걱정하지 말고 시도하라. 당신의 개인적인 능력을 최상의 방식으로 사용하도록 노력하라. 자기 자신에게 너그러워야 한다. 당신은 완벽하지 않으며 실패할 수도 있다는 사실을 받아들여라.

178
아르키메데스

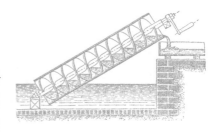

아르키메데스는 기원전 287년 시칠리아의 시라쿠사에서 천문학자의 아들로 태어났다. 당시에 시라쿠사는 그리스 문화권에 속해 있으면서도 카르타고의 영향을 받고 있던 문명의 교차로였다.

그는 목욕을 하다가 욕조의 물이 넘치는 것을 보고 유명한 〈아르키메데스의 원리〉 ― 액체나 기체 속에 있는 물체는 그 물체가 차지한 액체나 기체의 부피만큼의 부력을 받는다 ― 를 발견했다. 그때 〈알아냈다!〉는 뜻의 전설적인 명언 〈유레카〉

가 그의 입에서 터져 나왔다(이 원리를 설명하고 있는 아르키메데스의 논문 「부체 (浮體)에 관하여」는 1906년 덴마크의 한 서지학자가 콘스탄티노플에서 찾아낸 양피지 문서 덕분에 망각의 늪에서 되살아났다. 이 문서는 중세에 한 수도사가 양피지에 원래 씌어 있던 글을 지우고 기도문을 필사한 것인데, 지운 자국을 조사해 본 결과 애초에는 아르키메데스 저작의 그리스어 필사본이었다는 사실이 밝혀졌다).

아르키메데스는 힘의 평형에 관해서 연구하고 지렛대의 원리를 이론화하기도 했다. 〈나에게 지렛대와 받침점을 주면 지구를 들어 올리겠다〉라는 유명한 말 역시 그가 남긴 것이다.

아르키메데스는 고대의 가장 위대한 수학자였다. 당시에 누구도 상상하지 못한 방법으로 원주율의 근삿값을 계산해 냈는가 하면, 구체의 표면적과 부피가 그 구에 외접하는 원기둥의 표면적과 부피의 3분의 2라는 것을 증명하기도 했고, 기수법과 무한에 관심을 갖고 흥미로운 저서를 쓰기도 했다.

뿐만 아니라 그는 기계 공학 분야의 뛰어난 발명가였다. 톱니바퀴 장치의 원조라 할 만한 것을 고안하여 당대에 알려진 천체의 위치와 운동을 설명하기 위한 플라네타륨을 만들었고, 물을 퍼 올리거나 곡물을 위로 올릴 때 사용하는 〈아르키메데스의 스크루〉라는 회전 장치를 발명했으며, 볼트와 너트를 고안했다.

제2차 포에니 전쟁 때 시라쿠사의 왕은 카르타고와 동맹을 맺었다. 카르타고의 적국이었던 로마는 그에 대한 보복으로 3년에 걸쳐 시라쿠사를 포위 공격했다. 이 공성전 기간 동안 아르키메데스는 왕의 요구를 받들어 시라쿠사를 수호하기 위한 갖가지 놀라운 병기를 만들어 냈다. 그는 로마군의 투석기보다 열 배나 강력한 투석기를 개발했다. 도시의 턱밑으로 다가드는 적선을 공격하는 기중기를 만들기도 했다. 이 기중기는 성의 내벽에 세워져 있었고 적선이 다가들면 기계식 쇠 집게를 던져 뱃머리에 건 다음 배를 번쩍 들어 올려 장난감처럼 뒤집어엎고 배에 탄 적병들을 수장시켜 버리는 기계였다. 시대를 훨씬 앞서 간 아르키메데스의 다른 발명품들 중에는 거대한 포물면 반사경으로 태양 광선을 집중시켜 그 열로 적선의 돛을 불태우는 장치도 있었다.

그리스의 전기 작가 플루타르코스는 아르키메데스의 죽음을 이렇게 전한다. 〈그는 시라쿠사가 함락된 사실도 모르는 채 수학적인 도형을 골똘히 바라보며 문제를 풀고 있었다. 그때 로마군 병사 하나가 들이닥쳤다. 병사는 그를 사령관에게 데려가려고 동행을 명령했다. 아르키메데스는 시간을 조금 더 달라고 했다. 중요한 과학적 발견의 실마리가 풀리려던 찰나였던 것이다. 병사는 그 요구를 모욕으로 여기고 대과학자를 벌하기 위해 칼로 배를 찔렀다.〉

179
데이비드 봄

미국의 물리학자 데이비드 봄은 오랫동안 양자 역학을 연구한 뒤에 자기 이론의 철학적인 함의에 관심을 가졌다. 그는 공산주의자 숙청 선풍이 불던 1950년대에 미국을 떠나 브라질로 갔다가 다시 나치 동조자들을 피해 영국에 정착했다. 그 뒤로 런던 대학 교수가 되었고 티베트 불교에 심취하여 달라이 라마와 친분을 나누기도 했다.

그가 발전시킨 한 이론에 따르면 우주는 하나의 거대한 환영일 뿐이다. 우주는 입체의 환영을 만들어 내는 홀로그래피 영상과 비슷하다. 홀로그래피 영상 하나를 부수면 각각의 조각에서 전체의 상을 다시 볼 수 있듯이, 우주라는 환영의 파편 하나하나에도 전체에 대한 정보가 담겨 있다.

데이비드 봄은 우주가 파동들의 무한한 구조일 수도 있다고 보았다. 이 구조 속에서 만물은 서로 연결되어 있고, 존재와 비존재, 정신과 물질은 입체의 환영을 만들어 내는 동일한 광원의 다양한 현시일 뿐이다. 그 광원의 이름은 생명이다.

아인슈타인은 데이비드 봄의 혁신적인 관점을 접하고 처음엔 유보적인 태도를 보였으나 나중엔 그의 이론에 깊은 관심을 갖게 되었다.

하지만 데이비드 봄은 과학계가 너무 주저하기 때문에 관습의 한계를 넘어설 수 없다고 생각했고, 자기의 물리학적 관점을 설명하기 위해 서슴없이 힌두교나 도교를 원용했다. 그는 육체와 정신을 분리해서 생각하지 않았고 인류의 총체적인 의식이 존재한다고 여겼다. 인류의 총체적인 의식을 지각하기 위해서는 알맞은 위상에 빛을 비추기만 하면 된다(마치 홀로그램이 알맞은 각도로 레이저 광선을 받을 때 입체의 환영을 만들어 내듯이, 만물은 빛이 비침으로써 드러나는 정보들이기 때문이다). 데이비드 봄은 양자 역학과 명상을 통해 우리가 감춰진 실재의 위상들을 발견할 수 있다고 생각했다.

그의 〈형이상학적인〉 관점에서는 죽음이 존재하지 않는다. 죽음이란 그저 에너지 위상의 변화일 뿐이다. 그는 1992년에 〈에너지 위상의 변화〉를 겪었다. 그는 비록 우주를 온전히 이해하고자 했던 개인적인 연구 목표를 달성하지는 못했지만, 과학과 철학을 넘나드는 연구의 새로운 길을 열었다.

180
한니발 바르카

티로스 왕 피그말리온은 물욕에 눈이 멀어 누이 엘리사의 남편을 죽이고 그들의 재산을 빼앗으려고 했다. 엘리사는 왕에게 불만을 품고 있던 일부 귀족을 데리고 티로스에서 도망쳐 나왔다. 이 페니키아인들은 지중해의 북아프리카 해안에 다다라 새로운 도시 카르타고를 건설했고 엘리사는 디도 여왕이 되었다. 기원전 814년경의 일이었다.

카르타고는 얼마 지나지 않아 당대의 가장 부유한 도시가 되었다. 카르타고는 가장 먼저 공화정을 실시한 나라들 가운데 하나이기도 했다. 3백 명의 의원으로 이루어진 원로원에서 해마다 최고 집정관인 두 명의 수페트를 선출했다. 기원전 3세기에 이르기까지 카르타고는 온 지중해를 지배했다. 2백 척이 넘는 카르타고의 배들이 세계 곳곳으로 탐사를 나갔다. 카르타고인들은 막강한 해운 능력을 바탕으로 시칠리아, 사르데냐, 북아프리카 연안, 이베리아반도에 상관을 설치했고, 북쪽으로는 주석 무역을 위해 스코틀랜드까지 올라갔고, 남쪽으로는 황금 무역을 위해 기니만까지 내려갔다.

이런 사정은 당시 새로운 강국으로 부상하고 있던 로마의 선망을 불러일으키지 않을 수 없었다. 로마인들은 카르타고의 조선 기술을 모방하여 훨씬 강력한 병선들을 건조했다. 뱃머리에는 적의 배를 파괴하기 위해 충각을 달았으며, 양쪽 뱃전에는 항해 속도를 높이기 위해 아래위 두 줄로 많은 노를 달고 노예들에게 그것을 젓게 했다. 기원전 264년 시칠리아의 지배권을 놓고 로마군과 카르타고 해군이 맞붙음으로써 제1차 포에니 전쟁이 시작되었다. 이 전쟁은 기원전 241년 로마 해군이 아이가테스 해전에서 결정적인 승리를 거둘 때까지 계속되었다.

카르타고는 명장 하밀카르 바르카가 분전한 보람도 없이 패배하여 로마와 종전 조약을 맺었으며, 그 대가로 막대한 배상금을 지불하고 시칠리아의 지배권까지 로마에 넘겨주었다. 엎친 데 덮친 격으로 아프리카에서 카르타고의 용병들이 반란을 일으켰다. 하밀카르 장군은 병력의 열세에도 불구하고 반군을 진압하는 데 성공했다.

하밀카르의 아들 한니발은 기원전 247년에 태어났다. 그는 알렉산드로스 대왕을 흠모하는 그리스인 가정 교사에게서 교육을 받았고, 제1차 포에니 전쟁이 끝난 뒤에 에스파냐 정복에 나선 아버지를 따라갔다. 하밀카르 장군이 배신을 당하고 매복에 걸려 전사한 뒤에, 한니발은 아버지의 뒤를 이어 총사령관이 되었다. 그의 나이 겨우 26세 때의 일이었다. 그는 특유의 카리스마와 조직가의 재능을 발휘하여 카르타고 원로원의 반대를 무릅쓰고 이베리아 군대를 결성한 다음 로마를 상대로 전쟁을 일으켰다. 그리하여 기원전 218년 제2차 포에니 전쟁이 시작되었다. 그는 병사 수만 명과 코끼리 수백 마리를 이끌고 피레네산맥을 넘어 갈리아 남부를 통과했다. 그런 다음 적의 예상을 뒤엎고 알프스산맥을 넘어 이탈리아 북부로 쳐

들어갔다. 한니발의 군대를 저지하기 위해 갈리아로 파견되었던 로마군은 적군이 어느새 포강 유역에 와 있다는 사실을 알고 깜짝 놀랐다. 로마군은 뒤늦게 달려가 적군과 맞붙었다. 이것이 12월에 트레비아강 변에서 벌어진 피아첸차 전투였다. 한니발은 눈에 덮인 알프스산맥의 혹독한 기후를 견디고 살아남은 아프리카 코끼리들을 전투에 활용했다. 로마군은 위압적으로 돌격해 오는 코끼리들 앞에서 줄행 랑을 놓았다. 한니발은 용병술의 천재였다. 코끼리들을 전차처럼 사용했을 뿐만 아니라, 기병대의 기동성을 높여 적군의 의표를 찌르는 작전을 구사했고 소수 정 예병들을 보내어 적의 급소를 치는 〈특공 작전〉을 펼치기도 했다.

캄파니아에서 전투가 벌어졌을 때, 한니발은 병력의 열세를 책략으로 만회했다. 불붙은 나뭇단을 짊어진 황소 떼를 적진으로 몰아간 것이었다. 카르타고는 또다시 승리를 거두었다.

로마는 예비 병력을 모두 파견하여 대항했다. 그리하여 이탈리아의 남동부 칸 나에에서 일대 접전이 벌어졌다. 한니발은 기민한 포위 작전을 펼쳐서 병력이 두 배나 많은 로마군을 또다시 섬멸했다. 이탈리아의 많은 도시와 마케도니아, 시칠 리아 등이 카르타고 편에 가담했다.

로마 시민들은 모든 희망을 잃은 채 함락을 기정사실로 받아들이고 있었다. 그런데 한니발은 로마로 진격하지 않았다. 대신 로마의 딕타토르, 즉 로마를 확실하게 수호할 목적으로 부랴부랴 선출된 특별 집정관과 평화 조약을 맺었다.•

로마의 집정관은 위험한 고비를 넘기고 나자 지구전으로 침략자를 지치게 하는 전략을 쓰기 시작했다. 카르타고군과 정면으로 충돌하면 로마군이 당할 수 없다는 것을 깨닫고, 큰 전투를 되도록 회피해 가면서 적에게 빼앗긴 영토를 야금야금 회복해 나가기로 한 것이었다. 카르타고군은 병력이 너무 적었기 때문에 모든 전선에서 버텨 나갈 수가 없었다. 로마군은 이탈리아의 도시들을 하나씩 수복했다. 그 사이에 로마의 스키피오 장군은 에스파냐에 남아 있던 카르타고군을 완전히 격파하고, 여세를 몰아 카르타고가 있는 북아프리카로 진격했다. 한니발은 이탈리아를 포기하고 위험에 빠진 본국을 구하러 갔다. 카르타고인들은 스키피오와 평화 협상을 시도했다. 하지만 이 협상은 우여곡절 끝에 결렬되고 오늘날의 튀니지 북부에 있던 자마에서 최후의 결전이 벌어졌다. 로마군은 카르타고 편이었던 누미디아 기병대를 막판에 매수했다. 기병대도 없이 전투에 임한 한니발은 결국 스키피오에게 참패를 당했다.

한니발은 전쟁을 잘못 이끌었다는 비판을 받으면서도 최고 집정관으로 선출되었다. 그는 카르타고를 재건하기 위해 최선을 다했으며, 귀족의 특권을 폐지하고 재정 개혁을 단행했다. 이런 민주적인 변혁을 좋지 않게 여긴 기존의 특권층은 그를 쫓아내기 위해 로마에 도움을 청했다. 한니발은 로마인들의 추격을 피해 시리아 왕 안티오코스 3세의 궁전으로 피신했다. 마침 로마를 상대로 전쟁을 준비하고 있던 안티오코스 3세는 그를 환대하면서 전쟁의 지휘를 도와 달라고 부탁했다. 하지만 전략을 둘러싼 그의 조언은 제대로 받아들여지지 않았고 전투는 실패로 돌아갔다.

전쟁에서 이긴 로마인들은 평화 협정을 체결하면서 한니발의 축출을 요구했다. 한니발은 소아시아의 왕국 비티니아로 피신하여, 프루시아스 왕을 위해 조직가와

• 로마의 딕타토르는 파비우스 막시무스 쿵크타토르를 가리킨다. 한니발이 그와 평화 조약을 맺었다는 것은 정사(正史)에 기록된 사실이 아니다. 한니발은 칸나에 전투에서 대승을 거둔 뒤로 그 기세를 몰아 로마로 진격할 수도 있었는데 그러지 않고 제2의 도시 카푸아에서 그해 겨울을 보냈다. 왜 그랬을까? 베르베르는 이 수수께끼를 풀기 위해 패배자의 관점에서 역사적 상상력을 발휘하고 있는 것이다.

도시 계획가의 재능을 발휘했다. 로마인들은 한니발을 넘겨주도록 프루시아스 왕에게 압력을 가했다. 기원전 183년 더 도망갈 수 없게 된 한니발은 자기 반지 속에 들어 있던 독약을 먹고 스스로 목숨을 끊었다.

로마의 역사가 티투스 리비우스는 한니발을 이렇게 묘사했다. 〈한니발은 최고의 장수였다. 싸움터로 나갈 때는 앞장을 도맡았고 퇴각할 때는 맨 뒤를 지켰다. 위험에 맞설 때는 누구보다 대담했다. 그는 적게 자고 적게 먹었으며 한시도 공부를 게을리하지 않았다. 그는 알렉산드로스 대왕을 흠모했고 대왕에 비견할 만한 기개를 지니고 있었다. 하지만 그의 포부는 한결 웅대했다.〉

한니발은 사후에도 로마의 속박과 소수 지배 집단에 맞선 제 민족의 해방을 상징하는 영웅으로 남았다.

181
황도 십이궁

객관적으로 말해서 황도 십이궁은 과학을 통해서 밝혀진 천체 현상과 일치하지 않는다. 그것은 대다수 문명권에서 지구가 우주의 중심으로 간주되던 시대에 확정되었다.

그 시대에 하늘을 관찰했던 사람들은 빛을 발하는 어떤 천체를 놓고 그것이 항성인지 행성인지 은하인지 구분할 수가 없었다. 또한 가까이 있는 작은 별과 멀리 있는 커다란 별이 크기는 서로 비슷해도 거리에는 큰 차이가 있다는 것을 알지 못했다.

하지만 황도대를 균등하게 분할해서 각 부분에 상징을 부여하는 원리는 바빌로니아에서 마야에 이르기까지 거의 모든 문명에서 찾아볼 수 있다. 바빌로니아에서는 이것을 〈달의 집〉이라 불렀고, 그리스에서는 〈생명의 바퀴〉, 인도에서는 〈공작의 바퀴〉, 중국에서는 〈십이진〉, 페니키아에서는 〈이슈타르의 허리띠〉라 했다.

황도 십이궁은 별자리 점과 같은 복술과 연관되어 있을 뿐만 아니라 다음과 같이 세계의 진화를 상징하는 체계로 간주되기도 한다.

1. 양자리: 최초의 충격. 빅뱅의 에너지. 여기에서 다른 에너지들이 비롯된다.
2. 황소자리: 양자리의 추진력을 이어 가는 힘.
3. 쌍둥이자리: 힘의 양분. 정신과 물질이라는 극성의 출현.
4. 게자리: 물이라는 요소의 출현. 이 물에 어머니가 알을 낳는다.
5. 사자자리: 알의 부화. 생명, 운동, 열기 등의 출현.
6. 처녀자리: 정화와 원시 물질의 정제.
7. 천칭자리: 대립하는 힘들의 균형과 조화.
8. 전갈자리: 더 나은 상태로 거듭나기 위한 발효와 해체.
9. 궁수자리: 침전물을 가라앉혀 맑은 액체를 얻는 단계.
10. 염소자리: 고양.
11. 물병자리: 깨달음.
12. 물고기자리: 게자리의 〈낮은 물〉과 대립되는 정신의 〈높은 물〉로 옮겨 가기.

182

메두사

메두사는 본래 뛰어난 미모를 지닌 처녀였다. 특히 머릿결이 아름답기로 유명했다. 포세이돈은 그녀에게 홀딱 반한 나머지 새로 변신하여 그녀를 납치했다. 그런데 포세이돈은 고약하게도 아테나 여신의 신전에서 그녀를 범했다. 이 신성 모독에 격분한 여신은 강력한 포세이돈을 탓하는 대신 한때 불경하게도 자신과 미모를 겨루려고 했던 메두사에게 분노를 돌렸다. 메두사의 아름다운 머리카락은 가느

다란 뱀들로 변했다. 뿐만 아니라 입에는
멧돼지의 엄니가 돋았고 손에는 청동으
로 된 손톱이 생겨났다. 아테나는 그
것으로도 성이 차지 않아서 메두사
의 눈에 강한 독기를 불어넣었다.
그때부터 누구든 메두사의 눈을 똑
바로 바라보는 자는 돌로 변하게 되
었다. 메두사는 고르고네스라 불리
는 세 자매 가운데 유일하게 불사의
존재가 아니었다. 그래서 아테나는 그녀

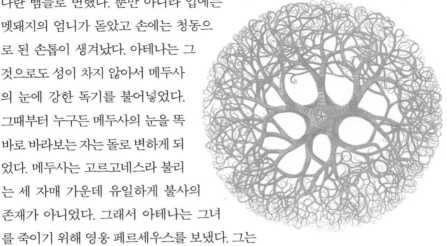

를 죽이기 위해 영웅 페르세우스를 보냈다. 그는
메두사에게 어떤 힘이 있는지 미리 알고 있었다. 그래서 윤이 나는 방패를 거울처
럼 사용하여 괴물의 눈을 직접 바라보는 것을 피했다. 그러면서 메두사에게 다가
들어 목을 잘랐다.

　목이 잘린 메두사의 몸뚱이에서 〈황금 칼의 남자〉 크리사오르와 날개 달린 말
페가소스가 솟아났다. 이 마법적인 존재들을 수태하게 만든 것은 포세이돈이었다.
페르세우스는 메두사의 머리를 아테나 여신에게 바쳤고, 여신은 나중에 이것을
자기 방패 한복판에다 장식으로 박았다.

　한편 아테나는 페르세우스가 메두사의 목에서 받아 낸 피를 의술의 신 아스클
레피오스에게 주었다. 메두사의 왼쪽 혈관에서 나온 피는 심한 독기를 품고 있었
지만, 오른쪽 혈관에서 나온 피는 죽은 사람에게 다시 생명을 주는 효험이 있었다.

　고대 그리스의 지리학자이자 역사가인 파우사니아스에 따르면, 메두사는 리비
아의 트리토니스 호수 근처에서 실제로 살았던 여왕이라고 한다. 이 여왕은 펠로
폰네소스의 한 왕자에 맞서 전쟁을 벌이던 중에 살해되었다.

183

굳은 것과
무른 것

이누이트족과 대다수 수렵-채집 부족들의
사회에서는 자기들이 잡아먹는 동물의 뼈를
부수는 것이 금기로 되어 있다.

이 관습은 땅에 뼈를 묻으면 땅의 양분을
받아 뼈에 다시 살이 돋고 동물이 온전한 형
태를 되찾으리라는 생각과 관련되어 있다.

이런 신앙은 아마도 나무를 보면서 생겨났을 것이다. 나무는 겨울이 되면 잎이
라는 〈살〉을 잃는다. 나무의 〈뼈〉, 즉 줄기와 가지는 헐벗은 채로 겨울을 난다.

우리는 샤머니즘적인 몇몇 관습에서 그와 비슷한 사고방식을 찾아볼 수 있다.
뼈가 온전한 채로 시신을 묻으면 다시 살이 돋아서 죽은 사람이 다시 살아날 수 있
으리라는 생각 말이다.

184

은행나무

세상에는 신기한 나무들이 많다. 중국 원산의 낙엽 교목인 은행나무(학명
Ginkgo biloba)도 그중 하나다. 은행나무는 오늘날까지 알려진 가장 오래된 수종
이다. 학자들의 추정에 따르면 1억 5천만 년 전부터 존재해 왔다고 한다. 은행나무
는 가장 저항력이 강한 나무이기도 하다. 히로시마에서 원자 폭탄이 폭발하고 겨
우 1년이 지난 뒤에 방사능 오염 지역에서 가장 먼저 자라난 것이 바로 은행나무

였다.

은행나무는 암수딴그루이며 암나무와 수나무가 수백 미터나 떨어져 있어도 수나무의 꽃가루가 암나무로 날아가 열매를 맺을 수 있다. 또한 암나무와 수나무는 서로를 향해 기울어지는 경향이 있다고 한다. 열매는 노란색 겉껍질에 싸여 있는데 이것이 아주 고약한 냄새를 풍기면서 썩고 나면 단단한 흰색 껍질에 싸인 씨앗이 나온다.

은행(銀杏), 즉 은빛 살구라는 뜻을 지닌 이 열매는 약으로 쓰인다. 산화 방지의 효능이 있어서 세포의 노화를 지연시키고 면역 체계의 효율성을 높여 준다. 뇌 속에서 일어나는 포도당의 신진대사에도 작용한다.

티베트에서는 승려들이 야간의 명상 수행 중에 잠이 오는 것을 막기 위해 은행잎을 달여 마신다.

서구 여러 나라에서는 은행나무를 조경수나 가로수로 점점 더 많이 심고 있다. 병충해가 없을 뿐만 아니라 나쁜 기후나 환경 오염에 대한 저항력이 강하기 때문이다. 은행나무는 1천2백 년이나 묵은 것들도 볼 수 있을 만큼 수명이 길다.

185

델포이

제우스는 세계의 중심이 어디인가를 알고 싶었다. 그래서 지구의 동단과 서단에서 독수리 두 마리를 날려 보내고 두 독수리가 만난 지점을 옴팔로스, 즉 〈세계의 배꼽〉으로 삼기로 했다.

두 독수리는 그리스 중부 파르

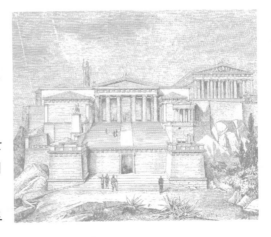

나소스산 중턱에 있는 한 동굴에서 만났다. 이 동굴은 대지의 여신 가이아가 놓아 둔 거대한 뱀이 지키고 있었다. 아폴론은 뱀을 죽이고 그 자리에 자신의 신전을 세웠다. 그런 다음 신전을 지킬 사제들을 찾다가 크레타 사람들의 배를 보자 돌고래로 변신하여 그들을 신전 쪽으로 이끌었다. 그때부터 이곳은 델포이라 불리게 되었다. 돌고래를 뜻하는 그리스어 델피스에서 나온 이름이다.

신전은 여러 차례 허물리고 다시 지어졌지만 신전다운 신전이 건설된 것은 기원전 513년경의 일이다. 신전 입구에는 다음과 같은 세 격언이 새겨져 있었다고 한다. 〈너 자신을 알라.〉〈무엇이든 정도가 지나치면 안 된다.〉〈서약에는 화가 따르기 쉽다.〉

신전 내부에서는 여사제 피티아가 앞일을 알고 싶어 찾아오는 사람들에게 신탁을 전해 주었다. 아폴론 숭배가 널리 퍼져 나감에 따라 그리스 전역에서 심지어는 이집트와 소아시아에서도 사람들이 신탁을 구하러 왔다. 인근 도시의 주민들은 거의 모두가 신전에서 일했다. 처음에는 건설에 참여했고, 나중에는 성스러운 불을 관리하고 순례자를 접대하고 공적인 향연과 정화 의식을 주관하고 아폴론을 찬양하는 노래와 춤을 맡거나 사제직에 종사했다.

방문객들은 다음과 같은 절차를 거치도록 되어 있었다. 먼저 목욕재계를 하고 저마다의 재력에 따라서 양이나 염소나 닭을 제물로 바친다. 그다음에는 사제들이 희생된 동물들의 내장을 보며 점을 친다. 점괘가 좋게 나오면 방문객은 대사제 피티아에게서 신탁을 듣기 위해 차례를 기다린다.

방문객들의 수가 너무 많아서 사제들은 제비뽑기를 해야만 했다(방문객이 유력 인사이거나 사제들을 매수하는 경우는 예외였다). 피티아에게 다가갈 자격을 얻은 방문객은 신전의 지하에 있는 지성소로 내려간다. 이 성스러운 방은 거대한 개미집 모양의 돌로 된 옴팔로스 앞에 있었다. 여기에서 방문객은 자신이 알고 싶은 것을 적어 작은 그릇에 담는다. 대사제 피티아는 월계수 잎을 씹은 뒤에 찾아오는 접신의 경지에서 사람들이 가져온 질문에 대답한다. 아무도 그녀를 볼 수는 없다. 그녀는 알아듣기 어려운 짧막하고 날카로운 외침으로 신탁을 전한다. 그러면 배석한 〈예언자들〉이 그것을 알기 쉬운 말로 옮겨 준다.

이 신전을 찾아왔던 유명한 〈고객들〉 중에는 알렉산드로스 대왕과 리디아의 부유한 왕 크로이소스도 있었다. 알렉산드로스 대왕은 〈아무도 그대와 대적하지 못하리라〉는 신탁을 들었다. 크로이소스 왕은 페르시아를 상대로 전쟁을 벌여도 되는지 알고 싶어 했다. 피티아는 〈만약 그대가 페르시아를 공격한다면 위대한 제국을 파멸시킬 것이다〉라고 대답했다. 크로이소스는 자신감을 얻고 전쟁을 일으켰지만 페르시아의 역공을 당하여 리디아의 수도는 함락되고 그는 포로가 되었다. 죽음을 앞두고 그는 신탁을 원망했다. 하지만 그는 경솔하게 전쟁을 일으키기에 앞서 어떤 제국이 파멸한다는 것인지를 따져 보았어야 했다. 신탁이 말한 제국은 바로 그의 제국이었으니 말이다.

델포이 신전은 비록 잇따른 약탈을 겪기는 했지만(신전의 〈숨겨진 보물〉은 숱한 도둑의 표적이 되었다), 천 년 가까이 지나도록 신탁의 명소로 존속했다. 그러다가 4세기에 로마 황제 테오도시우스 1세가 아폴론 숭배를 금지함에 따라 문을 닫게 되었다. 피티아는 마지막 신탁을 통해 그것을 예언했다. 〈아름다운 건물에는 작은 방도 앞일을 말해 주는 월계수도 남아 있지 않게 되리라. 샘물은 조용해지고 말하던 물결은 침묵하리라〉 하고 그녀는 말했다.

186
프로메테우스

그의 이름은 〈앞서 생각하는 자〉, 〈선견지명을 가진 자〉라는 뜻이다. 그는 티탄 가운데 하나인 이아페토스의 아들이다. 티탄들이 세계의 지배권을 놓고 제우스와 싸울 때 그는 동생 에피메테우스(이 이름은 〈나중에 생각하는 자〉라는 뜻이다)와 함께 사촌인 제우스 편에 가담했다. 이런 꾀바른 선택 덕분에 그는 제우스가 승리한 뒤에 티탄 신족의 다른 신들과는 달리 징벌을 면하고 올림포스의 신들 곁에 머물게 되었다.

그때 프로메테우스는 아테나 여신과 우호적인 관계를 맺었고, 여신에게서 건축, 천문, 산수, 의술, 항해술, 야금술 등을 배웠다.

하지만 그는 티탄 신족을 멸망시키고 왕위를 찬탈한 제우스에게 반감을 품고 남몰래 복수를 준비하고 있었다.

그는 진흙과 물(패배한 티탄 신족이 타르타로스로 추방될 때 흘린 눈물이 모인 것)로 사람을 빚어냈다. 아테나 여신은 거기에 입김을 불어넣었다. 그리하여 황금의 종족, 은의 종족, 청동의 종족에 이어 철의 종족이라는 새로운 인류가 생겨났다.*

어느 날 신들과 인간들이 화친을 약속하고 커다란 소를 잡아 잔치를 벌였다. 이 자리에서 프로메테우스는 소고기를 둘로 나누면서 인간에게 살코기와 기름진 내장이 돌아가도록 제우스를 속였다.

제우스는 속임수를 알아차리고 분노하여 인간이 불을 사용하지 못하게 하기로 결심했다. 〈인간은 저희가 아주 영리한 줄 알고 있으니 날고기도 아주 잘 먹을 것이다〉하고 제우스는 잘라 말했다. 그러나 프로메테우스는 인간이 불도 없이 살아가도록 내버려 두고 싶지 않았다. 그래서 이번에도 아테나의 도움을 받아 태양의 신 헬리오스의 마차에서 불을 훔쳐 냈다. 그런 다음 회향 줄기에 불씨를 감춰 인간에게 가져다주었다.

제우스의 분노는 극에 달했다. 자기 허락 없이 인간이 불의 혜택을 누린다는 것

* 이는 오비디우스, 아폴로도로스 등이 기술한 프로메테우스의 인류 창조 신화를 변형한 새로운 버전이다. 오비디우스는 이아페토스의 아들이 하늘의 씨앗을 품은 흙에 빗물*pluvialibus undis*을 섞어 신들을 닮은 인간을 빚어냈다고 노래했는데(『변신 이야기』1권 76~84행), 베르베르는 빗물을 티탄족의 눈물로 바꾸었고 아테나 여신의 입김을 추가했다.

은 있을 수 없는 일이었다. 제우스는 프로메테우스를 벌하기로 하고 카우카소스산의 가장 높은 봉우리에 쇠사슬로 묶어 놓은 다음 독수리를 보내 그의 간을 파먹게했다. 그 뒤로 밤사이에 간이 다시 생겨나면 독수리가 또 파먹는 영벌이 이어졌다. 하지만 프로메테우스는 제우스를 올림포스의 독재자로 여기며 끝까지 굴복하기를 거부했다.

187

스파르타쿠스

기원전 73년 카푸아에 있는 검투사 양성소에서 폭동이 일어났다. 주동자는 트라키아 출신의 노예 스파르타쿠스였다. 이 폭동 중에 스파르타쿠스를 비롯한 70여 명의 검투사들이 탈주에 성공했다. 그들은 무기를 싣고 가던 마차를 공격했고 그럼으로써 하나의 무장 부대를 이루었다. 그들은 나폴리 쪽으로 내려가면서 수천 명의 노예를 규합했다. 로마 정부는 민병대를 내세워 그들과 대적하게 했다. 하지만 민병대는 검투사들의 이례적인 저항에 부딪쳐 패주하고 말았다.

그런 상황에서도 로마의 장군들은 직접 군대를 보내려고 하지 않았다. 노예들은 진정한 병사들에게 걸맞은 적수가 아니라고 보았기 때문이다.

같은 해 12월, 반란군의 병력은 7만으로 늘어났다. 그들은 아펜니노산맥을 따라 북상하여 이듬해 3월에는 포강 유역의 평원에 다다랐다. 그제야 로마는 정규군을 보내기로 결정했다. 하지만 그것은 너무 늦은 결정이었다. 스파르타쿠스가 이끄는 검투사들과 노예들은 집정관 겔리우스와 렌툴루스의 부대를 잇달아 무찌르고 지방 총독 카시우스의 부대까지 격파했다. 스파르타쿠스는 로마 쪽으로 다시 남하하기로 결정했다. 수도의 주민들은 공포에 떨었고, 원로원은 이 위협에 맞서 실력자 크라수스를 총사령관으로 삼아 다시 군대를 보냈다. 크라수스는 반란군을 레기움 반도 끝까지 몰아붙이고 55킬로미터에 달하는 참호를 파서 그들을 가둬 버렸다.

기원전 71년 1월, 스파르타쿠스의 반란군은 봉쇄를 뚫고 결전을 벌였다. 장기간에 걸친 이 전투는 크라수스군의 승리로 끝났다. 승리자들은 노예나 검투사들이 다시 봉기하는 것을 막기 위해 생존 포로 6천 명을 로마에서 카푸아에 이르는 길에서 십자가형에 처했다.

188
인도유럽어족

17세기부터 여러 언어 전문가, 특히 네덜란드의 언어학자들이 라틴어, 그리스어, 고대 페르시아어, 그리고 현대 유럽 언어들 사이의 유사성에 주목했다. 그들은 이 언어들의 공통된 조상이 스키타이족의 언어라고 생각했다.

18세기 말, 13개 언어를 완벽하게 구사하고 28개 언어를 해독할 줄 알았던 언어의 달인이자 캘커타 고등 법원의 판사였던 영국인 윌리엄 존스는 인도인들의 신성한 언어인 산스크리트어가 라틴어며 그리스어와 밀접한 관계가 있음을 발견했다. 이 연구는 또 다른 영국인 토머스 영에 의해 계승되었다. 그는 1813년에 〈인도유럽어족〉이라는 용어를 처음으로 사용했고, 하나의 발상지에서 나온 단일 민족이 이웃 민족들을 잇달아 침략하여 자기네 언어를 전파했으리라는 가정을 내놓았다.

그 뒤에 두 독일인 프리드리히 폰 슐레겔과 프란츠 보프는 이 연구를 이어받아 이란어, 아프가니스탄어, 벵골어, 라틴어, 그리스어뿐만 아니라 히타이트어, 고대 아일랜드어, 고트어, 고대 불가리아어, 고대 프로이센어 등과 같은 수많은 언어들 사이의 유사성을 찾아냈다.

그때부터 역사학자들은 인도유럽어를 퍼뜨렸다는 침략 민족의 역사를 재구성해 보려고 했다. 인도유럽 공통 조어를 사용했던 민족은 터키 북부에 살았던 것으로 추정된다. 그들은 계급 구분이 엄격한 사회를 이루고 있었으며 말을 길들여 병거를 끌게 했고 철광석을 제련하는 기술을 개발했다. 당시의 다른 민족들이 말을 식량 운반에나 이용하고 아직 구리나 청동밖에 몰랐던 것에 비하면 훨씬 앞서 가고 있었던 셈이다.

그 민족은 전쟁을 숭상하여 히타이트, 토하라, 리키아, 리디아, 프리기아, 트라케 등 인근 지역의 민족들(이들은 고대 말기에 완전히 사라졌다)을 무찌르고 그들의 언어를 자기들의 언어로 바꿔 버렸다. 그 뒤로 인도유럽 공통 조어는 페르시아, 그리스, 로마, 알바니아, 아르메니아로 퍼져 나갔고, 슬라브족, 발트족, 게르만족, 켈트족, 색슨족의 영토에까지 영향을 미쳤다.

단지 몇몇 민족만이 이 영향에서 벗어나 자기네 조상의 언어를 보존했다. 핀족, 에스토니아족, 바스크족이 바로 그들이다.

오늘날 인도유럽 공통 조어에서 나온 언어를 사용하는 인구는 약 25억 명, 즉 전체 인류의 거의 반에 이르는 것으로 추산된다.

189
히브리-페니키아인

언어가 널리 퍼져 나갔던 또 하나의 사례가 있다. 히브리-페니키아어의 전파가 바로 그것이다.

선박 건조와 지도 제작과 항해술에 능했던 히브리인들과 페니키아인들은 아프리카 대륙을 빙 돌아 스코틀랜드까지 가서 상관을 세웠다. 그들은 뭍에 다다라서 원주민들을 만날 때마다 지식과 산물의 교환을 제안했다.

구리가 그들의 첫 화폐였고 구리의 빛깔이 붉기 때문에 그들은 스스로를 에돔인이라고 불렀다. 히브리어 에돔은 붉은색을 뜻한다. 그리스인들은 이 말을 역시 붉은색을 뜻하는 포이닉스로 번역했다. 이스라엘 남쪽에 있는 바다, 히브리-페니키아인들의 배가 이웃 민족들의 영토를 탐험하러 떠나던 그 바다에 홍해라는 이름이 붙은 것도 그 때문이다.

그들은 세 글자로 이루어진 60개의 어근에
다른 말들을 붙여서 의미를 분명하게 나타낼
수 있는 언어를 사용하고 있었다. 간단하지
만 어느 민족을 만나도 의사소통을 할 수 있
는 언어였다.

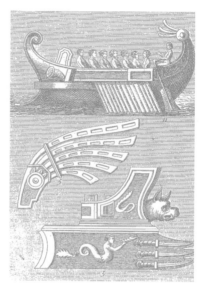

그들은 구리와 주석과 차의 교역로를 열
었고, 그리스, 로마, 아프리카 주위의 해류에
관한 지식을 활용하여 지중해를 도는 뱃길을
개척했다. 브리타니아나 스코틀랜드뿐만 아
니라 말리, 짐바브웨 등지에서도 히브리어의
흔적을 찾아볼 수 있다. 브리튼은 동맹을 뜻
하는 히브리어 브리트에서 나온 말이고, 에
스파냐의 카디스는 성스러운 것을 뜻하는 카데슈에서 나온 이름이다. 페니키아인
들은 베르베르족(베르베르라는 이름은 〈어머니 나라의 자식들〉을 뜻하는 히브리
어 베르 아베르에서 나온 것이다)의 땅에 선진 문명을 건설했다. 테베, 밀레투스,
크노소스(〈집회 장소〉를 뜻하는 히브리어 크네세트에서 나온 이름)뿐만 아니라
우티카, 마르세유, 시라쿠사, 카스피해 연안에 있는 아스트라한이나 런던 역시 페
니키아의 상관이 설치되어 있던 곳들이다.

히브리-페니키아인들은 여성에게 우월한 지위를 부여했다. 혈족을 나타내는
성(姓)이 남자가 아니라 여자를 통해서 계승되었다는 사실이 그 점을 말해 준다.

190

사랑의 네 가지 방식

아동심리학자들은 사랑의 개념에 네 가지 단계가 있다고 말한다.

첫 단계: 나는 사랑받고 싶다.

이는 아이의 단계다. 아이에게는 뽀뽀해 주고 어루만져 주는 것이 필요하다. 아이는 선물을 받고 싶어 한다. 아이는 주위 사람들에게 〈내가 사랑스러운가요?〉라고 물으면서 사랑의 증거를 원한다. 처음엔 주위 사람들 모두에게, 나중에는 자기가 본받고 싶은 〈특별한 타인〉에게 사랑을 확인하려고 한다.

둘째 단계: 나는 사랑할 수 있다.

이는 어른의 단계다. 사람들은 어느 순간 자기가 남을 생각하며 감동할 수 있고 자신의 감정을 외부에 투사할 수 있다는 사실을 발견한다. 자신의 애정을 특별한 존재에게 집중할 수 있다는 것도 알게 된다. 그 느낌은 사랑받는 것보다 한결 흐뭇하다. 사랑을 하면 할수록 그것에 엄청난 힘이 있음을 깨닫게 된다. 그 기분에 취하면 마치 마약에 중독된 것처럼 사랑하지 않고는 살 수 없게 된다.

셋째 단계: 나는 나를 사랑한다.

자신의 애정을 남에게 투사하고 나면 그것을 자기 자신에게 쏟을 수 있다는 것을 깨닫게 된다. 이 단계의 사랑은 앞의 두 단계와 비교할 때 한 가지 장점이 있다. 사랑을 받기 위해서든 주기 위해서든 남에게 의존하지 않아도 되고, 따라서 사랑을 주거나 받는 존재에게 실망하거나 배신당할 염려도 없다는 점이다. 우리는 누구의 도움도 요구하지 않고 우리의 필요에 따라서 정확하게 사랑의 양을 조절할 수 있다.

넷째 단계: 보편적인 사랑.

이는 무제한의 사랑이다. 애정을 받고 남에게 투사하고 자기 자신을 사랑하고 나면, 사랑을 자기 주위의 사방팔방으로 전파하기도 하고 사방팔방에서 받아들이기도 한다.

이 보편적인 사랑을 부르는 이름은 생명, 자연, 대지, 우주, 기, 신 등 사람에 따라 달라질 수 있다. 이 개념을 자각하게 되면 정신의 지평이 넓어진다.

191

릴리트

성경의 창세기에는 릴리트라는 이름이 나오지 않는다. 하지만 카발라°의 중요 문헌인 『조하르』, 즉 〈빛의 책〉에는 그녀에 관한 이야기가 들어 있다.

• 〈전통〉을 뜻하는 히브리어로서, 유대교의 신비주의적 전통을 일컫는다. 그 기원은 기독교 시대 이전으로 거슬러 올라가며, 천지 창조에 관한 신비주의적 사색과 성서에 관한 비유적 주석, 히브리어 문자에 관한 우주론적 해석 등에 뿌리를 두고 있다. 11세기 이후 서서히 유대인들 사이에 퍼져 나가다가 14세기 이후 스페인을 중심으로 대중적인 확산이 이루어져, 『탈무드』를 중심으로 하는 유대교의 주류적 전통과 구별되는 중요한 한 흐름을 형성해 왔다. 카발라의 중요 문헌인 『조하르』는 『토라』(『구약 성서』의 모세 5경), 『탈무드』에 이어 유대교의 제3경전이라 할 만한 것으로, 신의 성질과 운명, 선과 악, 토라의 참뜻, 메시아, 구원 등에 관한 신비주의적 사색을 담고 있다.

릴리트는 아담과 동시에 태어난 최초의 여자이다. 아담과 마찬가지로 진흙과 하느님의 숨결에서 나왔으므로 아담과 대등하다. 릴리트는 아직 의식이 없었던 〈아담의 정신을 낳은 여자〉로 묘사된다. 릴리트는 선악과를 먹고도 죽지 않는 것을 보고 욕망이 좋은 것임을 깨닫는다. 그럼으로써 자기가 원하는 바를 요구할 수 있는 여자의 면모를 드러낸다. 그녀는 성행위를 하다가 아담과 다툰다. 자기가 아래에 있는 것이 싫어서 체위를 바꾸자고 요구한 것이 싸움의 빌미가 되었다. 아담은 그녀의 요구를 들어주지 않는다. 다툼의 와중에서 릴리트는 신의 이름을 부르는 죄를 범하고 낙원에서 도망친다. 신은 그녀를 뒤쫓도록 천사 세 명을 보낸다. 천사들은 그녀가 낙원으로 돌아가지 않으면 그녀의 자식들을 모두 죽일 거라고 위협한다. 릴리트는 위협에 굴하지 않고 동굴에서 혼자 사는 길을 선택한다. 최초의 페미니스트인 릴리트는 인어들을 낳는다. 이 인어들은 너무나 아름다워서 그들을 본 남자들은 미친 듯이 사랑에 빠져 버린다.

기독교인들은 이 전설을 변형시켜, 〈아니라고 말한 여자〉 릴리트를 마녀, 검은 달의 여왕(히브리어로 레일라는 〈밤〉을 뜻한다), 또는 악마 사마엘의 반려자로 만든다.

중세의 몇몇 가톨릭교회 판화에는 그녀가 이마에 질(膣)이 있는 모습(이마에 남근을 상징하는 뿔이 달려 있는 일각수에 대응하는 모습)으로 나타나 있다.

릴리트는 이브(아담의 몸에서 나왔기에 더 순종적인 여자)의 적으로 간주된다. 릴리트는 모성을 지닌 여자가 아니다. 릴리트는 쾌락 그 자체를 좋아하며 자녀의 상실과 고독으로 자유의 대가를 치른다.

192

돌고래의 꿈

돌고래는 바다에 사는 포유동물이다. 허파로 호흡을 하기 때문에 물속에 오랫동안 머물러 있을 수 없다. 물 밖에 나와 있으면 연약한 피부가 마르고 이내 손상되기 때문에 오랫동안 물 밖에 있을 수도 없다. 그래서 돌고래는 물속에도 있어야 하고 공기 속에도 있어야 한다. 이렇게 물속이든 물 밖이든 어느 한곳에 가만히 있을 수 없는 조건에서 어떻게 잠을 잘까? 수면은 유기체가 다시 활력을 얻기 위해서 꼭 필요하다(식물에게조차 그 나름의 수면 형태가 있다). 생존이 걸린 이 문제를 해결하기 위해서 돌고래는 깨어 있는 채로 잠을 잔다. 뇌의 왼쪽 반구가 휴식을 취하면 오른쪽 반구가 몸의 기능을 통제하고, 그다음에는 서로 역할을 바꾼다. 그러니까 돌고래는 공중으로 펄쩍 솟구쳐 오르는 순간에도 꿈을 꾸고 있는 셈이다.

좌우 반구의 교대 체계가 정확하게 기능하도록 하기 위해서 작은 신경 기관이 추가로 생겨났다. 제3의 뇌라고 부를 만한 기관이 체계 전체를 관리하고 있는 것이다.

193

십계명

독립적인 사법 제도가 정착되는 데에는 많은 어려움이 있었다. 군주들이나 장수들은 오랫동안 독단적으로 재판권을 행사했다. 그들은 누구에게 의견을 묻거나 보고할 필요도 없이 그냥 자기들에게 도움이 되는 쪽으로 결정을 내렸다. 모세가 기원전 1300년경 하느님에게서 십계명을 받은 일은 독립적인 준거 체계의 출현을 의미한다. 이 준거 체계를 바탕으로 개인의 정치적 이익에 기여하는 자의적인 법률이 아니라 모든 인간에게 예외 없이 적용되는 법률이 확립되어 갔다.

그런데 주목할 것은 십계명이 무엇을 하지 말라는 계율이 아니라는 사실이다. 만약 십계명이 금지의 계율이라면, 〈살인을 하면 안 된다〉, 〈도둑질을 하면 안 된다〉 하는 식으로 작성되었을 것이다. 하지만 십계명은 〈너희는 살인을 하지 않으리라〉, 〈너희는 도둑질을 하지 않으리라〉 하고 미래 시제로 진술되어 있다. 그래서 일부 성서 주석가들은 십계명이 계율이라기보다 하나의 예언이라고 주장했다. 〈너희는 살인이 쓸모없는 짓임을 깨달을 것이므로 언젠가는 살인을 하지 않게 될 것이다〉, 〈너희는 살기 위해 남의 것을 훔쳐야 할 필요가 없어질 것이기에 언젠가는 도둑질을 하지 않게 될 것이다〉라는 뜻일 수도 있다는 것이다. 십계명을 그런 관점에서 읽으면 범죄자를 벌하는 문제에 대한 우리의 생각에도 변화가 생길 것이다. 아무도 죄를 범하고 싶어 하지 않는 때가 되면 처벌도 불필요한 것이 될 테니까 말이다.

194

토머스 홉스

토머스 홉스(1588~1679)는 근대 정치 철학의 토대를 마련한 영국의 철학자이자 정치사상가이다.

그는 물체의 운동에 관한 깊은 연구를 인간의 지각과 지식, 인간관계에 관한 성찰과 결합시켜 유물론적인 정치사상을 확립했다. 대표적인 저서로는 사회 계약설을 바탕으로 절대주의를 이론화한 『리바이어던』과 「시민에 대하여」, 「물체에 대하여」, 「인간에 대하여」로 이루어진 라틴어 3부작 『철학 원리』 등이 있다.

그의 사상에 따르면, 동물은 현재 속에서 살지만 인간은 미래를 지배하여 되도록 오랫동안 삶을 영위하고 싶어 한다. 저마다 자신의 영향력을 최대한 늘리고 타인의 영향력을 감소시키려는 경향이 있다. 그래서 부와 명성을 쌓고 친구와 아랫사람을 늘리는 한편으로 다른 사람들의 재산과 시간을 빼앗으려고 애쓴다. 홉스는 인간의 그러한 본성을 〈호모 호미니 루푸스(인간은 인간에 대해서 늑대이다)〉라는 유명한 라틴어 문장으로 요약했다.

자연 상태에서 인간은 타인과 대등한 관계를 유지하려고 하지 않는다. 그래서 폭력이 발생하고 전쟁이 일어난다. 그렇다면 인간이 타인을 지배하지 못하게 하는 길은 무엇일까? 홉스에 따르면 협력을 하도록 강제하는 것이 유일한 길이다. 따라서 인간들 간의 계약에 바탕을 둔 강력한 권력이 필요하다. 이 권력이 동물 같은 인간에게 강제력을 행사하여 타인을 파괴하는 천성에 휩쓸리지 않도록 해야 한다는 것이다.

홉스의 사상에는 다음과 같은 역설이 자리하고 있다. 무정부 상태는 강자에게 유리하고 자유를 축소시킨다. 강제력을 지닌 중앙 집권화한 권력만이 인간을 자유롭게 만들 수 있다. 게다가 이 권력은 백성의 복지를 원하고 자신의 이기심을 극복한 한 사람의 지배자가 장악해야 한다.

195
아나키즘 운동

아나키즘이라는 말은 그리스어 〈아나르키아〉에서 나왔다. 호메로스와 헤로도토스가 〈군대에 우두머리가 없는 상태〉라는 뜻으로 사용했던 〈아나르키아〉는 훗날 〈혼란〉이나 〈무질서〉와 같은 의미를 아울러 지니게 되었다. 1840년 프랑스인 피에르 조제프 프루동은 『소유란 무엇인가?』라는 저서에서 처음으로 이 말을 〈개인들이 일체의 권위에서 해방된 상태〉를 가리키는 긍정적인 의미로 사용했다. 그는 개인들 간의 계약을 통해서 지배자가 없는 세상을 만들자고 제안했다. 나중에 그는 공산주의자들의 전제적인 해결책을 거부함으로써 카를 마르크스의 적의를 샀다. 프루동의 뒤를 이어 나타난 러시아의 바쿠닌은 더 진화한 사회 형태인 아나키즘 사회로 이행하기 위해서는 폭력이 필요하다고 주장했다.

아나키스트들은 한동안 각국의 지배자들을 겨냥한 테러 활동을 벌였다. 독일 제국의 황제 빌헬름 1세, 오스트리아·헝가리 제국의 황후 엘리자베트(일명 시시), 에스파냐 왕 알폰소 13세, 미국 대통령 매킨리, 이탈리아 왕 움베르토 1세 등이 그들의 표적이 되었다. 그들은 점차 조직을 강화하여 강력한 정치 세력을 형성했고 검은 깃발을 자기들의 상징으로 삼았다. 그들은 1871년 파리 코뮌과 1917년 러시아 혁명, 그리고 1936년 에스파냐 내전 때에도 중요한 역할을 수행했다. 라틴아메리카에서는 아나키스트들의 공동체를 건설하려는 시도가 나타나기도 했다. 1890년 브라질 남부 파라나주(州)에 이탈리아 이민자들이 건설했던 콜로냐 세실리아, 1896년 파라과이에서 창설된 코스메 협동조합 등이 대표적인 사례이다. 이탈리아에서는 제2차 세계 대전 중에 레지스탕스 대원들이 카라라 근처에 아나키스트 공화국을 세우기도 했다. 이런 운동들은 대부분 진압되고 해체되었다.

196

시각화

심리 치료와 최면 요법에서 사용하는 문제 해결 방법 가운데 시각화라는 것이 있다. 환자로 하여금 눈을 감고 자기 삶의 가장 고통스러운 순간을 머릿속에 그리게 하는 방법이다. 환자는 그 순간을 이야기하되 사소한 것까지 낱낱이 묘사함으로써 고통의 강도를 포함해서 모든 것을 생생하게 다시 경험해야 한다.

이 단계에서 중요한 것은 환자가 진실을 말하는 것이다. 환자는 자기 과거를 미화하거나 과거의 고통을 견뎌 내기 위해서 지어낸 거짓말에 다시 이끌리지 말아야 한다.

환자가 어린 시절의 비극적인 사건을 이야기하고 나면, 치료사는 과거 속의 아이를 도와주기 위해 어른이 된 환자 자신을 보내라고 권한다. 예를 들어 젊은 여성 환자가 어린 시절에 성추행을 당했다고 하면, 이제 성인이 된 그녀가 상상을 통해 과거로 돌아가서 상처받은 소녀를 도와주게 하는 것이다. 그러면서 환자는 아이를 만나는 장면과 자기가 아이를 위해서 무엇을 하는지 묘사한다. 마법의 존재인 어른은 동화에 나오는 착한 요정처럼 무엇이든 할 수 있다. 성추행을 저지른 남자 어른에게서 사과를 받아 낼 수도 있고, 그를 죽일 수도 있으며, 소녀에게 마법의 힘을 주어 스스로 복수를 하게 만들 수도 있다. 환자는 무엇보다 희망의 에너지를 아이에게 주어야 한다.

요컨대 시각화란 상상의 힘을 이용한 치료법이다. 환자는 상상의 힘으로 공간과 시간을 정복하고 인물들을 변화시킴으로써 과거를 덜 고통스러운 형태로 다시 쓸 수 있다. 모든 환자가 과거의 사건을 다시 경험하고 과거의 자기를 도울 수 있는 것은 아니지만, 경우에 따라서는 금세 괄목할 만한 치료 효과가 나타나기도 한다.

197
사마귀

어떤 실험에서는 관찰자가 관찰 대상의 조건을 변화시켜 완전히 왜곡된 정보를 얻어 내는 현상이 나타나기도 한다. 사마귀에 관한 실험도 그런 경우에 속한다.

통설에 따르면 사마귀의 암컷은 교미가 끝난 뒤에 수컷을 잡아먹는다고 한다.

이 잔인한 짝짓기는 학자들의 환상을 부채질했고, 그 결과 사마귀를 둘러싼 생물학적이고도 정신 분석학적인 신화가 생겨났다.

하지만 이 속설의 배후에는 사마귀의 행동에 대한 그릇된 해석이 자리하고 있다. 사마귀의 암컷이 수컷을 잡아먹는 것은 자연 상태에 놓여 있지 않을 때의 이야기다. 암컷은 교미가 끝나면 원기를 회복하고 알을 낳는 데 필요한 단백질을 얻기 위해 주위에 있는 먹이를 닥치는 대로 삼킨다. 그런데 이 사마귀들이 관찰용 유리 상자에 갇혀서 교미를 하는 경우에는 어떻게 될까? 교미가 끝나자마자 암컷은 먹이를 찾는다. 수컷은 암컷보다 작고 유리 상자 밖으로 달아날 수 없다. 결국 암컷은 자기 행동을 의식하지도 못하는 채 유일한 사냥감인 수컷을 잡아먹는다. 자연 속에서는 사정이 다르다. 수컷은 달아나고 암컷은 아무 곤충이든 낫처럼 생긴 앞다리에 잡히는 것들을 잡아먹고 기력을 회복한다.

줄행랑으로 목숨을 보전한 수컷은 제 정자를 받아들인 암컷으로부터 되도록 멀리 떨어진 곳으로 가서 조용히 휴식을 취한다. 교미가 끝난 뒤에 암컷은 허기를 느끼고 수컷은 자고 싶어 한다는 것, 이는 동물의 많은 종에서 공통으로 나타나는 현상이다.

198
엘레우시스 게임

엘레우시스 게임은 단지 감춰진 법칙이 무엇인지 찾아내는 것으로 승부를 겨루는 아주 특이한 놀이다.*

이 놀이에는 적어도 네 사람이 필요하다. 먼저 놀이꾼 가운데 하나가 〈신〉으로

* 미국의 게임 연구가 로버트 애벗이 1956년 발명한 카드놀이. 엘레우시스라는 이름은 고대 그리스의 엘레우시스에서 널리 행해졌던 신비 의식에서 따온 것이다. 이 게임은 유희 수학 전문가인 미국의 마틴 가드너가 과학 월간지 『사이언티픽 아메리칸』의 칼럼에서 소개한 뒤로 대중 사이에 퍼져 나갔고, 프랑스에서는 베르베르의 소설 『개미 혁명』(『개미』 제3부)에 나온 뒤로 널리 알려지게 되었다.

결정된다. 그는 어떤 법칙을 만든 다음 종이에 적는다. 법칙은 하나의 문장으로 되어 있고 〈우주의 섭리〉로 명명된다. 그런 다음 52장으로 된 카드 두 벌이 놀이꾼들에게 골고루 배분된다. 한 놀이꾼이 선을 잡고 카드 한 장을 내놓으면서 〈세계가 존재하기 시작한다〉라고 선언한다. 그러면 각자 돌아가면서 카드를 한 장씩 낸다. 〈신〉으로 명명된 사람은 다른 사람들이 카드를 낼 때마다 〈이 카드는 합격이야〉 혹은 〈이 카드는 불합격이야〉 하고 알려 준다. 퇴짜 맞은 카드들은 한쪽으로 치워 놓고, 합격 판정을 받은 카드들은 한 줄로 나란히 늘어놓는다. 놀이꾼들은 〈신〉이 받아들인 일련의 카드를 관찰하면서 그 선별에 어떤 규칙이 있는지를 찾아내려고 노력한다.

누구든 법칙을 찾아냈다고 생각하는 사람이 있으면 손을 들고 스스로 〈예언자〉라고 선언한다. 그때부터는 그가 〈신〉을 대신해서 카드의 합격 여부를 다른 사람들에게 알려 준다. 〈신〉은 〈예언자〉를 감독하고 있다가 〈예언자〉의 말이 틀리면 그를 파면한다. 파면당한 〈예언자〉에게는 이제 게임을 계속할 권리가 없다. 예언자가 열 번을 맞게 대답했을 때는 자기가 추론한 법칙을 진술한다. 그러면 다른 사람들은 그의 진술이 종이에 써놓은 문장과 일치하는지 비교한다. 두 가지가 맞아떨어지면 〈예언자〉는 승리한 것이고 다음 판에서 〈신〉을 맡게 된다. 그러나 두 진술이 어긋나면 〈예언자〉는 파면된다. 만약 104장의 카드를 다 내놓도록 〈예언자〉가 되겠다고 나선 사람이 없거나 〈예언자〉를 자처한 사람들이 모두 틀린 진술을 하면, 승리는 〈신〉에게로 돌아간다. 승리한 〈신〉이 법칙을 밝히면 다른 사람들은 그 법칙이 〈찾아낼 수 있을 법한 것〉이었는지를 확인한다.

이 게임에서 흥미로운 점은 대개 법칙이 단순할수록 찾아내기가 어렵다는 사실이다. 예컨대 〈끗수가 7보다 높은 카드와 7보다 낮은 카드가 번갈아 나타난다〉는 법칙은 알아내기가 매우 어렵다. 놀이꾼들은 주로 킹이나 퀸 같은 그림패라든가 빨간색 카드와 검은색 카드가 갈마드는 것에 주목하기 때문이다. 〈빨간색 카드만을 받아 주되 10의 배수 번째에서는 예외로 한다〉라는 법칙은 알아내기가 불가능하다. 법칙의 단순성을 지향하더라도 누구나 쉽게 떠올릴 수 있는 것은 피해야 한다. 〈모든 카드가 유효하다〉와 같은 법칙이 그런 예에 속한다.

이 게임에서 승리하기 위한 가장 훌륭한 전략은 무엇일까? 설령 〈신〉의 법칙을 발견했다는 확신이 들지 않더라도 되도록 빨리 〈예언자〉를 자처하는 것이 유리하다.

199

원숭이 덫

미얀마의 원주민들은 원숭이를 잡기 위해 아주 단순한 덫을 개발했다. 이 덫은 목이 좁고 배가 불룩한 투명 용기를 사슬에 연결하여 나무 밑동에 묶어 놓은 것이다. 그들은 용기 안에 크기가 오렌지만 하고 원숭이가 손으로 으스러뜨릴 수 없을 만큼 단단한 과자를 넣어 둔다. 과자를 본 원숭이는 그것을 잡으려고 용기 안에 손을 집어넣는다. 하지만 과자를 움켜쥔 채로는 용기의 좁다란 목으로 손을 빼낼 수가 없다. 원숭이는 제 손아귀에 들어온 과자를 포기하려고 하지 않는다. 그러다가 결국은 사람들에게 잡힌다.

200

마사다

마사다는 이스라엘 유대 사막의 깎아 지른 절벽 위에 있었던 요새이다. 기원전 2세기에 셀레우코스 왕국의 지배에 맞서 유대의 독립을 쟁취했던 하스몬 가문의 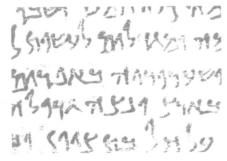 왕자들이 이곳을 수비대의 주둔지로 삼음으로써 요새로 만들어지기 시작했다. 1세기의 유대인 역사가 플라비우스 요세푸스의 기록에 따르면, 이곳에 본격적인 요새를 건설한 것은 기원전 1세기 후반에 유대를 지배했던 헤로데 왕이다. 헤로데 왕은 유대인이 아니고 에돔 출신의 로마 지방 장관 안티파테로스의 아들이었지만, 로마인들은 조세 징수를 확실히 하기 위해 그를 유대 왕국의 왕으로 삼았다.

66년 로마 제국의 식민 통치에 폭력 투쟁으로 맞설 것을 주장하던 열심당원들이 예루살렘에서 반란을 일으켰다. 이때 그들 가운데 일부는 성벽 밑을 지나는 땅굴을 통해 아내와 자식들을 데리고 탈출했다. 그들은 마사다에 다다라 거기에 주둔하고 있던 로마 수비대를 물리쳤다.

이어서 로마인들과 타협한 공식적인 유대교를 거부하는 에세네파 유대인들이 그 반란 집단에 합류했다(에세네파는 세례자 요한, 즉 예수에게 세례를 주고 나중에 유대 왕비 헤로디아의 딸 살로메의 요청에 따라 목이 잘렸던 예언자를 배출한 유대인 공동체였다). 마사다 요새에서 에세네파와 열심당원들은 모두가 자유롭고 평등한 자주 관리 공동체를 건설했다.

70년, 유대인들의 대반란을 진압하고 예루살렘을 함락한 로마인들은 마사다 요새를 반란자들의 소굴로 여기고 소탕 작전에 나서기로 했다. 로마의 유대 주둔군 사령관 실바 장군이 10군단을 이끌고 유대 왕국의 마지막 자유인들을 토벌하기 위해 진군했다. 마사다 농성전은 3년에 걸쳐 계속되었다. 에세네파와 열심당원들의 공동체는 로마군에 맞서 끈질기게 저항했다. 그러다 결국 항복을 거부하고 집단 자결을 선택했다.

그런데 이 공동체가 비통한 종말을 맞기 직전에 에세네파 일부가 비밀 통로를 이용하여 탈출할 수 있었다. 그들은 자기네 역사와 지식을 기록한 문서를 가져가서 사해 연안의 쿰란 지구에 있는 동굴에 감췄다. 그 뒤로 2천 년 가까운 세월이 흐른 뒤에 한 양치기 청년이 길 잃은 양을 찾으러 동굴에 들어갔다가 사해 문서라 불리는 그 유명한 두루마리들을 발견했다. 이 문헌들에는 〈태초부터 계속되어 온 빛의 자식들과 어둠의 자식들 사이의 전쟁〉이 언급되어 있다. 또한 에세네파의 일원이었던 예슈아 코헨의 생애에 관한 이야기도 나온다. 그는 33세까지 에세네파의 교리를 전파하다가 로마인들에게 십자가형을 당했다고 한다.

201

인더스 문명

인도 역사의 초창기에 비교적 덜 알려진 하나의 문명이
존재하고 있었다. 지금으로부터 약 5천 년 전에 발흥하여
1천5백 년 가까이 존속했던 것으로 보이는 인더스 문명 또는
하라파 문명이 바로 그것이다. 이 문명의 중추를 이루었던 것
은 하라파와 모헨조다로라는 두 도시였다.

두 도시의 전체 인구는 약 8만 명이었던 것으로 추산된다. 당시로서는 상당히
많은 인구였다. 이 문명에서는 막강한 권력을 상징하는 왕궁이나 신전 따위가 발
견되지 않는 대신 치밀한 도시 계획이 두드러져 보인다. 시가지는 동서남북으로
뻗은 대로를 주축으로 바둑판 모양으로 구획되어 있었고, 인류 역사를 통틀어 가
장 먼저 설계된 수로와 하수도 망이 갖춰져 있었다.

이 문명은 어떻게 생겨났을까? 현재로서는 누구도 분명하게 말할 수 없지만, 일
부 연구자들은 수메르 문명에서 그 기원을 찾는다. 서쪽에서 침입한 아리아인들
을 피해 인더스강 유역으로 온 수메르인들이 하라파와 모헨조다로를 건설했을 것
으로 추측하는 것이다.

이 문명이 사라진 이유 역시 오랫동안 수수께끼로 남아 있었다. 그러다가 최근
들어 수천 구의 시신과 하라파 시대의 물건들이 묻혀 있는 구덩이가 발견되고 고
고학자들의 연구가 진척됨에 따라 하라파인들의 역사가 점차로 재구성되기에 이
르렀다.

하라파인들은 견고한 성벽을 건설함으로써 외적의 잇단 침입에 저항할 수 있었
다. 그렇게 도시의 안전이 어느 정도 확보된 가운데 그들은 특별한 문화와 예술과
아주 세련된 언어를 발전시켰다. 그들의 문자 가운데 수백 개의 그림 글자가 알려
져 있지만 아직 해독되지 않고 있다. 그들은 평화를 추구하는 민족이었다. 그들은
여러 가지 경제 활동으로 풍요를 누렸다. 면화를 재배하여 이웃 민족들에게 팔았

을 뿐만 아니라, 구리나 석회암이나 보석 등으로 그릇이나 장신구를 제작하기도 했다. 그들이 수출한 청금석은 많은 민족의 종교 의식에서 사용되었다. 당시에 청금석은 그 지역에서만 구할 수 있었고, 그 교역로는 이집트까지 닿아 있었다. 파라오들의 관에서 청금석으로 만든 물건들이 발견되고 있는 사실이 그 점을 말해 준다.

그런데 아리아인들은 하라파를 군사적으로 침략하려다가 실패한 뒤에도 도시 주위에 계속 남아 있었다. 그렇게 세월이 흘러가자 하라파인들은 마침내 그들의 적의가 사라졌다고 판단하고 집과 도로와 수로를 건설하기 위한 노동력으로 그들을 고용했다. 그리하여 하라파인들의 도시 안에서 살아가는 아리아인들의 노동 계급이 생겨났다. 그들은 당시의 노예제 관습에 비추어 상당히 좋은 대접을 받았다. 하지만 시간은 자식을 훨씬 많이 낳는 아리아인들의 편이었다. 아리아인들의 후손들은 이내 강력한 패거리를 지어 도시 주위에 공포를 뿌리기 시작했다. 그들은 교역로를 오가는 대상(隊商)들을 공격했고 도시를 점차로 파괴했다.

도시 안에 살던 아리아인들은 마침내 때가 무르익었다는 판단이 들자 내전을 일으켰다. 그들은 결국 하라파인들을 붙잡아 커다란 구덩이 앞에 모은 다음 모두 죽여서 한데 묻어 버렸다. 하라파와 모헨조다로를 약탈한 아리아인들은 도시를 어떻게 관리해야 할지 몰랐기 때문에 그냥 몰락해 가도록 방치하다가 결국은 도시를 버리고 떠나 버렸다. 그들 뒤에 남은 것은 유령 도시들과 시신으로 가득 찬 구덩이들뿐이었다.

202
레밍

나그네쥐라고도 불리는 레밍에게는 집단 자살을 하는 기이한 습성이 있다. 과학자들은 오랫동안 그 이유를 궁금하게 여겼다. 그 작은 동물들이 길게 줄을 지어 해안 절벽 꼭대기에서 스스로 몸을 던지는 장면은 누가 보기에도 자연의 수수께끼가 아닐 수 없다.

처음에 생물학자들은 그것이 개체 수를 스스로 조절하기 위한 행동일 거라고 생각했다. 아주 빠르게 번식하는 동물인 레밍들이 저희의 수가 너무 많다고 느낄 때 집단적으로 자살하는 게 아닐까 하고 생각한 것이다.

그런데 그런 가정들의 폭을 넓혀 주는 새로운 이론이 나타났다.

이 이론에 따르면 레밍들은 원래 개체 수가 지나치게 많아지면 다른 서식지를 찾아 이동하는 습성이 있었다. 그런데 지각 변동으로 대륙이 갈라지고 예전에 하나로 붙어 있던 지역들 사이에 절벽이 생겨났다. 그러고 나서 몇 세기가 흐른 뒤에도 레밍들의 유전자 속에는 이동 경로를 알려 주던 옛날의 지도가 그대로 남아 있었다. 그래서 레밍들은 절벽이 있는 것을 아랑곳하지 않고 저희가 가던 길을 계속 가려고 한다는 것이다.

203
8헤르츠

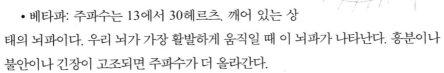

우리의 뇌는 대체로 네 가지 활동 리듬을 보인다. 이 리듬들은 뇌파계로 측정할 수 있다. 각 리듬에 대응하는 뇌파의 유형은 다음과 같다.

• 베타파: 주파수는 13에서 30헤르츠. 깨어 있는 상태의 뇌파이다. 우리 뇌가 가장 활발하게 움직일 때 이 뇌파가 나타난다. 흥분이나 불안이나 긴장이 고조되면 주파수가 더 올라간다.

• 알파파: 주파수는 8에서 13헤르츠. 베타파 상태보다 더 안정되어 있으면서도 의식이 또렷한 상태이다. 눈을 감고 편한 자세로 앉아 있거나 몸을 쭉 뻗고 침대에 누워 있으면 뇌의 활동이 느려지면서 알파파 상태로 들어가게 된다.

• 세타파: 주파수는 4에서 8헤르츠. 얕은 수면 상태에서 나타나는 뇌파이다. 잠

간 졸 때나 최면에 빠져 있을 때도 나타난다.

• 델타파: 주파수는 4헤르츠 미만. 깊이 잠들어 있을 때 나타나는 뇌파이다. 잠이 깊어지면서 뇌파가 느려지고 몸에 힘이 빠진다. 이 단계에서 몸은 휴식을 취하고 다시 활동하는 데 필요한 에너지를 축적한다. 이 단계가 지나면 신체 근육의 힘이 완전히 빠진 상태에서 뇌파가 깨어 있을 때와 유사해지고 빠른 안구 운동이 나타나는 렘수면, 또는 역설수면의 단계가 나타난다. 바로 이 단계에서 우리는 꿈을 꾼다.

이상과 같은 뇌파와 관련해서 우리가 주목할 것은 뇌가 8헤르츠, 즉 알파파 상태로 안정되어 있을 때 뇌의 두 반구가 서로 조화를 이루며 기능한다는 사실이다. 베타파 상태에서는 분석적인 좌뇌든 직관적인 우뇌든 어느 한쪽의 활동이 우위를 보인다.

베타파 상태에서 우리 뇌가 매우 왕성하게 활동할 때면, 마치 방열기가 과열을 막기 위해 자동으로 일시 정지 상태로 들어가듯이 뇌도 이따금 알파파를 내며 휴식을 취한다. 뇌 생리학자들의 연구에 따르면 대략 10초에 한 번 꼴로 뇌파가 몇 마이크로초 동안 알파파로 옮겨 간다고 한다.

우리는 의식적으로 알파파 상태에 이를 수 있다. 그러면 마음이 차분하게 가라앉고 외부의 자극을 덜 민감하게 받아들이는 대신 우리의 직관에 귀를 기울이게 된다. 뇌파의 주파수가 8헤르츠일 때 우리는 깨어 있으면서도 마음이 고요한 평형 상태에 도달한다.

204
말에게 속삭이는 사람

잘 알려지지 않은 직업 가운데 영어로 호스 위스퍼러, 즉 〈말에게 속삭이는 사람〉이라 불리는 조마사가 있다. 이들은 말 사육장에 고용되어 심리적으로 불안정한 말들, 특히 경주마들을 안심시키는 역할을 한다.

말도 사람과 마찬가지로 외부 세계에 대해 호기심을 보인다. 그런 자연스러운 호기심을 갖지 못하게 하면 종종 심리 발달에 이상이 생긴다. 말을 무엇보다 성가시게 하는 것은 곁눈 가리개이다. 말이 옆쪽을 보지 못하도록 눈가에 붙이는 가죽 조각 말이다. 똑똑한 말일수록 자기 나름대로 외부 세계를 발견하고자 하는 욕구가 강하기 때문에 그런 속박을 잘 견디지 못한다.

호스 위스퍼러는 말에게 귓속말을 하면서 그저 말을 착취하는 것과는 다른 특별한 관계를 만들어 낸다. 말은 인간과 소통하는 그 새로운 방식을 좋게 받아들인다. 그래서 제 눈으로 외부 세계를 온전히 발견할 수 없도록 방해한 인간을 그런대로 눈감아 줄 수 있게 된다.

205

헤라

헤라는 크로노스와 레아의 딸이며 결혼과 출산 등을 관장하면서 삶의 중요한 고비 때마다 여자들을 지켜 주는 여신이다.

헤라와 제우스의 결혼에 관해서는 여러 가지 이야기가 전해 내려온다. 한 전설에 따르면, 헤라가 크레타섬의 토르낙스산(일명 〈뻐꾸기 산〉)에서 산보를 하고 있을 때 남동생인 제우스가 비에 젖은 뻐꾸기로 변신하여 헤라를 유혹했다고 한다. 헤라는 뻐꾸기를 측은히 여겨 가슴에 보듬고 포근히 감싸 주었다. 제우스는 그 틈을 놓치지 않고 헤라를 겁탈했다. 헤라는 그 치욕스러운 일을 감추기 위해 제우스의 아내가 되는 길을 선택했다. 가이아는 그들의 결혼을 기념하기 위해 황금 사과가 열리는 나무를 선물했다. 그들의 신혼 초야는 3백 년 동안 지속되었다. 헤라는 카나토스 샘에서 목욕을 하며 정기적으로 처녀성을 되찾았다.

제우스와 헤라는 청춘의 여신 헤베와 출산의 여신 에일레이티아아와 전쟁의 신 아레스를 낳았다. 제우스가 혼자서 아테나를 낳자, 그것에 샘이 난 헤라는 자기도 제우스와 동침하지 않고 혼자 수태할 수 있다는 것을 보여 주기 위해 헤파이스토스를 낳았다.

헤라는 제우스의 잇단 간통에 모욕감을 느껴 제우스의 애인들뿐만 아니라 그녀들이 낳은 자식들에게도 앙갚음을 했다. 예를 들어 헤라는 제우스와 알크메네 사이에서 태어난 헤라클레스를 죽이기 위해 거대한 뱀 두 마리를 보냈다. 제우스의 사랑을 받은 처녀 이오도 헤라의 분노를 샀다. 제우스는 이오를 보호하기 위해 암소로 변하게 했다. 하지만 이 암소는 헤라가 보낸 등에 떼에 물려 미쳐 버렸다.

어느 날 헤라는 제우스의 난봉에 격분해서 자식들의 도움을 얻어 이 바람둥이 신을 벌하기로 했다. 그들은 제우스가 지상의 여자들을 유혹하지 못하도록 잠들어 있던 그를 가죽끈으로 묶었다. 그러나 바다의 여신 테티스가 백 개의 팔이 달린 거인을 보내어 그를 풀어 주었다. 제우스는 헤라를 벌하기 위해 여신의 몸을 황금 사슬로 묶고 양쪽 발목에 모루를 하나씩 걸어 놓은 채로 올림포스산에 매달았다. 여신은 순종하겠다고 약속하고 나서야 속박에서 풀려났다.

헤라는 적법한 혼인을 수호하는 여신이므로 남편이 아무리 바람을 피워도 자신은 연인을 두지 않았다. 하지만 아름다운 헤라에게 흑심을 품은 자들이 없을 리가 없었다. 기간테스 가운데 하나인 포르피리온은 여신에게 욕정을 느끼고 옷을 벗기려 하다가 제우스가 내린 벼락에 맞아 죽었다. 테살리아의 왕 익시온은 헤라를 범하려 하다가 제우스가 구름으로 만들어 낸 헤라의 형상과 결합했고(이 결합에서 최초의 켄타우로스들이 생겨났다), 신을 모독한 이 행위로 말미암아 영벌을 받았다.

로마인들은 그리스의 여신 헤라를 자기네 여신 유노와 동일시했다.

206

택일신교

인간이 신을 믿는 형태에는 어떤 종류가 있을까? 대개는 오직 하나의 신을 인정하고 신앙하는 일신교와 많은 신의 존재를 인정하고 믿는 다신교만을 염두에 두기가 십상이다.

그런데 잘 알려져 있지는 않지만 또 다른 신앙 형태가 있을 수 있다. 택일신교가 바로 그것이다. 택일신교는 다수의 신들이 존재한다는 것을 부정하지 않으면서도 그 신들 가운데 오직 하나를 주신으로 숭배할 것을 제안한다. 이 신앙 형태에는 하나뿐인 주신이 다른 신들보다 우월하다는 관념이 존재하지 않는다. 대신 많은 신 가운데 하나를 신도들이 선택한다는 생각이 자리하고 있다. 택일신교는 각 민족이 자기네 신을 선택한다는 사실을 암묵적으로 인정한다. 민족마다 서로 다른 신을 숭배할 수 있고, 어떤 민족의 신도 다른 신들보다 우월하지 않다는 사실을 받아들이는 것이다.

207

스핑크스

사자의 몸에 사람의 머리가 달린 상상 속의 괴물은 이집트, 메소포타미아, 그리스, 동남아시아 등 여러 문명에서 찾아볼 수 있다. 고대 그리스인들은 그런 괴물을 〈목 졸라 죽이는 자〉라는 뜻의 스핑크스라고 불렀다.

고대 이집트에서 스핑크스는 신전이나 왕릉의 입구를 지키는 신성한 존재였다. 사자의 몸에 붙은 사람의 머리는 대개 파라오의 모습을 하고 있었다. 백수의 왕인 사자와 신격화한 파라오를 합쳐 왕이나 신을 수호하는 상징물로 만든 것이다. 이집트 스핑크스의 얼굴에는 대개 붉은색이 칠해져 있었다. 그것들 가운데 가장 널리 알려진 기제의 대스핑크스는 떠오르는 태양을 바라볼 수 있도록 정동방을 향해 앉아 있다. 이집트인들은 스핑크스가 우주의 비밀을 알고 있다고 여겼으며 스핑크스가 지키는 문턱을 넘어서면 일체의 금기와 제약으로부터 벗어난다고 생각했다.

고대 그리스에서 스핑크스는 사악한 여성 괴물이었다. 상반신은 여자이고 하반신은 독수리 날개가 돋친 사자의 형상이다. 날개는 너무 작아서 날아다니는 데 쓰일 수 없을 듯하고 가슴은 자못 풍만해 보인다. 전설에 따르면, 자연을 거스르는 욕정 때문에 미소년을 범했던 테베 왕 라이오스를 벌하기 위해 헤라가 이 괴물을 보냈다. 스핑크스는 테베의 들판을 황폐하게 만들고 주민들을 공포로 몰아넣었다. 특히 테베로 들어가는 길목에 자리를 잡고 행인들에게 수수께끼를 내어 풀지 못하는 사람은 모두 잡아먹었다.

스핑크스가 낸 수수께끼 가운데 가장 널리 알려진 것은 이러하다. 〈아침에는 네 다리로, 한낮에는 두 다리로, 저녁에는 세 다리로 걷는 것은 무엇인가?〉 이 수수께끼를 푼 사람은 오이디푸스밖에 없었다. 그가 찾아낸 답은 인간이었다. 아기일 때에는 팔다리를 놀려 기어 다니고 자라서는 두 다리로 걸어 다니며 늙어서는 지팡이를 짚고 다니기 때문이라는 것이었다.

스핑크스는 그런 수수께끼를 냄으로써 인간에게 지력의 한계를 일깨웠다. 그것을 깨닫지 못하는 자에게 내려진 벌은 죽음이었다.

208
키클롭스

그리스어 키클롭스는 동그라미를 뜻하는 〈키클로스〉와 눈을 뜻하는 〈옵스〉를 합친 것으로 말 그대로 〈고리눈〉이라는 뜻이다. 키클롭스는 이마 한복판에 외눈이 달려 있는 거구의 존재들이다. 그리스 신화에는 키클롭스 3형제가 나오는데, 그들의 이름은 모두 제우스의 권능과 연관되어 있다(스테로페스는 번개, 브론테스는

천둥, 아르게스는 빛). 그들은 타르타로스에 갇혀 있다
가 제우스 덕분에 풀려난 뒤로 그것에 감사하기 위해
제우스와 포세이돈과 하데스에게 마법의 무기들을 만
들어 주었고, 그것들로 무장한 올림포스 신들은 티탄
족을 상대로 한 전쟁에서 승리를 거두었다. 이 키클롭
스들에 관한 전설은 청동기 시대의 대장장이들에게서
비롯된 것으로 보인다. 실제로 고대의 대장장이들은
뜨거운 불똥 때문에 눈이 멀까 봐 한쪽 눈을 가린 채 대
장일을 했다. 또한 그들은 화덕의 간접적인 에너지원
인 태양을 경배하는 뜻으로 이마에 동그라미 모양의 문신을 새겼다고 한다.

209
제우스

그의 이름은 〈빛나는 하늘〉을 뜻한다.

제우스는 티탄 크로노스와 레아의 셋째 아들이다. 크로노스는 자식에게 권력을
빼앗길까 저어하며 자식들이 태어나는 족족 삼켜 버렸다. 레아는 막내 제우스를
구하기 위해 꾀를 썼다. 갓 태어난 제우스 대신 커다란 돌을 강보에 싸서 남편에게
주었던 것이다.

그런 뒤에 레아는 제우스를 크레타섬에 숨겼다. 거기에서 어린 제우스는 암염소
아말테이아의 젖을 먹고 요정들의 보살핌을 받으면서 자랐다.

제우스는 성년이 되자 책략이 비상한 여신 메티스의 도움을 받아 아버지가 삼
킨 형제자매들을 되살려냈다. 크로노스는 자식들을 도로 토해 내면서 제우스 대신
삼켰던 돌도 함께 토해 냈다. 제우스는 자신의 쾌거를 기념하기 위해 그 돌을 세계
의 중심에 있는 델포이 신전에 갖다 놓았다. 그러고 나서 형제자매들과 힘을 합쳐

크로노스와 티탄들을 공격했다. 싸움은 10년 동안 계속되었다. 일설에 따르면 이 기간은 고대에 지진이 그리스를 강타했던 10년에 해당한다.

제우스는 전쟁을 승리로 이끌고 세계의 지배자가 되었다.

레아는 제우스가 결혼하는 것을 허락하지 않았다. 화가 난 제우스는 레아를 겁탈하겠다고 위협했다. 레아는 능욕을 모면하기 위해 뱀으로 변신했다. 하지만⋯⋯ 제우스는 자기도 뱀으로 변신하여 기어이 레아를 범했다.

그 뒤로 천하의 유혹자이자 강간범인 제우스의 화려한 애정 편력이 시작된다. 제우스가 어떤 여신이나 님프나 인간을 자기 것으로 만들었던 〈신화적인 정복〉은 그리스가 이웃 나라 영토를 침략했던 사건들과 연관되어 있음에 유의할 필요가 있다.

제우스가 첫 번째 아내로 삼은 여신은 메티스이다. 크로노스가 삼킨 자식들을 도로 토하게 하는 약을 만들어서 제우스를 도와준 바로 그 여신이다. 제우스는 자기에게서 벗어나려는 여신을 억지로 굴복시켜 딸을 잉태하게 했다. 하지만 여신이 딸을 낳으면 그다음에는 아버지의 왕위를 빼앗을 아들을 낳으리라는 가이아의 경고를 두려워한 나머지 임신한 여신을 삼켜 버렸다. 출산이 다가오면서 제우스는 지독한 두통에 시달렸다. 프로메테우스가 그의 고통을 덜어 주기 위해 도끼로 머리를 찍자 거기에서 완전 무장을 한 아테나 여신이 나왔다.

제우스는 어떤 형상으로든 변할 수 있는 능력을 이용해서 숱한 여자들을 유혹하거나 능욕했다. 에우로페를 유혹할 때는 황소로 변신했고, 레다에게 접근할 때는 백조로, 다나에를 꼬일 때는 황금 빗물로 변신했다. 그런가 하면 칼리스토에게 다가가기 위해 아폴론의 모습을 취하기도 했고, 절개가 곧기로 유명한 알크메네와 동침하기 위해 그녀의 남편 암피트리온의 형상을 빌리기도 했다.

제우스는 무수한 여자와 애정 행각을 벌였지만 그것으로 만족하지 않고 남자에게도 욕정을 품었다. 그는 지상에서 가장 잘생긴 남자로 여겨지던 트로이아의 왕손 가니메데스를 보고 첫눈에 반했다. 그래서 독수리로 변신하여 미소년을 납치했다.

천상천하의 지배자 제우스에게도 이루지 못한 사랑은 있었다. 아킬레우스의 어머니 테티스는 헤라와 맺은 우정을 저버리지 않기 위해서 제우스의 구애를 받아들이지 않았다. 티탄 코이오스와 포이베의 딸이자 레토의 자매인 아스테리아는 제우스의 구애를 피하기 위해 메추라기로 변신해서 바다에 몸을 던졌다. 아스테리아의 유해는 오르티기아섬(메추라기 섬)으로 변했고, 이 섬은 훗날 델로스라 불리게 되었다.

210
음악

만약 고대인들이 되살아나 모차르트의 음악을 듣는다면 귀에 거슬린다고 생각할 것이다. 그들의 귀는 모차르트의 아름다운 화음에 익숙해져 있지 않기 때문이다. 사실 인류가 처음으로 사용한 선율 악기는 활이었고, 인간이 알고 있던 음악 소리는 활을 튕길 때 나는 소리뿐이었다. 고대인들이 유쾌하게 여기는 화음이 있었다면 근음과 한 옥타브 높거나 낮은 음이 함께 어울려 내는 소리가 고작이었다. 근음과 4도 음, 근음과 5도 음, 근음과 3도 음이 어울려 내는 소리들을 듣기 좋은 것으로 여기게 된 것은 나중의 일이다.

그런 화음들은 중세까지 음악을 지배했다. 중세의 종교 음악에서는 3전음, 즉 C와 F# 사이의 음정과 같은 증4도 또는 감5도를 사용하는 것이 금지되어 있었다. 중세인들은 이 음정을 〈디아볼리스 인 무시카〉, 즉 〈음악 속의 악마〉라고 불렀다.

중세가 지나고 르네상스 시대를 거치면서 〈도-미-솔〉과 같은 3화음이 조화로운 소리로 받아들여졌고, 18세기에는 7화음도 널리 사용되기에 이르렀다. 오늘날의 음악에서는 11화음과 13화음까지 사용되고 있다. 특히 재즈에서는 〈부조화〉가 가장 심하다는 화음들까지 허용된다.

우리는 몸으로도 음악을 느낄 수 있다. 우리의 몸은 귀로 습득된 문화와 뇌의 해석에 영향을 받지 않고 스스로 유쾌하게 느낀 것을 표현할 수 있다. 베토벤은 귀가 먹어서 소리를 듣지 못하던 말년에 피아노의 가장자리에 자를 올려놓고 그 끄트머리를 입에 문 채 작곡을 했다고 한다. 그럼으로써 그는 몸으로 음을 느꼈던 것이다.

211
검투사

〈민중이 원하는 것은 단 두 가지, 빵과 원형 경기장의 구경거리뿐이다.〉* 이 유명한 말은 로마 시대에 원형 경기장에서

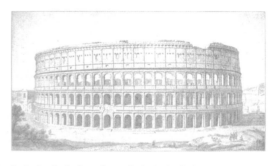

벌어지던 검투사 경기의 인기가 얼마나 대단했는지를 짐작하게 한다.

로마 제정기에 검투사 경기를 보여 주기 위한 원형 경기장들이 여러 도시에 건설되었다. 그 가운데 가장 규모가 크고 시설을 가장 잘 갖춘 원형 경기장은 로마의 콜로세움이었다. 이 경기장의 낙성을 기념하기 위해 무려 백 일 동안 경기가 벌어졌다. 그 기간 동안 아틀라스산맥에서 잡아 온 맹수들이 수천 마리나 살해당했고 경기자들도 무수히 죽어 나갔다. 콜로세움 한복판의 투기장은 나무 바닥에 모래를

* 서기 1세기 말엽에서 2세기 초엽에 걸쳐 살았던 로마의 풍자시인 유베날리스가 『풍자시집』 10편에서 한 말. 로마 민중이 권력자가 무상으로 제공하는 빵과 오락panem et circenses 때문에 정치적 맹목에 빠져 있는 상황을 풍자한 것.

깔아 놓은 구조로 되어 있었고, 그 밑의 지하 공간에는 검투사 대기실이며 맹수 우리며 경기용 장비나 소품들을 넣어 두는 창고가 마련되어 있었다. 또 맹수들이나 물건들을 투기장으로 곧장 올려 보낼 수 있는 승강기도 갖춰져 있었다.

검투사들의 경기는 대개 민중에게서 인기를 얻고 싶어 하는 정치가들의 후원을 받았다.

경기는 오전과 오후로 나누어서 진행되었고, 검투사들 간의 대결뿐만 아니라 맹수 사냥이나 맹수들끼리의 싸움도 일정에 포함되어 있었다. 이른 아침에 검투사들은 커다란 방에 모여서 식사를 했다. 관객들은 그 방으로 와서 검투사들을 볼 수 있었고 그들의 근육을 만져 볼 수도 있었다. 그럼으로써 관객들은 호기심도 채우고 내기에서 이기기 위한 정보도 얻었다. 검투사들은 대개 근육이 발달했다기보다 뚱뚱한 편이었다. 몸에 지방이 많으면 상처를 입더라도 더 오래 버틸 수가 있었다. 경기의 프로그램을 짜는 전문 흥행사들은 가장 작고 날랜 검투사들이 가장 덩치가 크고 둔한 자들과 맞붙게 한다든가 탁월한 재능을 지닌 검투사 한 명을 상대로 여러 명이 싸우게 하는 식으로 경기의 흥미를 높였다. 역사가들의 추산에 따르면 검투사들 가운데 5퍼센트 정도가 살아남았다고 한다. 살아남은 검투사들은 인기와 부를 얻고 노예 신분에서 벗어났다. 정오부터 2시 사이에는 중천의 태양이 이글거리는 가운데 또 다른 공연이 펼쳐졌다. 바로 사형수들의 공개 처형이다. 이때도 흥행사들은 충격적인 구경거리를 원하는 관중의 구미에 맞춰 죄수들을 되도록 끔찍하게 죽이려고 애썼다. 행상들은 이 〈막간 공연〉 동안 계단식 좌석 사이를 돌아다니며 음식을 팔았다.

로마 콜로세움의 인기가 날로 높아 가자 이탈리아의 다른 도시들도 앞다투어 원형 경기장을 건설했다. 재원이 부족해서 아틀라스의 사자들을 들여올 수 없는 도시들은 알프스산맥에서 곰을 잡아 왔고, 그보다 더 돈이 없는 도시들은 황소를 사용하는 것으로 만족했다. 그런데 사자 대신 곰이나 황소를 사용하면 결투 시간이 훨씬 길어진다는 문제가 있었다. 곰이나 황소는 사람을 잡아먹는 동물이 아니라서 검투사들을 죽이지 않고 그저 다치게만 하기 때문에 싸우는 시간이 길어질 수밖에 없었다.

이상하게도 초기 기독교인들은 원형 경기장에서 벌어지는 잔인한 경기들을 단죄하지 않았고, 검투사들의 삶에 대해서 연민을 표시하지도 않았다. 검투사 경기를 논한 몇몇 문헌은 그것을 단지 〈쓸데없는 오락〉이라고 비판했을 뿐이다. 그에 반해서 연극은 불경건한 행위로 명백하게 공격을 당했다. 배우들은 남자든 여자든 매춘을 하는 자들로 간주되어 병자 성사를 받을 수도 없었고 기독교인들의 묘지에 묻힐 수도 없었다.

212
고양이의 역사

요르단강 서안의 예리코와 키프로스섬의 신석기 시대 유적에서 인간의 유골과 함께 고양이 뼈가 발굴되었다. 인간의 주거지에서 나온 고양이 뼈로는 현재까지 알려진 것 가운데 가장 오래된 것들이다. 이것은 신석기 시대에 농경이 널리 행해지면서 고양이가 인간과 함께 살기 시작했다는 것을 시사한다. 곡물을 보관하면서 쥐들이 늘어나고 그에 따라 고양이들이 차츰차츰 인간의 주거지로 들어왔으리라는 것이다.

그 뒤에 인간은 본격적으로 고양이를 길들여 사육하기 시작했다. 고대 이집트인들은 적어도 기원전 2000년경부터 아프리카 야생 고양이(일명 리비아 고양이,

또는 사막 고양이라고 불리며 학명은 *Felis silvestris lybica*)를 길들였던 것으로 보인다. 이집트인들은 고양이를 다산과 치유와 삶의 쾌락을 관장하는 바스테트 여신의 화신으로 여기며 숭배했다. 고양이가 죽으면 시신을 미라로 만들어 고양이 묘지에 묻었고, 고양이를 죽이는 사람은 사형에 처했다.

이 고양이들을 세계 곳곳으로 퍼뜨린 것은 이집트와 페니키아와 히브리의 뱃사람들이었다. 그들은 쥐가 식량과 화물을 갉아 먹지 못하도록 배에 고양이들을 싣고 다니다가 이 항구 저 항구의 교역 상대자들에게 주었다. 유럽에 고양이가 들어온 것은 기원전 900년 무렵이었다. 중국의 경우에는 최고의 시집 『시경』에 고양이를 나타내는 글자가 나오는 것으로 미루어 이미 주나라 때부터 고양이가 존재했던 것으로 보인다. 한국에 고양이가 들어온 것은 중국에서 불교가 전래될 때의 일이다. 경전을 쥐로부터 보호하기 위해 고양이를 함께 들여왔다고 한다. 일본에는 헤이안 시대에 고려인들을 통해서 고양이가 전해졌다.

그런데 같은 조상에게서 나온 고양이들이 세계 도처로 퍼져 나간 뒤에 새로운 품종들이 생겨났다. 어느 지역에서나 고양이의 수가 적다 보니 근친 교배가 불가피했고, 그에 따라 털의 색깔이나 길이, 눈빛, 꼬리나 귀나 코의 생김새 등이 서로 달라지는 유전적인 변이가 일어났다. 여기에 인간들의 선별이 더해져 페르시아고양이, 앙고라고양이, 샴고양이 같은 지역 품종이 만들어진 것이다.

중세 유럽인들은 고양이를 마법이나 주술과 관련된 동물로 여기면서 학살을 일삼았다. 그들이 보기에 개는 인간에게 순종하는 충직한 동물이었지만 고양이는 독립적이고 사악한 동물이었다.

14세기 중엽 페스트가 유럽을 휩쓸었을 때 유대인 공동체는 주위의 다른 지역들에 비해 피해를 훨씬 적게 입었다. 유대인들은 그 때문에 미움을 사서 페스트가 사라지고 난 뒤에 온갖 박해와 대학살을 당했다. 이제 우리는 알고 있다. 유대인 구역이 페스트의 피해를 덜 입었던 것은 쥐들을 몰아내는 고양이를 키웠기 때문이라는 것을.

1665년 런던에 또다시 페스트가 돌았다. 시내에서 돌아다니던 고양이들을 대대적으로 학살하고 난 뒤의 일이었다.

1790년대 무렵에는 고양이를 악마와 연결 짓는 미신이 완전히 사라졌다. 그 뒤로 유럽에서는 페스트가 창궐하지 않았다.

213
교류 분석

1950년대 말에 미국의 정신 분석학자 에릭 번은 교류 분석이라는 개념을 창안했다. 대표적인 저서 『심리 게임』(1964)과 『당신은 안녕이라고 말한 뒤에 뭐라고 합니까?』(1975)를 통해 소개된 그의 이론에 따르면, 개인과 개인의 관계에서는 본능적인 역할 분담이 이루어지고 이 역할들은 부모, 어른, 자식, 다시 말해서 윗사람, 대등한 사람, 아랫사람의 세 범주로 구분된다고 한다. 한 개인이 다른 개인을 만나 말을 건네는 순간부터 그는 부모 노릇을 하거나 어른 구실을 하거나 자식처럼 군다는 것이다.

개인과 개인이 만나 부모 자식 관계를 형성하면 부모와 자식의 역할이 다시 하위 범주로 나뉜다. 부모의 범주에는 양육하는 부모(모성적인 부모)와 가르치는 부모(부성적인 부모)가 있고, 자식의 범주에는 반항하는 자식과 순종하는 자식과 자유로운 자식이 있다.

일단 역할이 정해지면 부모 노릇을 하는 개인들과 자식 노릇을 하는 개인들은 지배를 강화하거나 지배에서 벗어나기 위해 심리 게임을 벌인다. 이 게임은 박해자, 피해자, 구원자라는 세 가지 역할로 요약된다. 인간관계에서 나타나는 갈등은 대개 이 역할 분담과 심리 게임으로 귀결된다. 〈너는 이렇게 해야 돼〉, 〈네가 알아야 할 것이 있어〉, 〈너는 이렇게 했어야 해〉 하는 식으로 말하는 것은 스스로를 부모 자리에 놓는 것이다. 반면에 〈그렇게 하지 못해서 죄송해요〉라든가 〈실례합니다만······〉 하는 식으로 말하는 것은 스스로를 자식 자리에 놓는 것이다. 상대를

〈꼬마〉라고 부르거나 애칭으로 부르는 것 역시 따지고 보면 상대를 아이의 자리에 놓는 것이라고 볼 수 있다.

심리적 갈등을 일으키지 않는 건전한 인간관계를 맺기 위해서는 상대방과 어른 대 어른으로 이야기해야 하고, 존칭이나 애칭을 쓰는 대신 그냥 상대방의 이름을 불러야 한다. 상대방에게 아첨하지도 말고 죄책감을 불어넣지도 말아야 하며, 무책임한 아이처럼 굴지도 말고 훈계하는 부모 행세도 하지 말아야 한다. 하지만 그게 말처럼 쉬운 일은 아니다. 우리 부모들은 대개 우리에게 모범을 보여 주지 않았기 때문이다.

214

판도라

판도라라는 이름은 그리스어로 〈모든 선물을 받은 여자〉라는 뜻이다.

제우스는 프로메테우스가 자기 뜻을 거역하고 인간들에게 불을 훔쳐다 주자 그 대가로 인간들에게 재앙을 내리기로 했다. 그는 헤파이스토스에게 흙과 물을 섞어 여신처럼 아름다운 여자를 만들라고 명령했다. 헤파이스토스가 여자를 빚어내자 다른 신들은 제우스의 명령에 따라 저마다 여자에게 선물을 주거나 자기가 지닌 재능을 불어넣었다. 헤르메스는 여자의 마음속에 거짓과 속임수와 교활한 심성까지 담아 주었다. 그리하여 아름다움과 성적인 매력과 손재주와 언변 등을 고루 갖춘 여자 판도라가 세상에 나왔다. 제우스는 그녀를 프로메테우스의 동생 에피메테우스에게 보냈다. 프로메테우스는 단박에 판도라를 의심했다. 겉으로 보기엔 너무나 훌륭하지만 마음속에 거짓을 품고 있음을 알아차렸기 때문이다. 하지만 에피메테우스는 그녀의 아름다움에 홀딱 반하여 그녀를 아내로 맞았다.

제우스는 그들 부부에게 결혼 선물로 상자* 하나를 주었다. 그러면서 〈이 상자를 받아서 안전한 곳에 고이 간직하거라. 하지만 미리 일러두건대, 어떠한 일이 있어도 이것을 열어 보면 안 된다〉하고 말했다.

에피메테우스는 사랑에 흠뻑 빠진 나머지 제우스가 주는 선물을 받지 말라는 프로메테우스의 경고를 잊고 상자를 받아 자기 집 한구석에 숨겨 두었다.

판도라는 남편과 함께 행복한 나날을 보냈다. 세상은 경이로웠다. 아픈 사람도 없고 늙는 사람도 없었으며 모두가 선량했다.

그러던 어느 날 판도라에게 궁금증이 생겼다. 신비한 상자 안에 무엇이 들어 있는지 알고 싶었다. 그래서 판도라는 요염한 자태를 한껏 드러내며, 상자의 뚜껑을 열고 잠깐 들여다보기만 하자고 남편을 졸랐다. 에피메테우스는 제우스가 열지 말라고 했다면서 아내의 청을 들어주지 않았다.

판도라는 상자를 열어 보자고 매일같이 성화를 부렸지만 에피메테우스는 들은 척도 하지 않았다. 어느 날 아침 판도라는 남편이 집에 없는 틈을 타서 상자를 감춰 둔 방으로 들어갔다. 그런 다음 자물쇠를 부수고 묵직한 뚜껑을 들어 올렸다.

판도라가 미처 상자 내부를 들여다보기도 전에 상자에서 무시무시한 울부짖음과 고통에 겨운 흐느낌이 새어 나왔다. 판도라는 겁에 질린 채 흠칫 물러섰다. 그때 상자에서 증오, 질투, 잔인성, 분노, 굶주림, 가난, 고통, 질병, 노화 등 장차 인간이 겪게 될 온갖 재앙이 쏟아져 나왔다.

판도라는 뚜껑을 도로 닫았다. 그러나 이미 온갖 불행이 인간들 사이로 퍼져 나

• 베르베르는 헤시오도스의 서사시 『일과 나날』(60~105행)에 근거하여 이 이야기를 전개하고 있다. 다만 〈판도라의 상자〉에 관해서는 헤시오도스의 원문이 아니라 에라스무스의 라틴어 번역 이후로 확립된 서구인의 상식을 따르고 있다. 헤시오도스의 그리스어 원문에는 상자라는 말이 나오지 않는다. 대신 단지나 항아리를 뜻하는 〈피토스〉라는 말이 나와 있다. 이것이 상자로 바뀐 것은 르네상스 시대의 위대한 인문학자 에라스무스의 영향이라고 한다. 그는 헤시오도스의 판도라 이야기를 라틴어로 번역하면서 〈피토스〉라는 단어를 〈픽시스(상자)〉로 옮겼다. 유럽 언어들에서 공통으로 나타나는 〈판도라의 상자〉라는 관용구는 결국 빛나는 오역(?)의 산물인 셈이다.

간 뒤였다. 다만 상자 밑바닥에 무언가 자그마한 것이 잔뜩 웅크린 채로 남아 있었다. 그것은 희망이었다. 그 뒤로 인간들은 갖가지 불행에 시달리면서도 희망만은 고이고이 간직하게 되었다.

215

밀레투스

기원전 6세기경 소아시아 이오니아 지방의 밀레투스에서 최초의 과학 운동이 일어났다. 이 운동의 중심에는 탈레스, 아낙시만드로스, 아낙시메네스, 헤라클레이토스 같은 학자들이 있었다. 그들은 인간의 형상을 한 신들이 세계를 창조했다고 주장하는 헤시오도스식의 낡은 우주 창성 이론에 반기를 들고, 자연 속에서 신적인 원리를 찾았다. 탈레스에게는 물이 신이고, 아낙시메네스에게는 공기가 신이며, 아낙시만드로스에게는 무한자가 신이다. 그들의 뒤를 잇는 기원전 5세기의 또다른 철학자 데모크리토스는 우주가 원자로 가득 차 있고 원자들 간의 우연한 충돌에서 세계와 인간이 비롯되었다고 생각했다.

훗날 밀레투스보다 서쪽에 있는 아테네에서 밀레투스의 과학자들에게서 배운 소크라테스와 그의 제자 플라톤은 그리스 철학의 기원을 열었다. 플라톤은 대화편 가운데 하나인 『공화국』에서 인간이 살아가는 세계의 본질을 깨우쳐 주기 위해 〈동굴의 비유〉를 제시했다. 소크라테스와 제자 글라우콘이 나누는 허구적인 대화의 형식으로 되어 있는 이 이야기에 따르면, 보통의 인간은 사슬에 묶인 채 지하 동굴에 갇혀 있는 사람들과 같다. 그들은 손발이 묶여 있을 뿐만 아니라 머리도 동굴 안쪽 벽만 바라보도록 고정되어 있다. 그들의 등 뒤에서는 커다란 불이 일렁거린다. 그 불빛 때문에 동굴 벽에 사물의 그림자가 드리워진다. 그들은 그림자를 보면서 그것이 현실이라고 생각한다. 하지만 그것은 한낱 허상일 뿐이다. 만약 그들 가운데 한 사람의 결박을 풀어 주고 돌아서게 한 다음 그림자가 생기게 한 물건들

과 불을 보여 주면, 그는 낯선 사물들의 모습에 겁을 먹고 동굴 벽의 그림자가 오히려 더 현실적이라고 생각할 것이다. 이어서 그를 동굴 입구로 데리고 나가 햇빛을 보게 하면, 그는 고통을 느낄 뿐만 아니라 눈이 부셔서 아무것도 보지 못할 것이다. 하지만 그를 계속 햇빛 속에 두면 차츰차츰 주위의 사물들을 볼 수 있게 될 것이고 마침내 모든 빛의 진정한 원천인 태양을 정면으로 바라보게 될 것이다.

그러고 나서 그를 다시 지하 동굴 속으로 데려가면, 동굴에 갇혀 있는 사람들은 어느 누구도 그의 말을 믿으려 하지 않을 것이다. 그가 그들을 거짓과 허상에서 해방시키려고 하면, 그들은 오히려 그를 죽일지도 모른다.

이 대화 속의 소크라테스는 동굴에서 벗어나 햇빛을 보는 사람이 바로 철학자라고 말한다. 실제로 소크라테스는 신성을 모독하고 젊은이들을 타락시킨 혐의로 기소되었고, 유죄가 확정되어 독약을 마시는 형벌을 받았다.

216

페리숑 씨의 콤플렉스

19세기 프랑스의 극작가 외젠 라비슈는 「페리숑 씨의 여행」이라는 희극 작품에서 인간의 묘한 심리를 드러내는 한 가지 행동을 흥미롭게 묘사하고 있다. 그가 말하고 있는 것은 일견 이해하기 어려우면서도 알고 보면 사람들에게서 아주 흔하게 찾아볼 수 있는 행동, 바로 배은망덕이다.

파리의 부르주아 페리숑 씨는 아내와 딸을 데리고 알프스로 여행을 떠난다. 딸에게 반한 두 젊은이 아르망과 다니엘도 딸에게 청혼할 기회를 얻기 위해 페리숑 씨 가족과 동행한다. 일행이 〈얼음 바다〉라 불리는 알프스 빙하 근처의 한 산장 여관에 묵고 있던 어느 날, 페리숑 씨는 승마를 하다가 말에서 떨어진다. 바로 옆에 낭떠러지가 있다. 그가 데굴데굴 굴러 떨어지고 있는데 때마침 근처를 지나던 아르망이 달려들어 그를 구해 준다. 아르망에 대한 딸과 아내의 고마움은 이루 말할 수가 없다. 하지만 정작 은혜를 입은 페리숑 씨의 태도는 다르다. 처음엔 생명의 은인에게 기꺼이 고마움을 표시하더니 시간이 흐를수록 그의 도움을 과소평가하려고 애쓴다. 절벽 아래로 굴러 떨어지면서 전나무를 보고 막 붙잡으려던 참인데 아르망이 온 것이고, 설령 아래로 떨어졌다 해도 멀쩡했을 거라는 식이다.

이튿날 페리숑 씨는 두 번째 젊은이 다니엘과 함께 가이드를 따라 몽블랑 아래의 빙하 쪽으로 트레킹을 나간다. 도중에 다니엘은 발을 헛디뎌 크레바스로 추락할 위기를 맞는다. 이때 페리숑 씨가 피켈을 내밀어 잡게 하고 가이드와 함께 그를 끌어낸다. 산장으로 돌아온 페리숑 씨는 딸과 아내 앞에서 자랑스럽게 그 일을 떠벌린다. 다니엘은 페리숑 씨가 도와주지 않았다면 자기는 죽었을 거라면서 아낌없는 찬사로 그를 거든다.

당연한 얘기지만 페리숑 씨는 아르망보다 다니엘에게 관심을 갖도록 딸을 부추긴다. 그가 보기에 다니엘은 무척이나 호감이 가는 젊은이다. 반면에 아르망이 자기를 도와준 일은 갈수록 불필요했던 일로만 여겨진다. 급기야는 아르망이 자기를 도와주었다는 사실조차 의심하기에 이른다.

외젠 라비슈가 이 희극을 통해 예증하듯이, 세상에는 남에게 은혜를 입거나 신세를 지고도 고마워할 줄 모르는 사람들이 많다. 고마움을 모르는 것으로 그치지 않고 자기를 도와준 사람들을 미워하는 자들도 있다. 그것은 아마도 도와준 사람들에게 빚을 진 기분으로 살아야 한다는 것이 싫기 때문일 것이다. 반면에 우리는 우리 자신이 도와준 사람들을 좋아한다. 우리의 선행을 자랑스러워하고 그들이 두고두고 감사하리라 확신하면서 말이다.

217
검치호랑이

일부 동물 종이 사라지는 이유는 무엇일까? 사람들은 흔히 소행성의 추락과 같은 외래적인 요인이나 기후 변화 등을 들먹였다. 하지만 문화적이라고 할 만한 이유도 있을 수 있다.

예를 들어 검치호랑이 또는 칼이빨호랑이라고도 부르는 스밀로돈의 경우를 보자. 지금으로부터 약 250만 년 전에서 1만 년 전까지 살았던 이 고양잇과 동물의 화석은 아메리카 대륙에서 발견되었다. 이 화석들을 바탕으로 추정한 바에 따르면 검치호랑이는 길이가 3미터에 달하고 몸무게가 많게는 3백 킬로그램이 넘었다고 한다. 따라서 우리가 알고 있는 고양잇과 동물 가운데 가장 덩치가 큰 종이라고 볼 수 있다. 검치호랑이의 주된 특징은 그 이름이 말해 주듯 칼처럼 휘어진 송곳니가 아주 길게 나 있었다는 점이다. 너무 길어서 입 밖으로 빠져나온 이 송곳니는 길이가 20센티미터 이상인 경우도 있었다.

검치호랑이가 사라진 이유에 대해서는 여러 가지 설명이 있다. 그 가운데 하나는 암컷들의 유전자에 〈수컷의 이빨이 길수록 사냥물을 더 많이 가져온다〉는 법칙이 새겨졌기 때문이라는 것이다. 수컷이 먹이를 많이 물어다 주면 당연히 새끼들을 잘 먹일 수 있다. 그래서 암컷들은 수컷을 선택하면서 〈긴 이빨〉이라는 유전적 특징에 힘을 실어 주었다. 짧은 이빨을 가진 수컷들은 암컷을 구하기가 갈수록 어려워졌다. 암컷들의 부추김에 따라 이런 추세는 더욱 강화되었고 급기야는 너무나 길어서 먹이를 입안에 넣을 수조차 없게 하는 이빨이 나타나기에 이르렀다. 진화의 방향을 거꾸로 돌리는 것은 불가능했다.

제7장

우리는 신

과거를 이해하지 못한 사람들, 인류 전체의 과거를 이해하지 못한 사람들, 자기들의 개인적인 과거를 이해하지 못한 사람들, 그들은 어쩔 수 없이 그 과거를 다시 살게 될 것이다.

—에드몽 웰스

218

무(無)

······무(無)가 있었다.

태초에는 아무것도 존재하지 않았다.

어떠한 빛도 어둠을 흩뜨리지 않았고, 어떠한 소리도 고요를 깨뜨리지 않았다.

도처에 공허가 가득했다.

최초의 힘인 중성의 힘이 지배하던 때였다.

하지만 공허는 무엇인가가 되기를 꿈꾸고 있었다.

그때 무한한 우주 공간 한복판에 하얀 알이 나타났다. 모든 가능성과 모든 희망을 품고 있는 우주 알이었다.

이 알에 금이 가기 시작했다.

219

태초에

우주 알이 폭발했다.

그 일은 0년 0월 0일 0시 0분 0초에 일어났다.

시원의 알을 싸고 있던 껍질은 두 번째 힘인 분열의 힘에 의해 288개의 조각으로 부서졌다.

우주 알이 폭발할 때 빛과 열기가 분출했고, 먼지가 크게 일어 어둠 속에서 반짝이는 가루로 퍼져 나갔다.

하나의 우주가 탄생한 것이다.

시간이 흐르기 시작했고, 입자들은 널리 퍼져 나가면서 시간의 교향곡에 맞춰 춤을 추었다.

220
태초에 (계속)

몇 초가 지나자 일부 입자들이 한데 합쳐지기 시작했다. 세 번째 힘인 결합의 힘에 이끌린 것이다.

중성의 힘을 나타내는 중성자들이 양전하를 지닌 양성자들과 결합하여 원자핵을 형성했다. 음의 전기를 띤 전자들은 원자핵 주위를 돌며 완벽한 평형을 이루어 냈다.

세 가지 힘이 한데 어우러져 저마다 자기 자리를 찾고 서로 간에 적당한 거리를 잡음으로써 원자라는 더 복잡한 단위를 만들어 낸 것이다. 결합의 힘을 표상하는 이 원자가 출현함으로써 에너지는 물질로 변했다. 이것이 만물의 진화 과정에서 나타난 첫 번째 도약이다.

하지만 물질은 더 높은 단계에 도달하기를 꿈꾸었다. 그리하여 생명이 나타났다.

생명은 우주의 새로운 경험이었다. 생명은 분열Division과 중성Neutralité과 결합Association이라는 세 가지 힘의 자취를 우주의 심장에 새겼다. 그것이 바로 DNA이다.

221
태초에 (끝)

하지만 새로 태어난 이 우주는 생명의 출현이라는 경험에 만족하지 않았다. 생명은 더 높은 단계에 도달하기를 꿈꿨다. 그래서 다양하게 분화하고 번식하면서, 형태와 색깔과 체온과 행동 따위에 관한 실험을 하기 시작했다. 오랜 모색과 거듭된 시행착오 끝에 마침내 생명은 진화를 계속하기 위한 이상적인 도가니를 찾아냈다. 인간이 출현한 것이다.

인간의 몸은 206개의 뼈로 이루어진 골격으로 지탱되며, 근육과 혈관과 지방 조직 등이 두껍고 탄력 있는 살갗에 싸여 있다. 뿐만 아니라 인간은 몸의 윗부분에 대단히 정교한 중앙 신경계를 갖추고 있다. 이 신경계는 시각, 청각, 촉각, 미각, 후각의 감각 기관에 연결되어 있다.

생명은 인간을 통해서 지능의 실험을 할 수 있었다. 인간은 성장하고 번식하고 다른 동물들과 대결했다. 자기들끼리 싸움을 벌이기도 했다.

그런데 생명은 인간의 출현으로 만족하지 않고 더 높은 단계에 도달하기를 꿈꿨다. 그리하여 다음 단계의 실험, 곧 의식의 모험이 시작될 수 있었다.

생명은 여전히 태초의 세 가지 힘, 곧 결합(또는 사랑), 분열(또는 지배), 중성 에너지의 추동을 받고 있었다.

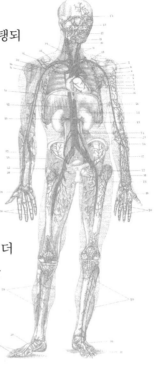

222
알지 못하는 것을
마주할 때의 두려움

인간은 아직 알지 못하는 것을 대할 때 가장 큰 두려움을 느낀다. 그 미지의 것이 적대적인 존재일지라도 일단 정체가 밝혀지면 인간은 안도감을 느끼게 된다. 반면에 상대의 정체를 알지 못하면, 상상을 통해 두려움을 부풀리는 과정이 촉발

된다. 그리하여 각자의 내면에 도사리고 있던 악마, 가장 고약하고 위험한 존재가 나타난다. 미지의 존재와 마주하고 있다고 생각하면서, 사실은 자신의 무의식이 지어내는 환상적인 괴물과 대면하는 것이다. 하지만 바로 이런 순간에 인간의 정신이 최고 수준으로 기능하는 뜻밖의 현상이 벌어지기도 한다. 이럴 때에 인간은 주의 깊고 명민해지며, 자신의 감각 능력을 온전히 발휘하여 상대를 이해하려고 애쓴다. 그럼으로써 두려움을 다스리고 미처 몰랐던 자신의 재능을 발견하게 되는 것이다. 미지의 존재는 인간을 자극하기도 하고 매혹하기도 한다. 인간은 미지의 것을 두려워하면서도 그런 것과 대면하기를 바란다. 자신의 뇌가 미지의 것에 적응하기 위한 해결책을 찾아내는지 알아보고 싶은 것이다. 아직 이름이 붙어 있지 않은 미지의 존재는 무엇이든 인류를 위한 새로운 도전을 유발할 수 있다.

223
만약 우주에 우리밖에 없다면?

어느 날 문득 이런 기이한 가정이 머리에 떠올랐다. 〈만약 우주에 지능을 가진 생명체가 우리밖에 없다면?〉

우리 중에서 가장 의심이 많은 사람들조차 막연하게나마 외계의 생명체가 존재할 가능성이 있다는 생각을 품고 있다. 그래서 지구의 지적 생명체인 우리 인류가 실패를 한다 해도 다른 지적 생명체들이 성공할 것이므로 우주에는 아무런 문제가 없으리라 생각한다. 그런 생각은 우리에게 안도감을 준다. 하지만 만약 우리밖에 없다면? 정말 우리밖에 없다면? 만약 무한한 우주 공간에 지능을 가진 생명체가 오로지 우리뿐이라면? 만약 우주의 모든 행성이 우리가 태양계에서 관찰할 수 있는 행성들처럼 유독 가스를 내뿜는 마그마나 암석 덩어리로 되어 있고 너무 뜨겁

거나 차가워서 생물이 살 수 없다면? 만약 지구의 경험은 우연의 일치가 겹치고 또 겹쳐서 일어난 너무나 특이한 현상이었을 뿐 다른 곳에서는 도저히 일어날 수 없었던 일이라면? 만약 지구에 인류와 같은 지적 생명체가 존재하는 것이 두 번 다시 일어날 수 없는 기적이었다면?

이런 가정들에는 다음과 같은 의미가 담겨 있다. 만약 우리가 실패한다면, 만약 우리가 우리 행성을 파괴한다면(이제 핵무기나 오염 등으로 해서 그럴 위험성이 생겼다), 그 뒤에는 아무것도 남아 있지 않게 되리라는 것이다. 우리가 사라지고 나면, 다시 어떻게 해볼 도리도 없이 〈게임 오버〉가 되고 말리라는 얘기다. 어쩌면 우리가 마지막 가능성을 쥐고 있는지도 모른다. 그렇다면 우리의 과오는 너무나 어마어마한 결과를 낳게 되는 것이다. 외계인이 존재하지 않는다는 가정은 외계인의 존재를 믿는 것보다 우리를 더욱 불안하게 만든다. 우리를 얼마나 아찔하게 만드는 생각인가! 또 우리에게 얼마나 많은 책임감을 요구하는 가정인가! 〈우주에는 아마도 우리밖에 없을 것이다. 그래서 우리가 실패하고 나면 더 이상 아무것도 존재하지 않게 될 것이다.〉 이보다 오래되고 이보다 우리를 불안케 하는 메시지가 또 있을까?

224
외침

인생은 외침으로 시작해서 외침으로 끝난다. 고대 그리스에서 전투가 벌어질 때면, 병사들은 서로를 격려하기 위해 〈할라라〉라는 함성을 지르면서 적을 공격했다고 한다. 게르만족의 병사들은 방패에 대고 고함을 지름으로써 적군의 말들을 미쳐 날뛰게 할 만한 공명 효과를 만들어 냈다. 브르타뉴 지방에 전해 내려오는 민간 설화에는 밤에 소리를 질러 여행자들을 함정에 빠뜨렸다는 〈오페르 노즈〉라는 귀신이 나온다. 구약 성경에 나오는 야곱의 아들 르우벤은 매우 우렁찬 소리를 내지르는 능력이 있었다. 누구든 그의 고함을 들으면 두려움에 떨었다.

225

앙크

앙크는 고대 이집트에서 신들과 파라오들의 상징이었다. 〈고리 달린 십자가〉라는 별명이 말해 주듯, 타우 십자가, 즉 T자형 십자가 위에 둥근 고리 모양의 손잡이가 붙어 있다. 고대 이집트인들은 이것을 〈이시스의 매듭〉이라고도 불렀다. 둥근 고리를 이시스 여신과 동일시되던 생명나무의 상징으로 여겼기 때문이다.

앙크는 인간이 신성에 도달하자면 어떤 매듭을 풀어야 한다는 것을 상기시키기도 한다. 매듭을 푸는 행위*dénouement*를 통해서 인간 영혼의 진화가 대단원*dénouement*을 맞이하리라는 사실을 보여 준다는 것이다.

고대 이집트의 벽화를 보면 태양신 아톤에 대한 신앙을 창시한 파라오 이크나톤과 태양신을 섬기던 사제들의 손에 앙크가 들려 있는 것을 볼 수 있다. 이 특별한 십자가는 영원한 생명을 여는 열쇠이자 속인들이 금단의 지대로 들어가는 것을 막는 자물쇠로 여겨졌다. 장례식을 거행하는 동안 사제들이 십자가의 손잡이를 쥐고 있는 장면에서 그 점을 확인할 수 있다.

앙크는 때로 두 눈 사이의 이마에 그려지기도 했다. 이것은 죽음의 비의를 깨달은 자에게 그 비밀을 지킬 의무가 있음을 나타내는 것이었다. 저승의 신비를 아는 사람은 아무에게도 그것을 발설하지 않도록 되어 있었다. 발설하는 순간 자신이 알고 있던 것을 다 잊어버리기 때문이었다.

콥트교도, 즉 이집트의 기독교도들 역시 앙크를 영원한 생명의 상징으로 받아들였다.

앙크는 인도에서도 찾아볼 수 있다. 인도인들에게 이것은 능동적인 원리와 수동적인 원리의 통일을 나타내는 것이었고, 남녀 양성이 한 몸에 결합되었음을 나타내는 성적 상징이었다.

226
그리스의 창세기

태초에 카오스가 있었다.

전조는 전혀 없었다. 카오스는 모양도 소리도 빛도 없이 그냥 그렇게 무한한 크기로 나타났다. 카오스는 수천 년 동안 잠자다가 어느 날 갑자기 가이아, 즉 대지를 낳았다.

가이아는 남성적인 요소의 도움을 전혀 받지 않고 수태를 하여 알 하나를 낳았고, 이 알에서 사랑의 원초적인 힘 에로스가 생겨났다. 에로스는 구체적인 형상을 띠지 않은 채로 우주 속을 돌아다녔다. 눈에 보이지도 않고 만질 수도 없는 상태였지만, 그가 발산하는 사랑의 충동은 곳곳으로 퍼져 나갔다.

카오스는 신들을 낳는 것에 큰 기쁨을 느꼈다. 그래서 내친김에 에레보스(어둠)와 닉스(밤)를 낳았다. 이 둘은 이내 교접하여 아이테르(영기)와 헤메라(빛)를 낳았다. 영기는 위로 올라가 우주의 상층부에 드리웠고, 빛은 우주를 비추기 시작했다. 그런데 에레보스와 닉스는 자기네 자식들이 너무 이상해서 말다툼을 벌였다. 그들은 자식들이 싫었다. 그래서 이내 자식들로부터 멀어져 갔다. 영기와 빛이 나타나면 어둠과 밤은 즉시 도망을 쳤다. 반대로 어둠과 밤이 마음을 다잡고 돌아오면, 이번에는 영기와 빛이 달아났다.

한편 가이아는 혼자서 자식을 계속 낳았다.

그리하여 우라노스(하늘)와 우레아(산)와 폰토스(바다)가 태어났다. 우라노스는 위로 올라가 가이아를 덮었고, 우레아는 가이아의 옆구리에 자리를 잡았으며, 폰토스는 가이아의 몸 위로 퍼져 나갔다. 가이아의 가장 깊은 곳에는 또 다른 자식이 숨겨져 있었다. 타르타로스, 즉 동굴들로 이루어진 지하 세계가 바로 그 자식이었다. 하늘, 바다, 산, 지하 세계를 낳은 가이아는 여신인 동시에 완전한 행성이 되었다. 하지만 다산성의 여신 가이아는 그 뒤로도 많은 자식을 낳았다. 가이아는 자기가 낳은 우라노스와 결합하여 열두 명의 티탄(여섯 명의 티타네스와 여섯 명의 티타니데스)과 세 명의 키클롭스, 그리고 세 명의 헤카톤케이레스 즉, 50개의 머리와 1백 개의 팔이 달린 거인들을 낳았다.

그런데 우라노스는 자기가 어머니의 손아귀 안에서 놀아나는 장난감일 뿐이라는 것을 깨닫고, 아버지 역할을 거부했다. 그는 자기 자식들인 티탄들과 키클롭스들을 냉담하게 대하는 것으로 그치지 않고, 그들을 지하 세계인 타르타로스에 가둬 버렸다. 이에 격분한 가이아는 땅속 깊은 곳에 갇혀 자기 마음을 아프게 하는 자식들에게 날카롭게 벼린 낫을 건넸다. 미쳐 버린 그들의 아버지를 죽이고 지하 세계에서 벗어나라고 요구한 것이다.

하지만 자식들은 우라노스를 너무나 두려워한 나머지 행동에 나설 엄두를 내지 못했다. 그들은 자칫 잘못하여 우라노스에게 벌을 받는 것보다 지하 감옥에서 썩는 게 낫다고 생각했다. 그래도 티탄들 중의 막내인 크로노스만은 어머니가 내민 낫을 받아 들었다. 크로노스는 우라노스가 어머니 가이아를 강제로 감싸 안으려 할 때 기습을 감행했다. 그는 우라노스의 고환을 잡고 날카로운 낫으로 잘라 바다에 던져 버렸다. 우라노스는 고통에 겨워 울부짖으며 가능한 한 높은 곳으로 달아났다. 그는 그토록 잔인한 범죄를 저지른 아들이 무서워 거기에 그대로 머물렀다. 그 대신 서둘러 이렇게 저주를 내렸다. 「감히 제 아버지에게 손을 댄 자는 거꾸로 제 자식에게 손찌검을 당하게 되리라.」

이렇듯 많은 자식을 낳고 숱한 폭력을 겪은 뒤에, 하늘 우라노스와 대지 가이아는 영원히 결별했다. 이로써 크로노스가 세상의 지배자가 되었다.

227

크로노스

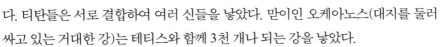

크로노스는 아버지 우라노스의 남근을 잘라 낸 뒤에 아버지의 왕좌를 차지했다. 지구에서 멀리 쫓겨난 우라노스는 그저 이따금씩 비를 뿌리는 것으로 자신의 존재를 드러내는 신세로 전락했다. 그는 자기가 낳은 자식들을 〈불한당〉이라는 뜻으로 티탄이라 부르고, 자신을 상대로 흉악한 범죄를 저지른 자들은 반드시 대가를 치르게 되리라고 경고했다. 티탄들은 서로 결합하여 여러 신들을 낳았다. 맏이인 오케아노스(대지를 둘러싸고 있는 거대한 강)는 테티스와 함께 3천 개나 되는 강을 낳았다.

막내인 크로노스는 누이 가운데 하나인 레아와 결합하여 헤스티아, 데메테르, 헤라, 하데스, 포세이돈을 낳았다. 하지만 그는 자기 역시 자식에게 권력을 빼앗기리라는 아버지의 저주를 잊지 않고 있던 터라, 자식들이 태어나자마자 계속 삼켜 버렸다.

레아는 자식들을 잃고 이루 말할 수 없는 고통을 겪으며 분노를 삼키다가, 여섯째이자 막내인 제우스를 잉태했다. 레아는 아이를 낳아서 숨기기 위해 크레타섬으로 갔다. 아이가 태어나자, 레아는 어머니 가이아가 일러 준 계책대로 커다란 돌을 강보에 싸서 크로노스에게 주었다. 크로노스는 그것을 새로 태어난 아기로 여기고 즉시 삼켜 버렸다. 이 계책 덕분에 살아남은 제우스는 나무가 울창한 산기슭의 동굴에서 자랐다. 아이를 보살피는 신들과 요정들은 아이가 울거나 소리를 지르려 할 때마다, 그 소리가 크로노스의 귀에 들리지 않도록 아이 주위에서 노래를 부르거나 창으로 방패를 두드렸다.

그리하여 제우스는 빠르게 자라나 성년에 다다랐다. 그는 감칠맛 나는 술을 아버지에게 가져가 마시게 했다. 이 술에는 먹은 것을 토하게 하는 무시무시한 약이 들어 있었다. 아들의 꾀에 넘어간 크로노스는 자신이 삼켰던 돌과 다섯 자식을 차례차례 토해 냈다. 제우스와 그의 형제자매는 아버지가 다시 덤벼들기 전에 올림포스산 꼭대기로 피신했다.

크로노스는 자식들에게 복수를 하기 위해 자기 형제자매인 티탄들에게 도움을 청했다. 그리하여 구세대 신들과 신세대 신들 사이에 격렬한 전쟁이 벌어졌다. 처음엔 노련한 티탄들이 우세를 보였다. 그런데 티탄 가운데 하나인 프로메테우스가 제우스 편을 들며 아낌없는 조언을 해주었다.* 그는 외눈박이 키클롭스들과 팔이 백 개 달린 헤카톤케이레스를 동맹군으로 삼으라고 일렀다. 아닌 게 아니라 그들은 아주 훌륭한 동맹군이었다. 그들은 제우스에게 천둥과 번개를 주고, 포세이돈에게는 삼지창을, 하데스에게는 누구든 쓰기만 하면 눈에 보이지 않게 하는 투구를 주었다.

이 전쟁은 결국 올림포스 신들의 승리로 끝났다. 패배한 티탄들은 세상에서 가장 깊은 곳, 지하의 명계보다 아래에 있는 타르타로스에 갇혔다. 한편 오르페우스

---

* 이 대목은 헤시오도스의 『신통기』가 아니라, 프로메테우스 신화를 다룬 문헌 가운데 가장 유명한 아이스킬로스의 비극 『결박당한 프로메테우스』에 근거한 것이다. 헤시오도스는 프로메테우스가 티탄 가운데 하나인 이아페토스의 아들이라 말하고 있지만, 아이스킬로스는 프로메테우스를 티탄 중의 하나, 다시 말해서 제우스의 삼촌으로 보고 있다. 그보다 더 중요한 차이는 프로메테우스에 대한 두 시인의 관점이다. 헤시오도스가 그린 프로메테우스는 더없이 지혜로운 제우스를 속이려 드는 사기꾼이자 불을 훔쳐서 인간에게 가져다준 범죄자이다. 반면에 아이스킬로스의 프로메테우스는 독재자 제우스에게 맞서 싸우는 정의의 사도이다. 비열한 쪽은 오히려 제우스다. 프로메테우스는 제우스와 티탄들과의 싸움, 이른바 〈티타노마키아〉에서 제우스의 승리를 이끌어 내는 데 결정적인 역할을 한 바 있다. 그런 점에서 보면 제우스가 그에게 가혹한 형벌을 내린 것은 정의라기보다 배은망덕이다.

밀교˙의 전승에 따르면, 크로노스는 제우스와 화해하고, 타르타로스에서 풀려나 〈지복을 누리는 자들의 섬〉에서 살았다고 한다.

228
우주 알

세계는 알로 시작해서 알로 끝난다. 알은 세계의 여러 신화에서 여명의 상징이 자 황혼의 상징이다.

고대 이집트의 가장 오래된 우주 창조 신화에서는 천지 창조가 태양과 생명의 씨앗을 품고 있던 우주 알이 깨지면서 이루어진 것으로 묘사된다.

오르페우스 밀교의 신화에 따르면, 시간(크로노스)이 밝은 대기(아이테르)와 결합하여 암흑(에레보스) 속에서 은색 알을 낳았다. 윗부분에는 하늘을 아랫부분 에는 땅을 품고 있던 이 알에서 자웅의 양성을 갖춘 개벽의 신 파네스가 나왔다.˙˙

힌두교의 서사시 가운데 하나인 『브라만다 푸라나』에도 난생 신화가 나온다. 이 신화에 따르면, 태초에 천지 창조에 앞서 우주 알 브라만다가 있었다. 이 알의 껍 데기는 존재와 무의 경계를 이루는 히라냐가르바(황금 자궁)였다. 시간이 흘러 이 우주 알이 깨지자, 속껍질은 구름으로 변했고, 핏줄은 강이 되었으며, 액체는 바다

˙ 인도에서 불교가 생겨나던 무렵 그리스에서 출현한 종교적인 운동. 인간의 영혼은 신성을 지니고 있지만 윤회전생을 통해 육체적 삶을 되풀이한다는 교의, 또 해탈을 이루고 신들과 교감하기 위한 통과 의례와 금욕적인 도덕률을 정하고 있다는 점 등으로 미루어 볼 때 불교의 영향을 받은 것으로 추정된 다. 죽은 아내를 되찾기 위해 저승에 갔다가 돌아왔다는 전설적인 음악가이자 시인 오르페우스가 저승 에서 알아낸 해탈의 비결을 전수하기 위해 창시했다고 전한다. 오르페우스 밀교의 신화는 알에서 나온 파네스(또는 에로스)를 최고의 신으로 본다든가 저승과 깊은 연관이 있는 페르세포네와 디오니소스를 숭배한다는 점에서 정통적인 그리스 신화와 많은 차이를 보인다.

˙˙ 그리스의 희극시인 아리스토파네스는 「새」라는 희극에서 오르페우스 밀교의 이 난생 신화를 패 러디하면서, 〈검은 날개를 가진 밤〉이 암흑 속에서 바람의 애무를 받으며 알을 낳고 이 알에서 황금 날 개를 가진 에로스가 태어나 세계와 신들을 창조했다고 노래한다.

가 되었다.

중국의 천지 창조 신화인 반고(盤古)라는 거인의 이야기를 보면, 태초에 하늘과 땅은 달걀과 같이 뒤섞여 있었는데, 밝고 맑은 것(陽淸)은 위로 올라가서 하늘이 되고, 어둡고 흐린 것(陰濁)은 아래로 가라앉아 땅이 되었으며, 그 사이에서 반고가 생겨났다.*

폴리네시아의 한 신화에도 태초의 알에 관한 이야기가 나온다. 이 알은 토대와 바위를 품고 있었는데, 알이 깨지면서 3층 기단(基壇)이 나타났고, 여기에서 토대와 바위가 인간과 동물과 식물을 창조했다고 한다.

유대교 신비주의 전승인 카발라에서는 우주가 288조각으로 깨진 하나의 알에서 생겨났다고 생각한다.

이러한 난생 신화는 한국, 핀란드, 슬라브족과 페니키아의 신화에서도 찾아볼 수 있다. 많은 민족의 신화에서 알은 다산성의 상징이다. 그런가 하면 어떤 문화권 사람들은 알이 품고 있는 생명 에너지가 죽은 사람에게 새로운 힘을 줄 수 있다고 생각하기도 한다. 그들은 애도의 뜻으로 달걀을 먹는다. 때로는 무덤 속에 달걀을 넣기도 한다. 죽은 사람이 저승을 여행하는 데 필요한 힘을 주기 위해서라고 한다.

229

죽음

점을 칠 때 사용하는 마르세유 타로** 카드에서, 이름 없는 메이저 아르카나인

• 이 난생 신화가 기록된 최초의 문헌은 3세기에 삼국 시대 오나라 학자 서정이 엮은 신화집 『삼오역기(三五歷記)』로 알려져 있다.

•• 마르세유 타로는 프랑스를 비롯한 유럽 여러 나라에서 많이 사용하는 타로 카드의 원조 버전이다. 패의 구성은 영어권과 한국, 일본 등지에 널리 퍼져 있는 라이더 웨이트 타로와 마찬가지로, 22장의 메이저 아르카나와 56장의 마이너 아르카나로 되어 있지만, 메이저 아르카나의 배열 순서가 다르고 (8번이 〈정의〉이고 11번이 〈힘〉), 목판화풍의 투박하고 예스러운 그림이 들어 있는 게 특징이다.

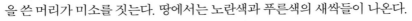

13번 카드는 죽음과 부활을
상징한다. 이 카드에는 검은 밭
에서 낫으로 풀을 베고 있는 살색
의 해골 그림이 나와 있다. 해골의 오
른발은 땅속에 묻혀 있고 왼발은 여자의 머리
를 밟고 있다. 발 주위에는 세 개의 손과 하나의 발
과 두 개의 하얀 뼈가 있다. 오른쪽 아래에서는 왕관
을 쓴 머리가 미소를 짓는다. 땅에서는 노란색과 푸른색의 새싹들이 나온다.

이 카드는 연금술사들의 유명한 표어 〈비트리올〉•을 생각나게 한다. 즉, 〈땅속
으로 들어가서 잘못을 바로잡으면 숨겨진 돌을 찾게 되리라*Visita Interiora Terrae
Rectificandoque Invenies Occultum Lapidem*〉라는 뜻이 이 카드에 담겨 있다.

그러니까 낫을 사용하여 잘못을 바로잡고 지나치게 자란 것을 베어 내야 검은
땅에서 새싹이 다시 돋아날 수 있다는 것을 보여 주는 것이다.

이 카드는 가장 강력한 변화를 상징하기 때문에 사람들에게 두려움을 불러일으
킨다.

이 카드는 메이저 아르카나 전체를 놓고 볼 때 하나의 단절을 이룬다. 앞선 열두
개의 아르카나는 작은 신비로 간주된다. 그런데 열세 번째 이후의 아르카나는 위
대한 신비에 속한다. 이때부터 천사나 하늘나라의 상징으로 장식된 그림들이 나
타난다. 더 높은 차원이 개입하는 것이다.

깨달음의 경지로 나아가기 위해서는 죽음과 부활의 단계를 통과해야 한다. 이
단계에서 인간에게 심오한 변화가 일어난다. 인간은 불완전한 존재로 죽지 않으
면 다시 태어날 수 없다.

• 비트리올은 황산을 가리키는 옛 이름이다. 연금술에서 황산은 대단히 중요한 물질이다. 8세기에
아라비아의 연금술사들이 발견한 황산은 화금석과 같은 기능을 하는 만능 용매로 간주되었다. 그래서
중세의 연금술사들은 비트리올이라는 말을 단지 〈유리〉를 뜻하는 라틴어 〈비트레우스〉에서 나온 것으
로 보지 않고, 위와 같은 경구의 머리글자를 합쳐 놓은 단어로 여겼다. 이 경구를 처음으로 기록한 문헌
은 15세기의 연금술사 바실리우스 발렌티누스가 쓴 『만능 용매*Azoth*』라고 한다.

230

거울

우리는 타인의 시선에서 무엇보다 먼저 우리 자신의 상(像)을 찾는다.

처음에는 부모의 시선에서, 그다음에는 친구들의 시선에서 우리 자신의 모습을 찾는다.

그러다가 우리는 자신의 참모습을 비춰 줄 하나뿐인 거울을 찾아 나선다. 다시 말하면, 사랑을 찾기 시작한다는 것이다.

누구를 만나 첫눈에 반한다는 것은 알고 보면 〈좋은 거울〉의 발견을 의미하는 경우가 많다. 우리 자신의 만족스러운 상을 비춰 주는 거울을 찾아냈을 때 흔히 첫눈에 반했다고 말한다는 것이다. 그럴 때 우리는 상대의 시선을 보면서 우리 자신을 사랑하려고 노력한다. 평행한 두 거울이 서로에게 기분 좋은 상을 비춰 주는 마법의 시간이 펼쳐지는 것이다. 그것은 거울 두 개를 마주 보게 놓으면 거울 속에 거울이 비치면서 같은 이미지가 무수히 생겨나는 것에 비유할 수 있다. 그렇듯이 〈좋은 거울〉을 찾아내면 우리는 다수의 존재로 바뀌고 우리에게 무한한 지평이 열린다. 그럴 때 우리는 우리 자신이 아주 강하고 영원하다고 느낀다.

하지만 두 거울은 고정되어 있는 존재가 아니라 움직이는 존재다. 두 연인은 자라고 성숙하고 진보한다.

그들은 처음에 서로 마주 보고 있었다. 하지만 얼마 동안 서로 나란한 길을 따라 나아간다 해도, 두 사람이 반드시 똑같은 속도로 가는 것은 아니다. 게다가 나아가는 방향이 달라질 수도 있다. 또한 두 사람이 상대의 시선에서 언제나 똑같은 자신의 상을 찾는 것도 아니다. 그러다 보면 결별이 찾아온다. 나를 비춰 주던 거울이 내 앞에서 사라지는 순간이 오는 것이다. 그건 사랑 이야기의 종말일 뿐만 아니라 자신의 상을 잃는 것이기도 하다. 그럴 때 우리는 상대의 시선에서 자신의 모습을 보지 못한다. 내가 누구인지 모르게 되는 것이다.

231

헤파이스토스

제우스가 혼자서 아테나를 낳자, 그것에 샘이 난 헤라는 자기도 제우스와 동침하지 않고 혼자서 수태할 수 있다는 것을 보여 주기 위해 헤파이스토스를 낳았다.[•] 이 이름은 〈불타는 자〉 또는 〈빛나는 자〉를 뜻한다. 헤라의 배 속에서 나온 아기는 허약하고 생김새가 매우 흉했다. 헤라는 그것을 수치스럽게 여겨 아이를 죽이려고 올림포스산 꼭대기에서 바다로 던져 버렸다. 아이는 렘노스섬에 떨어져 살아남았지만, 한쪽 다리가 부러졌고 그 때문에 영원히 절름발이가 되었다.

바다의 정령인 테티스와 에우리노메는 아기를 거두어 바닷속의 동굴로 데려갔다. 헤파이스토스는 이 동굴에서 9년 동안 자라며 대장장이와 마법사의 일을 연마

• 이것은 가장 널리 받아들여지고 있는 헤시오도스의 버전이다. 하지만 호메로스에 따르면 그는 제우스와 헤라의 아들이다(『일리아스』 1권 577~579행, 14권 296행과 338행 및 『오디세이아』 8권 312행 등 참조).

했다. (불구가 된 대장장이의 이야기는 스칸디나비아와 서부 아프리카의 신화에서도 찾아볼 수 있다. 옛날에는 대장장이를 마을에 붙들어 두기 위해, 그리고 혹시라도 적들과 협력하는 것을 막기 위해 일부러 불구로 만들지 않았을까 싶다.)

헤라는 수련을 끝낸 아들을 올림포스로 불러들이고, 스무 개의 풀무가 밤낮으로 가동되는 세계 최고의 대장간을 마련해 주었다. 이 대장간에서 헤파이스토스는 금은 세공술과 마법의 걸작들을 만들어 냈다. 그는 불의 지배자이자 야금술과 화산의 신이 되었다.

그는 자기를 더 일찍 데려오지 않은 것에 대한 원망을 삭이지 못하고, 어머니를 겨냥한 함정을 고안했다. 누구든 앉기만 하면 마법의 사슬에 옥죄이는 황금 옥좌를 만든 것이었다. 헤라는 아들이 보낸 이 옥좌에 앉았다가 사슬에 꽁꽁 묶이는 신세가 되었다. 그녀는 거기에서 풀려나기 위해 아들을 올림포스 신족의 온전한 일원으로 받아들이겠다고 약속해야만 했다. 그때부터 헤파이스토스는 올림포스의 모든 신을 위해 자기 솜씨를 발휘했다. 제우스의 방패, 아르테미스의 활과 화살, 아프로디테의 허리띠, 아테나의 창 등이 그의 대표적인 공적이었다.

그는 진흙을 빚어 최초의 여자 판도라를 만들기도 했고, 황금으로 여자 모양의 자동 기계 장치를 제작하여 조수로 쓰기도 했다. 또 아킬레우스에게 방패를 만들어 주기도 했다. 아킬레우스는 이 방패를 가지고 많은 전투에서 승리를 거두었다. 크레타의 왕 미노스는 헤파이스토스에게서 청동 로봇 탈로스를 선물로 받았다. 이 로봇의 몸속에는 목에서 발목까지 이어지는 하나의 혈관이 있었다(이 혈관은 밀랍이 흐르게 하기 위해 조각가들이 사용하는 기법을 연상시킨다). 탈로스는 매일 세 번씩 뜀박질로 크레타섬을 일주하면서 해안에 정박하러 오는 침략자들의 배를 물리쳤다. 한번은 사르디니아 사람들이 크레타섬에 침입하여 불을 지른 적이 있었다. 그때 탈로스는 불 속에 뛰어들어 제 몸을 벌겋게 달군 뒤, 적들을 하나씩 끌어안아 모두 태워 죽였다.*

* 탈로스의 이야기는 『신통기』에 근거한 것이 아니라, 아폴로도로스의 『신화집』과 동로마 제국의 백과사전 『수다』에 나오는 이야기를 합쳐 놓은 것이다.

헤파이스토스는 어느 날 헤라와 제우스가 다투는 것을 보았다. 그는 말다툼에 끼어들어 어머니 편을 들었다. 성난 제우스는 그를 올림포스산 아래로 던져 버렸다. 그는 다시 렘노스섬에 떨어졌고 한쪽 다리가 마저 부러졌다.[*] 헤파이스토스는 목발에 의지하지 않고서는 걸을 수 없게 되었다. 하지만 두 팔은 더욱 단련되고 힘이 붙어서 대장장이 일에 아주 유용했다.

232
초콜릿 케이크 만드는 법

- 재료(6인분): 다크 초콜릿 250그램, 버터 120그램, 설탕 75그램, 달걀 6개, 밀가루 깎아서 6큰술, 물 3큰술
- 준비 시간: 15분
- 굽는 시간: 25분

아주 은근한 불에 외손잡이 냄비를 올려놓고 물을 부은 다음, 그 물에 초콜릿을 중탕으로 녹여 기름처럼 반지르르하고 향긋한 반죽을 만든다.

* 이 대목과 앞에서 헤라가 아이를 던지는 대목은 호메로스의 『일리아스』에 나오는, 헤파이스토스의 불구에 관한 두 가지 설명을 합쳐 놓은 것이라고 볼 수 있다. 헤파이스토스를 렘노스섬에 던진 신이 누구인가를 놓고 호메로스는 두 가지로 노래한다. 헤파이스토스가 제우스로부터 어머니를 구해 주려고 할 때, 제우스가 그의 〈발을 잡고 신성한 하늘의 문턱에서 내던졌다〉 하기도 하고(『일리아스』 1권 590~594행), 절름발이인 그를 없애려는 〈어머니의 사악한 속셈 때문에 멀리 추락하여 고통을 당했다〉고 말하기도 한다(『일리아스』 18권 394~397행). 베르베르는 이 두 대목을 결합하여 헤파이스토스가 두 차례 떨어져서 양쪽 다리가 차례로 부러진 것으로 해석한 것이다.

버터와 설탕을 첨가하고, 반죽이 균질적인 상태가 되도록 계속 저으면서 밀가루를 넣는다.

이렇게 준비된 것에 달걀노른자를 하나씩 첨가한다.

달걀흰자를 잘 휘저어서 하얗게 거품을 낸 다음 초콜릿 반죽에 섞어 넣는다.

이렇게 얻은 반죽을 안쪽 면에 미리 버터를 발라 둔 틀 속에 붓는다.

오븐에 넣고 200도에서 약 25분 동안 굽는다. 위쪽은 바삭하지만 속은 말랑말랑하게 굽는 것이 굽기의 요령이다. 그러기 위해서는 케이크를 살피고 있다가 제때에 꺼내는 것이 중요하다. 케이크 한복판에 물기가 없고 칼로 찔러 보았을 때 초콜릿이 살짝 묻어나면 다 익은 것이다.

미지근하게 식혀서 먹는다.

233
세이렌과 인어

세이렌이라는 이름은 〈밧줄로 묶는 여자들〉을 뜻한다. 그녀들의 노래가 사람들을 꼼짝 못하게 묶어 버릴 만큼 완벽하다 해서 그런 이름이 붙었을 것이다. 그녀들은 하신(河神) 아켈로오스가 뮤즈 가운데 하나인 칼리오페에게서 낳은 딸들이라고 한다.* 그녀들은 여자의 머리와 팔과 가슴에 새의 날개와 다리가 달린 모습으로 묘사된다. 그렇게 반인 반조(半人半鳥)의 형상으로 변하게 된 사연에 대해서는 여러 가지 이야기가 전해져 오는데, 한 전설에 따르면 그녀들이 사랑의 기쁨을 얕보고 순결 서약을 깨뜨리려 하지 않았기 때문에 아프로디테가 벌을 내린 것이라고 한다.

• 이것은 세이렌들의 출생에 관한 여러 이설(異說) 가운데 하나이다. 세이렌이 최초로 등장하는 문헌인 호메로스의 『오디세이아』(12권 39~54행, 182~200행)에는 그녀들의 출생이나 용모에 관한 언급이 없고, 아폴로니오스의 『아르고호 이야기』에는 아켈로오스와 뮤즈 테르프시코라의 딸들이라고 되어 있다(4권 893행). 그런가 하면 아폴로도로스의 『신화집』에서는 아켈로오스와 뮤즈 멜포메네의 딸들이라 하기도 하고(1권 3장), 아켈로오스와 스테로페의 딸들이라 말하기도 한다(1권 7장).

세이렌들은 마법의 목소리로 노래를 불러 뱃사람들을 홀렸다. 방향 감각을 잃은 뱃사람들이 암초로 둘러싸인 그녀들의 섬으로 다가가다가 난파를 당하면, 그녀들이 와서 그들을 잡아먹었다. 세이렌들의 수와 각각의 이름에 대해서는 여러 가지 설이 있다. 한 전설에 따르면, 그녀들 가운데 가장 유명한 파르테노페는 자매들과 함께 바다로 뛰어들었다가 이탈리아 티레니아해의 카프리섬 맞은 편 해안에 표착했다고 한다. 그 자리에 생겨난 도시가 파르테노페, 곧 오늘날의 나폴리이다.

그리스어 세이렌에서 나온 라틴어 〈시렌〉은 중세에 들어와 새로운 의미를 얻게 되었다. 게르만 신화의 영향을 받아, 반은 여자이고 반은 물고기인 인어를 뜻하는 말로도 쓰이게 된 것이다. 프랑스어의 〈시렌〉과 이탈리아어와 에스파냐어의 〈시레나〉는 이런 이중의 의미를 그대로 계승하고 있다. 말하자면 한 단어에 두 가지 신화가 융합되어 있는 것이다.

중세의 연금술사들은 세이렌이 유황과 수은의 결합을 상징한다고 생각했다. 유황과 수은은 보통의 금속을 금으로 변화시키는 작업에서 중요한 역할을 하는 물질들이다.

안데르센의 동화 「인어 공주」에 나오는 인어는 한 왕자를 열렬히 사모한 나머지 온전한 여자가 되고 싶어 한다. 그래서 바다의 마법사가 준 묘약의 힘으로 물고기의 하반신을 잃는 대신 여자의 다리를 얻고, 왕자 앞에서 매혹적인 춤을 춘다. 비록 왕자와 결혼하는 데는 실패하지만, 그녀는 한 사람을 진정으로 사랑한 덕에 불사의 영혼을 가진 존재가 된다. 이 이야기는 하나의 우화이다. 인간은 무수한 고통을 겪으면서도 언제나 자신의 동물적인 조건을 넘어서서 더 높이 올라가려고 노력한다. 그럼으로써 결국에는 인간의 삶에 수직의 차원이 열린다.

234

포세이돈

포세이돈은 크로노스와 레아의 아들이다. 〈적시는 자〉인 그는 형제자매들과 마찬가지로 태어나자마자 아버지의 배 속에 갇혀 버렸다. 하지만 막내 동생 제우스의 책략 덕분에 구출되어 올림포스의 신이 되고 바다의 지배자가 되었다. 그는 파도를 다스릴 뿐만 아니라 폭풍을 일으키기도 하고 샘들을 솟아나게 하기도 했다.

포세이돈은 제우스 편에 서서 티탄들과 싸웠고, 거인족과 싸울 때는 대양의 힘으로 섬의 한 부분을 떼어 내어 적에게 던졌다.

제우스는 크로노스를 권좌에서 몰아내고 올림포스의 지배자가 되었을 때, 포세이돈에게 바닷속의 궁전을 선물로 주었다. 이 궁전은 그리스 보이오티아 지방에서 멀지 않은 에게해에 있었다.

인간들이 모여 도시를 건설할 때, 신들은 저마다 자기가 지배할 도시를 선택하기로 했다. 포세이돈은 아테네를 점찍고 삼지창을 던져 아크로폴리스에 바닷물이 솟게 했다(짠물이 솟는 이 우물은 오늘날에도 볼 수 있다고 한다). 그런데 얼마 안가서 아테나 여신이 이 도시에 올리브나무를 심어 놓고는 이 도시가 자기 것이라고 주장했다. 분개한 포세이돈은 높은 파도를 몰고 와서 이 도시를 공격했다. 아테나는 포세이돈과 협상을 벌였다. 포세이돈은 재난을 중단시켰고, 아테나는 그 대가로 모권 체제를 포기하고 포세이돈에 대한 숭배를 포함하는 부권 체제를 받아들이기로 했다. 아테네의 여자들은 투표권을 잃었고 아이들은 어머니의 성을 따르지 않게 되었다. 여신은 이것이 별로 마음에 들지 않았다. 제우스는 집안에 전쟁이 벌어지는 것을 막기 위해 중재에 나서야만 했다.

포세이돈은 바다의 노신(老神) 네레우스의 딸들 가운데 하나인 암피트리테와 결혼했다. 하지만 그는 여신들이며 요정들과 숱한 연애 행각을 벌였다. 그는 아프로디테가 아레스와 간통을 하다가 들켜서 궁지에 몰렸을 때 그녀 편에 서서 사태를 수습하는 데 기여했다. 그 뒤에 그는 아프로디테와 결합하여 로도스와 헤로필로스라는 두 딸을 낳았다.* 가이아와 함께 안타이오스라는 거인을 낳기도 했다. 이 거인은 리비아의 사막에서 사자들을 잡아먹고 살았으며, 여행자들을 닥치는 대로 죽여서 그 시신을 아버지의 신전에 바쳤다고 한다. 한편 포세이돈은 곡물의 여신 데메테르를 사랑하기도 했다. 여신은 포세이돈을 따돌리기 위해 암말로 변신했다. 그러자 포세이돈은 종마로 변하여 여신을 덮쳤다. 이 결합의 결과로 아레이온이라는 말이 태어났다. 이 말은 사람처럼 말을 할 수 있는 불사의 존재였다.

포세이돈은 메두사에게도 눈독을 들였다. 그녀는 포세이돈을 만나기 전까지만 해도 참하고 아름다운 처녀였다. 그는 아테나 여신의 신전에서 그녀를 범했다. 여신의 분노는 피해자인 그녀에게 쏟아졌다. 여신은 그녀의 아름다움을 거둬들이고, 그녀의 머리카락을 뱀으로 변하게 했다. 하지만 이 결합에서 날개 달린 말 페가소스가 생겨났다. 포세이돈이 낳은 자식들 중에는 다른 괴물들이 더 있다. 상체는 인간이고 하체는 물고기인 트리톤, 외눈박이 거인 키클롭스 가운데 하나인 폴리페모스, 거인 사냥꾼 오리온 등이 바로 그들이다.

포세이돈은 늘 자기 왕국을 넓히고 싶어 했다. 그래서 아폴론과 공모하여 제우스에게 맞섰다. 제우스는 그들을 벌하기 위해 트로이의 성벽 쌓는 일을 도우라고 명령했다. 트로이의 왕 라오메돈은 그들에게 약속했던 보수를 내놓으려고 하지 않았다. 포세이돈은 바다 괴물을 보내 트로이를 유린했다.

• 이것은 기원전 5세기에 활동했던 그리스 서정시인 핀다로스의 「올림피아 송가」와 「피티아 송가」에 근거한 것이다. 특히 로도스섬의 시조인 로도스의 어머니에 관해서는 암피트리테, 할리아, 아프로디테 등 여러 가지 설이 있다.

235

러시아 인형 마트료시카

설령 전자가 의식을 가지고 있다 한들, 자기가 원자라고 하는 훨씬 방대한 집합에 포함되어 있다는 것을 짐작할 수 있을까? 원자는 자기가 분자라고 하는 더 커다란 집합에 포함되어 있다는 것을 알아차릴 수 있을까? 분자는 자기가 예컨대 치아라는 훨씬 거대한 집합에 갇혀 있다는 것을 깨달을 수 있을까? 또 치아는 자기가 인간의 입에 속해 있다는 것을 이해할 수 있을까? 하물며 한낱 전자 주제에 자기가 인체의 극히 작은 부분일 뿐이라는 것을 의식할 수 있을까?

누가 나에게 자기는 신을 믿는다고 말한다면, 그건 마치 이렇게 주장하는 것과 같다. 〈한낱 전자인 내가 장담하건대, 나는 분자가 무엇인지 짐작하고 있다.〉 또 누가 나에게 자기는 무신론자라고 말한다면, 그건 마치 이렇게 단언하는 것과 같다. 〈한낱 전자인 내가 장담하건대, 내가 경험하고 있는 것보다 높은 차원은 전혀 존재하지 않는 게 확실하다.〉

하지만 신을 믿는 사람이든 믿지 않는 사람이든 만약 그들이 속해 있는 세계 전체가 그들의 상상력으로 짐작할 수 있는 것보다 훨씬 방대하고 복잡하다는 사실을 알게 된다면, 그들은 뭐라고 할까? 만약 전자가 원자, 분자, 치아, 인간의 차원에 갇혀 있다는 것을 알게 된다면, 뿐만 아니라 인간 자체도 행성, 태양계, 우주에 속해 있다는 것을 알게 된다면, 더 나아가서 우주 역시 현재로서는 무어라 이름 붙일 수 없는 훨씬 더 큰 어떤 것에 포함되어 있다는 것을 알게 된다면, 그 전자는 얼마나 큰 충격을 받겠는가? 큰 것 속에 작은 것이 들어 있고, 작은 것 속에 더 작은 것이 들어 있는 마트료시카. 우리는 우리를 초월하는 한 세트의 러시아 인형 속에 들어 있다.

이제 감히 말하거니와, 인간이 신이라는 개념을 만들어 낸 데는 그럴 만한 이유가 있다. 인간들은 자기들의 세계보다 높은 차원에 실제로 존재할 수도 있는 어떤 것의 무한한 복잡성을 감지하고 아찔한 기분을 느꼈을 것이다. 신이라는 개념은 바로 그런 현기증에 맞서 안도감을 얻기 위한 한낱 외관이 아닐까?

236

신비 의식

고대의 많은 종교에는 입문자들에게 심오한 교의를 전수하기 위한 비밀 의식이 있었다. 그리스어로는 그것을 〈뮈스테리아(신비 의식)〉라고 부른다. 일찍이 기원전 18세기에 시작된 것으로 추정되는 엘레우시스의 뮈스테리아는 서양의 신비 의식 가운데 가장 오래되고 가장 잘 알려진 것이다. 이 의식은 여러 과정을 포함하고 있었다. 바닷물에 들어가 몸을 씻는 목욕재계, 3일 동안의 금식, 기도, 성스러운 잔으로 보리차를 마시는 의식, 죽은 사람들이 지옥으로 내려가는 상황의 재연, 구원과 부활에 관한 깨달음의 전수 등이 바로 그것들이다.•

디오니소스 신을 숭배하는 오르페우스 밀교의 신비 의식은 다음과 같은 7단계의 과정으로 이루어져 있었다. 첫째, 자각. 둘째, 결단. 셋째, 음복(飮福). 넷째, 성적으로 하나 되기. 다섯째, 시련. 여섯째, 디오니소스와 하나 되기. 마지막으로 춤을 통한 해방.

그런가 하면, 이집트에서 거행되던 이시스•• 신비 의식은 4원소와 연관된 네 가지 시련을 포함하고 있었다. 먼저 흙의 시련이라는 단계에서, 교의를 전수받으려는 입문자는 기름 램프에 의지해서 혼자 깜깜한 미로 속을 나아가야 했다. 이 미로

• 엘레우시스 신비 의식에 관한 가장 중요한 문헌은 기원전 7세기의 작품으로 추정되는 호메로스의 『데메테르 찬가』이다. 이 짧막한 서사시에 따르면, 엘레우시스 신비 의식은 곡물의 여신 데메테르가 저승의 신 하데스에 끌려간 딸 코레(페르세포네)를 되찾은 뒤에 곡물이 다시 자라기 시작한 대지의 아름다운 풍광을 엘레우시스의 왕과 제후들에게 보여 주면서 죽음과 부활에 관한 가르침의 일환으로 계시한 것이라고 한다. 겨울에 죽었다가 봄에 다시 싹을 틔우는 식물을 보면서 죽음에 대한 공포를 부활에 관한 믿음으로 이겨 내려고 했던 고대인들의 원초적인 종교심이 담긴 의식이라고 볼 수 있다. 엘레우시스 신비 의식을 자세하게 다룬 현대의 문헌으로는 영국의 인류학자인 제임스 조지 프레이저의 『황금가지』(맥밀런 판, 44장)와 미국의 비교 신화학자 조지프 캠벨의 『신화의 세계』(10장) 등이 있다.

•• 프레이저의 주장에 따르면, 이집트 신화의 여신 이시스는 그리스 신화의 데메테르, 로마 신화의 케레스와 동일시되는 곡물의 여신이다. 이 여신은 이집트뿐만 아니라 고대 로마에서도 널리 숭배되었고, 이시스 신비 의식은 한때 로마 제국 전역에 걸쳐서 가장 인기 있는 축제 가운데 하나였다(『황금가지』, 맥밀런 판, 41장).

는 깊은 구렁으로 이어져 있었고, 입문자는 사다리를 타고 거기로 내려가야 했다. 불의 시련이란 빨갛게 달군 쇳덩이들을 넘어가는 의식이었다. 쇳덩어리들은 한 발로 겨우 디딜 수 있는 자리만 남겨 놓고 마름모꼴로 배치되어 있었다. 물의 시련은 램프를 든 채로 나일강을 건너는 것이었다. 공기의 시련은 도개교 위에서 거행되는 의식이었다. 입문자는 다리가 열리는 순간 허공으로 몸을 날려 심연으로 추락하는 시련을 겪어야 했다. 그러고 나면 교의 전수자는 입문자의 눈을 가리고 몇 가지 질문을 던졌다. 그런 다음 눈가리개를 풀어 주고 입문자를 두 개의 각기둥 사이에 세워 두었다. 입문자는 거기에서 자연학과 의술과 해부학과 상징체계에 관한 교육을 받았다.

237
불안

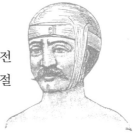

　1949년 포르투갈의 신경학자 에가스 모니스는 뇌의 전두엽 일부를 잘라 내어 정신병을 치료하는 이른바 〈백질 절제술〉에 관한 연구로 노벨 의학상을 받았다.* 그는 전두엽 앞부분의 피질**을 잘라 내면 공포를 느끼지 않

　* 이 수술을 받은 정신질환자들 가운데 상당수는 조용하고 온순해진 대신 지능이 떨어지고 무기력해지는 부작용을 경험했다. 오늘날 이 무시무시한 백질 절제술은 시행되지 않는다. 이런 이유로 에가스 모니스의 노벨상 수상이 적절치 않았다는 비판이 이어졌다. 이에 대해 노벨 재단은 1998년 이렇게 공식 입장을 발표했다. 〈당시까지는 정신질환자를 치료할 방법이 없었다. 그래서 정신질환자는 수십 년 동안 병원 신세를 져야 했다. 1940년대 미국의 공공 의료 기관의 입원실 절반이 정신 질환자로 채워졌다. 그런데 모니스의 수술을 받은 환자는 퇴원해도 가족들이 충분히 돌볼 수 있게 됐다. 또 모니스가 개발한 뇌동맥 검진법은 정신 질환의 외과 치료의 중요한 바탕이 되고 있다.〉(하인리히 찬클, 『노벨상 스캔들』)
　** 대한해부학회가 채택한 용어로는 앞이마엽겉질. 이 부위는 여러 부분으로부터 들어오는 신경 자극을 받아 감정의 깊이를 조절하여 성격 형성에 관여하며, 추상적 관념, 판단력 등에 필요한 경험을 연합한다. 이 부위가 손상되면 창의력이나 판단력이 소실되고 자기도취에 빠지거나 사회 규범을 무시하고 함부로 행동하는 경향이 생긴다.(대한해부학회, 『해부학』, pp. 880~881)

게 된다는 사실을 발견했다. 대뇌 피질의 이 부위는 미래에 일어날 가능성이 있는 일들을 상상하게 해주는 기능을 가지고 있다. 이 발견은 한 가지 중요한 점을 시사한다. 우리의 불안은 미래를 상상하는 우리의 능력에 기인한다는 사실이다. 이런 능력이 있기에 우리는 위험을 예감하게 되고, 언젠가는 죽으리라는 것을 의식하게 된다. 이런 점을 바탕으로 에가스 모니스가 내린 결론은 이러하다. 미래를 생각하지 않는 것, 그것이 미래에 대한 불안을 줄이는 길이다.

238
아레스

제우스와 헤라의 아들 아레스는 전쟁의 신이다. 그의 이름은 〈남자다움〉을 뜻한다.* 그는 갑옷과 투구를 착용하고 방패와 창과 검으로 무장한 모습으로 나타나며, 그를 상징하는 동물은 독수리와 개다. 그는 호전적인 기질과 공격성으로 똘똘 뭉쳐 있는 신이다. 살육과 유혈을 즐기며, 오로지 싸움 속에서만 기쁨을 느낀다. 그는 불같은 성미와 격렬한 기질로 악명이 높다. 그런 성격 때문에 이따금 다른 신들과 사이가 틀어지기도 한다. 트로이 전쟁 때는 트로이 편을 들다가 격분한 아테나 여신에게 돌을 맞고 정신을 잃은 적도 있다.

아레스는 전쟁을 좋아하지만 언제나 승리자가 되는 것은 아니다. 포세이돈의 아들인 두 거인 오토스와 에피알테스가 감히 신들에게 대항하기로 하고 헤라와 아르테미스에 대한 탐심을 드러냈을 때, 아레스는 여신들을 보호하겠다고 나섰다가 오히려 그들에게 붙잡혀서 청동 항아리에 갇히는 신세가 되었다. 그는 13개월 동안이나 갇혀 있다가 헤르메스의 도움을 받고서야 풀려났다.

• 아레스라는 이름의 의미에 관해서는 다양한 견해가 있다. 혹자는 〈전쟁, 전투〉를 뜻한다고 하고, 혹자는 〈파괴자, 응징자〉를 의미한다고 말하기도 한다.

아레스는 숱한 연애 행각을 벌이기도 한다. 그런데 그의 난봉은 대개 좋지 않게 끝난다. 아프로디테가 그와 바람이 났을 때, 남편 헤파이스토스는 침대에서 간통을 벌이는 두 연인에게 마법의 그물을 던져 꼼짝 못하게 해놓고는 올림포스의 신들을 모두 불렀다. 그들은 다른 신들의 웃음가마리가 되었다. 아레스는 잘못의 대가를 치르겠다고 약속한 뒤에 자기의 거처가 있는 트라케로 돌아갈 수밖에 없었다. 이들의 결합에서 하르모니아라는 딸이 태어났고, 그녀는 나중에 테베의 왕 카드모스와 결혼했다. 아프로디테는 그 뒤로도 아레스가 좋아하는 여신들을 질투했다. 아레스가 새벽의 여신 에오스와 결합하는 것을 보았을 때는 언제나 사랑에 빠져 있게 하는 벌을 그녀에게 내렸다.

아레스는 키레네와 결합하여 디오메데스를 낳았다. 나중에 트라케의 왕이 된 디오메데스는 자기 나라에 찾아오는 이방인들의 살을 자기 말들에게 먹인 것으로 악명을 떨쳤다.

어느 날 아레스는 포세이돈의 한 아들이 자기 딸 알키페를 겁탈하려는 것을 보았다. 격분한 아레스는 그 치한을 죽여 버렸다. 그리하여 올림포스 신들로 이루어진 법정에서 재판이 열렸다. 포세이돈은 아레스가 고의적으로 자기 아들을 살해했다고 비난했다. 하지만 아레스는 자기변호에 성공하여 무죄 판결을 받았다.

고대 그리스인들은 아레스를 별로 좋아하지 않았고, 평화를 지향하는 신들을 선호했다. 그들은 아레스를 시종처럼 따라다니는 그의 두 아들, 데이모스(근심)와 포보스(공포)를 특히 두려워했다.

고대 로마인들은 마르스라는 이름으로 아레스에 대한 숭배를 계승했다.

이집트 신화에 나오는 전쟁의 신 안후르는 여러 가지 점에서 아레스와 비슷한 면모를 보인다.

239

폭력

북미 인디언들은 서구인들이 오기 전까지 절제를 존중하는 사회에 살고 있었다. 폭력이 존재하기는 했지만, 그것은 의례의 형태로 행해졌다. 출산 과잉이 없었기에 인구 과잉을 해소하기 위한 전쟁도 없었다. 부족의 내부에서 폭력은 고통이나 절망적인 상황에 맞서 자신의 용기를 증명하는 역할을 했다. 부족 간의 싸움은 대개 사냥터를 둘러싼 갈등에서 비롯되었고, 살육이나 대학살로 변질되는 경우는 드물었다. 중요한 것은 상대를 죽이는 것이 아니라, 죽일 수도 있었는데 그러지 않았다는 것을 증명하는 일이었다. 대개는 그것으로 싸움이 종결되었다. 대개는 폭력을 더 사용해 봐야 아무 소용이 없다는 사실을 쌍방이 받아들였던 것이다.

인디언들은 서구의 초기 정복자들과 맞서 싸울 때, 오랫동안 그저 창으로 그들의 어깨를 때리는 방식으로만 대응했다. 그럼으로써 자기들이 창으로 찌를 수도 있었지만 그러지 않았다는 사실을 입증해 보인 것이다. 하지만 서구인들은 총을 쏘는 것으로 그것에 대응했다. 비폭력은 한쪽만 실천한다고 되는 일이 아닌 것이다.

240

142857

여러 가지 이야기를 들려주는 신비로운 수가 하나 있다. 142857이 바로 그것이다. 먼저 이 수에 1부터 6까지를 차례로 곱하면 어떻게 되는지 살펴보자.

142857 × 1 = 142857

$142857 \times 2 = 285714$

$142857 \times 3 = 428571$

$142857 \times 4 = 571428$

$142857 \times 5 = 714285$

$142857 \times 6 = 857142$

이렇듯 언제나 똑같은 숫자들이 자리만 바꿔 가며 나타난다.

그럼 142857×7은?

999999이다!

그런데 $142 + 857$은 999이고, $14 + 28 + 57$은 99이다.

142857의 제곱은 20408122449이다. 이 수는 20408과 122449로 이루어져 있다. 이 두 수를 더하면……

142857이 된다.

241

피터의 원리

〈한 위계 조직에서 각 종업원은 자신의 무능력이 드러나는 단계까지 승진하는 경향이 있다.〉 이 원리는 1969년 미국의 교육학자 로렌스 J. 피터가 처음으로 제시했다. 그는 기업이나 공공 조직에서 보편적으로 나타나는 무능화 현상에 주목하고, 그것을 연구하는 〈위계 조직학〉이라는 새로운 학문 분야를 창시하고자 했다. 그는 수백 건에 달하는 무능력 사례를 조사하고 분석하여 그것이 확산되는 이유를 해명하고 싶어 했다. 그의 견해는 이러하다. 한 조직에서 어떤 사람이 맡은 일을 잘하면, 그에게 더 복잡한 임무가 주어진다. 그가 그 임무를 제대로 수행하면, 다시 승진을 하게 된다. 그런 식으로 능력을 인정받아 승진을 거듭하다 보면, 언젠가는 자기 능력을 넘어서는 직책을 맡게 되고, 그는 이 직책을 끝까지 고수한다. 이 피터의 원리에서 중요한 파생 원리가 생겨난다. 그것에 따르면, 처음에는 아직 무능력의 단계에 도달하지 않은 사람들이 수행하던 업무들도 시간이 지나면 모두 무능력한 구성원들에게 맡겨진다. 각 직책에 걸맞은 능력을 가진 사람들이 오래도록 같은 자리에서 능력을 발휘한다면 문제가 없겠지만, 그것에 동의하는 구성원은 거의 없다. 그들은 어떻게 해서든 자기들이 전혀 능력을 발휘할 수 없는 지위까지 올라가려고 애쓴다.

242
헤르메스

제우스는 머리채가 아름다운 님프 마이아를 사랑했다. 그들은 헤라가 깊이 잠든 밤에 마이아의 은밀한 거처에서 사랑을 나누었다. 이 결합에서 헤르메스가 태어났다. 그 이름은 〈기둥〉을 뜻하는 그리스어 〈헤르마〉에서 나왔고, 나중에 로마인들은 그를 메르쿠리우스라고 불렀다.

태어나던 바로 그날, 어머니가 그를 바구니에 눕혀 놓고 등을 돌리자마자, 그는 뜰에 나가 거북이 한 마리를 잡더니 그 등딱지에 암양의 창자로 만든 줄을 매어 리라를 만들고, 그것을 연주하여 어머니를 잠들게 했다.

그날 저녁 헤르메스는 모험을 떠났다. 그는 소매치기의 재주를 발휘하여 포세이돈에게서는 삼지창을, 아레스에게서는 칼을, 아프로디테에게서는 허리띠를 훔쳤다. 또한 아폴론이 돌보고 있던 가축들 중에서 황금 뿔이 달린 하얀 소 50마리를 훔치기도 했다.

아폴론이 누가 소를 훔쳐갔는지 알아내어 이복동생 헤르메스를 찾아갔을 때, 헤르메스는 리라를 연주하여 형을 매료시켰다. 아폴론은 리라와 자신의 소 떼를 맞바꾸는 데 동의했다.

그와 마찬가지로 헤르메스는 목신 판에게 피리를 주는 대가로 세 가닥의 하얀

끈이 달린 지팡이를 얻었다.*

아폴론이 그를 아버지 제우스에게 데려갔을 때, 그는 웅변가의 재능을 발휘하여 아버지의 마음을 샀고, 덕분에 올림포스의 전령으로 임명되었다. 그 대신 다시는 거짓말을 하지 않겠다고 약속해야 했다. 그는 빠져 나갈 구멍을 마련해 두기 위해 이렇게 말했다. 「다시는 거짓말을 하지 않겠습니다. 하지만 때로 깜박 잊고 진실을 다 말하지 않을 수는 있습니다.」

헤르메스는 산 위에 걸린 구름을 상징하는 둥근 모자를 쓰고 목동의 지팡이를 지니고 다녔으며, 날개 달린 황금 샌들을 신고 바람보다 빠르게 달렸다. 그는 도로와 교차로, 시장, 선박 따위를 관장하게 되었고, 여행자들의 길 안내를 맡았다(죽은 자들의 영혼을 하계로 안내하는 것 역시 그의 책임이었다). 그런가 하면, 그는 계약의 성사나 개인 재산의 유지를 관장하는 신인 동시에 도둑들의 신이기도 했다. 게다가 파르나소스의 님프들인 트리아이에게서 점치는 법을 배우기도 했다.

전설에 따르면 헤르메스는 글자를 발명했다고 한다. 운명의 여신들이 만들어낸 다섯 개의 모음자와 팔라메데스가 발명한 열한 개의 자음자를 바탕으로 두루미들이 삼각 대형으로 날아가는 것을 보면서 설형문자를 창안했다는 것이다. 나중에 아폴론의 사제들은 헤르메스가 만든 리라의 7현이 저마다 하나의 모음에 해당되도록 장음 〈오〉와 단음 〈에〉를 나타내는 모음자들을 추가하고, 다른 자음자들도 더 만들었다고 한다.

헤르메스는 여러 명의 자식을 낳았다. 아프로디테와는 헤르마프로디토스를 낳았다. 헤르메스와 아프로디테의 이름을 합쳐 놓은 헤르마프로디토스는 양성을 한꺼번에 지닌 존재였다. 키오네와는 아우톨리코스를 낳았다. 이 아우톨리코스는 나중에 『오디세이아』의 영웅 오디세우스의 할아버지가 되었다.

* 피에르 그리말의 『그리스 로마 신화 사전』은 이것과 다른 버전을 제시하고 있다. 〈헤르메스는 그렇게 하여 얻은 가축을 돌보면서 피리를 만들었다. 아폴론은 이 새로운 악기도 사고 싶어 하여, 그 대가로 아드메토스의 가축을 돌볼 때 사용하던 금지팡이를 주겠다고 제의했다. 헤르메스는 지팡이를 받았고 그 밖에 예언의 기술도 가르쳐 달라고 했다. 아폴론은 그 조건을 수락했고, 그리하여 황금 막대는 헤르메스의 상징물 중 하나가 되었다.〉(피에르 그리말, 『그리스 로마 신화 사전』, 열린책들, p. 679)

고대 그리스인들은 헤르메스를 널리 숭배했고, 모든 교차로에 길 안내 푯말과 더불어 그의 신상을 세웠다. 그에게 송아지를 제물로 바칠 때는 그의 달변을 상징하는 혀를 잘라서 따로 올렸다.

후대에 이르러 헤르메스는 이동하는 모든 것을 관장하는 신으로 간주되었고, 마법사와 배우와 사기꾼의 신으로 여겨지기도 했다.

헤르메스에 해당하는 신은 로마 신화뿐만 아니라 이집트 신화에도 있다. 바로 학예의 수호자이자 문자의 발명자인 지혜의 신 토트이다.

243
야훼를 숭배한 카인족의 혁명

6천 년 전, 오늘날 시나이 사막이라고 부르는 곳에서 카인족이라는 잘 알려지지 않은 부족이 야금술을 발명했다.* 광석에서 구리를 추출하는 방법을 알아낸 것이다. 이것은 위대한 혁명이었다. 구리를 제련하기 위해서는 높은 온도의 가마가 필요한데, 카인족은 풀무로 피워 낸 불잉걸을 사용해서 그런 가마를 만들어 냈다. 그리하여 그들은 광석을 녹이는 데 필요한 섭씨 1천 도의 벽을 넘기에 이르렀다. 고온을 다스리는 데 능했던 그들은 유리와 법랑을 발견하기도 했다.

카인족은 시나이산을 숭배했고 야훼 즉 〈숨〉과 관련된 종교를 믿었다.**

그들은 금속을 발견함으로써 석기에서 청동기로 넘어가는 금석 병용기의 혁명

* 카인족이라는 이름은 구약의 「창세기」(15:20), 「판관기」(1:16, 4:11), 「민수기」(24:21~22) 등에 여러 차례 나오지만, 그 기원에 관해서는 아직 정설이 없다. 다만 이 부족이 카인의 후예라고 생각하는 학자들은 「창세기」 4장 22절(〈그는 구리와 쇠로 된 온갖 도구를 만드는 이였다.〉)을 근거로 그들이 야금술을 발명했다고 주장하기도 한다.

** 현대의 일부 성경학자들은 모세의 장인 이트로가 카인족이었다는 구절(「판관기」 1:16)과 이트로가 하느님에게 제사를 드리고 백성을 재판하는 일에 관해 모세에게 충고하는 대목(「탈출기」 18:12~26) 등을 근거로, 야훼는 원래 카인족의 신이었고 모세를 통해 야훼 숭배가 이스라엘 백성에게 전해졌다고 주장하기도 한다.

을 이뤄 냈다. 광석을 녹여서 금속을 만드는 일은 인간이 물질을 완전히 변화시킨 최초의 행위였다.

카인족은 시나이에서 지중해 연안을 따라 올라가다가 티르 항을 건설했다. 키프로스(당시에는 〈키프리스〉라 불렸고, 이 이름에서 구리를 뜻하는 라틴어 〈쿠푸름〉이 나왔다)에 가서 구리 광석을 구하기 위해서였다. 그들은 오늘날의 사이다에 해당하는 시돈도 건설했다. 따라서 먼 훗날 〈페니키아〉라고 불리게 된 문명은 카인족에게서 비롯된 셈이다.

카인족은 구리로 무기를 제작하기보다 종교적인 용도로 쓰였음 직한 신비로운 물건들을 만들었다. 그중에는 더없이 훌륭한 야금 기술을 보여 주는 죽방울 모양의 물건들도 있었다. 카인족을 오랫동안 연구한 제라르 암잘라그* 교수의 주장에 따르면, 그들의 신은 권능을 가지고 지배하는 신이 아니라, 〈촉매〉 역할을 하는 신이었다. 〈야훼〉 — 대장간의 풀무가 내는 소리 — 라는 이름의 이 신은 존재와 사물에 〈숨〉을 불어넣어서 그것들의 힘을 드러낼 수 있었다. 신이 숨을 불어넣어 만물을 창조한다는 이런 개념은 오랜 세월이 지난 뒤에 성서에서 다시 나타나게 된다. 구약의 창세기에 따르면, 하느님이 흙(아다마)으로 사람을 빚고 그 코에 생명의 숨을 불어넣어 사람이 생명체가 되었다고 한다.

244
개미

인간이 지구에 나타난 것은 기껏해야 3백만 년 전의 일이지만, 개미들은 1억 년

• 베르베르는 자기 소설들의 〈감사의 말〉에서 자주 이 과학자의 이름을 언급한다. 암잘라그의 저서 『식물성 인간』(알뱅 미셸, 2003)에 실린 베르베르의 서문에 따르면, 암잘라그는 〈살아 있는 존재에 대한 직접적인 관찰을 바탕으로 자신의 독립적인 사고를 발전시켰으며〉, 〈물이 부족한 지방에서 바닷물로도 재배할 수 있고 민물로 재배한 것보다 맛도 더 좋은 토마토와 사탕수수를 개발〉한 식물학자일 뿐만 아니라, 〈식물을 관찰하면서 생명의 진화에 관한 철학을 이끌어낸 백과사전적인 정신을 지닌 사람〉이다.

전부터 도시를 건설하기 시작했다. 이 도시들은 갈수록 규모
가 커져서 수천만 마리의 개체를 수용하는 거대한 돔의
형태를 띠기도 했다.

그런데 개미들이 선택한 생존 전략을 살펴보
면, 어떤 것들은 인간 문명의 현재 수준에 비
추어 볼 때 아주 이상하게 느껴진다. 우선 개
미들은 대부분 암수의 구별이 없다. 생식을
담당하는 암개미와 수개미는 사회의 전체 구
성원 가운데 아주 작은 부분을 차지할 뿐이다. 수개미들은 결혼 비행을 하면서 암
개미에게 정자를 주고 나면 모두 죽어 버리고, 정자를 받은 암개미는 여왕개미가
된다. 그 뒤로는 여왕개미 혼자서 계속 알을 낳는다. 여왕개미는 공동체의 상황을
언제나 훤히 꿰고 있기 때문에 공동체가 필요로 하는 개체들을 양과 질의 측면에
서 정확하게 제공한다. 따라서 각각의 개체는 역할이 미리 정해진 채로 태어난다.
개미 사회에는 실업이나 가난, 사유 재산, 경찰 따위가 존재하지 않는다. 위계 제
도나 정치권력도 없다. 개미 사회는 아이디어 공화국이다. 나이나 역할에 상관없
이 저마다 사회 전체를 위한 아이디어를 낼 수 있다. 발상이 좋고 정보가 정확하다
면 어느 구성원이 내놓은 의견이든 온 공동체가 그것을 따른다.

개미들은 농사를 짓는다. 개미집 안에 마련되어 있는 버섯 재배실이 그것을 말
해 준다. 어떤 개미들은 장미 나무에서 진딧물을 방목한다. 개미들의 세계에도 목
축이라는 개념이 있는 셈이다. 어떤 개미들은 도구를 사용하기도 한다. 나뭇잎 두
장을 꿰매어 천막을 치는 개미들의 경우에서 그 점을 확인할 수 있다. 개미들에게
는 화학이라는 개념도 있다. 항생 작용을 하는 침을 이용해서 애벌레들을 보살피
고 개미산으로 적을 공격하고 있으니 말이다.

건축 분야를 보자면, 개미들은 도시를 건설할 때 알을 보관하는 햇빛 방이나 먹
이를 저장하는 창고, 여왕개미의 거처, 버섯 재배실 등이 들어갈 자리를 미리 마련
해 둔다.

그런데 만약 개미 사회에서 모든 구성원이 노동에 종사하리라고 생각한다면 그건 오산이다. 사실 전체 구성원 가운데 3분의 1은 잠을 자거나 한가로이 돌아다니면서 빈둥거린다. 또 다른 3분의 1은 쓸데없는 일을 벌이거나 심지어는 다른 개미들에게 방해가 되는 일을 저지른다. 예를 들면 지하 통로를 뚫는답시고 일을 벌이다가 일껏 만들어 놓은 다른 통로를 무너뜨리는 식이다. 나머지 3분의 1은 앞서 말한 사고뭉치들의 실수를 바로잡으면서, 도시를 제대로 건설하고 관리해 나간다. 이들이 있기에 도시 전체가 원만하게 돌아가는 것이다.

전쟁이 벌어졌을 때도 사정은 비슷하다. 전투가 아무리 치열해도 모든 개미가 나서서 싸워야 하는 것은 아니다. 하지만 노동을 하든 안 하든, 전투에 참가하든 안 하든, 공동체의 성공에 기여하려고 애쓴다는 점에서는 어느 개미나 마찬가지다. 개미들에게는 집단적인 성취가 개인적인 성공보다 중요하다.

개미들은 자기네 도시 주위의 사냥감이 고갈되었다 싶으면, 모든 시민이 다른 곳으로 옮겨 가서 새로운 도시를 건설한다. 그럼으로써 개미들의 도시와 자연 사이에 균형이 이루어진다. 개미들은 환경을 파괴하지 않고, 오히려 땅속에 공기가 통하게 하고 꽃가루가 널리 퍼져 나가게 하는 데 기여한다.

개미들은 성공한 사회적 동물의 본보기를 제시한다. 개미들은 사막에서 북극에 이르기까지 모든 생물학적 환경을 차지했다. 개미들은 히로시마와 나가사키에 원자 폭탄이 떨어졌을 때도 살아남았다. 개미들은 저희끼리 서로 방해하지 않고 지구와 완벽한 조화를 이루면서 살아간다.

245
쥐 세계의 계급 제도

낭시 대학 행동 생물학 연구소의 한 연구자가 쥐들의 수영 능력을 알아보기 위한 실험을 했다. 『동물의 사회 행동』이라는 저서를 낸 바 있는 이 연구자의 이름은

디디에 드조르. 그는 쥐 여섯 마리를 한 우리 안에 넣었다. 우리의 문은 하나뿐이
고 그마저도 수영장으로 통하게 되어 있었다. 먹이를 나눠 주는 사료 통은 수영장
건너편에 있었다. 따라서 쥐들이 먹이를 구하기 위해서는 헤엄을 쳐서 수영장을
건너야만 했다. 여섯 마리의 쥐들이 일제히 헤엄을 쳐서 먹이를 구하러 갔을까? 그
게 아니라는 사실이 이내 확인되었다. 마치 쥐들 사이에 역할 분담이 이루어지기
라도 한 것처럼, 여섯 마리의 쥐는 다음과 같은 네 부류로 나뉘었다. 두 마리는 수
영을 해서 구해 온 먹이를 빼앗기는 피착취형이었고, 다른 두 마리는 헤엄을 치지
않고 가만히 있다가 남이 구해 온 먹이를 빼앗아 먹는 착취형이었으며, 한 마리는
헤엄을 쳐서 구해 온 먹이를 빼앗기지도 않고 남의 것을 빼앗지도 않는 독립형이
었고, 마지막 한 마리는 헤엄을 치지도 않고 먹이를 빼앗지도 못하는 천덕꾸러기
형이었다.

먼저 피착취형에 속하는 두 쥐가 먹이를 구하러 가기 위해 물속으로 뛰어들었
다. 그들이 우리로 돌아오자, 착취자들은 그들을 공격해서 애써 가져온 먹이를 포
기하게 만들었다. 피착취자들은 착취자들이 배불리 먹고 나서야 남은 것을 먹을
수 있었다. 착취자들은 헤엄을 치는 법이 없었다. 그저 헤엄치는 쥐들을 때려서 먹
이를 빼앗기만 하면 되는 것이었다.

독립적인 쥐는 튼튼하고 힘이 세기 때문에 스스로 헤엄을 쳐서 먹이를 가져올 뿐만 아니라 착취자들의 압력에 아랑곳하지 않고 노동의 대가를 온전히 누렸다. 끝으로 천덕꾸러기 쥐는 헤엄을 칠 줄도 모르고 헤엄치는 쥐들에게 겁을 줄 수도 없었다. 그러니 그저 다른 쥐들이 싸우다가 떨어뜨린 부스러기를 주워 먹을 수밖에 없었다.

드조르는 스무 개의 우리를 만들어서 똑같은 실험을 해보았다. 어느 우리에서나 똑같은 역할 배분, 즉 피착취형 두 마리, 착취형 두 마리, 독립형 한 마리, 천덕꾸러기형 한 마리가 나타났다.

드조르는 그러한 위계 구조가 형성되는 과정을 더 잘 이해하기 위해, 착취형에 속하는 쥐 여섯 마리를 따로 모아서 우리에 넣어 보았다. 그 쥐들은 밤새도록 싸웠다. 다음 날 아침이 되자, 그들의 역할은 똑같은 방식으로 나뉘어 있었다. 피착취형이나 독립형이나 천덕꾸러기 형에 속하는 쥐들을 각 유형별로 여섯 마리씩 모아서 같은 우리에 넣어 보았을 때도 동일한 결과가 나타났다.

드조르는 더 커다란 우리에 2백 마리의 쥐들을 넣어서 실험을 계속했다. 쥐들은 밤새도록 싸움을 벌였다. 이튿날 아침 세 마리의 쥐가 털가죽이 벗겨진 처참한 모습으로 발견되었다. 이 결과는 개체 수가 증가할수록 천덕꾸러기형의 쥐들에 대한 학대가 가혹해진다는 것을 보여 준다.

낭시 대학의 연구자들은 이 실험의 연장선에서 쥐들의 뇌를 해부해 보았다. 그들이 확인한 바에 따르면, 가장 스트레스를 많이 받은 쥐는 천덕꾸러기나 피착취형 쥐들이 아니라 바로 착취형 쥐들이었다. 착취자들은 특권적인 지위를 잃고 노역에 종사해야 하는 날이 올까 봐 전전긍긍했던 것이 아닌가 싶다.

246

인류의 자존심을 상하게 한 세 가지 사건

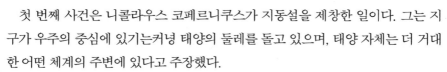

인류는 세 차례에 걸쳐 자존심 상하는 일을 겪었다.

첫 번째 사건은 니콜라우스 코페르니쿠스가 지동설을 제창한 일이다. 그는 지구가 우주의 중심에 있기는커녕 태양의 둘레를 돌고 있으며, 태양 자체는 더 거대한 어떤 체계의 주변에 있다고 주장했다.

두 번째 사건은 찰스 다윈이 진화론을 들고 나온 일이다. 그는 인간이 다른 피조물들을 넘어서는 존재이기는커녕 그저 다른 동물들에게서 나온 하나의 동물이라고 주장했다.

세 번째 사건은 지크문트 프로이트의 선언이다. 인간은 예술을 창조하고 영토를 정복하고 과학적인 발명과 발견을 하고, 철학의 체계를 세우거나 정치 제도를 만들면서, 그 모든 행위가 자아를 초월하는 고상한 동기에서 비롯된다고 믿는다. 하지만 프로이트의 주장에 따르면, 인간은 그저 성적인 파트너를 유혹하고자 하는 욕망에 이끌리고 있을 뿐이다.

247

산악숭배

우뚝 솟아서 인간 세상을 굽어보는 산은 하늘과 땅의 만남을 상징한다.

수메르 사람들은 세모꼴로 된 슈오웬산을 우주 알이 부화해서 1만의 첫 존재들이 출현한 장소로 여겼다. 유대인들은 시나이산에서 모세가 하느님으로부터 율법의 판을 받았다고 믿는다.

일본인들은 후지산에 오르는 것 자체를 하나의 신비적인 체험으로 여기고, 산에 오르기 전에 목욕재계를 하기도 한다. 아스텍 사람들은 이스타크 시후아틀 산맥에 있는 틀라로크산에 비의 신이 거주한다고 생각하고 그 꼭대기에 신상을 세웠다. 인도인들은 수미산을 세계의 중심으로 삼고 있다.

그런가 하면 중국인들은 곤륜산(崑崙山)을 신성하게 여긴다. 아홉 개의 성을 층층이 쌓아 놓은 것처럼 생긴 이 산에는 불로불사의 신선들이 산다. 곤륜산의 일부를 이루는 서쪽의 군옥산(群玉山)에는 서왕모(西王母)의 궁전이 있고 궁전의 정원에는 요지(瑤池)라는 연못이 있다. 연못 주위에는 복숭아나무가 무성하게 자라고 있는데, 반도(蟠桃)라는 이 복숭아를 먹으면 도를 이루고 신선이 된다고 한다.

그리스인들은 신들의 거처인 올림포스산을 신성시했고, 페르시아 사람들은 알보르즈산을 영산으로 여겼으며, 이슬람 신자들은 카프산을, 켈트인들은 〈하얀 산〉을, 티베트 사람들은 성지를 뜻하는 포탈라산을 숭배했다.

248
레비아단

가나안과 페니키아의 전설에서 레비아단*은 여러 가지 모습으로 묘사된다. 거대한 고래와 비슷한데 번쩍거리는 비늘로 덮여 있다는 설도 있고, 길이가 30미터가 넘는 악어처럼 생겼다는 얘기도 있다. 살가죽은 너무 두꺼워서 어떤 작살로도 뚫을 수 없다. 아가리로는 불을 토하고 콧구멍으로는 연기를 내뿜으며, 눈은 스스로 빛

---

* 공동 번역 성서와 가톨릭 새 성경의 표기를 따른 것이다. 개신교의 개역 한글판에서는 보통 〈악어〉로 옮기고 있으며(욥기, 시편), 이사야 27장 1절에서만 히브리어 발음을 살려 〈리워야단〉이라 표기했다.

을 내어 번쩍거린다. 이 괴물이 수면으로 올라오면 주위의 바닷물이 요동친다.

레비아단은 가나안족의 신 〈엘〉의 적이었던 〈로탄〉이라는 뱀에서 나왔다. 가나안의 전설에 따르면 그에게는 태양을 잠깐 삼켜 버릴 수 있는 능력이 있다. 그래서 일식이 나타난다는 것이다.

레비아단의 전설은 구약 성경의 시편, 욥기, 이사야서 등에 다시 나타난다.

〈너는 낚시로 레비아단을 낚을 수 있느냐?〉

〈그것이 일어서면 영웅들도 무서워하고 경악하여 넋을 잃는다……. 그것은 쇠를 지푸라기로, 구리를 썩은 나무로 여기며…… 해심을 가마솥처럼 끓게 하고 바다를 고약 끓이는 냄비같이 만들며…… 땅 위에 그와 같은 것이 없으니 그것은 무서움을 모르는 존재로 만들어졌다.〉 (욥기 41장)

레비아단은 대양의 원초적인 파괴력을 상징한다. 이집트와 바빌로니아와 인도의 전설에서도 비슷한 괴물을 찾아볼 수 있다. 그런데 어쩌면 레비아단은 페니키아 사람들이 바다에 대한 지배권을 유지하기 위해 지어낸 개념일지도 모른다. 이 괴물에 대한 공포심을 널리 퍼뜨려서 뱃길에서 거치적거리는 경쟁자들의 수를 줄이려고 했을 수도 있다는 것이다.

249
머피의 법칙

1949년 미국의 항공 엔지니어 에드워드 A. 머피는 항공기 추락에 대비한 안전 장치를 개발하고 있던 미 공군의 한 프로젝트에 참여하고 있었다. MX981이라고 불리던 이 프로젝트는 급속한 감속이 일어났을 때의 관성력을 인간이 얼마나 견뎌 낼 수 있는가를 시험하는 것이었다. 이 테스트를 하기 위해서는 고속 로켓 썰매에 탄 사람의 몸에 여러 개의 센서를 부착해야 했다. 머피는 이 일을 조수에게 맡겼다. 센서를 거꾸로 부착할 가능성이 있기는 했지만, 조수가 설마 그런 실수를 하랴 생각했다. 그런데 정말 그런 일이 벌어졌다. 조수가 모든 센서를 거꾸로 부착하는 바람에 테스트가 실패로 돌아간 것이다. 머피는 화가 나서 조수를 향해 말했다. 「저 자식은 실수를 저지를 가능성이 있다 싶은 일을 하면 꼭 실수를 한다니까.」 머피의 이 말은 그의 동료들 사이로 퍼져 나가 〈잘못될 가능성이 있는 일은 반드시 잘못된다〉는 이른바 머피의 법칙으로 발전했다. 〈설마가 사람 잡는다〉는 말과 상통하는 이 비관주의의 법칙은 〈버터 바른 토스트의 법칙〉이라고도 불린다. 버터 바른 토스트를 떨어뜨리면 언제나 버터를 바른 쪽이 바닥에 닿는 현상이 대표적인 사례이기 때문이다. 이 법칙은 모르는 사람이 거의 없을 만큼 유명해졌다. 그에 따라 같은 원리를 다른 상황에 적용한 신종 머피의 법칙들이 마치 속담처럼 도처에서 생겨났다. 몇 가지 예를 들면 다음과 같다.

〈모든 게 잘 돌아간다 싶으면, 틀림없이 어딘가에 문제가 있는 것이다.〉

〈문제가 해결될 때마다 새로운 문제들이 야기된다.〉

〈무언가 사람들에게 기쁨을 주는 것이 있다면, 그것은 불법적이거나 비도덕적이거나 상스러운 것이다.〉

〈줄을 서면 언제나 옆줄이 빨리 줄어든다.〉

〈진짜 괜찮은 남자나 여자에게는 이미 임자가 있다. 만약 임자가 없다면 무언가 남들이 모르는 이유가 있는 것이다.〉

〈이건 너무 멋져서 사실이 아닌 것 같다 싶으면, 십중팔구 사실이 아니다.〉

〈이러저러한 장점을 보고 어떤 남자에게 반한 여자는 몇 해가 지나면 대체로 그 장점들을 지겨워하게 된다.〉

〈이론이 있으면 일은 잘 돌아가지 않아도 그 이유는 알게 된다. 실천을 하면 일은 돌아가는데 그 이유는 모른다. 이론과 실천이 결합되면 일도 돌아가지 않고 그 이유도 모르게 된다.〉

250

데메테르

이 여신의 이름은 〈대지의 어머니〉 또는 〈어머니 같은 대지〉를 뜻한다. 데메테르는 크로노스와 레아의 둘째 딸이다. 따라서 제우스에게는 누나가 된다. 대지와 곡물의 여신인 데메테르의 머리카락은 누렇게 익은 곡식과도 같은 황금빛이다. 여러 남신이 그녀에게 반해서 욕망을 품었지만, 어느 누구도 그녀의 마음을 사로잡지 못했다. 그러자 그들은 그녀를 유혹하기 위해 갖가지 계략을 꾸몄다. 포세이돈은 데메테르가 치근덕거리는 그를 따돌리기 위해 암말로 변신하자, 자신도 종마로 변해 그녀를 덮쳤다. 이 결합에서 아레이온이라는 신마(神馬)가 태어났다. 제우스는 자기를 피해 달아난 데메테르에게 접근하기 위해 황소로 변신했다. 이들의 결합에서 페르세포네라는 딸이 태어났다. 어느 날 페르세포네는 영원한 봄의 초원에서 수선화를 꺾고 있었다. 그때 땅이 갈라지고 명계의 왕 하데스가 두 마리 말이 끄는 검은 마차를 타고 나타났다. 그는 조카인 페르세포네에게 홀딱 반하여 오래전부터 그녀를 납치하려고 기회를 엿보고 있던 터였다.

데메테르는 딸을 찾기 위해서 9일 동안 밤낮없이 온 세상을 돌아다녔다. 열흘째 되던 날, 헬리오스가 납치자의 이름을 알려 주었다. 분개한 데메테르는 하데스가 딸을 돌려주기 전에는 올림포스로 돌아가지 않기로 결심하고 켈레오스 왕이 다스리던 엘레우시스로 갔다.

수확의 여신이 그렇게 제자리를 떠나자, 대지는 불모의 땅으로 변했다. 나무들은 더 이상 열매를 맺지 않았고, 풀들은 시들었다. 제우스는 헤르메스를 시켜 저승에 내려가서 페르세포네를 찾아오게 했다. 하지만 하데스는 그녀를 풀어 줄 수 없다고 했다. 그녀가 이미 저승의 음식을 맛보았으므로 산 자들의 세계로 돌아갈 수 없다는 것이었다.

결국 신들은 하나의 타협에 동의했다.

페르세포네는 이승과 저승을 오가며 살게 되었다. 즉, 한 해를 나누어 봄과 여름에는 어머니와 함께 지내고, 가을과 겨울에는 명부의 지배자와 살게 된 것이다. 이 분할은 씨앗이 땅속에 묻혔다가 싹을 틔우는 식물 생장의 순환을 상징한다.

농업의 여신 데메테르는 엘레우시스의 켈레오스 왕이 자기를 환대해 준 것에 감사하기 위해 그의 아들을 불사의 존재로 만들어 주려고 했다. 하지만〈필사의 운명을 태워 버리기 위해〉화덕 위에서 아이를 들고 있을 때, 왕비가 갑자기 들어오는 바람에 아이를 불잉걸 속에 떨어뜨리고 말았다. 여신은 왕비를 위로하기 위해 곡물 재배의 비밀을 전수하기로 했다. 그리하여 또 다른 왕자 트리프톨레모스에게 밀 이삭을 맡겼다. 그는 농업의 전파자가 되어 그리스 전역을 돌며 농업과 제빵의 비법을 사람들에게 가르쳐 주었다. 그리스에서 발굴된 많은 유물, 특히 항아리의 부조에서 트리프톨레모스가 곡식 줄기를 손에 든 모습으로 데메테르 여신과 나란히 나오는 이유가 바로 여기에 있다.

251
역법

바빌로니아력, 이집트력, 유대력, 그리스력 등 최초의 역법은 태음력이었다. 그저 달의 순환을 관찰하는 것이 태양의 운행을 관찰하는 것보다 더 쉽기 때문이었다. 그러나 삭망월은 29.530589일이고 태음력의 한 달은 보통 29일이나 30일로 되어 있어서, 달력이 달의 운행과 어긋나지 않게 하기 위해서는 아주 복잡한 치윤법이 필요했다.

이집트인들은 달의 순환과 계절의 순환을 동시에 고려하는 태음 태양력을 가장 먼저 생각해 냈다. 그들은 한 달을 30일로, 한 해를 열두 달로 정했다. 그런데 이렇게 하면 한 해가 360일밖에 되지 않으므로, 매년 열두 번째 달에 5일을 더해서 이 문제를 해결했다.

유대력 역시 원래는 태음력이었지만, 나중에는 태양의 운행과 조화를 이루는 태음 태양력으로 바뀌었다. 유대인들의 전설에 따르면, 솔로몬 왕은 열두 명의 장군을 지명하여 저마다 한 달을 관리하게 했다. 한 해는 보리가 익는 달로 시작되었다. 한 달은 29일이나 30일이고 한 해는 열두 달이었으므로, 3년이 지나면 사계절을 한 해로 삼는 주기에 비해 한 달이 모자랐다. 그들은 왕의 명령에 따라 한 달을 겹침으로써 그것을 보충했다.

이슬람력은 윤달의 첨가를 금지한 코란의 규정에 따라 현대의 달력으로는 거의 유일하게 순수한 태음력을 고수하고 있다. 30일로 된 큰달과 29일로 된 작은달이 교대로 되풀이되므로, 태양력에 비해 해마다 11일 정도가 빨라진다.

마야력에서는 20일씩 18개월에다 5일을 더해서 한 해를 삼았다. 이 5일은 액운이 드는 날로 여겨졌다. 마야인들은 어마어마한 지진으로 세계가 파괴되는 날짜를 달력에 표시했다. 예전에 지진이 일어났던 날들을 기준으로 해서 그 날짜를 산정한 것이었다.

중국의 전통적인 역법에서는 29일이나 30일을 한 달로 해서 12개월을 한 해로 삼되, 19년에 7회씩 30일로 된 윤달을 둔다. 중국인들이 장법(章法)이라고 부르는 이 치윤법은 수천 년 전부터 태양의 공전 주기에 맞춰 날짜를 헤아릴 수 있게 해주었다.

252

장례

최초의 장례는 약 12만 년 전에 현생 인류인 호모 사피엔스와 함께 나타났다. 이스라엘의 나사렛 남동쪽에 있는 카프제 언덕의 동굴에서 무덤이 발견되었다. 고고학자들은 이 유적지에서 현생 인류의 해골과 부장품으로 보이는 물건들을 발굴했다.

장례는 사후 세계에 대한 상상의 출발점이다. 여기에서 천국과 지옥과 이승의 삶에 대한 심판이라는 관념들이 나타났고, 나중에는 종교가 생겨났다. 인간이 다른 인간의 시신을 쓰레기터에 버리던 때에는 죽으면 모든 게 끝나는 것이었다. 인간이 먼저 세상을 떠난 다른 인간에게 특별한 대접을 해주게 되면서 종교심뿐만 아니라 경이로운 상상의 세계가 태어났다.

253

침팬지들을 상대로 한 실험

비어 있는 방에 침팬지 다섯 마리를 들여보낸다. 방 한복판에는 사다리가 세워져 있고 그 꼭대기에는 바나나가 놓여 있다.

한 침팬지가 바나나를 발견하고 그것을 먹기 위해 사다리로 기어오른다. 하지만 침팬지가 바나나에 다가가자마자 천장에서 찬물이 분출하여 침팬지를 떨어뜨린다. 다른 침팬지들도 사다리를 타고 올라가 바나나를 잡아 보려고 한다. 모두가 찬물을 뒤집어쓰고 결국 바나나를 차지하겠다는 생각을 포기한다.

그다음에는 천장에서 찬물이 분출하지 않게 해놓고 물에 젖은 침팬지 한 마리를 다른 침팬지로 대체한다. 새 침팬지가 들어오자마자 원래부터 있던 침팬지들은 사다리로 올라가는 것을 말린다. 저희 나름대로 새 침팬지가 찬물을 뒤집어쓰지 않게 하려고 애쓰는 것이다. 새 침팬지는 그들의 행동을 이해하지 못한다. 그저 다른 침팬지들이 자기가 바나나를 먹지 못하도록 방해하는 것으로 보일 뿐이다. 그래서 그는 완력을 쓰기로 하고 자기를 제지하려는 침팬지들과 싸운다. 하지만 한 마리 대(對) 네 마리의 싸움이라서 새 침팬지는 뭇매를 맞고 만다.

다시 물에 젖은 침팬지 한 마리를 새 침팬지로 대체한다. 그가 들어오자마자 앞서 교체되어 들어온 침팬지가 덤벼들어 그를 때린다. 그게 새로 들어온 자를 맞이하는 방식이라고 저 나름으로 이해한 것이다. 새 침팬지는 사다리가 있다는 것을 알아차릴 겨를도 없었다. 말하자면 구타 행위는 이미 바나나와 무관해진 셈이다.

물을 뒤집어쓴 나머지 세 침팬지도 차례로 나가고 대신 물에 젖지 않은 침팬지들이 들어온다. 그때마다 새로 들어온 침팬지는 들어오자마자 매질을 당한다.

신고식은 갈수록 난폭해진다. 급기야는 여럿이 한꺼번에 달려들어 새로 들어온 침팬지에게 뭇매를 놓는다.

여전히 바나나는 사다리 꼭대기에 놓여 있다. 하지만 다섯 마리 침팬지는 바나나를 잡으려다 물을 뒤집어쓴 적도 없으면서 그것에 다가갈 생각조차 하지 않는다. 그들의 유일한 관심사는 뭇매를 맞을 새 침팬지가 어서 나타나기를 기다리면서 문을 살피는 것이다.

이 실험은 한 기업에서 나타나는 집단행동을 연구하기 위해 실시되었다.

254

패자들의 진실

우리가 아는 역사는 승자들의 기록일 뿐이다. 예컨대 우리는 트로이에 관해서 무엇을 알고 있는가? 그리스 역사가들이나 시인들이 들려준 이야기가 전부 아닌가? 우리가 아는 카르타고의 역사는 로마 역사가들의 기록일 뿐이다. 우리가 아는 갈리아의 역사는 율리우스 카이사르가 『갈리아 전기』에서 들려주는 이야기뿐이다. 우리가 아는 아스텍족과 잉카족의 역사는 에스파냐 정복자들과 강제로 그들을 개종시키러 온 선교사들의 이야기뿐이다.

그리고 만약 승자들의 기록에 패자들의 재능을 칭찬하는 이야기가 있다면, 그건 그런 재능을 가진 사람들을 정복할 수 있었던 자들의 위대함을 찬양하기 위한 것일 뿐이다.

그렇다면 누가 〈패자들의 진실〉을 이야기해 줄 수 있을까? 역사책들은 우리에게 다윈주의에 바탕을 둔 역사관을 계속 주입한다. 그것에 따르면 어떤 문명들이 사라진 것은 적응을 못 했기 때문이다. 하지만 역사를 면밀히 검토해 보면, 가장 개화한 문명인들이 종종 가장 난폭한 자들 때문에 멸망했다는 사실을 알게 된다. 그들이 적응하지 못한 것이 있다면, 카르타고 사람들의 경우에서 보듯 평화 조약을 고지식하게 믿었다든가, 트로이인들의 경우에서 보듯 적의 선물을 받아들인 것 (목마 작전을 생각해 낸 오디세우스의 〈꾀〉를 찬양하다니! 그건 심야의 대학살로 이어진 한낱 속임수가 아니었던가……)이 있을 뿐이다.

정복자들은 피해자들의 진실이 담긴 역사책들과 물건들을 없애 버리는 것으로도 모자라서 피해자들을 모욕한다. 그리스인들은 크레타를 침략하고 미노아 문명을 파괴한 것을 정당화하기 위해 테세우스의 전설을 지어냈다. 테세우스가 사람의 몸에 황소 머리가 달린 크레타의 괴물 미노타우로스를 죽이고 아테네의 젊은 남녀들을 구출했다는 것이다.

로마인들은 카르타고 사람들이 몰록이라는 신에게 아이들을 제물로 바쳤다고 주장했다. 하지만 이제 우리는 그것이 새빨간 거짓말이었다는 것을 알고 있다.

과연 누가 피해자들의 위대함을 이야기해 줄 수 있을까? 아마 신들은 알고 있을 것이다. 불과 칼 때문에 사라진 문명들의 아름다움과 섬세함을……

255

노스트라다무스

미셸 드 노스트르담, 일명 노스트라다무스는 1503년 프랑스 남부의 생레미 드 프로방스에서 태어났다. 그의 할아버지는 원래 가소네라는 성을 가진 유대인이었지만, 가톨릭으로 개종한 뒤에 성을 바꿨다. 노스트라다무스는 어린 시절에 수학과 화학과 점성학에 관심이 많았다. 그는 몽펠리에 대학에서 의학을 공부한 뒤에 프로방스 지방에서 창궐하고 있던 페스트에 맞서 싸웠다. 그가 개인적으로 개발한 치료법은 당시에 널리 행해지던 의술과 사뭇 달랐다. 그는 사혈(瀉血)을 실시하지 않았고, 청결과 위생을 강조했다. 코에 원뿔 모양의 덮개를 씌워서 독기가 몸에 들어오지 않게 하는 방법을 고안하기도 했고, 장미꽃으로 만든 드롭스를 혀 밑에 넣는 예방법을 생각해 내기도 했다.

한편으로 잼의 조리법에 관한 논문을 쓰는가 하면 백단향과 삼나무를 주원료로 한 향수를 발명하기도 했다.

1534년 그의 첫 아내와 자식들이 페스트에 걸려 죽었다. 그는 당시에 유럽에서 가장 유능한 임상 의사 가운데 하나였지만, 전염병을 퇴치하려다가 오히려 가족을 잃은 것이다.

그는 한동안 우울증을 겪은 뒤에 영적인 능력을 계발하기 시작했다. 그러던 중에 시칠리아에서 이슬람 신비주의자들을 만나 접신에 입문했고, 육두구 열매를 먹음으로써 의식의 장벽을 넘어서는 방법을 알게 되었다. 그는 이런 방법을 써서 명상을 하다가 놀라운 일을 경험했다. 그는 촛불을 켜놓고 쿠푸 왕의 피라미드를 닮은 받침대에 물이 담긴 구리 대야를 올려놓은 상태에서 명상을 했는데, 촛불의 오라 속에서 또는 구리 대야의 물에서 인류의 미래가 펼쳐지는 것을 보았던 것이다.

이 접신 상태는 밤새도록 계속되었다. 그 뒤에 그는 예언의 내용이 담긴 4행시들을 썼고, 그것들을 백 편씩 묶은 유명한 저서 『노스트라다무스의 예언서』를 출간했다.

그의 시들은 때로 매우 난해해 보일 수도 있다. 하지만 어떤 사람들은 그것들을 해석하여 거기에 역사적인 사건들에 관한 예언이 담겨 있다고 주장한다. 예를 들어 나폴레옹의 즉위, 나치 독일의 등장, 프란시스코 프랑코 총통의 집권, 히로시마와 나가사키의 원폭 투하 등에 대한 예언이 맞아떨어졌다는 것이다.

1956년에 진 딕슨이라는 미국의 점성술사는 노스트라다무스의 예언에 근거해서 존 피츠제럴드 케네디에게 치명적인 위험이 닥칠 것을 경고했다.

어떤 해석자들의 주장에 따르면, 노스트라다무스는 서기 2000년경에 정치적인 대격변이 시작되고 이상 기후가 나타날 것을 예언했다. 미국과 러시아가 중동에서 밀려오는 위험에 맞서 손을 잡으리라는 것과 지구를 파괴하는 인간들에게 지구가 토네이도나 지진 같은 재난으로 분노를 드러내리라는 것을 예언하기도 했다.

노스트라다무스는 프랑스 왕 앙리 2세에게 보낸 편지에서 2250년에 인류가 급격한 변화를 겪게 되리라고 썼다. 또한 3797년에는 기온이 엄청나게 상승할 뿐만 아니라 수성이 파괴되면서 생긴 거대한 별똥들이 떨어져 해일이 일고 지구의 모든 표면이 물에 잠기리라고 했다. 하지만 이 무렵이면 인간은 다른 행성에서 새로운 문명을 재창조하기 위해 이미 지구를 떠나 있을 것이라는 주장도 덧붙였다.

혹자의 해석에 따르면 노스트라다무스는 서기 6000년까지 일어날 사건들을 예언하고 있다고 한다. 유럽의 궁정에서는 노스트라다무스를 환대했다. 특히 앙리

3세의 어머니 카트린 드메디시스는 그를 대단히 좋아했다.

1566년 6월, 그는 매우 피곤한 모습으로 조수이자 친구인 샤비니를 불러 자기가 이튿날 죽을 것이라고 말했다. 이 마지막 예언은 실현되었다. 그는 자기가 원했던 대로 살롱 드 프로방스의 예배당에 수직 자세로 묻혔다. 〈어떤 바보도 내 무덤을 밟지 못하게 해달라〉는 유언에 따른 것이었다.

256
아틀란티스

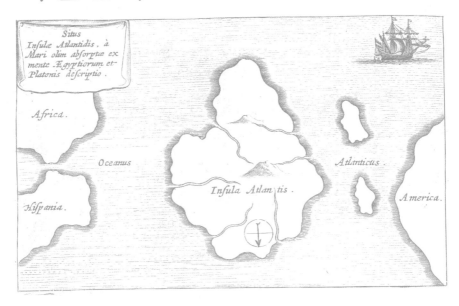

아틀란티스에 관한 신화는 그리스 철학자 플라톤이 기원전 360년경에 쓴 두 대화편을 통해 우리에게 전해졌다. 그중 하나는 우주의 기원을 설명하는 대화편 『티마이오스』이고, 다른 하나는 아틀란티스에 관한 전설을 주로 다룬 대화편 『크리티아스』이다.

이 문헌들은 아테네의 입법자 솔론이 이집트의 사제에게서 들었다는 이야기를 전하는 식으로 되어 있다.

그 이야기에 따르면 아틀란티스라는 신비한 섬은 〈헤라클레스의 기둥들〉, 즉 오늘날의 지브롤터 해협 너머의 대서양에 있었다. 섬의 수도는 지름 1백 스타디온(약 18.5킬로미터)의 동그라미 모양이었다. 이 도시에는 세 개의 수로가 동심원을 그리며 나 있었고 한복판에는 작은 섬이 있었다.

신들이 지상 세계를 나누어 가질 때 아틀란티스는 포세이돈의 차지가 되었다. 포세이돈은 이 섬의 처녀 클리토를 사랑하여 도시 한복판에 궁궐을 짓고 오랫동안 함께 살았다. 그들은 다섯 번이나 쌍둥이를 낳았고, 이 열 명의 아들은 섬을 10등분하여 저마다 한 구역을 다스리는 왕이 되었다. 아틀란티스는 고대의 리비아와 소아시아를 합친 것보다 컸다고 한다. 이 면적을 오늘날의 단위로 환산하면 약 2백만 제곱킬로미터, 즉 오스트레일리아의 3분의 1 가까이 된다.

아틀란티스 사람들은 당대의 여느 사람들보다 체구가 훨씬 컸다. 그들은 아주 강력하면서도 지혜로운 민족이었다. 민회에 바탕을 둔 근대적인 정치 제도를 수립했고, 대단히 진보된 과학 기술을 향유하고 있었다. 그들에게는 구리 막대기를 가죽으로 감싸고 끄트머리에 수정을 박은 도구가 있었다. 병자들을 치료하거나 식물의 성장을 촉진하기 위해 사용하는 도구였다.

플라톤은 아틀란티스가 9천 년 전에 천재지변으로 영원히 사라졌다고 기록했다. 플라톤이 살던 시대보다 9천 년 전이라면 지금으로부터 약 1만 1천 년 전에 사라졌다는 얘기다.

고대 이집트의 문헌에는 아틀란티스의 존재가 하 멤 프타라는 이름으로 언급되어 있다. 아프리카 요루바족의 전설에도 이 섬이 나온다. 모든 전설이 이 섬을 이상향이나 잃어버린 낙원으로 묘사하고 있다.

백과전서파의 흐름

한 시대의 지식을 집대성한다는 것은 어마어마한 도전이다. 여러 세기에 걸쳐 많은 학자들이 그 일에 열정적으로 매달렸다.

최초의 대규모적인 백과사전 편찬 작업은 기원전 3세기에 중국에서 이루어졌다. 이재에 아주 밝은 상인이었던 여불위는 막대한 재산을 모은 뒤에 진나라의 승상이 되자 3천 명의 학자들을 식객으로 거느리고 그들에게 각자가 알고 있는 것을 모두 기록하게 했다. 그런 다음 여불위는 그들이 적은 것을 성문 앞에 내걸고 누구든 한 글자라도 고치면 크게 포상한다는 내용의 방을 붙였다. 그리하여 수많은 사람들이 지식을 바로잡고 보태는 작업에 참여했다.

서양에서는 세비야의 주교 이시도루스가 621년부터 중세 최초의 백과사전을 편찬하기 시작했다. 그는 고대로부터 자기 시대에 이르기까지 라틴어와 그리스어와 히브리어로 된 모든 지식을 20권의 저서에 집약하고 『어원지(語源誌)』라는 제목으로 출간했다.

10세기에 나온 작자 미상의 아랍어 백과사전을 12세기의 번역가 요하네스 히스팔렌시스가 라틴어로 번역한 『비밀 중의 비밀Secretum Secretorum』은 아리스토텔레스가 페르시아 원정길에 올라 있는 알렉산드로스 대왕에게 보내는 편지의 형식으로 되어 있다. 정치, 윤리, 위생법, 의술, 연금술, 점성술, 식물과 광물의 마법적 특성, 수의 비밀 등 다양한 주제를 다루고 있는 이 책은 르네상스 시대까지 유럽인들에게 큰 영향을 미쳤다.

13세기에 파리 대학의 교수이자 토마스 아퀴나스의 스승이었던 알베르투스 마그누스는 동물학, 식물학, 철학, 신학 등 다양한 분야를 망라하는 백과사전적인 저작들을 많이 출간했다.

르네상스 시대의 의사이자 작가였던 프랑수아 라블레 역시 당대의 지식을 한 몸에 구현한 지적인 거인에 속한다. 매우 전복적이고도 유쾌한 지식인이었던 그는

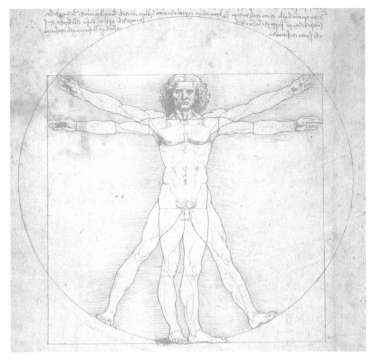

1532년에 출간된 『팡타그뤼엘』을 비롯한 여러 저작을 통해서 문학, 역사, 철학, 의학 등 많은 주제를 다뤘다. 그는 알고자 하는 욕구를 자극하는 교육, 기쁨 속에서 배우게 하는 교육을 꿈꿨다.

이탈리아인 페트라르카와 레오나르도 다빈치, 영국 철학자 프랜시스 베이컨 역시 개인적인 백과사전을 집필했다.

1747년 프랑스의 출판업자 르 브르통은 영국의 챔버스 백과사전을 번역 출간하려던 계획을 변경하여 프랑스 최초의 백과사전을 만들기로 하고 드니 디드로와 달랑베르에게 편집을 맡겼다. 두 사람은 볼테르, 몽테스키외, 장 자크 루소 등 당대 최고의 학자들과 사상가들의 도움을 받으며 20년이 넘는 작업 끝에 『과학·예술·직업 정해 사전』을 완성했다.

그보다 수십 년 앞서 중국에서는 청나라 강희제의 칙령에 따라 진몽뢰 등을 중심으로 수많은 학자들이 『흠정 고금도서집성』의 편찬에 착수했다. 고금의 문헌을 총망라하는 이 백과사전은 강희제의 뒤를 이은 옹정제의 명령을 받아 장정석 등이 개정하고 증보하여 1725년에 1만 권의 방대한 분량으로 완성되었다.

258

아프로디테

민간 어원에 따르면 이 여신의 이름은 〈물거품에서 나온 자〉라는 뜻이다. 아프로디테는 크로노스가 아버지의 성기를 잘라 바다에 던졌을 때 생겨났다고 한다. 피와 정액과 바닷물의 혼합물에서 거품(아프로스)이 솟아났고, 이 거품은 서풍 제피로스가 일으킨 물결에 실려 키프로스섬에 닿은 뒤에 완전한 여자의 형상으로 물에서 나왔다는 것이다. 키프로스에 있던 계절의 여신들은 그녀를 맞아들여 몸단장을 해준 뒤에 올림포스의 신들에게 데려갔다. 아프로디테는 올림포스에서 사랑의 신 에로스와 성욕의 정령 히메로스를 거느리고 다녔다. 여신의 미모와 우아한 자태는 모든 남신을 매혹시켰고 모든 여신의 질투심을 불러일으켰다. 제우스는 그녀를 양녀로 삼았다.

아프로디테는 신들 가운데 가장 못난 절름발이 신 헤파이스토스를 남편으로 선택했다. 헤파이스토스는 그녀에게 허리띠를 만들어 주었다. 허리에 두르기만 하면 가까이 오는 자들을 모두 사랑에 빠지게 만드는 마법의 허리띠였다. 여신은 포보스(불안)와 데이모스(공포)와 하르모니아를 낳았다. 그런데 이 자식들의 아버지는 불구의 신 헤파이스토스가 아니라 잘생긴 전쟁의 신 아레스였다. 여신은 아레스와 은밀한 관계를 유지하다가, 어느 날 태양의 신 헬리오스에게 들켰다. 그 사실을 알게 된 헤파이스토스는 자기에게 오쟁이를 지운 아내와 정부를 혼내 주기로 하고 청동으로 사냥 그물을 만들었다. 그러고는 이 그물로 침대에서 정사를 벌이는 그들을 꼼짝 못하게 해놓고 올림포스의 다른 신들 앞에서 창피를 주었다. 그물에서 풀려난 아레스는 트라케로 도망갔고 아프로디테는 키프로스섬의 파포스로 가서 바닷물에 목욕을 하고 혼인의 순결을 되찾았다.

그런데 헤파이스토스의 복수는 오히려 그 자신에게 좋지 않은 결과를 가져왔다. 올림포스의 모든 남신에게 그물에 걸려 있는 여신의 알몸을 마음껏 볼 수 있는 기회를 준 셈이기 때문이다. 그들은 여신에게 홀딱 반하여 자기들도 여신을 유혹하려고 애썼다. 그리하여 대개는 그것에 성공했다.

여신은 헤르메스의 은밀한 접근에 무릎을 꿇었고 그와 함께 헤르마프로디토스를 만들었다. 헤르메스와 아프로디테를 합쳐 놓은 이름을 얻은 이 아이는 양성을 함께 가진 존재였다.

여신은 포세이돈의 구애도 받아들였다. 그리고 디오니소스와는 프리아포스라는 아들을 낳았다. 프리아포스의 남근은 어마어마하게 컸다. 한 전설에 따르면 그것은 헤라의 저주 때문이었다. 헤라가 아프로디테의 경박한 행동에 대한 불만을 표시하기 위해 아이를 기형으로 태어나게 만들었다는 것이다.

아프로디테는 유한한 존재인 인간들을 사랑하기도 했다. 여신은 몸에서 빛을 발하는 파에톤•이라는 소년을 납치하여 밤에 자기의 성전을 지키는 반신반인으로 만들었다. 여신이 누구보다 사랑했던 인간은 유명한 미소년 아도니스였다. 하지만 여신을 여전히 사랑하고 있던 아레스는 질투심에 사로잡힌 나머지 여신이 보는 앞에서 아도니스를 죽이기 위해 멧돼지를 보냈다. 이때 아도니스가 흘린 피에서 아네모네가 피어났다.

• 이 파에톤은 새벽의 여신 에오스가 케팔로스에게서 낳은 아들이며(헤시오도스의 『신통기』, 990~992행), 아버지 헬리오스의 태양 마차를 몰다가 제우스의 벼락을 맞은 파에톤(오비디우스의 『변신 이야기』 1권 751행 이하, 2권 34행 이하)과는 다른 인물이다.

그런가 하면 여신은 사랑에 빠진 인간에게 온정을 베풀기도 했다. 키프로스의 조각가 피그말리온은 세상 여자들에게 실망한 나머지 결혼을 포기하고 그 대신 상아로 자기가 이상적으로 생각하는 여인상을 만들었다. 이 조각상을 살아 있는 사람처럼 대하다가 정말 사랑에 빠져 버린 피그말리온은 사랑의 여신에게 조각상과 닮은 여인을 달라고 기도했다. 여신은 그 기도를 들어주기로 하고 조각상에 생명을 불어넣었다. 피그말리온은 그렇게 생겨난 여인 갈라테이아와 결혼했다.

아프로디테를 상징하는 식물은 장미, 은매화, 그리고 사과나 석류처럼 자잘한 씨가 들어 있어 번식력이 좋은 것으로 여겨지는 과일들이다. 여신이 좋아했던 동물은 백조, 멧비둘기, 그리고 생식력이 뛰어난 것으로 간주되는 염소와 토끼이다.

아프로디테에게 바쳐진 신전들은 피라미드나 원뿔 모양으로 되어 있었다. 개미집과 상당히 비슷한 형태이다.

이집트 신화에서는 하토르 여신이 아프로디테에 해당한다. 이 여신은 멤피스 근처에 있었던 도시 아프로디토폴리스에서 숭배되었다. 페니키아 신화에도 아프로디테에 해당하는 사랑의 여신 아스타르테가 나온다. 사실 그리스인들은 이 여신을 본보기로 삼아 아프로디테의 신화를 만들었다. 로마에서는 아프로디테가 이탈리아의 옛 여신 베누스와 동일시되었다.

259
일리히의 법칙

이반 일리히는 오스트리아의 유대인 가정에서 태어난 사회 사상가이자 가톨릭 성직자이다. 로마에서 신학과 철학을 공부하고 잘츠부르크에서 역사학 박사 학위를 받은 뒤에 미국으로 건너가 가톨릭 사제로 활동했으며, 『학교 없는 사회』나 『창조적인 실업』과 같은 수많은 저작을 출간했다. 그는 다양한 분야에 걸친 풍부한 교양을 바탕으로 현대 문명의 문제점들을 예리하게 비판했다. 1960년 일련의 교회

정책에 반대하며 가톨릭 사제직에서 물러난 뒤에 멕시코의 쿠에르나바카에 〈국제 문화 자료 센터〉를 설립하여 산업 사회에 대한 비판적 분석에 몰두했다.

그는 『공생을 위한 도구』라는 책에서 인간의 자율적인 행위가 서로 교환되는 공생의 사회를 주창했다. 인간이 공생적인 삶을 살 수 있으려면 사회 구성원들이 저마다 최소한의 통제를 받는 도구를 사용하여 가장 자율적인 활동을 해야 한다는 것이 그의 생각이었다.

그런데 그는 저작과 사회 활동뿐만 아니라 그의 이름을 딴 〈일리히의 법칙〉으로도 잘 알려져 있다. 그는 수확 체감의 법칙이라는 고전 경제학의 법칙이 인간의 행위에도 적용된다는 사실에 주목한 최초의 학자였다. 일리히의 법칙은 이렇게 나타낼 수 있다. 〈인간의 활동은 어떤 한계를 넘어서면 효율이 감소하며 나아가서는 역효과를 낸다.〉 초기의 경제학자들이 말한 것처럼, 농업 노동의 양을 배로 늘린다고 해서 밀의 생산량이 배로 늘어나는 것은 아니다. 어느 정도까지는 노동의 양을 늘리는 만큼 생산량이 증가하지만, 어떤 한계를 넘어서면 노동의 양을 늘려도 생산량이 증가하지 않기 때문이다.

이 법칙은 기업의 차원뿐만 아니라 개인의 차원에도 적용된다. 1960년대까지 스타하노프 운동의 지지자들은 생산성을 높이기 위해서 노동자에 대한 압력을 증가시켜야 한다고 생각했다. 압력을 많이 받으면 받을수록 노동의 효율이 높아지리라고 생각한 것이다. 하지만 그런 압력은 어느 정도까지만 효과가 있다. 그 한계를 넘어서면 추가적인 스트레스는 역효과나 파괴적인 효과를 낸다.

260
벼룩의 자기 제한

벼룩 몇 마리를 빈 어항에 넣는다. 어항의 운두는 벼룩들이 뛰어넘을 수 있는 높이다.

그다음에는 어항의 아가리를 막기 위해서 유리판을 올려놓는다.

벼룩들은 톡톡 튀어 올라 유리판에 부딪친다. 그러다가 자꾸 부딪쳐서 아프니까 유리판 바로 밑까지만 올라가도록 도약을 조절한다. 한 시간쯤 지나면 단 한 마리의 벼룩도 유리판에 부딪치지 않는다. 모두가 천장에 닿을락 말락 하는 높이까지만 튀어 오르는 것이다.

그러고 나면 유리판을 치워도 벼룩들은 마치 어항이 여전히 막혀 있기라도 한 것처럼 계속 제한된 높이로 튀어 오른다.

261
마술사

기원전 2700년경의 것으로 추정되는 이집트의 한 파피루스 문서에는 마술 공연이 언급되어 있다. 이것이 아마도 마술을 다룬 최초의 문헌일 것이다. 마술사의 이름은 메이둠이고 공연 장소는 파라오의 궁전이다. 그는 오리의 머리를 자른 뒤에 교묘하고 잽싼 손재주를 부려 머리를 다시 붙여 준다. 관객들은 목이 잘렸던 오리가 말짱하게 살아서 나가는 것을 보고 경탄한다.

메이둠은 그 마술을 더욱 발전시켜 나중에는 소의 머리를 잘랐다가 같은 방식으로 되살려 낸다.

같은 시기에 이집트 사제들은 종교적인 마술을 행했다. 교묘한 기계 장치를 이용하여 멀리 떨어진 곳에서 사원의 문을 열고 닫았던 것이다.

공, 주사위, 동전, 컵 등을 사용하는 손 마술은 고대의 전 기간에 걸쳐서 널리 행해졌다.

타로 카드의 첫 번째 대(大)아르카나에는 〈마술사〉라는 이름이 붙어 있다. 이 카드의 그림에는 실제로 시장에서 손재주를 부리는 마술사가 나와 있다.

신약 성경에도 마술사 시몬의 이야기가 나온다. 그는 네로 황제가 좋아했던 마술사다. 베드로와 바오로는 네로 황제 앞에서 시몬의 도전을 받는다. 시몬은 자신의 권능을 보여 주겠다면서 나무로 높다란 탑을 짓게 한다. 거기에서 뛰어내려 공중을 나는 마술을 보여 주겠다는 것이다. 하지만 이 마술은 실패로 돌아가고 시몬은 땅바닥에 떨어져 네 토막이 난 채 죽는다.*

중세에 들어와 최초의 카드 마술이 나타났고 이것은 다양한 손 마술로 발전했다. 하지만 마술사들은 종종 주술을 행한다는 의심을 받고 화형에 처해졌다.

영국 마술사 레지널드 스콧은 마술사들이 처형되는 것을 막기 위해 1584년 수많은 마술의 비밀을 밝히는 책을 출간했다. 그럼으로써 마술이 주술이나 마법과 다르다는 것을 입증한 것이었다.

비슷한 시기에 프랑스에서는 마술이라는 말 대신 〈즐거운 물리〉라는 말이 나타났고 마술사들은 〈물리학자〉가 되었다. 그때부터 공연장에서 뚜껑문이나 커튼이나 감춰진 기계 장치를 이용하는 마술이 성행하게 되었다.

뛰어난 시계공이자 발명가이기도 했던 19세기 프랑스의 마술사 로베르 우댕은 현대 마술의 선구자였다. 그는 마술 극장을 세우고 자기가 발명한 자동인형들과 복잡한 장치들을 공연에 활용해서 큰 인기를 얻었다. 그는 프랑스 정부의 요청에 따라 공식적 임무를 띠고 아프리카에 가기도 했다. 아프리카 주술사들을 훨씬 능가하는 권능을 보여 줌으로써 그들의 권위를 실추시키는 것이 그의 임무였다.

몇 해 뒤, 오라스 고댕은 〈여자를 두 토막으로 자르는 마술〉을 고안했다. 어디에 갇혀 있어도 탈출할 수 있다 해서 〈탈출의 왕〉이라는 별명을 얻은 헝가리 출신의 미국 마술사 해리 후디니는 전 세계를 돌며 대규모 마술을 선보였다.

• 이것은 「사도행전」에 나오는 마술사 시몬의 이야기가 아니라 신약 외경 가운데 하나인 「베드로와 바오로의 행전」에 나오는 버전이다.

262

천상의 예루살렘

다음은 「요한 묵시록」에서 뽑은 구절들이다.

〈이어서 그 천사는 성령께 사로잡힌 나를 크고 높은 산 위로 데리고 가서는, 하늘로부터 하느님에게서 내려오는 거룩한 도성 예루살렘을 보여 주었습니다.〉

〈그 도성에는 크고 높은 성벽과 열두 성문이 있었습니다. 그 열두 성문에는 열두 천사가 지키고 있는데, 이스라엘 자손들의 열두 지파 이름이 하나씩 적혀 있었습니다.〉

〈도성은 네모반듯하여 길이와 너비가 같았습니다.〉

〈사람들은 민족들의 보화와 보배를 그 도성으로 가져갈 것입니다. 하지만 부정한 것은 그 무엇도, 역겨운 짓과 거짓을 일삼는 자는 그 누구도 도성에 들어가지 못합니다.〉

263

올림포스의 신들

카오스의 지배와 크로노스의 지배가 끝나고 올림포스 신들의 시대가 도래했다. 티탄들과의 전쟁을 승리로 이끌고 세계의 새로운 지배자가 된 제우스는 전쟁을 도와준 형제자매의 공로와 열성을 따져 역할과 영예를 배분했다. 포세이돈에게는 바다의 지배권이, 하데스에게는 저승의 지배권이 돌아갔다. 그리고 데메테르는 들판과 수확을, 헤스티아는 화덕을, 헤라는 가정을 관장하게 되었다.

배분이 끝나자 제우스는 올림포스산 꼭대기에 궁전을 마련하고 앞으로 거기에서 신들의 모임을 가지면서 우주의 운명을 결정해 나가리라고 선언했다.

그런데 티탄들의 어머니 가이아는 제우스가 티탄들을 몰아내고 새로운 지배자가 된 것에 분노하여 어마어마한 괴물 티폰을 낳았다. 티폰은 용의 머리가 백 개나 달려 있었으며 눈에서는 불꽃이 튀었다. 모든 산을 압도할 만큼 덩치가 큰 이 괴물이 발걸음을 옮기면 올림포스산이 뿌리째 흔들리고 대지는 신음을 토했으며 바다에는 폭풍이 몰아쳤다. 그가 올림포스산으로 쳐들어가자, 신들은 너무나 겁을 먹은 나머지 동물로 형상을 바꾸고 이집트의 사막으로 달아났다. 제우스는 티폰에게 홀로 맞서서 벼락을 던지고 강철 낫으로 내리쳤다. 티폰은 제우스를 제압하여 팔다리의 힘줄을 끊고 동굴에 가둬 버렸다. 하지만 제우스의 아들인 꾀바른 헤르메스가 힘줄을 도로 훔쳐내어 제우스의 몸에 붙여 주었다. 제우스는 기력을 되찾고 올림포스산으로 돌아왔다. 티폰이 다시 공격해 왔다. 그러나 이번에는 제우스가 산꼭대기에서 벼락을 내던져 괴물을 격퇴했다. 괴물은 달아나면서 산자락을 떼어 내어 제우스에게 던졌지만, 제우스는 이것을 번개로 산산조각 내어 되떨어지게 했다. 티폰은 그것들에 맞아 피를 쏟으며 도망치려 했다. 그러자 제우스는 그를 붙잡아 시칠리아의 에트나 화산에 던졌다. 티폰은 오늘날에도 이따금 잠에서 깨어나 다시 불을 토해 낸다.

264

도곤족

1947년 소르본 대학 문화 인류학 교수인 마르셀 그리올은 말리에 사는 도곤족에 관한 조사를 벌였다. 이 부족은 말리 중부 고원의 유명한 단애(斷崖) 지대인 반디아가라 절벽에 30만 명 이상이 모여 살고 있었다.

도곤 사람들은 마르셀 그리올이 자기들의 삶과 문화에 관해 연구한다는 것을 알고 부족 현자들의 회의를 거쳐 자기들의 비밀을 알려주기로 했다. 그러면서 신성한 동굴의 수호자인 늙은 맹인 오고템멜리를 그에게 소개했다.

두 사람은 32일 동안 이야기를 나누었다. 오고템멜리는 도곤족의 우주 창성 신화를 이야기해 주면서 돌에 새겨진 그림들과 천문도를 보여 주었다.

도곤족의 신화에 따르면, 태초의 창조주는 암마였다. 암마는 진흙으로 알을 빚고, 이 시공간에서 만물의 바탕이 되는 여덟 개의 씨앗을 싹 틔웠다. 이 싹에서 세상이 생겨났다. 그다음에 암마는 사람과 물고기의 형상을 반반씩 가진 놈모라는 대리자들을 낳았다. 처음에는 남자 놈모 넷을 만들고 그다음에는 여자 놈모 넷을 만들었다. 첫째 놈모는 하늘과 천둥 비를 관장했다. 둘째 놈모는 심부름꾼이 되어 첫째를 도왔다. 셋째 놈모는 물을 다스렸다. 넷째 놈모인 유루구는 자기가 원하는 여자를 갖지 못했다면서 창조주에게 반항했다. 그러자 암마는 그를 태초의 알에서 쫓아냈다. 그러나 유루구는 알의 한 조각을 떼어 내어 그것으로 지구를 만들었다. 그리고 지구에서 자기 여자를 찾아내리라고 생각했다. 하지만 지구는 메마른 불모의 행성이었다. 그래서 유루구는 태초의 알로 돌아가 태반을 가지고 자기 아내가 될 여자 야시구이를 만들었다. 하지만 몹시 화가 난 암마는 야시구이를 불로 변하게 했다. 그리하여 태양이 생겨났다. 유루구는 기세를 누그러뜨리지 않고 이번에는 태양의 한 조각을 떼어서 지구로 가져간 다음 그것을 조각 내서 씨앗을 만들었다. 그는 씨앗들이 싹을 틔우면 새로운 세상이 생겨나고 거기에서 마침내 자신의 짝을 얻게 되리라고 기대했다. 암마는 유루구의 숱한 도발을 더 참지 못하고 그를

〈창백한 여우〉로 만들어 버렸다.

그때 놈모들 사이에 전쟁이 벌어졌다. 그들은 앞다투어 태초의 알에서 조각들을 떼어 냈다. 그것들은 모두 우주의 별이 되었다. 그리고 전쟁에서 생겨난 파동이 별들을 이끌었다.

무엇보다 마르셀 그리올을 놀라게 한 것은 아주 오래된 천문도였다. 이 그림에는 육안으로 식별하기 어려운 천왕성과 해왕성을 포함해서 태양계의 모든 행성이 제자리에 표시되어 있었다. 그보다 훨씬 놀라운 것은 그들의 천문도에 창조주 암마가 사는 곳이 표시되어 있는데 그 자리가 바로 시리우스 A의 자리라는 사실이다. 뿐만 아니라 그 옆에 또 하나의 별이 표시되어 있는데 오고템멜리는 그 별을 일컬어 〈우주에서 가장 무거운 천체〉라고 했다. 도곤족의 역법은 50년의 순환 주기를 바탕으로 삼고 있다. 그런데 19세기 중엽에 시리우스 A의 주위를 도는 백색 왜성 시리우스 B가 발견되었고, 이 별이 50년을 주기로 해서 시리우스 A의 주위를 돌고 있으며 블랙홀을 제외하면 오늘날까지 알려진 천체 가운데 가장 밀도가 높다는 사실이 밝혀졌다. 그렇다면 도곤족은 이미 오래전부터 시리우스 B의 존재를 알고 있었던 것일까?

제8장
천사들의 제국

지혜에 이르는 길에는 세 가지가 있으니, 첫째는 해학이고, 둘째는 역설이며, 셋째는 변화이다.

—트램펄린 세계 챔피언, 댄 밀먼

265

영혼은 무엇으로
이루어지는가?

사람의 영혼은 유전과 카르마와 자유 의지라는 세 가지 요인에 의해 결정된다. 처음에 이 세 가지 요인은 대개 다음과 같은 비율로 영향을 미친다.

유전 : 25퍼센트
카르마 : 25퍼센트
자유 의지 : 50퍼센트

유전적인 요인이란 유전자의 특성뿐만 아니라 부모에 의해 결정되는 교육의 특성, 생활 장소, 생활 환경의 특성 등을 가리킨다. 삶의 도정이 시작될 때 한 영혼의 4분의 1은 이 요인의 영향을 받아 형성된다.

카르마란 전생에서 쌓은 업의 결과이다. 전생에서 다 이루지 못한 욕망, 전생의 실수나 상처 등이 여기에 해당한다. 이것들은 사람의 무의식에 언제나 내재하면서 사고와 행동의 4분의 1을 결정한다.

자유 의지란 외부의 영향을 받지 않고 자기가 행하는 바를 결정하는 것으로서 삶의 도정이 시작될 때 한 영혼이 생각하고 행동하는 것의 반은 이것에 의해 결정된다.

이 25퍼센트, 25퍼센트, 50퍼센트는 출발점에서의 비율이다. 사람은 50퍼센트의 자유 의지를 가지고 이 비율에 변화를 가져올 수 있다. 어린 나이에 부모의 영향으로부터 벗어남으로써 유전적 요인의 영향력을 감소시킬 수도 있고, 무의식적인 충동에 이끌리는 것을 거부함으로써 자기의 카르마로부터 벗어날 수도 있다. 아니면, 그와 반대로, 한낱 부모의 꼭두각시나 무의식의 장난감이 되는 것을 받아들임으로써 자기의 자유 의지를 도로 물러 버릴 수도 있다. 자기의 자유 의지로써 자신의 자유 의지를 포기할 수 있다는 것, 이것은 인간이 보여 주는 역설 중의 역설이다.

266
차이의 이점

사람들은 오랫동안 가장 빠른 정자가 난자를 수태시키는 거라고 생각했다. 그러나 사실 수정은 그런 식으로 이루어지는 것이 아니다. 가장 빠른 정자 하나가 아니라 수백의 정자가 동시에 난자에 도달하면, 난자는 그 정자들을 잠시 기다리게 한다. 난자의 표면이 마치 하나의 대기실처럼 되는 셈이다.

난자는 왜 정자들을 기다리게 하는 걸까?

정자들이 기다리는 동안 난자는 이 청혼자들 중에서 자기 나름의 선택을 하는 데에 몰두한다. 그 선택의 기준은 무엇일까? 연구자들이 그 답을 발견한 것은 비교적 최근의 일이다.

난자는 유전적 특성이 자기 것과 가장 다른 정자를 선택한다. 자연은 유사성을 통해서가 아니라 차이를 통해서 풍요로워진다는 사실을 이미 이 원초적인 단계에서부터 알고 있기라도 한 모양이다. 난자는 가장 〈낯선〉 정자를 선택함으로써, 근친 교배의 문제를 피한다는 중요한 생물학적 지혜를 따르는 셈이다.

267
태아 접촉법

제2차 세계 대전이 끝났을 때, 유대인 수용소에서 살아남은 네덜란드 의사 프란츠 펠트만은 세상이 갈수록 나빠진다고 평가하면서 그 이유를 아이들이 유아기 때 충분한 사랑을 받지 못하는 데에서 찾았다.

그는 아버지들이 일이나 전쟁에 몰두하느라고 아이들에게 별로 신경을 쓰지 못하고 있다고 지적하면서, 아버지들을 육아뿐만 아니라 임신 과정에까지 참여시킬 수 있는 방법을 모색하였다.

어떤 방법이 있을까? 손을 임부의 배에 올려놓고 쓰다듬는 것도 그가 생각해 낸 방법 중의 하나였다. 그는 태아 접촉법haptonomie이라는 말을 만들어 냈다(그리스어 〈하프테인haptein〉은 잡다, 접촉하다라는 뜻이고, 〈노모스nomos〉는 법이라는 뜻이다). 단지 임부의 배를 정성스럽게 쓰다듬는 것만으로도 아버지는 자기의 존재를 태아에게 알릴 수 있고 태아와 최초의 관계를 맺을 수 있다. 실험을 통해 증명된 바에 따르면, 태아는 여러 사람이 번갈아 가며 어머니의 배에 손을 올려놓는 경우에도 그 중에서 어느 것이 아빠의 손인지를 정확하게 구별한다. 태아는 아버지의 손에 기대어 올 수도 있다. 가장 능숙한 아버지들은 두 손을 번갈아 사용하면서 태아로 하여금 이리저리 돌게 할 수도 있다고 한다. 이 방법은 1980년부터 보급되었다.

현재 이 태아 접촉법을 둘러싸고 토론이 벌어지고 있다. 한창 발육하고 있는 태아를 방해하는 것이 좋은 일인지를 따지고 있는 것이다. 하지만 이 방법은 아주 일찍부터 어머니-아버지-아기의 삼각 구도를 형성함으로써 아버지로 하여금 더 많은 책임감을 느끼게 하는 장점을 지니고 있다. 뿐만 아니라 어머니는 임신 기간 동안 혼자라는 느낌을 덜 갖게 된다. 어머니는 아버지의 손이 자기와 아기에게 닿을 때 무엇이 느껴지는지를 말할 수 있고, 자기의 경험을 아버지와 공유할 수 있다.

고대 로마에서는 임부를 다른 여자들과 함께 지내게 하는 관습이 있었다. 그러나 어머니가 겪는 일을 함께 겪기에 가장 적합한 사람은 뭐니 뭐니 해도 아버지이다.

268
위반자

사회는 위반자들을 필요로 한다. 사회는 질서를 유지하기 위해 법률을 제정하지만, 그 법률을 위반하는 자들은 늘 있게 마련이다. 만일 모두가 현행 법률을 준수하고 규범에 따름으로써 교육, 노동, 시민권 행사, 소비 등 모든 것이 규범적으로 이루어진다면 어떤 사회든 정체를 맞게 된다.

위반자들은 적발되는 즉시 기소되고 제외된다. 하지만 사회가 진보하면 할수록, 사회의 독이 되는 요소를 조심스럽게 관리함으로써 스스로를 위한 항체를 발달시킨다. 그럼으로써 사회는 갈수록 자기 앞에 나타나는 장애물을 점점 더 가뿐하게 뛰어넘는 법을 배우게 된다.

위반자들은 사회에 필요한 존재들이지만 희생양이 되는 운명을 피할 수 없다. 그들은 규칙적으로 공격을 받고 망신을 당한다. 그러면 뒷날 규범적인 사람들과 위반자들의 중간쯤에 위치한 〈사이비 위반자들〉이 똑같은 위반을 되풀이하더라도, 그 위반은 한결 순화되고 견딜 만한 것이 되어 사회 체제 속에 편입된다. 말하자면 처음 위반을 감행한 자들의 열매를 나중에 위반하는 자들이 거두어들이는 셈이다.

여기서 우리가 잘못 생각하면 안 될 것이 있다. 열매를 따먹고 명성을 얻는 자들은 〈사이비 위반자들〉이지만, 그들의 재능이란 그저 최초의 진정한 위반자들을 알아보고 흉내를 냈다는 것뿐이다. 그에 비해서 최초의 위반자들은 사람들의 몰이해와 망각 속에서 스스로 이해받지 못한 선구자였다는 확신만을 간직한 채 죽어 간다.

269
모성 본능

많은 사람들은 모성애가 인간의 자연스러운 감정이라고 생각한다. 그것은 전혀 사실과 다르다. 19세기 말까지 서양의 부르주아 계급에 속하는 대부분의 여자들은 자녀들을 유모에게 맡겨 놓고는 더 이상 돌보지 않았다. 시골의 아낙네라고 해서 아기에게 더 관심을 가졌던 것은 아니다. 그녀들은 아기를 얇은 천에 돌돌 말아서 아기가 춥지 않도록 벽난로에서 그리 멀지 않은 벽에 매달아 두곤 했다.

유아 사망률은 대단히 높았고 부모들은 자기네 자녀가 청소년기까지 살아남을 확률이 2분의 1밖에 안 된다는 것을 숙명적으로 받아들였다.

20세기 초가 되어서야 서양의 정부들은 이른바 〈모성 본능〉이라는 것의 경제적, 사회적, 군사적 이익을 깨닫게 되었다. 특히 인구 조사를 하는 과정에서 많은 아이들이 제대로 먹지 못하고 학대받고 매를 맞는다는 사실이 밝혀졌고, 아이들이 그렇게 자라게 되면 결국 나라의 미래에도 도움이 되지 않는다는 생각이 자리 잡게 된 거였다. 사람들은 육아에 관한 새로운 정보와 질병을 예방하기 위한 방법들을 개발하고 널리 보급하였다. 또한 소아의 질환과 관련된 의학 분야에서도 점진적인 발전이 이루어졌다. 그럼으로써 부모들은 자녀들이 너무 어린 나이에 죽을까 봐 염려하지 않고 마음껏 애정을 쏟아도 된다는 확신을 갖게 되었다. 그런 사정에서 〈모성 본능〉이 중요한 문제로 부각되었다.

팬티형 기저귀, 젖병, 분유, 유아용 변기, 장난감 등 육아와 관련된 새로운 상품들이 등장했고, 산타클로스의 전설이 전 세계로 퍼져 나갔다. 유아용품 제조업자들은 다양한 광고를 통해서 책임감 강한 어머니들의 이미지를 만들어 냈고, 아이의 행복은 현대적인 이상의 하나가 되었다.

그런데 참으로 역설적인 일이 벌어지고 있다. 모성애가 누구도 부정할 수 없는 본능적인 감정으로 치부되며, 너 나 할 것 없이 그것을 표현하고 요구하고 있는 판국에, 아이들은 좀 컸다 싶으면 어머니가 자기들을 제대로 돌봐 주지 않았다며 원망하기 일쑤다. 심지어는 정신 분석가를 찾아가서 어머니에 대한 자기들의 유감과 원망을 마구 쏟아 내기까지 한다.

270

기쁨

자기 내면을 기쁨으로 충만하게 만드는 것, 그것이 모든 인간의 의무이다. 그런데 많은 종교가 이 중요한 원칙을 잊고 있다. 대부분의 신전이나 사원은 어둡고 썰렁하다. 전례 음악들은 엄숙하고 비장하다. 사제들은 검은 옷을 입는다. 제례 때는 순교자들의 수난을 기리고 잔혹한 장면들을 경쟁적으로 상기시킨다. 마치 자기네 예언자들이 당한 고난이 종교적 진정성의 증거라도 되는 양 말이다.

만일 하느님이 존재한다면, 생의 환희야말로 하느님의 존재에 감사를 표시하는 가장 훌륭한 방법이 아닐까? 하느님이 어떻게 무뚝뚝하고 따분한 존재일 수 있단 말인가?

물론 경전과 종교 예식 중에는 주목할 만한 예외가 있긴 하다. 일종의 철학서이 자 종교서인 『도덕경』과 가스펠 송이 바로 그것이다. 『도덕경』은 자기 자신을 포함해서 세상의 모든 것을 조롱하라고 권하는 책이며, 가스펠 송은 북미의 흑인들이 미사 때와 장례식 때에 즐겁게 장단을 맞추며 부르는 노래이다.

271

관용

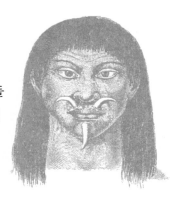

사람들은 이제껏 열등하다고 여겨 왔던 존재들이 자기들과 하나도 다를 게 없다는 것을 깨닫게 되면, 자기들의 〈동류(同類)〉 개념을 확대하여 새로운 범주를 거기에 포함시킨다. 그럴 때, 어떤 한계를 뛰어넘은 것은 그들만이 아니다. 온 인류가 진화의 한 단계를 뛰어넘은 것이다.

272

신비적 교의의 종말

옛날에 인간의 본성에 관한 근본적인 깨달음을 얻은 사람들은 그 깨달음을 한꺼번에 사람들에게 드러낼 수 없었다. 그래서 예언자들은 우의(寓意)와 은유, 상징, 인유(引喩), 암시 등을 통해 자기들의 뜻을 표현하곤 하였다. 그들은 자기들이 깨달은 지식이 너무 빨리 퍼져 나가는 것을 두려워하였다. 너무 빠르게 전파되는 과정에서 자기들의 뜻이 그릇되게 이해될까 저어한 것이었다. 그들은 그 중요한 정보를 얻을 자격이 있는 사람들을 엄선하기 위하여 입문 의식을 만들어 내고, 식자들의 위계를 세웠다.

하지만 시대가 달라졌다. 오늘날 우리는 더 이상 비밀이 필요 없는 시대에 살고 있다. 우리는 어떤 비밀이든 대중에게 다 알려 주어도 문제될 것이 없다고 생각한다. 오로지 깨닫고 싶어 하는 자만이 깨달을 수 있다는 자명한 사실을 받아들이고 있기 때문이다. 〈알고자 하는 욕구〉, 그것이야말로 인간을 앞으로 나아가게 하는 가장 강력한 동인(動因)이다.

273

언어의 문제

우리가 사용하는 언어는 우리의 사고방식에 영향을 미친다. 예를 들어, 프랑스어는 동의어와 이중적인 의미를 지닌 말들이 많아서 사물의 미묘한 차이를 잘 표현할 수 있게 해준다. 이런 언어는 외교 분야에 대단히 유용하다. 또 중국어는 단어의 성조(聲調)가 의미를 결정하기 때문에 말하는 사람의 감정에 언제나 주의를 기울일 것을 요구한다. 그런가 하면 일본어에는 여러 수준의 존대법이 있어서 대화자들은 사회적 위계 속에 자기가 차지하는 자리를 대번에 확인하게 된다.

한 언어에는 교육과 문화의 형태뿐만 아니라 감정을 조절하는 방식, 예의범절 등 한 사회의 다양한 구성 요소들이 들어 있다. 어떤 언어에 〈사랑하다〉, 〈너〉, 〈행복〉, 〈전쟁〉, 〈적〉, 〈의무〉, 〈자연〉 등과 같은 말들의 동의어가 얼마나 많은가를 보면 그 나라의 중요한 가치가 무엇인지를 알 수 있다.

그래서 혁명을 하고자 하는 사람들은 언제나 언어와 어휘를 바꾸고 싶어 한다. 말이 바뀌지 않고서는 진정한 혁명을 이룰 수 없다고 보기 때문이다. 말이 달라지면 사람들의 생각이 달라질 수 있다.

274

벗어나기

여기 수수께끼가 하나 있다. 다음과 같이 배열된 아홉 개의 점을 펜을 떼지 않고 네 개의 직선으로 연결하려고 한다. 어떻게 하면 될까?

```
•   •   •

•   •   •

•   •   •
```

우리는 대개 이 해답을 잘 찾아내지 못한다. 우리의 정신이 그림의 영역 안에 갇히기 때문이다. 그러나 그림의 영역에서 벗어나면 안 된다는 얘기는 어디에도 없다.

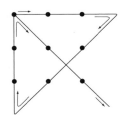

이 수수께끼가 우리에게 주는 교훈은 어떤 체제를 이해하기 위해서는 거기에서 벗어나야 한다는 것이다.

275

구조의 수준

원자에든 분자에든 세포에든 그 나름의 구조가 있다. 수준은 다르지만 동물도 지구도 태양계도 은하도 저마다의 구조를 가지고 있다.

하지만 이 모든 구조는 서로 독립되어 있지 않다. 원자는 분자에 영향을 미치고, 분자는 호르몬에 영향을 미치며, 호르몬은 동물의 행동에 영향을 미치고, 동물은 지구에 영향을 미친다.

세포는 당분을 필요로 하기 때문에 동물에게 사냥을 해서 양분을 섭취하라고 요구한다. 먹을 것을 얻기 위해 사냥을 하다 보니 인간은 자기 영역을 확대하고 싶은 욕망을 느끼게 되었고, 그래서 마침내 로켓을 만들어 지구 밖으로 보내기에 이르렀다.

반대로 우주선에 갑자기 고장이 생기면 우주 비행사의 위장에 장애가 생길 것이고, 우주 비행사가 위궤양에 걸리게 되면 위벽을 이루고 있는 원자들 중의 일부에서는 전자가 핵에서 떨어져 나가 유리기(遊離基)가 생길 것이다. 위장 수준의 현미경적인 전기장에 변화가 일어나는 것이다.

이렇게 줌 렌즈를 앞뒤로 움직여, 원자에서 우주로, 우주에서 원자로 화상을 확대·축소해 보면, 동물의 죽음이란 과학적으로 아무 의미가 없다. 그건 그저 에너지가 변화하는 것일 뿐이다. 동물을 달리게 하고 놀게 하고 번식하게 하던 에너지가 흙과 뒤섞인 퇴비의 형태로 나무를 자라게 하고 열매를 맺게 한다.

죽음을 어떻게 볼 것인가라는 문제와 관련해서 우리는 과학적인 선택을 할 수도 있고 종교적인 선택을 할 수도 있다.

유심론자들처럼 영혼이 다른 육신을 빌어 환생한다고 볼 수도 있고, 과학자들처럼 에너지가 여러 물질의 형태로 순환되는 거라고 생각할 수도 있다. 어느 것을 선택하거나 한 가지 분명한 것은 우리는 모두 빅뱅에서 나온 에너지이며 항구적으로 순환하고 있다는 것이다.

276

플로팅 아일랜드 만드는 법

먼저 하얀 〈섬〉을 띄울 노랗고 달콤한 〈바다〉, 즉 커스터드 크림을 만드는 것이 순서이다.

우유를 끓인다. 달걀 여섯 개를 깨서 흰자와 노른자를 분리한다. 흰자는 따로 두고, 노른자는 설탕 60그램과 함께 도제 용기에 넣고 휘젓는다. 그런 다음 거기에 뜨거운 우유를 붓고 섞는다. 도제 용기를 약한 불에 올려놓고 계속 저으면서 크림을 톡톡하게 만든다.

이렇게 〈바다〉가 하얀 〈섬〉을 받아들일 준비가 되었으면, 달걀흰자에 설탕 80그램과 손가락 끝으로 한 번 집을 만큼의 소금을 넣고 휘젓는다.

설탕 60그램을 과자 굽는 틀에 넣어 캐러멜을 만든다. 캐러멜에 휘저은 흰자를 붓고 중탕기에 넣어 20분 동안 익힌 다음 식게 내버려둔다. 오목한 그릇에 크림을 붓고 그 위에 하얀 섬을 살그머니 내려놓는다. 아주 차게 해서 먹는다.

277

바누아투

바누아투 군도는 17세기 초에 그때까지 아직 태평양의 미탐험 지역으로 남아 있던 곳에서 포르투갈 사람들에 의해 발견되었다. 이 섬에는 수만 명의 주민이 살고 있는데, 이들은 특별한 규범의 지배를 받고 있다.

예를 들어, 이 섬에는 다수 집단이 자기의 선택을 소수 집단에게 강요하는 다수결의 개념이 없다. 어떤 선택에 이의를 제기하는 주민이 있으면, 이들은 만장일치에 이를 때까지 토론을 벌인다. 그러다 보니 어떤 결정이 내려지기까지 시간이 많이 걸리는 것은 당연하다. 어떤 주민들은 한사코 고집을 부리면서 설득당하기를 거부하기도 한다. 그래서 바누아투 주민들은 서로 자기 의견의 정당성을 이해시키느라고 일과의 3분의 1을 토론으로 보낸다. 어떤 영토와 관련해서 논란이 생기면, 합의에 도달할 때까지 몇 년, 나아가서는 몇 세기 동안 토론이 지속될 수도 있다. 그동안 그 문제는 줄곧 미결 상태로 남아 있게 된다.

그렇지만 2백~3백 년이 지나서 마침내 모두가 동의를 하게 되면, 그 문제는 정말 깨끗이 해결되어 원망이 전혀 남지 않게 된다. 누구도 패자가 아니기 때문이다.

바누아투의 문명은 씨족을 중심으로 이루어져 있다. 씨족들은 저마다 서로 다른 직업 집단에 속해 있다. 고기잡이를 전문으로 하는 씨족이 있는가 하면, 농업이나 도기 제작 등을 전문으로 하는 씨족들도 있다. 씨족들 사이에는 갖가지 교환이 행해진다. 예를 들어, 어부들은 바다로 통하는 길을 제공하는 대가로 숲속의 샘터로 가는 길을 제공받는다.

씨족들은 저마다 특정한 일을 전문으로 하고 있기 때문에, 만일 농부들의 씨족에서 태어난 아이가 도기 제조에 선천적인 재능을 보인다면, 그 아이는 자기 씨족을 떠나 어떤 도공 가정에 입양된다. 아이를 입양한 도공은 아이가 재능을 발휘하도록 도와주어야 한다. 만일 도공의 자식 중에 고기잡이를 하고 싶어 하는 아이가 있는 경우에도 사정은 마찬가지이다.

바누아투를 처음으로 탐험했던 서양인들은 그런 관습을 발견하고 충격을 받았다. 사정을 모르는 그들은 바누아투 주민들이 남의 자식을 서로 훔쳐 간다고 생각했던 것이다. 하지만 그것은 유괴가 아니라, 각 개인의 소질을 최상으로 계발하기 위한 교환이다.

사적인 갈등이 생기는 경우에, 바누아투 주민들은 복잡한 동맹 체제를 이용하여 갈등을 해소한다. 만일 A 씨족의 어떤 남자가 B 씨족의 여자를 겁간했다면, 이 두 씨족은 직접 싸움을 벌이지 않고 각기 전쟁 대리인을 내세운다. 말하자면, 맹세로 결합된 제3의 씨족을 대신 내세우는 것이다. 그리하여 A 씨족은 C 씨족에게 싸움을 부탁하고, B 씨족은 D 씨족에게 도움을 청한다. 이 중개 제도에 의해서 전투가 벌어지긴 하지만, 전투에 참가하고 있는 사람들은 서로에 대해서 직접적인 원한이나 불만을 가진 것이 아니기 때문에 서로 죽이면서까지 치열하게 싸울 필요를 느끼지 못한다. 처음 격돌로 약간의 부상자가 생기고 나면, 이들은 동맹 씨족에 대한 의무를 다했다고 생각하면서 싸움을 그만둔다. 이렇게 해서 바누아투에는 전쟁은 있으되, 단지 증오 없는 전쟁, 쓸데없는 자존심 때문에 악착같이 싸우는 일이 없는 전쟁만 있을 뿐이다.

278
여성 숭배

대다수 문명들의 기원에는 모신(母神)에 대한 숭배가 있다. 그 숭배 의식을 거행했던 것은 여자들이다. 그 의식은 여자의 삶을 이루는 세 가지 중요한 사건, 즉 월경, 출산, 죽음에 바탕을 두고 있었다. 그 뒤에 남자들은 여성이 행하던 초기의 의식들을 모방하려고 했다. 기독교의 사제들은 여성의 긴 드레스를 차용했고, 시베리아의 샤먼들도 여자처럼 옷을 입는다.

모든 종교에서 우리는 모신의 이미지를 발견할 수 있다. 초기의 기독교인들은 이교도들이 예수의 가르침을 받아들이기 쉽도록 성모 마리아를 내세웠다. 말하자면 성모 마리아에 새로운 여신의 이미지를 부여한 것인데, 이 여신의 특별함은 동정녀라는 점에 있다.

하지만 중세에 들어와서 기독교는 옛날의 여성 숭배와 관계를 끊기로 결정했다. 프랑스에서는 〈검은 마리아〉의 숭배자들을 잡아들이라는 명령이 내려졌고, 〈마녀들〉을 화형에 처하기 위한 장작더미가 도처에 쌓아 올려졌다(〈마법사들〉보다는 〈마녀들〉이 훨씬 더 많이 처형되었다).

남자들은 여자들을 종교 영역에서 배제시키려고 노력했다. 그리하여 전형적인 남성의 의식인 전쟁을 만들어 냈다. 하지만 종교 영역이 언제까지라도 남성의 전유물로 남아 있을 수는 없을 것이다. 남자들이 느끼는 두려움의 대부분은 세상일들이 언제나 똑같은 방향으로 나아가는 것이 아니라는 것을 받아들이지 못하기 때문에 생긴다. 그에 반해서 여자들은 매달 자기들의 몸을 통해 한 가지 교훈을 얻는다. 달이 차면 이울고, 이울면 다시 차는 법이다. 그것이 바로 세계에 대한 〈생동하는〉 지각이다.

279 세 가지 반응

생물학자 앙리 라보리는 『도피 예찬』이라는 저서에서 다음과 같이 말하고 있다. 인간이 어떤 시련에 마주쳤을 때 선택할 수 있는 길은 세 가지뿐이다. 첫째는 시련에 맞서 싸우는 것이요, 둘째는 아무것도 하지 않는 것이며, 셋째는 도피하는 것이다.

먼저, 시련에 맞서 싸우는 것으로 말하자면, 이는 가장 자연스럽고 정상적인 태도이다. 이런 태도를 가진 사람의 몸은 정신 신체 의학적 손상을 입지 않는다. 그가 받은 공격은 반격으로 바뀐다. 하지만 이런 태도에는 약간의 문제점이 있다. 반복적인 공격의 악순환에 빠져 드는 것이 바로 그것이다. 공격적인 사람은 결국 자기를 때려눕힐 더 강한 사람을 만나게 마련이다.

두 번째로 말한 아무것도 하지 않는 것이란 원한을 꾹꾹 눌러 참고 마치 공격을 받지 않은 것처럼 행동하는 것을 말한다. 이는 현대 사회에서 가장 잘 받아들여지고 가장 널리 퍼져 있는 태도이다. 학자들은 이것을 〈행동 억제〉라고 부른다. 이런 태도를 가진 사람은 적의 얼굴을 때리고 싶은 마음은 있지만, 구경거리가 되거나 상대의 반격을 받거나 공격의 악순환에 빠져 들 위험성을 의식해서 자기의 분노를 삼켜 버린다. 그럼으로써 적에게 안기지 못한 주먹을 자기 자신에게 안기게 된다. 이런 상황에서 궤양, 건선, 신경통, 류머티즘 같은 정신 신체 의학적 질병이 많이 나타난다.

세 번째 길은 도피하는 것인데, 이 도피에는 다음과 같이 여러 종류가 있다.

화학적 도피: 술, 담배, 마약, 강장제, 안정제, 수면제, 이런 것들은 외부로부터 받은 공격의 고통을 지워 버리거나 완화할 수 있게 해준다. 이런 것들을 이용해서 모든 걸 잊어버리거나 미친 사람처럼 넋두리를 하거나 잠을 자고 나면 시련이 지나간다. 하지만, 이런 유형의 도피는 현실 감각을 약화시키기 때문에, 늘 이런 식으로 도피하는 사람은 갈수록 현실 세계를 견딜 수 없게 된다.

지리적 도피: 끊임없이 옮겨 다니는 것. 어떤 사람들은 직장, 친구, 연인, 생활 장소 등을 자주 바꿈으로써 자기 문제들을 이동시킨다. 그런다고 문제가 해결되는 것은 아니지만, 문제가 놓인 환경이 달라지는 것만으로도 그들은 한결 산뜻한 기분을 느끼면서 활력을 얻게 된다.

예술적 도피: 자기의 분노와 고통을 영화나 음악, 소설, 그림, 조각 같은 예술 작품으로 변화시키는 것. 어떤 사람들은 현실 세계에서는 감히 주장하지 못하는 것을 상상 세계의 자기 주인공으로 하여금 대신 말하게 한다. 그럼으로써 카타르시스 효과를 만들어 낼 수 있다. 영화나 소설 속의 주인공들이 자기들을 모욕한 자들에게 복수하는 것을 보는 사람들 역시 그런 효과를 경험할 수 있다.

280

승리

대부분의 교육은 패배를 관리하는 방법을 가르치는 데에 목표를 두고 있다. 학교에서는 학생들에게 대학 입시에서 떨어지면 나중에 일자리를 찾기가 어려워질 거라고 가르친다. 가정에서는 대부분의 결혼이 이혼으로 끝나고 대다수 삶의 동반자들이 실망을 안겨 주는 현실에 자녀들을 적응시키려고 애쓴다.

또한 모든 보험에는 페시미즘이 깔려 있다. 보험들은 당신에게 자동차 사고나 화재나 수재가 닥칠 가능성이 많으니 미리 보험에 들어서 그런 재앙에 대비하라고 주장한다.

매스 미디어가 아침저녁으로 전해 주는 소식들은 세상 어디에도 인간이 안전하게 보호를 받고 있는 곳은 없다는 사실을 일깨움으로써 낙관주의자들의 기를 꺾는다.

설교자들의 얘기를 들어 보면 너 나 할 것 없이 묵시록이나 전쟁 따위를 예고하기 십상이다. 미래에 대해서 환상을 버리라고 주장하는 사람들의 이야기만이 진지하게 경청되고 있다. 그러니 미래에는 모든 것이 점점 더 좋아질 거라고 감히 예언할 수 있는 사람이 누가 있으랴?

개인적인 차원에서 보더라도, 만일 당신이 아카데미 주연상을 받으면 어떻게 하겠는가, 만일 당신이 그랜드 슬램을 이루면 어떻게 하겠는가, 만일 당신의 작은 기업이 다국적 기업으로 발전한다면 어떻게 하겠는가라는 식의 문제를 던지면서 승리를 관리하는 방법을 가르치려는 사람은 아무도 없다.

사정이 이러하다 보니, 막상 승리가 닥쳐오면 사람들은 지표를 잃고 갈팡질팡하면서, 대개는 익히 알고 있는 〈정상 상태〉로 돌아가기 위해 서둘러 패배를 준비하기 십상이다.

281

죄수의 딜레마

1950년에 멜빈 드레셔와 메릴 플러드는 〈죄수의 딜레마〉라는 현상을 발견했다. 그것을 설명하자면 다음과 같다.

두 용의자가 은행 앞에서 체포되어 따로따로 감방에 갇혔다. 경찰은 그들의 무장 강도 공모 사실을 자백하도록 부추기기 위해 그들에게 한 가지 제안을 한다. 〈만일 둘 중에서 아무도 말을 하지 않으면, 당신들은 각각 2년의 징역형에 처해질 것이다. 만일 한 사람이 다른 사람을 고발하는데 다른 사람이 아무 말도 하지 않으면, 고발한 사람은 풀려나고 아무 말도 안 한 사람은 5년의 징역형을 받게 된다. 또, 만일 두 사람이 서로 상대방을 고발하면, 둘 다 징역 4년의 벌을 받는다〉라고.

두 용의자는 저마다 다른 용의자도 똑같은 제안을 받았다는 사실을 알고 있다. 그렇다면 어떤 일이 벌어질까? 그들은 먼저 이렇게 생각한다. 〈만일 저 친구가 이 거래를 받아들여 나를 고발하게 되면, 그는 풀려나는데 나는 5년형을 받게 돼. 이 건 너무 부당한 일이야.〉 그러면서 두 용의자는 자연스럽게 이런 생각을 떠올리게 된다. 〈반대로, 만일 내가 그를 고발하면, 나는 풀려나게 될지도 몰라. 우리 중의 하나가 풀려 날 수 있는데 굳이 둘 다 벌을 받을 필요는 없지.〉 실제로 그런 상황에 봉착한 실험 대상자의 대다수는 다른 사람을 고발하는 것으로 나타났다. 하지만 그들의 공범 역시 똑같은 방식으로 생각을 하기 때문에 두 사람 다 4년의 징역형을 받게 된다. 둘 다 깊이 생각해서 침묵을 지켰더라면 2년형만 받아도 되었을 텐데 말이다.

그보다 더욱 이상한 일은, 두 사람이 함께 이야기를 나눌 기회를 주고 실험을 다시 해도 똑같은 결과가 나온다는 사실이다. 두 사람은 공동의 대응책을 강구해 놓고서도 결국엔 서로를 배신하고 만다. 사람들 사이에서 벌어지는 많은 문제들은 서로를 전적으로 신뢰하지 못하는 데서 생긴다.

282

심리 테스트

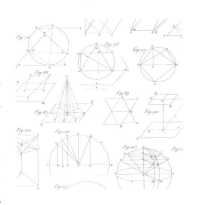

여기 간단한 심리 테스트가 하나 있다. 기하학적 형태의 상징적인 힘을 이용하여 어떤 사람을 더 잘 알기 위한 테스트이다.

먼저 종이 한 장에 네모 칸 여섯 개를 그린다.

그런 다음, 첫 번째 네모 칸에는 원을 그려 넣고, 두 번째 칸에는 삼각형을, 세 번째 칸에는 계단 모양을, 네 번째 칸에는 십자가를, 다섯 번째 칸에는 정사각형을, 여섯 번째 칸에는 3자를 m자처럼 엎어진 모양으로 그려 넣는다.

이제 상대방에게 각각의 기하학적 형태에 선과 형태를 보태서 추상적이지 않은 어떤 그림을 만들어 보라고 부탁한다.

그런 다음 각 그림 옆에 형용사를 하나씩 쓰게 한다.

이 작업이 끝나면 그림들을 검사하여 다음과 같은 것을 알아낸다.

동그라미 주위의 그림은 그 사람이 자기 자신을 어떻게 보고 있는지를 가르쳐 준다.

삼각형 주위의 그림은 남들이 그 사람을 어떻게 보고 있다고 생각하는지를 알려 준다.

계단꼴 주위의 그림은 그 사람이 인생을 전반적으로 어떻게 보고 있는지를 나타낸다.

십자가 주위의 그림은 그 사람이 자기의 영적인 측면을 어떻게 보고 있는지를 드러낸다.

정사각형 주위의 그림은 그 사람의 가족에 대한 생각을 보여 준다.

엎어진 3자 주위의 그림은 그 사람의 애정관에 관한 정보를 준다.

물론 이 테스트는 식당에서 음식을 기다리는 동안 심심풀이로 하는 것에 지나지 않는다. 하지만 이것이 때로는 어떤 흥미로운 정보를 드러내 주는 것이 될 수도 있다.

283
새옹지마

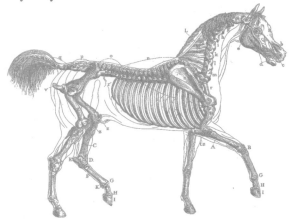

옛날 중국 북방의 한 요새에 앞일을 잘 내다보는 노인이 살고 있었다. 하루는 이 노인이 기르던 좋은 말이 국경을 넘어 오랑캐 땅으로 달아났다. 마을 사람들이 찾아와 귀한 말을 잃어버린 노인에게 위로의 말을 건네자, 노인은 조금도 애석해하는 기색을 보이지 않고 태연하게 대답했다.

「이 일이 복이 될지 누가 알겠소?」

얼마 후 신기하게도 국경을 넘어갔던 말이 오랑캐의 준마를 데리고 요새로 돌아왔다. 마을 사람들이 경사가 났다며 이 일을 축하하자, 노인은 전혀 기쁜 기색을 보이지 않고 대답했다.

「이 일이 화가 될지 누가 알겠소?」

노인에게는 말 타기를 좋아하는 외아들이 있었다. 어느 날 그 아들이 오랑캐의 준마를 타다가 떨어지는 바람에 다리가 부러졌다. 마을 사람들이 걱정하며 이를 위로하자 노인은 아무렇지도 않다는 듯이 대꾸했다.

「이 일이 복이 될지 누가 알겠소?」

노인의 아들이 불구가 된 지 1년쯤 되었을 때, 이웃 나라 오랑캐가 쳐들어왔다.

마을 장정들은 모두 싸움터에 나가 전사했지만, 노인의 아들은 절름발이라서 징집을 면하였다.

284

관념권

관념은 살아 있는 존재와 같다. 관념은 태어나서 자라고 번식하며, 다른 관념과 대결하다 마침내 죽음을 맞는다.

그렇다면 관념은 생물처럼 진화도 할 수 있지 않을까? 또 다윈주의자들이 주장하는 것처럼 가장 약한 것을 제거하고 가장 강한 것을 번식시키기 위해 관념들 사이에서도 선별이 이루어지지 않을까?

1970년에 자크 모노는 『우연과 필연』이라는 저서에서, 관념은 자율성을 가질 수 있으며 유기체처럼 번식하고 증식할 수 있다는 가설을 내놓았다.

1976년에 리처드 도킨스는 『이기적인 유전자』라는 책에서 〈관념권(觀念圈)〉이라는 말을 사용하였다. 생물권이 생물의 세계이듯이 관념권은 관념의 세계이다. 도킨스는 이렇게 쓰고 있다. 〈누가 어떤 창의적인 관념을 내 정신에 심어 준다면, 그는 말 그대로 나의 뇌에 기생하는 것이고, 그 생각을 전파하기 위한 수단으로 나의 뇌를 변화시키는 것이다.〉 그러면서 그는 자기의 주장을 뒷받침하기 위해 신이라는 관념을 예로 든다. 이 관념은 어느 날 생겨난 뒤로 끊임없이 진화해 오고 전파되어 왔으며, 복음과 경전, 음악과 미술 등을 통해 중계되고 확대되었다. 또, 이 관념은 사제들을 통해 재생산되어 왔고, 사제들이 살아가는 공간과 시간에 맞도록 재해석되어 왔다.

그런데 관념은 생성하고 발전하고 소멸하는 속도가 생물보다 더 빠를 수 있다. 예컨대 카를 마르크스의 정신에서 나온 공산주의라는 관념은 아주 짧은 기간에 퍼져 나가 공간적으로 지구의 반에 영향을 미쳤다. 이 관념은 진화하고 변화하다가 결국은 쇠퇴하여 갈수록 소수의 사람들에게만 영향을 미치고 있다.

하지만 공산주의라는 관념은 그렇게 변화하는 과정에서 자본주의라는 관념도 변화하게 만들었다. 우리의 문명은 관념권에서 벌어지는 관념들 간의 투쟁을 통해 발전해 간다.

오늘날 컴퓨터는 관념들의 이동과 변이를 가속화하고 있다. 인터넷 덕분에 관념은 예전보다 훨씬 빠른 속도로 퍼져 나갈 수 있으며, 경쟁자나 천적과 대결하는 일도 훨씬 빠르게 이루어질 수 있다.

인터넷은 좋은 관념들뿐만 아니라 나쁜 관념들을 널리 퍼뜨리는 데에도 아주 유용한 수단이 된다. 관념의 세계에는 〈도덕〉이라는 것이 없기 때문이다. 하긴 생물의 세계에서도 진화가 어떤 도덕률에 따라 이루어지는 것은 아니다.

어쨌거나 사정이 이러하기 때문에, 인터넷을 통해 어떤 관념을 전파하거나 인터넷에 〈굴러다니는〉 관념을 퍼올 때는 좀 더 신중하게 생각할 필요가 있을 것이다. 관념들은 이제 그것들을 창안한 사람들이나 전달하는 사람들보다 더 강력하다는 것을 염두에 두어야 한다.

따지고 보면, 이것도 하나의 관념일 뿐이지만…….

285
자아 성찰의 계기

인간은 끊임없이 타자로부터 제약을 받는다. 하지만 자기 자신이 행복하다고 믿을 때는 그런 제약을 문제 삼지 않는다. 어릴 적에는 자기가 싫어하는 것을 먹으라고 어른들이 강요해도 그것을 대수롭지 않게 받아들인다. 자기를 행복하게 해주는 가족의 요구이기 때문이다. 성인이 되어서는 상사가 자기를 모욕해도 그걸 있을 수 있는 일로 받아들인다. 직장 생활이라는 게 다 그런 거라고 생각하기 때문이다. 결혼을 하게 되면, 아내나 남편이 끊임없이 잔소리를 해도 그걸 당연한 것으로 생각한다. 아내나 남편이 하는 소리이기 때문이다. 시민으로서는 정부가 자꾸 자꾸 자기의 구매력을 감소시키는데도 별다른 이의를 제기하지 않는다. 선거 때에 자기가 지지한 정부이기 때문이다.

사람들은 남이 자기를 억누르고 있다는 사실을 깨닫지 못할 뿐만 아니라, 오히려 가족과 직장과 정치 체제와 자기를 억압하는 것의 대부분을 〈자기의 인격을 표현하는 형식〉이라고 주장한다. 많은 사람들은 누가 자기들의 사슬을 없애려고 하면, 그것을 막기 위해 물불 가리지 않고 싸우려 든다.

그래서 우리 천사들이 보기엔, 지상에서 사람들이 〈불행〉이라고 부르는 일을 이따금 유발할 필요가 있다. 이것을 천상에서는 〈자아 성찰의 계기〉라고 부른다. 이 계기는 사고, 질병, 가족의 결별, 직업상의 실패 등 여러 가지 형태를 취할 수 있다.

이런 계기들은 사람들을 두려움에 떨게 하지만, 일시적으로라도 사람들을 길들여진 조건에서 벗어나게 해준다. 물론 대부분의 사람들은 두려움을 견디지 못하고 이내 다른 감옥을 찾아 나선다. 이혼한 사람들은 서둘러 재혼을 하고, 일자리를 잃은 사람들은 훨씬 더 힘든 일을 받아들인다. 그렇기는 해도, 이런 계기가 찾아온 순간부터 다른 감옥을 찾아낼 때까지, 사람들은 스스로를 냉철하게 되돌아볼 수 있는 약간의 시간을 갖게 된다. 그때 사람들은 진정한 자유가 무엇인지를 어렴풋하게나마 깨닫는다. 대개는 그것에 겁을 먹기가 십상이지만 말이다.

286

애도의 중요성

오늘날에는 상례(喪禮)가 사라져 가는 경향이 있다. 가족 중의 누가 세상을 떠난 경우에도 사람들은 장례식이 끝나기가 무섭게 서둘러 평소의 활동을 다시 시작한다. 소중한 존재가 사라지는 일이 갈수록 덜 심각한 사건이 되어 간다. 검은색은 전형적인 상복의 색깔이라는 특권을 상실했다. 디자이너들은 검은색이 사람을 날

씬해 보이게 하고 세련된 느낌을 준다는 이유
로 개나 소나 시도 때도 없이 검은색 옷을 입게
만들었다.

하지만 어떤 시기의 종말이나 어떤 존재의
소멸을 애도하는 것은 사람들의 심리적인 안정
에 대단히 중요한 역할을 한다. 이른바 원시 사
회라 불리는 사회에서만은 여전히 애도의 중요
성이 강조되고 있다. 예컨대 마다가스카르에서
는 사람이 죽으면 온 마을 사람들이 활동을 중
단하고 애도에 동참할 뿐만 아니라, 장례식을
두 차례에 걸쳐 치른다. 첫 번째 장례식 때에는
모두가 슬퍼하며 묵상하는 가운데 시신을 땅에 묻는다. 그런 다음, 시간이 좀 지난
뒤에 두 번째 장례식을 치르면서 대대적인 축제를 벌인다.

비단 사람이 죽었을 때뿐만 아니라, 어떤 직장이나 삶의 터전을 떠날 때처럼 〈종
결의 사건〉이 있는 경우에도 애도는 필요하다. 이런 경우에 애도는 일종의 형식적인
절차에 지나지 않아서 사람들이 대개는 이것을 쓸데없는 것으로 여기지만, 이것은
결코 쓸데없는 짓이 아니다. 인생이라는 여정의 단계를 표시하는 일은 중요하다.

우리는 저마다 자기 나름의 애도 의식을 만들어 낼 수 있다. 기르고 있던 콧수염
을 밀어 버리거나 머리 모양을 바꾸거나 복장의 유형을 바꾸는 것과 같은 가장 간
단한 것에서부터, 걸판지게 잔치를 벌이거나 고주망태가 되도록 술을 퍼마시거나
낙하산을 타고 뛰어내리는 것과 같은 다소 격렬한 것에 이르기까지 아주 다양한
의식이 있을 수 있다.

애도가 제대로 이루어지지 않으면, 마치 잡초의 뿌리를 제대로 뽑아 내지 않은
것처럼 사건의 후유증이 오래간다.

어쩌면 학교에서도 애도의 중요성을 가르칠 필요가 있을 것이다. 그럼으로써
나중에 애도를 제대로 하지 못해서 몇 년씩 고통을 겪는 일이 생기지 않게 말이다.

287

좌뇌의 독재

만일 뇌의 두 반구를 분리시키고, 오른쪽 반구와 관계가 있는 왼쪽 눈에 풍자 만화 하나를 보여 준다면 어떻게 될까? 그러면, 왼쪽 반구와 관계가 있는 오른쪽 눈에는 아무것도 보이지 않는데도, 피실험자는 웃음을 터뜨릴 것이다. 그런데 그에게 왜 웃느냐고 물으면, 좌뇌는 풍자 만화에 대해서는 전혀 아는 바가 없으므로 자기가 웃은 까닭을 지어내어 설명할 것이다. 예컨대, 〈실험자의 가운이 하얀데, 그 색깔이 우습게 느껴진다〉라는 식으로 말이다.

이렇듯이 좌뇌는 공연히 웃는다든지 자기가 모르는 어떤 것 때문에 웃는다는 것을 받아들일 수 없기 때문에 웃음이라는 행동에 어떤 논리를 부여하려고 한다. 그런데 더욱 놀라운 것은, 왜 웃었느냐고 질문을 받고 나면, 뇌 전체가 하얀 가운 때문에 웃었다고 확신하면서 왼쪽 눈에 제시했던 풍자 만화는 잊어버리게 된다는 것이다.

잠을 자는 동안에는 좌뇌가 우뇌를 가만히 내버려둔다. 그래서 우뇌는 자기 내면의 영화에 자기 나름의 인물과 장소와 사건을 마음대로 등장시킨다. 인물들은 꿈꾸는 동안 얼굴이 바뀌어 버리며, 장소는 아래위가 뒤바뀌어 있고, 말에는 조리가 없으며, 한 줄거리가 갑자기 끊기고 다른 줄거리가 두서 없이 이어진다. 하지만 잠에서 깨어나면, 좌뇌는 다시 우뇌를 지배하면서 기억된 꿈의 내용을 다시 해독하여 시간과 장소와 행동이 일치하는 하나의 조리 있는 이야기에 그것을 통합시킨다. 그러면 낮 시간이 흐르는 동안 그 이야기는 간밤의 꿈에 대한 아주 〈논리적인〉 기억이 된다.

그런데 사실 우리는 잠잘 때 이외에도, 좌뇌에 의해 해석된 이해할 수 없는 정보들을 끊임없이 받아들이고 있다. 이 좌뇌의 독재는 때로 견디기 어려운 것이 될 수도 있다. 그럴 때 어떤 사람들은 좌뇌의 그 냉혹한 합리성으로부터 벗어나기 위해 술에 취하거나 마약을 복용한다. 그러면 우뇌는 감각이 화학적으로 중독된 틈을 타서, 좌뇌의 통제와 해석으로부터 벗어나 자유롭게 말하기 시작한다. 주위 사람들은 그들이 주정을 부린다거나 환각에 빠졌다고 말하겠지만, 그 사람들은 그저 좌뇌의 독재로부터 잠시라도 벗어나려고 하는 것뿐이다.

화학적인 도움을 전혀 받지 않고도, 우뇌의 〈가공되지 않은〉 정보를 직접 받는 것은 가능한 일이다. 세계가 이해되지 않을 수 있다는 사실을 받아들일 수만 있으면 된다. 앞에서 말한 풍자 만화의 예를 다시 들자면, 만일 우뇌가 자유롭게 스스로를 표현하는 것을 용인할 수만 있다면, 우리는 풍자 만화의 유머를 이해하게 될 것이고, 그럼으로써 진짜 신나게 웃을 수 있게 될 것이다.

288 마조히즘

마조히즘의 기원에는 앞으로 닥쳐올 어떤 고통스러운 사건에 대한 두려움이 있다. 인간은 시련이 언제 닥칠지 시련의 강도가 어떠할지 몰라서 두려워한다. 마조히스트는 그 두려움에서 벗어나기 위해 스스로 무서운 사건을 일으킨다. 그러면 적어도 그것이 언제 어떻게 일어날지는 알게 되는 것이다. 마조히스트는 고통스러운 일을 스스로 불러일으킴으로써 자기가 자기 운명을 지배하고 있다고 느낀다.

마조히스트는 스스로에게 고통을 가하면 가할수록 삶에 대한 두려움을 덜 느끼게 된다. 자기가 스스로에게 가하는 행위보다 더 고통스러운 일은 없으리라는 것을 알기 때문이다. 자기의 가장 악독한 적이 바로 자기 자신이기 때문에, 그는 더 이상 두려울 게 없다.

그렇게 자기 자신을 통제할 수 있는 마조히스트는 다른 사람들을 지배하는 데에도 어려움을 느끼지 않는다. 많은 지도자와 권력자들이 자기들의 사생활에서는 마조히스트의 경향을 보인다 해도 그건 그리 놀랄 일이 아니다.

하지만 마조히즘에는 대가가 따른다. 마조히스트는 고통이라는 개념을 자기 운명의 지배라는 개념과 결합시킴으로써 반(反)쾌락주의자가 된다. 그는 더 이상 자기를 위한 쾌락을 원치 않으며, 오로지 새로운 시련만을 찾아 나선다. 그 시련은 갈수록 혹독하고 고통스러운 것이 된다.

289
누구에게나 자기 자리가 있다

사회학자 필리프 페셸에 따르면, 여성의 특성은 다음과 같은 네 가지 성향으로 나타난다.

1. 어머니
2. 애인
3. 전사
4. 선생님

어머니 같은 여자는 다른 어떤 일보다 가정을 꾸리고 아이를 낳아서 키우는 일에 중요성을 부여한다. 애인 같은 여자는 유혹하기를 좋아하고 위대한 연애 사건을 경험하고 싶어 한다. 전사 같은 여자는 권력의 영역을 정복하고 싶어 하고 대의명분을 위한 투쟁이나 정치적 활동에 참여하고 싶어 한다. 선생님 같은 여자는 예술이나 종교, 교육, 의료 등에 많은 관심을 갖는다. 이런 성향을 가진 여자들은 훌륭한 예술가나 교육자나 의사가 될 가능성이 많다. 옛날 같으면 무녀나 여사제가 되었을 사람들이다.

어떤 여자에게든 이 네 가지 성향이 다 있지만, 그중에서 어느 것이 더 발달하는가는 사람마다 차이가 있다. 문제는 사회가 자기에게 부과한 역할에서 자기의 존재 의의를 찾지 못할 때 생긴다. 만일 애인 같은 여자에게 어머니가 되라고 강요한다거나 선생님 같은 여자에게 전사가 되라고 강요한다면, 때로는 그 강요 때문에 격렬한 충돌이 생겨날 수도 있다.

남자들에게도 다음과 같은 네 가지 성향이 있다.

1. 농부
2. 유목민
3. 건설자
4. 전사

성서에 나오는 카인과 아벨의 이야기를 생각해 보자. 카인은 농사를 짓고 있었고 아벨은 가축을 돌보고 있었다. 말하자면 카인은 농부에 해당하고 아벨은 유목민에 해당한다. 카인이 아벨을 죽였을 때, 하느님은 카인을 벌하면서 〈너는 땅 위를 떠돌 것이다〉라고 말씀하셨다. 원래 농부인 카인에게 유목민이 되라고 강제한 셈이다. 카인은 유목민이 되기에 적합한 사람이 아님에도 그 일을 해야 했다. 그럼으로써 그는 큰 고통을 겪게 된다.

남녀가 짝을 이루는 경우에, 백년해로로 이어질 가능성이 가장 높은 결합은 어머니 같은 여자와 농부 성향의 남자가 만나는 것이다. 두 사람 다 안정성과 지속성을 원하기 때문이다. 그 밖의 다른 결합들은 대단히 정열적인 사랑을 이룰 수는 있으나 결국에는 갈등과 대립에 이르고 만다.

완벽한 여자의 목표는 어머니이자 애인이자 전사이자 선생님이 되는 것이다. 그럴 때 우리는 비로소 공주가 여왕이 되었다고 말할 수 있다.

완벽한 남자의 목표는 농부이자 유목민이자 건설자이자 전사가 되는 것이다. 그럴 때 우리는 비로소 왕자가 왕이 되었다고 말할 수 있다.

완벽한 여왕과 완벽한 왕이 만나면 마술과도 같은 일이 벌어진다. 그 만남에는 열정도 있고 지속성도 있다. 하지만 그런 만남은 참으로 드물다.

290

역설적인 간청

에릭슨은 일곱 살 때 아버지가 송아지 한 마리를 외양간에 들어가게 하려고 애쓰는 것을 보았다. 아버지는 고삐를 힘껏 잡아당기고 있었지만, 송아지는 앞발을 들고 버티면서 들어가기를 거부하였다. 어린 에릭슨은 깔깔깔 웃으면서 아버지를 놀렸다. 아버지가 말했다. 〈어디 네가 한번 해봐라. 얼마나 잘하는지 보자.〉

그러자 에릭슨은 한 가지 묘안을 떠올렸다. 고삐를 잡아당기는 대신에 송아지 뒤에 가서 꼬리를 잡아당기자는 게 그것이었다.

아닌 게 아니라 에릭슨이 꼬리를 잡아당기자 송아지는 즉시 앞으로 달려 나가 외양간 안으로 들어갔다.

40년 후, 에릭슨은 환자들이 건강을 회복하도록 이끌기 위해 완곡한 간청의 한 방식인 〈에릭슨 최면〉과 역설적인 간청을 생각해 냈다.

이런 방법의 유용성을 우리는 일상생활에서도 확인할 수 있다. 예컨대, 아이가 방을 어지럽히면 부모는 아이에게 방을 정돈하라고 부탁한다. 그러나 아이들은 말을 듣지 않기가 십상이다. 그런데 거꾸로 부모가 장난감과 옷가지를 더 꺼내다가 아무데나 던지면서 방 안을 더욱 어지럽게 만들면, 보다 못한 아이가 이렇게 말할

것이다. 〈아빠, 그만해요. 더 이상 견딜 수가 없어요. 정리 정돈을 해야 돼요.〉

반대 방향으로 잡아당기는 것이 때로는 옳은 방향으로 잡아당기는 것보다 더 효과적인 것으로 나타난다. 그것이 의식의 분발을 야기하기 때문이다.

인류의 역사를 보더라도 역설적인 간청은 의식적으로든 무의식적으로든 끊임없이 사용되어 왔다. 인류는 두 차례의 세계 대전을 겪고 수백만 명의 목숨을 잃은 뒤에야 국제 연맹과 국제 연합을 생각해 냈고, 독재자들의 폭력을 겪고 나서야 인권 선언을 만들어 냈다. 또 체르노빌 사태를 겪은 뒤에야 안전 관리를 소홀히 한 원자로가 얼마나 위험한지를 깨닫게 되었다.

291
앨런 튜링

앨런 튜링은 아주 기구한 삶을 산 사람이다. 그는 1912년에 런던에서 태어났다. 학교 성적이 좋지 않은 고독한 아이였던 그는 유독 수학에 깊은 관심을 갖고 그것을 거의 형이상학적인 수준으로 끌고 갔다. 스무 살에 그는 자기가 구상한 컴퓨터들을 스케치하였다. 그것들은 주로 컴퓨터를 사람처럼 나타낸 것으로서 각각의 계산기가 인체의 한 기관에 해당되게 구상한 것들이었다.

제2차 세계 대전이 발발했을 때, 그는 자동 계산기 하나를 발명하여 연합군으로 하여금 나치의 〈에니그마〉라는 기계를 통해 암호화된 메시지들을 해독할 수 있게 해주었다. 그의 발명 덕분에 연합군은 독일군의 폭격이 예상되는 장소를 알 수 있었고, 그럼으로써 많은 사람들이 목숨을 건졌다.

미국에서 존 폰 노이만이 생리적인 컴퓨터의 개념을 고안했을 때, 튜링은 〈인공지능〉의 개념을 구상했다. 1950년에 그는 훗날 중요한 참고 문헌이 될 논문 「기계는 생각할 수 있는가?」를 집필하였다. 그는 기계에 인간의 정신을 부여하겠다는 엄청난 야망을 가지고 있었다. 살아 있는 존재를 관찰하게 되면 생각하는 기계의 실마리를 발견하게 되리라는 것이 그의 생각이었다.

튜링은 당시로서는 새로운 개념인 〈사고의 성징(性徵)〉을 컴퓨터에 도입하기도 하였다. 그는 남성적인 정신과 여성적인 정신을 구별하는 데에 목적을 둔 테스트를 개발하였다. 그의 주장에 따르면, 여성적인 정신은 전략의 부재라는 특징을 지니고 있다. 그의 여성 혐오는 그의 곁에 남자 친구들만 있게 했을 뿐만 아니라, 그를 망각의 늪에 빠뜨린 원인이 되기도 했다.

그는 인류의 미래와 관련하여 환상적인 꿈 하나를 품고 있었다. 단위 생식, 즉 수정이 필요 없는 생식이 바로 그것이다.

1951년에 그는 동성애 혐의로 한 법원에서 유죄 판결을 받았다. 그는 감옥과 화학적 거세 중에서 하나를 선택해야 했다. 그는 후자를 선택하여 여성 호르몬을 주입하는 요법을 받았다. 그 결과 그는 힘이 약해지고 가슴이 약간 나오게 되었다.

1954년 6월 7일에 튜링은 시안화물에 담갔다 꺼낸 사과를 먹고 스스로 목숨을 끊었다. 그렇게 죽겠다는 생각은 만화 영화 「백설공주」에서 나온 것으로 보인다. 그가 남긴 메모에는 이런 설명이 들어 있었다. 사회가 자기에게 여자로 변하도록 강요했으므로, 가장 순수한 여자가 할 수 있을 법한 방식으로 죽는 것을 선택했노라고.

292

전기(傳記)의 중요성

인생에서 중요한 건 무엇을 성취했느냐가 아니라 전기 작가들이 무엇을 어떻게 이야기하느냐이다. 아메리카 대륙의 발견이라는 역사적인 사건을 예로 들어 보자. 그것은 크리스토퍼 콜럼버스가 한 일이 아니라(만일 그가 한 일이라면 대륙의 이름은 아메리카가 아니라 콜롬비아가 되었을 것이다), 아메리고 베스푸치가 한 일이다.

크리스토퍼 콜럼버스는 생시에 실패자로 간주되었다. 새로운 대륙에 닿을 목적으로 대양을 건넜지만 대륙을 발견하지 못했다. 물론 쿠바와 산토도밍고와 카리브 해의 다른 섬들에 상륙하기는 했지만, 더 북쪽으로 올라가 대륙을 찾아볼 생각은 하지 않았다.

그가 앵무새와 토마토와 옥수수와 초콜릿을 가지고 에스파냐에 돌아올 때마다 여왕이 물었다. 〈그래, 인도를 발견했소?〉 그때마다 그는 〈곧 발견하게 될 겁니다〉 하고 대답했다. 기다리다 지친 여왕은 마침내 그에 대한 신뢰를 거두었고, 그는 공금 횡령 혐의로 기소되어 감옥에 갇히는 신세가 되었다.

그런데 우리는 콜럼버스의 삶에 대해서는 자세히 아는데 어떻게 해서 베스푸치의 생애에 대해서는 전혀 모르는 걸까? 왜 학교에서는 아메리고 베스푸치가 아메리카 대륙을 발견했다고 가르치지 않는 걸까? 그 이유는 간단하다. 베스푸치에게는 전기 작가가 없었는데 콜럼버스에게는 한 사람의 전기 작가가 있었던 것이다. 콜럼버스의 전기 작가란 바로 그의 아들이다. 그 아들은 자기 아버지가 대륙을 발견하는 일에서 핵심적인 역할을 했으므로 마땅히 인정을 받아야 한다고 생각하고,

아버지의 삶에 관한 책을 쓰는 일에 매달렸다.

미래의 세대들은 실제적인 위업을 무시한다. 중요한 것은 그 위업을 이야기하는 전기 작가의 재능이다. 아메리고 베스푸치에게는 아마 아들이 없었을 것이다. 있었다 하더라도 그 아들은 아버지의 위업을 영원히 후세에 전하는 일에 관심이 없었을 것이다.

그 밖의 많은 사건들이 그것들을 역사적인 것으로 만들고자 했던 한 사람 또는 여러 사람의 의지에 의해 살아남았다. 플라톤이 없었다면 누가 소크라테스를 알겠으며, 사도들이 없었다면 우리가 어떻게 예수의 생애를 제대로 알았겠는가? 또 미슐레가 프랑스인들에게 프로이센의 침입자들을 몰아낼 의지를 고취시키기 위해 잔 다르크를 재발굴하지 않았다면 오늘날 누가 그녀를 기억하겠으며, 루이 14세가 정통성을 확보하기 위해 앙리 4세를 널리 알리지 않았다면 누가 오늘날처럼 그를 기리겠는가?

현세의 위인들에게 이르노니, 그대들이 무엇을 성취하는가는 그리 중요하지 않다. 그대들이 역사에 길이 남는 유일한 방법은 좋은 전기 작가를 찾아내는 것이다.

293
외계인

외계인에 관해서 언급한 서양의 가장 오래된 문헌은 기원전 4세기에 데모크리토스가 쓴 것이다. 그는 별들 사이에 있는 또 다른 지구에서 벌어진 지구의 탐험가들과 외계의 탐험가들 사이의 만남을 암시하고 있다. 기원전 3세기에 에피쿠로스는 인간과 비슷한 존재들이 사는 다른 세계가 존재하는 것은 당연하다고 쓴 바 있다. 훗날 그 글은 로마의 시인 티투스 루크레티우스 카루스에게 영감을 주어, 「데 나투라 레룸(자연에 관하여)」라는 시를 통해 지구에서 아주 멀리 떨어진 곳에 외계인이 존재할 가능성을 언급하게 한다.

그러나 그 문헌은 일반적인 무관심 속에서 망각의 늪에 묻혀 버렸다. 그 대신 아리스토텔레스의 뒤를 이은 성 아우구스티누스는 지구가 생물이 사는 유일한 행성이며 생물이 사는 다른 행성은 존재할 수 없다고 단언했다. 하느님이 그것을 원하셨기 때문이라는 것이다.

그 의견과 맥락을 같이하여, 1277년에 교황 요한 21세는 생물이 사는 다른 세계가 존재할 가능성을 언급하는 자에 대한 사형을 허용하였다. 그리하여 외계인이 더 이상 금기의 주제가 되지 않기 위해서는 4백 년을 기다려야 했다. 예컨대 이탈리아의 철학자 조르다노 브루노는 코페르니쿠스의 지동설을 옹호한 데다가 세계의 복수성을 주장했다는 이유로 1600년에 화형을 당했다.

외계인에 관한 이야기는 17세기의 프랑스 작가 시라노 드 베르주라크의 『다른 세계: 달에 있는 국가와 제국들』(사후인 1657년에 출간됨)이라는 소설에 이르러 새로운 전기를 맞는다. 그의 뒤를 이어 퐁트넬은 1686년에 『세계의 복수성에 관한 대화』를 썼고, 볼테르는 1752년에 시리우스의 주민으로서 이 별 저 별을 여행하다가 지구에 내려온 위대한 우주 여행가의 이야기 『미크로메가스』를 썼다.

영국 작가 허버트 조지 웰스는 1898년에 발표한 『별들의 전쟁』을 통해 외계인들에게 문어처럼 생긴 흉측한 괴물의 모습을 부여함으로써 그들을 의인주의에서 벗어나게 했다. 1900년에 미국의 천문학자 퍼시벌 로웰은 화성에 지능을 가진 생명이 존재한다는 증거인 관개 수로망을 보았다고 주장했다. 그 무렵부터 외계인이라는 말의 몽환적인 측면이 사라졌다. 그러다가 스티븐 스필버그의 영화 「E. T.」에 이르러 외계인은 마침내 친구의 동의어가 되었다.

294

호흡

여자와 남자는 세계를 똑같은 방식으로 지각하지 않는다. 남자들은 사건이 진행되는 양상을 단선적으로 지각한다. 그와 달리 여자들은 세계를 파동의 형태로 이해한다. 그 이유는 무엇일까? 그건 아마도 여자들이 달마다 경험하는 일과 관계가 있을 것이다. 즉 세워진 것은 무너질 수 있고 다시 세워질 수 있다는 것을 여자들은 매달 생리적으로 경험하기 때문에 세계를 끊임없는 파동으로 받아들인다. 달이 차면 이울듯이 무엇이든 커지면 작아지고 올라가면 내려간다는 그 근본적인 진리가 여자들의 몸에 새겨져 있는 것이다. 만물은 〈숨을 쉰다〉. 날숨 다음에 들숨이 이어지는 것을 두려워하면 안 된다. 자기 호흡을 억제하거나 정지시키려 하는 것은 세상에서 가장 어리석은 일일 것이다.

천문학 분야에서 최근에 이루어진 발견들은 다음과 같은 점을 우리에게 보여준다. 즉, 빅뱅에서 나와 끊임없이 팽창하고 있는 것으로 지각되는 우리의 우주 역시 응집되어 빅 크런치가 될 수도 있다는 것이다. 물질이 최대로 응집되는 상태인 이 빅 크런치는 어쩌면 새로운 빅뱅으로 이어질지도 모른다. 그런 점에서 보면 우주 역시 〈숨을 쉬고〉 있는 것이다.

295

7년 주기의 순환

인생은 7년 주기로 변화한다. 각 주기는 하나의 위기로 끝나 더 높은 단계로 넘어간다.

0세에서 7세까지: 어머니와 강하게 결합. 세계에 대한 수평적 이해. 감각 형성. 어머니 냄새, 모유, 어머니의 목소리, 어머니의 온기, 어머니의 입맞춤이 중요한 준거가 된다. 이 시기는 일반적으로 모성애라는 고치의 균열과 나머지 세계에 대한 다소 주눅 든 발견으로 끝난다.

7세에서 14세까지: 아버지와 강하게 결합. 세계에 대한 수직적 이해. 인격 형성. 이 시기에는 아버지가 새로운 파트너가 되어 가정이라는 고치 밖에 있는 세계를 발견하도록 도와준다. 아버지는 새로운 준거로 인정되어 존경의 대상이 된다.

14세에서 21세까지: 사회에 대한 반항. 물질에 대한 이해. 지력 형성. 사춘기의 위기. 이 시기에 젊은이들은 세상을 변화시키고 기존 질서를 파괴하고 싶어 한다. 그들은 반항적인 모든 것, 이를테면 격렬한 음악, 낭만적인 태도, 독립에 대한 욕구, 소외된 청소년 집단과의 결합, 아나키스트적 가치의 수용, 낡은 가치에 대한 철저한 경멸 등에 이끌린다. 이 시기는 가정이라는 고치로부터 벗어나는 것으로 끝난다.

21세에서 28세까지: 사회에 편입. 반항 다음의 안정화. 세계를 파괴하는 데에 이르지 못한 젊은이들은 앞선 세대보다 더 잘해 보겠다는 의지를 가지고 세계에 통합된다. 그들은 부모의 직업보다 더 좋은 직업을 찾고, 부모의 삶보다 더 좋은 삶을 추구하며 부모보다 더 행복한 커플을 이루고자 한다. 이 시기에 대부분의 사람들은 하나의 파트너를 골라 가정을 꾸린다. 자기 자신의 고치를 짓는 것이다. 이 시기는 대개 결혼으로 끝이 난다.

296

7년 주기의 순환 (계속)

처음 네 주기가 자기 고치를 짓는 것으로 마무리됨으로써 인간은 7년 주기의 두 번째 순환에 들어간다.

28세에서 35세까지: 가정의 공고화. 결혼과 주택과 자동차에 이어 자녀들이 생기고, 가정 내에 재산이 축적된다. 그런데 만일 처음 네 주기의 삶에 문제가 있었다면, 이 가정은 무너질 수 있다. 예컨대, 만일 첫 번째 주기에서 어머니의 애정을 적절하게 경험하지 못했을 때는, 어머니가 아내와 갈등을 일으킬 수 있다. 만일 두 번째 주기에서 아버지와의 관계에 문제가 있었다면, 아버지가 부부의 삶에 부정적인 영향을 미칠 수 있다. 또 만일 세 번째 주기에서 사회에 대한 반항이 제대로 해결되지 않았을 때는 직장에서 갈등이 생길 가능성이 있다. 35세라는 나이는 종종 제대로 성숙하지 못한 고치가 깨져 버리는 나이이다. 고치가 깨지면 이혼이나 실직, 우울증, 정신 신체 의학적 질병이 나타난다.

35세에서 42세까지: 모든 것을 원점에서 다시 시작해야 한다. 위기는 지나가고, 이제 새로운 고치를 지어야 하는 것이다. 먼저 어머니와 여성에 대한 태도, 아버지와 남성에 대한 태도를 재검토해야 한다. 이혼한 사람들은 이 시기에 애인을 발견한다. 그들은 이제 결혼에서가 아니라 자기의 파트너에게서 자기가 정확하게 무엇을 기대하는지를 파악하려고 노력한다. 또한 이 시기에는 사회에 대한 태도도 재검토해야 한다. 직장 생활에 실패한 사람들은 이제 안정성을 생각해서가 아니라 자기의 관심이나 그 직업이 허용하는 여가 시간을 생각해서 직업을 선택한다. 첫 번째 고치가 깨지고 나면, 사람들은 언제나 가능한 빨리 두 번째 고치를 지으려는 경향이 있다. 이 경우에 만일 첫 번째 고치를 깨지게 했던 요소들을 적절하게 제거한다면, 예전과 비슷한 고치가 아니라 한결 개선된 고치를 지을 수 있게 된다. 그러나 만일 과거의 실패가 어디에서 기인한 것인지를 이해하지 못한다면, 결국은 똑같은 고치를 지어 똑같은 실패에 이르고 말 것이다.

42세에서 49세까지: 사회의 정복. 더욱 건전하고 견실한 두 번째 고치를 짓고 나면, 사람들은 가정과 일과 자아실현이라는 측면에서 충만함을 경험할 수 있다. 이런 승리는 다음과 같은 두 가지 행동 중의 하나로 이어진다. 첫째는 물질적인 성공의 표시, 즉 더 많은 돈, 더 많은 안락함, 더 많은 자녀들, 더 많은 애인들, 더 많은 권력 등에 욕심을 내면서 자기의 고치를 끊임없이 확대하고 풍요롭게 만드는 것이다. 둘째는 새로운 정복지인 정신의 영역으로 뛰어듦으로써 자기 인격의 진정한 완성을 도모하기 시작하는 것이다. 이 시기는 정체성의 위기, 즉 다음과 같은 실존적인 질문들을 제기하는 것으로 끝난다. 나는 왜 여기에 있는가? 나는 왜 사는가? 내 삶에 의미를 부여하려면 나는 무엇을 해야 하는가?

49세에서 56세까지: 정신적인 혁명. 사람들은 자기 고치를 짓는 데 성공하고 가정과 일을 통해 자아를 실현하게 되면 자연스럽게 마지막 모험인 정신 혁명을 시작한다. 완전한 지혜에 도달하려는 이 정신적인 탐색은 만일 집단의 안일함이나 기존 사상의 편의성에 빠져 들지 않고 정직하게 수행된다면, 여생을 다 바쳐야 하는 기나긴 여정이 될 것이다.

주1: 인생은 나선형으로 계속 발전해 간다. 사람들은 마치 윷판의 말들이 돌고 돌듯이 7년마다 똑같은 칸들(즉, 어머니에 대한 태도, 아버지에 대한 태도, 사회에 대한 태도, 자기 가정을 꾸리는 일에 대한 태도 등)을 다시 거쳐 가면서 한 단계씩 올라간다.

주2: 때때로 어떤 사람들은 일부러 실패를 해서 주기를 다시 시작하기도 한다. 그럼으로써 그들은 구도(求道)의 단계로 넘어가야 하는 때를 늦추거나 회피한다. 본격적으로 자기 자신과 대면해야 하는 것이 두렵기 때문이다.

297

무기

사랑을 검으로, 유머를 방패로.

298

바보들의 결탁

1969년에 존 케네디 툴은 『바보들의 결탁』이라는 책을 썼다. 이 제목은 조너선 스위프트의 다음과 같은 말에서 착상된 것이다. 〈어떤 진정한 천재가 이 세상에 나타났음은 바보들이 단결해서 그에 맞서는 걸 보면 알 수 있다.〉

툴은 자기 소설을 출간해 줄 출판사를 찾다가 실패하자, 지치고 낙담하여 서른 두 살에 자살을 선택했다. 그의 어머니는 아들의 시신 발치에서 그 원고를 발견했다. 어머니는 원고를 읽어 보고 나서 자기 아들이 인정을 받지 못한 것은 부당하다고 생각했다. 그리하여 어떤 출판사를 찾아가 사무실에서 농성을 벌였다. 그녀는 샌드위치만 먹어 가며 뚱뚱한 몸으로 사무실의 출입구를 막았다. 사장은 자기 사무실에 드나들 때마다 힘겹게 그녀를 넘어 다녀야 했다. 사장은 그 농성이 오래가지 않으리라고 확신했다. 하지만 툴의 어머니는 끈질기게 버텼다. 출판사 사장은 결국 두 손을 들고 그 원고를 읽어 보겠다고 약속했다. 그러면서 그는 원고가 좋지 않다고 판단되면 출간하지 않겠다고 미리 쐐기를 박았다.

그는 원고를 읽어 보고 대단히 훌륭하다고 생각해서 그것을 출간하였다. 그 해에 『바보들의 결탁』은 퓰리처상을 받았다.

이 이야기는 여기서 끝나지 않는다. 1년 후 이 출판사에서 존 케네디 툴의 새 소설 『네온의 성서』가 출간되었고, 나중에 그것을 토대로 영화가 만들어진다. 그 다음 해에는 세 번째 소설이 출간된다.

자기의 유일한 소설을 출간해 줄 출판사를 찾지 못해서 자살한 사람이 어떻게 계속 소설을 낼 수 있었던 것일까? 그 사정은 이러하다. 그 출판인은 존 케네디 툴이 살아 있을 때 그를 발견하지 못한 것이 너무나 아쉬웠던 나머지, 툴의 책상 서랍을 뒤져 거기에 있던 모든 것을 출간하였다. 단편소설은 물론이고 학창 시절의 작문까지도.

299

실화와 설화

학교에서 가르치는 역사는 왕들의 역사고 전쟁과 도시의 역사다. 하지만 그것은 유일한 역사가 아니다. 1900년까지 세계 인구의 3분의 2 이상은 도시 밖에서, 즉 농촌과 숲과 산과 바닷가에서 살았다. 전투들은 전체 인구의 아주 작은 부분하고만 관계가 있었다.

하지만 역사는 기록을 요구하고, 기록자는 대개 사관(史官)이나 지배자의 명령을 받는 사가(史家)였다. 그들은 왕이 이야기하라고 하는 것만 이야기했고, 왕의 관심사인 전투와 왕가의 혼인과 왕위 계승의 문제 등에 대해서만 기록했다.

농촌의 역사는 거의 무시되었다. 기록자를 둘 수도 없고 직접 쓸 줄도 모르는 농부들은 자기들이 겪은 일을 구비(口碑)의 형태로, 이를테면 민담이나 전설이나 노래나 격언이나 농담의 형태로 전승하였다.

공식적인 역사는 인류의 진화에 관한 다윈주의적 관점, 즉 유능한 자는 선택되고 무능한 자는 사라진다는 관점을 우리에게 제안한다. 이런 관점에서 보면 오스트레일리아의 원주민과 아마조니아 숲의 주민들, 아메리카 인디언, 파푸아 사람들은 역사적으로 잘못을 범한 것이다. 군사적으로 약자였기 때문이다. 하지만 이른바 원시 부족이라 불리는 이들은 그들의 설화와 사회 조직과 의술 등을 통해 우리에게 많은 것들을 가져다줄 수 있다. 미래에 우리가 행복해지는 데 우리에게 부족한 것들을 말이다.

300
대구의 돌연변이

최근에 대단히 빠른 돌연변이를 보이는 대구의 한 종(種)이 발견되어 연구자들을 놀라게 했다. 차가운 물에 사는 이 종은 따뜻한 물에서 편안하게 사는 종들보다 훨씬 많이 진화한 것으로 나타났다. 이 대구들은 차가운 물에 살면서 온도 때문에 스트레스를 받다 보니 특별한 생존 능력이 발휘된 것이 아닌가 생각된다.

그와 마찬가지로 3백만 년 전에 인류는 고도의 생존 능력을 발전시켰다. 하지만 이 능력은 온전히 발휘되고 있지 않다. 이제는 쓸모가 없어졌기 때문이다. 그렇다고 이 능력이 사라진 것은 아니다. 현대의 인간에게는 유전자 속에 감춰진 엄청난 능력이 있다. 다만 그것들을 일깨울 필요를 느끼지 않아서 다시 개발하고 있지 않을 뿐이다.

301
실재

〈실재란 우리가 더 이상 그것이 존재한다고 믿지 않아도 계속해서 존재하는 어떤 것이다〉라고 미국 작가 필립 K. 딕은 말한 바 있다. 이 세상 어딘가에는 인간의 모든 선입견과 도그마와 미신과 기계적인 해석을 초월하는 객관적인 실재가 있을 것임에 틀림없다. 그런 실재에 다가가려고 노력하는 것은 즐거운 일이다.

302

슈뢰딩거의 고양이

어떤 사건들은 단지 그것들이 관찰되기 때문에 발생한다. 그것을 볼 사람이 아무도 없다면 그 사건들은 존재하지 않을 것이다. 이것이 바로 〈슈뢰딩거*의 고양이〉라는 실험이 지닌 의미다.

고양이 한 마리가 밀폐된 불투명 상자 안에 갇혀 있다. 어떤 장치를 이용해 고양이를 죽일 만큼 강력한 전기를 우연에 맡기는 방식으로 내보낸다. 자, 이제 기계를 작동시키다가 멎게 한다. 그 장치에서 치명적인 전기가 방출되었을까? 고양이는 아직 살아 있을까?

고전 물리학자 입장에서 보면, 그와 같은 질문에 대한 답을 아는 방법은 상자를 열어서 보는 것이다. 양자 물리학자의 입장에서는 고양이가 50퍼센트는 죽어 있고 50퍼센트는 살아 있다고 보는 것을 받아들일 수 있다. 따라서 상자가 열리지 않

• Erwin Schrödinger(1887~1961). 오스트리아의 물리학자. 파동 역학 이론을 확립하는 한편, 생물 물리학적 연구를 통해『생명이란 무엇인가』를 펴냈으며,『과학과 휴머니즘』같은 계몽서도 썼다. 1933년 디랙과 공동으로 노벨 물리학상을 받았다.

는 한 그 안에는 살아 있는 고양이의 반이 담겨 있는 것이다.

하지만 양자 물리학에 관한 그런 토론과는 별도로 고양이가 살아 있는지 죽어 있는지를 아는 피조물이 하나 있다. 그건 바로 고양이 자신이다.

303

질문

〈믿느냐, 믿지 않느냐 그것은 전혀 중요하지 않다. 중요한 건 스스로에게 점점 더 많은 질문을 던지는 것이다.〉

304

생명의 의미

세상 만물의 목적은 진화하는 것이다.

태초에 0, 즉 허공이 있었다.

그 허공이 진화하여 물질이 되었다. 그럼으로써 1, 즉 광물이 생겨났다.

그다음에 광물이 진화하여 살아 있는 존재가 되었다. 그럼으로써 2, 즉 식물이 생겨났다.

그다음에 식물이 진화하여 움직이는 존재가 되었다. 그럼으로써 3, 즉 동물이 생겨났다.

그다음에 동물이 진화하여 의식을 가지게 되었다. 그럼으로써 4, 즉 인간이 생겨났다.

그다음에 인간이 진화하여 의식이 인간으로 하여금 지혜에 도달할 수 있게 해주었다. 그럼으로써 5, 즉 영적인 인간이 생겨났다.

그다음에 영적인 인간이 진화하여 물질에서 해방된 순수한 정신이 되었다. 그럼으로써 6, 즉 천사가 생겨났다.

305
관점

여기 우스갯소리가 하나 있다.

〈어떤 남자가 병원에 갔다. 그는 운두가 높은 모자를 쓰고 있었다. 그는 자리에 앉아 모자를 벗었다. 의사는 머리털이 빠진 환자의 머리통에 개구리 한 마리가 올라앉아 있는 것을 보았다. 가까이 가서 살펴보니 개구리는 살갗에 완전히 달라붙어 있는 것 같았다. 의사가 놀라서 물었다.

「이게 붙어 있은 지 오래됐습니까?」

그러자 남자가 아닌 개구리가 대답했다.

「참 희한한 일이지요, 선생님? 이게 처음엔 내 발 밑에 난 작은 종기일 뿐이었는데, 이렇게 커졌으니 말입니다.」

이 농담은 관점의 차이가 어떠한 것인지를 잘 보여 주고 있다. 우리는 이따금 어떤 사건을 분석함에 있어, 자명해 보이는 어떤 하나의 관점에만 얽매임으로써 그릇된 판단을 하곤 한다.

306
놓아 버리기

놓아 버리기는 댄 밀먼이 말한 지혜에 이르는 세 가지 길, 즉 해학, 역설, 변화 중의 하나와 관계가 있다. 즉, 놓아 버리기는 〈버림으로써 얻는다〉는 뜻을 함축함으로써 역설의 개념과 통한다.

누구나 경험하는 것이지만, 어떤 것을 더 이상 원하지 않을 때 그것이 오는 경우가 있다. 인간의 체념은 천사들에겐 휴식이 된다. 천사들은 인간들이 더 이상 무언가를 간청하지 않을 때 비로소 편안하게 일할 수 있다.

놓아 버리기에는 많은 장점이 있다. 진짜 큰 행복은 자기의 기대 수준을 훨씬 뛰어넘는 일들이 벌어질 때 얻어진다. 우리 천사들은 늘 산타클로스 같은 노릇을 한다. 전기 기차를 갖고 싶어 하는 사람들은 전기 기차를 받는다. 그러나 아무것도 요구하지 않는 사람들은 훨씬 더 좋은 것을 받을 수 있다. 더 이상 아무것도 요구하지 말라. 그러면 천사들이 당신을 만족시켜 줄 수 있을 것이다.

307
겹겹이 쌓인 카르마

문득 이상한 생각이 하나 떠올랐다. 시간은 어쩌면 선형적인 것이 아니라 층층이 겹쳐지는 것인지도 모른다. 다시 말해서, 꼬리에 꼬리를 물고 이어지는 것이 아니라, 이탈리아 요리 라자냐처럼 겹겹이 쌓이는 것일지도 모른다는 것이다. 그런 경우라면, 우리는 하나의 삶을 산 뒤에 다른 삶을 사는 것이 아니라 여러 삶을 동시에 살게 된다.

우리는 어쩌면 미래와 과거의 각기 다른 시대에서 천 겹의 삶을 동시에 살고 있는지도 모른다. 그렇다면 우리가 퇴행을 통해서 만나는 것은 전생이 아니라 바로 그 평행한 삶들인 셈이다.

제9장

개미 혁명

$1 + 1 = 3$

(어쨌든, 나는 그렇게 되기를 간절히 희망한다.)

— 에드몽 웰스

308
지각의 차이

우리는 세계에 존재하는 모든 것을 지각하는 것이 아니라 우리가 지각할 준비가 되어 있는 것만 지각한다. 어떤 생리학 실험을 위해 갓 태어난 고양이들을 수직 무늬로 내벽을 장식한 작은 방 안에 집어넣었다. 뇌의 형성이 끝나는 시기가 지난 뒤에, 고양이들을 그 방에서 꺼내어 이번에는 수평선으로 내벽을 장식한 방 안에 넣어 보았다. 수평으로 그어 놓은 그 선들은 먹이를 감춰 놓은 장소나 출구가 있는 곳을 가리키는 것이었다. 그런데, 수직 무늬의 방에서 자란 그 고양이들은 단 한 마리도 먹이를 먹거나 밖으로 빠져나오지 못했다. 그들이 자란 환경 때문에 그들의 지각이 수직적인 현상에 제한되어 버린 것이다.

우리의 지각에도 그런 제한이 있다. 우리는 어떤 현상이나 사건들을 이해하지 못한다. 어떤 한 가지 방식으로만 사물을 지각하도록 조건 지어져 있기 때문이다.

309
역설수면

우리는 밤마다 잠을 자는 동안 〈역설수면〉*이라는 특이한 단계를 거친다. 그 단계는 15분에서 20분 정도 지속되며, 중단되었다가 한 시간 반쯤 지나서 더 길게 다시 찾아온다. 그런 수면 상태를 그렇게 명명한 사람은 리옹 분자 몽학 연구소의 미셸 주베 교수였다. 그 단계를 왜 〈역설적〉이라고 하는 걸까? 그것은 가장 깊은 잠에 빠져 있으면서도 격렬한 신경 활동을 보이는 모순적인 상황 때문이다.

아기들의 수면은 역설수면이 많은 부분을 차지하기 때문에, 아이들은 늘 흥분

• 급속한 안구 운동이 나타난다고 해서 렘 수면이라고도 한다. 렘REM은 급속 안구 운동*rapid eye movement*을 줄인 말이다.

상태에서 밤을 보낸다고 볼 수 있다(아기들의
수면은, 정상 수면 3분의 1, 얕은 수면 3분의 1,
역설수면 3분의 1의 비율로 이루어진다).
그런 흥분 상태에 있을 때, 아기들은 흔히
어른들처럼 이상한 표정을 짓곤 한다.
아기들은 노여움, 기쁨, 슬픔, 두려움, 놀
라움 따위를 담은 갖가지 표정들을 잇달
아 흉내 낸다. 그런 감정들을 전혀 경험
해 보지 못했으면서도 말이다. 나중에 어
른이 되어서 표현하게 될 감정들을 미리 연
습해 두고 있는지도 모를 일이다.

어른의 경우에는, 나이를 먹음에 따라 역설수면
의 단계가 점점 줄어들어 전체 수면 시간에 대한 비율이 10분의 1에서 20분의 1
정도밖에 되지 않는다. 역설수면 과정에서 어른들은 쾌락을 경험하며 남자들의
경우에는 발기가 일어날 수도 있다.

역설수면을 생각하면, 우리는 밤마다 어떤 메시지를 받고 있다는 느낌이 든다.
그것을 알아보기 위해 한 가지 실험이 행해졌다. 한창 역설수면에 빠져 있는 성인
을 깨워 꿈속에서 겪은 일을 이야기해 달라고 부탁했다. 그의 이야기를 들은 다음,
다시 잠들게 두었다가 다음 역설수면의 단계에서 그를 또 흔들어 깨웠다. 그 실험
을 통해 확인한 것은, 피실험자의 이야기는 매번 달랐지만, 거기에는 공통적인 핵
심이 있었다. 마치 방해를 받은 꿈이 똑같은 메시지를 전달하기 위해 다른 방식으
로 되풀이되는 것처럼 보였다.

최근에 연구자들은 꿈에 대해서 새로운 생각을 내놓았다. 그들의 견해에 따르
면, 꿈은 사회생활에서 생기는 정신적 억압을 잊게 해주는 수단이라고 한다. 우리
는 꿈을 꿈으로써 낮 동안에 남들이 우리에게 억지로 주입한 것, 그리고 우리의 뿌
리 깊은 신념과 상충하는 것들을 잊을 수 있게 된다. 꿈은 외부의 모든 억압에서

우리를 해방시킨다. 꿈을 꾸는 한, 우리는 그 어떤 자에게도 완전히 조종당하는 일은 없을 것이다. 꿈은 전체주의에 대한 인간 본성의 제동 장치다.

310
마야의 별점

중앙아메리카의 마야 사회에는 공식적이고 의무적인 점성술이 있었다. 마야 사람들은 아이가 태어나면 그 출생일에 따라서 장차 그 아이가 겪게 될 일들을 예측해서 적은 특별한 책력을 아이에게 주었다. 그 책력에는 언제 일거리를 찾게 되고 결혼은 언제 하며 언제 무슨 사고를 당할 것이고 죽는 날은 언제라는 식으로 아이의 미래가 다 나와 있었다. 갓난아기 때부터 어른들이 그것을 되풀이해서 읊어 주기 때문에, 아이도 그 내용을 외워 노래처럼 읊조리면서 자기 삶이 어떻게 전개되리라는 것을 알게 되었다.

그 제도는 별문제 없이 원만하게 운용되었다. 마야의 점성술사들이 자기들의 예측이 빗나가지 않도록 적절한 조치를 취해 놓았기 때문이었다. 예를 들어, 어떤 젊은이의 책력에 적힌 가사 중에 모년 모월 모일에 이러이러한 처녀를 만나게 되리라는 말이 있으면, 그 만남이 실제로 이루어졌다. 그 처녀의 별점 노래에도 그와 똑같은 구절이 들어 있기 때문이었다. 그런 식의 일치는 사업 분야에서도 마찬가지로 이루어졌다. 예컨대, 어떤 사람의 노랫말에 언제 집을 사게 되리라는 구절이 있으면, 그 집을 팔 사람의 노래에는 그날 집을 꼭 팔아야 한다고 되어 있었다. 또 어느 날짜에 싸움이 벌어지리라는 예언이 있으면, 그 싸움에 가담할 사람들이 이미 오래전부터 그 날짜를 알고 있는 터라 실제로 싸움이 벌어졌다.

그런 식으로 모든 게 아주 잘 돌아갔고, 그 제도는 저절로 공고해졌다.

전쟁조차 날짜가 예고되고 전투의 내역이 미리 숙지되었다. 사람들은 승리자가 누구라는 것도 싸움터에 부상자 몇 명 사망자 몇 명 쓰러져 있게 되리라는 것도 알고 있었다. 만일 사망자 수가 예견과 정확히 맞아떨어지지 않는 경우가 생기면, 포로들을 희생시켜서라도 그 수를 맞추었다.

물론 그 별점 노래가 삶을 편리하게 만들어 주는 면도 있었다. 삶에 우연적인 요소가 개입될 여지가 전혀 없었기 때문에 아무도 내일을 두려워하지 않았다. 점성술사들이 각각의 인생 경로를 분명히 제시해 놓았기에 사람들은 저마다 자기 삶뿐만 아니라 남들의 삶까지도 어디로 나아가리라는 것을 알고 있었다.

마야인들의 별점은 세계의 종말이 오는 순간을 예언하는 데서 그 절정을 이루었다. 세계의 종말은, 세계의 다른 한쪽에서 그리스도 기원이라고 부르는 이른바 서력기원의 열 번째 세기에 오기로 되어 있었다. 마야의 점성술사들이 모두 똑같은 시간을 세계 종말의 정확한 시간으로 예언했다. 그 전날이 되자, 사람들은 그 재앙을 감수하기보다는 도시에 불을 지르고 가족을 제 손으로 죽인 뒤에 스스로 목숨을 끊었다. 얼마 안 되는 생존자들만이 불길에 싸인 도시를 떠나 평원의 떠돌이가 되었다.

하지만 이러한 점을 들어 마야 문명을 고지식하고 어수룩한 사람들의 작품으로 생각하는 것은 오산이다. 마야인들은 0이라는 수와 바퀴를 알고 있었고(비록 그런 발견이 유용하게 쓰일 수 있다는 점을 깨닫지는 못했다 해도), 도로를 건설하기도 했다. 18개월 체계로 이루어진 그들의 태양력은 현재 우리가 사용하는 것보다 더 정확했다.

16세기에 스페인인들이 유카탄반도에 침입하였을 때, 그들은 마야 문명을 멸망시키려고 그다지 애를 쓸 필요가 없었다. 이미 오래전에 그 문명이 스스로 파멸되었기 때문이었다. 그렇지만, 오늘날에도 스스로를 마야의 먼 후손이라고 주장하는 인디오들이 남아 있다. 〈라칸돈〉이 바로 그들이다. 이상하게도 그 라칸돈의 아이들은 인생의 모든 사건들을 나열하는 옛 노래를 흥얼거리고 있다. 그러나 이제 그 노래의 정확한 의미를 아는 사람은 아무도 없다.

311

그린란드

두 문명이 만나는 순간은 언제나 까다롭다.

1818년 8월 10일, 영국 극지 탐험대의 대장인 존 로스 선장이 그린란드의 원주민, 곧 이누이트(그들을 우리는 흔히 에스키모라고 부르지만 그들 자신은 스스로를 이누이트라고 한다. 에스키모는 〈물고기를 날로 먹는 사람〉이라는 뜻이어서 다소 경멸의 뜻을 담고 있음에 반해, 이누이트는 〈인간〉을 뜻한다)를 처음 만났을 때의 일이다. 이누이트들은 이 세계에 인간은 자기들뿐이라고 믿고 있던 터였고, 그들 가운데 가장 나이 많은 이누이트가 막대기를 흔들며 떠나라는 신호를 보내는 상황에서는 누구나 최악의 경우를 우려했을 법하다.

존 로스 선장은 마침 존 삭셰우스라는 통역자를 대동하고 있었다. 그 통역자는 남그린란드 출신으로 서툰 영어로나마 영국인들과 의사소통을 할 줄 알았다. 이누이트들이 적대적인 태도를 보이자, 이 통역자가 재치를 발휘하여 자기가 들고 있던 칼을 얼른 땅바닥에 던졌다. 처음 만난 사람의 발밑으로 자기 무기를 던져 버리는 것을 본 이누이트들은 어리둥절해졌다. 그들은 그 칼을 집어 들더니, 자기들의 코를 잡고 소리를 지르기 시작했다. 삭셰우스도 재빨리 그들과 똑같은 동작을 취했다.

그것이 가장 어려운 고비였다. 그 고비를 넘기고 나니 만사형통이었다. 사람들은 어떤 사람이 자기와 똑같이 행동하면 그를 죽이려 하지 않는 법이다.

가장 나이 많은 이누이트가 다가와 삭셰우스의 면 셔츠를 더듬어 보더니 그렇게 얇은 모피는 무슨 동물의 가죽으로 만드느냐고 물었다.

그 물음에 삭셰우스가 그럭저럭 대답을 하고 나자, 노인이 또 물었다.

「당신들은 달에서 왔소, 아니면 해에서 왔소?」

지구에 자기들 말고 다른 사람들은 없다고 믿고 있던 이누이트들은 다른 가능성을 생각할 수가 없었다.

삭셰우스는 마침내 영국 장교들을 만나도록 그들을 설득하는 데 성공했다. 이 누이트들은 영국인들의 배에 올라갔다. 그들은 먼저 돼지를 발견하고 겁에 질렸다. 그런 다음 영국인들이 거울을 보여 주자 이누이트들은 거울에 비친 자기들의 모습을 보며 즐거워했다. 시계를 보여 주자 먹을 수 있느냐고 물었다. 비스킷을 한 입 먹어 보더니, 그들은 역겨워하면서 도로 뱉어 냈다. 이윽고, 이누이트들은 우호의 표시로 그들의 주술사를 불렀다. 주술사는 신령들에게 영국 배에 있을지도 모를 모든 악귀들을 쫓아내 달라고 빌었다.

그다음 날 존 로스는 이누이트의 땅에 영국 깃발을 꽂았고, 이누이트의 영토와 모든 자원을 가로챘다. 이누이트들은 그런 사실을 미처 깨닫지 못했지만 한 시간 만에 그들은 영국 왕의 신민이 되고 만 거였다. 일주일 후에 이누이트의 나라는 세계 지도 위에 테라 인코그니타(미지의 땅)라는 말을 대신해서 나타나게 되었다.

312

예측 불허의 전략

관찰력과 논리력을 갖춘 사람이라면 인간이 짜내는 그 어떤 전략이라도 예측할 수가 있다. 그러나 예측이 불가능한 전략을 짜는 방법이 없는 것은 아니다. 결정 과정에 우연적인 메커니즘을 도입하면 된다. 예컨대, 주사위를 던져서 나오는 점의 수효를 보고 다음 공격을 어느 방향으로 할 것인지를 결정하는 것과 같은 식으로 말이다.

전체적인 전략에 약간의 우연적인 요소를 집어넣는 것은 기습 효과를 얻을 수 있게 해줄 뿐만 아니라, 중요한 결정의 바탕이 되는 논리를 비밀로 간직할 수 있게도 해준다. 주사위를 던져서 어떤 결과가 나올지는 아무도 모르기 때문이다.

물론 전쟁 중에 다음 작전의 선택을 우연의 장난에 맡길 만큼 대담한 장군은 거의 없다. 장군들은 자기들의 지략만으로 충분하다고 생각한다. 그러나 주사위야말로 적을 불안에 빠뜨리는 가장 훌륭한 수단이다. 주사위를 이용하게 되면, 적은 비밀을 알 수 없는 어떤 해괴한 메커니즘에 압도당한 기분을 느끼면서 갈피를 못 잡고 두려움에 사로잡힌 채 대응해 올 것이고, 그렇게 되면 이쪽에서는 적의 전략을 손금 보듯 훤히 들여다볼 수 있게 될 것이다.

313

빵 만드는 법

빵을 만드는 방법은 이러하다. 그것을 잊고 사는 사람들을 위해 여기에 소개한다.

재료

밀가루 6백 그램, 마른 효모 한 갑, 물 한 컵, 설탕 두 작은술, 소금 한 작은술, 버터 약간.

만드는 법

효모와 설탕을 물에 넣고 반시간 동안 놓아둔다. 그러면 잿빛을 띤 진한 거품이 우러난다. 넓적한 그릇에 밀가루를 붓고 소금을 넣은 다음, 가운데를 오목하게 파고 거기에 효모와 설탕 녹인 물을 따른다. 따르면서 밀가루가 엉기지 않도록 거품기 따위로 잘 저어야 한다. 뚜껑을 덮고 그릇을 바람이 통하지 않는 따뜻한 곳에 15분 동안 놓아둔다. 이상적인 온도는 섭씨 27도지만, 그 온도를 정확히 맞추기가 어려울 때는 그보다 낮은 편이 낫다. 온도가 너무 높으면 효모가 죽어 버리기 때문이다. 반죽이 부풀어오르면 양손으로 조금 주무른다. 그런 다음 반죽을 다시 30분 동안 부풀린다. 그리고 나면 반죽을 구울 수 있다. 구울 때는 오븐이나 잿불에 넣고 한 시간 동안 굽는다.

314

아기의 애도

아기는 생후 8개월이 되면 특유의 불안감
을 경험하게 된다. 소아과 의사들은 그것을
〈아기의 애도(哀悼)〉라고 부른다. 어머니가
자기 곁을 떠날 때마다 아이는 어머니가 다
시는 돌아오지 않으리라고 생각한다. 어머
니가 죽었다고 믿는 아이는 울음을 터뜨리고 심한 불안감을 드러낸다. 어머니가
돌아와도 아기는 어머니가 또 떠날 것을 걱정하며 다시 불안감에 빠진다.

그 나이에 아기는 세상에 자기가 통제할 수 없는 일들이 벌어지고 있다는 것을
깨닫는다. 〈아기의 애도〉는 자기가 세계로부터 독립되어 있다는 것을 의식함으로
써 생기는 것이라고 볼 수 있다. 〈내〉가 나를 둘러싸고 있는 모든 것과 다르다는 사
실은 참을 수 없는 슬픔이다. 아기는 엄마와 자기가 떼려야 뗄 수 없이 결합되어
있는 것이 아니어서, 자기 혼자 남게 될 수도 있고, 엄마 아닌 낯선 사람들 — 아기
에겐 엄마 아닌 모든 사람, 경우에 따라서는 아빠, 할아버지, 할머니까지 모두 낯
선 사람일 수 있다 — 과 관계를 맺어야 할 때도 있음을 깨닫는 것이다.

아기는 생후 18개월이 지나서야 어머니와의 일시적인 이별을 범상한 일로 받아
들일 수 있게 된다.

아기가 나중에 어른이 되어 노년에 이르기까지 경험하게 될 그 밖의 많은 불안
— 고독에 대한 두려움, 소중한 존재를 잃을지도 모른다는 불안, 적대적인 이방인
과 마주칠 때의 공포 따위 — 의 대부분은 맨 처음 겪는 이 고통의 연장선 위에 있
게 될 것이다.

315

본원적인 의사소통

13세기에 신성 로마 제국의 황제 프리드리히 2세는 인간이 타고 나는 〈자연 그대로의〉 언어가 어떤 것인지를 알기 위해 한 가지 실험을 했다. 그는 아기 여섯 명을 영아실에 넣어 놓고, 유모들에게 아기들을 먹이고 재우고 씻기되 절대로 아기들에게 말을 하지 말라고 명령했다. 프리드리히 2세는 그 실험을 통해 아기들이 외부의 영향을 전혀 받지 않은 상태에서 자연스럽게 선택하는 언어가 어떤 것인지를 알아내고 싶어 했다. 그는 그 언어가 그리스어나 라틴어가 되리라고 생각했다. 그가 보기엔 오로지 그것들만이 순수하고 본원적인 언어들이었던 것이다. 그러나, 그 실험은 황제가 기대한 결과를 보여 주지 않았다. 어떤 언어로든 말을 하기 시작하는 아기가 하나도 없었다. 뿐만 아니라, 여섯 아기들 모두 날로 쇠약해지다가 결국은 죽고 말았다.

아기들이 생존하는 데는 의사소통이 반드시 필요하다. 젖과 잠만으로는 충분치 않다. 커뮤니케이션은 사람이 살아가는 데 없어서는 안 되는 요소다.

316

동화(同化)의 방법

우리의 의식은 우리 마음의 표면에 떠오른 부분이라고 할 수 있다. 우리 마음은 표면에 떠오른 10퍼센트의 의식과 심층에 잠겨 있는 90퍼센트의 무의식으로 이루어져 있다.

우리가 누군가에게 말을 할 때는, 그 10퍼센트의 의식이 상대의 마음을 차지하는 90퍼센트의 무의식에 전달되도록 해야 한다. 그러기 위해서는 하나의 장벽을 통과해야 한다. 이쪽에서 보낸 메시지가 상대방의 무의식으로까지 내려가는 것을 방해하는 의심이라는 여과 장치가 바로 그 장벽이다.

상대방의 버릇을 그대로 흉내 내는 것도 그 장벽을 통과하는 방법 중의 하나다. 식사 때에 특히 그런 버릇들이 잘 나타나므로 그 시간을 잘 이용할 필요가 있다. 맞은편에 앉은 상대를 잘 살피고 있다가, 그 사람이 말을 하면서 턱을 문지르면 당신도 턱을 문지르고, 그 사람이 손가락으로 감자튀김을 집어먹으면 당신도 그렇게 하고, 그가 냅킨으로 입을 자주 닦거든 당신이 똑같이 해보라.

또 상대가 말을 할 때 당신 눈을 바라보는지, 음식을 먹으면서 말을 하는지 안 하는지, 빵에 손을 대는지 안 대는지도 살펴보라. 밥을 먹을 때와 같은 가장 허물 없는 순간에 상대의 버릇을 그대로 따라 한다는 것은 다음과 같은 무의식적인 메시지를 자동적으로 전달하는 것이 된다. 〈나는 당신과 같은 부류에 속하는 사람입니다. 우리는 똑같은 버릇을 가지고 있으니 아마 교육받은 것도 생각하는 것도 같을 것입니다.〉

317

황금비

선분을 가장 아름답게 나누는 비, 즉 황금비(黃金比)는 물체에 신비한 힘을 부여함으로써 훌륭한 건축과 회화와 조각을 가능하게 해주는 하나의 비율이다.

쿠푸 왕의 피라미드, 솔로몬 신전, 파르테논 신전, 대부분의 로마네스크식 성당 등은 부분적으로 이 황금비에 따라 지어졌다. 르네상스 시대의 많은 그림들 역시

이 비율을 엄격히 따르고 있다.

그 비율을 지키지 않고 지은 건축물은 결국 붕괴되고 만다는 주장도 있다.

황금비는 $\dfrac{1+\sqrt{5}}{2}$ 즉, 1.6180339……이다.

수천 년의 신비가 담긴 이 수는 순전히 사람의 상상력에서 나온 것만은 아니다. 자연에서도 우리는 황금비를 발견할 수 있다. 예를 들어, 나뭇잎들이 서로에게 그늘을 만들지 않도록 떨어져 있는 거리와 나뭇잎의 길이가 황금비를 이루고 있고, 사람의 몸에 있는 배꼽도 이 비율에 따라서 그 위치가 정해져 있다.

318
알

새의 알은 자연이 빚어낸 걸작 가운데 하나다. 먼저, 알껍데기의 얼개가 얼마나 정교한지 살펴보자. 알 껍질은 삼각형의 금속염 결정으로 이루어져 있다. 그 결정들의 뾰족한 끝은 알의 중심을 겨누고 있다. 그래서, 외부로부터 압력을 받으면 결정들이 서로 끼이고 죄이면서 알 껍질의 저항력이 한결 커진다. 로마네스크식 성당의 둥근 천장이나 입구를 이루는 아치처럼, 압력이 세면 셀수록 구조는 더욱 견고해지는 것이다. 그와 반대로, 압력이 내부로부터 올 때는 삼각형 결정들이 서로 떨어지면서 얼개 전체가 쉽게 무너진다.

이렇듯, 알 껍질은 밖으로부터 오는 힘에 대해서는 알을 품는 어미의 무게를 견딜 수 있을 만큼 단단하고, 안으로부터 오는 힘에 대해서는 새끼가 쉽게 깨고 나올 수 있을 만큼 약하다.

새의 알은 또 다른 특장(特長)들을 보여 준다. 새의 알눈이 완전하게 성장하기 위해서는 언제나 노른자 위쪽에 놓여 있어야 하는데, 어쩌다 알이 뒤집어지는 경우가 생길 수 있다. 그러나 그것은 전혀 문제가 되지 않는다. 알이 거꾸로 놓여도 노른자의 자리가 변하지 않게 하는 알끈이 있기 때문이다. 즉, 탄력성 있는 두 개의 끈이 노른자를 감아 알막의 양쪽 측벽에 이어 댐으로써 노른자를 매달고 있는 것이다. 알이 움직이는 데에 따라 늘어나기도 하고 줄어들기도 하는 이 알끈이 있기에, 알눈은 마치 오뚝이처럼 언제나 제 위치로 돌아올 수 있게 된다.

새가 알을 낳을 때, 알은 따뜻한 어미 뱃속에서 갑자기 차가운 곳으로 나오게 된다. 그렇게 급격히 냉각되는 과정에서, 붙어 있던 두 알막이 서로 분리되고 그 사이에 공기주머니가 생긴다. 그 공기주머니는 알이 부화하는 몇 초의 짧은 시간 동안 새끼가 숨을 쉴 수 있게 해준다. 그렇게 숨을 쉼으로써 새끼는 알 껍질을 깰 수 있는 힘을 얻고 위급할 때는 삐약 소리를 내서 어미를 부를 수 있는 것이다.

319
미래에 대한 의식

인간이 다른 동물과 다른 점은 무엇일까? 같은 손의 다른 손가락들을 마주 대할 수 있는 엄지손가락이 있다는 점일까? 아니면, 언어? 비대해진 뇌? 직립 자세? 저마다의 관점에 따라서 아주 많은 것들이 제시될 수 있겠지만, 그냥 간단하게 미래에 대한 의식이라고 말해도 무방할 것이다.

동물들은 현재와 과거 속에서 산다. 동물들은 당장 닥친 일을 이미 경험했던 일과 비교한다. 그와 반대로, 인간은 앞으로 일어날 일을 예측하려고 한다. 미래를 제어하고자 하는 이 성향은 아마도 인간이 신석기 시대에 농업에 관심을 갖게 되면서 나타났을 것이다. 그때부터 인간은 우연에 의존하는 식량 획득 방법인 채집과 수렵을 버리고 미래의 수확을 예상하며 씨를 뿌렸다. 미래에 대한 예측은 주관적이어서 사람에 따라 다를 수밖에 없었다. 그래서 사람들은 아주 자연스럽게 그 미래를 설명하기 위한 수단으로 언어를 고안하게 되었다. 미래에 대한 의식과 함께 그것을 표현하기 위한 언어가 생겨난 것이다.

태고 시대의 언어는 미래를 말하기 위한 어휘도 적었고 문법도 지극히 단순했다. 그에 비해 오늘날의 언어는 어휘도 풍부하고 문법도 날이 갈수록 정교해지고 있다.

미래에 대한 예측을 확실히 하기 위해서는 과학 기술이 필요했고, 거기에서 기계의 맹아가 싹텄다.

또 신이란 것도 미래에 대한 의식과 연관해서 생각해 보면, 인간의 통제를 벗어나는 것을 설명하기 위한 이름이라고 할 수 있다. 그러나 과학 기술의 힘으로 인간이 미래를 더욱 잘 통제할 수 있게 되면서 신이 점차 사라지고, 기상학자와 미래학자, 그리고 과학 기술을 이용하여 미래를 예측할 수 있다고 믿는 모든 사람들이 그 역할을 대신하려 하고 있다.

320
사람의 정의

사지가 온전히 발육한 6개월 된 태아는 이미 사람이 되었다고 할 수 있는가? 그렇다고 한다면 3개월 된 태아도 사람인가? 갓 수정을 끝낸 난자도 사람이라고 할 수 있는가? 6개월 전부터 혼수 상태에 빠진 채 의식을 되찾지 못하고 있는 환자, 그렇지만 여전히 심장이 뛰고 허파로 숨을 들이고 내는 식물인간도 여전히 사람인가? 사람의 몸에서 분리되어 영양액 속에 담긴 살아 있는 뇌는 사람인가? 인간의 사고 작용을 그대로 모방할 수 있는 컴퓨터도 사람으로 취급할 수 있을까? 사람과 똑같은 겉모습에 사람의 뇌와 비슷한 뇌를 가진 로봇은 사람인가? 사람의 신체 기관에 생길지도 모를 결함에 대비해서, 대체 기관들을 미리 마련해 둘 목적으로 유전자 조작을 통

해 만들어 낸 복제 인간은 사람인가?

그 어떤 물음에도 분명하게 답하기가 쉽지 않다. 시대가 변하면 사람의 뜻매김도 달라질 수 있기 때문이다. 고대에는 물론이고 중세까지도 여자와 오랑캐와 노예는 사람 취급을 받지 못하였다. 그러나 입법자들에겐 무엇이 사람이고 무엇이 사람이 아닌지를 가려낼 의무가 있다. 그들의 판단을 돕기 위해서는 생물학자, 철학자, 정보 공학자, 유전 공학자, 종교인, 시인, 물리학자들이 함께 머리를 맞대야 하리라. 〈사람〉이라는 말을 정의하기가 점점 더 어려워질 것이기 때문이다.

321
문자와 기호의 힘

고대의 여러 언어, 예컨대 이집트어, 히브리어, 페니키아어 등에는 모음자가 존재하지 않았고 오로지 자음자만 있었다. 모음은 목청을 울리어 울림이 된 공기가 조음 기관의 방해를 받지 않고 자유롭게 흘러나온 소리다. 그 홀소리를 자모로 나타내어 낱말에 음성을 부여하는 것은 그 낱말에 생명을 불어넣는 것이나 마찬가지라고 고대인들은 생각했다.

문자나 기호의 힘에 대한 그런 믿음은 고대 중국인들에게도 있었던 것 같다. 중국의 남북조 시대에 당대의 가장 뛰어난 화가였던 장승요는 어떤 사원에 용을 그려 달라는 부탁을 받았다. 그는 하늘로 금방이라도 날아오를 듯한 완벽한 용을 그렸다. 그런데 용의 눈에 눈동자가 그려져 있지 않았다. 사람들이 그 이유를 묻자, 그는 〈눈동자를 마저 그려 넣으면 용이 날아가 버릴 것이기 때문〉이라고 대답했다. 사람들은 그의 말을 믿지 않고 눈동자를 그려 넣으라고 재촉하였다. 화가는 붓을 들어 용의 눈에 점을 찍었다. 그러자, 그림 속의 용이 정말 날아가 버렸다고 전설은 전하고 있다.

322

마요네즈

한 물질에 다른 물질을 섞는 것은 쉬운 일이 아니다. 그러나, 서로 다른 두 물질을 섞어서 그 둘을 승화시킨 제3의 물질을 만들어 낼 수 있음을 보여 주는 증거가 있다. 마요네즈가 바로 그것이다. 마요네즈를 만드는 방법은 이러하다. 달걀노른자와 겨자를 샐러드 그릇에 넣고 나무 숟가락으로 휘저어 크림처럼 만든다. 기름을 조금씩 따르면서 툽툽한 유화제(乳化濟)처럼 될 때까지 천천히 섞는다. 그런 다음, 식초 20밀리리터와 소금과 후추를 넣는다. 마요네즈를 만들 때 중요한 것은 온도를 잘 맞추는 일이다. 달걀과 기름이 똑같은 온도에서 섞이도록 하는 것이 비결이다. 섭씨 15도가 이상적인 온도이다. 두 재료를 결합시키는 것은 따지고 보면 그것들을 휘저을 때 생기는 작은 기포들이다. 그렇게 해서 1 + 1 = 3이 되는 것이다.

마요네즈를 망쳤을 때는, 잘못 혼합된 노른자와 기름에 찻숟가락 한 술 분량의 겨자를 조금씩 첨가하면서 천천히 저으면 잘못된 것을 고쳐 마무를 수 있다. 이때 주의할 것은 모든 일을 서두르지 말고 서서히 해야 한다는 것이다.

마요네즈 제조법은 회화에도 응용된다. 플랑드르 유화의 그 유명한 비법은 바로 이 마요네즈의 기술에 바탕을 둔 것이다. 15세기에 반 에이크 형제는 완전히 불투명한 물감을 얻기 위해 마요네즈 형태의 유화제를 사용하는 방법을 생각해 냈다. 그러나 오늘날의 회화에서는 물, 기름, 달걀노른자의 혼합물은 더 이상 사용하지 않고, 물, 기름, 달걀흰자의 혼합물을 사용한다.

323

잉카의 사회 변동

잉카 부족들은 결정론을 믿었고 세습적인 계급 제도를 받아들였다. 그들에게는 직업 지도의 문제가 없었다. 농부의 아들은 농부가 되고 무사의 아들은 무사가 되는 것을 당연하게 여겼기 때문이다. 그들은 계급을 세습하는 과정에서 혹시 생길지도 모를 실수를 미연에 방지하기 위해서 아이들의 몸에 금방 알아볼 수 있는 표시를 새겼다. 그 방법은 이러했다. 정수리가 채 굳지 않아서 숨구멍이 발딱거리는 갓난아이의 머리를 나무로 만든 특별한 바이스에 물려 놓는다. 그 바이스는 아이들의 머리통을 원하는 모양으로 만들기 위한 것이다. 예를 들어, 왕의 자식들은 네모지게 무사의 아이들은 세모지게 하는 식이다. 머리통 모양을 주어진 틀에 맞추어 가는 그 공정은 그다지 고통스럽지는 않았다. 번니를 교정하기 위해 치아 보정기구를 달고 다니는 거나 크게 다를 게 없기 때문이다. 아이들의 물렁물렁한 머리통은 나무틀 속에서 단단해진다. 그러고 나면, 설령 왕자가 발가벗은 채 거리에 버려진다 해도 그게 왕자라는 것은 누구나 알아볼 수 있다. 네모꼴의 왕관을 쓸 수 있는 네모진 머리를 가진 아이는 왕자뿐이기 때문이다. 그와 마찬가지로 무사 자식들의 머리통은 세모꼴로 맞추어졌고, 농부 자식들의 머리 모양은 뾰족했다.

그렇듯, 저마다 사회적 계급과 직능을 머리통에 찍고 평생을 살아야 했기 때문에 잉카 사회에는 변동이 일어나지 않았고, 개인적인 야망이 피어날 여지가 없었다.

324
특별하지 않은 삼각형

평범하기가 때로는 비범하기보다 더 어렵다. 삼각형의 경우를 생각해 보면, 그 점이 분명히 드러난다. 삼각형에는 대개 이등변 삼각형, 직각 삼각형, 정삼각형 따위의 이름이 붙어 있다.

정의된 삼각형의 종류가 하도 많아서 특별하지 않은 삼각형을 그리기가 쉽지 않을 정도다. 특별하지 않은 삼각형을 그리자면, 가능한 한 길이가 같은 변이 생기지 않도록 그려야 할 터인데, 그 방법은 확실치 않다. 특별하지 않은 삼각형은 직각이나 둔각을 가져도 안 되고, 크기가 같은 각이 있어도 안 된다. 자크 루브찬스키라는 학자가 진짜 〈이름 없는 삼각형〉을 그리는 방법을 생각해 냈다. 그 방법에 따라 우리는 특별하지 않은 삼각형을 아주 정확하게 그릴 수 있다. 정사각형을 대각선 방향으로 잘라 삼각형 두 개를 만들고, 정삼각형을 높이 방향으로 잘라 역시 삼각형 두 개를 만든다. 정사각형을 잘라 만든 삼각형과 정삼각형을 잘라 만든 삼각형을 나란히 붙여 놓으면 특별하지 않은 삼각형의 한 표본을 얻게 된다. 특별하지 않은 존재가 되는 것이 쉬운 일은 아니다.

325
명상

몸 고생 마음고생으로 하루를 보낸 뒤엔 조용하게 혼자 있는 시간을 갖는 것이 좋다. 그런 시간을 위한 간단한 명상법 하나를 소개하고자 한다.

먼저 등이 바닥에 닿게 누워서 발을 약간 벌린다.

팔을 몸에 붙이지는 말고 몸과 나란하게 쭉 뻗는다. 손바닥은 위를 향하게 놓는다.

명상은 자기 허파 안에 들어오는 공기에 대한 생각으로 시작한다. 그런 다음, 가슴이 열리고 허파 안으로 공기가 들어오는 것을 느껴야 한다.

처음에는 숨을 천천히 들이마시면서, 더러운 피가 다리를 거쳐 발가락으로부터 빠져나가고 허파에 산소가 풍부해지고 있다고 생각한다. 숨을 내쉬면서 산소를 가득 빨아들인 스펀지 같은 허파가 다리에서 발가락 끝에 이르기까지 하반신 구석구석에 깨끗한 피를 분산시키고 있다고 상상한다.

그런 다음, 다시 숨을 들이마시면서 복부 기관의 피를 허파로 빨아들인다고 생각한다. 숨을 내쉬면서 활력이 넘치는 피가 간, 지라, 소화기, 생식기, 근육을 흥건히 적시고 있다는 느낌을 가져야 한다.

세 번째 단계에서는 다시 숨을 들이마시면서 손과 손가락의 혈관을 깨끗한 피로 가신다고 생각한다.

마지막으로 한층 더 깊이 숨을 들이마시면서 뇌의 피를 허파로 빨아들이고 고여 있는 생각들을 모조리 비워 허파로 보낸다. 그런 다음, 활력으로 가득 찬 피와 맑아진 생각을 뇌로 돌려보낸다.

각 단계가 눈으로 보듯 분명하게 느껴져야 하고, 기관의 피를 깨끗하고 활기차게 만드는 것과 호흡을 잘 결합시켜야 한다.

326
작곡 기법: 카논

서양 음악에서 사용하는 작곡 기법의 하나인 카논은 대단히 흥미로운 구조를 보인다. 가장 널리 알려진 예로는 프랑스 민요 「자크 수사(修士)」나 「아침 바람, 상쾌한 바람」 혹은 파헬벨°의 「카논」 등을 들 수 있다.

카논은 단일한 주제를 중심으로 구성된다. 연주자는 그 주제의 모든 측면을 탐색하면서 그 주제를 그것 자체와 대면시킨다. 우선 제1성부(聲部)가 주제를 제시한다. 그런 다음, 정해진 간격을 두고 제2성부가 주제를 되풀이한다. 다시 제3성부

• Johann Pachelbel(1653~1706). 독일의 작곡가이자 오르간 연주자. 건반 악기를 위한 작품들과 성악곡 및 실내악곡들을 남겼다. 오르간을 위한 그의 작품들은 당대의 다양한 미학을 종합했다는 점에서 중요한 의미를 지닌다. 그것들은 작곡 기법이 유연하고 화음이 단순하며 선율이 아름답다는 점이 특징이다. 요한 제바스티안 바흐가 그의 작품에서 영향을 받았다는 점은 부정하기 어렵다.

가 선행 성부를 모방한다. 전체가 순조롭게 진행되기 위해서는 음 하나하나가 다음과 같은 세 가지 역할을 수행할 수 있어야 한다.

기본 선율을 만들어 낼 것.

기본 선율에 반주를 덧붙일 것.

기본 선율과 반주에 또 다른 반주를 덧붙일 것.

말하자면 각 요소가 세 가지 수준을 동시에 갖게 하는 구성이다. 각 요소는 위치에 따라서 주연이 되기도 하고 조연과 단역이 되기도 한다.

음을 추가하지 않고 단지 고음부와 저음부에서 음 높이를 변경하는 것만으로 카논을 정교하게 만들 수 있고, 후속 성부를 반(半) 옥타브 간격으로 시작하는 방법을 통해서도 카논을 정교하게 만들 수 있다. 즉, 선행 성부가 〈도〉로 되어 있으면 후속 성부는 〈솔〉, 선행 성부가 〈레〉로 되어 있으면 후속 성부는 〈라〉가 되게 하는 것이다. 노래의 빠르기에 변화를 주는 것 역시 카논을 정교하게 만들 수 있는 방법 중의 하나이다. 더 빠르게 하는 경우에는, 선행 성부가 선율을 연주하는 동안에 후속 성부는 빠른 속도로 선율을 두 번 되풀이한다. 더 느리게 하는 경우에는, 선행 성부가 선율을 연주하는 동안에 후속 성부는 두 배 더 느리게 선율을 연주한다. 제3성부도 마찬가지 방식으로 주제를 더욱 확대하거나 축소할 수 있을 것이다. 그럼으로써 확장 또는 집중의 효과를 얻게 된다.

또, 선행 성부의 선율을 상하로 자리바꿈하여 모방하는 방법을 통해서도 카논을 정교하게 만들 수 있다. 즉, 주제의 모든 음에 대해 선행 성부가 올라가면 후속 성부는 내려가게 만드는 것이다.

이 모든 것은 선율의 선들을 전장의 화살처럼 시원시원하게 그려 나갈 때 훨씬 더 쉽게 이루어진다.

327

적을 사랑하라

네 적을 사랑하라. 그것이 적의 신경을 거스르는 가장 훌륭한 방법이다.

328

사람을 다루는 기술

사람은 세 부류로 나눌 수 있다. 첫째는 시각적인 언어를 표현의 준거로 삼아 말하는 사람이고, 둘째는 주로 청각적인 언어를 빌려서 말하는 사람이며, 셋째는 육감적인 언어를 많이 구사하는 사람이다.

시각파들은 〈이것 봐요〉라는 말을 자주 한다. 아주 당연한 일이다. 그들은 이미지를 빌려서 말하는 사람들이기 때문이다. 그들은 보여 주고 관찰하며 색깔을 통해 묘사한다. 또, 설명을 할 때는 〈명백하다, 불분명하다, 투명하다〉라는 식으로 말하고, 〈장밋빛 인생〉이라든가 〈불을 보듯 뻔하다〉, 〈새파랗게 질리다〉와 같은 표현을 즐겨 사용한다.

청각파들은 〈들어 봐요〉라는 말을 아주 자연스럽게 한다. 그들은 〈쇠귀에 경 읽기〉나 〈경종을 울리다〉, 〈나발 불다〉처럼 어떤 소리를 상기시키는 표현을 사용해서 말하고, 〈가락이 맞는다〉라든가 〈불협화음〉, 〈귀가 솔깃하다〉, 〈세상이 떠들썩하다〉 같은 말들을 자주 쓴다.

육감파들은 〈나는 그렇게 느껴. 너도 그렇게 느끼니?〉 하는 식의 말을 아주 쉽게 한다. 그들은 느낌으로 말한다. 〈지긋지긋해〉, 〈너무 예뻐서 깨물어 주고 싶어〉, 〈썰렁하다〉, 〈화끈하다〉, 〈열에 받치다〉, 〈열이 식다〉 같은 것이 그들이 애용하는 말들이다.

자기와 대화를 나누는 상대방이 어떤 부류에 속하는지는 그 사람이 눈을 어떤 식으로 움직이는가를 보면 알 수 있다.

어떤 일에 대해 기억을 더듬어 보라고 요구했을 때, 눈을 들어 위쪽을 보는 사람은 시각파이고, 눈길을 옆으로 돌리는 사람은 청각파이며, 자기 내부의 느낌에 호소하려는 듯 고개를 숙여 시선을 낮추는 사람은 육감파다.

대화의 상대방이 어떤 유형에 속하는 사람이든 각 유형의 언어적 특성을 알고 그 점을 참작해서 이야기를 한다면, 상대를 다루기가 한결 용이해진다.

한편 상대방의 언어적 특성을 활용하는 방법에서 한 걸음 더 나아가, 상대의 신체 부위 가운데 한 곳을 골라 그를 조종하는 맥점(脈點)으로 이용하는 방법도 생각해 볼 수 있다. 예를 들어, 〈나는 자네가 이 일을 잘 해내리라고 믿네〉와 같은 중요한 메시지를 전달하는 순간에, 상대방의 아래팔을 눌러 자극을 주는 것이다. 그러면, 매번 그의 아래팔을 다시 눌러 줄 때마다 그는 되풀이해서 자극을 받게 된다. 말하자면 감각의 기억을 활용하는 것이다.

한 가지 조심할 것은 그 방법을 뒤죽박죽으로 사용하면 전혀 효과를 볼 수 없다는 점이다. 예컨대, 어떤 심리 요법 의사가 자기 환자를 맞아들일 때, 〈이런, 가련한 친구 같으니, 보아하니 상태가 별로 나아지지 않은 게로군〉 하고 그를 측은해하면서 어깨를 툭툭 친다고 하자. 만일 그 의사가 환자와 헤어지는 순간에도 똑같은 동작을 되풀이한다면, 그가 아무리 훌륭한 치료를 행했다 한들 환자는 한순간에 다시 불안에 빠지고 말 것이다.

329

달나라 여행

13세기에 중국 송나라에서는 달을 찬미하는 문화적 행위가 크게 유행하였다. 내로라하는 문호와 가객들은 너나없이 하늘에 떠 있는 그 위성을 영감의 원천으로 삼았다.

그 무렵의 송나라 임금 중에는 달에 관해서 모든 것을 알고 싶어 한 이가 있었다. 손수 시를 짓고 글을 쓰기도 했던 그는 달을 너무나 찬미한 나머지 달에 발을 디디는 최초의 인간이 되고 싶어 했다. 그는 신하들에게 명을 내려서 로켓을 만들게 했다.

당시의 중국인들은 이미 화약의 사용법을 아주 잘 알고 있던 터였다. 그들은 임금이 탄 작은 가마 밑에 커다란 폭약을 설치했다. 폭약이 터질 때의 추진력으로 가마를 달까지 쏘아 올리려고 생각했던 거였다. 그 중국인들은 닐 암스트롱이나 쥘 베른의 시대보다 훨씬 앞서서 달 로켓을 만든 셈이었다. 그러나 사전 연구가 너무 부실했던 탓에, 폭약의 심지에 불을 붙이자마자, 불꽃놀이를 방불케 하는 광경이 벌어졌다. 송나라 임금은 휘황하게 작렬하는 그 불꽃 속에서 가마와 함께 산산이 부서졌다.

330

정신권

우리는 완전히 독립된 두 개의 뇌를 가지고 있다. 대뇌의 좌우 반구가 그것이다. 그것들은 저마다 다른 역할을 맡고 있다. 왼쪽 뇌는 모든 것을 숫자로 분석하면서 활동하고, 오른쪽 뇌는 모든 것을 형태로 분석하면서 활동하는 것으로 보인다(말하자면, 전자는 디지털 방식으로 기능하고, 후자는 아날로그 방식으로 기능한다고 할 수 있을 것이다). 동일한 정보를 놓고, 좌우 반구는 서로 다르게 분석하며 때에 따라서 정반대의 결론에 이를 수도 있다.

하지만 둘은 서로 의견의 일치를 보아야 한다. 그러지 않으면 우리는 심각한 정신 장애에 빠질 염려가 있다.

무의식의 담당자이자 조언자인 우반구가 꿈을 매개로 삼아 의식 담당자이자 실행자인 좌반구에게 자기 의견을 말할 수 있는 때는 오로지 우리가 잠잘 때뿐일 것이다. 그것은 부부 사이에서 뛰어난 직감을 가진 아내가 아주 현실주의적인 남편에게 자기 의견을 넌지시 비치는 것에 비유를 할 수 있을 것이다.

〈생명권〉이라는 말을 지어낸 러시아 학자 블라디미르 베리나드스키와 프랑스의 철학자 테야르 드 샤르댕에 따르면, 여성적인 뇌인 우반구는 또 다른 능력을 가지고 있다고 한다. 정신권(精神圈)*에 선을 댈 수 있다는 것이 바로 그 능력이다. 정신권이란 대기권이나 전리층(電離層)처럼 지구를 둘러싸고 있는 일종의 거대한 구름 같은 것이라고 할 수 있다. 그 비물질적인 구름은 인간의 오른쪽 뇌가 발산한 모든 무의식으로 이루어진 것이다. 베르그송이 신이라고 부른 총체적 인간 정신, 위대한 내재적 정신 같은 것도 어쩌면 그것의 다른 이름일지 모른다.

우리 오른쪽 뇌는 밤에 우리가 잠을 자는 동안 정신권의 마그마에 들어가서 인류의 오른쪽 뇌가 발산한 것의 총합인 총체적인 정신에서 정보를 퍼 오는 능력을 가지고 있다는 얘기다. 말하자면 무의식을 담당하는 우리 뇌의 우반구는 원초적인 진짜 정보들이 모여 있는 파장에 연결될 수 있다는 것이다.

우리는 무엇인가를 상상하거나 발명한다고 믿고 있지만, 그건 따지고 보면 우리의 오른쪽 뇌가 정신권에서 퍼 온 것이다. 그런 뒤에 오른쪽 뇌가 왼쪽 뇌에 정보를 전달하면, 정보가 하나의 생각으로 틀이 잡히고 구체적인 행위로 이어지는 것이다.

그런 가정에 따르자면, 화가나 음악가나 소설가는 결국 성능 좋은 전파 수신기에 지나지 않는지도 모른다. 그들은 자기들의 오른쪽 뇌로 집단적인 무의식에서

• *noosphère*. 정신을 뜻하는 그리스어 〈노스 *noos*〉와 구(球), 범위, 권(圈)을 뜻하는 〈스파이라 *sphaira*〉를 합친 말.

정보를 퍼 올리고, 그것을 왼쪽 뇌로 자유롭게 전달할 수 있는 사람들이어서, 정신권에 떠오르는 개념들을 구체적인 작품으로 형상화해 내는 것이 아닐까.

331

옛날에는 정보를 대중으로부터 차단하기 위해 단순하고 노골적인 검열 방법을 사용했다. 체제에 도전하는 서적들을 간행하지 못하게 하는 방법이 그것이다.

그러나 오늘날에는 검열의 양상이 사뭇 달라졌다. 이제는 정보를 차단하지 않고 정보를 범람시킴으로써 검열을 한다. 홍수처럼 쏟아져 나오는 무의미한 정보들 속에서 사람들은 정작 중요한 정보가 어떤 것인지 갈피를 잡지 못한다. 텔레비전 채널이 늘어나고, 프랑스에서만도 한 달에 수천 종의 소설이 쏟아져 나오며, 온갖 종류의 비슷한 음악들이 어느 곳에나 퍼져 나가는 상황에서 혁신적인 움직임이란 나타날 수 없다. 설령 새로운 움직임이 출현한다 해도 대량 생산되는 정보들 속에 묻혀 버리고 만다. 졸작들의 과잉은 독창적인 작품의 출현을 방해하고, 이 범람하는 작품들 중에서 좋은 것을 걸러 내야 할 비평가들조차 더 이상 모든 것을 보고 듣고 읽을 시간이 없다. 그리하여 우리는 이제 텔레비전과 라디오, 신문 등 매체가 늘어나면 늘어날수록 창작의 다양성은 오히려 줄어드는 역설적인 상황을 맞고 있다. 잿빛 단색화 같은 단조로운 풍경이 확대되고 있는 것이다.

332

푸가 기법

푸가는 카논에 비해 한층 발전된 기법이다. 카논에서는 단 하나의 주제를 놓고,

그것이 스스로와 대면할 때 어떤 양상이 빚어지는지를 알기 위해 갖가지 방식으로 〈고문〉을 하지만, 푸가에서는 하나가 아니라 몇 개의 주제가 나타난다.

푸가 중에서 구성이 아름답기로는 요한 제바스티안 바흐의 작품 「음악의 헌정」을 빼놓을 수 없다. 많은 푸가가 그렇듯이, 이 작품도 다 단조로 시작된다. 그런데 마치 아주 뛰어난 마술사가 눈 깜짝할 사이에 재주를 부리기라도 한 것처럼, 어느 틈에 조가 바뀌어 라 단조로 끝을 맺는다. 듣는 사람의 귀가 조바꿈의 순간을 감지하지 못하는 사이에 그런 변화가 일어난 것이다.

그처럼 조성(調性)을 〈도약〉시키는 방식을 사용하기 때문에, 우리는 「음악의 헌정」을 음계의 모든 음에서 무한히 반복할 수 있을 것이다. 〈제왕의 영광도 이와 마찬가지로 조바꿈을 통해서 끝없이 상승한다〉고 바흐는 설명했다.

푸가 중에서 가장 빼어난 작품은 바흐의 「푸가의 기법」이다. 바흐는 죽음을 맞기 직전에 그 작품을 통해서 단순한 것에서 출발하여 더할 나위 없이 복잡한 것으로 나아가는 점진 기법을 일반 대중에게 설명하고 싶어 했다. 그러나 건강이 극도로 나빠지는 바람에(그는 시력을 거의 잃은 상태였다), 한창 열정적으로 하던 작업을 그만두어야 했다. 결국 이 푸가는 미완성인 채로 남게 되었다.

하지만 바흐가 그 작품에 자기 이름의 네 글자 B, A, C, H를 새겨 넣었다는 사실에 주목할 필요가 있다. 즉, 바흐는 그 푸가의 마지막 주제 가운데 하나를 자기 이름을 가지고 만들었다. 음악에서 B는 〈시〉, A는 〈라〉, C는 〈도〉에 해당한다. H는 B와 마찬가지로 〈시〉를 뜻하지만 B가 〈시〉 플랫임에 반해서 H는 그냥 〈시〉를 나타낸다. 결국 BACH를 음으로 나타내면, 〈시〉 플랫, 〈라〉, 〈도〉, 〈시〉가 된다.

바흐는 마침내 자기 음악의 내부로 들어간 셈이다. 그는 자기 음악에 의지하여 제왕들처럼 무한을 향해 올라가고자 했다.

333

미래는 배우들의 것이다

미래는 배우들의 것이다. 배우들은 불의에 맞서 분노하는 시늉을 할 줄 알기에 사람들의 존경을 받고, 사랑하는 시늉을 해서 사람들의 꾐을 받으며, 행복한 모습을 연기할 줄 알기에 사람들의 부러움을 산다. 배우들은 이제 모든 직업에 침투하고 있다.

1980년 미국의 대통령 선거에서 로널드 레이건이 당선된 것은 배우들이 지배하는 세상이 도래하고 있음을 보여 주는 결정적인 사건이었다. 고명한 사상이라든가 통치 능력 따위는 쓸모가 없어지고, 연설문을 작성하기 위한 전문가들을 거느리고 카메라 앞에서 멋진 연기를 하는 것이 더 중요한 세상이 온 것이다.

사실, 현대의 대다수 민주주의 국가에서 유권자들은 더 이상 정강(政綱) 정책에 따라서 후보를 선택하지 않는다(누구나 선거 공약이 종당엔 공약(空約)이 되고 말리라는 것을 뻔히 알고 있다. 현대 국가의 문제를 해결하기 위해서는 모든 정당과 정파의 지혜를 다 합쳐도 모자란다는 것을 느끼고 있기 때문이다). 그 대신, 유권자들은 생김새와 미소, 음성, 옷맵시, 인터뷰할 때의 격식을 차리지 않는 태도, 재치 있는 언변 따위로 후보자를 선택한다.

직업의 모든 분야에서 배우 같은 사람들이 불가항력적으로 우위를 점해 가고 있다. 연기 잘하는 화가는 단색의 화폭을 갖다 놓고도 예술 작품이라고 설득할 수 있고, 연기력 좋은 가수는 시원찮은 목소리를 가지고도 그럴듯한 뮤직 비디오를 만들어 낸다. 한마디로, 배우들이 세상을 좌지우지하고 있다.

문제는, 이렇게 배우들이 우위를 차지하다 보니, 내용보다는 형식이 더 중요해지고 겉치레가 실속을 압도하는 상황이 벌어진다는 데에 있다. 사람들은 이제 무엇을 말하는가에는 별로 주의를 기울이지 않는다. 그보다는 어떻게 말하는지, 말할 때 눈길을 어디에 두는지, 넥타이와 웃옷 호주머니에 꽂힌 장식 손수건이 잘 어울리는지 따위를 보는 것으로 만족한다.

그리하여, 좋은 생각을 가지고 있으면서도 그것을 제시할 줄 모르는 사람들은 토론에서 점차 배제되어 가고 있다. 문제의 심각성은 바로 거기에 있다.

334

두 개의 입

『탈무드』의 주장에 따르면, 사람에게는 두 개의 입, 곧 윗입과 아랫입이 있다고 한다.

윗입은 말을 통해서 사람의 육신이 공간 속에서 겪는 문제를 해결할 수 있게 해 준다. 말은 단지 정보를 전달할 뿐만 아니라 병을 치료하는 역할도 한다. 사람은 윗입으로 말을 함으로써 공간 속에 자기 자리를 잡고 타인과 관계를 맺으며 살아가게 된다. 『탈무드』는 병을 치료하기 위해 약을 먹더라도 너무 많이 먹는 것은 피해야 한다고 충고한다. 약은 말의 자연스러운 흐름을 막아 병을 악화시키기 때문이다.

두 번째 입은 생식기다. 생식기는 사람의 육신이 시간 속에서 겪는 문제를 해결해 준다. 사람은 생식기를 통해, 즉 쾌락과 생식을 통해 시간의 속박에서 벗어나며, 부모와 자녀라는 관계로 자기 존재를 규정하게 된다. 생식기, 곧 아랫입은 가계(家係)를 풍성하게 하는 새로운 길을 열어 나갈 수 있게 해준다. 사람은 누구나 자기 자녀를 통해 부모의 가치와는 다른 가치를 구현하는 권능을 향유하고 있다.

윗입은 아랫입에 영향을 미친다. 그래서 사람은 말로써 남의 마음을 끌고, 말로써 성(性)을 움직일 수 있다. 아랫입 역시 윗입에 영향을 미친다. 사람은 성을 통해 자기의 정체와 자기의 언어를 발견할 수 있다.

335

나비

제2차 세계 대전이 끝났을 때, 엘리자베스 퀴블러로스 박사는 나치의 수용소에서 살아남은 유대인 소년들을 보살피는 일로 부름을 받았다.

아직 수용소 막사에 누워 있던 아이들을 보러 들어갔다가, 박사는 나무 침대에 새겨진 어떤 그림을 보게 되었다. 나중에 다른 수용소들을 돌아다니면서도 박사는 똑같은 그림을 또 보았다.

아이들의 그림에는 단 하나의 모티프가 있었다. 그건 바로 나비였다.

박사는 처음에 그것이 매 맞고 굶주리던 아이들끼리 일종의 형제애를 표현한 것이라고 생각했다. 옛날 초기 기독교 신자들이 물고기를 공동체적 유대의 상징으로 삼았듯이, 그 아이들도 나비를 통해 자기들이 한 집단에 속해 있음을 표현했을 거라고 박사는 믿었다.

박사는 여러 아이들에게 그 나비들이 무엇을 뜻하느냐고 물어보았다. 아이들은 대답을 거부하였다. 그러다가, 마침내 한 아이가 그 의미를 밝혀 주었다. 〈그 나비들은 미래의 우리예요. 우리는 모두 이 고통받는 육신이 하나의 매개체일 뿐이라는 것을 잘 알고 있어요. 지금의 우리는 애벌레와 같아요. 어느 날 우리 영혼은 이 모든 더러움과 고통에서 벗어나 날아오를 거예요. 나비를 그리면서 우리는 서로에게 이렇게 일깨우곤 했어요. 우리는 나비라고, 우리는 곧 날아오를 것이라고 말이에요.〉

336

토머스 모어

유토피아라는 말은 1516년 영국인 토머스 모어가 만든 것이다. 그리스 말의 부정 접두사 〈우〉와 장소를 뜻하는 〈토포스〉를 영구어 만든 이 말은 말 그대로 〈아무 곳에도 존재하지 않음〉을 뜻한다(하지만, 어떤 사람들은 이 말이 〈좋음〉을 뜻하는 접두사 〈에우〉에서 나왔다고 주장한다. 그런 경우라면, 유토피아라는 말은 〈좋은 곳〉이라는 의미가 된다).

외교관이자 대법관이었던 토머스 모어는 에라스무스와 친한 인문주의자이기도 했다. 그는 『유토피아』라는 제목의 한 저서에서 어떤 경이로운 섬나라를 묘사하였다. 그 섬의 이름이 바로 유토피아다. 목가적인 사회가 문명의 꽃을 피우고 있는 그 섬에는 세금도 가난도 범죄도 없다고 했다. 모어는 유토피아적인 사회의 으뜸가는 특징은 〈자유〉라고 생각했다.

그는 자기의 이상향을 이렇게 묘사했다. 10만 명의 사람들이 한 섬에 살고 있다. 주민들은 가족 단위로 편성되어 있다. 50가구가 모여 하나의 집단을 이루고 우두머리인 시포그란트를 선출한다. 그 시포그란트들이 모여 평의회를 이루고 네 후보 가운데 하나를 임금으로 선출한다. 일단 임금으로 선출되면 평생 자리를 지킬 수 있지만, 만일 전제 군주가 되면 퇴위를 당할 수도 있다.

전쟁에 대비해서 그 섬나라는 자폴렛이라는 용병을 두고 있다. 그 병사들은 전투 중에 적들과 함께 죽게 되어 있다. 그렇게 도구가 사용 중에 저절로 없어져 버리기 때문에 군사 독재가 생겨날 염려는 없다.

유토피아섬에는 화폐가 없다. 주민들은 각자 시장에 가서 자기가 필요로 하는 만큼 물건을 가져다 쓰면 된다. 집들은 모두 똑같고 문에는 자물쇠가 없다. 주민들은 누구나 타성에 젖지 않도록 10년마다 이사를 하도록 되어 있다. 무위도식은 금지된다. 사제도 귀족도 하인도 거지도 없다. 누구나 일을 하기 때문에 일일 노동 시간을 여섯 시간으로 줄일 수 있다. 무료 시장에 농산물을 공급하기 위해 누구에게나 2년 동안 농사를 지을 의무가 있다.

간통을 하거나 섬에서 탈출하려고 기도한 자는 자유인의 권리를 잃고 노예가 된다. 그렇게 되면 그는 자기와 동등했던 옛 주민들에게 머리를 조아리며 복종하여야 한다.

1532년, 헨리 8세의 이혼을 인정하지 않은 것 때문에 왕의 노여움을 산 토머스 모어는 1535년 참수를 당하였다.

337
소년들의 십자군 원정

소년들이 주축이 된 최초의 십자군 원정은 1212년에 있었다. 〈어른들과 귀족들은 예루살렘을 해방시키는 데 실패했다. 그것은 그들의 정신이 순수하지 않기 때문이다. 우리는 어리고, 그래서 순수하다〉라는 논리를 펴면서 할 일 없이 빈둥거리던 젊은 이들이 십자군 원정을 조직하겠다고 나섰다. 그 충동적인 움직임은 주로 신성 로마 제국에서 일어났다. 그리하여 일군의 소년들이 신성 로마 제국을 떠나 성지를 향해 출발했다. 그러나 그들은 지도 하나도 변변히 갖추고 있지 않았다. 그들은 남쪽을 향해 가고 있으면서도 자기들이 동쪽으로 가고 있다고 생각했다. 그들은 론 강 유역을 따라 내려갔다. 그들 무리는 수천을 헤아릴 만큼 수가 점점 불어났다.

그들은 도중에 마을이 나타나면 농부들의 식량을 약탈하였다.

어느 마을에서 주민들에게 길을 물었더니 곧 바다에 당도하게 될 거라고 했다. 소년들은 바다를 어떻게 건널 것인가를 걱정하지 않았다. 모세에게 기적이 일어났듯이, 자기들이 예루살렘으로 건너갈 수 있도록 바다가 자기들에게 길을 열어 주리라고 확신했던 것이다.

그들이 다다른 항구는 마르세유였다. 바다는 그들에게 길을 열어 주지 않았다. 며칠을 항구에서 기다렸지만 헛일이었다. 그러던 차에, 시칠리아 사람 둘이 나타나서 예루살렘까지 배로 데려다주겠다고 그들에게 제안했다. 소년들은 기적이 일어난 거라고 믿었다. 그러나 그것은 기적이 아니었다. 그 두 시칠리아 사람은 튀니지의 어떤 해적단과 짜고 소년들을 예루살렘이 아니라 튀니스로 데려갔다. 거기에서 소년들은 모두 헐값에 노예로 팔려 나갔다.

338
청두의 홍위병

중국 쓰촨성의 성도(省都)인 청두는 1967년까지만 해도 조용한 도시였다. 히말라야산맥 기슭, 해발 1천 미터 되는 곳에 자리 잡고 있는 이 유서 깊은 성곽 도시는 인구가 3백만이었는데, 그 주민의 대다수는 베이징이나 상하이에서 무슨 일이 일어나고 있는지를 모르고 살았다. 당시에 중국의 대도시엔 인구가 넘치기 시작했고, 그에 따라 중국 정부는 대도시의 인구를 지방으로 분산시키는 정책을 추진했다. 그 과정에서 부모와 자식이 서로 헤어지는 일이 벌어졌다. 부모는 농촌으로 가고, 자식은 훌륭한 공산당원이 되기 위해 홍위병 양성소로 가야 했기 때문이다. 그 홍위병 양성소는 강제 노동 수용소나 다름없을 만큼 생활 조건이 몹시 열악했다. 소년들은 제대로 먹지도 못하면서 고된 노동에 시달렸다. 심지어는 아이들을 상대로 톱밥을 주원료로 한 섬유소 식품에 관한 실험이 행해지기도 했다. 아이들은 파리처럼 죽어 나갔다.

그 무렵, 권력 투쟁이 한창이던 베이징에선, 마오의 공식적인 후계자이자 홍위병의 책임자로서 문화 혁명에서 중요한 역할을 수행하던 린뱌오(林彪)가 마오의

총애를 잃는 상황이 벌어졌다. 그러자 공산당
간부들은 홍위병들에게 폭동을 부추겼다. 그
것은 그 당시 중국의 특수한 사정에 기인한 아
주 미묘한 사건이었다. 마오쩌둥주의의 병영
을 탈출하고 교관들을 구타하는 것이 바로 마
오쩌둥주의의 명분 아래 행해졌으니 말이다.

병영을 뛰쳐나온 소년 홍위병들은 부패한
권력에 맞서 마오쩌둥주의의 복음을 전파한
다는 명목을 내걸고 전국으로 흩어졌다. 그러
나 사실상 그들 중의 대다수는 중국에서 도망
쳐 나갈 길을 찾고 있었다. 그들은 기차역으로
몰려가서 서쪽으로 떠났다. 거기로 가면 몰래
국경을 넘어 인도 땅으로 들어갈 수 있는 비밀 루트가 있다는 소문이 돌고 있었기
때문이다. 그런데, 서쪽으로 가는 모든 기차들의 종착역은 청두였다. 그리하여 그
산악 도시에 열서너 살 난 소년병 수천 명이 갑자기 들이닥치게 되었다.

처음엔 그 소년들과 주민들 사이에 별다른 문제가 생기지 않았다. 소년들은 병
영에서 겪은 고초가 얼마나 심했는지를 이야기했고, 청두의 시민들은 그들을 측은
히 여겨 먹을 것도 주고 잠자리도 마련해 주었다. 그러나 소년병들의 물결은 계속
청두 역으로 쏟아져 들어왔다. 처음엔 수천에 지나지 않던 그들의 수가 무려 20만
을 헤아리게 되었다.

그때부터 소년들은 주민들의 호의만으로는 만족하지 않게 되었다. 좀도둑질이
다반사로 행해졌고, 도둑맞기를 거부한 상인들은 몰매를 맞기 일쑤였다. 상인들은
참다못해 청두 시장을 찾아가 시급히 대책을 마련해 달라고 부탁했다. 그러나 시
장은 어떤 대책을 마련할 겨를도 없이, 소년병들에게 끌려 나가 자아비판을 해야
했다. 자아비판이 끝난 뒤에 시장은 뭇매를 맞고 쫓겨났다.

소년병들은 새 시장을 뽑기 위한 선거를 계획하고 자기들의 후보를 내세웠다.

그들의 후보는 볼에 살이 통통한 열세 살짜리 소년이었다. 그 소년은 실제보다 나이가 더 들어 보이고 다른 홍위병들의 존경을 받을 만한 어떤 카리스마를 지니고 있었다. 온 도시의 벽과 담에 그에 대한 지지를 선동하는 벽보가 나붙었다. 그 소년이 그다지 훌륭한 웅변가가 아니었기 때문에 그들은 대자보를 통해 자기들의 정책을 알렸다. 소년 후보는 별다른 어려움 없이 당선되어 소년들의 시 정부를 구성하였다. 열다섯 살 난 시의원이 그들 중의 최연장자였다.

이제 좀도둑질은 더 이상 범죄가 아니었다. 상인들은 새 시장이 부과하는 새로운 세금을 내야 했고, 홍위병들에게 거처를 제공하는 것은 시민들의 의무가 되었다. 그 도시는 대단히 고립되어 있었기 때문에 홍위병들이 선거에서 승리를 거두었다는 소식이 외부에 알려지기까지는 시간이 걸렸다. 청두의 상인들은 그 사태에 불안을 느끼고 그 지방의 지사에게 대표를 보냈다. 지사는 사태가 대단히 심각하다고 판단하고 군대를 보내 폭도를 진압해 달라고 중앙 정부에 요청했다. 20만의 홍위병들에 맞서 중앙 정부는 수백 대의 전차와 수천 명의 중무장한 군인들을 보냈다. 그들이 받은 명령은 열다섯 미만의 소년들을 모두 죽이라는 거였다. 소년들은 성곽으로 둘러싸인 도시 안에서 저항하려고 했다. 그러나 청두 시민들은 그들을 지지하지 않았다. 그들은 무엇보다 자기 자식들이 애먼 죽음을 당할까 걱정하면서 자식들을 산속으로 피신시키는 일에 골몰하였다. 이틀 동안 어른들과 아이들이 맞붙어 전투를 벌였다. 중앙 정부군은 공중 폭격으로 소년들의 마지막 남은 저항의 보루를 날려 버리고 전투를 마무리하였다. 소년병들은 모두 죽음을 당하였다.

그 사건은 한동안 세상에 알려지지 않았다. 마침 미국의 닉슨 대통령이 중국 방문을 앞두고 있던 터라 중국을 비판하기가 곤란하였기 때문이다.

339

아담파

1420년에 보헤미아에서 교회의 개혁과 독일 영주들의 퇴진을 요구하는 후스파 신자들의 반란이 일어났다. 그들은 신교의 선구자였다.

그들 중에서 급진적인 한 집단이 떨어져 나왔다. 아담파 신자들이었다. 그들은 그들의 교회뿐만 아니라 사회 전체에 대해 이의를 제기했다. 그들이 보기에, 신에게 다가가는 가장 훌륭한 방법은 원죄를 짓기 전의 아담과 똑같은 조건에서 사는 것이었다.

그들은 프라하에서 멀지 않은 블타바강 한복판의 섬에 자리를 잡고, 나체 공동체를 만들었다. 그들은 모든 재산을 공유화하고 아담이 죄를 짓기 전에 살았던 지상 낙원의 삶을 되찾으려고 노력했다.

모든 사회 제도가 철폐되었다. 화폐, 귀족 계급, 정부, 군인, 자산 계급, 유산 상속 따위는 더 이상 존재하지 않았다.

그들은 경작을 삼가고 야생 열매와 채소만을 먹는 채식 생활을 했다. 교회도 성직자도 필요치 않았다. 그들은 신에게 직접 예배를 드리며 살았다.

그러한 급진주의를 탐탁지 않게 여기던 후스파 신자들은 그들의 지나친 행동을 더 이상 묵과할 수 없었다. 신에 대한 예배를 간소하게 하는 건 있을 수 있는 일이지만, 아담파의 경우는 정도가 너무 심하다고 그들은 생각했다. 후스파 신자들은 블타바강에 있는 섬을 포위하고, 때를 잘못 만난 그 히피들을 마지막 한 사람까지 학살하였다.

340

텔렘 수도원

1534년 프랑수아 라블레[*]는 『가르강튀아』에 묘사한 텔렘 수도원을 통해 자기가 생각하는 유토피아를 제시했다.

거기에는 통치 기구가 없다. 〈자기 자신도 다스릴 줄 모르거늘, 어찌 남을 다스릴 수 있겠는가?〉하는 것이 라블레의 생각이다. 통치하는 자가 없으므로 수도원의 공동 생활자들은 〈자기가 바라는 바에 따라〉 행동한다. 〈그대가 하고자 하는 것을 행하라〉가 바로 이 수도원의 표어다. 텔렘 수도원이 성공적으로 운영되는 까닭은 거주자들을 선별해서 받아들이기 때문이다. 혈통 좋고 정신이 자유롭고 교양 있고 고결하고 아름다운 선남선녀들만이 그곳에 들어갈 수 있다. 여자들은 열 살, 남자들은 열두 살 때 들어간다.

거주자들은 각자 하고 싶은 일들을 하면서 하루를 보낸다. 일할 마음이 나면 일을 하고, 그렇지 않으면 쉬고, 마시고, 놀고, 사랑을 나눈다. 시계가 없으므로 시간의 흐름은 잊고 산다. 일어나고 싶을 때 일어나고 먹고 싶을 때 먹는다. 소요, 폭력, 분쟁 따위는 허용되지 않는다. 힘든 일은 수도원 밖에 사는 종복들과 장인들이 맡는다.

• François Rabelais(1483?~1553). 프랑스의 작가. 소년기와 청소년기를 수도원에서 보내며 철학과 신학을 공부하는 한편, 당시에 이단으로 취급되던 그리스어를 비롯한 여러 언어를 독습하였다. 수도원을 나온 뒤, 고대 문화를 전범으로 삼는 인본주의자로서 의학을 비롯한 여러 과학을 연구하였다. 의사와 해부학 교수로 명성을 떨쳤으며 뫼동의 주임 신부를 역임하기도 했다. 〈전무 후무한 프랑스 산문의 마술사〉라는 칭호를 안겨 준 『팡타그뤼엘』(1532)과 『가르강튀아』(1532) 등의 장엄하면서도 익살스러운 5부작 소설을 통해, 고대 그리스 로마의 인본주의자들의 학문과 도덕에 관한 열렬한 애정과 정치와 교육에 대한 열망을 대변하고, 자연에 순응하며 육체와 정신의 균형 속에서 사는 행복을 찬미하였다. 온갖 수준의 프랑스어를 자유자재로 구사하면서, 풍자적인 사실주의와 상징주의, 가장 전문적인 과학 지식과 가장 방자한 해학을 하나로 융합하였다.

라블레가 묘사한 수도원은 루아르강 변의 포르위오 숲에 건설되는 것으로 되어 있다. 방은 9,332개이며 성벽은 없다. 〈성벽은 음모의 온상이기 때문〉이다. 각 건물은 7층 높이로 지어지고, 모든 하수도는 강으로 연결되어 있다. 도서관이 여러 곳에 있고, 중앙에는 연못이 있으며, 미로 모양의 포도(鋪道)를 갖춘 공원도 있다.

라블레는 어수룩한 사람이 아니었다. 그는 자기의 이상적인 수도원이 언젠가는 하찮은 것을 얻기 위한 터무니없는 주장과 선동과 불화 때문에 붕괴되고 말 것임을 내다보고 있었다. 그럼에도 그것의 건설을 시도할 필요가 있다고 그는 확신했다.

341

생일 케이크

생일 때마다 촛불을 밝히고 불어 끄는 것은 인간의 특성을 아주 잘 드러내는 의식 가운데 하나다. 그 의식을 통해서 인간은 자기가 불을 일으킬 수도 있고, 입김을 불어 끌 수도 있다는 것을 스스로에게 주기적으로 환기시킨다. 불을 제어하는 것은 아기가 책임 있는 존재로 발전하기 위해 거쳐야 하는 통과 의례 중의 하나다. 반대로 노인이 되어 촛불을 불어 끄기가 어려울 만큼 숨이 달리는 것은 이제 활동하는 인구에서 사회적으로 배제될 때가 되었음을 뜻한다.

342

아메리카 인디언

아메리카 인디언들은 수, 샤이엔, 아파치, 크로, 나바호, 코만치 등 어느 부족을 막론하고 똑같은 원칙을 가지고 있었다.

우선 그들은 스스로를 자연의 지배자가 아니라 자연을 구성하는 한 부분으로 생각했다. 그들 부족은 한 지역의 사냥감이 떨어졌다 싶으면 다른 지역으로 옮겨 간다. 사냥감이 다시 깃들일 때까지 기다리려는 것이다. 그런 식으로 그들은 자연에서 먹을 것을 취하되, 자연을 고갈시키지 않았다.

그들의 가치 체계에서 개인주의는 자랑거리라기보다는 웃음거리였다. 자기 자신을 위해 무언가를 한다는 것은 남우세스러운 일이었다. 그들은 아무것도 소유하지 않았고 아무것에 대해서도 개인의 권리를 주장하지 않았다. 그러한 전통은 오늘날까지 그대로 이어지고 있다. 한 인디언이 자동차를 사면 누구든 그것을 빌려 달라고

요구할 수 있고, 산 사람도 으레 누구에게든 빌려 주어야 하는 것으로 알고 있다.

인디언의 자녀들은 강제나 속박 없이 어른들이 하는 것을 보고 배우며 자연스럽게 부족의 어엿한 일원으로 성장해 갔다.

인디언들은 접목 교잡법(交雜法)을 터득하여 옥수수 같은 작물의 잡종을 만드는 데 이용하였고, 파라고무나무의 수액을 이용해 방수포를 만들었으며, 유럽의 면직물과는 비교도 안 될 만큼 결이 고운 무명옷을 지을 줄 알았고, 아스피린(살리실산)이며 키니네 등의 효험을 익히 알고 있었다.

북아메리카 인디언 사회에는 세습 권력도 항구적인 권력도 존재하지 않았다. 어떤 결정이 이루어질 때마다, 각자 파우와우(부족 회의)에서 자기 의견을 개진하였다. 파우와우는 유럽의 공화제 혁명보다 훨씬 앞서서 이루어진 의회 제도였다. 만일 부족 구성원의 다수가 추장을 신뢰하지 않으면, 추장은 스스로 자리에서 물러나곤 했다.

북미 인디언 사회는 평등한 사회였다. 물론 추장은 있었지만, 사람들이 자발적으로 그를 따라야만 추장이 될 수 있었다. 지도자가 되는 것은 신뢰의 문제였다.

또, 파우와우에서 어떤 결정이 이루어졌다고 해서 그것을 무조건 따라야 하는 건 아니었다. 자기가 그 결정에 찬성투표를 했을 때에만 그것을 따를 의무가 있었다. 말하자면, 부족 회의는 남에게 자기 의견을 강요하기 위한 것이 아니라 자기가 하려는 행동의 정당성을 인정받기 위한 장치였던 셈이다.

북미 인디언들은 한창 번영을 누리고 있던 시절에도 직업적인 군대를 보유한 적이 없었다. 필요할 경우에는 모두가 전투에 참가하였지만, 그들은 전사이기 전에 먼저 사냥꾼이자 경작자, 그리고 한 가정의 아버지였다.

그들은 생명이란 그 형태가 어떠하든 마땅히 존중해야 하는 것으로 생각했다. 그래서 그들은 적의 목숨도 함부로 해치지 않았다. 〈남이 너에게 행하기를 원하지 않는 일을 남에게 행하지 말라〉는 역지사지의 태도를 늘 견지했던 것이다. 그들이 생각하는 전쟁은 자기의 용기를 보여 주는 하나의 경기였지, 적을 다치게 하거나 죽이는 행위가 아니었다. 그래서 전투는 막대의 둥글린 끝을 적의 몸에 대는 것만으로 승부가 판가름 나는 경우가 많았다. 그것은 적을 죽이는 것보다 더 명예로운 일이었다. 말하자면, 그들의 전투는 오늘날의 펜싱 경기와 비슷한 것이었다. 어느 편에서든 피를 흘리는 사람이 생기면 전투는 즉각 중단되었고, 사망자가 생기는 일은 아주 드물었다.

그런 문화 속에 살던 그들이 유럽인들의 전쟁 방식을 이해하기란 여간 어려운 일이 아니었다. 노인과 부녀자와 아이까지 죽이는 백인들을 보고 그들은 경악하지 않을 수 없었다. 그것은 단지 무서운 정도가 아니라, 몰상식하고 비논리적이어서 도무지 이해를 할 수 없는 일이었다.

그래도 북미 인디언들은 남미의 인디오들보다 비교적 오랫동안 백인들의 침략에 저항했다.

백인들의 입장에서는 남미 쪽이 공격하기가 더 용이하였다. 남미 인디오 사회는 우두머리의 목만 자르면 사회 전체가 붕괴되어 버렸다. 그것은 위계질서가 엄격하고 행정이 중앙에 집중된 사회 체제의 큰 약점이다. 그런 사회는 군주 하나에 의해 사회 전체의 운명이 좌우되기 십상이다.

북미 인디언 사회는 남미 쪽보다는 더 분산된 구조를 지니고 있었다. 백인 카우보이들은 이리저리 이동하는 수백의 부족을 상대해야 했다. 그들의 목표는 한곳에 붙박여 있는 왕이 아니라 끊임없이 움직이는 수백의 우두머리였다. 150명으로 이루어진 한 부족을 겨우 굴복시키거나 몰살시키고 나면, 다시 150명으로 이루어진 또 다른 부족을 공격해야 했다.

그렇다고는 해도 결국 인디언들은 유럽인들의 대학살을 피할 수 없었다. 콜럼버스가 아메리카 대륙에 상륙했던 1492년 무렵에 아메리카 인디언의 수는 1천만이었다. 그로부터 4백 년이 지난 1890년에 인디언 인구는 15만으로 줄었고, 그들 중의 다수는 유럽인들이 옮겨 온 병 때문에 죽어 가고 있었다.

1876년 6월 25일의 리틀빅혼 전투는 전례 없이 많은 인디언들이 집결해서 싸운 드문 경우였다. 1만에서 1만 2천에 달하는 인디언들이 함께 모였고 그중에 전사는 3천에서 4천을 헤아렸다. 인디언들은 커스터 장군이 이끄는 군대를 상대로 압승을 거두었다. 그러나 좁은 땅에서 그렇게 많은 사람들을 먹여 살리기는 쉽지 않았다. 그래서 인디언들은 승리를 거둔 후에 다시 흩어졌다. 그들은 백인들이 그런 모욕을 당했으니 다시는 자기들을 깔보지 않으리라고 생각했다.

그러나 인디언 부족들은 백인들에게 차례차례 정복되었다. 1900년에 이르기까지 미국 정부는 그들을 몰살하려고 했다. 1900년이 지나면서 미국 정부는 인디언들이 흑인이나 치카노(멕시코계 미국인), 아일랜드인, 이탈리아인들처럼 미국이라는 〈멜팅 포트〉*에 통합되었다고 믿었다.

하지만 그것은 단견의 소치였다. 인디언들은 자기들이 서양의 정치사회 체제에서 무언가를 배울 수 있다고 생각하지 않았다. 오히려 그들은 자기들의 체제가 백인들의 것보다 더 진보되었다고 믿었다.

* *melting pot*. 원래는 〈도가니〉라는 뜻. 여러 인종이 모여 사는 곳을 말하며, 주로 미국을 지칭한다.

343

만사에는
때가 있다

무슨 일을 하든 간에 때를 잘 맞추어야 한다. 때가 설익거나 물크러지면 일의 보람이 온전히 나타나지 않기 때문이다. 남새를 심고 가꾸는 경우에도 때를 잘 선택하는 것이 무엇보다 중요하다. 채소 농사를 망치지 않으려면 심고 거두기에 알맞은 때를 반드시 알아야 한다.

아스파라거스는 3월에 심고 5월에 거둔다.
가지는 3월에 심고(볕바른 곳에), 9월에 거둔다.
순무는 3월에 심고 10월에 거둔다.
당근은 3월에 심고 7월에 거둔다.
오이는 4월에 심고 9월에 거둔다.
양파는 9월에 심고 5월에 거둔다.
파는 9월에 심고 6월에 거둔다.
감자는 4월에 심고 7월에 거둔다.
토마토는 3월에 심고 9월에 거둔다.

344

팔랑스테르

프랑스의 공상적 사회주의자 샤를 푸리에는 1772년 브장송에서 나사(羅紗) 제조업자의 아들로 태어났다. 프랑스 대혁명을 계기로 그는 인류를 위해 사회를 변화시키고 싶다는 어마어마한 야망을 드러냈다. 1793년에 그는 자기의 계획을 도의회 의원들에게 설명했지만, 그들의 비웃음만 사고 말았다.

그것에 낙담한 푸리에는 얌전히 살기로 결심하고 회계원이 되었다. 하지만 이상적인 사회에 대한 집념은 버릴 수가 없었다. 그는 시간이 날 때마다 연구를 계속하여 자기가 꿈꾸는 이상 사회를 여러 저서를 통해 묘사하였다. 『산업적이고 협동적인 신세계』도 그 저서들 중의 하나다.

그의 주장에 따르면, 인간은 1천6백에서 1천8백 명으로 구성된 작은 공동체를 이루고 살아야 한다. 팔랑주*라는 이름의 공동체가 가족을 대체하며, 혈족 관계나 지배·피지배 관계는 더 이상 존재하지 않는다. 공동체에 필요한 것을 조달하기 위해 각자 약간의 세금을 내지만, 통치 기구의 권한은 최소한으로 엄격하게 제한된다. 중요한 결정은 마을의 중앙 광장에 구성원이 함께 모인 가운데 이루어진다.

각 공동체의 구성원들은 하나의 주택 단지에 모여 산다. 푸리에는 그것을 팔랑스테르**라고 불렀다. 푸리에는 자기가 생각한 이상적인 팔랑스테르를 4층에서 6층에 이르는 하나의 성관 같은 것으로 묘사했다. 길들은 여름엔 분수 때문에 시원하고 겨울엔 거대한 벽난로 때문에 따뜻하다. 중앙에 있는 망루 같은 건물에는 기상대와 차임벨과 전신국과 야경꾼들의 초소가 들어서 있다.

푸리에는 그런 공동체를 만들어 수세기 동안 서로 협력하며 조화롭게 살다 보면, 팔랑스테르 주민들의 몸에 새로운 팔이 생길 거라고 생각했다. 〈그 화합의 팔은 144개의 뼈로 이루어진 긴 꼬리 같은 것으로서 꽁무니뼈에서 나와 어깨에 걸쳐지게 된다〉는 것이다.

푸리에의 제자들은 아르헨티나, 브라질, 멕시코, 미국 등지에서까지 팔랑스테르를 건설하게 된다.

프랑스에서는 1859년에 난로의 발명자인 앙드레 고댕이 푸리에의 팔랑스테르를 본받아 생산자 공동체를 건설하였다. 1천2백 명이 함께 살면서 난로를 만들고

* 이 말은 원래 고대 그리스 보병들의 전투 대형을 가리키는 말이었다.
** 집단 공동체를 뜻하는 〈팔랑주〉와 수도원을 뜻하는 〈모나스테르〉의 앞과 뒤를 따서 만든 말.

이익을 나누어 가졌다. 그러나 그 협동 조합은 오로지 고맹 가문의 가부장제적인 권위 덕분에 유지될 수 있었다.

345
열린 공간

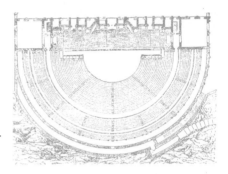

현재의 사회 체제는 비능률적이다. 재능 있는 젊은이들에게 두각을 나타낼 길을 열어 주지 않거나, 길을 열어 주더라도 온갖 종류의 체를 거쳐 가게 함으로써 그들의 참신한 맛을 다 없애 버린 뒤에야 두각을 나타낼 수 있도록 허용하기 때문이다. 그런 문제를 해결하려면 〈열린 공간〉들의 망을 조직해서, 학위가 없고 특별한 추천장이 없어도 누구나 대중을 상대로 자기 작품을 자유롭게 발표할 수 있는 길을 열어 주어야 할 것이다.

그건 공간들이 확보되면 모두에게나 기회가 주어진다. 예컨대, 열린 극장이 있다면 누구나 사전 선발 과정을 거치지 않고 자기의 흥행물이나 연기 장면을 보여 줄 수 있게 된다. 참가자들이 꼭 지켜야 할 사항이 있다면, 적어도 공연 시작 한 시간 전에는 등록을 해야 한다는 것(서류를 제출할 필요는 없고 이름을 알려 주는 것만으로 충분하다)과 6분을 초과하지 말아야 한다는 것뿐이다.

그런 제도가 마련되면, 청중이 이따금 모욕을 당하는 일이 생길 염려는 있지만 나쁜 흥행물들은 야유를 받게 될 것이고 좋은 것들만 살아남게 될 것이다. 그런 형태의 극장이 경제적인 어려움을 극복하고 존속할 수 있기 위해서는 관객들이 정상적인 가격으로 좌석권을 사주어야 할 것이다. 관객들은 기꺼이 돈을 낼 것이다. 두 시간 동안 아주 다양한 공연을 구경할 수 있다는 것을 알게 되면 관객들은 기꺼이 돈을 낼 것이다. 관객들의 흥미를 지속시키고, 두 시간의 공연이 서툰 초보자들의 행진으로 일관하는 최악의 경우를 피하기 위해서는, 확실한 프로페셔널들이 규칙적인 간격으로 나와서 지원자들을 도와줄 필요가 있다. 그 열린 극장을 도약의 발판으로 삼는 데 성공한 지원자들 중에는 〈이 연극의 후속 편을 보고 싶으신 분은 모일 모시에 모처로 오십시오〉라고 예고할 수 있는 사람들도 생겨나게 될 것이다.

그런 유형의 열린 공간은 다음과 같이 다양한 방식으로 나타날 수 있을 것이다.

• 열린 영화관: 신인 감독들의 10분짜리 단편 영화 상영.
• 열린 음악회장: 새내기 가수와 연주자들을 위한 무대.
• 열린 화랑: 아직 알려지지 않은 화가와 조각가들에게 각각 2제곱미터의 전시 공간 제공.
• 열린 발명품 전시관: 열린 화랑과 똑같은 규모로 발명가들에게 전시 공간 제공.

그런 자유 발표 제도는 건축가나 작가, 컴퓨터 프로그래머, 광고 제작자 등에까지 확대해서 적용될 수 있을 것이다. 그 제도는 행정적인 부담을 경감시킬 것이고, 전문가들은 신인들을 체로 쳐서 골라내려는 기존의 대행업체를 통하지 않고도 그런 장소에 직접 나가서 새로운 인재들을 모집할 수 있게 될 것이다.

그렇게 되면, 남녀노소를 막론하고 잘난 사람이든 못난 사람이든 돈이 있든 없든 내국인이든 외국인이든 상관없이 모두가 똑같은 기회를 갖게 될 것이고, 오직 재능과 작품의 독창성이라는 객관적인 기준에 따라서만 평가받게 될 것이다.

346
독신을 막는 방법

피레네 지방의 어떤 마을에서는 1920년까지 독신의 문제를 간단하고 직접적인 방식으로 해결하였다. 그 마을들에는 〈혼인의 밤〉이라는 연례 행사가 있었다. 그날 밤이 되면, 열여섯 살이 된 처녀와 총각들이 모두 한자리에 모였다. 마을 어른들은 참가하는 처녀 총각이 동수가 되도록 사전에 적절한 조치를 취하였다. 행사는 먼저 산기슭의 야외에 온 마을 사람들이 모여 흐드러지게 먹고 마시는 성대한 잔치로 시작된다. 그러다 정해진 시각이 되면, 처녀들이 먼저 식탁을 떠나 산속으로 들어간다. 처녀들이 달려가 덤불 속에 숨으면, 마치 숨바꼭질을 하듯 총각들이 그녀들을 찾으러 간다. 어떤 처녀든 그녀를 가장 먼저 찾아낸 총각이 그녀를 차지하게 되어 있다. 예쁜 처녀일수록 그녀를 찾는 총각들이 많게 마련이지만, 아무리 콧대가 높은 처녀라도 자기를 가장 먼저 찾아낸 총각에게 퇴짜를 놓을 권리는 없다.

그러다 보니, 예쁜 여자들을 가장 먼저 찾아내는 것은 꼭 잘생긴 총각들이 아니라 날래고 눈치 빠르고 꾀바른 총각들이기가 십상이다. 다른 총각들은 덜 매력적인 처녀들로 만족할 수밖에 없다. 어떤 총각도 처녀를 동반하지 않고 혼자서 마을로 돌아오는 것은 용납되지 않기 때문이다. 만일 어떤 총각이 못생긴 처녀가 성에 차지 않는다고 혼자서 돌아오면, 그는 마을에서 쫓겨나고 만다. 못난 처녀들로서는 그 행사가 밤에 이루어지는 것이 여간 다행스럽지 않다. 어둠이 짙을수록 유리한 건 그녀들 쪽이다.

이튿날에는 결혼식이 거행된다. 그 마을들에 노총각과 노처녀가 거의 없었음은 더 말할 나위도 없다.

347

유토피아

우리 몸의 각 부분은 서로 완벽한 조화를 이루며 움직인다. 우리의 세포는 모두 평등하다. 오른쪽 눈은 왼쪽 눈을 시샘하지 않고, 오른쪽 허파는 왼쪽 허파를 부러워하지 않는다. 우리 몸을 이루는 모든 세포, 모든 기관, 모든 부분은 유기체 전체가 최상의 상태로 기능할 수 있도록 기여한다는 단 하나의 동일한 목적을 지니고 있다.

우리 몸의 세포들은 공산주의와 무정부주의를 알고 있으며, 그런 체제를 성공적으로 실현하고 있다. 모든 세포가 평등하고 자유롭지만, 최상의 상태로 함께 살아간다는 공통의 목표를 지니고 있다. 정보는 호르몬과 신경을 통하여 몸 전체에 유통되지만, 그것을 필요로 하는 부분에만 전달된다.

우리 몸에는 우두머리도 행정부도 화폐도 없다. 당분과 산소가 유일한 재산이고, 그 재산을 어떤 기관에 가장 많이 할당할 것인가를 결정하는 것은 유기체 전체의 일이다. 예를 들어, 날씨가 추우

면, 인체는 팔다리 끝에서 피를 빼앗아 생명 유지에 가장 긴요한 부분으로 보낸다. 날씨가 추울 때 손가락과 발가락이 가장 먼저 푸릇해지는 까닭이 거기에 있다.

우리 몸 안에서 소우주 규모로 행해지고 있는 것을 거시적으로 확대하면, 조직 체계의 한 가지 본보기를 얻게 될 것이다. 이 조직 체계의 진가는 이미 입증된 지 오래다.

348
히포다모스

기원전 494년 페르시아 왕 다리우스 1세의 군대는 소아시아의 할리카르나소스와 에페소스 사이에 있는 밀레투스라는 도시를 완전히 폐허로 만들어 버린다.

그러자 밀레투스의 옛 주민들은 히포다모스라는 건축가에게 도시 전체를 재건

해 달라고 부탁한다. 그것은 그 시대의 역사에 유례가 없는 일이었다. 그때까지 도시들은 그저 부락들이 아무런 계획이나 통제 없이 점차적으로 발전한 것에 지나지 않았다. 예를 들어, 아테네는 그야말로 미로나 다름없이 이리저리 뒤엉켜 있는 길들로 이루어져 있었다. 그 길들은 전체적인 계획이 전혀 고려되지 않은 채 무질서하게 생겨난 것들이다.

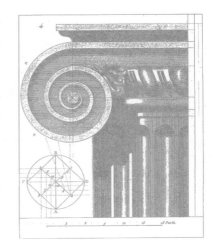

밀레투스는 크지도 작지도 않아서 백지 상태에서 이상적인 도시를 건설하기에는 아주 제격이었다. 히포다모스는 그 절호의 기회를 놓치지 않는다. 그는 기하학적으로 구상된 최초의 도시를 설계하고 싶어 한다. 하지만 길을 만들고 건물을 짓는 것만이 능사는 아니었다. 그는 도시의 형태가 사회 생활에 직접적인 영향을 준다고 확신하면서, 5,040명의 주민이 농(農), 공(工), 병(兵) 세 계층으로 나뉘어 있는 이상적인 도시를 구상한다.

히포다모스는 자연적인 요소를 완전히 배제한 인공적인 도시를 원했다. 도시 한복판에는 아크로폴리스가 있고 거기로부터 열두 갈래의 길이 바퀴 살처럼 퍼져 나간다. 도로는 일직선이고 광장은 원형이며 집들은 이웃간에 시샘하는 일이 없도록 모두 한결같은 모양으로 되어 있다. 주민들은 모두 동등한 권리를 가진 시민들이고, 노예는 없다. 히포다모스는 자기 도시에 예술가들이 있는 것을 원치 않았다. 그가 보기에 예술가들은 예측할 수 없는 사람들이고 무질서를 야기하는 자들이다. 시인, 광대, 악사들은 밀레투스에서 추방되고 가난한 자와 독신자와 무위도식자 역시 도시에 들어오는 것이 금지된다.

349

죽음은 이렇게 생겨났다

죽음은 지금으로부터 꼭 7억 년 전에 출현했다. 40억 년 전부터 그때에 이르기까지 생명은 단세포에 한정되어 있었다. 단세포로 이루어진 생명은 영원히 죽지 않는다. 똑같은 형태로 무한히 재생할 수 있기 때문이다. 오늘날에도 우리는 산호초에서 영원히 죽지 않는 단세포 체제의 흔적을 찾아볼 수 있다.

그렇게 모든 생명이 죽음을 모르고 살아가던 어느 날, 두 세포가 만나서 서로 이야기를 나눈 다음, 서로 도우며 함께 생명 활동을 하기로 결정했다. 그에 따라 다세포의 생명 형태가 나타났고, 그와 동시에 죽음도 생겨났다. 다세포 생물의 출현과 죽음의 시작은 무슨 관련이 있는 것일까?

두 세포가 결합하자면 서로 간의 소통이 불가피하고, 그 소통의 결과 두 세포는 더욱 효율적인 생명 활동을 위하여 자기들의 일을 분담하게 된다. 예를 들어, 두 세포가 다 영양물을 소화하는 작용을 하기보다는 한 세포는 소화를 맡고 다른 세포는 영양물을 찾는 식으로 역할 분담이 이루어지게 된 것이다.

그 후로, 세포들은 점점 더 큰 규모로 결합하게 되었고 각 세포의 전문화가 더욱 진전되었다. 세포들의 전문화가 진전될수록 각각의 세포는 더욱 허약해졌다. 그 허약성이 갈수록 심화되어 마침내 세포는 본래의 불멸성을 잃게 되었다.

그렇게 해서 죽음이 생겨났다. 오늘날 우리가 보고 있는 동물들의 대부분은 고도의 전문성을 지닌 세포들의 결합체이다. 그 세포들은 끊임없이 대화를 나누며 함께 작용한다. 우리 눈의 세포들은 간의 세포들과 아주 다르다. 눈의 세포들은 어떤 따끈따끈한 음식을 발견하게 되면 서둘러 그 사실을 간의 세포들에게 알려 준다. 그러면 간의 세포들은 음식물이 입안에 들어오기도 전에 즉시 담즙을 분비하기 시작한다. 우리 몸을 이루는 세포들은 모두가 전문적인 기능을 수행하면서 서로 소통한다. 그리고 그 세포들은 언젠가는 죽게 되어 있다.

죽음의 필요성은 다른 관점에서도 설명될 수 있다. 죽음은 종들 간의 균형을 확보하기 위해 꼭 필요하다. 만일 영원히 죽지 않는 다세포 종이 존재하게 된다면 그 종의 세포들은 전문화를 계속하여 모든 문제를 해결하게 될 것이고, 생명 활동이 너무나 효율적인 나머지 다른 모든 생명 형태의 존속을 위태롭게 만들 것이다.

암세포가 활동하는 방식을 생각해 보면 그 점이 더욱 분명해진다. 분열 능력이 큰 암세포는 다른 세포들이 말리거나 말거나 막무가내로 분열을 계속한다. 암세포는 태초의 불멸성을 되찾으려는 야심을 가지고 있다. 암세포가 유기체 전체를 죽이게 되는 까닭이 거기에 있다. 암세포는 다른 사람들의 말은 전혀 듣지 않고 언제나 혼자서만 지껄이는 사람들과 비슷하다고 할 수 있다. 암세포는 자폐증에 걸린 위험한 세포이다. 그것은 다른 세포들을 고려하지 않고 불멸성을 헛되이 추구하면서 끊임없이 증식하다가 마침내는 자기 주위에 있는 모든 것을 죽여 버린다.

350
쥐의 똥구멍을 꿰맨 여공

19세기 말, 프랑스 브르타뉴 지방의 정어리 통조림 공장에는 쥐들이 우글거렸다. 그러나 그 쥐들을 없애 버릴 방도를 아는 사람은 아무도 없었다. 흔히 쓰는 방법대로 고양이들을 풀어놓는다는 것은 말도 안 될 일이었다. 고양이들은 요리조리 달아나는 쥐들을 잡으려 하기보다는 차라리 제자리에서 꼼짝 않고 있는 정어리들을 먹어 치울 것이 뻔하기 때문이었다.

그러던 참에, 어떤 사람이 살아 있는 쥐의 똥구멍을 굵은 말총으로 꿰매어 버리는 방안을 생각해 냈다. 그의 생각은 이러했다. 똥구멍을 꿰매어 버리면 쥐는 배변이 불가능한 상태에서 계속 먹기만 하다가 결국엔 고통과 분노 때문에 미치게 된다. 그러면 그 쥐는 작은 야수와도 같은 무시무시한 존재로 변하여 다른 쥐들을 물어뜯고 쫓아낼 것이다.

생각은 그럴듯했으나 문제는 그 추저분한 일을 누가 맡느냐에 있었다. 다들 못하겠다고 꽁무니를 사리는데, 한 여공이 그 일을 하겠다고 나섰다. 그 대가로 그녀는 사장의 신임을 얻어 봉급이 인상되고 반장으로 승진하였다. 그러나 그 통조림 공장의 다른 여공들은 그녀를 의리 없는 배신자로 여겼다. 그들 중에서 단 한 사람이라도 쥐의 똥구멍을 꿰매겠다고 나서는 한, 그 혐오스러운 일은 계속 되풀이될 것이기 때문이었다.

351
샤머니즘

샤머니즘은 인류의 거의 모든 문화가 경험한 신앙 형태다. 샤먼은 지배자도 사제도 마법사도 성현도 아니다. 그들의 역할은 단지 인간과 자연을 화해시키는 데에 있다.

수리남의 인디언 사회에는 샤먼을 양성하는 독특한 제도가 있다. 샤먼 양성의 첫 단계는 24일 동안 계속되며, 사흘간의 교육과 사흘간의 휴식이 네 차례 되풀이된다. 수습생은 대개 여섯 명이고, 인격이 형성되어 가는 과정에 있는 사춘기의 청소년들로 이루어진다. 그 첫 단계에서 수습생들은 무격(巫覡)의 전통과 노래와 춤을 배운다. 그들은 동물들을 더욱 잘 이해하기 위해 동물들을 관찰하면서 그 움직임과 소리를 흉내 낸다. 교육 기간 동안 그들은 거의 아무것도 먹지 않으며, 음식 대신 담배 잎을 씹거나 담배 즙을 마신다. 금식을 하면서 그렇게 담배 즙을 복용하면 신열이 심하게 나면서 몇 가지 심리적인 장애가 생긴다. 입문 과정은 그것으로 끝나는 것이 아니라, 육체적으로 고통을 주는 갖가지 시험으로 점철되어 있다. 대단히 위험한 조건에서 행해지는 그 시험들은 수습생들을 삶과 죽음의 경계로 몰아넣고 그들의 인격을 완전히 해체해 버린다. 담배에 중독된 상태에서 며칠 동안 그처럼 힘겹고 위험한 입문 과정을 겪고 나면, 수습생들은 눈에 보이지 않는 어떤 힘을 가시화할 수 있게 되고 접신의 상태에 익숙해지게 된다.

샤먼의 입문 과정은 인간이 자연에 적응하던 과거의 기억으로 회귀하는 과정이다. 적응하느냐 사라지느냐 하는 생사의 갈림길에서, 수습생들은 자기가 알고 있는 모든 것을 잊고 정신을 비워 내는 법을 배운다. 그들은 무엇을 판단하거나 분별하지 않고 사물을 있는 그대로 바라보는 훈련을 하는 것이다.

첫 단계가 끝나면, 숲속에서 3년 가까이 홀로 지내는 고독한 삶의 기간이 이어진다. 그 기간 동안 수습 샤먼은 자연 속에서 스스로 먹을 것을 구해야 한다. 그 시련을 이기고 살아남으면, 그는 더럽고 지친 몸을 이끌고 거의 실성한 상태로 마을에 다시 나타난다. 그러면, 늙은 샤먼이 그를 맞아들여 수련의 다음 단계로 이끈다. 그 단계에서 늙은 샤먼은 환각 상태를 접신의 경험으로 변화시키는 능력을 일깨워 준다.

인격을 해체하여 야성의 동물 상태로 돌아가게 하는 수련 과정이 오히려 수습 샤먼을 초인적인 능력을 지닌 훌륭한 인격자로 변화시킨다는 것은 참으로 역설적이다. 수련 과정을 다 마치고 샤먼이 되면 자기 자신을 더욱 잘 다스릴 수 있게 될 뿐만 아니라, 지력과 직관력이 우수해지고 도덕성도 한결 강해진다. 시베리아 동부의 야쿠트족 샤먼들은 그들 겨레의 평균 수준보다 세 배나 더 많은 교양과 어휘를 가지고 있다고 한다.

한편, 『생물학적 철학』이라는 책을 쓴 제라르 암잘라그 교수의 말에 따르면, 샤먼들은 구비(口碑) 문학의 주요한 전승자이자 창작자이기도 하다. 그들의 구비 문학은 공동체 문화의 토대가 되는 신화적이고 시적이고 서사적인 측면들을 보여 준다.

오늘날에는 샤먼들이 접신을 준비하면서 마약이나 환각을 일으키는 버섯을 사용하는 일이 점점 빈번해지고 있다고 한다. 그 현상은 샤먼들의 수련 과정이 예전의 특질을 잃고 있으며 그들의 능력이 점점 떨어지고 있음을 드러내는 것이다.

352

돌고래의 수수께끼

돌고래는 포유류 가운데서도 몸집에 비해 뇌의 부피가 가장 큰 편에 속한다. 또 머리통의 부피가 똑같다고 할 때, 침팬지의 뇌 무게가 보통 375그램이고, 사람의 뇌 무게가 1,450그램인데 비해, 돌고래의 것은 1,700그램이다. 돌고래의 삶은 하나의 수수께끼다.

돌고래는 포유강(綱) 고래목(目)에 속한다. 한마디로 바다에 사는 포유류 동물이다. 그들도 마치 우리처럼 공기를 들이마시고, 암컷들은 새끼에게 젖을 먹이며, 알을 낳지 않고 임신과 출산을 한다. 돌고래의 조상은 옛날에 육지에 살았다. 그들에겐 다리가 있었고, 땅 위를 걷고 뛰어다녔다. 그들은 아마도 악어나 바다표범과 비슷했을 것이다. 어쨌든 그들은 땅에서 살다가, 어느 날 물속으로 되돌아갔다. 이유는 확실치 않지만, 충분히 그럴 만한 이유가 있었을 것이다.

1천7백 그램에 달하는 커다란 뇌를 가진 그들이 바다로 돌아가지 않고 육지에 남았더라면 어떻게 되었을까? 그것을 상상하기는 어렵지 않다. 그들은 우리의 경쟁자나 선구자가 되었을 것이고, 전자보다는 후자가 되었을 가능성이 더 많다. 그런데 돌고래는 왜 바다를 택했을까? 바다는 확실히 육지보다 유리한 점을 지니고 있다. 육지에서 우리는 땅바닥에 붙어 살지만, 바다에서는 3차원 속을 마음대로 움직일 수 있다. 또 바다에서는 옷도 필요 없고 집과 난방 설비도 필요치 않다.

돌고래의 뼈대를 조사해 보면, 앞쪽 지느러미 안에 길쭉한 손뼈가 아직 들어 있음을 확인할 수 있다. 그것은 육지 생활의 마지막 흔적이다. 그 부분의 변화가 돌고래의 운명을 바꾸어 놓았는지도 모른다. 손이 지느러미로 바뀜으로써 돌고래는 물속에서 대단히 빠른 속도로 움직일 수 있었겠지만, 그 대신 더 이상 도구를 만들 수 없었을 것이다. 우리가 우리 기관의 능력을 보완하기 위해 도구를 만들어 내는 데 그토록 열을 올렸던 것은, 우리 환경이 우리에게 그다지 적합하지 않았다는 것을 반증하는 것일 수도 있다. 물속에서 행복을 되찾은 돌고래는 자동차나 텔레비전, 총, 컴퓨터 따위를 필요로 하지 않았다. 그렇다고 언어의 필요성까지 없어진 것은 아니었다. 돌고래는 자기들 고유의 언어를 상당한 수준으로 발전시킨 듯하다. 그들의 언어는 소리를 통해 교신하는 음향 언어이다. 돌고래가 내는 소리는 음역이 대단히 넓다. 사람의 음성 언어는 주파수 1백 헤르츠에서 5천 헤르츠 사이에서 소통되지만, 돌고래의 교신은 7천 헤르츠에서 17만 헤르츠에 이르는 넓은 범위에서 이루어진다. 그래서 돌고래의 음향 언어는 아주 풍부한 뉘앙스를 가지고 있다.

나자렛 베이 커뮤니케이션 연구소 소장인 존 릴리 박사의 견해에 따르면, 돌고래들은 오래 전부터 우리와 교신하기를 갈망해 온 듯하다고 한다. 그들은 자발적으로 해변에 있는 사람들과 우리 선박들에게 다가와서는, 마치 우리에게 알려 줄게 있다는 듯이 펄쩍 뛰어오르기도 하고, 어떤 몸짓을 하기도 하며, 신호를 보내기도 한다. 〈돌고래들은 우리가 자기들을 이해하지 못할 때면, 이따금 역정을 내기도 하는 것 같다〉라고 존 릴리 박사는 말한다.

353
에피메니데스 역설

〈이 명제는 거짓이다〉라는 명제는 그 자체로 에피메니데스의 역설을 구성한다. 어떤 명제가 거짓인가? 바로 이 명제다. 이 명제가 거짓이라면, 〈이 명제는 거짓이다〉라는 명제는 참이 된다. 따라서 이 명제는 거짓이 아니다. 그러므로 거짓이다. 그러므로 참이다. 그러므로 거짓이다. 이 순환은 끝없이 되풀이된다.

354

수면을 통제하는 방법

우리는 한평생을 살면서 25년을 잠으로 보낸다. 그럼에도 우리는 수면의 양과 질을 어떻게 다스려야 하는지를 알지 못한다.

진정한 심수(深睡), 즉 우리의 피로를 풀어 주고 원기를 회복시켜 주는 깊은 잠을 자는 데 필요한 시간은 하룻밤에 한 시간밖에 되지 않는다. 그 깊은 잠은 15분짜리의 작은 구성단위로 나뉘어져 한 시간 반 간격으로 노래의 후렴처럼 되풀이된다.

간혹 어떤 이들은 열 시간을 내리 자고서도 깊은 잠을 이루지 못한 탓에 피로가 전혀 풀리지 않은 채로 깨어난다.

그와 반대로, 자리에 눕자마자 깊은 잠에 떨어지는 방법을 알게 되면, 하루에 한 시간만 자면서도 그 시간을 온전한 원기 회복의 시간으로 활용할 수 있게 될 것이다.

어떻게 하면 그런 식으로 수면을 통제할 수 있을까?

먼저 자기의 수면 사이클을 알아내야 한다. 그것을 알아내는 것은 어렵지 않다. 예를 들어, 저녁 무렵에 나타나는 갑작스러운 노곤함이 한 시간 반 간격으로 다시 찾아온다는 점에 유의하면서 그 시각을 분 단위까지 기록하면 된다. 만일 저녁 6시 36분에 노곤함을 느꼈다면 다음의 피로감이 찾아오는 시각은 아마도 밤 8시 6분, 9시 36분, 11시 6분 등이 될 것이다. 바로 그 시각에 심수 열차가 지나갈 것이므로 때를 놓치지 말고 열차에 올라타야 한다.

그 순간에 맞추어 잠자리에 들었다가 자명종을 사용해서라도 반드시 세 시간 후에 깨어나는 버릇을 들이면, 우리의 뇌는 차츰차츰 수면의 단계를 압축해서 중요한 부분만을 유지하는 것에 길들여진다. 그렇게 되면, 우리는 아주 적게 자고도 피로를 완전히 풀고 개운한 몸으로 일어날 수 있게 된다.

아마도 언젠가는 학교에서 아이들에게 수면을 통제하는 방법을 가르치게 될 날이 올 것이다.

355

쥐들의 왕

라투스 노르베기쿠스라는 학명을 가진 시궁쥐의 어떤 종들은 자기들의 왕을 선출하는 독특한 제도를 가지고 있다. 왕의 선출은 이렇게 이루어진다. 하루 낮 동안 젊은 수컷들이 모두 모여서 날카로운 앞니를 가지고 서로 결투를 벌인다. 약한 자들은 차례차례 떨어져 나가고, 종당에는 결승전을 치를 두 마리 수컷만 남게 된다. 그 수컷들은 무리 중에서 가장 민첩하고 전투에 능한 자들이다. 그 둘 중에서 승리하는 자가 왕으로 선출된다. 결승전에서 승리를 거둔 쥐는 그 무리에서 가장 훌륭한 쥐로 인정되면서 왕으로 선출된다. 그러면 다른 쥐들은 그 쥐 앞에 나아가 복종의 뜻으로 머리를 숙이고 귀를 뒤로 젖히거나 꽁무니를 보여 준다. 왕이 된 쥐는 지배자로서 그들의 복종을 받아들인다는 뜻으로 그들의 주둥이를 깨문다. 신하가 된 쥐들은 왕에게 가장 맛있는 먹이를 바치고, 한껏 달아올라 암내를 물씬 풍기는 암컷들을 선사하고, 왕이 자기의 승리를 마음껏 향유할 수 있는 가장 깊숙한 구멍을 마련해 준다.

그런데 왕이 쾌락에 지쳐 잠이 들면 곧바로 아주 기이한 의식이 행해진다. 왕에게 충성을 맹세했던 젊은 수컷들 가운데 두세 마리가 왕을 죽이고 내장을 꺼낸다. 그런 다음, 그 쥐들은 이빨로 호두를 까듯이 다리와 발톱을 사용해서 왕의 머리통을 쪼갠다. 그러고는 머리 골을 꺼내 그 무리의 모든 구성원들에게 조금씩 나눠 준다. 그 쥐들은 어쩌면 그 머리 골을 먹음으로써 자기들이 왕으로 삼았던 가장 훌륭한 쥐의 특질을 모두가 조금씩 나눠 가지게 되리라고 믿고 있는지도 모른다.

사람들에게도 그와 비슷한 일이 일어난다. 사람들은 자기들의 왕을 뽑는 일을 좋아하며, 그 왕을 능지처참하면서 더 많은 기쁨을 얻는다. 그러니 누가 당신에게 왕관을 바치거든 그 저의를 의심하라. 그것은 어쩌면 쥐들의 왕이 되라는 왕관일지도 모른다.

356

유카탄 인디언 마을의
종교 해석

멕시코 남동부, 유카탄반도에 있는 시쿠막이라는 인디언 마을에서는 주민들이 종교 의식을 이상한 방식으로 거행하고 있다. 그 주민들은 16세기에 스페인 사람들 때문에 강제로 가톨릭 신자가 되었다. 그런데 초기의 선교사들이 죽고 나서, 다른 세계와 동떨어져 있던 그 지역에는 새로운 사제들이 오지 않았다.

그럼에도 3세기에 가까운 긴 세월 동안 시쿠막의 주민들은 가톨릭 전례를 유지하였다. 그들은 읽고 쓸 줄 몰랐기 때문에 기도문과 미사 경문을 구두로 전승하였다. 사파타 혁명 이후 권력이 다시 안정되었을 때, 멕시코 정부는 행정을 강화하기 위해서 전국 곳곳에 관리들을 파견하였다. 그리하여 시쿠막에도 1925년에 관리가 하나 파견되었다. 그 관리는 주민들이 거행하는 미사에 참석했다가 주민들이 구전에 의해서 라틴어 성가를 거의 완벽하게 보존해 냈음을 깨달았다. 그러나 세월은 작은 일탈도 가져왔다. 사제와 복사(服事)를 대체하기 위해서 시쿠막의 주민들은 원숭이 세 마리를 잡아다가 앉혀 놓았고, 그 전통은 시대를 넘어 계승되었다. 그리하여 그 주민들은 미사를 올릴 때마다 원숭이 세 마리에게 경배를 바치는 유일한 가톨릭 신자들이 되어 있었다.

357

장거리 경주

그레이하운드와 사람이 장거리 경주를 하면 언제나 개가 먼저 들어온다. 몸무게에 비례해서 생각해 보면 그레이하운드의 근력은 사람보다 나을 게 없다. 따라서 이론적으로는 그레이하운드와 사람이 똑같은 속도로 달려야 마땅할 것이다. 그러나 경주에서 이기는 쪽은 언제나 그레이하운드다. 그 까닭은 무엇일까? 사람은 달리면서 줄곧 결승선이 얼마나 남았는지를 헤아린다. 그는 도달해야 할 목표를 염

두에 두고 달린다. 그에 반해서 그레이하운드는 아무 생각 없이 그냥 달린다.

목표를 가늠하고, 또 목표가 얼마나 남았느냐에 따라 의욕이 부침하는 과정에서 사람은 엄청난 에너지를 낭비한다. 장거리 경주에서는 도달해야 할 목표를 생각하지 말고 오로지 앞으로 나아갈 생각만 해야 한다. 자꾸자꾸 나아가면서 그때그때에 맞게 행로를 수정하면 된다. 그렇게 나아가다 보면, 자기도 모르는 사이에 목표에 도달하게 되고, 경우에 따라서는 목표의 초과 달성도 가능해지는 것이다.

358

차원의 문제

사물이 존재하는 방식은 우리가 그것을 어떤 차원에서 지각하느냐에 따라 달라진다.

수학자 브누아 만델브로트*는 차원 분열 도형의 경이로운 이미지를 발견했을 뿐만 아니라, 우리가 보고 있는 것은 우리를 둘러싸고 있는 세계의 분할된 모습일 뿐이라는 사실을 입증하였다.

• Benoît Mandelbrot(1924~2010). 폴란드의 바르샤바에서 태어나 프랑스에 귀화한 수학자. 각 부분이 축소된 규모의 전체와 동일한 형태를 취하고 있는 기하학적 도형들을 연구하면서 차원 분열 도형을 발견하였다. 해안선이나 능선과 같은 형태로 자연 속에 흔히 나타나는 이 도형은 증시 동향이나 은하 분포와 같은 갖가지 현상들, 특히 불확실하고 혼돈스러운 현상들을 연구하기 위한 모델로 사용되며, 그 미학적인 측면 덕분에 수학계 밖으로도 널리 알려지게 되었다.

예컨대, 어떤 꽃양배추의 너비를 측정하는 경우를 생각해 보자. 보통 하는 것처럼 자를 가지고 지름을 측정하면 30센티미터라는 수치를 얻게 된다. 그런데, 만일 그 꽃양배추 안에 들어 있는 둥근 봉오리의 선을 따라가면서 길이를 잰다면 그 값은 열 배가 될 것이다.

매끈매끈한 탁자의 너비를 측정하는 경우도 마찬가지다. 육안으로 볼 때는 매끈매끈한 탁자를 현미경으로 보면 그 표면에 무수한 기복이 있음을 볼 수 있다. 그 기복을 일일이 따라가며 측정한다면, 탁자의 너비는 무한히 증대할 것이다. 결국 탁자의 크기는 탁자를 어떤 차원에서 보느냐에 따라 달라진다.

브누아 만델브로트의 발견은 우리에게 중요한 사실을 일깨운다. 절대적인 입장에서 보면 어떤 과학 정보도 정확하다고 말할 수 없다. 따라서 오늘날 정직한 사람이 취해야 할 올바른 태도는 어떤 지식에든 부정확한 부분이 많이 포함되어 있다는 점을 받아들이는 것이다. 그 부정확한 부분은 다음 세대에 의해 어느 정도 줄어들기는 하겠지만 결코 완전히 없어지지는 않을 것이다.

359
연어의 용기

연어들은 나면서부터 자기들이 멀리 물길 여행을 떠났다가 돌아와야 한다는 것을 알고 있다. 그들은 자기들이 태어난 하천을 떠나 바다로 내려간다. 바다에 다다르면, 따뜻한 민물에 살던 그들은 차가운 짠물을 견디기 위하여 호흡 방식을 바꾼다. 그리고 영양가 높은 먹이를 많이 먹으면서 살을 찌우고 힘을 비축한다. 그러다가, 연어들은 마치 어떤 신비로운 부름에 응하기라도 하듯 돌아가기로 결정한다. 그들은 바다를 두루 돌아다니고 나서도 모천(母川)으로 통하는 강의 어귀를 다시 찾아낸다.

그들은 바닷속에서 어떻게 돌아가는 길을 찾는 것일까? 그것은 아무도 모른다.

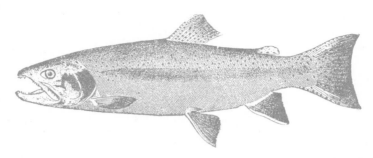

아마도 대단히 민감한 후각을 이용하여 모천으로부터 흘러온 분자를 바닷물에서 찾아내는 것이리라. 아니면, 지구 자기장을 이용해서 방향을 알아내는 것일 수도 있다. 그러나 이 두 번째 가정은 개연성이 더 적어 보인다. 캐나다에서 강물이 너무 오염되면 연어들이 물길을 제대로 찾지 못한다는 사실이 확인되었기 때문이다.

연어들은 고향으로 돌아가는 물줄기를 다시 찾았다고 판단하면, 그것을 거슬러 상류로 올라가기 시작한다. 이제 그들의 앞길에는 혹독한 시련이 가로놓여 있다. 몇 주 동안, 그들은 반대 방향으로 흐르는 거센 물살에 맞서 싸워야 하고, 폭포를 마주하면 뛰어올라야 하며(연어는 3미터 높이까지 뛰어오를 수 있다), 곤들매기나 수달, 곰, 낚시꾼 같은 적들의 공격에 저항하여야 한다. 그 과정에서 많은 연어들이 목숨을 잃는다. 이따금 그들이 떠나온 뒤에 새로 댐이 건설되어 그들의 물길을 막아 버리기도 한다.

연어들의 대부분은 고향으로 돌아가는 도중에 죽는다. 끝까지 살아남아 마침내 모천에 다다른 연어들은 그 하천을 사랑의 호수로 바꿔 놓는다. 그들은 여위고 지친 몸으로 산란터를 만들고 알을 낳는다. 그들은 마지막 남은 힘을 알들을 지키는 데에 바친다. 그런 다음, 그 알들에서 기나긴 모험을 다시 시작할 새끼 연어들이 나오면 어미들은 죽어 버린다.

드문 일이지만, 어떤 연어들은 힘을 다 쏟지 않고 남겨 두었다가 바다로 살아 돌아가 또 한차례의 험난한 여행을 하기도 한다.

360

카드

52장으로 이루어진 보통의 카드 패는 그 자체에 많은 뜻과 이야기를 담고 있다. 우선, 그 네 가지 무늬는 생명이 순환하는 네 영역을 의미하며, 사계절과 네 가지 행위와 네 행성의 영향에 다음과 같이 대응한다.

- 하트: 봄, 애정, 금성.
- 다이아몬드: 여름, 여행, 수성.
- 클로버: 가을, 노동, 목성.
- 스페이드: 겨울, 장애, 화성.

또, 카드의 숫자와 인물은 우연히 선택된 것이 아니다. 그것들은 각각 인생의 한 단계를 의미한다. 그래서 보통의 카드도 타로 카드처럼 얼마든지 점치는 수단으로 활용될 수 있다. 예를 들어, 하트 6은 선물을 받게 되리라는 뜻이며, 다이아몬드 5는 소중한 존재와의 결별을, 클로버 킹은 명성을, 스페이드 잭은 친구의 배신을, 하트 에이스는 휴식 기간을, 클로버 퀸은 행운을, 하트 7은 결혼을 뜻한다고 한다.

아주 단순해 보이는 놀이들을 포함해서 모든 놀이에는 고대의 지혜가 담겨 있다.

361

그노시스 교파

신에게도 신이 있을까?

고대 로마의 초기 기독교인들은 신에게도 신이 있다고 믿는 이단적인 교리에 맞서 오랫동안 싸워야 했다. 그 교리는 오로지 영적인 인식, 즉 그노시스를 지닌 사람만이 물질적인 삶에서 벗어날 수 있고 자기 영혼을 육체로부터 해방시킬 수 있다고 주장했던 그노시스설이었다. 서기 2세기에 그 교리를 널리 퍼뜨리기 위해 노력했던 마르키온은 사람들이 기도를 바치는 신은 최상의 신이 아니며 훨씬 우월한 다른 신이 있다고 주장했다. 그노시스 교파의 입장에서 보면, 신들은 작은 인형들이 더 큰 인형들 속에 차례로 들어가 박히는 러시아 인형과 비슷했다. 즉, 큰 세계의 신들은 더 작은 세계의 신들을 포괄하는 것으로 그들은 생각했다.

복신론(複神論, *bithéisme*)이라고도 불렸던 그 교리는 주로 오리게네스와 같은 신학자들로부터 논박을 당하였다. 정통파 기독교인들과 그노시스파 기독교인들은 신에게도 신이 있는가 하는 문제에 대한 결론을 내리기 위해 오랫동안 대립하였다. 결국 그노시스파는 학살을 당했고, 드물게 살아남은 자들은 아무도 모르게 자기들의 의식을 계속 거행하였다.

362
감정 이입

감정 이입은 남이 느끼는 것을 같이 느끼고 남의 기쁨이나 고통을 함께 나누는 능력이다(어원적으로 보면, 감정 이입을 뜻하는 프랑스어 앙파티*empathie*는 파토스 안에 있다는 뜻이고, 그리스어 파토스는 〈고통〉을 의미한다).

식물들조차도 고통을 지각한다. 만일 어떤 사람이 나무에 기대어 칼로 자기의 손가락을 베고 있을 때, 검류계(檢流計)의 전극을 나무껍질에 대어 보면 전기 저항이 변화하는 것을 확인할 수 있다. 따라서 나무는 사람 몸에 상처가 날 때 세포들이 파괴되고 있음을 느끼는 것이다. 그런 식으로 생각해 보면, 만일 어떤 사람이 숲에서 살해되는 경우에는 그 숲의 모든 나무들이 그것을 느끼고 그것에 영향을 받을 수 있다는 얘기가 된다.

『블레이드 러너』의 저자인 미국 작가 필립 K. 딕에 따르면, 만일 어떤 로봇이 인간의 고통을 지각할 수 있고 그로 인해 괴로워할 수 있다면 그 로봇은 사람의 자격을 얻을 만하다. 그 추론을 뒤집어서, 만일 어떤 사람이 다른 사람의 고통을 지각할 수 없다고 한다면 그에게서 인간 자격을 박탈하는 것은 당연한 일이 될 것이다. 그 추론을 발전시켜 우리는 사람의 자격을 박탈하는 것을 하나의 새로운 형벌로 생각해 볼 수도 있을 것이다. 그렇게 되면 고문자, 살인자, 테러리스트 등 아무 거리낌 없이 타인에게 고통을 가하는 모든 자들이 그 벌을 받게 될 것이다.

363
솔로몬 성전

예루살렘의 솔로몬 성전은 완벽한 기하학적 형태의 본보기였다. 그것은 사면에 석벽을 두른 기단(基壇) 위에 세워져 있었다. 기단의 네 면은 존재를 구성하는 네 세계, 즉 물질세계(육체), 감성 세계(영혼), 정신세계(지성), 신비 세계(우리 안에 지니고 있는 신성)를 상징하는 것이었다. 또 신비 세계의 한복판에는 창조, 형성, 작용을 상징하는 세 칸의 주랑이 있었다.

전체적으로 보아 성전은 장방형이었다. 길이 50미터에, 너비 25미터, 높이 15미터였다. 그 중앙에 길이 15미터, 너비 5미터의 성소가 있었고, 그 안쪽에는 변의 길이가 10미터인 완전한 입방체 모양의 지성소가 있었다.

지성소 안에는 아카시아나무로 만든 제대(祭臺)가 놓여 있었는데, 그것 역시 변의 길이가 2미터 50센티미터인 완전한 입방체였다. 제대에는 1년 열두 달을 상징하는 열두 개의 빵이 놓여 있었고, 그 위에 일곱 행성을 나타내는 칠지 촛대가 있었다. 옛 문헌, 특히 알렉산드리아 사람 필론의 문헌에 따르면, 솔로몬 성전은 하느님의 역장(力場)을 형성하기 위해 설계된 기하학적 형상이다. 원래 황금비는 신성한 역학의 치수다. 성전은 우주의 에너지가 응축된 곳이며, 눈에 보이는 세계에서 눈에 보이지 않는 세계로 넘어가는 이행의 장소로 만들어진 것이다.

364

0

영(0)은 기원전 2세기 중국의 산술이나(점으로 표시) 그보다 훨씬 앞선 마야인들의 문명에서(나선으로 표시) 그 자취를 찾아볼 수 있다. 하지만, 우리가 현재 사용하는 영은 인도에서 유래한 것이다. 7세기에 페르시아인들은 인도인들의 영을 모방했다. 몇 세기 후에 아랍인들이 페르시아인들로부터 그 수를 빌려 왔고 그것에 우리가 알고 있는 이름을 붙였다(아랍 말로 시파는 〈비어 있음〉을 뜻한다). 유럽에는 13세기가 되어서야 이탈리아의 수학자 레오나르도 피보나치의 소개로 영의 개념이 도입되었다. 피보나치(필리오 디 보나치를 줄여 부르는 것일 가능성이 많다)는 피사의 레오나르도라고도 불렸는데, 그 별명과는 달리 베네치아의 상인이었다.

그는 동시대 사람들에게 영의 개념이 얼마나 유익한지를 설명하려고 애썼다. 그러나 사람들은 그의 설명을 제대로 이해하지 못했다. 영이 기존의 몇몇 개념에 수정을 가한다는 것은 분명했지만, 교회는 영이 너무 많은 개념들을 뒤엎는다고 판단했다. 영이 악마적이라고 생각하는 종교 재판관들마저 있었다. 사실, 어떤 수와 곱하든 그 수를 무(無)로 만들어 버리는 영은 사탄의 수라는 오해를 받을 법도 했다. 그럼에도 결국 교회는 영의 개념을 받아들일 수밖에 없었다. 훌륭한 회계가 절실히 필요했기 때문에, 영을 사용하는 아주 〈물질주의적인〉 이점을 활용하지 않을 수 없었던 까닭이다.

영은 당시로서는 완전히 혁명적인 개념이었다. 그 자체로는 아무것도 아니면서 다른 수에 붙이면 그 수를 열 배로 만들 수 있었다. 영을 덧붙임으로써 계량 단위의 변화를 장황하게 표시하지 않고도, 십·백·천·만의 계수를 얻게 되었다.

영은 아무 가치가 없는 수로서, 다른 수의 오른쪽으로 가져가면 어마어마한 힘을 주고, 왼쪽으로 가져가면 아무런 영향도 미치지 않는다.

영은 모든 것을 무로 돌릴 수 있는 위대한 수이다. 영이라는 마법의 문이 있기에 우리는 뒤집어진 평행 세계, 즉 음수의 세계로 들어갈 수 있다.

365
샤바타이 체비

폴란드의 카발라 학자들은 성서와 탈무드를 밀교적으로 해석하고 연도 계산을 무수히 거듭한 끝에, 메시아가 정확히 1666년에 재림하리라고 예언하였다. 당시에 동유럽 유대인들의 사기는 떨어질 대로 떨어져 있었다. 몇 해 전인 1648년에는 우크라이나 코사크족의 우두머리인 보그단 흐멜니츠키가 폴란드 봉건 대지주들의 지배를 종식시키기 위해 농민 반란을 선도하였다. 반란군은 철통같은 성채에 숨어 있는 대지주들을 공격할 수 없게 되자, 살인적인 광기에 사로잡힌 채, 봉건 영주들에게 너무 충성스럽다고 판단된 유대인 마을들에 쳐들어가 앙갚음을 하였다. 몇 주 후, 폴란드 영주들이 반격에 나섰고 피비린내 나는 전투가 벌어지는 와중에서, 유대인 마을들은 또 한차례 처참한 피해를 입었으며, 희생자가 수천에 달하였다. 그 참상을 보면서, 카발라 학자들은 〈이것은 바로 아마겟돈 대결전의 신호이며 메시아 재림의 전조다〉라고 주장했다.

그런데, 바로 그러한 시점을 골라서 샤바타이 체비라는 젊은이가 메시아를 자처하고 나섰다. 눈매가 그윽하고 성품이 온화한 그 젊은이는 뛰어난 언변으로 사람들에게 위안과 꿈을 주었다. 사람들은 그가 기적을 행할 수 있다고 주장하였다.

그는 참혹한 시련을 겪은 동유럽 유대인 공동체에 종교적 열정을 불러일으켰다. 물론 많은 랍비들은 그가 메시아를 참칭하는 〈거짓 왕〉이라고 규탄하였다. 유대인 공동체는 그를 지지하는 자들과 비난하는 자들로 분열되었다. 수백 명의 유대인들이 모든 것을 버리고 그 새 메시아를 따르기로 결심했다. 그는 성스러운 땅에 유토피아적인 사회를 건설하자고 그들을 이끌었다. 그러나 그 사건은 아주 엉뚱한 방향으로 흘러갔다. 어느 날 밤, 튀르크 황제의 첩자들이 샤바타이 체비를 납치했다. 그는 죽음을 면하기 위해 이슬람으로 개종하였다. 그의 신도 가운데 아주 충실한 몇몇 사람은 그를 따라 개종하였고, 나머지 사람들은 그를 잊어버리는 쪽을 선택했다.

366
동물은 우리의 동맹군

인류의 역사를 더듬어 보면, 인간과 동물 사이에 군사적인 협력이 이루어졌던 사례를 많이 발견할 수 있다. 물론 인간이 동물의 의견을 물어 그런 협력이 이루어졌던 것은 아니지만 말이다.

제2차 세계 대전 중에 소련 사람들은 군견들을 대전차용(對戰車用)으로 훈련시켰다. 그 개들의 임무는 지뢰로 무장하고 적의 전차 밑으로 숨어들어 가서 전차를 폭파시키는 것이었다. 그 작전은 그다지 잘 먹혀들지 않았다. 개들은 지뢰가 폭발하기 전에 주인들 품으로 돌아오기 일쑤였기 때문이다.

1943년에 루이스 파이저 박사는 소형 소이탄을 장착한 박쥐들을 보내서 일본 군함을 공격하는 방안을 생각해 냈다. 그 박쥐들은 일본의 가미카제 특공대에 대한 연합군의 응수가 될 법했다. 그러나 히로시마에 원자탄이 떨어지고 난 뒤 그 무기들은 쓸모가 없어졌다.

또 1944년에 영국인들은 고양이를 이용해서 폭발물이 실린 작은 비행기들을 조종하는 방안을 구상했다. 고양이들은 물을 무서워하기 때문에 어떻게 해서든 비행기를 적의 항공 모함 쪽으로 몰고 가리라는 것이 그들의 생각이었다. 그러나 그건 전혀 사실이 아니었다.

베트남 전쟁 중에 미국인들은 비둘기와 독수리를 이용해서 베트콩들에게 폭탄을 보내려고 했다. 그 계획 역시 실패로 끝났다.

동물들을 전투 요원으로 사용하는 대신에 첩보원으로 활용하려 했던 사례도 있다. 냉전이 한창이던 시절에 미국 CIA는 용의자를 놓치지 않고 미행하는 방법을 다각적으로 연구하면서, 바퀴벌레 암컷의 호르몬, 즉 페리플라론 B로 용의자에게 표시를 해두는 실험을 행했다. 그 물질은 바퀴 수컷에게 대단히 자극적이다. 그래서 바퀴 수컷은 몇 킬로미터나 떨어진 곳에서도 그 물질이 있는 곳을 알아내어 찾아갈 수 있다.

367

동물 재판

예로부터 사람들은 동물을 사람의 법으로 심판할 수 있다고 생각해 왔다.

프랑스에서는 10세기부터 여러 가지 구실을 내세우며 당나귀나 말이나 돼지 따위를 고문하고 교살하고 파문하였다. 1120년, 랑의 주교와 발랑스의 부주교는 농작물에 막대한 피해를 입힌 나방의 애벌레들과 들쥐들을 파문하였다. 부르고뉴 지방 사비뉴이 쉬르 에탕의 고문서 중에는 한 암퇘지에 대한 재판 기록이 들어 있다. 그 암퇘지는 다섯 살 난 아이를 잡아먹은 혐의로 재판을 받았다. 증거는 충분했다. 그 암퇘지가 새끼 여섯 마리와 함께 주둥이에 피칠갑을 한 채 범죄 현장에서 발견되었기 때문이다. 그 돼지들은 정말로 아이를 잡아먹었을까? 재판을 통해 사형이

확정된 어미는 공공장소에서 뒷다리로
매달린 채 죽음을 맞았다. 한편, 새끼 돼
지들은 한 농부에게 맡겨져 보호와 감시
를 받게 되었다. 그 새끼 돼지들은 공격
적인 행동을 보이지 않았기 때문에, 죄를
용서받고 계속 자라는 것이 허용되었으
며, 결국 어미 돼지가 되어서야 사람들에
게 고기를 제공하기 위해 〈정상적으로〉
도살되었다.

1474년, 스위스의 바젤에서는 한 암탉
에 대한 재판이 열렸다. 그 암탉은 노른
자위가 없는 알을 낳은 것 때문에 마귀가
씌었다는 혐의를 받았다. 암탉의 변호인은 고의적인 행위가 아니었음을 들어 무죄
를 주장했다. 그 변호의 보람도 없이 암탉은 화형을 당하고 말았다. 1710년이 되어
서야, 한 연구자가 노른자 없는 알을 낳는 것은 어떤 병의 결과임을 알아냈다. 그
러나 소송 당사자들이 이미 오래전에 사라진 뒤라, 그 사건에 대한 재심은 이루어
지지 않았다.

이탈리아에서는 1519년에 한 농부가 농작물에 피해를 입힌 두더지 떼를 상대로
소송을 제기하였다. 두더지들의 변호인은 언변이 아주 뛰어난 사람이었다. 그는
그 두더지들이 너무 어려서 책임이 없다고 주장하는 한편, 두더지는 농작물을 해
치는 곤충들을 잡아먹기 때문에 농부에게 유익하다고 강변하였다. 결국 두더지들
에게 내려졌던 사형 선고는 소송인의 밭에서 영원히 추방되는 것으로 감형되었다.

영국에서는 1662년에 제임스 포터라는 사람이 자기 가축을 상대로 여러 차례 수
간(獸姦)을 행한 죄로 참수형에 처해졌다. 그런데, 그 사건을 재판한 판사들은 그의
피해자들까지 공범으로 간주하고, 암소 한 마리와 암돼지 두 마리, 암송아지 두 마
리, 암양 세 마리에게도 똑같은 형벌을 내렸다.

끝으로, 1924년 미국 펜실베니아주에서는 펩이라는 이름의 래브라도 사냥개가 주지사의 고양이를 물어 죽였다는 이유로 무기 징역의 판결을 받았다. 그 개는 한 교도소에 수감되어 6년 후에 늙어 죽었다.

368
타인의 영향

1961년에 미국의 애시라는 교수는 어떤 실험을 위해 자기 방에 일곱 사람을 모았다. 그는 방에 모인 사람들에게 자기가 그들을 상대로 지각에 관한 실험을 할 거라고 알려 주었다. 그런데 그 일곱 명 중에서 진짜 실험 대상이 되고 있는 사람은 한 사람뿐이었고, 나머지 여섯 명은 돈을 받고 교수를 도와주는 사람이었다. 그 보조자들의 역할은 진짜 피실험자가 실수를 하도록 유도하는 것이었다.

그 실험이 이루어지는 방식은 이러했다. 피실험자가 마주 보고 있는 벽에 직선 두 개를 그려 놓는다. 직선 하나는 길이가 25센티미터, 다른 하나는 30센티미터이다. 두 직선은 나란하기 때문에 30센티미터짜리가 더 길다는 것은 누가 보아도 명백하다. 애시 교수는 방에 모인 사람들 하나하나에게 어느 직선이 더 긴가 하고 묻는다. 여섯 명의 보조자들은 한결같이 25센티미터짜리가 더 길다고 대답한다. 그러고 나서 마지막으로 진짜 피실험자에게 묻는다.

그런 식으로 실험을 한 결과, 진짜 피실험자들 중에서 25센티미터짜리 직선이 더 길다고 응답하는 경우가 60퍼센트에 달하였다. 또, 30센티미터짜리가 더 길다고 응답한 사람들도, 여섯 보조자들이 비웃으며 놀려대면, 그중의 30퍼센트는 다수의 기세에 눌려 처음의 응답을 번복하였다.

애시 교수는 대학생과 교수 1백여 명을 상대로 같은 실험을 했다. 남의 말을 쉽게 믿지 않을 것으로 생각되는 사람들을 실험 대상으로 삼아 본 거였다. 그 결과는 그들 중의 90퍼센트가 25센티미터짜리 직선이 더 길다고 응답하는 것으로 나타났다.

25센티미터짜리가 더 길다고 대답하는 사람들에게 생각을 바꿀 기회를 주느라고 애시 교수가 같은 질문을 여러 차례 되풀이하면, 많은 사람들은 뻔한 걸 왜 자꾸 묻는지 모르겠다는 듯한 기색을 보이며 자기 응답을 고수하였다.

가장 놀라운 것은 피실험자들에게 그 실험의 의도가 무엇이었는지를 밝히면서 다른 여섯 명은 교수와 미리 짜고 실험에 참여했다는 사실을 피실험자들에게 알려 주어도, 그들 중의 10퍼센트는 여전히 25센티미터짜리 직선이 더 길다고 고집을 부린다는 거였다. 또 어쩔 수 없이 자기들의 실수를 받아들인 사람들도 남들이 다 그러기에 자기도 따라 했다는 것을 순순히 인정하기보다는, 자기들의 시력이나 관찰 각도를 문제 삼으면서 갖가지 변명을 늘어놓더라는 것이다.

369
거울의 단계

아기는 첫돌 무렵에 거울의 단계라는 이상한 시기를 경험한다. 그 무렵까지 아기는 어머니와 자기 자신, 젖가슴, 젖병, 빛, 아버지, 자기 손, 장난감 등 세상의 모든 사람과 사물이 일체를 이루는 것으로 믿고 있다. 아기가 보기에는 큰 것과 작은 것, 앞의 것과 뒤의 것 사이에 아무런 차이가 없다. 모든 것이 하나로 되어 있고 세계와 자아가 전혀 분리되어 있지 않다.

그러다가 갑자기 거울의 단계가 찾아온다. 첫돌 무렵이 되면, 아기는 따로 서기를 하기 시작하고, 죄암질이 능숙해지며, 생리적인 욕구를 조금씩 억제할 수 있게 된다. 그 시기에 아기는 거울을 보면서 자기가 존재한다는 것과 자기 주위에 다른 사람들과 세계가 있다는 것을 알게 된다. 아기는 스스로를 알아보고 스스로에 대한 이미지를 형성한다. 그 이미지는 좋은 것일 수도 있고 나쁜 것일 수도 있다. 아기는 거울에 비친 자기를 쓰다듬으며 입을 맞추고 목젖이 보이도록 웃을 때도 있지만, 스스로에게 얼굴을 찡그려 보이기도 한다.

대개의 경우 아기는 스스로의 이미지를 흡족하게 여기면서 자기애에 빠진다. 거울은 아기의 상상력을 자극하며, 아기는 상상 속에서 자기를 어떤 영웅과 동일시한다. 이제부터의 삶은 끊임없는 욕구 불만과 좌절의 원천이지만, 아기는 그 상상력 덕분에 삶의 어려움을 견뎌 나간다.

거울이나 물속에 비친 자기 모습을 발견하지 못하는 경우에도 아기는 그 단계를 경험한다. 스스로에 대한 이미지를 형성하고 세계와 자아를 구별할 수 있게 해주는 수단을 어떤 식으로든 찾아내기 때문이다.

고양이들은 거울의 단계를 경험하지 않는다. 그래서 그들은 거울을 보면 다른 고양이가 있는 줄로 여기고 자꾸 뒤로 가서 그 고양이를 붙잡으려고 한다. 고양이들의 그런 행동은 나이를 먹어도 달라지지 않는다.

370

1 + 1 = 3

이것은 재능들이 하나로 결합되면 그것들의 단순한 합을 능가한다는 것을 뜻한다. 또, 음과 양, 큰 것과 작은 것, 높은 것과 낮은 것 등이 융합하면 둘 중의 어느 것과도 다르면서 둘을 넘어서는 새로운 것이 생겨나게 됨을 뜻한다.

$$1 + 1 = 3$$

이 방정식에는 우리의 후손이 반드시 우리보다 나으리라는 믿음, 즉 인류의 미래에 대한 믿음이 담겨 있다. 내일의 인류는 분명히 오늘의 인류보다 나을 것이다. 나는 그것을 믿고 그러기를 바란다.

$$1 + 1 = 3$$

이 방정식은 또한 집체(集體)와 사회적 단결이 우리의 동물적 지위를 승화시키는 가장 훌륭한 수단임을 의미하기도 한다.

그런데, 1 + 1 = 3은 수학적으로 거짓이기 때문에 그것을 철학적인 원리로 받아들이기가 거북하다는 사람들도 적지 않을 것이다. 하지만 이렇게 한번 생각을 해 보자.

방정식 $(a+b) \times (a-b) = a^2 - ab + ba - b^2$ 에서 우변의 $-ab$와 $+ba$를 상쇄하면 다음의 식을 얻는다.

$$(a+b) \times (a-b) = a^2 - b^2$$

양변을 $(a-b)$로 나누면,

$$\frac{(a+b) \times (a-b)}{a-b} = \frac{a^2 - b^2}{a-b}$$

좌변을 약분하면,

$$a+b = \frac{a^2 - b^2}{a-b}$$

$a = b = 1$로 놓으면,

$$1+1 = \frac{1-1}{1-1}$$

즉

$$2 = \frac{1 - 1}{1 - 1}$$

이 된다. 분수에서 분자와 분모가 같으면 그 값은 1이다.
따라서 위의 식은 다음과 같이 된다.

$$2 = 1$$

여기서 양변에 1을 더하면 3 = 2가 되고, 우변의 2를 1 + 1로 대체하면,

$$3 = 1 + 1$$

이 된다.•

비범한 말 한스

1904년에 세계 과학계를 들뜨게 만든 사건이 하나 있었다. 사람들로 하여금 마침내 〈인간과 똑같은 지능을 가진 동물〉을 찾아냈다고 믿게 만든 사건이었다.

문제의 그 동물은 오스트리아의 학자 폰 오스텐이 훈련시킨 여덟 살배기 말이었다. 한스라는 그 말을 보러 온 사람들은 그 말이 근대 수학을 완전히 이해하는 듯한 모습을 보고 크게 놀랐다. 한스는 방정식의 답을 척척 알아맞혔다. 뿐만 아니라, 시계를 정확하게 볼 줄 알았고 며칠 전에 본 사람들을 사진에서 찾아냈으며 논

• 이 증명은 0과 관련된 금기를 무시함으로써 가능해진 수의 연금술이다. 방정식 $(a + b) \times (a - b)$ $= a^2 - b^2$에서 양변을 $(a - b)$로 나누는 경우에는 빠뜨릴 수 없는 전제가 있다. $a - b \neq 0$, 즉 a와 b가 같지 않아야 한다는 것이다. 실수 체계에서 0으로 나누는 것은 불가능하기 때문이다. 따라서 $a = b = 1$로 놓는 것은 그 전제를 무시한 것이다.

리학 문제를 풀기도 했다.

한스는 굽 끝으로 물건을 가리켰고, 바닥을 두드려 수를 표시했다. 독일어 낱말을 전달하고자 할 때도 굽으로 바닥을 두드려 글자들을 하나하나 나타냈다. a는 한 번 두드리고, b는 두 번, c는 세 번 하는 식이었다.

사람들은 한스를 상대로 갖가지 실험을 했다. 한스는 어떤 실험에서도 자기의 재능을 유감 없이 발휘하였다. 말과 주인만이 아는 모종의 암호가 있을지도 모른다는 생각에 주인을 입회시키지 않고 실험을 해보았지만, 결과는 마찬가지였다. 동물학자에 이어 생물학자와 물리학자, 나중에는 심리학자와 정신과 의사들까지 세계 전역에서 한스를 보러 왔다. 그들은 의심을 품고 왔다가 어안이 벙벙해져서 돌아갔다. 그들은 비밀이 어디에 있는지는 깨닫지 못했지만, 한스가 〈비범한 동물〉이라는 점은 인정하지 않을 수 없었다.

1904년 9월 12일, 13명의 전문가로 이루어진 한 집단이 한스가 보여 주는 능력이 사기일 가능성을 일체 배제하는 보고서를 펴냈다. 당시에 그것은 세상을 떠들썩하게 만들었고 과학계는 한스가 사람들과 똑같은 지능을 지녔다는 생각에 익숙해지기 시작했다.

그러던 중 마침내 한스 사건의 비밀을 밝혀 낸 사람이 나타났다. 폰 오스텐의 조수 가운데 하나였던 오스카 푼크스트가 그 사람이었다. 그는 한스가 어떤 경우에 틀린 답을 내놓는지를 깨닫게 되었다. 한스는 자기 앞에 있는 사람들이 답을 모르고 있는 문제에 대해서는 언제나 오답을 내놓았다. 또, 자기 혼자서 사진이나 숫자나 문장을 대하고 있을 때는 대답이 제멋대로였다. 마찬가지로, 입회한 사람들을 보지 못하도록 눈가리개로 씌우고 실험을 했더니, 한스는 예외 없이 문제 해결에 실패했다. 결국, 한스의 능력은 다른 데에 있는 것이 아니라 지극히 높은 수준의 주의력에 있다는 것이 유일한 설명이었다. 한스는 굽으로 바닥을 두드리면서 입회한 사람들에게서 나타나는 태도의 변화를 감지했던 거였다. 그리고 그렇게 주의력을 집중할 수 있게 동기를 부여한 것은 먹이라는 보상이었다.

비밀이 드러나자, 학계의 태도는 표변(豹變)하였다. 학자들은 그렇게 쉽게 속아 넘어간 것을 후회하면서 그때부터는 동물의 지능과 관련된 일체의 실험에 으레 회의적인 반응을 보이게 되었다. 오늘날에도 대부분의 대학에서는 한스의 사례를 속임수의 희화적인 본보기로 가르치고 있다.

하지만, 가련한 한스에게는 사람만큼 똑똑하다는 영광도 속임수에 능하다는 오명도 걸맞지 않다. 한스는 그저 사람들의 태도를 해석할 수 있는 능력이 있어서 한때 사람과 대등한 동물로 오해를 받았을 뿐이다. 어쩌면 한스가 사람들을 불쾌하게 만든 진짜 이유는 더 깊숙한 다른 곳에 있을지도 모른다. 동물에게 자기의 속마음을 들킨다는 건 결코 기분 좋은 일이 아닐 테니까 말이다.

372

밤비 신드롬

사랑하는 것이 때로는 증오하는 것만큼이나 위험할 수 있다.

유럽과 북미의 자연 공원을 찾는 사람들은 새끼 사슴을 자주 만나게 된다. 어미가 먼 곳에 있지 않음에도, 그 새끼 사슴은 외롭고 쓸쓸해 보이기가 십상이다. 산

보객들은 측은한 마음도 들고, 플러시 천으로 된 인형처럼 마냥 순하게만 보이는 동물에 가까이 다가서는 것이 기쁘기도 해서, 그 새끼 사슴을 쓰다듬으려고 한다. 그 손짓에는 공격적인 의도가 전혀 없고, 그렇게 사람이 다정하게 쓰다듬어 주면 새끼 사슴은 더욱 온순한 모습을 보이기까지 한다. 그런데, 그 접촉이 새끼 사슴에게는 치명적인 행위가 된다.

그 까닭은 무엇인가? 처음 몇 주 동안, 어미 사슴은 오로지 냄새를 통해서만 자기 새끼를 알아본다. 그 손길이 아무리 다정스러웠다 해도, 일단 사람의 손길이 닿고 나면 새끼 사슴의 몸에 사람 냄새가 배어든다. 별로 진하지 않아도 오염성이 강한 그 냄새는 새끼 사슴의 신분증명서를 쓸모없게 만들어 버린다. 새끼 사슴은 가족을 다시 만나자마자 버림받는 신세가 된다. 어떤 암사슴도 다시는 그를 받아 주지 않기 때문에, 새끼 사슴은 굶어 죽는 형벌에 처해진 거나 다름이 없다.

죽음을 불러오는 그런 위험한 애정 표시를 일컬어 〈밤비 신드롬〉 또는 〈월트 디즈니 신드롬〉이라고 한다.

373

공갈

이미 많은 부를 축적하고 있는 나라에서는 부를 창출할 수 있는 온갖 방법이 다 활용된 터라, 이제 남은 거라고는 단 한 가지 방법밖에 없다. 공갈이 바로 그것이다. 공갈에도 종류가 많다. 〈자, 이거 마지막으로 하나 남은 겁니다. 지금 바로 사시지 않으면 기회가 없습니다. 다른 손님이 눈독을 들이고 있거든요〉 하는 상인의 애교스러운 공감이 있는가 하면, 〈석유가 공기를 오염시키는 것은 사실이지만, 그것이 없으면 이 겨울에 온 국민을 따뜻하게 해줄 방법이 없을 겁니다〉라는 식으로 다중을 협박하는 공감도 있다. 그런 공감 앞에서 사람들은 결핍에 대한 두려움이나 무엇을 놓치는 것에 대한 두려움을 갖기 때문에 인위적인 지출이 생겨나게 된다.

374

유머

과학 연감에 기록된 유일한 동물 유머의 사례는 스트라스부르 대학의 영장류 학자 짐 앤더슨이 보고한 것이다. 이 과학자는 수화를 배운 고릴라 〈코코〉의 사례를 제시하였다. 한 실험자가 코코에게 하얀 손수건을 보여 주면서, 이게 무슨 색이냐고 물었다. 코코는 빨간색을 뜻하는 손짓을 했다. 실험자는 손수건을 고릴라의 눈앞에 들이대고 흔들면서 같은 질문을 되풀이했다. 코코는 여전히 빨간색이라고 대답했다. 실험자는 코코가 실수를 고집하는 까닭을 이해할 수 없었다. 실험자가 참을성을 잃고 화난 기색을 보이자, 고릴라는 그에게서 손수건을 빼앗더니 빨간 실로 감친 가두리를 보여 주었다. 그리고 나서, 고릴라는 영장류 학자들이 말하는 〈장난의 표정〉, 즉 입을 비죽 내밀고 입술을 위아래로 젖히면서 앞니를 벌쭉 드러내고 눈을 휘둥그렇게 뜬 표정을 지어 보였다. 그것은 아마도 고릴라의 유머였을 것이다.

375

인사말

미지의 독자여, 먼저 그대에게 인사를 보낸다.

이것은 그대에게 보내는 나의 세 번째 인사이 거나 아니면 첫 번째 인사일 것이다. 사실, 그대 가 처음으로 이 책을 접하게 되었든 세 번째로 보게 되는 것이든 그건 별로 중요하지 않다.

이 책은 한마디로 세계를 변화시키는 데 쓰일 무기다.

아니, 우스개로 하는 말이 아니다. 그건 가능한 일이다. 당신은 세상을 변화시킬 수 있다. 어떤 일이 일어나기를 진정으로 바라는 사람에게는 그 일이 일어난다. 아주 보잘것없는 원인이 큰 결과를 낳을 수 있다. 호놀룰루에서 나비 날개 하나가 파닥이면 캘리포니아에 태풍이 분다는 얘기도 있지 않던가. 당신은 나비 날개 하나가 일으킬 수 있는 바람보다 더 강력한 영향을 세상에 미칠 수 있다. 그렇지 아니한가?

당신이 이 글을 읽을 때쯤이면 나는 이미 이 세상 사람이 아닐 것이다. 유감스럽게도 나는 이 책을 매개로 해서 간접적으로 당신을 도울 수밖에 없다.

내가 당신에게 제안하고자 하는 것은, 하나의 혁명을 이루어 내라는 것이다. 아니, 혁명이라기보다는 〈진화〉라고 말하는 편이 옳을지도 모르겠다. 우리의 혁명은 예전의 혁명들처럼 폭력적일 필요도 없고 휘황찬란할 이유도 전혀 없기 때문이다.

나는 그것을 하나의 정신적인 혁명으로 생각하고 있다. 그것은 폭력을 사용하지 않는 혁명이며, 눈에 띄지 않게 조금씩조금씩 세상을 변화시키는 개미식 혁명이다. 보기에 따라서는 그저 하찮게만 보이는 작은 몸짓들이 자꾸자꾸 보태지면 마침내 태산마저도 무너뜨릴 수 있게 되는 것이다.

내가 보기에 예전의 혁명들은 인내심과 관용이 부족했다는 점에서 결함이 있었다. 지상에 유토피아를 건설하고자 했던 혁명가들은 그저 단기적인 안목으로만 사고를 했다. 어떤 대가를 치르더라도 자기들의 생전에 혁명 활동의 결과를 보고 싶어 했기 때문이다.

지금 여기에서 내가 열매를 딸 수 없더라도, 훗날 다른 곳에서 남들이 열매를 거둘 수 있도록 나무를 심는다는 마음가짐을 가져야 한다.

그 주제를 놓고 우리 함께 토론을 해보자. 우리의 대화가 계속되는 동안, 내 말에 귀를 기울이건 기울이지 않건 그건 당신의 자유다(당신은 이미 자물쇠에 귀를 기울일 줄 아는 사람임을 보여 주었다. 따라서 당신은 남의 이야기를 경청할 줄 아는 사람임이 분명하다. 그렇지 않은가?).

내가 잘못 생각하는 경우도 있을 수 있다. 나는 중생(衆生)을 제도하는 스승도 아니고, 정신적인 지도자도 그 어떤 숭배의 대상도 아니다. 나는 인류의 모험은 이제부터 시작임을 자각하고 있는 사람들 중의 하나일 뿐이다. 우리는 인류 역사의 여명기를 사는 사람들에 지나지 않는다. 우리의 무지는 끝이 없고 우리가 발견하고 발명해야 할 것은 무궁무진하게 남아 있다.

우리가 해야 할 일은 참으로 많고, 당신은 아주 훌륭한 일을 해낼 능력이 있다. 나는 그저 독자인 당신의 파동과 서로 작용하여 간섭 현상을 일으키는 하나의 파동일 뿐이다. 우리의 파동이 만나 서로 작용하는 것은 유익한 일이다. 이런 간섭 현상 때문에 독자들은 이 책에서 저마다 다른 의미를 발견하게 될 것이다. 말하자면, 이 책은 마치 살아 있기라도 한 것처럼 당신의 교양과 기억, 그리고 당신의 독특한 감수성에 맞추어 그 의미를 달리하게 될 것이다.

살아 있는 사람으로서가 아니라 하나의 〈책〉으로서 내가 작용하는 방법은 무엇인가? 혁명과 유토피아에 대해서, 사람이나 동물의 행동에 관해서 당신에게 짤막한 얘기들을 들려주는 것 말고는 다른 방법이 없다. 그 이야기들에서 실천적인 방안을 이끌어 내고 당신의 개인적인 발전에 도움을 줄 대답들을 찾아내는 것은 당신의 몫이다. 나로서는 이것이 길이요, 진리다 하고 당신에게 제시할 것이 없다.

당신이 그렇게 되기를 원한다면, 이 책은 살아 있는 존재가 될 것이다. 이 책이 당신 스스로를 변화시키고 세계를 변화시키는 데 도움을 주는 친구가 될 수 있기를 희망한다.

이제 중요한 일 하나를 당장에 같이하자고 당신에게 제안하고자 한다. 당신이 그것을 원하고 또 마음의 준비가 되어 있다면 응해 주기 바란다. 내가 권하고 싶은 것은 바로 책장을 넘기라는 것이다.

376

알린스키 병법

히피 선동가이자 미국 최대 노동조합의 창립자인 솔 알린스키는 한때 고고학을 전공하던 학생이었고, 알 카포네 밑에서 갱 노릇을 하기도 했던 다채로운 이력을 가진 사람이다. 그가 1970년에 어떤 지침서 한 권을 출판했는데, 그 책에는 생존 경쟁에서 살아남는 데 필요한 열 가지 전술 법칙이 다음과 같이 기술되어 있다.

1. 힘이란 당신이 지닌 것이 아니라, 당신이 지니고 있다고 주위 사람들이 믿고 있는 것이다.

2. 당신의 적이 자기 경험을 발휘할 수 있는 싸움터를 벗어나, 적이 어떻게 행동해야 할지 갈피를 잡지 못하는 새로운 전장(戰場)을 창안하라.

3. 적의 무기로 적을 쳐부수고, 적의 전술 지침에 나오는 요소들을 이용하여 적을 공격하라.

4. 말로 대적할 때는 익살이 가장 효율적인 무기다. 상대를 우스꽝스럽게 만들거나, 더 나아가서 상대방 혼자 우스꽝스러운 짓을 하도록 이끌 수 있으면, 상대가 당신에게 다시 도전하기는 어려워진다.

5. 어떤 전술을 상투적으로 사용해서는 안 된다. 특히 잘 통하는 전술일수록 자주 사용하는 것을 피해야 한다. 어떤 전술을 반복 사용해서 그 효과와 한계를 알게 되었으면, 하다못해 정반대의 전술을 채택해서라도 그것을 계속 사용하지 말아야 한다.

6. 적이 수세에서 벗어나지 못하게 해야 한다. 적으로 하여금 마음 놓고 휴식을 취하면서 전력을 재정비하겠다는 생각을 갖게 해서는 안 된다. 시의적절한 외적 요소들을 모두 사용하여 적에게 계속 압박을 가해야 한다.

7. 실행에 옮길 수 없으면, 허세를 부리지 말아야 한다. 허장성세는 적에 대한 억제력을 모두 상실하게 만든다.

8. 겉으로 보이는 단점은 가장 훌륭한 장점이 될 수 있다. 자기의 특성 하나하나

를 약점이 아니라 강점으로 받아들여야 한다.

9. 목표를 하나로 집중시켜야 하고 전투 중에는 그것을 바꾸지 말아야 한다. 목표는 가능한 한 가장 작고, 가장 뚜렷하고, 가장 상징적이어야 한다.

10. 승리를 거두었을 때는 그 승리를 자기 것으로 받아들이고 승자의 몫을 차지할 수 있어야 한다. 새로 선출된 지도자는 낡은 정책을 대체할 새로운 정책을 준비하고 있어야 한다. 그렇지 않으면 권력을 장악한 것은 아무 소용이 없다.

377
놀이의 의미

1960년대에 프랑스의 한 수의사는 동물들이 일으키는 문제 하나를 해결했다. 그 문제의 해결 방식은 틀림없이 사람들의 문제를 해결하는 데도 적용될 수 있을 것이다.

어떤 마주(馬主)가 비슷하게 생긴 씨말 네 마리를 사들였다. 잘생긴 잿빛 말들이었다. 그런데, 이 말들은 전혀 사이좋게 지내지 못했다. 말들은 나란히 붙여 놓기가 무섭게 서로 싸웠고, 함께 마차에 매달기도 불가능했다. 모이기만 하면 각각 다른 방향으로 달아나 버리기 때문이다.

그 문제의 해결을 부탁받은 수의사는 궁리 끝에 한 가지 방안을 생각해 냈다. 그는 말들에게 마구간의 네 칸을 나란히 배정한 다음, 칸막이벽의 뚫린 창에 장난감들을 달아 놓았다. 그 장난감들을 가지고 이웃한 말들끼리 함께 놀 수 있게 하려는 것이다. 수의사가 활용한 장난감은 주둥이 끝으로 돌릴 수 있는 작은 바퀴, 말굽으로 쳐서 한 쪽 칸에서 다른 쪽으로 넘길 수 있는 공, 끈에 매달아 놓은 알록달록한 기하학적 형태의 물건 따위였다.

그는 말들이 서로 친해지고 상대를 바꿔 가며 놀 수 있게 하려고 말들의 자리를 규칙적으로 바꿔 주었다. 한 달이 지나자, 네 마리 말은 서로 떨어질 수 없는 사이

가 되었다. 말들은 함께 마차를 끄는 일을 직수굿하게 받아들였을 뿐만 아니라, 놀이를 하듯 일을 하게 되었다.

　어쩌면 이 실험은 전쟁이나 적대 관계가 놀이의 원초적인 형태일 뿐임을 입증하는 것일 수도 있다. 우리는 다른 놀이들을 고안해 냄으로써 그 원초적인 단계를 쉽게 넘어설 수 있을지도 모른다.

제10장

개미의 날

모든 것은 하나 안에 있다. — 아브라함
모든 것은 사랑이다. — 예수 그리스도
모든 것은 경제적이다. — 카를 마르크스
모든 것은 성적이다. — 지크문트 프로이트
모든 것은 상대적이다. — 알베르트 아인슈타인

그리고 그다음엔……?

— 에드몽 웰스

378

멕시코에 간 스페인인들

중앙아메리카에 유럽인들이 처음 왔을 때 아즈텍인들은 유럽인들을 아주 엉뚱하게 오해했다. 당시 아즈텍인들은 깃털 달린 뱀의 형상을 가졌다는 케찰코아틀이라는 신을 숭배하고 있었는데, 아즈텍 신앙은 장차 그 신의 사자들이 지상에 도래할 것이라고 가르치고 있었다. 그 사자들의 살갗은 깨끗할 것이고 네 발 달린 커다란 동물들을 타고 올 것이며 우레를 통하여 경건하지 못한 자들을 벌할 것이라고 믿고 있었다.

그래서 1519년 스페인의 기병대가 멕시코 해안에 상륙했다는 소식이 전해졌을 때 아즈텍인들은 〈툴(나우아틀 말로 신을 뜻함)〉이 재림한 것으로 생각했다.

그런데 그 일이 있기 몇 년 전인 1511년에, 그런 일이 있을 것을 미리 일깨워 준 사람이 있었다. 게레로라는 스페인 선원이 그 사람이었다. 그는 코르테스[•]의 군대가 아직 산토도밍고섬과 쿠바섬에 주둔하고 있던 때에 유카탄 해안에서 난파를 당하여 멕시코에 상륙하게 되었다.

게레로는 멕시코 원주민들과 쉽게 친해졌고 원주민 여자와 혼인하였다. 그는 스페인의 정복자들이 곧 상륙할 것임을 알리는 한편 그들은 신도 아니고 신의 사자들도 아님을 역설하면서 원주민들에게 그들을 믿어선 안 된다고 일러 주었다. 또 원주민들이 스스로를 방어할 수 있도록 쇠뇌 만드는 법을 가르쳤다(그때까지 인디언들은 화살과 흑요석 날이 달린 손도끼만을 사용하고 있었으나 코르테스 군대의 갑옷을 뚫을 수 있는 무기는 쇠뇌밖에 없었다).

게레로는 스페인 사람들이 타고 올 말들을 두려워해선 안 된다고 신신당부했고 특히 불을 뿜는 무기에 겁먹지 말라고 충고했다. 그것은 마법의 무기도 아니고 우레도 아니라고 일깨웠다. 그는 〈스페인 사람들도 당신들과 똑같이 피와 살을 가진

• Hernán Cortés(1485~1547). 스페인의 모험가. 디에고 벨라스케스와 함께 쿠바 정복에 참여했으며, 1519년에 멕시코의 유카탄반도에 상륙하여 아즈텍인들과 싸웠다.

사람이다〉라고 거듭거듭 말하곤 했다. 그리고 그 사실을 증명해 보이기 위해서 그는 스스로 자기 몸에 상처를 내어 모든 원주민들과 똑같은 빨간 피가 흐르는 것을 보여 주었다. 게레로가 자기 마을의 인디언들을 지성으로 가르친 덕분에 코르테스 군대의 정복자들이 그 마을을 공격했을 때 정복자

들은 아메리카 대륙에서 처음으로 군대다운 인디언 군대와 맞닥뜨리고 크게 놀랐다. 마을 원주민들은 몇 주 동안 스페인 군대에 저항했다.

그러나 게레로의 가르침이 그 마을 이외의 곳까지 널리 퍼져 있는 상황은 아니었다. 1519년 9월 아즈텍 왕 목테수마는 공물로 보석을 가득 실은 수레들을 이끌고 스페인 군대를 맞으러 떠났다. 바로 그날 저녁에 왕은 스페인 사람들에게 살해당했다. 1년 후에 코르테스는 대포로 아즈텍의 수도 테노치티틀란을 파괴했다. 3개월 동안 그 도시를 포위하여 주민들을 기아 상태에 빠뜨린 다음의 일이었다. 게레로는 스페인의 어떤 요새에 대한 야간 공격을 준비하던 중에 죽었다.

379

곰덫

캐나다의 인디언들은 아주 원시적인 형태의 곰덫을 사용한다. 그것은 커다란 돌덩이에 꿀을 바르고 나뭇가지에 밧줄로 매달아 놓는 것이다. 곰은 그것을 발견하면 먹음직스러운 먹이로 생각하고 다가와 발길질을 하면서 돌덩이를 잡으려고 한다. 그 바람에 돌덩이가 시계추처럼 움직이며 곰을 때린다. 곰은 화가 나서 더욱

세게 발길질을 한다. 곰이 돌덩이를 세게 때리면 때릴수록 돌덩이는 더 큰 반동으로 곰을 후려친다. 마침내 곰은 나가떨어진다.

곰은 〈이 폭력의 악순환을 중단시킬 방법이 없을까?〉라는 생각을 할 줄 모른다. 그저 욕구를 충족시키지 못해 안달할 뿐이다. 〈저놈이 나를 때렸겠다, 그렇다면 본때를 보여 줘야지!〉라고 곰은 생각한다. 그러면서 곰의 분노는 점점 증폭되는 것이다. 그러나 만일 곰이 돌덩이 때리기를 중단하면 돌덩이도 움직임을 멈출 것이다. 그렇게 평온을 되찾을 수 있다면, 곰은 아마도 돌덩이가 밧줄에 걸려 있을 뿐 움직이지 않는 물체라는 것을 깨닫게 될 것이다. 그러고 나면 곰이 할 일은 이빨로 밧줄을 잘라 돌덩이를 떨어뜨린 다음 거기에 묻은 꿀을 핥는 일뿐이다.

380
빈대

동물들이 교미를 하는 방식은 천태만상이지만, 그중에서도 가장 놀라운 것은 빈대(학명 *Cimex lectularius*)의 교미 방식이다. 빈대들의 교미 방식은 인간이 도저히 상상할 수 없는 난잡함의 극치를 보인다.

첫 번째 특성: 지속 발기증. 빈대는 끊임없이 교미를 한다. 어떤 빈대는 하루에 2백 번 이상 교미를 한다.

두 번째 특성: 동성애와 수간(獸姦). 빈대는 자기의 교미 상대를 잘 구별하지 못한다. 게다가 제 무리들 속에서 암컷과 수컷을 구별하는 데는 더더욱 어려움을 느낀다. 빈대 수컷들이 행하는 교미 중에서 50퍼센트는 동성 교미이고 20퍼센트는 다른 곤충들과의 교미이며 나머지 30퍼센트만이 암컷과 이루어진다.

세 번째 특성: 송곳 음경. 빈대는 끝이 뾰족한 기다란 생식기를 갖추고 있다. 이 주사기 같은 생식기를 이용해서 수컷들은 딱지를 뚫고 아무데나 정액을 사출한다. 머리, 배, 다리, 등 심지어 암컷의 심장에까지 정액을 쏟아 넣는다. 그 방식이 암컷

의 건강에는 별로 영향을 끼치지 않겠지만 그런 상태에서 어느 세월에 수정이 이루어지겠는가? 그런 이유로 네 번째 특성이 나타난다.

네 번째 특성: 질 접촉이 없는 처녀 수정. 겉으로 보기에 빈대 암컷의 질은 수컷의 생식기가 닿지 않은 채 그대로 있고 등에만 구멍이 뚫렸을 뿐인데, 정받이〔受精〕가 이루어지는 경우가 있다. 그렇다면 정자들이 혈액 속에서 살아남는다는 이야기인가? 사실 대부분의 정자는 면역 체계 때문에 외부에서 들어온 다른 미생물들처럼 파괴되어 버린다. 수컷들의 정자가 정받이에 성공할 가능성을 높이기 위해서 사출되는 정액의 양은 엄청나다. 알기 쉽게 비교하기 위해서 빈대 수컷들의 크기가 사람만 하다고 가정한다면, 수컷들은 한 번 사정할 때마다 30리터의 정액을 쏟아 내는 셈이다. 그 어마어마한 양에 비해서 살아남는 정자는 아주 적다. 정자들은 동맥 귀퉁이에 숨어서 또는 정맥에 붙어서 자기들의 때가 오기를 기다린다. 그 불법 입주자들을 몸 안에 간직한 채 암컷들은 겨울을 보낸다. 마침내 봄이 되면 머리, 다리, 배, 등에 숨어 있던 정자들은 본능에 이끌려 난소 주위로 모여든 다음, 난소의 막을 뚫고 안으로 들어간다. 그다음부터는 모든 일이 순조롭게 이루어진다.

다섯 번째 특성: 복수 생식기를 가진 암컷. 칠칠치 못한 수컷들이 아무데나 마구 찔러 대는 바람에 빈대 암컷들의 몸뚱이는 상처 자국으로 뒤덮인다. 밝은색 바탕에 갈색 구멍들이 과녁처럼 도드라져 보인다. 그럼으로써 암컷이 교미를 몇 번이나 했는지를 정확히 알 수 있게 된다.

자연의 섭리는 빈대들에게 기이한 적응력을 부여하여 난잡한 교미질을 더욱 부채질하였다. 몇 세대를 거치는 동안 여러 차례의 돌연 변이가 이루어진 끝에 믿을 수 없는 결과를 낳았다. 빈대 암컷들이 아예 등 위에 갈색 반점을 지닌 채 태어나기 시작한 것이다. 밝은색 바탕에 아주 도드라져 보이는 그 갈색 반점 하나하나가 〈보조적인 생식기〉에 해당한다. 그것들은 주 생식기에 직접 연결되어 있다. 암컷들이 복수 생식기를 가진다는 특성은 실제로 진화의 모든 단계에서 존재해 왔다. 반점이 없던 단계, 몇 개의 반점 겸 생식기를 갖추고 태어나던 단계, 등에 진짜 보조 생식기를 갖춘 단계를 거치면서 그 특성이 강화되었을 뿐이다.

여섯 번째 특성: 자동으로 오쟁이 지기. 한 수컷이 다른 수컷의 몸에 구멍을 뚫으면 어떤 일이 벌어질까? 살아남은 정자들은 본능을 따라 난소가 있는 부위로 움직인다. 난소를 찾아내지 못한 정자들은 체내의 여러 가지 관으로 흘러 들어가 원래 그 몸에 있던 정자들과 섞인다. 그 결과 다른 수컷에게 당했던 그 수컷이 어떤 암컷의 딱지를 뚫게 되면, 그 수컷은 자기의 정자들뿐만 아니라 동성 교미로 관계를 맺었던 수컷의 정자까지도 주입하게 된다.

일곱 번째 특성: 암수한몸. 빈대라는 실험동물을 상대로 한 자연의 교미 실험은 계속되었다. 빈대의 수컷들 역시 돌연변이를 일으켰다. 아프리카에서는 아프로시멕스 콘스트릭투스*Afrocimex constrictus*라는 빈대가 있는데, 그 수컷은 등에 보조적인 작은 질을 가지고 태어난다. 그러나 거기에서 정받이가 이루어지지는 않는다. 그 질들은 장식으로 거기에 있는 것이거나 아니면 동성 교미를 고무하기 위해 있는 것이 아닌가 싶다.

여덟 번째 특성: 원거리에서 정액을 사출하는 대포 생식기. 열대 지방의 어떤 빈대들 즉, 안토코리데스 스콜로펠리엔스*Antochorides scolopelliens*는 그러한 생식기를 갖추고 있다. 커다랗고 도톰한 대롱 모양으로 생긴 정관이 둘둘 감겨 있는데, 그 안에 정액이 압축되어 있다. 정액을 몸 밖으로 분출하는 특별한 근육이 붙어 있어서 빠른 속도로 정액을 쏘아 보낼 수 있다. 몇 센티미터 떨어진 거리에서 암컷을 발견하면, 수컷은 암컷의 등에 있는 질을 과녁으로 삼아 음경을 겨눈다. 발사물이 공기를 가른다. 쏘는 힘이 아주 강하기 때문에 정액은 질 부위의 가장 얇은 딱지를 뚫고 들어간다.

381

죽은 이들에 대한 숭배

어떤 문명이 지혜로운 문명인가 아닌가를 가늠하는 첫 번째 요소는 〈사자(死者)

숭배〉이다.

인간들이 시신을 쓰레기와 함께 버렸던 시절은 짐승이나 다름없었다. 인간들이 시신을 매장하거나 화장하기 시작한 것은 문명사의 획을 긋는 중요한 사건이었다. 사자를 돌보는 것은 눈에 보이는 세계 위에 놓인 눈에 보이지 않는 피안의 세계를 상정하는 것이다. 또 사자를 돌본다는 것은 인생을 이승에서 저승으로 옮겨 가는 과정으로 간주하고 있다는 것을 의미한다. 모든 종교적인 행동은 거기에서 유래한다.

지금까지 조사된 바에 따르면, 사자 숭배가 가장 먼저 행해진 것은 지금으로부터 7만 년 전인 구석기 시대 중기의 일이었다. 당시에 몇몇 부족들은 시신을 길이 1미터 40센티미터, 너비 1미터, 높이 30센티미터인 묘혈에 매장하기 시작했다. 부족의 구성원들은 시신 옆에 고깃덩어리와 부싯돌로 만든 무기들과 고인이 사냥한 동물의 머리를 놓아두었다. 장례를 치르면서 부족 전체가 함께 모여 식사를 했다.

개미 세계에서도, 그와 비슷한 일을 발견할 수 있다. 인도네시아에 있는 어떤 개미들은 여왕개미가 죽은 뒤 며칠이 지나도록 계속 먹이를 갖다 준다. 개미들의 시체에서는 올레산이 발산되기 때문에 여왕개미가 죽었다는 것을 분명히 알 텐데도 그런 행동을 한다는 것은 놀라운 일이 아닐 수 없다.

382

생각의 힘

인간의 생각은 무슨 일이든 이루어 낼 수 있는 힘을 가지고 있다.

1950년대에 있었던 일이다. 영국의 컨테이너 운반선 한 척이 화물을 양륙하기 위하여 스코틀랜드의 한 항구에 닻을 내렸다. 포르투갈산(産) 마디라 포도주를 운반하는 배였다. 한 선원이 모든 짐이 다 부려졌는지를 확인하려고 냉동 컨테이너 안으로 들어갔다. 그때 그가 안에 있는 것을 모르는 다른 선원이 밖에서 냉동실 문을 닫아 버렸다. 안에 갇힌 선원은 있는 힘을 다해서 벽을 두드렸지만 아무도 그 소리를 듣지 못했고 배는 포르투갈을 향해 다시 떠났다.

냉동실 안에 식량은 충분히 있었다. 그러나 선원은 자기가 오래 버티지 못할 것임을 알고 있었다. 그래도 그는 힘을 내어 쇳조각 하나를 들고 냉동실 벽 위에 자기가 겪은 고난의 이야기를 시간별로 날짜별로 새겨 나갔다. 그는 죽음의 고통을 꼼꼼하게 기록했다. 냉기가 코와 손가락과 발가락을 꽁꽁 얼리고 몸을 마비시키는 과정을 적었고, 찬 공기에 언 부위가 견딜 수 없이 따끔거리는 상처로 변해 가는 과정을 묘사했으며, 자기의 온몸이 조금씩 굳어지면서 하나의 얼음 덩어리가 되는 과정을 기록했다.

배가 리스본에 닻을 내렸을 때, 냉동 컨테이너의 문을 연 선장은 죽어 있는 선원을 발견했다. 선장은 벽에 꼼꼼하게 새겨 놓은 고통의 일기를 읽었다. 그러나 정작 놀라운 것은 그게 아니었다. 선장은 컨테이너 안의 온도를 재보았다. 온도계는 섭씨 19도를 가리키고 있었다. 그곳은 화물이 들어 있지 않았기 때문에 스코틀랜드에서 돌아오는 항해 동안 냉동 장치가 내내 작동하고 있지 않았다. 그 선원은 단지 자기가 춥다고 생각했기 때문에 죽었다. 그는 자기 혼자만의 상상 때문에 죽은 것이다.

383

항상성

모든 생명체는 항상성을 추구한다. 〈항상성(恒常性)〉이란 내부 환경과 외부 환경 사이의 평형을 뜻한다. 모든 생명체는 항상성을 유지하는 쪽으로 기능한다. 새

는 날기 위해서 속이 빈 뼈를 가지고 있다. 낙타는 사막에서 살아남기 위하여 물주머니를 가지고 있다. 카멜레온은 포식자들의 눈에 띄지 않으려고 가죽의 색소 구성을 변화시킨다. 다른 많은 종(種)들과 마찬가지로 그 종들은 주위 환경의 모든 변화에 적응하면서 오늘날까지 이어져 왔다. 바깥 세계와 조화할 줄 몰랐던 종들은 소멸했다.

항상성은 외부의 제약과 관련해서 우리 기관들이 스스로를 조절하는 능력에서 생기는 것이다. 우리는 어떤 평범한 사람들이 아주 가혹한 시련을 견뎌 내면서 거기에 자기의 기관을 적응시켜 나가는 것을 보고 놀랄 때가 많다. 전쟁은 살아남기 위해서 스스로를 이겨 내야 하는 상황인데, 그 전쟁 중에는 여태껏 고생을 모르던 사람들도 아무런 불평 없이 물과 건빵에 길들여진다. 깊은 산속에서 길을 잃은 사람들은 며칠이 지나고 나면 식용 식물을 구별할 줄 알게 되고, 사냥을 할 줄 알게 되며, 언제나 혐오감만 주던 두더지, 거미, 쥐, 뱀 같은 동물들도 먹을 수 있게 된다.

대니얼 디포의 『로빈슨 크루소』나 쥘 베른의 『신비로운 섬』은 항상성을 유지하는 인간의 능력을 기리는 소설들이다.

우리는 모두 완벽한 항상성을 끊임없이 추구해 나간다. 우리의 세포들이 이미 악착같이 항상성을 추구하는 성질을 가지고 있기 때문이다. 세포들은 온도가 가장 알맞고 독성 물질이 섞이지 않은 최대한의 영양액을 끊임없이 갈망한다. 그러나 그것이 여의치 않을 때는 그 상황에 적응한다. 술꾼의 간세포는 술을 절제하는 사람들의 간세포보다 알코올을 분해하는 데 더 익숙해져 있다. 흡연자의 허파 세포는 니코틴에 저항하는 능력을 갖게 된다. 미트리다테스 왕•은 자기의 몸을 비소에 견딜 수 있게 만들기까지 했다. 외부 환경이 적대적일수록 세포나 개체는 이제껏 잠자고 있던 능력들을 자꾸 개발해 나간다.

384

연금술

연금술의 모든 공정은 세계의 탄생을 모방하거나 재연하는 것을 겨냥하고 있다. 연금술에는 여섯 가지의 공정이 필요하다. 즉, 배소(焙燒), 분해, 용해, 증류, 융합, 정련이 그것이다.

이 여섯 가지의 공정은 네 단계로 전개된다. 즉 굽는 단계인 흑색 작업, 증발의 단계인 백색 작업, 호흡의 단계인 적색 작업을 거쳐 마지막 정련의 단계에서 금분(金粉)이 나온다. 이렇게 해서 나온 금분은 〈원탁의 기사 전설〉••에 나오는 요술사 멀린의 금가루와 비슷하다. 어떤 사람이나 물건을 완전하게 만들고 싶으면 그 금가루를 뿌려 주기만 하면 된다. 사실 많은 이야기와 신화들은 줄거리 속에 그와 같은 처방을 숨기고 있다. 백설 공주 이야기를 예로 들어보자. 백설 공주는 연금술의 공정을 거쳐 만들어진 최종 결과물이다. 그것은 어떻게 얻어진 것인가? 일곱 난쟁

• Mithridates VI(B. C. 132~B. C. 63). 소아시아 북동쪽 흑해 연안에 있었던 고대 도시 폰토스의 왕. 전쟁에 패한 뒤 적들이 자기를 독살할 것을 염려하여 독을 조금씩 먹음으로써 스스로를 독에 면역이 되게 만들었다. 적들은 독으로 그를 죽일 수 없게 되자, 그의 병사들 가운데 하나를 매수해 그를 암살했다. 〈독물에 면역이 되게 하다〉는 뜻을 가진 프랑스어 *mithridatiser*와 영어 *mithridatize*는 이 왕의 이름에서 유래한 것이다.

•• 아서 왕의 원탁을 중심으로 왕을 보필하는 열두 명의 기사들 이야기. 기사들의 무훈과 사랑을 찬미하고 있다.

이를 통해서이다(난쟁이를 뜻하는 프랑스어 *nain*은 지식을 뜻하는 그리스어 *gnomus* 또는 *gnosis*에서 나온 것이다). 그 일곱 난쟁이들은 일곱 가지 금속, 즉 납, 주석, 철, 구리, 수은, 은, 금을 나타내며 그 일곱 가지 금속은 다시 일곱 개의 천체, 즉 토성, 목성, 화성, 금성, 수성, 달, 태양과 연결되어 있고, 그 일곱 개의 천체는 다시 까다로움, 우둔함, 몽상적임 등과 같은 인간의 일곱 가지 성격과 연결되어 있다.

385

파킨슨 법칙

파킨슨 법칙(같은 이름의 파킨슨병과는 아무런 연관이 없음)에 따르면, 어떤 기업이 성장하면 성장할수록, 점점 능력이 없는 사람들을 고용하면서도 급료는 과다하게 지급하게 된다고 한다. 그 이유는 아주 간단하다.

고위 간부들은 강력한 경쟁자들이 나타나는 것을 두려워하기 때문이다.

위험한 경쟁자들이 생기지 않게 하는 가장 좋은 방법은 무능한 사람들을 고용하는 것이다. 또 사람들이 반기를 들 생각을 못 하게 하는 가장 좋은 방법은 그들에게 지나치게 많은 급료를 주는 것이다. 그렇게 함으로써 지배 계급들은 영원한 평온에 대한 확신을 갖게 되는 것이다.

386

오믈렛

질서는 무질서를 낳고 무질서는 질서를 낳는다. 이론상으로는, 오믈렛을 만들기 위해 계란을 휘저으면 오믈렛이 다시 계란의 형태를 취할 수 있는 일말의 가능성이 존재한다. 그 오믈렛 안에 무질서를 많이 넣으면 넣을수록 최초의 알이 질서를 되찾을 기회는 점점 많아질 것이다.

결국 질서란 무질서의 결합에 지나지 않는다. 우리의 우주가 확장되면 될수록 점점 더 무질서한 상태로 빠져 든다. 무질서가 확장되면 새로운 질서들을 낳는다. 그 새로운 질서들 중에 최초의 질서와 똑같은 것이 생길 수 있는 가능성을 전혀 배제할 수는 없다. 바로 당신 앞에, 공간과 시간 속에, 혼돈에 가득 찬 우리 우주의 끝에 태초의 빅뱅이 존재할지도 모르는 일이다.

387
창세기

성서 전체는 「창세기」의 제1장, 즉 세계의 창조에 관해서 이야기하는 장으로 요약할 수 있다. 이 첫 번째 장의 모든 내용은 다시 그 장의 첫 번째 단어인 히브리어 베레시트로 요약할 수 있다. 베레

				Названия букв.					Названия букв.
				alef					lamed
				beth					mem
				gimel					nun
				daleth					samech
				he					aïn
				vav					phe
				zaïn					tsade
				cheth					qof
				teth					resch
				yod					schin
				kaf					thav

시트는 〈생성〉을 의미한다(대개는 〈태초에〉로 잘못 옮겨지고 있지만 말이다).

이 낱말의 모든 의미는 첫 음절인 베르로 요약할 수 있는데, 베르는 〈자손〉을 뜻한다. 이는 우리 모두의 소명인 출산의 상징이다. 그런데, 이 음절을 이루는 모든 글자는 첫 글자 B로 요약할 수 있다. B는 헤브라이어에서는 〈베트〉로 발음된다.

베트는 한가운데에 점이 있는 열린 사각형으로 나타낸다. 이 사각형은 집을 상징하기도 하고, 알이나 태아나 장차 자라날 작은 점을 담고 있는 모태를 상징하기도 한다.

왜 성서는 알파벳의 첫 번째 글자가 아니라 두 번째 글자로 시작되는 것일까? 그것은 B가 세계의 이원성을 상징하기 때문이다. A, 즉 알레프는 만물이 비롯되는 통일성이고, B는 그 통일성의 발산이며 투영이다. B는 타자이다.

〈하나〉에서 나온 우리는 〈둘〉이다. 우리는 이원성의 세계에 살면서 알레프, 즉 모든 것의 출발점인 통일성을 동경하고 추구한다.

388
중국에 간 로마인들

기원전 54년, 시리아 주재 로마 총독이었던 마르쿠스 리키니우스 크라수스 장군은 갈리아 지방에 있던 율리우스 카이사르의 성공에 질투를 느낀 나머지 자기도 대정복의 길에 나서게 되었다. 카이사르가 서양에 대한 지배력을 브리타니아 지방까지 떨치고 있었으므로, 크라수스는 동방을 침략해서 바다에까지 닿으려고 했다. 그리하여 그는 동쪽으로 나아갔다. 그런데 파르티아 제국이 그의 앞길을 가로막았다. 대군의 선두에서 그는 그 장애물에 맞서 싸웠다. 그것이 바로 카레스 전투인데, 승리한 쪽은 파르티아 제국의 수레나 왕이었다. 그 때문에 크라수스의 동방 정벌은 끝이 났다.

그런데 크라수스의 그 시도가 예기치 않은 결과를 낳았다. 파르티아 제국은 수많은 로마인들을 사로잡아 쿠샨 왕국과 교전 중이던 그들의 군대에 편입시켰다. 이번에는 파르티아 제국이 패배했고, 로마 병사들은 쿠샨의 군대에 통합되어 중국과의 전쟁에 투입되었다. 그 전쟁에서 중국이 승리하게 되자 그 포로들은 마침내 중국 황제의 군대에 들어가게 되었다.

중국인들은 백인들을 보고 깜짝 놀랐는데, 특히 대포나 다른 무기를 만들어 내는 백인들의 과학에 대해서 감탄했다. 중국인들은 로마 병사들을 받아들이고 토지와 함께 그들의 도읍을 마련해 주기도 했다. 로마 병사들은 중국 여인들과 결혼을 해서 자식까지 두었다. 몇 년이 지난 후 로마의 상인들이 그들에게 자기 나라로 데려다 주겠다고 제안했을 때 그들은 그 제의를 거절하고 중국에서 사는 게 더 행복하다고 말했다.

389

금파리의 선물

금파리들의 세계에서는, 짝짓기하는 동안에 암컷이 수컷을 잡아먹는다. 짝짓기의 격정이 암컷의 식욕을 불러일으키면서, 자기 옆에 있는 머리가 수컷의 머리일지라도 암컷에게는 그저 먹이로만 보이는 모양이다. 하지만 수컷은 교미는 하고 싶지만 암컷에게 잡아먹히고 싶지는 않다. 사랑 때문에 죽어야 하는 그런 비극적인 상황에서 벗어나고 싶다. 이를테면, 타나토스*없는 에로스**를 즐기고 싶은 것이다.

그러기 위해서 금파리의 수컷은 한 가지 책략을 찾아냈다. 먹이 한 조각을 〈선물〉로 가져오는 것이 바로 그것이다. 수컷이 고기 조각을 하나 가져오면 암컷은 허기를 느낄 때 그것을 먹게 되고, 수컷은 아무런 위험 없이 교미를 할 수 있다. 이 파리들보다 훨씬 진화된 다른 집단에서는 수컷이 곤충 고기를 가져올 때 투명한 고치로 포장해서 가져온다. 그러면 수컷은 시간을 조금이라도 더 벌 수 있다.

또 어떤 수컷들은 선물의 질보다는 선물을 개봉하는 데 걸리는 시간이 더 중요하다는 결론을 얻고, 포장된 먹이를 가져오되 두껍고 부피만 클 뿐 속은 텅 비어 있는 것을 가져온다. 암컷이 속았다는 사실을 깨달을 때쯤이면 수컷은 이미 용무를 끝낸 뒤다.

수컷들이 그런 식으로 나오면, 암컷들도 거기에 맞추어 자기들의 행동을 수정한다. 예컨대, 엠피스속(屬) 파리들의 경우에는, 암컷이 고치를 흔들어서 먹이가 들어 있는지를 확인한다. 하지만 그것에 대해서도 또 대응책이 있다. 수컷은 암컷이 고치를 흔들어 볼 거라 예상하고, 선물 꾸러미에 제 똥을 담는다. 그것이 무게가 제법 나가기 때문에 암컷은 고깃덩어리로 잘못 알기가 십상이다.

• 프로이트의 심리학에서 말하는 죽음의 충동. 타나토스는 그리스말로 〈죽음〉을 뜻한다.
•• 프로이트의 이론에서 말하는 생의 충동(성적 쾌락과 자기 보존을 꾀하는 본능). 에로스는 원래 그리스 신화에 나오는 사랑의 신.

390

신

정의를 내리자면 신은 무소부재하고 무소불위하다. 따라서 신이 존재한다면 신은 어디에나 있고, 무엇이든 할 수 있다. 그러나 신이 무엇이든 할 수 있다면, 신은 자기가 존재하지 않고, 아무것도 할 수 없는 어떤 세계를 창조할 수도 있지 않을까?

391

꿈의 부족

말레이시아의 밀림 깊숙한 곳에 세노이라는 원시 부족이 살고 있었다. 그들은 꿈을 삶의 중심에 놓았다. 그래서 사람들은 그들을 〈꿈의 부족〉이라 불렀다.

매일 아침 불 가에 둘러앉아 식사를 하면서 그들은 저마다 간밤에 꾼 꿈에 대해서만 이야기했다. 누군가에게 해를 끼치는 꿈을 꾼 사람은 꿈속에서 해를 입은 사람에게 곧바로 선물을 주어야 했다. 꿈에서 남을 때린 사람은 맞은 사람에게 용서를 구해야 했고 그러기 위해서 선물을 주어야만 했다.

세노이 부족은 현실 세계를 살아가는 데 필요한 교육보다도 꿈의 세계와 관련된 교육을 더 중시했다. 한 아이가 호랑이를 만나 도망치는 꿈을 꾸었다고 얘기하면, 사람들은 아이에게 그날 밤 다시 호랑이 꿈을 꾸고 호랑이와 싸워 그것을 죽이라고 시켰다. 노인들은 아이에게 방법을 일러 주었다. 아이가 호랑이와 싸워 이기지 못하면 부족 사람들이 모두 아이를 나무랐다.

꿈에 큰 가치를 두는 세노이 부족은 성관계를 갖는 꿈을 꾸면 반드시 오르가슴에 이르러야 한다고 생각했고, 현실 세계로 돌아와서는 꿈속의 연인에게 선물로 감사를 표시하는 것이 당연하다고 여겼다. 악몽 속에서 적대적인 상대와 마주치면 반드시 이겨야 했고, 그 사람과 친구가 되기 위해서 그에게 선물을 요구했다. 그들이 가장 갈망하는 꿈은 하늘을 나는 꿈이었다. 부족 사람들 모두가 비상하는 꿈을 꾼 사람에게 축하의 말을 건넸다. 아이에게는 처음으로 비상하는 꿈을 꾸는 것이 기독교 세계의 세례와 같은 것이었다. 사람들은 아이에게 선물을 듬뿍 주었고, 어떻게 하면 미지의 나라까지 날아가서 신기한 물건들을 가져올 수 있는지 가르쳐 주었다.

세노이 부족은 서양의 민속학자들을 매혹시켰다. 그곳에는 폭력이나 정신병이 없었고, 스트레스나 정복의 야망도 없었다. 노동은 생존에 필요한 최소한으로 엄격히 제한되었다.

세노이 부족은 1970년대에 그들이 살고 있던 숲이 개간되면서 사라졌다. 그러나 오늘부터라도 우리는 그들의 지식을 활용할 수 있다.

전날의 꿈을 매일 아침 기록한 다음, 제목을 달고 날짜를 써넣어라. 그리고 세노이 부족처럼 그 꿈에 대해서 아침 식사 같은 때에 주위 사람과 이야기해 보라. 꿈의 항공학에 관한 기본 규칙을 활용해서 한층 더 멀리 나아가라. 잠이 들기 전에 어떤 꿈을 꿀 것인가를 결정하라. 산들을 솟아오르게 하는 꿈, 하늘의 색깔을 바꾸는 꿈, 낯선 땅을 찾아가는 꿈, 자기가 선택한 동물들과 만나는 꿈 등 어느 것이라도 좋다.

꿈속에서는 누구나 전지전능하다. 꿈의 항공학의 일차 시험은 비행이다. 팔을 벌려 활공(滑空)하고 급강하하고 다시 선회하면서 상승하는 것 등 모든 것이 가능하다.

꿈의 항공학은 점점 높은 수준의 훈련을 요구한다. 〈비행〉 시간이 길어질수록 자신감과 표현력이 증대된다. 어린이들은 다섯 주 만에 꿈을 마음대로 조정할 수 있게 된다. 어른들은 몇 달이 걸리는 경우도 있다.

392

분봉

꿀벌의 세계에서 분봉(分蜂)은 특이한 의식을 거쳐 이루어진다. 온전한 하나의 도시, 하나의 왕국, 하나의 군체가 번영의 절정에서, 돌연 체제 전체를 재편하기로 결정한다. 늙은 여왕벌은 자기의 가장 소중한 보물들, 즉 비축 식량, 잘 건설된 시가, 화려한 궁궐, 곳곳에 저장된 밀랍과 꽃가루와 꿀과 로열 젤리 등을 포기하고 떠난다. 그러면 여왕은 그것들을 누구에게 물려주는가? 갓 태어난 사나운 벌들에게다. 여왕은 일벌들을 데리고 벌집을 떠나 대개는 한 번도 가본 적이 없는 다른 곳에 터를 잡는다.

여왕벌이 떠나고 몇 분이 지나면, 어린 벌들이 버려진 왕국에서 잠을 깬다. 어린 벌들은 자기들이 무엇을 해야 하는지 저마다 본능적으로 알고 있다. 비생식 일벌들은 서둘러 생식 암벌들이 부화하는 것을 돕는다. 잠자는 숲속의 미녀들이 신성한 알에서 나와 최초의 날갯짓을 경험한다.

그런데 가장 먼저 걷기 시작한 암벌이 대뜸 살의에 찬 행동을 보이기 시작한다. 다른 암벌들의 요람으로 달려들더니 작은 위턱으로 눌러 버리는 것이다. 그 암벌은 밑에 깔린 암벌들을 일벌들이 빼내지 못하게 막고는 독침으로 자매들을 찔러 버린다. 희생자가 늘어날수록 안도감도 커진다. 행여 어린 왕녀들을 보호하려는 일벌이 있으면, 제일 먼저 깨어난 그 암벌이 날갯짓으로 〈호통〉을 친다. 벌집 주변에서 흔히 들을 수 있는 보통의 날갯짓 소리와는 사뭇 다르다. 그러면 신하들은 단념의 뜻으로 머리를 조아리고 살생이 계속되도록 내버려둔다.

이따금 스스로를 방어하는 암벌이 있으면, 두 암벌 사이에 결투가 벌어진다. 그런데 이상한 것은, 서로 대결할 암벌이 두 마리만 남게 되면, 둘 다 상대를 독침으로 찌르는 자세를 취하는 법이 없다는 것이다. 어떤 일이 있어도 한 마리의 암벌은 살아 남아야 한다. 통치자가 되려는 욕구가 아무리 강하다 할지라도, 둘이 동시에 죽음으로써 여왕 없는 벌집을 만들 위험을 무릅쓰지는 않는 것이다.

결투가 마무리되고 한 마리가 살아 남으면, 마지막 남은 그 암벌은 둥지에서 나와 수컷들과 비행하면서 정받이를 한다. 그런 다음 왕국을 두어 바퀴 돌고 돌아와 알을 낳기 시작한다.

393

연대 의식

연대 의식은 기쁨이 아닌 고통에서 생긴다. 누구나 즐거운 일을 함께한 사람보다 고통의 순간을 함께 나눈 사람에게 더 친근함을 느낀다.

불행한 시기에 사람들은 연대 의식을 느끼며 단결하지만, 행복한 시기엔 분열한다. 왜 그럴까? 힘을 합해 승리하는 순간, 각자는 자신의 공적에 비해 보상이 부족하다고 느끼기 때문이다. 자기가 공동의 성공에 기여한 유일한 장본인이라고 생각한다. 그리고 서서히 소외감에 빠진다.

얼마나 많은 가족이 상속을 둘러싸고 사이가 벌어지는가? 성공을 한 다음의 로큰롤 그룹이 함께 남아 있는 경우가 얼마나 되는가? 얼마나 많은 정치 단체들이 권력을 잡은 후 분열하는가?

어원적으로 보면, 〈공감sympathie〉이란 말은 〈함께 고통을 겪다〉라는 뜻의 sun pathein에서 유래한다. 마찬가지로 〈연민compassion〉이란 말 또한 〈함께 고통을 겪다〉라는 뜻의 라틴어 cum patior에서 생긴 것이다.

사람은 자기 집단의 헌신적인 구성원들이 겪은 고통을 생각하면서, 세상에 자기 혼자뿐인 것 같은 견디기 어려운 순간을 이겨 낼 수 있는 것이다. 어떤 집단에 응집력과 결속력이 건재하는 것은 함께 나눈 어려운 시절에 대한 기억 때문이다.

394

피에르 레르미트의 십자군

1095년, 교황 우르바노 2세는 예루살렘 해방을 위해 제1차 십자군을 진군시켰다. 결의에 가득 차 있기는 했으나 군대 경험이 전혀 없는 순례자들이 참전했다. 총사령관은 고티에 상 자부아르와 피에르 레르미트. 십자군은 그들이 어느 나라를 통과하고 있는지도 모르는 채, 동으로 동으로만 향했다. 먹을 것이 떨어지자 그들은 지나는 곳마다 약탈을 했는데, 그 피해는 동방보다 서방에서 더 심했다. 이 〈참된 신앙의 대표자들〉이 하루아침에 누더기를 걸친, 야만적이고 위험한 방랑의 무리로 변해 버렸다. 헝가리 왕은 그 역시 크리스천이었지만 부랑자들로 인한 피해에 화가 단단히 난 나머지, 농민들을 침략으로부터 보호하기 위해 부랑자들을 학살하기로 했다. 반인반수의 야만인으로 악명을 떨치고 있던 십자군 병사들이 겨우겨우 목숨을 부지하며 터키 해안에 이르렀을 때, 니케아*의 토착민들은 털끝만치의 주저함도 없이 그들을 처치해 버렸다.

395

고드푸르아 드 부용의 십자군

고드푸르아 드 부용이 총사령관이 되어 예루살렘과 예수의 무덤을 해방시키기 위한 제2차 십자군이 원정을 떠났다. 이번에는 전쟁을 경험해 본 4천5백 명의 기사들이 수십만의 순례자들을 지휘했다. 대부분은 장자 상속법으로 모든 봉토를 장남에게 빼앗긴 귀족의 지차(之次)들이었다. 종교의 엄한 계율에 따라 상속권을 박탈당한 이 젊은 귀족들은 이국의 성을 정복하고 영토를 손에 넣고 싶어 했다.

기사들은 성을 하나 정복할 때마다 십자군을 팽개치고 그곳에 정착했다. 그들

• 소아시아에 있던 옛 도시. 오늘날의 이즈니크.

은 정복한 도시의 토지 소유권을 둘러싸고 그들끼리 자주 싸웠다. 그 일례로 타렌트 가문의 보에몽 공작은 사리사욕을 위해 터키 남부에 있는 도시 안티오키아를 빼앗기로 결심했다. 그러자 십자군 병사들은 십자군을 떠나려는 자들을 만류하기 위해서 그들과 싸워야만 했다.

서방의 귀족들은 심한 경우 자기들의 목적을 달성하기 위해서 동방의 적과도 동맹을 맺는 자가 당착을 범했다. 그들은 전우들을 무찌르기 위하여 동방의 토후들과 결탁하였고, 그러면 상대방들 역시 그들에 맞서기 위하여 주저 없이 다른 토후들과 연합하였다. 결국 누구와 더불어, 누구에게 대항하여, 왜 싸우는지도 모를 지경이 되고 말았다. 많은 사람들이 십자군 본연의 목적을 망각하였다.

396
잡식 동물

지구의 주인은 잡식 동물일 수밖에 없다. 모든 종류의 먹이를 먹어 치울 수 있다는 것은 때와 장소에 구애받지 않고 자기의 종을 퍼뜨리는 데 필수 불가결한 조건이다. 지구의 주인으로 확고히 자리 잡기 위해서는 지구에서 생산되는 모든 형태의 먹이를 삼킬 수 있어야 한다.

한 가지 먹이에만 의존하는 동물은 그 먹이가 떨어지면 생존에 위협을 받게 된다. 한 종류의 곤충만 먹고 사는 많은 종류의 새들은 그 곤충들이 이동하는 것을 따라잡지 못한 채 멸종해 간다. 유칼립투스 잎만 먹고 사는 코알라들도 산림의 나무를 베어 내면 살아남을 수가 없다.

인간은 개미, 바퀴벌레, 돼지, 쥐들처럼 그 사실을 깨달았다. 이들 다섯 종은 거의 모든 종류의 먹이, 심지어 먹이의 찌꺼기조차 맛보고, 먹고, 소화시킨다. 또 이 다섯 종은 주위 환경에 가장 잘 적응하기 위해 언제라도 먹이의 종류를 바꿀 수 있다는 공통점을 지니고 있다. 따라서 이들은 새로운 먹이 때문에 전염병에 걸리거나 독성에 치이는 것을 피하기 위해 먹이를 먹기 전에 반드시 시험을 해본다.

397
꼭두각시

간충(학명 *Fasciola hepatica*)의 순환은 자연의 가장 큰 신비 중의 하나임에 틀림없다. 이 벌레를 소재 삼아 소설 한 권은 충분히 쓸 만하다. 그 이름에서 알 수 있듯이 그것은 양의 간에 번성하는 기생충이다. 간충은 혈액과 간세포로부터 영양을 섭취하고 자라서 알을 간다. 하지만 알은 양의 간에서 부화할 수 없다. 하나의 대장정이 알들을 기다리고 있다.

알들은 대변과 함께 몸 밖으로 나옴으로써 숙주를 떠나 춥고 건조한 바깥 세계와 만나게 된다. 알들은 한동안의 성숙기를 거친 다음 부화하여 작은 애벌레가 된다. 그리고 나서 새로운 숙주인 달팽이에게 먹히게 된다.

간충의 애벌레는 달팽이 몸속에서 성장하여 우기(雨期)에 그 연체동물이 내뱉는 끈끈물에 담겨 배출된다.

하지만 간충의 여정은 이제 반밖에 끝나지 않은 것이다.

흔히 끈끈물은 흰 진주 송이 모양으로 개미들을 유혹한다. 이 〈트로이의 목마〉• 덕으로 간충들은 곤충의 몸속으로 깊숙이 들어간다. 간충들은 개미의 갈무리 주머

• 기원전 1182년경 그리스와 트로이의 전쟁 중, 그리스는 견고한 트로이 성을 함락시킬 수 없게 되자, 병사를 속에 감춘 거대한 목마를 제작하여 트로이에 선물한다. 결국 밤에 목마 속에서 병사들이 나와 트로이 성을 점령한다.

니(사회위)에 오래 머물지 않고 그곳에 수천 개의 구멍을 뚫고 나온다. 그 소동으로 개미가 죽지 않도록 하기 위해 그들은 견고한 풀로 구멍을 다시 메워 개미의 갈무리 주머니를 여과기처럼 만든다. 양의 몸속으로 다시 들어가기 위해서는 개미를 죽여서는 안 된다. 바깥에서 전혀 내부의 드라마를 눈치채지 못하는 가운데 간충은 개미의 체내에서 순환한다.

간충의 애벌레들은 이제 성충이 되기 위하여 양의 간 속으로 되돌아가야 한다. 그럼으로써 간충의 성장 주기가 완성되는 것이다.

그런데, 벌레를 잡아먹지 않는 양이 개미를 삼키게 하기 위해서는 어떻게 해야 할까?

간충들은 수세대에 걸쳐서 그 문제를 탐구했다. 양들은 선선할 때에 풀줄기의 윗부분을 뜯어먹는다. 그러나 개미들은 따뜻할 때에 둥지를 나와 풀뿌리의 시원한 그늘 안에서만 돌아다닌다. 시간도 장소도 맞아떨어지지 않기 때문에 문제를 해결하기가 한층 더 어렵다.

양과 개미가 어떻게 같은 시간에 같은 장소에서 만나게 되는 것일까?

간충은 개미의 몸 안 여기저기로 흩어짐으로써 문제를 해결한다. 가슴, 다리, 배에 각각 십여 마리씩 들어가고, 뇌에는 한 마리만 자리 잡는다.

이 한 마리의 간충의 유충이 개미의 뇌에 뿌리를 박는 순간, 개미의 행동에 변화가 오는데……. 아, 그렇다! 짚신벌레처럼 가장 하등한 단세포 동물에 가까운 미세한 간충이 이제부터 복잡한 개미를 조종하게 되는 것이다.

결과 저녁에 모든 일개미들이 잠들었을 때 간충에 감염된 개미들은 그들의 도시를 떠난다. 그 개미들은 마치 몽유병에 걸린 것처럼 밖으로 나간 다음, 풀 꼭대기로 올라가 달라붙는다. 그렇다고 아무 풀에나 마구 올라가는 것이 아니다! 양들이 가장 좋아하는 개자리*와 냉이에 올라간다.

개미들은 거기에서 뻣뻣이 굳은 채 풀과 함께 뜯어먹히기를 기다린다.

뇌에 있는 간충이 하는 일은 이런 것이다. 즉, 양에게 먹힐 때까지 매일 저녁 자

* 콩과에 딸린 두해살이풀. 키는 30~60센티미터. 유럽 원산으로 녹비, 목초로 쓴다.

기의 숙주가 밖으로 나가도록 만드는 것이다. 아침이 되어 따사로운 기운이 다시 찾아오면 양에게 잡아먹히지 않은 개미는 자기의 뇌를 통제하고 자유 의지를 되찾는다. 그 개미는 자기가 풀 꼭대기에서 무얼 하고 있나 하고 의아해하면서 재빨리 내려온다. 그런 다음 자기 둥지로 되돌아가서 일상의 일에 몰두한다. 그러나 그날 저녁이 되면 그 개미는 간충에 걸린 다른 동료 개미들과 함께 몽유병 환자처럼 밖으로 다시 나가 양에게 잡아먹히기를 기다린다.

이러한 순환은 생물학자들에게 많은 문제를 제기한다.

첫 번째 문제: 뇌에 숨어 있는 간충이 어떻게 밖을 보고 개미에게 이러저러한 풀을 찾아가도록 명령을 내릴 수 있는가?

두 번째 문제: 양이 개미를 삼키는 순간, 개미의 뇌를 조종하던 간충은 죽게 될 것이다. 그것도 그 간충만 말이다. 그렇다면 어떻게 그와 같은 희생이 이루어질 수 있는가? 그 모든 일들이 일어나는 양상을 보면 마치 간충들이 자기들 가운데 하나, 그것도 가장 우수한 하나를 희생시킴으로써 나머지 모두가 목표를 달성하고 번식의 순환을 완성하기로 약속이라도 한 듯하다.

398

일본에 간 코쟁이들

일본에 상륙한 최초의 유럽인은 16세기의 포르투갈 탐험가들이었다. 그들은 일본 서쪽 해안의 한 섬에 닿았는데, 그곳 다이묘(大名)는 그들을 아주 정중하게 맞아 주었다. 그는 〈코쟁이들〉의 새로운 기술에 지대한 관심을 보였다. 특히 조총이 마음에 들어서 그는 명주와 쌀을 주고 그것을 얻었다.

다이묘는 성의 대장장이에게 그 놀라운 무기와 똑같은 것을 만들라고 지시했지만 대장장이는 총의 후미를 막을 수가 없었다. 일본산 조총은 번번이 사용자의 면전에서 폭발했다. 포르투갈인들이 다시 항구에 들어왔을 때, 다이묘는 포르투갈의 대장장이에게 어떻게 하면 화약이 폭발할 때 총의 마구리가 터지지 않게 할 수 있는지를 자기 대장장이에게 가르쳐 달라고 부탁했다.

그리하여 일본인들은 많은 양의 조총을 만드는 데 성공했고, 그로 인하여 나라의 전쟁 규범은 뒤죽박죽이 되었다. 왜냐하면 그때까지 전쟁은 으레 사무라이들이 칼을 가지고 하는 것으로 되어 있었기 때문이었다. 오다 노부나가는 직접 조총 부대를 창설하여 속사로 적의 기마병 잡는 방법을 가르쳤다.

물질적 선물에 이어, 포르투갈인들은 두 번째 선물, 즉 정신적 선물인 기독교를 가져왔다. 당시는 마침 교황이 세계를 포르투갈과 스페인에 갈라 주던 시기였다. 일본은 포르투갈에 맡겨졌다. 그리하여 포르투갈인들은 예수회 선교사들을 파견했고, 그들은 처음엔 대단히 환영을 받았다. 일본인들은 이미 몇 가지 종교를 융합해 놓고 있던 터라, 기독교도 자기들의 종교에 통합시킬 하나의 외래 종교쯤으로 여겼던 것이다. 그러나 기독교 교리의 배타성이 마침내 그들을 화나게 했다. 기독교는 다른 모든 신앙은 잘못된 것이라고 주장했고, 일본인들이 아무런 이의 없이 숭배하는 그들의 조상들이 세례를 받지 않았다는 이유로 지옥 불에 타고 있을 거라는 말을 서슴지 않았다. 그런 종교가 어찌 보편적인 종교라는 뜻의 〈가톨릭〉이라는 이름을 내세울 수 있는가?

기독교의 독선적인 태도가 결국 일본인들을 자극했다. 일본인들은 대부분의 예수회 선교사들을 고문하고 학살했다. 그 뒤 시마바라 폭동*이 일어났을 때는 이미 기독교로 개종한 일본인들이 수난을 당했다.

그때부터 일본인들은 서양인들이 상륙하는 것을 허용하지 않았다. 단 한 번 해안에서 멀리 떨어진 어떤 섬에 네덜란드 상인들이 상륙한 적이 있었지만, 그들은 오랜 시간이 지난 뒤에야 일본 열도에 발을 디딜 수 있었다.

• 일본 규슈에 있는 시마바라반도에서 1637년부터 1638년에 걸쳐 2만 명이 넘는 기독교인들이 일으킨 봉기. 기독교에 대한 탄압이 더 가혹해지는 계기가 되었다.

399
코르니게라 아카시아

코르니게라는 개미가 안에 들어가 사는 묘한 조건에서만 성숙한 나무가 될 수 있는 소관목이다. 이 나무가 꽃을 피우기 위해서는 개미의 보살핌과 보호가 필요하다. 또 이 나무는 개미들을 유인하려고 스스로를 수년에 걸쳐 진짜 개미집으로 바꾸어 간다.

가지는 모두 속이 비어 있고, 그 비어 있는 속에는 오직 개미의 편의를 위한 통로와 방이 갖춰져 있다.

그뿐이 아니다. 통로에는 일개미와 병정개미에게 더없는 기쁨이 되는 흰진디가 사는 경우가 많다. 코르니게라는 제 내부에 자리 잡길 원하는 개미들에게 집과 은신처를 제공한다. 대신, 개미들은 집주인으로서 스스로의 의무를 다한다. 개미들은 모든 애벌레, 외부의 진디, 민달팽이, 거미, 그리고 가지의 성장을 방해하는 다른 나무좀을 퇴치해 준다. 매일 아침, 개미는 위턱으로 송악과 기생 덩굴 식물을 잘라 낸다.

개미는 낙엽을 치우고, 이끼를 긁어내고, 침으로 나무를 소독하며 돌본다.

자연에선 희귀하게 식물과 동물의 훌륭한 공생이 일어난다. 개미 덕분에 코르니게라 아카시아는 다른 나무들의 그늘에 들어가지 않고 다른 나무들보다 빨리 자란다. 그 나무는 다른 나무들의 꼭대기를 굽어보면서 직접 햇빛을 받아들인다.

400
폭격기딱정벌레

폭격기딱정벌레(학명 *Brachinus crepitans*)는 〈기관총〉을 갖고 있다. 그 딱정벌레는 공격을 받으면, 폭발 소리를 내면서 연기를 내뿜는다. 그 곤충은 두 개의 서로 다른 분비샘에서 분비되는 화학 물질을 배합하여 연기를 만든다. 첫 번째 분비샘에선 과산화수소 25퍼센트와 하이드로퀴논 10퍼센트를 함유한 용액을 분비하고, 두 번째 분비샘에선 일종의 촉매 역할을 하는 과산화 효소를 만든다. 이 분비액들이 연소실에서 혼합되어 온도가 섭씨 1백 도에 이르면 연기가 나오고 질산 증기가 분출하면서 폭발하게 된다.

폭격기딱정벌레에 손을 가까이 가져가면, 곧 대포에서 뜨겁고 매우 지독한 냄새가 나는 붉은 증기가 분출할 것이다. 그 질산은 피부에 수포를 일으킨다.

폭격기딱정벌레는 혼합과 폭발이 이루어지는 복부의 배출구로 방향을 조정하며 목표물을 겨눌 줄도 안다. 그럼으로써 몇 센티미터 거리에 있는 표적을 맞힐 수 있다. 설사 빗나가더라도 그 어마어마한 폭음 때문에 어떤 공격자라도 도망가지 않고는 못 배길 것이다. 일반적으로 폭격기딱정벌레는 서너 번 폭격할 혼합물을 비축하고 있다. 그런데 어떤 곤충학자들은, 사람들이 그것들을 자극했을 때 단숨에 스물네 번까지 쏠 수 있는 종을 발견하기도 했다.

폭격기딱정벌레는 오렌지빛과 은빛 파란색이어서 눈에 띄기가 아주 쉽다. 대포로 무장했으니까 아무리 요란한 옷을 입고 자신을 드러내도 끄떡없다고 느끼는 것처럼 행동한다. 대체로 현란한 빛깔과 화려한 딱지날개를 자랑하는 딱정벌레목 벌레들은 모두 호기심 많은 자들을 퇴치할 수 있는 아주 기발한 방어 수단을 가지고 있다.

주: 그럼에도 불구하고, 폭격기딱정벌레들이 그 〈기발한 방어 수단〉을 즐겨 사용한다는 것을 아는 생쥐는 혼합과 폭발이 일어나기 전에 딱정벌레의 배를 즉각 모래 속에 처박아 버린다. 모래 속에서 마구잡이 공격을 하면서 이 곤충이 모든 폭약을 헛되이 다 써버렸을 때, 생쥐는 그것의 머리부터 삼킨다.

401

오로빌

인도의 퐁디셰리 근처, 오로빌(오로르빌•의 약칭)의 모험은 인간이 시도한 가장 흥미로운 이상적 공동체 가운데 하나다. 1968년 벵골 철학자 스리 오로빈도와 프랑스 여류 철학자 미라 알파사(〈어머니〉라 불리었음)는 그곳에 이상향의 마을을 세우기 시작했다. 그곳은 모든 것이 중앙으로부터 뻗어 나가는 방사형으로 되어 있었다. 그들은 모든 나라로부터 사람들이 오기를 기다렸다. 주로 절대적 이상향을 추구하던 유럽인들이 오로빌로 모여들었다.

남녀 모두 풍차, 수공업 공장, 배수로, 정보 센터, 벽돌 공장을 건설했다. 그들은 척박한 땅에 작물을 심었다. 〈어머니〉는 자기의 영적 경험을 세세히 기록한 몇 권

• Auroreville. 새벽을 뜻하는 *aurore*와 도시를 뜻하는 *ville*을 합친 것.

의 책을 썼다. 공동체 구성원들이 살아 있는 〈어머니〉를 신으로 받들기로 결정하기 전까지는 만사가 순조로웠다. 처음에 그녀는 그런 영예를 사양했다. 그러나 스리 오로빈도가 죽고 나자, 그녀의 곁에서 그녀를 지지해 줄 힘 있는 사람이 아무도 없었다. 미라 알파사는 오래지 않아 숭배자들의 요구에 무릎을 꿇고 말았다.

그들은 그녀를 방에 가두고, 살아서 여신이 되고 싶지 않으면 죽은 여신이라도 되라고 강요했다. 미라 알파사는 스스로에게 신적인 요소가 있다고는 생각하지 않았던 듯하다. 그럼에도 미라 알파사는 억지 춘향으로 여신이 되었다!

마지막으로 대중들 앞에 모습을 드러냈을 때, 〈어머니〉는 아주 쇠약해 보였고 심한 정신적 충격을 받은 듯했다. 자기가 감금되어 있다는 사실과 숭배자들이 부당한 대우를 하고 있음을 폭로하려 하자, 숭배자들은 그녀의 말을 막고 방으로 끌고 갔다. 〈어머니〉는 자기를 숭배하는 척하는 자들이 매일매일 가하는 고통 때문에 점점 쭈그렁 노파가 되어 갔다.

그래도 〈어머니〉는 우여곡절 끝에 자기의 옛 친구들에게 은밀한 전갈을 보낼 수 있게 되었다. 사람들이 자기를 죽은 여신, 즉 더 쉽게 숭배할 수 있는 여신으로 만들기 위해 자기를 독살하려 한다는 내용이었다.

하지만 구원 요청은 헛된 것이 되었다. 그녀를 도우려던 사람들은 즉각 공동체로부터 쫓겨났다. 최후의 통신 방법으로, 그녀는 갇혀 있던 방 안에서 자신의 비극을 알리기 위해 오르간을 연주하였다. 아무런 효과도 없었다.

〈어머니〉는 1973년에 죽었다. 십중팔구는 치사량의 비소에 의해 희생되었을 것이다.

오로빌 공동체는 그녀를 여신으로 예우하면서 장례를 치러 주었다.

그러나 그녀가 없어지자, 더 이상 공동체를 공고히 해줄 것이 남아 있지 않았다. 공동체는 분열되었고 구성원들은 서로 대립했다. 이상 세계에 대한 꿈을 망각한 채, 그들은 서로를 법정으로 끌고 나갔다. 그들이 벌인 많은 소송을 보면서 사람들은 한때 가장 야심만만하고 성공적인 공동체 실험의 하나였던 오로빌에 대해 의혹을 가지게 되었다.

402
나무들의 의사소통

아프리카에는 놀라운 특성을 보여 주는 아카시아나무들이 있다. 그 나무들은 영양이나 염소가 뜯어먹으려 하면 제 수액의 화학적 성분을 독성으로 변화시킨다. 동물은 나무의 맛이 달라졌음을 깨닫고 다른 나무를 뜯어먹으러 간다. 그러면 이 아카시아나무는 즉각 냄새를 발산하여 근처의 다른 아카시아나무들에게 약탈자의 출현을 알린다. 몇 분만에 그 주위의 아카시아나무들은 모두 동물들이 뜯어먹을 수 없는 것들이 되고 만다. 그러면 영양이나 염소는 어쩔 수 없이 그곳을 떠난다. 너무 멀리 떨어져 있는 탓에 경보 신호를 감지하지 못한 아카시아나무를 찾아가는 것이다.

그런데 동물들을 대규모로 사육하는 기술이 발달하면서 염소 떼와 아카시아나무 무리가 같은 장소에서 맞부딪치는 일이 생기게 되었다. 그 경우에 어떤 일이 벌어질까?

동물들에게 먼저 뜯긴 아카시아나무가 다른 아카시아나무들에게 위험을 알리면 나머지 모두가 독성으로 변한다. 그러나 그런 사실을 모르는 짐승들은 독이 든 나무를 뜯을 수밖에 없다. 그런 까닭에 많은 염소 떼가 독으로 죽게 된다. 사람들은 오랜 세월이 흘러서야 그 까닭을 알게 되었다.

403
공시성

1901년에 어떤 과학 실험을 몇 나라에서 동시에 실시한 적이 있었다. 그 실험에서 행한 일련의 지능 검사에서 생쥐는 20점 만점에 6점을 얻은 것으로 나타났다.

1965년, 위의 실험을 행한 같은 나라들에서 다시 똑같은 지능 검사를 했는데,

생쥐는 20점 만점에 평균 8점을 얻었다.

이 현상은 지리적 위치와는 아무 상관이 없었다. 유럽의 생쥐가 아메리카, 아프리카, 오스트레일리아, 또는 아시아의 생쥐보다 더 영리하지도 덜 영리하지도 않았다. 모든 대륙에 걸쳐, 1965년의 생쥐들은 1901년의 자기들 선조보다 더 좋은 점수를 얻은 것이다. 말하자면 전 지구에서 생쥐들의 진보가 이루어진 셈이다.

마치 〈생쥐의 지구적인 지능〉이라는 게 존재하고, 시간이 흐름에 따라 그것이 향상되고 있기라도 한 듯했다.

인간 세계에서도 어떤 발견이나 발명이 전세계적으로 동시에 이루어진 적이 있음이 확인되었다. 예컨대 중국과 인도와 유럽에서 동시에 발견되거나 발명된 불, 화약, 직물 등이 그러하다. 오늘날에도 일정한 기간을 놓고 보면, 어떤 발견이나 발명들은 지구의 여러 지점에서 동시에 이루어지곤 한다.

이와 같은 현상을 대하면 이런 생각이 든다. 어떤 아이디어들이 대기권 너머의 공중에 떠다니고 있는 건 아닌지, 그래서 그것들을 포착할 수 있는 능력을 지닌 사람들이 인류의 지구적 지식 수준을 개선하는 데에 공헌하고 있는 것은 아닐는지.

404
이야기와 셈

프랑스어에서 〈이야기〉를 뜻하는 *conte*와 〈셈〉을 뜻하는 *compte*는 발음이 같다. 그런데, 거의 모든 언어에서 숫자와 문자 사이에 이런 일치를 볼 수 있다. 그 예를 열거하면 다음과 같다. 영어에서 〈세다count〉, 〈이야기하다recount〉, 독일어에서 〈세다zählen〉, 〈이야기하다erzählen〉. 히브리어에서 〈세다li saper〉, 〈이야기하다le saper〉. 중국어에서, 〈세다shu〉, 〈이야기하다shu〉.

숫자와 문자는 언어의 요람기 때부터 결합되어 있었다.

405

경제 성장

옛날에 경제학자들은 성장하는 사회가 건전한 사회라고 생각했다. 그래서 성장률은 국가, 기업, 가계 등 모든 구조의 건강성을 재는 척도가 되었다. 그러나 고개를 숙인 채 늘 앞으로만 돌진할 수는 없는 노릇이다. 팽창이 우리의 통제를 벗어나 우리를 압도하기 전에 그것을 중단시켜야 할 때가 왔다.

경제적 팽창주의에는 미래가 없을 것이다. 오래 지속될 수 있는 상태는 하나뿐이다. 힘의 균형이 바로 그것이다. 건전한 사회, 건전한 국가, 건전한 노동자란 주위 환경을 해치지도 않고 주위 환경에 해를 입지도 않는 사회나 국가나 노동자다. 우리는 더 이상 자연과 우주를 정복하려 하지 말고, 오히려 자연과 우주에 통합되어야 한다. 우리의 유일한 슬로건은 조화이다. 외부 세계와 내부 세계 사이의 조화로운 상호 침투가 필요하다.

인간 사회가 더 이상 자연 현상 앞에서 우월감이나 열등감을 갖지 않게 되는 날, 인류는 우주와의 항상성을 유지하게 될 것이다. 그때 인류는 평형 상태를 맞게 될 것이고, 다시는 미래에 자신을 던지지 않게 될 것이며, 멀리 있는 목표에 매달리지도 않을 것이다. 인류는 아주 소박하게 현재 속에서 살게 될 것이다.

406

방향

　인류의 위대한 모험은 대부분 동쪽에서 서쪽으로 이루어졌다. 예로부터 사람들을 불덩어리가 어디로 잠기는지 궁금해하면서 태양의 운행을 추적하였다. 오디세우스, 크리스토퍼 콜럼버스, 아틸라 등 모두가 서쪽에 그 답이 있다고 믿었다. 서쪽으로 떠나는 것, 그것은 미래를 알고자 하는 것이었다.

　하지만, 태양이 〈어디로 가는지〉 궁금해했던 사람들이 있는가 하면, 그것이 〈어디로부터〉 오는지 알고 싶어한 사람들도 있다. 동쪽으로 가는 것, 그것은 태양의 근원뿐만 아니라 자기 자신의 근원을 알고 싶어하는 것이었다. 마르코 폴로, 나폴레옹, 빌보(톨킨의 『반지의 제왕』에 나오는 인물 가운데 하나) 등은 동쪽으로 갔던 인물들이다. 그들은 하루가 시작되는 동쪽에 뭔가 발견할 만한 것이 있으리라고 믿었다.

　모험가들의 상징 체계에는 아직 두 개의 방향이 남아 있다. 그 방향들의 의미는 다음과 같다. 북쪽으로 가는 것은 자신의 힘을 시험하기 위한 장애물을 찾아가는 것이다. 남쪽으로 가는 것은 휴식과 평정을 찾아 나서는 것이다.

407

실패의 정신 병리학

　어찌하여 그토록 많은 사람들이 실패가 주는 위안의 온기에 매료되는가? 그건 아마도 승리는 지금까지의 행동을 고수하라고 부추기지만 패배는 방향 전환의 전

주곡이 되기 때문일 것이다. 패배는 개혁적이고 승리는 보수적이다. 모든 사람들이 이 진리를 막연하게나마 느끼고 있다. 아주 현명한 사람들 중에는 가장 멋진 승리가 아니라 가장 멋진 패배를 거두고 싶어한 사람들이 적지 않다.

한니발은 로마 함락을 눈앞에 두고 발길을 돌렸다. 카이사르는 로마력 3월 15일의 원로원 회의에 나갈 것을 고집하다가* 브루투스의 단검을 맞고 죽었다. 찰스 에드워드 스튜어트**의 스코틀랜드 군대는 정복한 거나 다름없는 런던에 입성하는 것을 거부하였다. 나폴레옹은 워털루에서 전투에 거의 이기고도 후퇴를 명령하였다. 그런가 하면, 어느 날 갑자기 술과 마약에 빠지거나 특별한 이유도 없이 자살하는 연예계의 스타들은 어떤가? 그들은 영광을 감내할 수 없었기에 의식적으로 패배를 도모한 것이 아닐까?

위와 같은 과거의 경험들에서 우리는 교훈을 얻을 수 있다. 이른바 성공이라는 것들의 배후에는 많은 경우 오로지 하나의 의지, 즉 가장 높은 다이빙대에 올라가서 장려하게 추락하려는 의지가 있을 뿐이다.

408
아브라카다브라

〈아브라카다브라Habracadabrah〉라는 마술의 주문은 히브리어로서 〈말한 대로 될지어다〉라는 뜻이다. 즉, 말로 나타낸 일들이 실제의 일로 나타나기를 바라는 뜻을 담고 있다. 중세 사람들은 열병을 다스리는 주문으로 그 말을 사용하였다. 그러

• 기원전 44년, 카이사르는 왕의 칭호를 받고 싶어했고 로마의 원로원은 로마력 3월 15일 회의에서 그에게 왕의 칭호를 주기로 되어 있었다.
•• Charles Edward Stuart(1720~1788). 영국과 아일랜드의 왕위 승계권을 주장하던 왕자. 프랑스의 도움을 받아 1745년에 스코틀랜드에서 혁혁한 승리를 거두고 파죽지세로 더비까지 진격하였으나, 그의 스코틀랜드 군대의 군기가 문란해지면서 1746년에 스코틀랜드의 컬로덴에서 참패를 당하고 프랑스로 도망하였다.

던 것을 마술사들이 술법을 부릴 때 사용하는 주문으로 바꾸어 놓았다. 마술사들은 마술이 절정에 달하는 순간, 즉 관중이 곧 멋진 구경거리를 보게 될 찰나(말들이 현실로 나타나는 순간)에 그 글귀를 사용하였다. 그 글귀는 언뜻 보기에는 별거아닌 것 같지만 상당히 깊은 뜻을 담고 있다. 그 주문을 히브리 문자로 적으면 다음과 같이 아홉 개의 글자로 표현된다. HBR HCD BRH (히브리어에서는 모음 글자를 표기하지 않기 때문에 HA BE RA HA CA DA BE RA HA가 위와 같이 표기되는 것이다). 그 아홉 개의 글자들을 아홉 층으로 배열해서 최초의 H(알레프는 ha로 발음된다)로 점차 내려오도록 만들면 다음과 같이 된다.

HBR HCD BRH

HBR HCD BR

HBR HCD B

HBR HCD

HBR HC

HBR H

HBR

HB

H

이 배열은 하늘의 힘을 되도록 넓게 받아들여 사람들에게 내려 보낼 수 있도록 고안된 것이다. 이것은 깔때기를 닮은 부적이다. 〈아브라카다브라〉라는 주문을 구성하는 글자들이 깔때기 안에서 소용돌이를 이루며 쏟아져 내려간다. 그 부적은 보다 우월한 시공(時空)의 힘을 붙들어 한군데로 집중시키는 것을 나타내고 있다.

409

입맞춤

인간이 개미에게서 모방한 것이 무엇인지를 묻는 사람들이 가끔 있다. 나의 대답은 이렇다. 입술과 입술을 맞대는 것. 사람들은 고대 로마인들이 기원전 수백 년 전부터 입맞춤을 생각해 냈다고 오랫동안 믿어 왔다. 사실 고대 로마인들은 곤충들을 관찰하면서 그것을 배웠다. 그들은 개미들이 서로 입술을 접촉하면서 너그러운 행위를 하고 또 그런 행위가 개미들 사회를 더욱 공고히 해준다는 사실을 알았다. 그들은 이런 행위의 의미를 완전히 파악하지는 못했지만, 개미 사회의 응집력을 되찾기 위해 개미들이 이런 접촉을 계속한다고 생각했다.

입술과 입술을 맞대는 것은 영양 교환을 흉내 내는 것이다. 그러나 인간의 입맞춤에서는 양분이 없는 타액을 제공할 뿐이지만, 개미들의 영양 교환에서는 말 그대로 먹이를 나누어 준다는 점이 다르다.

410

당신

미지의 독자인 그대에게 먼저 인사를 보낸다.

나는 당신을 더 잘 알고 싶다. 이 책장들을 넘기기에 앞서 당신의 이름과 나이, 직업, 국적을 말해 주기 바란다.

당신이 살아가면서 가장 흥미를 느끼는 것은 무엇인가?

당신의 강점은 무엇이고 약점은 무엇인가?

이런, 그런 게 무슨 소용인가! 그런 건 아무래도 좋다. 나는 당신이 누구인지를 알고 있다.

나는 내 책장에 닿는 당신의 손길을 느끼고 있다. 그것도 기분 좋은 손길을 말이다. 당신 손가락 끝의 지문에서 나는 당신의 가장 내밀한 특성을 알아낸다.

지문은 당신 몸의 아주 작은 일부분에 불과하지만 그 안에 모든 정보가 들어 있다. 거기에서 나는 당신 조상들의 유전자까지도 알아낼 수 있다.

수천 명의 사람들이 너무 어린 나이에 죽어 버렸더라면 당신은 태어나지 못했을 것이다. 그들이 서로 사랑하고 짝짓기를 한 끝에 당신이 태어난 것이다.

이 글을 쓰는 지금 당신이 내 앞에 보이는 듯하다. 아니, 웃지 말고 그냥 그대로 있어 주기 바란다. 당신을 더욱 깊이 이해하고 싶다. 당신은 스스로가 상상하는 것보다 훨씬 대단한 존재다.

당신에겐 하나의 사회사가 담긴 성과 이름이 있지만 그게 당신의 전부일 수는 없다.

당신은 71퍼센트의 물과 18퍼센트의 탄소, 4퍼센트의 질소, 2퍼센트의 칼슘, 2퍼센트의 인, 1퍼센트의 칼륨, 0.5퍼센트의 황, 0.5퍼센트의 나트륨, 0.4퍼센트의 염소로 이루어져 있다. 거기에다 큰 숟가락 한 술 분량의 여러 가지 희유원소, 즉 마그네슘, 아연, 망간, 구리, 요오드, 니켈, 브롬, 불소, 규소를 함유하고 있다. 또 소량의 코발트, 알루미늄, 몰리브덴, 바나듐, 납, 주석, 티탄, 붕소도 가지고 있다.

이상이 당신의 생명을 구성하고 있는 물질들이다.

이 모든 물질들은 별들이 연소하면서 생겨나는 것으로 당신 몸 안이 아닌 다른 곳에서도 얼마든지 찾아볼 수 있는 것들이다. 당신의 물은 흔하디흔한 바닷물과 다를 바 없고, 당신의 인은 성냥개비의 인과 한가지이며, 당신의 염소는 수영장 물을 소독하는 데 쓰이는 염소와 같은 것이다.

그러나 당신은 단순히 그런 물질들을 합쳐 놓은 존재가 아니다.

당신은 하나의 화학적 구조물이며 훌륭한 건축물이다. 구성 물질들이 적절히 배합되고 안정되게 평형을 이루면서 완벽하게 기능하고 있다. 그 복잡함은 이루 말할 수가 없다. 당신을 이루는 분자들은 다시 원자, 미립자, 쿼크, 진공으로 이루어져 있고, 그 모든 것들은 전자기적인 힘과 인력과 전자의 힘에 의해 결합되어 있다. 그 절묘함은 우리의 상상을 초월한다.

각설하고, 당신이 이 책을 찾아냈다는 것은 당신이 꾀바른 사람임을 말해 주는 것이고 당신이 벌써 나의 세계에 대해서 많은 것을 알고 있음을 말해 주는 것이다. 당신이 얻은 지식을 어떻게 활용했는지 궁금하다. 혁명이 일어났는가? 개혁이 일어났는가? 물론 아무것도 달라진 게 없을 것이다.

그러면 이제 이 책을 더 잘 읽기 위해서 편안한 자세를 취하기 바란다. 등을 곧게 펴고 호흡을 잔잔하게 고른 다음 입의 긴장을 풀고 내 말에 귀를 기울여 주기 바란다.

당신을 둘러싸고 있는 시공간의 모든 것 중에서 쓸모없는 것이라고는 아무것도 없다. 당신도 물론 쓸모없는 존재가 아니다. 하루살이 같은 당신의 삶에도 어떤 의미가 있다. 당신의 삶은 막다른 골목으로 통하지 않는다. 모든 것은 저마다 의미를 지니고 있다.

당신이 내 글을 읽고 있을 때쯤이면, 이 말을 하고 있는 나는 구더기들의 밥이 되어 있을 것이다. 아니, 풀의 새싹을 무성하게 키워 줄 비료가 되어 있을지도 모르겠다. 내 세대의 사람들은 내가 이루고자 했던 것이 무엇인지 이해하지 못했다.

나에겐 시간이 너무 부족하고 내가 남길 수 있는 것은 보잘것없는 자취인 이 책뿐이다.

나에겐 시간이 너무 부족하지만 당신에겐 시간이 있다. 편하게 자리를 잡았으면 근육의 긴장을 풀고 오로지 우주만 생각하라. 그 속에서 당신은 그저 하나의 티끌일 뿐이다.

시간이 아주 빠르게 흘러간다고 상상해 보라. 응애, 하고 당신이 태어난다. 흔해빠진 하나의 버찌 씨처럼 어머니 몸에서 빠져나온 것이다. 쩝쩝거리면서 당신은 수천 끼의 갖가지 음식을 먹어 치운다. 수천 톤의 식물과 동물이 이내 똥으로 변한다. 억, 하고 당신이 죽는다.

당신의 삶이 그런 것이라면 그 삶은 얼마나 덧없는 것이랴.

물론 당신은 그런 삶을 바라지 않을 것이다.

행동하라! 무엇인가를 행하라! 하찮은 것이라도 상관없다. 죽음이 찾아오기 전에 당신의 생명을 의미 있는 뭔가로 만들라. 당신은 쓸데없이 태어난 것이 아니다. 당신이 무엇을 위하여 태어났는지를 발견하라. 당신의 최소한의 임무는 무엇인가?

당신은 우연히 태어난 것이 아니다.

명심하라.

411
두려움

개미에게 두려움이 없다는 사실을 이해하려면 개미집 전체가 하나의 유기체처럼 살아 있다는 점을 감안해야 한다. 각각의 개미는 인체의 세포와 똑같은 역할을 수행한다.

손톱을 깎을 때 우리의 손톱 끝이 그것을 두려워할까? 면도를 할 때 우리의 턱수염이 면도기가 접근해 오는 것에 전율할까? 뜨거운 욕탕 물의 온도를 가늠하려고 발을 집어넣을 때 우리의 엄지발가락이 두려움에 떨까?

그것들은 자율적인 단위로 존재하지 않기 때문에 두려움을 느끼지 않는다. 마찬가지로 우리의 왼손이 오른손을 꼬집어도 오른손은 왼손에 대해 아무런 원한을 품지 않는다. 오른손에 왼손보다 더 많은 반지가 끼어져 있다고 해서 시샘 따위가 있을 리 없다. 자기를 잊고 유기체와도 같은 공동체 전체만을 생각한다면 번뇌가 사라진다. 그것이 어쩌면 개미 세계의 모듬살이가 성공한 비결 가운데 하나일지도 모른다.

412

광기

우리 모두는 매일 조금씩 미쳐 가고 있다.
무엇에 미치느냐는 사람마다 다르다. 우리가
서로서로를 제대로 이해하지 못하는 것은 그 때문
이다. 나 자신도 편집증과 정신 분열에 사로잡
혀 있다는 느낌이 든다. 게다가 나는 너무나
민감해서 현실을 잘못 이해할 때가 많다.
나는 그 점을 알고 있기에 그 광기를 어
쩔 수 없는 것으로 받아들이기보다는 그
것을 적극적으로 활용하여 내가 하는 모
든 일의 동력으로 삼으려고 노력한다. 그래서 나는 미치면 미칠수록 내가 설정한
목표를 더 잘 달성하게 된다. 광기는 각자의 머릿속에 숨어 있는 사나운 사자이다.
그 사자를 죽이려고 해서는 안 된다. 그것의 정체를 알고 그것을 길들이면 아무런
문제가 없다. 순치된 당신의 사자는 어떤 선생, 어떤 학교, 어떤 마약, 어떤 종교보
다도 당신의 삶을 훨씬 더 높이 끌어올릴 것이다. 그러나 광기가 힘의 원천이 된다
고 해서 그것을 과도하게 사용하면 위험하다. 때때로 사자는 극도로 흥분하여 자
기를 길들이고 싶어 하는 사람에게 덤벼드는 경우도 있기 때문이다.

413

개미를 제거하는 방법

부엌에 출몰하는 개미를 몰아내는 방법이 없느냐고 나에게 묻는 사람이 있다면,
나는 이렇게 대답하고 싶다. 당신은 무슨 권리로 당신의 부엌이 개미 것이 아니고

당신 것이라고 주장하는가? 당신이 그것을 샀기 때문인가? 좋다. 당신은 시멘트로 부엌을 만든 사람에게서 그것을 샀고 거기에 자연에서 나온 음식물을 채워 놓았기 때문에 부엌이 당신 것이라고 주장한다. 당신과 다른 사람들 사이에 어떤 약속이 맺어졌기 때문에 가공된 자연의 일부가 당신 소유물이 되었다고 생각할 것이다. 그러나 그것은 인간끼리의 약속일 뿐이다. 당신 찬장 속에 있는 토마토소스가 개미 것이 아니고 꼭 당신 것이라고 말할 수 있는가? 토마토는 땅에서 난 것이고 시멘트도 땅에서 난 것이다. 당신 포크의 재료가 된 금속도 당신 잼의 원료가 된 과일도 당신의 벽을 이루고 있는 벽돌도 모두 땅에서 나온 것이다. 인간은 그저 그것들에 이름과 상표와 가격을 붙였을 뿐이다. 그것만으로 인간이 〈소유주〉가 되는 것은 아니다. 지구와 지구의 자원은 세입자 모두에게 무료로 제공된 것이다…….

그러나 그런 얘기는 너무 생경해서 당신을 설득하기가 어려울 것이다. 당신이 기어코 그 미미한 경쟁자들을 제거하기로 마음을 먹었다면, 내가 추천할 수 있는 〈가장 덜 나쁜〉 방법은 박하를 이용하는 것이다. 개미의 출몰을 막고 싶은 곳에 박하 한 포기를 키우면 된다. 개미는 박하 냄새를 싫어하기 때문에 십중팔구는 당신의 이웃집을 찾아가게 될 것이다.

414

개미의 성공

지구를 대표하는 모든 생물들 가운데 가장 성공한 것이 개미이다. 개미들은 아주 기록적인 생태적 지위*를 차지하고 있다. 우리는 도처에서 개미들을 발견할 수 있다. 열대의 밀림이나 극권의 사막성 초원에서도 개미를 발견할 수 있고, 유럽의 숲이나 대서양 해변, 화산 주변, 수렁, 심지어 인간의 주거에서도 찾아볼 수 있다. 개미의 적응력이 얼마나 뛰어난지를 보여 주는 예가 하나 있다. 사하라 사막에 사는 카타글리피스라는 개미는 섭씨 60도까지 올라가는 사막의 폭염에 적응하기 위해서 독특한 생존 방법을 개발해 냈다. 그 개미는 뜨거운 모래에 데지 않으려고 여섯 다리 중에서 두 다리만을 사용하여 앙감질하듯 걷는다. 그리고 습기가 빠져나가 탈수 상태에 빠지는 것을 막으려고 호흡을 억제한다.

1킬로미터 거리의 육지를 걸어가다 보면 반드시 개미를 만나게 된다. 개미는 지구의 표면 위에 가장 많은 도시와 촌락을 건설한 생물 종이다. 개미는 모든 포식자를 이겨 냈고, 비, 눈, 더위, 추위, 가뭄, 장마 등 모든 기후 조건에 적응해 왔다. 최근의 연구에 따르면 아마존 삼림의 총 동물량 가운데 3분의 1이 개미와 흰개미로 이루어져 있다고 한다. 그중에서 개미와 흰개미의 비율은 8대 1이다.

415

촌충

촌충은 딱따구리의 내장에 성충 상태로 살고 있는 단세포 기생충이다.

이 촌충은 딱따구리의 똥과 함께 배설된다. 딱따구리가 그런 사실을 알고 있기라도 하듯 개미들의 도시 위로 똥을 뿌리는 일이 종종 일어난다. 개미들은 이 흰 배

* 생물 종이 차지하는 먹이사슬망의 위치인 먹이 지위와 공간상의 지위인 공간 지위를 합친 것.

설물을 치워 내려고 하다가 그것을 먹고는 촌충에 감염된다. 이 기생충은 개미들의 성장을 방해하고 딱지 색깔을 하얗게 변화시킨다. 감염된 개미는 무기력해지고 자극에 대한 반응이 느려지게 된다. 그래서 청딱따구리가 똥으로 개미 도시를 공격할 때 그 똥에 감염된 개미들이 가장 먼저 희생된다.

색소 결핍증에 걸린 흰 딱지의 개미는 행동이 느려질 뿐만 아니라 개미 도시의 어두운 통로 안에서도 몸 색깔 때문에 훨씬 눈에 잘 띄게 된다.

416 공통분모

동물에 대한 경험으로 지구의 모든 사람들이 가장 많이 공유하고 있는 것은 개미와의 만남이다. 고양이나 개, 벌이나 뱀을 한 번도 본 적이 없는 사람들은 분명히 찾아볼 수 있다. 그러나 개미를 가지고 한두 번쯤 장난을 쳐보지 않은 사람들을 만나기란 쉽지 않을 것이다. 개미와의 만남은 가장 널리 퍼져 있는 우리들의 공통적인 경험이다.

그런데 우리의 손 위에서 걸어가는 개미를 관찰해 보면, 다음과 같은 기본적인 사실을 확인할 수 있다.

첫째, 개미는 자신에게 무슨 일이 일어나고 있는가를 알기 위해서 더듬이를 흔든다.

둘째, 개미는 자기가 갈 수 있는 곳이면 어디든 간다.

셋째, 개미가 가는 길을 손으로 막으면, 개미는 그 손으로 옮아간다.

넷째, 젖은 손으로 개미 앞에 선을 그으면 개미를 세울 수 있다. 개미는 눈에 보이지 않는, 뛰어넘을 수 없는 장벽이 있기라도 한 듯 머뭇거리다가 결국 빙 돌아간다.

이런 사실을 모르는 사람은 없다. 그렇지만 우리 조상들과 현대인들이 공유하고 있는, 초보적이고 유치한 이 지식이 활용되는 곳은 아무데도 없다. 학교에서 가르쳐 주지도 않고 직업을 선택하는 데도 쓸모가 없기 때문이다. (학교에서 우리가 개미를 공부하는 방식은 따분하기 이를 데 없다. 개미의 신체 부위 이름 따위나 외우라는데 솔직히 그런 것에 무슨 재미가 있겠는가?)

417
개미산

개미산은 생명을 이루는 중요한 구성 요소의 하나다. 사람도 세포 안에 개미산을 가지고 있다. 19세기 후반에 개미산은 식량이나 동물의 시체를 보존하기 위해서, 특히 침대 시트의 얼룩을 제거하기 위해서 사용되었다. 사람들은 이 산을 합성할 줄 몰랐기 때문에 곤충에서 직접 뽑아서 썼다.

개미 수천 마리를 기름틀에 넣고 노란 액체가 나올 때까지 압축했다. 그 〈으깨어진 개미들의 시럽〉을 한 번 걸러서 모든 약국의 물약 선반에 놓고 팔았다.

418
시공의 문제

하나의 원자핵 주위에 여러 개의 전자 궤도가 있다. 어떤 것은 중심부에서 매우 가까이 있고, 어떤 것들은 꽤 멀리 떨어져 있다.

외부의 충격으로 이 전자들 중에 하나가 궤도를 바꾸면, 빛이나 열이나 방사의 형태로 에너지의 방출이 일어난다.

낮은 자리에 있는 전자를 보다 높은 자리로 이동시키는 것은 마치 애꾸를 맹인들의 나라로 데려가는 것에 비유할 수 있다. 그 전자는 빛을 내면서 다른 것에 영향을 미치는데, 그것은 바로 왕이 되는 것과 같다. 역으로, 높은 궤도에서 더 낮은 궤도로 자리를 옮긴 전자는 완전히 바보처럼 보일 것이다.

우주 전체는 원자와 비슷한 방식으로 이루어져 있다. 다양한 시공들이 켜켜이 겹쳐 놓인 채로 병존하고 있다. 어떤 것들은 빠르고 복잡한 반면에 어떤 것들은 느리고 단순하다.

존재의 모든 수준에서 그와 같은 중층 구조를 발견하게 된다. 그리하여 아주 영리하고 민첩한 개미가 인간 세계에 던져지면 그것은 서투르고 겁 많은 하찮은 곤충밖에 안 된다. 무식하고 어리석은 한 인간이 개미 사회에 떨어지면 전지전능한 신이 된다. 그래도 인간들과 접촉을 했던 개미는 많은 것을 배우게 될 것이다. 개미 사회로 되돌아갔을 때, 그 개미는 더 우수한 시공을 경험한 덕분에 어떤 권위를 갖게 될 것이다.

보다 우수한 차원에서 최하층의 상태를 경험해 보고 원래의 차원으로 돌아오는 것, 그것은 진보를 이루어 내는 하나의 훌륭한 방법이다.

419
에너지

놀이동산의 롤러코스터에 오를 때 사람들은 두 가지 태도 가운데 하나를 취한다. 하나는 안쪽 차량에 앉아 눈을 감아 버리는 것이다. 그 경우에 예민한 승객은 대단한 공포를 느낀다. 그는 속도를 즐긴다기보다 참아 낸다. 눈을 살짝 뜰 때마다 그의 공포는 한층 더해진다.

두 번째 태도는 열차의 첫 량 첫 줄에 앉아서 눈을 크게 뜨고 자기가 곧 날아갈

것이며 점점 빨리 가게 될 거라고 상상하는 것이다. 그 경우에 승객은 황홀한 생동감을 맛보게 된다. 마찬가지로, 예기치 않았을 때 스피커에서 하드 록 음악이 튀어나오면 그 음악은 난폭하게 느껴지고 귀청을 찢어 놓을 것만 같다. 사람들은 간신히 그것을 참아 낸다. 하지만 그것을 원하는 사람이라면 참고 있는 것이 아니라 그음악을 즐기면서 더 깊이 빠져 들어간다. 청중이 격렬한 음악에 자극받고 완전히열광하는 것처럼 말이다.

힘을 발산하는 모든 것을 어쩔 수 없이 받아들일 땐 위험하지만 그것을 효과적으로 이용하면 우리의 정신을 풍요롭게 만들 수도 있다.

420
신인동형론(神人同形論)

인간은 그들의 척도와 가치에 모든 것을 귀결시키면서, 늘 같은 방식으로 사고한다. 자기들의 두뇌에 만족하고 자부심을 갖기 때문이다. 스스로 논리적이고 분별 있다고 생각한다. 또한 인간은 늘 자신들의 관점에서 사물을 본다. 의식이나 직관과 마찬가지로 지능은 인간에게만 존재한다고 생각한다. 프랑켄슈타인은, 신이 아담을 창조하였듯이 인간도 자기와 똑같은 형상의 사람을 만들 수 있다는 신화를 대표하는 인물이다. 인간은 무엇이든 인간을 닮은 형태로 만들고 싶어 한다. 로봇을 만들 때, 인간은 자기들의 모습과 행동 방식을 그대로 복제한다. 아마도 언젠가는 대통령 로봇, 교황 로봇도 만들겠지만, 그것은 인간의 사고방식에 어떠한 변화도 가져오지 않을 것이다. 하지만 사고방식에 변화를 줄 다른 것들도 많이 존재한다! 개미도 다른 사고방식 가운데 하나를 우리에게 가르친다. 아마 외계인들도 우리에게 다른 사고방식들을 가르쳐 줄 것이다.

421
열한 번째 계명

오늘 밤 이상한 꿈을 꾸었다. 파리 시가지가 거대한 삽으로 퍼 올려진 다음 투명한 단지에 담겨졌다. 단지 속에서 모든 것이 너무 흔들려서 에펠탑 끝이 우리 집 화장실 벽과 부딪혔다. 모든 것이 전복되었다. 나는 천장에서 뒹굴고 있었고, 수천의 행인들이 우리 집의 닫힌 창문에 부딪혔다. 자동차들은 길에서 부딪히고, 가로등은 바닥에서 치솟아 있었다. 가구들이 나뒹굴었다. 나는 아파트에서 빠져나왔다. 밖은 모든 게 엉망이었다. 개선문은 산산조각이 났고, 노트르담 사원도 거꾸로 되어 종루가 땅에 깊숙이 처박혀 있었다. 지하철 차량들이 갈라진 땅에서 튀어나와 으깨진 사람들을 뱉어 냈다. 나는 폐허 속으로 달려가 거대한 유리벽 앞에 도착했다. 뒤에도 눈이 하나 있었다. 하늘 전체만큼이나 큰 외눈이 나를 주시했다. 잠시 후, 나의 반응을 보고 싶어 하는 듯 그 눈은 커다란 숟가락 같은 것으로 벽을 두드리기 시작했다. 귀청을 찢는 듯한 종소리가 울렸다. 아파트의 아직 깨지지 않은 유리들이 모두 박살났다. 눈은 여전히 나를 바라보았는데 크기가 태양의 백 배는 되었다. 나는 그런 것이 나타나는 것이 탐탁지 않았다. 그 꿈 이후로 숲으로 더 이상 개미집을 찾으러 가지 않았다. 지금 키우고 있는 개미들이 모두 죽고 나면 다시는 어떤 개미도 키우지 않을 것이다. 그 꿈은 열한 번째 계명이라고 할 만한 것을 나에게 불러일으켰다. 나는 그 계명을 주위 사람들에게 강요하기에 앞서 내가 먼저 실천하려고 한다. 그 계명이란 〈남이 너에게 행하기를 원치 않은 일을 남에게 행하지 말라〉*는 것이다.

여기에서 〈남〉이란 말을 나는 다른 〈모든〉 생명이라는 뜻으로 이해하고 있다.

422

6

6이란 수는 구조를 만들기에 적합한 수이다. 6은 천지 창조를 뜻하는 수이다. 하나님은 엿새 만에 천지를 창조하고 7일째에는 휴식을 취했다. 클레망 달렉상드리에 따르면, 우주는 서로 다른 여섯 방향에서 창조되었다고 한다. 즉, 동서남북과 천정점(관측점을 기준으로 천구상 가장 높은 점)과 천저점(관찰자를 기준으로 천구상의 가장 낮은 점)이다. 인도에서 얀트라라고 부르는 여섯 뿔박이 별은 사랑의 행위, 즉 요니와 링감**의 결합을 의미한다. 솔로몬의 옥새라고도 불리는 다윗의 별을 히브리 사람들은 우주를 이루는 모든 요소의 총화를 상징한다고 생각한다. 위로 뾰족한 삼각형은 불을 뜻하고 아래로 뾰족한 삼각형은 물을 뜻한다.

* 『논어(論語)』 제12편, 「안연(顏淵)」편, 〈己所不慾, 勿施於人〉.
** 힌두교 신화에 나오는 생식 숭배의 상징. 요니는 자연이 지닌 최고의 여성적인 힘으로 숭배되고, 링감은 창조와 파괴를 관장하는 시바 신을 나타낸다.

연금술에서는 별의 여섯 개 뿔이 각각 하나의 금속과 행성에 대응한다고 한다. 가장 위쪽에 있는 뿔은 달과 은에 해당한다. 시계 반대 방향으로 돌면서 각각의 뿔은 차례로 금성과 구리, 수성과 수은, 토성과 납, 목성과 주석, 화성과 철에 해당한다. 여섯 원소와 여섯 행성이 오묘하게 결합되면서 중앙에는 태양과 금이 놓인다.

회화에서 여섯 뿔박이 별은 색깔들이 결합할 수 있는 모든 경우를 보여 주기 위해서 사용된다. 모든 색깔을 결합하면 가운데 육각형 안에 하얀 빛이 만들어진다.

423
흰개미

우연한 기회에 흰개미 전문 학자들을 만난 적이 있다. 그들은 내가 몰두하고 있는 개미들에 대해 물론 관심이 가긴 하지만, 개미들의 문명은 흰개미들이 이루어 놓은 문명의 절반에도 미치지 못한다고 말했다.

사실 그렇다.

흰개미들은 〈완벽한 사회〉를 이룬 유일한 모듬살이 곤충임에는 틀림이 없다. 흰개미들은 절대 군주 체제의 형태로 조직되어 각 구성원이 여왕개미를 섬기는 데 행복해하며, 모두들 서로 이해하고 서로 돕고, 어느 누구도 사소한 야심이나 이기적인 생각을 품지 않는다.

〈연대 의식〉이란 말이 가장 강한 의미를 띠는 곳은 분명 흰개미 사회이다. 이미 2억 년 전에 최초로 도시를 세운 동물이기 때문일 것이다.

하지만 흰개미 사회의 그러한 성공에도 문제점이 없는 것은 아니다. 완벽하다는 것은 이론상 더 이상 개선할 것이 없다는 것을 의미한다. 따라서 흰개미 도시는 이의 제기, 혁명, 내분을 모르고 지낸다. 그곳은 잡것이 섞이지 않은 건전한 유기체처럼 너무 잘 돌아가기 때문에, 흰개미들은 아주 단단한 진흙으로 만든 정교한 둥지에서 그저 행복을 즐기기만 하면 된다.

그에 비하면 개미는 훨씬 무질서한 사회 체제에서 산다. 개미들은 시행착오를 통해서 진보하고, 그들이 시도한 모든 일에서 오류를 범하면서 발전한다. 개미들은 현재 소유하고 있는 것에 만족하는 일이 없으며 목숨을 걸고서라도 모든 것을 경험해 보고 싶어 한다. 개미 군체는 그리 견실한 체제는 아닐지라도, 기상천외한 해결책이 나타날 때까지 갖가지 방법을 시도하고 자멸할 위험을 무릅쓰면서까지 끊임없이 새로움을 모색하는 사회이다. 바로 이것이 내가 흰개미보다 개미에게 한층 더 관심을 보이는 이유이다.

424

말의 힘

말의 힘은 아주 대단하다.

당신에게 이야기를 하고 있는 나는 죽은 지 오래 되었지만, 한 권의 책을 구성하고 있는 이 글자들의 집합 덕분에 여전히 힘이 있다. 나는 언제까지라도 이 책을 떠나지 않으며 그 대신 이 책은 나의 힘을 빌린다. 당신은 그 사실을 증명해 보이기를 원하는가? 그렇다면 시체인 내가, 송장인 내가, 해골인 내가 살아 있는 독자인 당신에게 명령을 내릴 수 있다는 것을 보여 주고 싶다. 사실이다. 완전히 죽어 있는 내가 당신에게 영향력을 행사할 수 있다. 당신이 어디에 있든 어떤 대륙에 살고 있든, 어떤 시대에 살고 있든, 나는 당신이 나의 말을 따르도록 만들 수 있다. 바로 이 『상대적이며 절대적인 지식의 백과사전』을 매개로 해서 말이다. 그럼 내가 곧 당신에게 그것을 증명해 보이겠다. 자, 당신에게 나는 이렇게 명령한다.

페이지를 넘기시오!

어떤가? 보았다시피, 당신은 나의 말에 순종했다. 나는 죽은 사람이다. 그럼에도 당신은 나의 말에 따랐다. 나는 이 책 속에 있다. 나는 이 책 속에 살아 있다! 그러나 이 책은 자기 단어들의 힘을 남용하는 일이 없을 것이다. 이 책은 당신의 손아귀에 있기 때문이다. 이 책에 거듭거듭 질문을 하기 바란다. 당신은 이 책을 언제나 마음대로 활용할 수 있다. 당신의 모든 질문에 대한 답이 언제나 이 책의 행 속 또는 행 사이 어디엔가 적혀 있을 것이다.

425
그 길은 어떤 길인가?

서기 1억 년의 사람(현재 개미들만큼 경험을 쌓은 사람)을 생각해야 한다.

이 사람은 우리보다 10만 배 이상 진보된 의식을 갖고 있을 것이다. 그 사람을 도와야 한다. 바로 우리의 손자, 그 손자의 손자, 그 손자의 십만 대의 후손을 말이다. 그렇게 하기 위해서는 〈황금의 길〉을 닦아 놓아야 한다. 쓸모없는 형식주의에 허비하는 시간을 가장 적게 해줄 길, 그리고 모든 독재자들과 야만인들과 반동주의자들의 억압 때문에 뒤로 물러서지 않게 해줄 길, 그 길을 닦아야 한다. 보다 고양된 의식으로 이끄는 길, 즉 도(道)를 찾아야 한다. 그 길은 우리의 수많은 경험을 바탕으로 닦여질 것이다. 그 길을 제대로 찾아내기 위해서는 우리의 관점을 변화시켜야 하고 한 가지 사고방식을 고집하지 말아야 한다. 어떠한 사고방식이라도 받아들일 준비가 되어 있어야 한다. 하물며 그것이 바람직한 것이라면 더 말할 나위가 없다.

개미들은 우리에게 하나의 사고방식을 제시한다. 개미들의 입장에 서보라. 또한 돌멩이, 구름, 물결, 물고기, 나무들의 처지로 들어가 보라.

서기 1억 년의 인간은 산과 얘기하는 방법을 알게 될 것이고 산들이 지니고 있는 기억 속에서 뭔가를 끄집어낼 수 있을 것이다. 그렇지 않으면 모든 것은 아무 소용이 없을 것이다.

426
비트리올

비트리올은 황산의 다른 이름이다. 사람들은 오랫동안 비트리올이 〈유리를 만들어 주는 것〉을 의미한다고 믿었다. 하지만 그 말 속에는 보다 더 연금술적인 다른 의미가 숨겨져 있다. 비트리올이란 단어는 고대로부터 내려오는 어떤 주문의 첫 번째 글자들을 모아 만들어진 것이다. 즉, 〈땅속으로 들어가 보라, 거기서 마음가짐을 바로 하면 숨겨진 돌을 발견할 수 있을지니*Visita Interiora Terrae Rectificando Invenies Occultum Lapidem*〉의 첫 글자들이 모여 〈비트리올〉이 된 것이다.

제11장

개미

당신이 다음 네 줄의 글을 읽는 몇 초 동안, 40명의 사람과 7억 마리의 개미가 지구 위에 태어나고 있다. 30명의 사람과 5억 마리의 개미가 지구 위에서 죽어 가고 있다.

사람

포유동물로서 크기는 1미터에서 2미터 사이로 다양함. 몸무게는 30킬로그램에서 1백 킬로그램 사이. 암컷의 임신 기간은 9개월. 식성은 잡식성. 개체의 수는 50억 이상으로 추산됨.

개미

곤충으로서 크기는 0.01센티미터에서 3센티미터로 다양함. 몸무게는 1밀리그램에서 150밀리그램 사이. 산란은 정자의 저장량에 따라 얼마든지 가능. 식성은 잡식성. 개체의 수는 수십억의 십억 배 이상으로 추산됨.

— 에드몽 웰스

427

때가 되면 숙명적으로

때가 되면 숙명적으로, 손가락이 이 지면들 위에 놓일 것이고, 눈이 이 단어들을 훑을 것이며, 뇌가 단어들의 의미를 해석할 것이다.

나는 그 순간이 너무 빨리 도래하지 않기를 바란다. 그 결과가 끔찍할 수도 있기 때문이다. 그래서 나는 이 글을 쓰고 있는 지금 내 비밀을 지키기 위해 싸우고 있다.

그러나 언젠가는 나에게 무슨 일이 있었는지를 꼭 알아야 할 것이다. 아무리 깊은 곳에 감추어 둔 비밀이라도 끝내는 호수의 수면으로 떠오르고 마는 법이다. 시간이야말로 비밀의 가장 나쁜 적이다.

이 글을 읽고 있는 당신이 누구이든 간에, 먼저 당신에게 인사를 해야겠다. 당신이 내 글을 읽고 있을 때쯤이면, 나는 아마 죽은 지 10년 아니면 1백 년쯤 되어 있을 것이다. 그렇게 되지 않을지도 모르지만 여하튼 나는 그러기를 바라고 있다.

나는 이 백과사전에 담으려는 지식에 도달하게 된 것을 이따금 후회하기도 한다. 그러나 나는 한 인간이며, 비록 지금은 인류에 대한 나의 연대 의식이 가장 밑바닥에 와 있지만, 그래도 당신들 속에 세계 인류의 일원으로 태어났다는 사실 하나 때문에 내가 인류를 위해 할 일이 있다는 것을 잘 알고 있다.

내가 겪은 일들을 전해 주는 것이 나의 의무이다.

모든 이야기들은 좀 더 가까이에서 보면 결국 서로 비슷비슷하다. 먼저 〈그래서 어찌어찌 되었다〉로 발전할 씨앗을 가진 하나의 소재가 있다. 그 소재가 어떤 위기를 겪는다. 그 위기가 소재에 반전을 불러오고, 소재의 성격에 따라 소재가 소멸하기도 하고 진화하기도 한다.

내가 가장 먼저 당신에게 들려주려는 이야기는 우리의 우주에 관한 것이다. 우리가 그 세계의 내부에 살고 있고, 삼라만상은 크건 작건 모두 똑같은 법칙을 따르고 있고 똑같은 상호 의존 관계를 맺고 있기 때문이다.

예를 들면, 당신이 이 지면을 넘길 때, 당신의 손가락이 어느 지점에선가 종이의

섬유소와 마찰을 일으키게 된다. 그 접촉으로 극미한 마찰열이 생긴다. 지극히 적기는 해도 마찰열은 실재한다. 이 마찰열 때문에 어떤 전자의 방출이 일어나고 그 전자는 원자를 벗어나 다른 입자와 충돌하게 된다.

우리가 보기에는 작은 알갱이지만, 사실 그 입자도 저 나름으로는 거대한 세계이다. 따라서 전자와의 충돌이 입자에게는 말 그대로 하나의 대격변이다. 충돌이 있기 전만 해도 입자는 움직임 없이 고요했고 차가운 상태에 있었다. 당신이 책장을 〈넘김으로써〉 입자가 위기를 맞은 것이다. 거대한 불꽃이 일면서 입자에 번개 무늬가 생긴다. 책장을 넘기는 동작 하나로 당신은 어떤 일을 일으켰지만 그 일의 결과가 어떻게 되는지는 모른다. 어쩌면 어떤 세계가 생겨나고 그 위에 사람들과 같은 거주자들이 나타나 야금술이며 프로방스 요리, 별나라 여행 같은 것을 생각해 낼지도 모른다. 그들은 우리보다 더 영리한 모습을 보일 수도 있다. 당신이 손에 이 책을 쥐지 않았던들, 그리고 당신의 손가락이 바로 종이의 그 자리에 마찰열을 일으키지 않았던들, 그런 세계는 존재하지 않았을 것이다.

그처럼 우리의 우주는 책장 한 귀퉁이, 구두의 밑바닥, 맥주병의 거품에도 다른 종류의 어떤 거대한 문명이 깃들 자리를 분명히 마련해 두고 있는 것이다.

우리 세대에는 아마도 그것을 증명할 수 없을 것이다. 그러나 아주 오랜 옛날, 우리의 우주, 아니 우리의 우주를 담고 있던 입자는 텅 빈 채 차갑고, 캄캄하고, 고요했었다. 그러다가 누군가가 아니면 무엇인가가 위기를 불러일으켰다. 누군가가 책장을 넘기고, 돌 위를 밟고, 맥주병의 거품을 걷어 냈던 것이다. 하여튼 어떤 외부 충격이 있었던 것은 분명하다. 그리하여 우리 입자가 잠에서 깨어났다. 지금 우리는 그 외부의 충격을 거대한 폭발이었다고 알고 있으며, 그래서 빅뱅이라 이름을 붙였다.

150억 년 이상 전에 우리 우주가 태어난 것처럼, 어쩌면 매순간, 무한히 큰 곳에서, 무한히 작은 곳에서, 무한히 먼 곳에서 우주가 태어나고 있는지도 모를 일이다. 우리는 다른 우주를 모른다. 그러나 우리 우주가, 수소라고 하는 가장 〈작고〉 가장 〈간단한〉 원자가 폭발하면서 시작되었다는 것은 알고 있다.

거대한 폭발로 돌연 잠에서 깨어난 그 거대한 침묵의 공간을 상상해 보라. 저 높은 곳에서 왜 책장을 넘겼을까? 왜 맥주 거품을 걷어 냈을까? 그건 아무래도 좋다. 어쨌든 분명한 것은 수소가 타고, 폭발하고, 더워진다는 것이다. 한 줄기 거대한 빛이 순결한 공간에 비친다. 위기. 꼼짝 않던 것들이 움직인다. 차가웠던 것들이 더워진다. 잠잠하던 것들이 소리를 낸다.

최초의 폭발 과정에서 수소는 헬륨으로 바뀐다. 헬륨은 수소보다 겨우 조금 더 복잡한 원자일 뿐이지만, 그런 사소한 변화에서도 우리 우주를 지배하는 위대한 제1법칙을 연역해 낼 수 있다. 그 법칙은 바로 〈끊임없이 더 복잡하게〉라는 것이다.

우리 우주에 그 법칙이 관통하고 있음은 분명해 보인다. 그러나 다른 우주에도 그 법칙이 적용되는지를 증명할 길은 없다. 다른 우주에서는 어쩌면 〈끊임없이 더 뜨겁게〉라든가, 〈끊임없이 더 단단하게〉, 또는 〈끊임없이 더 재미있게〉라는 법칙이 지배하고 있는지도 모른다.

우리 우주에서도 사물이 더 뜨거워진다든가, 더 단단해진다든가, 더 재미있어지는 일이 있긴 하지만, 그런 것들은 제1법칙이 될 수가 없다. 그것들은 부차적인 법칙일 뿐이다. 다른 모든 법칙의 토대가 되는 우리 우주의 근본 법칙은 바로 〈끊임없이 더 복잡하게〉인 것이다.

428
경쟁자들

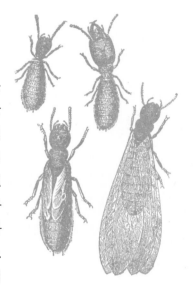

개미들이 처음으로 지구 위에 나타났다. 그들도 나름대로의 생존 방법을 터득하지 않으면 안 되었다. 독립생활을 하던 원시적인 벌의 하나인 티피과* 벌의 먼 후손으로서, 개미들은 턱도 침도 타고 나지를 못했다. 개미들은 작고 보잘것없었다. 그러나 어리석지는 않아서 흰개미들을 흉내 내는 것이 도움이 된다는 것을 재빨리 알아차렸다. 그들은 단결하지 않을 수가 없었던 것이다.

개미들은 촌락을 만들고 얼치기로나마 도시를 건설하였다. 곧 흰개미들이 그 경쟁자에게 불안을 느끼게 되었다. 흰개미들은, 지구 위에서 사회생활을 하는 곤충은 자기들 하나로 족하다고 생각했다.

이제 전쟁은 피할 수 없게 되었다. 세계의 거의 곳곳에서, 섬이든 나무든 산이든 가리지 않고, 흰개미 도시의 군대가 갓 만들어진 개미 도시의 군대를 상대로 싸웠다.

동물의 세계에서 그런 일은 처음이었다. 수백만의 위턱들이 나란히 늘어서서 칼싸움을 벌이는데, 그 싸움은 먹이를 위한 것이 아니라 〈정치적〉 목적을 위한 것이었다.

• 개미의 선조는 배벌상과*Scoliidae* 계통이라는 견해(Wilson, 1971)와, 침벌과*Bethyloidae* 계통이라는 견해가(Malyshev, 1968) 엇갈리고 있다. 배벌상과에서 배벌과*Scolioidae*, 티피과*Tiphiidae*, 개미벌과*Mutillidae*가 진화되어 나왔으며, 침벌과*Bethyloidae*에서는 말벌과*Vespidae*, 구멍벌과*Sphecidae*, 꿀벌과*Apidae*가 진화되어 나왔다고 한다.

처음에는 훨씬 경험이 많은 흰개미들이 매번 이겼다. 그러나 개미들도 싸움에 미립이 나기 시작했다. 개미들은 흰개미들의 무기를 모방하는 한편 새로운 무기들을 발명했다. 흰개미와 개미 사이의 세계 대전이 줄잡아 5천만 년에서 3천만 년 동안 지구를 뜨겁게 달구었다. 개미들이 개미산을 발사하는 무기를 개발해서 결정적인 우위를 차지하게 된 것도 그 무렵이었다.

오늘날에도 그 적대적인 두 종 사이에 전투가 계속 벌어지고 있다. 그러나 흰개미 군대가 승리하는 경우는 드물다.

429
전문가

현대의 개미 대도시에서는, 수천 년간 되풀이된 분업의 결과로 유전자의 돌연변이가 일어났다.

그리하여 어떤 개미는 절단기 구실을 하는 커다란 위턱을 지니고 태어나 병정개미가 되고, 어떤 개미는 곡물을 빻기에 적합한 위턱을 지니고 태어나 곡물 가루를 생산한다. 또 어떤 개미는 고도로 발달된 침샘을 가지고 있어서 어린 애벌레를 적셔 주고 소독을 해준다.

마치 우리 인간 사회에서 그런 유전자 돌연변이가 일어나, 병사들은 칼처럼 생긴 손가락을 가지고 태어나고, 농부들은 과일을 따러 나무에 올라가기 편하도록 집게 모양의 발을 가지고 태어나고, 유모들은 열 쌍쯤 되는 유방을 가지고 태어나게 된다는 식이다.

그런데, 〈전문화를 가져오는〉 모든 돌연변이에서, 가장 주목할 만한 것은 사랑의 전문가를 만들어 낸 돌연변이다.

실제로 일개미들은 생식 능력을 갖지 못한 채 태어난다. 할 일이 많은 일개미들이 성적인 충동 때문에 한눈을 파는 일이 없도록 하기 위함이다. 생식 능력은 모두 생식만을 도맡아 하는 전문가들에게 집중되어 있다. 수개미와 암개미, 다시 말하면, 개미 문명의 왕자와 공주만이 생식 능력을 가지고 있는 것이다.

생식 능력을 가진 개미들은 오로지 사랑을 위해서 태어나고 그것을 위한 특별한 신체 구조를 지니고 있다. 그들은, 교미하기에 편리하게끔 여러 가지 오묘한 기관들을 지니고 태어난다. 날개가 그렇고, 추상적인 감정을 주고받는 더듬이가 그러하며, 적외선을 감지하는 홑눈이 그렇다.

430
시간

시간의 흐름에 대한 지각은 사람의 경우와 개미의 경우가 아주 다르다.

사람에게는 시간이 절대적이다. 어떠한 경우에도 시간의 길이와 주기가 일정하다.

그와 반대로 개미에게는 시간이 상대적이다. 날씨가 더울 때는 시간의 길이가 아주 짧다. 날씨가 추울 때는, 시간이 축축 늘어지고 무한히 길어져, 마침내는 동면을 하면서 그것을 의식하지 못할 정도까지 된다.

시간에 대한 지각이 이렇게 탄력적인 까닭에, 개미는 사물의 속도를 지각하는 데서도 우리와 사뭇 다르다. 사물의 운동을 규정할 때, 곤충들은 단지 공간과 소요 시간만을 고려하는 게 아니라, 제3의 요소인 온도를 덧붙인다.

431
사회성

인간과 마찬가지로 개미는 사회성을 타고난다. 새끼 개미는 너무 약해서 자신을 가두고 있는 고치를 혼자서 깨뜨릴 수가 없다. 사람의 아기도 혼자서 걷거나 영양을 섭취할 수 없다.

개미와 인간은 둘 다 주위의 도움을 받아야만 살 수 있는 종이며, 살아가는 방법을 혼자서 터득할 줄도 모르고 터득할 수도 없다.

어른에게 의존해야 한다는 것은 분명히 하나의 약점이다. 그러나 그 의존성이 또 다른 진화를 가져온다. 지식 추구가 그것이다. 어린 개체들에게 살아남을 수 있는 능력이 없는 터에, 생존 능력을 지닌 성숙한 개체들이 곁에 있으니, 어린 개체들이 처음부터 성숙한 개체들에게서 지식을 구하는 것은 당연하다.

432
개미의 미학

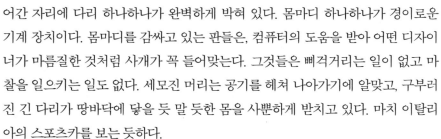

개미보다 아름다운 것이 무엇이 있을까? 구부슴한 테두리 선은 맵시 좋게 다듬어져 있고, 몸매에 구현된 공기 역학의 원리가 더할 나위 없이 훌륭하다. 몸의 구석구석이 정교하게 고안된 차체와 같아서, 공기 역학의 원리에 맞게 오목오목 들어간 자리에 다리 하나하나가 완벽하게 박혀 있다. 몸마디 하나하나가 경이로운 기계 장치이다. 몸마디를 감싸고 있는 판들은, 컴퓨터의 도움을 받아 어떤 디자이너가 마름질한 것처럼 사개가 꼭 들어맞는다. 그것들은 삐걱거리는 일이 없고 마찰을 일으키는 일도 없다. 세모진 머리는 공기를 헤쳐 나아가기에 알맞고, 구부러진 긴 다리가 땅바닥에 닿을 듯 말 듯한 몸을 사뿐하게 받치고 있다. 마치 이탈리아의 스포츠카를 보는 듯하다.

발톱은 천장에서도 붙어 다닐 수 있게 되어 있고, 눈은 180도의 넓은 시야를 가지고 있다. 더듬이는 우리 눈에는 보이지 않는 수천 가지의 정보를 감지하며, 그 끄트머리는 망치 구실을 한다. 배에는 화학 물질을 저장할 수 있는 주머니나 자루나 샘들이 가득하다. 위턱으로는 물건을 자르고 구멍을 내며 붙잡을 수도 있다. 몸 안에 그물처럼 퍼져 있는 관들을 통해 후각 정보를 방출한다.

433
개미의 지능

나는 이른바 〈1월-58〉이라는 실험에 착수했다. 첫 번째 주제는 지능이었다. 개미에게 지능이 있는가?

그것을 알아보기 위해, 중간 크기의 비생식충인 불개미(불개미속 루파 개미, 학명은 *Formica rufa*) 한 마리를 다음과 같은 문제 상황에 놓았다. 구멍이 하나 있고 그 구멍 바닥에 단단하게 만든 꿀을 한 덩어리 놓았다. 그런 다음 잔가지 하나를 구멍 위에 놓아 개미가 들어가지 못하게 했다. 그 잔가지는 가볍지만 아주 긴 것으로, 단단하게 박아 놓았다. 보통의 경우라면 개미는 구멍을 넓히고 안으로 들어갈 수 있겠지만, 이 구멍의 테두리는 딱딱한 플라스틱으로 만들어져 있어서 뚫을 수가 없다.

제1일 개미가 잔가지를 이따금씩 잡아당긴다. 그러다가 잔가지가 조금 들썩이자 그것을 다시 놓았다가 들어 올린다.

제2일 개미가 여전히 똑같은 일을 반복하고 있다. 나뭇가지를 잘라 보려고도 해 보지만 성과는 없다.

제3일 위와 같음. 이 곤충은 그릇된 추리 방식 때문에 길을 잘못 든 것 같다. 다른 식으로 생각할 줄 모르기 때문에 이 곤충이 구멍으로 들어가는 데는 시간이 꽤 걸릴 듯하다. 그게 지능이 없다는 증거는 아닐는지.

제4일 위와 같음.

제5일 위와 같음.

제6일 오늘 아침 잠에서 깨어나 보니 나뭇가지가 구멍에서 치워져 있었다. 밤사이에 그 일이 벌어졌던 모양이다.

434

개미의 지능(계속)

실험에 다시 착수했다. 이번에는 비디오카메라를 사용하기로 했다.

피실험자 먼젓번과 똑같은 개미집에서 꺼내 온 동종의 다른 개미.

제1일 개미가 나뭇가지를 밀고 당기고 물어뜯는다. 그러나 아무런 성과는 없다.

제2일 위와 같음.

제3일 됐다! 개미가 드디어 무엇인가를 찾아냈다. 나뭇가지를 조금 당기고, 그 틈새로 제 배를 집어넣은 다음 배를 부풀려서 나뭇가지가 다시 제자리로 돌아오지 못하게 막는다. 그러고는 나뭇가지 잡고 있는 다리를 내려서 같은 동작을 반복한다. 그렇게 조금씩 간헐적인 동작을 되풀이해서, 천천히 잔가지를 밀어낸다.

그러면 그렇지…….

435

공격 군대

개미는 공격용 군대를 보유하고 있는 유일한 사회성 곤충이다.

흰개미와 꿀벌들도 군대를 보유하고 있지만, 아직 정치적 진화가 덜 되어 왕정주의에 머물고 있는 그 종들은, 그저 도시를 방위하거나 둥지에서 멀리 나간 일꾼들을 보호하기 위해서만 병력을 사용한다. 흰개미 도시와 꿀벌 도시에서 영토 정복을 위해 전쟁을 도발하는 경우는 비교적 드물다. 그러나 그런 일이 벌어질 때도 있다.

아르헨티나 개미

아르헨티나 개미(학명 *Iridomyrmex humilis*)•는 1920년 프랑스에 상륙했다. 프랑스 지중해 연안의 도로를 꾸미기 위하여 협죽도나무를 들여올 때, 그것들을 담았던 나무 상자와 함께 실려 온 것이 거의 확실하다. 그 개미의 존재가 처음 보고된 것은 1866년, 부에노스아이레스에서이며, 아르헨티나 개미라는 별명도 그래서 생긴 것이다. 1891년에는 미국 뉴올리언스에서도 그것들이 발견되었다. 아르헨티나 개미는 아르헨티나산 말들을 수출할 때, 그 말들의 잠자리 짚 속에 묻어 1908년에는 남아프리카에, 1910년에는 칠레에, 1917년에는 오스트레일리아에, 1920년에는 프랑스에 오게 된 것이다.

이 종은 여러 가지 점에서 이채를 띤다. 우선 체구가 아주 작다는 점이다. 다른 개미들에 비해 유난히 작기 때문에 사람으로 치면 아프리카의 피그미 정도가 될 것이다. 또 이 종은 대단히 영리하고 병정개미들이 호전적이다. 그런가 하면, 짝짓기할 때 새들에게 잡아먹히는 위험을 피하기 위해, 아르헨티나 개미의 암컷들은 혼인 비행을 하지 않고 땅속의 방에서 교미를 한다. 그래서 다른 개미들은 암컷들의 98퍼센트를 잃는 데(대개는 혼인 비행 때에 새들에게 잡아먹힘)에 반해서, 아르헨티나 개미들은 암컷들을 전혀 잃지 않는다. 또한 보통의 개미집에는 여왕이 하나뿐이지만, 아르헨티나 개미들의 도시에는 20마리쯤 되는 여왕개미가 있어서 교체가 대단히 용이하다. 끝으로 아르헨티나 개미들이 보여 주는 또 다른 특성은 동종 간의 연대가 지구적인 차원에서 이루어진다는 점이다. 오스트레일리아에서 아르헨티나 개미를 잡아 칠레로 보내면, 동종의 개미들이 즉시 알아보고 그 개미를 받아들인다. 그에 반해서, 만일 라시우스 니게르라는 개미를 한 마리 잡아 5백 미터쯤 떨어진 동종의 다른 도시에 보낸다면, 그 개미는 그 자리에서 죽음을 당하고 말 것이다.

• *humilis*는 〈키가 작다〉라는 뜻.

프랑스 남부 지방에 터를 잡기가 무섭게 아르헨티나 개미들은, 모든 토박이 종들을 상대로 전쟁을 벌여 그것들을 정복해 버렸다. 1960년에는 피레네산맥을 넘어 바로셀로나까지 진출했고, 1967년에는 알프스산맥을 지나 로마까지 쏟아져 들어갔다. 그러더니 70년대부터, 이리도미르멕스 후밀리스는 북쪽으로 올라가기 시작했다. 그들이 프랑스 중부를 가로지르는 루아르강을 건넌 것은 1990년대 말 어느 뜨거운 여름날이었던 것으로 보인다. 병법이 빼어나기로 말하면 카이사르나 나폴레옹을 찜 쪄 먹을 정도였던 이 침략자들이 루아르강을 건넜을 때, 좀더 완강하게 저항하는 두 종의 개미들과 맞붙게 되었으니, 그것은 불개미(파리 지역 남쪽과 동쪽에 터를 잡고 있었음)와 왕개미(파리 북쪽과 서쪽에 터 잡고 있었음)였다.

437
개미의 고통

개미도 고통을 느낄 수 있을까? 언뜻 생각하기에는 고통을 느낄 수 없을 것 같다. 개미들에겐 고통을 느끼게 할 만한 신경 조직이 없다. 신경이 있다 해도 통증을 전달하는 물질이 없다. 개미 몸의 일부를 잘라 버렸을 때, 그 토막이 몸뚱이의 나머지 부분과 떨어져서도, 아주 오랫동안 계속 〈살아 움직이는〉 것을 어쩌다 보게 되는 것도, 그런 사실로 설명할 수가 있다.

개미에게 고통이 없다는 사실이 새로운 공상 과학의 세계로 우리를 이끌어 간다. 고통이 없다는 것은 두려움이 없다는 것이고, 〈자아〉에 대한 의식이 없다는 얘기도 될 수 있다. 개미들은 고통을 느끼지 못한다. 개미 사회의 응집력은 거기에서 비롯된 것이다. 오랫동안 곤충학자들은 그런 이론에 기울어 있었다. 그 이론은 모든 것을 설명하면서도 아무것도 설명하지 못한다. 그런 생각은 또 다른 이점을 지니고 있다. 즉, 아무런 거리낌 없이 개미들을 죽일 수 있게 해준다는 점이다.

고통을 느끼지 못하는 어떤 동물이 있다면, 나는 그 동물을 무척 두려워하게 될 것이다.

그러나 개미가 고통을 느끼지 못한다는 생각은 잘못이다. 목이 잘린 개미는 특별한 냄새를 발한다. 고통의 냄새인 것이다. 개미의 몸 안에서 무슨 일인가가 벌어지지 않는다면 그런 냄새가 생길 리 없다. 개미에게 전기적인 신경 감응은 없지만, 화학적인 신경 감응은 있는 것이다. 개미는 자기 몸의 일부가 떨어져 나가면 고통을 느낀다. 제 나름의 방식으로 고통을 느끼는 것인데, 그 방식은 우리가 고통을 느끼는 방식과 사뭇 다르다. 하지만 고통을 느낀다는 것만은 분명하다.

438

인간이 두려움이나 즐거움이나 분노를 느끼게 되면

인간이 두려움이나 즐거움이나 분노를 느끼게 되면, 내분비샘에서 호르몬이 분비되는데, 그 호르몬은 인간의 몸 내부에만 영향을 끼친다. 호르몬은 외부와 교류하지 않고 몸 안에서만 순환한다. 지금 어떤 사람이 어떤 감정을 느껴서, 심장 박동이 빨라지려 하거나, 땀이 나려 하거나, 얼굴을 찡그리려 하거나, 소리를 치려 하거나, 울려고 한다고 치자. 그런 것은 그 사람의 일일 뿐, 다른 사람들은 그를 덤덤하게 바라볼 것이다. 때에 따라서는 연민의 눈길로 바라보기도 할 터이지만 그것은 그들의 이성이 그렇게 판단했기 때문이다.

개미가 두려움이나 즐거움이나 분노를 느끼게 되면, 호르몬이 몸 내부에서 순환할 뿐만 아니라 몸 바깥으로 나가 다른 개미들의 몸 안으로 들어간다. 몸 밖으로 나가는 호르몬이 이른바 페로 호르몬 또는 페로몬인데, 이것이 있는 덕분에, 개미들은 한 마리가 소리치려 하거나 울려고 하면 수백만의 개미가 동시에 같은 상태가 되는 것이다. 남들이 경험한 것을 똑같이 느낀다는 것, 자기 자신이 느낀 것을 남이 똑같이 느끼게 한다는 것은 놀라운 감각임에 틀림없다.

439
개미의 교육

개미의 교육은 다음과 같은 단계를 밟아 이루어진다.

• 제1일에서 제10일까지. 대부분의 어린 개미들이 알 낳는 여왕개미의 시중을 든다. 어린 개미들은 여왕개미를 보살피고 핥아 주고 애무해 준다. 그 대신에 여왕개미는 영양이 풍부하고 소독 효과를 지닌 침을 어린 개미들에게 발라 준다.

• 제11일에서 제20일까지. 일개미들이 고치를 돌볼 수 있게 된다.

• 제21일에서 제30일까지. 일개미들은 알에서 갓 깨어난 애벌레들을 돌보고 먹이를 준다.

• 제31일에서 제40일까지. 일개미들은 어머니인 여왕개미와 번데기들을 돌보면서, 도시 내의 일과 길 닦는 일에 종사한다.

• 제40일째 되는 날이 중요하다. 충분히 경험을 쌓았다고 인정을 받은 일개미들이 도시 밖으로 나갈 수 있게 된다.

• 제41일에서 제50일까지. 일개미들은 경비 보는 일이나 진딧물 분비꿀 짜는 일을 하기도 한다.

• 제51일에서 생의 마지막 날까지, 일개미들은 개미 도시의 한 일원으로서 자기가 가장 하고 싶은 일에 참여할 수 있게 된다. 예컨대, 사냥을 나간다든가 미지의 지방을 탐험하는 일 같은 것이다.

주: 제11일부터 생식 개미들은 더 이상 일을 하지 않아도 된다. 생식 개미들은 대개 아무 일도 하지 않고 결혼 비행을 하는 날까지 자기들 구역에 틀어박혀 지낸다.

440

전체주의

사람들은 여러 가지 이유로 개미에 관심을 갖는다. 어떤 사람들은 개미가 완벽한 전체주의 체제를 이루어 냈다고 생각하면서 흥미를 느낀다. 사실 밖에서 보면 개미집에서는 모두 똑같이 일하고, 모두가 전체의 이익에 따르며, 모두 자기를 희생할 준비가 되어 있고, 모두가 한결같은 모습이다. 그런데 인간의 전체주의 체제는 현재로서는 모두 실패했다⋯⋯.

그래서 모듬살이 곤충을 흉내 내려고 하는 사람들이 생겨난다(나폴레옹의 휘장이 꿀벌이었음을 생각해 보라!). 개미집 전체를 하나의 생각으로 통일시켜 주는 것이 페로몬이라면, 오늘날의 인간 사회에서는 세계적인 방송망을 가진 텔레비전이 그런 역할을 한다. 사람들은 자기 나름대로 가장 좋다고 생각하는 것을 제시하면서 모두가 따라 주기를 바란다. 그렇게 하면 언젠가는 완벽한 인간 사회가 이루어지리라고 믿고 있는 것이다.

그러나 삼라만상의 이치는 그런 것이 아니다.

자연은, 다윈 선생의 주장과는 달리, 가장 좋은 것이 지배하는 쪽으로 진화하는 것이 아니다(게다가 좋고 나쁜 것을 어떤 기준으로 가를 수 있단 말인가?).

자연의 힘은 다양성 속에 있다. 자연 속에는 선한 자, 악한 자, 미치광이, 절망에 빠진 자, 팔팔한 자, 병자, 꼽추, 언청이, 쾌활한 자, 슬픔에 빠진 자, 영리한 자, 어리석은 자, 이기주의자, 도량이 넓은 자, 큰 것, 작은 것, 까만 것, 노란 것, 빨간 것, 흰 것 등등이 다 있어야 한다. 갖가지 종교, 갖가지 철학, 갖가지 광신, 갖가지 지혜를 가진 자들이 다 있어야 한다. 이것저것 다 모여 있는 것이 위험한 것이 아니라 그 다양한 것들 중에서 어느 한 종류가 다른 종류 때문에 소멸당하는 것이 진짜 위험한 것이다.

어떤 밭에 옥수수가 있는데 그 옥수수들을 모두, 가장 좋은 이삭(즉, 물을 더 적게 필요로 하고, 결빙에 가장 잘 견디며, 알곡이 가장 실한 이삭)의 덩이 수꽃술로만 인공 수분을 시키면, 아주 하찮은 전염병이 돌아도 다 죽어 버린다. 그에 반해서, 옥수수 한 그루 한 그루가 저마다의 특성과 약점과 비정상성을 지니고 있는 야생의 옥수수 밭에서는 전염병이 돌 때마다 그것에 저항할 수 있는 수단을 옥수수들 스스로 찾아낸다.

자연은 획일성을 싫어하고 다양성을 좋아한다. 자연은 바로 그 다양성 속에서 본래의 능력을 발휘하는 것으로 보인다.

441

포식자

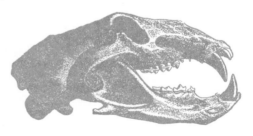

만일 인류가 늑대나 사자, 곰, 하이에나 같은 주요한 포식 동물들을 몰아내지 못했다면 우리 인간의 문명은 어떻게 되었을까? 끊임없이 생존의 문제로 시달리는 불안한 문명이 되었을 것임에 틀림없다.

고대 로마인들은 술을 부으며 신에게 제사를 올릴 때 사람의 시체를 가져와 제례가 끝날 때까지 수직으로 세워 놓곤 했다. 그럼으로써 만사가 덧없다는 것과 죽음이 언제라도 찾아올 수 있다는 것을 모두에게 상기시켰던 것이다. 그러나 오늘날 인간은 자기들을 잡아먹을 수 있는 모든 종류의 동물들을 멸종시키거나 희귀 동물로 만들어 버렸다. 그래서 인간을 괴롭히는 동물로 남아 있는 것이라곤 미생물이나 개미 같은 곤충뿐이다.

인간의 문명과는 반대로 개미 문명은 주요 포식 동물들을 제거하지 않고 발전해 왔다. 그 결과 개미들은 끊임없이 생존의 문제에 시달리며 살아가고 있다. 개미들은 자기들 문명의 갈 길이 아직 험난하다는 것을 알고 있다. 수천 년 경험의 결실이 가장 어리석은 동물의 발길질 한 번에 파괴될 수도 있기 때문이다.

442
이따금 여름에 산책을 하다 보면

이따금 여름에 산책을 하다 보면 파리 같은 것을 밟을 뻔하는 때가 있다. 그러고 나서 그것을 자세히 들여다보면 파리가 아니라 여왕개미임을 알게 된다. 여왕개미 한 마리가 그렇게 쓰러져 있다는 얘기는, 수많은 여왕개미들이 그런 운명을 맞을 수 있다는 얘기가 된다. 여왕개미들이 그렇게 땅바닥에서 몸을 뒤틀며 죽어 간다. 사람들의 신발에 밟히기도 하고 자동차의 앞 유리창에 부딪히기도 한다. 더 이상 날아오르지 못하고 탈진해 간다. 그럼으로써 개미 도시 하나가 사라지는 것이다. 여름날 길 위에서 여왕개미가 단지 자동차 와이퍼에 부딪히는 것만으로, 사라져 간 개미 도시가 얼마나 많았을까?

443

희생

개미를 관찰해 보면, 저 자신의 생존의 요구에 따라 행동하기보다는 외부의 요구에 따라 행동한다는 느낌을 갖게 된다. 몸통에서 머리가 잘려 나가면 그 머리는 적의 다리를 물거나, 곡물 알갱이를 자름으로써 여전히 쓸모 있는 존재가 되려고 애를 쓴다. 가슴이 잘려 나갔을 때도 그 가슴은 적이 쳐들어오는 입구를 막으려고 기어간다.

자기희생인가? 공동체에 대한 광신인가? 집단주의 때문에 생긴 미련함인가?

그 어느 것도 아니다. 개미 역시 외톨이로 살아갈 줄 안다. 겨레를 필요로 하지 않고, 겨레에 반역을 하기도 한다.

그런데 어째서 그런 자기희생의 모습을 보이는 걸까?

현재 내 연구가 도달한 수준에서 말한다면, 그것은 겸양에서 비롯되는 것으로 보인다. 개미에게는 자신의 죽음이 그리 대단한 사건이 못 되는 것 같다. 즉, 방금 전까지 하고 있던 일을 단념할 만큼 개체의 죽음이 그리 중요한 사건은 아니라는 것이다.

444

홀로그래피

인간의 두뇌와 개미집은 닮은 점이 있다. 둘 다 홀로그래피 방식으로 만들어 낸 입체상에 비유할 수 있다는 점이다.

홀로그래피란 무엇인가? 레이저 광원에서 나온 간섭성 빛을 물체에 비추면 빛이 난반사되는데 그 빛을 모은 다음 일정한 각도에서 참조광을 비추면, 빛이 겹치면서 물체의 입체상이 만들어진다. 그렇게 빛의 간섭 현상을 이용하여 입체상을 재현하는 기술을 홀로그래피라고 한다.

사실 그 입체상은 어디나 존재하면서 동시에 아무 데도 존재하지 않는 것이다. 간섭성 빛이 모임으로써 다른 것, 즉 입체의 환영이라는 제3의 것을 만들어 내는 것이다.

우리 두뇌에 있는 각각의 신경 단위, 개미집에 있는 각각의 개체는 저마다 정보를 통합하는 능력을 지니고 있다. 그러나 의식, 즉 〈입체적인 사고〉가 나올 수 있으려면, 신경 단위가 모이고 개체가 모여서 집단을 형성해야 한다.

445
곤충의 청결함

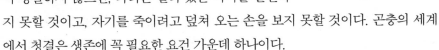

파리보다 더 청결한 게 무엇이 있을까? 파리는 끊임없이 제 몸을 씻는다. 그것은 다른 개체에 대한 의무 때문이 아니라 제 스스로에게 필요하기 때문이다. 모든 더듬이와 낱눈들이 티 하나 없이 청결하지 않으면, 파리는 멀리 있는 먹이를 발견하지 못할 것이고, 자기를 죽이려고 덮쳐 오는 손을 보지 못할 것이다. 곤충의 세계에서 청결은 생존에 꼭 필요한 요건 가운데 하나이다.

446
음모가들의 시대

인간 사회에 가장 널리 퍼져 있는 조직 체계는 다음과 같다. 복잡한 위계 구조에 편입되어 있는 〈관리자들〉, 즉 권력을 가진 사람들이 가장 제한된 권리를 지닌 〈창조자들〉 집단을 지도하거나 관리하고, 〈중개자들〉이 분배를 구실로 창조자들의 노동 산물을 가로챈다. 개미 세계에 일개미, 병정개미, 생식 개미의 세 계급이 있듯이 오늘날의 인간 사회에는 관리자, 창조자, 중개자라는 세 계층이 있는 것이다.

20세기 초 러시아의 두 지도자였던 스탈린과 트로츠키 사이의 권력 투쟁은, 한 사회가 창조자들이 우대받는 체제에서 관리자들이 특권을 누리는 체제로 이행하는 모습을 아주 잘 보여 주고 있다. 수학자이자 〈붉은 군대〉의 창설자인 트로츠키가 음모가인 스탈린에게 밀려남으로써 창조자의 시대에서 관리자의 시대로 넘어간 것이다.

사회 계층 구조에서 더 높이 더 빨리 올라가는 사람들은, 새로운 개념과 새로운 물건을 만들어 낼 수 있는 사람들이 아니라, 사람들을 유혹할 줄 알고 살인자들을 모을 줄 알며 정보를 왜곡할 줄 아는 사람들이다.

447
무(無)가 되는 것

생각하기를 멈추는 것보다 더 기분 좋은 일이 있을까? 쓸모가 있건 없건, 중요하건 덜 중요하건, 마음에 넘쳐 나는 이 생각의 흐름을 중단시키는 것. 다시 살아 있는 상태로 돌아올 수 있기는 하되, 마치 죽어 있는 것처럼 생각하기를 멈추는 것. 텅 빈 상태가 되는 것. 근본으로 돌아가는 것. 아무것도 생각하지 않는다는 것조차 생각하지 않는 것. 무가 되는 것. 그것은 하나의 소중한 갈망이다.

448

페로몬 분석

나는 질량 분광계와 착색판을 이용해서 개미들이 의사소통할 때 발산되는 냄새 분자 가운데 몇 가지 성분을 알아냈다. 그것을 토대로 나는 어떤 수개미와 일개미가 나누는 대화를 화학적으로 분석할 수 있게 되었다. 그 대화는 밤 10시에 엿들은 것인데, 수개미가 빵 부스러기 하나를 발견하면서 생겨난 것이다. 그들이 발산한 대화는 이런 것이었다.

— 메틸-6

— 메틸-4 핵산-3(두 차례 발산)

— 세탄

— 옥탄-3

그런 다음에 다시,

— 세탄

— 옥탄-3(두 차례 발산)

449

문명의 충돌

두 문명이 만나는 순간은 언제나 미묘하다. 인류가 경험한 것 중에서 재조명해 볼 만한 것이 많이 있겠지만, 그중에서도 18세기에 노예로 끌려온 아프리카 흑인들의 경우를 주목해 볼 만하다.

노예가 된 아프리카 흑인들의 대부분은 내륙에 터를 잡고 살고 있었다. 그들은 바다를 본 적이 없었다. 그러던 중에 갑자기 이웃나라의 왕이 뚜렷한 이유도 없이 전쟁을 걸어오더니, 그들을 죽이지 않고 사로잡아서 사슬로 묶고 해안 쪽으로 끌고 갔다.

대륙을 가로지르는 그 긴 여정 끝에 그들은 이해할 수 없는 두 가지를 발견했다. 하나는 바다였고 또 하나는 하얀 피부를 가진 유럽인들이었다. 그중 바다는 직접 본 적은 없었어도 이야기를 통해서나마 사자(死者)들이 사는 곳으로 알고 있었다. 그러나 백인들은 아프리카 흑인들에게 외계인이나 다름이 없었다. 몸에서는 이상한 냄새가 나고 피부색도 이상했으며 입고 있는 옷도 기이하기 짝이 없었다.

많은 흑인들이 무서워 어쩔 줄을 몰라 했고, 너무나 겁에 질린 나머지 배에서 뛰어내렸다가 상어의 밥이 된 사람도 있었다. 살아남은 흑인들은 갈수록 놀라운 일들을 목격하게 되었다. 그들은 무엇을 보고 놀랐을까? 한 가지 예로 그들은 백인들이 포도주 마시는 것을 보았다. 그들은 그것이 피, 그것도 자기들의 피라고 믿었다.

450
모기

모기는 인간과 가장 흔하게 대결하는 곤충이다. 우리는 저마다 한 번쯤은 잠옷 바람으로 침대 위에 올라서서 한 손에 끌신을 움켜쥐고 아무것도 붙어 있지 않은 천장을 뚫어져라 쳐다본 경험을 가지고 있다.

그런 일은 모기에 대한 몰이해에서 비롯된다. 살갗을 가렵게 하는 물질은 모기의 주둥이에서 나온 소독용 침일 뿐이다. 그 침이 없으면 모기는 살갗을 찌를 때마다 오염될지도 모른다. 게다가 모기는 살갗을 찌를 때 언제나 고통을 느끼지 못하는 지점을 조심스럽게 골라서 찌른다.

인간에 맞서기 위해 모기들은 전략을 발전시켜 왔다. 모기들은 더욱 빨라지고 더욱 신중해지는 법을 터득했고 더욱 잽싸게 날아오르는 법도 터득했다. 모기를 찾아내기가 점점 더 어려워지고 있다. 최근 세대에 속하는 어떤 뻔뻔스러운 모기들은 희생자의 베개 밑에 숨는 것도 주저하지 않는다. 모기들은 에드거 앨런 포의 「도둑맞은 편지」*에 나오는 원리, 즉 가장 좋은 은닉처는 눈에 가장 잘 띄는 곳이라는 사실을 발견했다. 사람들은 아주 가까이에 있는 것을 찾으려고 언제나 더 멀리 갈 생각만 하는 것이다.

451
뼈대

뼈대가 몸 안에 있는 것이 나을까, 거죽에 있는 것이 나을까?

뼈대가 몸 거죽에 있으면 외부의 위험을 막는 껍질의 형태를 띤다. 살은 외부의 위험으로부터 보호를 받으면서 물렁물렁해지고 거의 액체 상태에 가까워진다. 그래서 그 껍데기를 뚫고 어떤 뾰족한 것이 들어오게 되면, 그 피해가 돌이킬 수 없을 만큼 치명적이다.

뼈대가 몸 안에 있으면 가늘고 단단한 막대 모양을 띤다. 꿈틀거리는 살이 밖의 모든 위험에 노출되어 있다. 상처가 수없이 많이 생기고 그칠 날이 없다. 그러나 바로 밖으로 드러난 이 약점이 근육을 단단하게 만들고 섬유의 저항력을 키워 준다. 살이 진화하는 것이다.

내가 만난 사람들 가운데는 출중한 지력으로 〈지적인〉 갑각을 만들어 뒤집어쓰고 다른 생각을 가진 사람들의 공격으로부터 자기를 지키는 사람들이 있었다. 그

---

* 에드거 앨런 포가 1845년에 발표한 추리 소설. 파리 경찰이 온갖 곳을 다 뒤져서도 못 찾아낸 편지를 명탐정 뒤팽은 금방 눈에 띄는 곳에서 찾아낸다.

들은 보통 사람들보다 훨씬 견고해 보였다. 그들은 〈웃기고 있네〉라고 말하면서 모든 것을 비웃었다. 그러나 어떤 상반된 견해가 그들의 단단한 껍질을 비집고 들어갔을 때, 그 타격은 이루 말할 수 없었다.

또 내가 만난 사람들 가운데는 아주 사소한 이견, 아주 사소한 부조화에도 고통을 받는 사람들이 있었다. 그러나 그들의 정신은 열려 있었기 때문에 그들은 모든 것에 민감했고 어떠한 공격에서도 배우는 바가 있었다.

452
말리 사람들과 개미집

말리에 사는 도곤족은 태초에 하늘과 땅이 혼인할 때, 땅의 생식기는 개미집이었다고 생각하고 있다.

그 혼인의 결과로 인간이 만들어질 때, 음문은 입이 되었고 거기에서 말이 나왔다. 그리고 인간을 만드는 데 물질적인 토대를 마련해 준 것은 개미들의 실 잣는 기술이다. 개미들은 그 기술을 사람들에게 전수하였다.

오늘날에도 도곤족의 잉태를 기원하는 의식은 여전히 개미와 관련이 있다. 아이를 못 낳는 여인들은 개미집 위에 앉아서 아마 신에게 잉태를 하게 해달라고 빈다.

개미들이 인간을 위해 해준 것은 그뿐이 아니었다. 개미들은 인간들에게 집 짓는 법을 가르쳐 주었다. 그리고 샘이 있는 곳을 가리켜 주기도 했다. 도곤족 사람들은 물을 찾으려면 개미 둥지 아래를 파야 한다는 것을 깨달았던 것이다.

453

예니체리

14세기 오스만 제국에서는 〈새로운 부대(터키 말로는 예니체리)〉라는 이름의 특별한 부대가 만들어졌다.* 이 새 근위대는 아이들을 징집한다는 특징을 지니고 있었다. 터키 병사들은 아르메니아나 슬라브의 마을을 약탈하면서 아주 어린 아이들을 모아다가 특수 군사 학교에 집어넣었다. 그 학교에서는 아이들에게 세계의 나머지 부분에 대해서는 전혀 가르치지 않았다. 오로지 무술 훈련만 받고 자란 이 아이들은 오스만 튀르크 제국에서 가장 뛰어난 전사들이 되었다. 그들은 자기들의 진짜 가족이 살고 있는 마을들을 가차 없이 짓밟았고 자기들의 부모 편에 서서 납치자들을 상대로 싸울 생각을 전혀 하지 않았다. 그들의 힘은 나날이 커졌고, 급기야는 술탄 마흐무트 2세가 그들의 힘에 불안을 느끼게 되었다. 결국 마흐무트 2세는 1826년 그들을 죽이고 그들의 학교에 불을 질렀다.

454

인간의 페로몬

냄새로 의사소통을 하는 곤충들과 마찬가지로, 인간은 후각 언어를 사용해서 다른 사람들과 은밀하게 대화를 나눈다.

* 3대 술탄인 무라트 1세가 창설했다고 알려져 있으나, 2대 술탄인 오르한 때 창설됐다는 설도 있다.

우리에게는 냄새를 발하는 더듬이가 없으므로, 우리는 겨드랑이, 유방, 두피, 생식기 등으로부터 페로몬을 발산한다. 그 메시지는 무의식적으로 감지되지만 그렇다고 효과가 덜한 것은 아니다. 인간은 5천만 개의 후각 끝신경을 가지고 있다. 우리의 혀가 겨우 4가지 맛을 구별하는 데 반해서 5천만 개의 세포로 수천 가지의 냄새를 구별할 수 있는 것이다.

냄새를 통한 의사소통 방식은 어느 때 사용하는가?

우선, 성적인 유인을 하는 데 쓰인다. 인간의 암컷은 인위적인 향기를 쓰지 않고도 인간의 수컷을 아주 잘 유인할 수 있다. 인간의 수컷이 암컷 본래의 향기를 알고 있기 때문이다(그런데도 인위적인 향기 때문에 본래의 향기가 감춰져 있는 경우가 대부분이다). 마찬가지로 수컷은 다른 암컷에게 배척을 당할 수도 있다. 암컷의 페로몬이 그에게 〈말을 하지〉 않은 것이다.

그 과정은 미묘하다. 두 사람은 자기들이 후각적인 대화를 나누었다는 사실조차 눈치채지 못한다. 그러고는 그저 〈사랑은 맹목적이다〉라고 말할 것이다.

인간의 페로몬은 적대적인 관계에서도 영향을 미칠 수 있다. 개들이 그렇듯이, 어떤 사람이 상대방에게서 〈공포〉의 메시지가 담긴 냄새를 맡게 되면, 그는 자연스럽게 상대방을 공격하고 싶어 할 것이다.

마지막으로 인간의 페로몬이 가장 뚜렷하게 영향을 미치는 것 가운데 하나로 월경 주기가 같아지는 현상을 예로 들 수 있다. 함께 사는 여러 여자들이 냄새를 발산하면, 그 냄새들이 그들의 기관을 조절해서 동시에 월경 주기가 시작되는 경우가 있다.

455

오랫동안 사람들은

오랫동안 사람들은 정보 공학, 특히 인공 지능 프로그램이 인간의 개념을 뒤섞어 새로운 각도에서 제시할 것이라고 생각했다. 한마디로, 전자 공학에서 새로운 철학을 기대했던 것이다. 그러나 다른 방식으로 제시한다고 해서 최초의 질료가 달라지는 것은 아니다. 인간의 상상력이 빚어낸 관념이라는 점에서 결국 마찬가지인 것이다. 그런 식으로는 더 이상 나아갈 수가 없다.

인간의 사고를 혁신하기 위한 가장 좋은 방법은 인간의 상상력에서 벗어나는 것이다.

456

중국에 간 로마 곡예사들

중국 한나라의 연대기를 보면, 서기 115년경에 로마 제국의 것으로 보이는 배 한 척이 풍랑을 만나 며칠 간 표류한 끝에 중국 해안에 닿았다는 기록이 있다.

그런데 그 배에 타고 있던 사람들은 대부분 곡예사와 마술사들이었다. 그들은 뭍에 닿자마자 그 미지의 나라 주민들에게 잘 보이려고 구경거리를 제공했다. 그리하여 중국인들은 코쟁이 이방인들이 불을 뱉어내고 괴상망측하게 사지를 비틀고 개구리를 뱀으로 바꾸고 형형색색의 공을 돌리는 광경을 넋잃고 보게 되었다. 어떤 이방인들은 얼굴에 분을 덕지덕지 바른 채 우스꽝스러운 표정을 짓고 있었고, 물구나무를 선 채 돌아다니는 자들도 있었다.

그 일을 계기로 아시아인들은 서역엔 광대와 불 먹는 자들이 살고 있다고 결론을 내렸다. 그들이 서양인에 대한 그릇된 생각을 바로잡을 기회를 갖게 된 것은 그 후로 수백 년이 지난 뒤였다.

457

어렸을 때 나는

어렸을 때 나는 몇 시간이고 땅바닥에 길게 엎드려서 개미집을 관찰하곤 했다. 나에게는 그것이 텔레비전보다 더 〈현실적〉인 것으로 느껴졌다.

개미집을 관찰하면서 몇 가지 의문을 갖게 되었는데, 그 가운데 하나는 이런 것이었다. 내가 개미집을 유린하고 난 뒤에, 개미들은 다친 개미들 중에서 어떤 개미는 데려가고 어떤 개미는 죽게 내버려 두었다. 모두 크기는 똑같았는데도 말이다. 도대체 어떤 선별 기준이 있길래 어떤 개체는 쓸모가 있고 어떤 개체는 쓸모가 없다고 판단하는 것일까?

458

노인

아프리카에서는 갓난아이의 죽음보다 노인의 죽음을 더 슬퍼한다. 노인은 많은 경험을 쌓았기 때문에 부족의 나머지 사람들에게 도움을 줄 수 있지만, 갓난아이는 세상을 경험해 보지 않아서 자기의 죽음조차도 의식을 못 한다는 것이다.

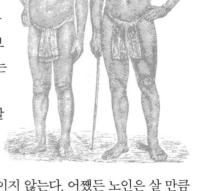

유럽에서는 갓난아이의 죽음을 슬퍼한다. 살았더라면 아주 훌륭한 일을 해낼 수 있었을 아기의 죽음을 안타까워하는 것이다. 그에 비해 노인의 죽음에 대해서는 거의 관심을 보이지 않는다. 어쨌든 노인은 살 만큼 살았다고 생각하는 것이다.

459

666

666이 그 짐승의 이름입니다. 「요한의 묵시록」
그런데 누가 누구에 대해서 짐승이 되는 것일까?

460

대화 발췌

여왕개미 벨로키우키우니와 나눈 열여덟 번째 대화의 발췌문.

개미 바퀴라고요? 우리가 바퀴를 사용할 생각을 못 했다는 것이 믿기지 않습니다. 우리 모두 쇠똥구리들이 공을 밀고 다니는 것을 보았지만 거기에서 바퀴를 생각해 내지는 못했습니다.

인간 이 정보를 활용하는 것이 어떻습니까?

개미 현재로선 모르겠습니다.

여왕개미 벨로키우키우니와 나눈 쉰여섯 번째 대화의 발췌문.

개미 어조가 슬프게 느껴집니다.

인간 냄새를 발산하는 내 기계를 잘못 조절해서 그럴 겁니다. 감성적인 언어를 첨가한 뒤로 기계가 작동이 잘 안 됩니다.

개미 어조가 슬프게 느껴집니다.

인간 …….

개미 더 이상 발산할 냄새가 없습니까?

인간 이건 순전히 우연의 일치입니다만, 사실 나는 슬픕니다.

개미 무슨 일인가요?

인간 나에게 암컷이 하나 있었습니다. 우리 세계에서는 수컷들이 암컷만큼 오래 삽니다. 그래서 수컷과 암컷이 서로 도우며 짝을 지어 삽니다. 나에게 암컷이 하나 있었는데 몇 년 전에 잃었습니다. 나는 그 암컷을 사랑했기 때문에 잊을 수가 없습니다.

개미 〈사랑한다〉는 게 무슨 뜻입니까?

인간 우리가 같은 냄새를 가지고 있었다는 것입니다. 그런 게 아마 사랑한다는 것일 겁니다.

461
세계는

세계는 복잡성을 지향하고 있다. 수소에서 헬륨으로, 헬륨에서 탄소로. 끊임없이 복잡해지고 끊임없이 다단해지는 것이 만물이 진화하는 방향이다.

우리에게 알려진 모든 행성 가운데 지구가 가장 복잡하다. 지구는 자체의 온도가 변화할 수 있는 지대에 들어 있다. 대양과 산이 지구를 덮고 있다. 생명 형태의 다양성은 거의 무궁무진하다. 그러나 지력으로 다른 생명들을 압도하는 두 종류의 생명이 있다면, 그것은 개미와 인간이다.

신은 지구라는 행성을 어떤 실험을 하기 위해 이용하고 있는 것처럼 보인다. 신은 어느 쪽이 더 빨리 가는가를 보려고 완전히 상반된 철학을 가진 두 종을 의식의 경주 위에 던져 놓았다.

그 경주의 목표는 아마도 지구적인 집단의식에 도달하는 것일 게다. 즉, 그 종의 모든 뇌를 융합시키는 것이다. 그것이 내가 보기에는 의식의 경주가 나아가게 될 다음 단계이고 복잡성을 지향하는 진화의 다음 수준이다.

그러나 선두에 선 두 종은 비슷한 발전 경로를 걸어왔다.

— 지능을 발달시키기 위해 인간은 괴물 같은 느낌이 들 정도로 뇌의 크기를 부풀렸다. 장밋빛이 도는 커다란 꽃양배추 같다.

— 똑같은 결과를 얻기 위해서 개미들은 수천 개의 작은 뇌를 아주 미묘한 의사소통 체계로 결합하는 방법을 선택했다.

개미들의 양배추 가루 더미와 인간의 꽃양배추는 절대적인 의미에서 보면 재료나 지능 면에서 동등하다. 경쟁은 막상막하이다.

그러나 지능을 가진 두 생명이 나란히 달리지 않고 협력한다면 어떤 일이 벌어질까?

제12장

기타

개는 백스무 가지 인간의 어휘와 행동을 이해하고 배울 수 있다.

개는 열까지 셀 줄 알고 더하기나 빼기 같은 간단한 셈도 할 수 있다.

다섯 살짜리 인간 아이와 맞먹는 사고 능력을 지닌 셈이다.

반면 고양이는 숫자를 세거나 특정한 말에 반응하거나 인간이 하는 동작을

따라 하게 가르치려 들면 즉시 쓸데없는 짓에 허비할 시간이 없다는 의사 표시

를 한다.

인간으로 치면…… 쉰 살 성인과 맞먹는 사고 능력을 지닌 셈이다.

—에드몽 웰스

462

시도

내가 생각하는 것,

내가 말하고 싶어 하는 것,

내가 말하고 있다고 믿는 것,

내가 말하는 것,

그대가 듣고 싶어 하는 것,

그대가 듣고 있다고 믿는 것,

그대가 듣는 것,

그대가 이해하고 싶어 하는 것,

그대가 이해하고 있다고 믿는 것,

그대가 이해하는 것,

내 생각과 그대의 이해 사이에 이렇게 열 가지 가능성이 있기에 우리의 의사 소통에는 어려움이 있다.

그렇다 해도 우리는 시도를 해야 한다.

463

인류의 종족들

신들이 여러 세대에 걸쳐 태어난 것과 마찬가지로 인류도 다섯 종족이 시대를 달리하여 생겨났다. 최초의 인간들은 대지의 여신 가이아에게서 나왔고, 그들과 더불어 황금시대가 열렸다. 그들은 크로노스의 지배를 받으면서 행복하고 평화롭게 살았다. 대지는 그들이 필요로 하는 것을 풍족하게 대주었다. 그들은 노동이나 질병이나 노화의 괴로움을 겪지 않았고, 죽을 때도 마치 잠을 자듯이 스르르 눈을

감았다. 이 시대는 화관을 쓰고 풍요의 뿔을 들고 있는 처녀로 상징된다. 처녀의 옆에는 평화를 나타내는 올리브나무가 서 있고, 이 나무에서는 꿀벌들이 떼를 지어 붕붕거린다. 이렇듯 최초의 인류는 황금시대의 종족이다. 황금은 태양, 불, 낮, 남성적인 원리 등과 연관되어 있다.

그들 다음으로 은(銀) 시대의 종족이 나타났다. 올림포스의 신들은 크로노스가 몰락한 뒤에 이 종족을 창조했다. 그들은 품성이 거칠고 이기적이었으며, 신들을 공경하지 않았다. 이 시대는 밀 다발을 든 채 쟁기를 다루고 있는 여자로 상징된다. 은은 달, 추위, 다산성, 여성적인 원리와 연관되어 있다.

제우스는 은의 종족을 멸하고 새로운 종족을 창조했다. 이로써 청동 시대가 열렸다. 이 시대의 사람들은 방탕하고 불의하고 사나웠다. 그들은 결국 서로 싸우고 죽이다가 파멸하고 말았다. 이 시대는 장신구로 치장하고 투구를 쓴 채 방패에 등을 기대고 있는 여자로 상징된다. 청동의 주원료인 구리는 뜨거움이나 음탕함 등과 연결된다. 지옥을 그린 어떤 그림들을 보면 액체로 된 구리를 마시는 죄인들이 나오며, 음란의 죄를 범한 자들은 파트너와 함께 춤을 추다가 뜨거운 구리 기둥으로 변하기도 한다.

그다음에 프로메테우스가 새로운 종족을 창조함으로써 철의 시대가 시작되었다. 이 시대의 사람들은 훨씬 더 사악한 모습을 보였다. 그들은 쩨쩨하고 비열했으며, 서로 속이고 싸우고 죽이면서 시간을 보냈다. 대지는 제대로 가꿔 주지 않아서 불모의 땅으로 변했다. 철의 시대는 늑대의 머리를 얹은 투구를 쓰고 한 손에는 칼, 다른 손에는 방패를 든 무시무시한 여자의 모습으로 그려진다.

제우스는 이 못된 종족을 없애 버리기로 결심하고 대홍수를 일으켜 대지를 물에 잠기게 했다. 다만 가장 바르고 의롭게 살아 온 한 쌍의 남녀만은 살려주기로 했다. 남자는 프로메테우스와 클리메네의 아들 데우칼리온이었고, 그의 아내는 에피메테우스와 판도라의 딸 피라였다. 그들은 방주를 타고 9일 밤낮을 표류한 끝에 살아남았다. 마침내 홍수가 끝나고 물이 빠졌을 때, 그들은 제우스가 시키는 대로 어깨 너머로 돌을 던졌다. 이 돌들에서 다섯째 종족이 생겨났다. 데우칼리온과 피라는 수많은 후손을 두었다. 헬레네스족의 시조 헬렌, 도리스족의 시조 도로스, 아카이아인들의 시조 아카이오스 등이 그 후손이다.•

• 인류의 창조를 다룬 그리스 로마 신화의 가장 중요한 문헌은 헤시오도스의 『일과 나날』과 오비디우스의 『변신 이야기』이다. 헤시오도스에 따르면 최초의 인류는 신들이 태어나자마자(또는 신들과 함께) 생겨났고, 올림포스의 신들이 인류를 위해 황금시대를 열어 주었다(1권 150행 이하). 오비디우스는 두 가지 설을 제시한다. 인류는 더 나은 세계를 구상하던 창조주가 신의 씨앗으로 만들었을 수도 있고, 프로메테우스가 천공에서 갓 떨어져 나온 대지 속에 아직 남아 있던 천상의 요소를 빗물로 반죽해 만들었을 수도 있다는 것이다(1권 76행 이하). 최초의 인류가 대지의 여신 가이아에서 나왔다는 말은 오비디우스의 두 번째 설에 근거한 것으로 볼 수 있다. 인류의 시대를 구분하는 방식에서도 베르베르는 〈영웅시대〉를 설정하지 않은 오비디우스의 방식을 따르고 있다. 다만 데우칼리온과 피라의 후손을 다섯째 종족으로 보고 있는 점이 다르다.

464

무(無)의 힘

인간은 오랫동안 진공을 두려워했다. 〈호로르 바쿠이(진공에 대한 공포)〉라는 라틴어 표현이 시사하듯, 진공은 고대의 학자들에게 순전한 공포를 불러일으키는 관념이었다.

진공의 존재를 가장 먼저 언급한 학자들 가운데 하나인 데모크리토스는 기원전 5세기에 우리가 물질이라고 여기는 것은 텅 빈 공간에 떠 있는 원자들로 이루어져 있다고 설파했다. 아리스토텔레스는 그런 견해에 맞서 〈자연은 진공을 싫어한다〉라는 명제를 내세웠고, 한발 더 나아가 진공이 존재하지 않는다고 주장하기까지 했다. 아리스토텔레스의 명제는 1643년 갈릴레이의 제자였던 에반젤리스타 토리첼리가 간단한 실험을 통해 진공의 존재를 증명할 때까지 무려 2천 년 가까이 유지되었다.

토리첼리는 길이 약 122센티미터의 유리관을 수은으로 채운 다음 수은이 담긴 그릇 안에 거꾸로 세웠다. 그러자 유리관 속의 수은이 내려가면서 위쪽에 텅 빈 공간이 생겨났다. 수은 때문에 공기가 유리관 속으로 들어갈 수 없었으므로 이 공간은 진공일 수밖에 없다. 이로써 토리첼리는 최초로 지속적인 진공을 만들어 낸 과학자가 되었다. 그는 같은 실험을 되풀이하다가 수은 기둥의 높이가 매일 변화하는 것을 보고 그것이 대기압의 변화에 의한 것이라고 결론을 내렸다. 이 실험은 수은 기압계의 발명으로 이어졌다.

그로부터 몇 해 뒤에 독일의 물리학자 오토 폰 게리케는 최초의 진공 펌프를 만들었다. 그는 대기압과 진공에 관한 유명한 실험●을 벌이기도 했다. 구리로 만든 두 반구를 꼭 맞추어 밀착시키고 한쪽 반구에 달린 밸브를 통해 내부의 공기를 빼

● 오토 폰 게리케가 당시 마그데부르크의 시장이었기 때문에 나중에 〈마그데부르크의 반구 실험〉이라 불리게 되었다.

내고 나자 16마리의 말을 양쪽으로 나누어 끌어당겨도 두 반구를 서로 떼어 낼 수 없었다. 이로써 게리케는 진공을 이용해서 두 개의 커다란 물체를 단단하게 결합할 수 있다는 것을 보여 주었다.

텅 비어 있음은 동양 사상의 중요한 개념이기도 하다. 힌두교와 불교에서는 모든 중생의 미혹한 생각을 벗어난 상태를 일컬어 진공이라 한다. 노자 역시 〈바퀴살 서른 개가 한데 모여 바퀴통을 이루는데 그 한복판이 비어 있음으로 해서 수레가 쓸모를 지니게 된다〉*라고 하면서 무의 효용을 역설했다.

현대의 물리학자들은 우주의 총 에너지 가운데 70퍼센트는 진공 속에 있고 30퍼센트만이 물질 속에 있다고 추산해 냈다.

아인슈타인은 일찍이 우주의 진공에 주목했고 진공 에너지의 존재를 언급했다. 물리학자 플랑크와 하이젠베르크 역시 진공에 관심을 갖고 연구했다. 1948년 네덜란드의 물리학자 헨드릭 카시미르는 진공 속에 두 개의 금속판을 서로 마주 보도록 가까이 놓으면 대단히 미세하게나마 금속판들이 서로 끌어당길 것이라고 주장했다. 진공 상태에서 〈카시미르 힘〉이 생겨난다는 사실을 알아낸 것이다. 1990년대에 미국 항공 우주국은 카시미르 힘을 이용한 우주선이 태양계를 벗어날 수 있는 최초의 우주선이 될 수 있다고 보고 그것을 제작하기 위한 계획을 세웠다.

2000년대에 들어와서 천문학자들은 허블 우주 망원경을 이용하여 우주 물질의 대부분을 이루는 암흑 물질의 존재를 입증할 만한 증거를 찾아냈다.

오늘날 진공 에너지는 천체 물리학의 첨단 연구 분야 가운데 하나로 간주된다. 한 이론에 따르면 진공이 물질을 만들고 따라서 빅뱅이 바로 〈무〉에서 비롯되었을 수도 있다고 한다.

• 三十輻共一轂 當其無 有車之用(『노자』 도경 11장).

465

세계의 축

세계의 축이라는 개념은 대부분의 문명에서 발견된다. 플라톤은 다이아몬드로 이루어진 빛나는 기둥을 상상했다. 라틴 사람은 하늘 지붕을 떠받치며 땅과 하늘을 연결해 주는 우주적인 기둥을 생각했다. 불교에도 땅과 하늘을 이어 주는 기둥이 나온다. 힌두의 인드라드바자• 축제 때에는 깃대로 상징된 세계의 축이 마을 중앙에 세워진다.

일본에서는 이자나기(伊邪那岐)와 이자나미(伊邪那美)가 결혼하기 위해 세계의 축을 돈다. 그리스인들에게는 헤르메스의 지팡이(의학의 상징)가 있다. 뱀 두 마리는 중심축을 둘러싼 대립적이면서도 보완적인 두 에너지다. 이런 관념은 탄트라에서도 나타나는데 사랑을 나누는 순간에 두 가지 에너지가 척추를 타고 오른다고 한다. 샤먼 문화권 사람들은 세계의 축을 우주의 다른 층으로 오르는 사다리이며 그것을 통해 이 세상 너머에 사는 존재들과 교신할 수 있다고 믿는다.

466

빅토르 위고의 샤라드˝

〈나의 첫 번째 것은 수다스럽습니다.

• 인드라 신의 깃발이라는 뜻. 신들이 아수라에 대한 승리를 기념해 하늘에 깃발을 올렸다고 한다.
•• *charade*. 프랑스어에서 한 단어를 구성하는 각각의 음절이 독립적으로 어떤 단어를 이룰 경우, 그것들을 힌트로 제시하여 문제의 낱말을 찾게 하는 놀이다. 간단한 예로, 〈나의 첫 번째 것은 집에서 기르는 동물입니다. 나의 두 번째 것은 액체의 하나입니다. 그 둘을 모두 합치면 영주가 거주하는 장소가 됩니다. 나는 무엇일까요?〉 수수께끼의 답은, 첫 음절 고양이(샤*chat*)와 둘째 음절 물(오*eau*)를 합쳐 성(샤토*château*)이 된다.

나의 두 번째 것은 새입니다.
나의 세 번째 것은 카페에 있습니다.
그리고 이 셋을 모두 합치면 과자가 됩니다.
나는 무엇일까요?〉

답을 보지 말고 생각을 좀 해 보기 바란다.
그래도 참을성 없는 독자들을 생각해서, 답을 보이자면…….

나의 첫 번째 것은 수다스럽다고 했으니, 말 그대로 수다쟁이〔바바르*bavard*〕이다.
나의 두 번째 것은 새라고 했으니, 말 그대로 새〔우아조*oiseau*〕이다.
나의 세 번째 것은 카페에 있다고 했으니, 말 그대로 카페에〔오 카페*au café*〕 있다.
이 셋을 합치면 바바르-우아조-오 카페, 즉 바바루아조 카페*Bavaroise au café* •
라는 과자가 된다.
보다시피, 아주 쉬운 문제였다.

467
티베트

중국인들이 티베트를 합병했을 때, 그들은 거기가 중국인들이 사는 나라라는
것을 세계에 보여 주려고 중국인 가족들을 정착시켰다. 그러나 티베트의 기압은
견뎌 내기가 쉽지 않다. 그것에 익숙지 않은 사람은 현기증을 느끼기도 하고 몸이
붓기도 한다. 그리고 어떤 생리적인 이유가 있는지는 알 수 없지만, 중국 여인들이
티베트에서는 아기를 분만하지 못한다는 사실이 드러나고 있다. 티베트 여인들은

• 바바루아즈 또는 바바루아는 생크림에 젤라틴을 첨가하여 만드는 단 음식이며, 바바루아조 카페
는 거기에 커피를 더 넣은 것이다.

아무리 높은 곳에 있는 마을에서도 아기들을 쑥쑥 잘도 낳는데 말이다. 마치 티베트 땅이 생리적으로 거기에 살기에 부적합한 침략자들을 거부하기라도 하는 것처럼 그런 일들이 일어났다.

468
랍비 나슈만 드 브라슬라브 이야기

어떤 재상이 왕에게 말했다.

「올해 거두어들일 곡식이 모두 어떤 팡이(훗날 이 팡이에서 환각제가 나오게 된다)에 감염되었습니다. 이 곡식을 먹는 사람들은 정신에 이상이 생길 것입니다.」

그러자 왕이 말했다.

「하면, 백성들에게 알려서 그 곡식을 먹지 못하게 해야겠구나.」

「하오나 그것 말고는 달리 먹을 게 없습니다. 만일 백성들에게 그 감염된 곡식을 주지 않는다면, 그들은 굶주림을 견디지 못해 반란을 일으킬 것입니다.」

「하면, 백성들에게는 그 오염된 곡식을 주고, 우리는 곳간에 비축해 둔 성한 곡식을 먹으면 되겠구나.」

「하오나 모든 백성이 미치광이가 되고 우리만 정신이 온전한 사람으로 남게 되면, 백성들은 오히려 우리를 미치광이로 여길 것입니다.」

왕은 깊이 생각하다가 재상의 말을 받아들여 이렇게 결론을 내렸다.

「그렇다면 길은 하나뿐이로구나. 우리도 백성들처럼 그 오염된 곡식을 먹기로 하자. 하지만 우리가 미치더라도 원래는 그렇지 않았다는 것을 기억하기 위해 우리 이마에 어떤 표시를 하기로 하자.」

469

간섭

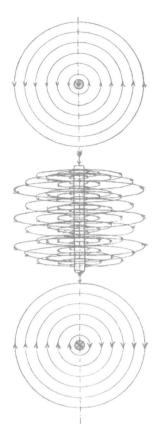

사물과 관념과 사람 등 모든 것은 하나의 파동으로 귀결될 수 있다. 형태의 파동, 소리의 파동, 영상의 파동, 냄새의 파동 등 여러 가지 파동이 있을 수 있다. 이런 파동들이 유한한 공간 속에 있으면 다른 파동과 필연적으로 상호 간섭하게 된다. 사물과 관념과 사람들의 파동 사이에 일어나는 간섭 현상을 연구하는 것은 흥미로운 일이다. 〈로큰롤〉과 〈클래식〉음악을 혼합하면 어떤 음악이 생겨날까? 〈철학〉과 〈정보 공학〉을 섞으면 어떤 학문이 될까? 아시아의 예술과 서구의 기술을 섞으면 어떤 것이 나타날까?

잉크 한 방울을 물에 떨어뜨린다고 하자. 두 물질은 대단히 단조롭고 매우 낮은 수준의 정보를 지니고 있다. 잉크 방울은 까맣고 물은 투명하다. 그런데 잉크가 물에 떨어지면서, 일종의 위기가 조성된다.

이 접촉에서 가장 흥미로운 순간은 희석되기 직전의 혼돈의 형태가 나타나는 순간이다. 서로 다른 두 요소끼리의 상호 작용은 아주 다양한 모습을 빚어낸다. 복잡한 소용돌이, 뒤틀린 형태가 생기고 온갖 종류의 가는 실 형태가 생겨났다가 점점 희석되어 결국엔 회색의 물로 변한다. 사물의 세계에서는 두 개의 파동이 만날 때 빚어지는 아주 다양한 모습을 고정시키기가 어렵지만, 생명의 세계에서는 어떤 만남이 고착될 수도 있고 기억 속에 머물 수도 있다.

470

인도의 위력

인도는 모든 에너지를 흡수해 버리는 나라다. 인도를 무력으로 정복한 자들이 인도인들을 길들이려 했지만 모두 제풀에 지쳐 나가떨어졌다. 그들은 인도 안으로 들어갈수록 인도 물이 들었으며 호전성을 잃고 세련된 인도 문화에 푹 빠져 버렸다. 인도는 모든 것을 흡수해 버리는 스펀지 같았다. 인도를 손아귀에 넣으려고 온 자들을 오히려 인도가 정복해 버렸다.

인도에 대한 최초의 대규모 침탈은 터키와 아프가니스탄의 회교도에 의해 자행되었다. 그들은 1206년에 델리를 점령했다. 5대에 걸친 술탄 왕조가 계속되면서, 한결같이 인도 반도 전체를 점령하고 싶어 했다. 하지만 남쪽으로 진격하면서 군대는 약해져 갔다. 병사들은 학살에 신물이 났고, 전투에 흥미를 잃었으며, 점차 인도의 풍습에 매료되었다. 술탄 왕조는 어느덧 붕괴의 길을 걷고 있었다. 술탄의 마지막 왕조인 로디 왕조는 티무르의 후손인 투르케스탄 태생의 바부르*에 의해 무너졌다. 바부르는 1527년에 무굴 제국을 세우고 인도의 중앙까지 진출하자마자 무기를 버리고 음악, 문학, 미술에 심취했다.

그의 후손인 악바르는 인도를 통일하는 방법을 알고 있었다. 그는 유화 정책을 폈고, 그 당시의 모든 종교에서 평화에 관한 교리들을 가려 모아 새 종교를 만들어 냈다. 그런데 몇십 년 후에, 바부르의 다른 후손인 아우랑제브가 회교를 인도에 강제로 이식하려고 했다. 그러자 봉기가 일어났고, 나라는 분열되었다. 인도를 폭력

---

* Babur(1483~1530). 인도 무굴 제국을 세운 황제. 재위 기간은 1526~1530년. 그는 몽골의 정복자 칭기즈 칸과 티무르의 후예였으며 정치가일 뿐만 아니라, 군인, 시인, 일기 작가이기도 했다.

으로 길들이는 것은 불가능하다.

19세기 초에 영국인들도 무력으로 대도시들과 모든 상관(商館)을 정복하는 데 성공했지만 결코 나라 전체를 통치하지는 못했다. 그들은 전적으로 인도적인 환경 속에 이식된 〈영국 문화를 가진 작은 동네들〉을 확보하는 데 만족할 수밖에 없었다.

추위가 러시아를 보호하고 바다가 일본과 영국을 보호하듯이, 영(靈)의 장벽이 인도를 보호하고 그곳에 침입한 모든 사람의 마음을 사로잡아 버린다. 오늘날에도 관광객들은 그 스펀지 같은 나라에서 하루만 돌아다니고 나서도, 〈이런 게 다 무슨 소용이란 말인가〉, 〈무엇을 얻자고 이런 일을 하는가〉 하는 의문에 사로잡혀 모든 계획을 포기하고 싶은 충동을 느끼게 될 것이다.

471
컴퓨터 도시 싱가포르

싱가포르는 일사불란한 통제가 가능할 만큼 한정된 인구를 가진 새로운 나라이다. 인구는 3백만으로 중국계가 대부분을 차지하고 있다. 리콴유는 1959년부터 1990년까지 수상으로 있으면서 싱가포르의 이런 특수한 상황을 활용하여 최초의 컴퓨터 국가를 건설하려고 했다. 그 자신의 말마따나, 〈싱가포르 국민들은 싱가포르 공화국이라는 거대한 컴퓨터의 소자이다.〉

리콴유는 실용주의자이다. 그는 먼저 시샘 많고 공격적인 이웃의 대국들, 즉 말레이시아(인구 2천만)와 인도네시아(인구 2억)로부터 디즈니랜드 같은 자기 나라의 안전을 확보해 두는 일부터 시작했다. 그는 첨단 병기를 갖춘 현대식 군대를 만들었다.

그것이 외부를 겨냥해서 한 일이라면, 내부적으로는 컴퓨터 소자들 사이에 질서가 확립되기를 바랐다. 리콴유는 싱가포르시에 관광 구역과 경제 구역과 주거

구역을 배치했다. 세 구역은 5킬로미터에 달하는 깔끔한 잔디밭을 경계로 분명하게 구분되어 있다. 또 그는 공공 질서 침해를 규제하는 엄격한 법률들을 제정했다. 거리에 침을 뱉는 행위(벌금 30만 원), 공공 장소에서의 흡연(벌금 30만 원), 기름때가 묻은 종이를 버리는 행위(벌금 30만 원), 화분에 물을 주다가 거리에 물이 고이게 하는 행위(물이 썩으면 모기가 생긴다. 벌금 30만 원), 도심 주차 따위가 금지되었다.

싱가포르에선 비누 냄새가 난다. 밤에 개가 짖으면 그 개의 성대를 잘라 버린다. 남자들은 더운 날씨에도 긴 바지만 입어야 하고, 여자들은 무더운 날씨에도 스타킹을 신어야 한다. 모든 자동차에는 시속 80킬로미터를 넘으면 귀가 먹먹할 정도로 소리를 내는 경적이 내장되어 있다. 교통 혼잡과 대기 오염을 줄이기 위해, 오전 6시부터는 승용차를 운전자 혼자 타고 다녀서는 안 되고 반드시 직장 동료나 무료 편승자들을 태워 주어야 한다(위반할 때는 벌금 30만 원). 국민들의 행로를 효과적으로 파악하기 위해 경찰은 자동차 밑에 발신기를 부착하도록 강요하였다. 그럼으로써 국민들의 이동 상황을 대형 스크린 위에서 추적할 수가 있다. 어떤 건물 안에 들어갈 때는 언제나 정문을 지키고 있는 경비원에게 자기 이름을 말해야 한다. 도시 곳곳에 비디오 카메라가 설치되어 있다.

싱가포르는 민주주의 국가지만, 국민들의 선거권 남용을 막는다는 구실로 투표 용지에 선거인 카드의 번호를 적게 되어 있다. 절도, 강간, 마약 복용, 뇌물 수수에 대해서는 교수형이 내려진다. 태형도 여전히 행해지고 있다. 리콴유는 모든 국민들에게 아버지와 같은 존재였다. 그의 사상은 공산주의와 자본주의의 영향을 동시에 받았다. 그의 관심은 오로지 효율에 있었다. 싱가포르 정부는 개인 소득의 향상을 격려하는 한편 — 싱가포르 사람들은 아시아에서 일본 다음가는 소득 수준을 누리고 있고 능력껏 사유 재산을 늘릴 수 있다 — 가난한 대학생들에게 주거를 제공하는 등 부의 분배에도 관심을 기울이고 있다.

신앙의 자유는 완전하게 보장되지만, 언론은 검열을 받는다. 신문에서 섹스나 정치를 논하는 것은 허용되지 않는다.

1982년 리콴유는 남성 우월주의에 기인한 낡은 습성이 심각한 사회적 문제를 야기하고 있음을 깨달았다. 비단 그 나라만의 사정은 아니겠지만, 우수한 두뇌를 가진 남자들이 멍청하고 얼굴만 예쁜 여자들하고만 결혼하는 바람에 똑똑한 여자들이 신랑감을 구하는 데 애를 먹고 있었다. 그래서 리콴유는 학위를 가진 여자와 결혼하려는 사람에게는 장려금을 주고, 학위를 소지하지 않은 여자가 아이를 둘 이상 낳을 때는 벌금을 부과하기로 결정했다. 문맹자에 대해서는 많은 돈을 주어 가며 불임 수술을 받도록 적극적으로 권장하였다. 한편으로는 영재들을 위한 학교를 세우게 하고, 교육 수준이 아주 높은 고급 인력을 위해 해외 여행의 기회를 무료로 마련해 주었다.

리콴유는 한 가정에 자녀가 둘이 넘으면 교육을 제대로 시킬 수 없다고 판단했다. 경찰에선 자녀가 이미 둘 있는 가정으로 밤마다 전화를 걸어, 피임약을 복용하거나 콘돔 사용하는 것을 잊지 말라고 당부했다.

리콴유는 자기의 실험 국가를 〈아시아의 스위스〉로 만드는 데 성공했다. 그러나 그의 경찰도 어쩌지 못하는 일이 있었다. 도박이 그것이었다. 리콴유가 어떤 연설에서 인정했듯이, 〈중국인에게 다른 모든 건 받아들이게 할 수 있어도 마작을 그만두게 할 수는 없다.〉

472

마술

맨손에서 연기가 나게 하려면 어떻게 할까? 먼저 성냥갑에서 유황이 칠해져 있는 껄껄한 마찰 면을 뜯어내어 작은 접시에 놓는다. 뜯어낸 마찰 면에 불을 붙여 접시 위에서 타게 내버려둔다. 이때 주의할 것이 하나 있다. 그것을 태우는 과정에서 많은 연기가 나기 때문에, 창문을 열어 놓고 하거나 공기가 잘 통하는 곳에서 하는 게 바람직하다. 연소가 끝나면, 판지가 타고 남은 재가 생긴다(미안하게도, 이 재의 냄새는 아주 고약하다). 그 재의 밑을 잘 보면, 끈끈한 기름처럼 생긴 거무스름한 찌꺼기가 보인다. 그 찌꺼기를 엄지손가락과 집게손가락에 바른다.

준비가 다 끝났으면, 마술을 하나 보여 주겠노라고 사람들에게 알린다. 두 손가락을 비비며, 〈아브라카다브라〉 하고 주문을 외면, 하얀 연기가 피어오른다. 손가락이 타는 것도 아닌데 말이다.

끝으로 노파심에서 하는 말이지만, 마술이 끝나고 나면 손을 잘 씻어야 한다. 손가락에 바른 그 물질에는 약간의 독성이 있기 때문이다.

473
〈왜〉와 〈어떻게〉

장애물이 앞에 나타났을 때, 사람이 보이는 최초의 반응은 대개 〈왜 이런 문제가 생긴 거지? 이것은 누구의 잘못이지?〉라고 생각하는 것이다. 그는 잘못을 범한 사람을 찾고 다시는 그런 일이 생기지 않도록 그에게 부과해야 할 벌이 무엇인지를 찾는다.

똑같은 상황에서 〈왜 일이 제대로 되지 않았을까?〉라고 자문하는 사람들과 〈어떻게 하면 일이 제대로 되게 할 수 있을까?〉라고 자문하는 사람들 사이에는 큰 차이가 생길 것이다. 현재 인간 세계는 〈왜〉라고 묻는 사람들이 지배하고 있다. 그러나 언젠가는 〈어떻게〉라고 묻는 사람들이 다스리는 날이 반드시 오게 될 것이다.

474

브라이언 이노의
창작 비법

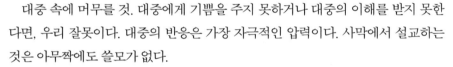

인습을 타파할 것.

우연과 실수를 활용할 것.

다이어그램으로 사고할 것.

복잡성과 테크놀로지에 현혹되지 말 것.

테크놀로지는 그저 사용하라고 있는 것일

뿐이다. 기술적인 성취를 추구하면 안 된다. 중요한 건 감성이다.

대중 속에 머무를 것. 대중에게 기쁨을 주지 못하거나 대중의 이해를 받지 못한 다면, 우리 잘못이다. 대중의 반응은 가장 자극적인 압력이다. 사막에서 설교하는 것은 아무짝에도 쓸모가 없다.

예술이 현실에 영향을 미칠 수 있음을 믿을 것. 예술은 세계가 어떻게 움직이는 지, 그리고 우리 자신이 어떻게 움직이는지를 이해하는 수단의 하나이다.

공격보다는 매력을 통해서 사람들을 설득할 것. 예술의 기능 가운데 하나는 바람직한 세계를 제시하는 것이다. 행복과 아름다움의 표상을 대하면서, 사람들은 현실이 얼마나 불완전한지를 깨닫게 된다. 그럼으로써 자연스럽게 그 전망으로부터 우리를 갈라놓는 장애물들을 어떻게 하면 제거할 수 있는지를 생각하게 된다.

자기의 방식을 이해하고 자기와 비슷하게 행동하는 사람들의 네트워크를 만들 것. 다른 사람들과 토론하면서, 자기 혼자서는 미처 생각해 내지 못한 아이디어들을 발견할 것.

자기 문화를 전파하면서 외래 문화들과 혼합된 새로운 것들을 만들어 낼 것.

• 1970년대에 비트가 전혀 없는 〈앰비언트*ambient*〉라는 장르를 실험한 대중 음악 작곡가.

475

반대로 하기

타성은 점차적으로 경화증을 가져온다. 때로는 자기가 정말로 원하는 것과 반대가 되는 것을 해보는 것이 유익할 수도 있다. 자고 싶을 때 깨어 있어 본다든지, 음악을 듣고 싶을 때 정적 속에 그대로 있어 본다든지, 자동차를 타고 싶을 때 걸어간다든지 하는 식으로 말이다.

이런 작은 행위를 통해서 우리는 새로운 느낌과 미지의 길을 발견할 수도 있다.

476

확률

주사위 노름에서 돈을 따기 위한 확실한 방법이 있다. 상대에게 주사위 두 개를 던져서 점의 수효를 알아맞히는 내기를 하자고 제안한다. 그런 다음, 점의 합이 7이 될 거라는 쪽에 돈을 건다.

이유는 간단하다. 두 개의 주사위를 던질 때, 점의 합이 7이 될 확률이 가장 높기 때문이다. 각각의 경우에 대해 확률을 따져 보면 다음과 같다.

수효의 합이 2나 12가 되는 조합은 각각 1 + 1과 6 + 6 한 가지밖에 없다. 합이 3이나 11이 되는 조합은 각각 두 가지가 있다. 또, 합이 4나 10이 되는 조합은 세 가지, 합이 5나 9가 되는 조합은 네 가지, 합이 6이나 8이 되는 조합은 다섯 가지다. 그런데, 합이 7점이 되는 조합은 여섯 가지가 있다. 따라서 두 개의 주사위를 던져 합이 7점이 될 확률은 2점이 될 확률보다 여섯 배나 높다.

477

평등

청바지는 사람들 사이의 평등을 위해 공산주의보다 더 많은 일을 했다. 부유한 사람이나 가난한 사람이나 똑같은 옷을 입게 함으로써, 사람들이 서로를 비슷한 존재로 생각하는 것에 익숙해지게 만들었다(비록 바지 쪽만 똑같아 보이게 만든 것이지만, 그것만으로도 좋은 출발이다).

세계의 새로운 질서란 그렇게 보잘것없는 작은 아이디어들이 서로 더해짐으로써 만들어지는 것이다. 정치적인 영역에서는 독창적인 아이디어의 순환이 갈수록 줄어들고 있음에 반해서, 사적인 영역의 발의와 주도가 이따금 사회 관계를 진보시키고 있다. 설령 그 발의와 주도가 상업적인 목적을 띠고 있다 할지라도 말이다.

478

부부

사람들은 자기들이 누구인지도 모르면서 성급하게 부부가 되려고 한다. 대개는 고독에 대한 두려움이 사람들로 하여금 짝을 짓도록 부추긴다.

스물다섯 살에서 서른 살 사이에 결혼하는 젊은이들은 아직 처음 몇 층밖에 지어지지 않은 고층 빌딩들과 같다. 그들은 나머지 층이 다 올려지면 두 건물 사이에 다리가 놓일 거라고 생각하며 함께 나머지 층을 건설하기로 결심한다.

사실 그들은 미지의 것에 과감하게 투자를 하고 있는 셈이다. 그들이 성공할 가능성은 그리 많지 않다. 오늘날 이혼이 그토록 많다는 것이 그걸 말해 준다.

사람은 한 단계 더 성숙하고 의식이 새롭게 발전될 때마다 다른 파트너가 필요하다고 생각한다. 두 남녀가 하나의 커플을 이루려면, 둘이 아니라 넷이 되어야 한다. 저마다 자기 안에서 〈또 다른 자아〉를 찾아내야 하기 때문이다. 남자는 자기 안의 여성성을 받아들여야 하고, 여자는 자기 안의 남성성을 받아들여야 한다. 그렇게 완전해진 두 남녀는 자기에게 없는 것을 더 이상 상대방에게서 구하려 하지 않는다. 그들은 이미 자기들 안에서 이상적인 여자나 이상적인 남자를 찾아냈기 때문에 어떤 이상형에 대한 환상을 품지 않고 서로 자유롭게 결합할 수 있다.

479

세 딸의 나이

사람은 풀 수 있지만 현재로서는 어떤 컴퓨터도 풀 수 없는 문제라며 이따금 강의 도중에 예시로 나오는 수수께끼가 있다. 여기에 그것을 소개한다.

A라는 사람이 세 딸을 둔 사람에게 딸들의 나이를 묻는다. 그러자 딸들의 아버지가 이렇게 대답한다.

〈세 딸의 나이를 곱하면 36이 됩니다.〉

〈그것만으로는 따님들의 나이를 미루어 헤아릴 수가 없겠는데요〉라고 A가 말했다.

〈세 딸아이의 나이를 더하면 바로 우리 앞의 저 현관 위에 적혀 있는 번지수와 똑같은 수가 나옵니다.〉

〈그래도 답을 못 찾겠어요!〉라고 A가 다시 말했다.

〈맏이는 금발이랍니다.〉

〈아, 그래요? 그렇다면 이제 따님들이 각각 몇 살인지 알 수 있겠어요.〉

A는 어떻게 세 딸의 나이를 알 수 있었을까? 기계가 아닌 〈사람〉으로서 추리를 하면 간단하게 문제를 해결할 수 있다. 당장 답을 알고 싶은 독자들은 아래를 보고, 스스로 깊이 생각해서 답을 찾고 싶은 독자들은 그 부분을 얼른 종이로 가리기 바란다.

세 딸의 나이를 곱하면 36이 된다고 했으므로, 세 딸의 나이는 틀림없이 다음의 여덟 개 조합 중의 하나다.

$36 = 2 \times 3 \times 6$, 이 세 수를 더하면 11이 된다.
$36 = 2 \times 2 \times 9$, 이 세 수를 더하면 13이 된다.
$36 = 4 \times 9 \times 1$, 이 세 수를 더하면 14가 된다.
$36 = 4 \times 3 \times 3$, 이 세 수를 더하면 10이 된다.
$36 = 6 \times 6 \times 1$, 이 세 수를 더하면 13이 된다.
$36 = 12 \times 3 \times 1$, 이 세 수를 더하면 16이 된다.
$36 = 18 \times 2 \times 1$, 이 세 수를 더하면 21이 된다.
$36 = 36 \times 1 \times 1$, 이 세 수를 더하면 38이 된다.

답이 될 수 있는 것이 여덟 가지이므로, A는 세 수의 곱이 36이라는 것만 가지고는 답을 찾아낼 수가 없었다.

그런데, 세 딸의 나이를 합하면 현관 위에 적힌 번지수와 같다고 했을 때에도, A는 여전히 답을 찾아내지 못했다. 그것은 아직도 답이 될 수 있는 것이 두 가지 이상임을 의미한다. 위에서, 세 수의 합을 살펴보면 $2 + 2 + 9$와 $6 + 6 + 1$이 모두 13이다. 따라서 현관 위에 적힌 번지수는 13이다. 이제 답은 둘 중 하나로 압축되었다.

〈맏이는 금발입니다〉라는 말이 마지막 열쇠가 된다. 그 말 속에는 맏딸이 하나라는 것, 즉 나이가 더 많은 쪽은 쌍둥이가 아니라는 의미가 함축되어 있다. 그러므로 답이 될 수 있는 조합은 첫 번째 것뿐이다. 즉 세 딸의 나이는 맏이부터 각각 아홉 살, 두 살, 두 살이 된다.

480

3자 결투

갑, 을, 병 세 사람이 탄알이 한 개씩 들어 있는 권총을 가지고 3자 결투를 벌인다고 하자.

병은 특급 사수라서 백발백중으로 과녁을 맞힌다. 을은 두 번에 한 번 꼴로 과녁을 맞힌다. 갑은 셋 중에서 가장 사격 솜씨가 떨어져서 세 번에 한 번 꼴로 맞힌다.

이 3자 결투가 공정하게 이루어지게 하기 위해서, 갑이 가장 먼저 쏘고, 다음에는 을이, 마지막으로 병이 쏘기로 한다.

그렇다면, 갑은 자기가 살아남을 확률을 최대화하기 위해서 어떻게 해야 할까? 답은 허공에 대고 쏘는 것이다.

그 이유는 무엇인가? 만일 갑이 을을 쏘아서 그를 죽인다면, 그 다음에는 병이 쏘게 되는데, 그는 특급 사수라서 갑을 죽일 가능성이 대단히 높다. 만일 갑이 을을 쏘아서 맞히지 못한다면, 을이 쏠 차례가 되면서 출발점과 다소 비슷한 상황으로 돌아가게 된다. 만일 갑이 병을 쏜다면, 그는 병을 쓰러뜨릴 수도 있고 쓰러뜨리지 못할 수도 있다.

어쨌거나 갑이 아직 살아 있는 상황에서 순서에 따라 을이 쏠 차례가 되었다고 하자. 만일 앞서 갑이 병을 죽였다면, 을은 갑을 쏠 것이고 이 경우 갑이 죽을 확률은 2분의 1이다. 만일 앞서 갑이 병을 죽이지 못했다면, 상황은 다시 출발점과 비슷해진다.

위에서 보았다시피, 갑이 을이나 병을 쏘아 맞히려고 하면, 쏘고 난 뒤에 죽음을 당할 가능성이 높아진다.

그런데 만일 갑이 허공에 대고 총을 쏜다면, 다음 차례인 을은 병을 겨냥할 것이다. 병이 더 위험하기 때문이다. 을이 병을 맞히면 다시 결투를 벌어야 하는 상황이 되지만, 경쟁자가 하나 줄었다는 점이 처음과 다르다. 을이 병을 맞히지 못하면 어떻게 될까? 이 경우에도 경쟁자가 하나 줄어든 상태에서 다시 결투를 벌어야 한다(병은 을이 더 위험하기 때문에 을을 쏘아서 죽일 것이므로).

요컨대, 위와 같은 3자 결투의 상황에서는 허공에 대고 총을 쏘는 것이 첫 판에서 갑을 살아 남게 할 것이고, 처음의 3자 대결 구도를 변화시켜 관리하기가 더 쉬운 두 사람의 결투로 만들어 줄 것이다.

481

정략 결혼

그대들은 기쁠 때나 슬플 때나 하나가 될 것이다. 사랑의 결핍이 그대들을 갈라 놓을 때까지…….
— 어떤 리얼리스트

482

물결처럼

여자들의 마음은 파상적(波狀的)으로 움직인다. 그녀들의 기분은 잘 변한다.

여자의 기분이 저조해지면, 함께 있는 남자는 당황하면서 어떻게든 빨리 문제를 해결해서 여자의 기분이 더 저조해지는 것을 막으려고 한다. 그런 남자들은 여자들이 맨 밑바닥까지 내려갔다가 바닥을 차고 다시 올라오는 것을 방해하고 있는 셈이다. 그럼으로써, 여자들은 다시 올라오기 위한 발판을 얻지 못한 채 계속해서 심연 속을 오르락내리락하게 된다.

사실 여자가 불평을 할 때는, 남자보고 자기가 추락하지 않도록 도와달라는 것이 아니다. 여자는 그저 자기 말을 들어 달라고 요구하고 있을 뿐이다. 여자는 자기가 내려갔다가 바닥을 디디고 다시 올라오는 그 경험의 증인을 원한다. 하지만 남자들은 너무나 성급하게 군다. 그들은 자기들이 아주 강하기 때문에 여자들이 겪는 그런 현상을 중단시킬 수 있다는 것을 입증하고 싶어 한다. 하지만 사람이 어찌 밀려드는 물결을 막을 수 있으랴! 남자가 여자의 자유 낙하를 막는 것은 진정한 재상승을 가로막는 것이기도 하다. 그건 우리가 열이 날 때 약을 먹는 것과 조금 비슷하다. 약은 한편으로는 발열이 그치게 하지만, 다른 한편으로는 몸이 세균을 태워 죽일 만큼 뜨거워지는 것을 방해한다.

하강과 발열을 두려워하면 안 된다. 애를 태우며 걱정하지 않아도, 대개의 경우 내려갔던 것은 다시 올라오고, 뜨거워진 것은 다시 차가워지게 마련이다. 우리가 걱정해야 할 것은 오히려 아무리 아파도 열이 나지 않는 몸, 그리고 기분이 언제나 한결같은 여자이다.

483
컬로덴 전투

컬로덴 전투는 서기 1746년에 잉글랜드군과 스코틀랜드군 사이에 벌어졌다.

그 모든 일은 왕위 계승을 둘러싼 왕가의 암투에서 비롯되었다. 잉글랜드의 왕위가 공석이 되자, 잉글랜드 쪽에서는 독일계인 하노버가(家)에 도움을 청한다. 그리하여 조지 1세가 왕위에 오르게 된다. 왕위를 놓친 불운한 후보자 찰스 에드워드 스튜어트(잭 스튜어트 2세의 손자)는 스코틀랜드로 달아나 왕위를 빼앗기 위해 군대를 모은다.

당시에 스코틀랜드는 씨족 체제에 의해 다스려지고 있었다. 모든 스코틀랜드인은 각기 하나의 씨족에 속해 있었고, 각 씨족은 저마다의 색깔을 지닌 모직 천과 저마다의 문장(紋章)과 저마다의 문화를 가지고 있었다. 씨족들은 찰스 에드워드 스튜어트를 중심으로 단결하여 그를 도와 왕위를 탈환하기로 결정한다. 그렇게 결성된 대규모 군대가 런던을 향해 남하한다.

잉글랜드의 조지 1세는 스코틀랜드군을 저지하기 위해 급히 군대를 파견하지만, 파죽지세로 공격해 오는 스코틀랜드군에 섬멸을 당한다. 그 잉글랜드 부대를 돕기 위해 파견된 다른 두 부대 역시 참패를 당한다.

스코틀랜드군은 런던에 다다라, 재빨리 도시를 포위한다. 로마 앞에 다다른 한니발이 그랬듯이, 그들은 자기들의 승리가 너무 쉽게 이루어지고 있음에 놀란다. 그래서 역시 한니발이 그랬듯이, 그들은 최후의 일격을 가하지 않고 망설인다. 조지 1세는 이미 독일에 있는 자기 가족에게로 달아날 채비를 하고 있는 상황이다. 하지만 그렇게 도망갈 생각을 하는 것은 적에 대한 무지의 소치이다. 사실, 스코틀랜드 병사들은 철두철미한 군인과는 거리가 멀고, 그 포위 공격에 별로 관심도 없다. 그들은 군인이기 이전에 농부였고, 그래서 어서 고향으로 돌아가 수확을 하지 않으면 곡식이 밭에서 다 썩게 되리라는 것을 잘 알고 있었다. 결국 그들은 회군을 하여 가능한 한 빨리 스코틀랜드에 돌아가기로 결정한다.

그러자 조지 1세는 다시 희망을 얻고, 아주 신속하게 용병 부대를 결성한다. 그 용병들은 최신식 무기를 갖추고 있다. 구식 총처럼 총신 쪽으로 장전을 하지 않고 총 마구리 쪽으로 장전을 하며 구멍에 무엇을 채워 넣을 필요가 없는 신식 소총이 바로 그 무기다. 이 군대는 스코틀랜드군을 추격하여 막대한 타격을 입힌다. 그러자 화가 난 스코틀랜드군은 더 이상 달아나지 않고 맞서 싸우기로 결정한다. 척후병들이 알려 온 바에 따르면, 잉글랜드군은 어떤 작은 마을에 주둔하고 있다고 한다. 스코틀랜드군은 그 마을에 돌진해 간다. 하지만 잉글랜드군은 이미 달아나고 없다. 예의 척후병들이 잉글랜드 편을 드는 씨족에 속한 배신자들이었던 것이다. 스코틀랜드군은 적군을 찾아 이 마을 저 마을로 돌아다니느라 녹초가 된다.

그러는 사이 잉글랜드의 장군은 컬로덴을 자기의 싸움터로 선택한다. 그곳은 나무숲으로 둘러싸인 아주 넓은 빈터이다. 그는 대포를 나무숲에 숨기고 소총수들을 돌담 뒤에 배치시킨 다음, 첩자가 스코틀랜드군의 위치를 알려 오기를 기다린

다. 마침내 잠도 제대로 자지 못한 채 사흘 동안 강행군을 하느라고 기진맥진한 스코틀랜드 병사들이 컬로덴에 다다른다. 그들은 숲속과 돌담 뒤에 숨어 있는 적들을 보지 못한다. 스코틀랜드군이 모두 빈터 한복판에 모이자, 잉글랜드 장군의 사격 명령이 떨어진다. 그야말로 하나의 대학살극이 벌어진다. 잉글랜드군의 근접 사격에 맞서 스코틀랜드 병사들도 공격을 시도하지만, 그들의 구식 총과 칼로는 숲속에 감춰져 있는 신식 무기를 당할 수가 없다. 결국 이 전투는 스코틀랜드군이 전멸하는 것으로 끝나고 만다. 잉글랜드군이 입은 인명 손실은 거의 없었다.

484

만물의 기원

태초에 삼라만상은 단순함 그 자체였다. 우주는 약간의 수소를 지니고 있었을 뿐 거의 무(無)에 가까운 상태였다.

그러다가 수소가 폭발하는 개벽이 일어났다. 대폭발과 함께 끓어오른 수소 원소들이 우주 공간으로 퍼져 나가면서 변형이 생긴다. 가장 간단한 원소 H가 쪼개지고 섞이고 뭉쳐지면서 새로운 것들을 만들어 낸다. 우주는 화학 실험장이다.

만물은 하나에서 나와 모든 방향, 모든 형태로 확장된다. 만물의 기원인 수소는 태초의 화덕에서 헬륨 같은 다른 원자들을 낳기 시작한다. 그러고 나면, 다시 모든 것이 뒤섞이면서 점점 더 복잡한 원자들을 낳는다.

최초의 대폭발이 빚어낸 결과를 우리는 실제로 확인할 수 있다. 100퍼센트 수소로만 이루어져 있던 우리의 우주, 우리의 시공간은 이제 다음과 같은 여러 원소들로 이루어진 하나의 수프가 되어 있다.

수소 90퍼센트, 헬륨 9퍼센트, 산소 0.1퍼센트, 탄소 0.06퍼센트, 네온 0.012퍼센트, 질소 0.01퍼센트, 마그네슘 0.005퍼센트, 철 0.004퍼센트, 황 0.002퍼센트.

이상은 우리 우주에 가장 널리 퍼져 있는 부류에 속하는 원소들만 예로 든 것이다.

485

인류의 미래

미래의 인간이 어떤 모습을 하고 있을지는 알 수 없다. 하지만 여러 가지 변화의 가능성을 고려해서 그의 초상화를 미리 그려 볼 수는 있다.

그의 턱은 우리보다 짧고 이의 개수는 더 적을 것이다. 사랑니, 또는 지치(智齒)라고도 부르는, 우리의 세 번째 어금니는 지금도 사라져 가는 경향을 보이고 있다.

그것은 당연하다. 어금니는 고기 같은 것을 씹는 데 사용하는 것인데, 우리의 음식이 더 이상 씹을 필요가 없을 만큼 연해지고 있으니 말이다. 미래의 인간은 32개가 아니라 28개의 이를 갖게 될 것이다.

그는 우리보다 키가 클 것이다. 그 이유는 간단하다. 아이들은 지금도 옛날에 비해 더 잘 먹고 잘 자란다. 의술은 아이들의 성장을 저해하는 질병으로부터 아이들을 지켜 주고 있다. 예를 들어 1800년에 징집된 프랑스 군인의 평균 신장은 1미터 63센티미터였는데, 1958년에는 1미터 68센티미터였고, 1993년에는 1미터 75센티미터였다. 성장의 속도가 점점 빨라지고 있다.

그는 근시가 심해져 먼 데 것을 더 못 보게 될 것이다. 도시에서는 멀리 볼 필요가 없기 때문이다.

그는 아마 혼혈인일 것이다. 교통수단의 발달은 모든 민족이 쉽게 교류할 수 있게 해줄 것이기 때문이다.

그는 우리보다 더 오래 살 것이다. 역시 의술의 진보, 더 좋은 영양과 위생 덕분이다.

뇌의 용적은 아마 우리보다 클 것이다. 호모사피엔스의 두개골은 이미 3백만 년 전에 살았던 최초의 인류보다 세 배나 커진 바 있다. 진화의 방향은 부피 그 자체보다는 회로가 정교해지는 쪽일 가능성이 많다.

그의 아동기는 더 길어질 것이다. 실제로 뼈가 단단해지는 연령이 갈수록 늦어지고 있다. 3만 년 전에는 모든 뼈가 18세 정도면 단단해졌다. 오늘날에는 성장을 마감하는 빗장뼈의 경화가 25세에 일어난다. 그런 점에서 보면, 인간은 신체적으로 아동기가 점점 더 길어지고 있는 것 같다. 더 오랫동안 아이로 남아 있기를 바라는 심리적 경향이 강해지는 현상도 어쩌면 그것으로 설명할 수 있을 것이다.

그와 반대로 여성의 초경은 일러지고, 폐경기는 늦어질 것이다. 따라서 여성의 가임 기간은 길어질 것이다. 그 긴 기간을 단조롭게 보내지 않기 위해서, 인간은 어쩌면 더 음란해질지도 모른다.

남성의 육체는 여성적으로 변할 것이다. 숲속에서 사냥을 하며 사는 부족들은 남성의 얼굴과 여성의 얼굴이 여전히 큰 차이를 보이고 있지만, 대부분의 사회에서는 남성과 여성의 두개골이 점점 비슷해지고 있다. 인류의 미래는 남성적인 요소와 여성적인 요소를 다 가진 사람들, 그리고 여자 같고 아이 같은 사람들일 것이다. 어찌 보면, 그 두 가지 유형의 사람들은 이미 패션과 영화와 대중가요 부문에서 가장 돋보이는 현대적 아름다움의 표본이 되어 있다.

486
박테리아

박테리아, 이것은 가장 먼 우리 선조의 이름이다. 또한 지구상에서 가장 오랫동안 가장 널리 세력을 떨쳐 온 유기적 구조의 이름이다.

우리 행성이 생긴 지가 약 50억 년이 되었다고 하는데, 최초의 박테리아인 태고 박테리아는 35억 년 전에 출현했다. 그 후로 20억 년 동안 이 행성은 태고 박테리아와 그것에서 갈려 나온 박테리아들의 독무대였다. 그것들은 양분을 섭취하고 번식하고 서로 싸움질을 하는 유일한 존재였다. 박테리아들에게도 무척이나 많은 양의 무용담과 드라마와 행복이 있었겠지만, 그런 것들은 이 행성의 땅 껍질을 마지막으로 차지한 우리 인간들에게 영원히 밝혀지지 않을 것이다.

〈누구의 마음속에나 돼지가 잠자고 있다〉*는 말을 흉내 내어 말하자면 〈누구의 마음속에나 박테리아가 잠자고 있다〉고 할 수 있다.

생명의 역사에서 세포핵의 출현은 큰 의미를 지닌다. 인간이 출현하기까지 지구가 거쳐 온 역정을 네 시기로 나눈다면, 핵을 가진 세포가 나타난 것은 그 마지막 시기에 이르러서였다(4분의 1은 생물이 존재하지 않았던 정적의 시기였고, 그

* 샤를 몽슬레의 유명한 시구. 여기에서 돼지는 추잡한 본능, 특히 색욕을 가리킨다.

뒤의 4분의 2는 박테리아가 유일한 거주자였던 시기였다).

그것이 생명에 일대 혁명을 가져온다. 그때까지 유전자들은 세포 속에 아무렇게나 흩어져 있었다. 그러던 것들이 세포핵 안에 한데 모이게 되자, 마침내 일관성 있는 유전자 설계가 이루어질 수 있게 된 것이다.

그럼으로써 한층 진화한 새로운 생물이 박테리아에서 갈라져 나온다. 남조식물(藍藻植物)이 그것이다. 선조들과는 달리 남조식물은 산소와 햇빛을 좋아한다. 그것들의 전도는 양양하다. 진화가 거듭될수록, 그 속도는 점점 빨라진다.

남조류는 더욱 복잡한 생명 형태를 낳는다. 2억 5천만 년 전에는 곤충이 출현했다. 그 후로 또 많은 세월이 흘러서야 인간이 지구에 모습을 드러냈다. 불과 3백만 년 전의 일이다.

박테리아 가운데 진화에 실패한 부류는 여전히 산소를 싫어한다. 그래서 그것들은 땅속, 바닷속, 심지어 우리 내장 속에 숨어 살고 있다.

487

복제와 전달

생명은 복제와 전달이라는 두 가지 일을 할 줄 안다. 모든 세포의 가장 깊은 곳에서, 처음부터 이 두 가지 성향이 발현된다. DNA는 유전 정보를 복제하고, RNA는 그 정보를 전달한다.

DNA, 즉 디옥시리보 핵산은 세포의 신분증이자 기억 장치이며 설계도이다. DNA에는 디옥시리보스라는 당과 인산이 번갈아 가며 연결되어 있고, 각각의 당에는 한 개의 염기가 결합되어 있다. 염기에는 아데닌, 티민, 구아닌, 시토신 등 네 종류가 있으며, 각각 첫 글자를 따서 A, T, G, C라는 기호로 나타낸다. 이 염기들의 배열 방식은 마치 네 종류의 카드로 하는 게임과 같다. 하트, 클로버, 스페이드, 다이아몬드 등 네 무늬의 카드를 섞어서 늘어놓듯이 염기들은 무한히 다양한 방식으로 배열될 수 있다. 어떤 방식이든 한 판의 게임이 된다.

하지만 그 게임은 카드를 양손에 나누어 쥐고 해야 한다. A, T, G, C라는 카드들이 모여 하나의 사슬을 이루면 정해진 법칙에 따라 또 한 가닥의 평행한 사슬이 그것에 대응한다. 즉, 한 쪽 사슬의 A는 다른 쪽 사슬의 T하고만 결합하고, G는 C하고만 결합한다. 따라서 GCCCAATGG로 이루어진 사슬은 CGGGTTACC라는 사슬과 결합한다.

유전자 하나하나는 수천 개의 A, T, G, C로 이루어진 화학적 단위이다. 그것의 배열 방식이 유전자의 특징을 결정하는 정보이자 암호이다. 우리 유전자에 설계된 ATGC의 조합 방식에 따라서 우리의 눈은 검정색이 되기도 하고 파란색 또는 갈색이 되기도 한다. 우리의 선천적인 특성들은 모두 ATGC가 결정하는 것에 지나지 않는다. DNA에는 ATGC가 대단히 많이 들어 있다. 그래서 만일 우리의 세포 하나에 들어 있는 DNA 사슬을 실 모양으로 펼친다면, 그 길이가 지구에서 달까지를 8천 번 왕복하는 거리와 맞먹는다.

세포는 분열하면서 복잡해진다. 그런데 만일 모세포(母細胞)에 저장하고 있는 정보를 딸세포에 전달할 수 없다면, 그 정보가 무슨 소용이 있겠는가?

그래서 필요한 것이 바로 〈전달〉 능력이다. DNA의 유전 정보는 전령을 통해 전달되어 단백질로 발현된다. 그 심부름꾼은 DNA를 닮았지만 화학 구조에 차이가 있다. 우리는 그것을 전령 RNA 또는 m-RNA라고 부른다. 그것은 디옥시리보 핵산과 거의 비슷한 리보 핵산의 한 가지이다. 리보 핵산은 당의 성분이 리보이고, 염기 중의 하나가 DNA와 다르다. 티민 대신에 우라실이 들어간다. 결국 T라는 글자만 U로 바꾸면 된다. 예컨대 GCCCAATGG라는 형태의 DNA는 GCCCAAUGG라는 RNA와 결합하게 된다.

DNA의 유전 정보를 단백질로 발현시키는 능력은 누에가 실을 토하는 것에 비유할 수 있을 것이다. DNA 분자 한 개로 세포는 필요한 만큼의 RNA를 만들어 낼 수 있다. 예를 들어, DNA의 유전자 하나는 1만 개의 RNA를 복제할 수 있으며, 그 각각의 RNA들은 정보를 세포들에 전달하는 능력을 지니고 있다. 그 정보가 전달되면 누에가 실을 토하듯 헤아릴 수 없이 많은 단백질이 만들어진다. 그것이 복제와 전달이라는 생명 현상에서 가장 볼만한 장면임이 분명하다. 그 모든 과정을 겪고 나서야, 부드러운 명주 같은 생명이 완전한 모습을 갖추게 되는 것이다.

세포 한 개의 유전자들이 나흘만에 무려 10억 개의 단백질 분자를 만들라고 명령을 내릴 수 있다고 한다.

488
대뇌 신피질의 시대

언어가 발전해 온 과정을 살펴보면, 우리의 뇌가 어떤 방향으로 진화해 가는지를 알 수 있다. 태초에 인간이 사용한 어휘는 그리 많지 않았고, 어휘가 적은 대신 어조 따위를 통해 낱말의 의미를 분명히 할 수 있었다. 사람들 사이에 의사소통이 이루어질 수 있게 해준 것은 정동뇌(情動腦), 즉 대뇌 변연계(邊緣系)였다.

오늘날 인간이 사용하는 어휘는 방대하다. 미묘한 차이를 구별하는 낱말들이 풍부하기 때문에 뉘앙스를 분명히 하기 위해 더 이상 어조를 활용할 필요가 없을 정도이다. 어휘는 우리의 대뇌 신피질에서 만들어진다. 우리는 논리 체계를 가진 언어, 추론(推論)의 언어, 사고 작용과 자동적으로 결합되는 언어를 사용한다. 언어는 하나의 징후일 뿐이다.

우리는 파충류의 뇌에서 대뇌 변연계로, 다시 변연계에서 신피질로 진화하고 있다. 바야흐로 우리는 신피질의 지력이 지배하는 시대를 살고 있는 것이다. 육체는 잊히고 모든 것이 논리적으로 설명된다. 정신적 영향을 강하게 받는 질환, 즉 심신증(心身症)이 그토록 많아지는 까닭이 거기에 있다. 갈수록 사람들은 정신 분석가와 정신과 의사들을 점점 더 많이 찾게 될 것이다. 그들은 대뇌 신피질을 다루는 의사, 즉 미래의 의사들이다.

489

우주 공간

아무리 좋은 망원경을 사용한다 해도 우리가 볼 수 있는 것
은 현재의 우주 공간이 아니다. 과거의 빛에 둘러싸인 우리는
그저 과거의 우주 공간을 뒤늦게 볼 수 있을 뿐이다.

오늘 우리 눈에 도달한 별들의 상은 오래전에 방사된 빛이 일
정한 속도로 우주 공간을 날아온 결과이다. 별빛들은 우리의 밤하
늘을 수놓기까지 아주 먼 여로를 거쳐 온 것이다. 우주 공간에 대
한 우리의 시계(視界)는 기다란 무 같은 형태를 이루고 있다. 그
시계는 우리 우주의 가장 깊숙한 근원에 닿아 있다.

490

함께 있기

수피 철학에 따르면, 벗들이나 사랑하는 사람들과 함께 앉아 있는 것은 행복을
얻는 방법 중에서도 으뜸가는 것에 속한다.

아무 말도 하지 않고 아무 행위도 하지 않고 그저 함께 앉아 있는 것으로 충분하
다. 서로를 바라보아도 되고 바라보지 않아도 된다. 같이 있으면 기분 좋은 사람들
에 둘러싸여 있다는 것 자체가 더할 나위 없는 기쁨이다. 더 이상 마음을 쓰거나
떠벌릴 필요도 없다. 그저 말없이 함께 있음을 즐기기만 하면 된다.

491

공룡

중생대에 지구를 지배했던 공룡들은 크기며 생김새가 천차만별이었다. 그렇게 다종다양한 공룡들 가운데, 6천 5백만 년 전에는 사람과 크기가 비슷하고, 두 다리로 걸어 다니며, 뇌의 용적도 사람 뇌와 거의 차이가 없는 특이한 종이 하나 있었는데, 스테노니코사우루스가 그것이다.

인간의 선조가 겨우 뾰족뒤쥐와 비슷한 형상을 하고 있었을 때, 스테노니코사우루스는 대단히 진화한 모습을 보이고 있었다. 두 발 가진 이 공룡의 생김새는 캥거루와 비슷하고, 살갗은 도마뱀 같았으며, 접시처럼 생긴 눈으로는 머리의 앞과 뒤를 다 볼 수 있었다(우리에게는 그런 기발한 감각 기관이 없다). 시각이 비상했기 때문에 그들은 해가 져도 사냥을 계속할 수 있었고, 고양이처럼 발톱을 오므렸다 폈다 할 수 있었으며, 긴 손가락과 발가락으로 조약돌을 집어 던질 수 있을 만큼 물체를 잡는 능력이 뛰어났다.

스테노니코사우루스에 관한 본격적인 연구는 캐나다의 두 학자 데일 러셀과 R. 스갱에 의해 이루어졌다. 두 교수의 견해에 따르면, 스테노니코사우루스는 주변 환경을 분석하는 능력을 지니고 있었다고 한다. 그런 능력이 있었기에 그 공룡들은 당시 어떤 종보다 앞서 갈 수 있었고, 왜소한 몸집에도 불구하고 가장 유력한 종이 될 수 있었다.

1967년에 캐나다의 앨버타에서 발견된 스테노니코사우루스의 뼈대를 보면, 이 공룡의 뇌 활동 부위가 다른 공룡들과는 아주 다르다는 것을 확인할 수 있다. 스테노니코사우루스의 작은골과 숨골은 우리 인간들 것처럼 대단히 발달되어 있었다. 그들은 깊이 생각하고 이해하는 능력을 가지고 있었으며, 집단 사냥의 전략까지도 생각해 낼 줄 알았다.

전체적인 생김새로 보면, 스테노니코사우루스는 파리 19구에서 건물 관리인으로 일하는 어떤 아주머니와 닮은 구석도 없진 않지만, 그보다는 물론 오스트레일리아 초원을 달리는 캥거루의 모습에 더 가깝다. 하지만 생김새가 그렇다고 얕잡아 볼 게 아니다. 러셀과 스갱의 말이 의미심장하다. 공룡들이 지구상에서 사라지지 않았다면, 스테노니코사우루스가 사회생활과 기술 문명을 발전시킬 수 있었을지도 모른다는 것이다.

생태계의 작은 사고가 없었더라면, 그 파충류는 틀림없이 자동차를 몰고 고층 빌딩을 짓고 텔레비전을 발명할 수 있었을 것이다. 그랬더라면 파충류보다 뒤떨어진 가엾은 우리 영장류는 동물원과 실험실과 곡마단에 갇히는 신세를 면하지 못했으리라……

492
종이

우리가 통상 사용하는 종이의 규격이 왜 길이 21센티미터, 너비 29.7센티미터로 되어 있을까 하고 이따금 스스로에게 물어보곤 한다. 그 치수는 알고 보면 레오나르도 다빈치가 발견한 카논(여러 수치 사이의 비율) 가운데 하나다. 그 카논은 특별한 성격을 지니고 있다. 길이 21센티미터, 너비 29.7센티미터 되는 종이를 반으로 접으면 길이였던 것이 너비가 되면서 둘 사이의 비율이 여전히 똑같아진다. 반으로 접기를 여러 번 되풀이해도 그 비율은 변함이 없다. 그 카논은 그런 특성을 가진 유일한 비율이다.

493

전사

진정한 전사는 친구들보다 적들에게 더 관심이 많다는 사실로 알아볼 수 있다.

494

반증할 수 없는 것

검은 까마귀 세 마리를 보았다고 해서 모든 까마귀가 다 검다고 말할 수는 없다. 카를 포퍼*의 반증 가능성 원리에 따르면 흰 까마귀 한 마리를 찾아내는 것만으로 그 명제가 거짓임을 증명하기에 충분하다. 흰 까마귀를 찾아내기 전까지는, 우리는 모든 까마귀가 검은지 그렇지 않은지를 알 수 없다.

그와 마찬가지로 과학은 언제나 반증의 가능성이 있다. 반증할 수 없는 것은 비과학적인 것일 따름이다. 만일 누군가 〈유령이 존재한다〉고 말한다면, 우리는 그 말에 반박할 수 없다. 그 말이 거짓임을 증명할 방법이 전혀 없기 때문이다. 우리는 반대 증거를 찾아낼 수 없다.

반대로 만일 어떤 사람이 〈빛은 직선으로 나아간다〉고 말한다면, 그 말은 반박의 여지가 있다. 손전등을 물통에 집어넣는 것만으로도 빛이 수면에서 굴절된다는 사실을 금방 확인할 수가 있기 때문이다.

• Karl Popper(1902~1995). 오스트리아 출신의 영국 철학자. 논리 실증주의에 대한 비판을 통하여 〈비판적 합리주의〉를 주창하였다. 대담한 추측과 그에 대한 반증을 통하여 과학이 발전한다고 보았으며, 과학과 비과학을 가르는 기준으로 반증 가능성 원리를 제시하였다. 이에 따라 점성술, 형이상학, 정신 분석학, 마르크스주의 역사 이론 등은 반증이 불가능한 사이비 과학이라고 주장하였다. 주요 저서로는 『열린 사회와 그 적들』(1945), 『역사주의의 빈곤』(1954) 등이 있다.

495

클라인 병

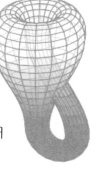

클라인 병(瓶)은 자기모순을 지닌 도형이다. 그것은 아가
리가 밑바닥과 다시 만나게 되어 있는 병으로서, 안쪽과 바
깥쪽을 구별할 수 없고 가장자리도 없는 단측 곡면(單側曲面)이
다. 입구가 곧 출구이며, 안이 밖이고 위가 아래다. 우리 우주는 어
쩌면 시작도 끝도 없는 클라인 병과 같은 형상일지도 모른다.

496

크리슈나무르티

1875년 헬레나 블라바츠키라는 러시아 여인이 초월적인 정령들로부터 어떤 계
시를 받았노라고 천명했다. 그 여인은 〈미지의 초월자〉에 대해 이야기했고, 그 정
령들이 이집트 여신 이시스를 에워싸고 자기에게 어떤 경전을 낭송해 주었다고
주장했다. 계시에 따라 헬레나는 견신론(見神論) 운동을 일으켰고, 많은 추종자들
을 만들었다. 그것은 최초의 혼합주의적 종교 운동이었다. 헬레나는 공통된 하나
의 길을 찾기 위해 모든 종교를 융합했다. 견신론 운동은 미국, 호주, 유럽 등지에
서 성공을 거두어 많은 모임들이 생겨났다. 헬레나는 그들 속에서 메시아가 나타
나리라고 예언했다. 그리하여 어떤 견신론자의 아들이 미래의 메시아로 인정되었
다. 영국의 견신론자 애니 베전트는 그 아이를 양자로 맞아들여 메시아가 될 사람
으로 교육을 시켰다. 아이는 열여덟 살이 되면 온 세계에 자기의 메시아 사상을 드
러내 보이기로 되어 있었다.

마침내 그날이 와서, 그는 모든 견신론 단체가 집결한 가운데 계시를 드러내는
대강연을 하게 되었다. 그러나 크리슈나무르티라는 그 젊은이는 모두의 기대를

물거품으로 만들면서, 엉뚱하게도 자기는 메시아가 아니라고 밝히고 어린양 같은 사람들이 가짜 메시아들에게 이끌리도록 내버려 두어서는 안 된다고 말했다. 그 일을 겪고도 견신론 운동은 계속되었다.

크리슈나무르티 자신은 견신론자라기보다는 탁월한 철학자였다. 그는 여기저기를 돌아다니며, 사람은 자기 내부에서 깨달음을 찾아야 하며, 어떤 집단이나 어떤 인도자가 손을 내밀어 주기를 기다려선 안 된다고 가르쳤다. 그의 사상은 다음의 말로 요약될 수 있다.

〈깨달음을 찾는 길에서는 아무도 나 자신을 대신할 수 없다. 누구에게나 깨달음의 길로 직접 나아가야 하는 때가 반드시 있게 마련이다. 그것은 누구나 짐작하듯이 아주 힘겨운 순간이다.〉

497

몽생미셸

몽생미셸섬*은 고도의 상징성을 지닌 장소이다. 하늘과 땅과 물 사이에서 균형을 이루고 있다는 지리적 특성 때문만이 아니다. 그곳은 기독교도의 순례지일 뿐만 아니라 연금술사들과 성당 기사단**의 기사들, 더 거슬러 올라가 갈리아의 드루이드 사제들이 의식을 집전하던 곳이다. 그 고장 사람들은 몽생미셸섬을 숭배했

* 프랑스 북서부 노르망디의 망슈도(道), 생말로만 남동쪽에 있는 작은 섬. 원뿔 모양의 화강암으로 이루어진 암산으로 현재는 방파제에 난 도로로 육지에 연결되어 있다. 708년 아브랑슈의 주교 성 오베르가 대천사 미카엘, 즉 생미셸을 환상으로 보고 미카엘의 명령에 따라 이곳에 예배당을 세웠다. 10세기 초 노르망디의 기독교화가 이루어지면서 베네딕트회 수도원이 들어서고 성당이 건립되었다. 그 후, 이곳은 프랑스 최대의 순례지이자 관광지로 발전하였다.

** 1119년 프랑스의 기사(騎士) 위그 드 팽과 고드프루아 드 생타무르가 팔레스티나 성지의 수호를 목적으로 창립한 종교 군사 단체. 요하네스 수도 기사회, 독일 기사 수도회와 함께 십자군 시대의 3대 기사 수도회로 꼽을 수 있다. 12세기 말에 전성기를 누렸으나, 왕권 신장을 노리는 필리프 4세의 박해 속에서 우상 숭배와 배교의 누명을 쓰고 1312년 해체되었다.

다. 옛날에는 그 섬을 죽은
이들의 섬이라는 뜻으로 〈툼
바〉라고 불렀다(툼바는 갈리
아 말 툼에서 나온 것으로 높
은 곳, 또는 죽음의 장소를
뜻했다). 로마인들이 들어오
기 전에 갈리아 지방에 살았
던 켈트인들은 겨울이 시작

되는 11월 2일에 맞추어 〈사맹〉이라는 축제를 벌였다. 그날은 사자(死者)들이 서
로 만나는 날로 여겨졌다. 사람들은 몽생미셸에서 보내는 그날 하루만은 시간의
흐름에서 벗어날 수 있다고 믿었다.

노르망디의 영주들은 몽생미셸과 관련된 모든 미신을 타파하고 싶어 했다. 그들
은 마침내 1023년 동료들을 시켜 그 섬에 로마네스크 양식의 성당을 짓게 했다. 그
런데, 이 성당 자체가 범상치 않다. 이 성당은 네 면이 비탈진 바위산 위에, 정문이
동쪽을 향하도록 세워져 있다. 정문을 들어서면 현관 홀과 중앙 홀이 나타난다. 중
앙 홀에는 열주(列柱)가 좌우 일곱 칸으로 늘어서 있고 양쪽에 측랑이 붙어 있다.
그다음엔 둥근 천장을 가진 익랑(翼廊)이 있고, 후진(後陣)에는 성가대 자리와 제단
이 자리 잡고 있다. 중앙 홀의 측랑과 이어진 회랑이 그 성가대 자리와 제단을 둘러
싸고 있다. 건물의 전체 길이는 80미터인데, 이 길이는 공교롭게도 성당을 받치고
있는 바위산의 높이와 같다. 그러니까 바위산의 단면과 건물의 대지(垈地)가 모두
완전한 정사각형을 이루고 있는 것이고 그 안에 성당이 들어 있는 셈이다. 이렇게
대지를 사각형으로 선택한 것은 우연이 아니다. 사각형은 4원소와 4방위와 바위산
을 후려치는 네 방향의 바람을 가리킨다.

성당을 건축한 사람들은 히브리의 성전(聖殿), 특히 예루살렘의 솔로몬 성전을
본받으려고 했던 듯하다. 현관은 〈울람〉이라 불리는 히브리 성전의 현관과 그 위
치가 동일하다. 기도소(헤칼)와 지성소(데비르)도 똑같은 자리에 놓여 있다. 익랑

으로 올라가는 일곱 계단은 솔로몬 성전의 일곱 계단과 유대교의 제례용 칠지(七枝) 촛대에 해당한다.

성당뿐만 아니라 몽생미셸 수도원도 어떤 상징을 담고 있다. 수도원의 길이와 너비의 비율은 『구약 성서』의 한 대목을 암시한다. 즉, 「창세기」를 보면 하느님이 노아에게 길이 3백 자에 너비 50자의 방주를 만들라고 이르는 대목이 나온다. 몽생미셸 수도원의 비율이 바로 6대 1이다. 또한 이 수도원은 노아의 방주처럼 상·중·하 3층으로 이루어져 있다. 노아의 방주에는 하층엔 짐승들이 탔고, 중층엔 양식이 실려 있었으며, 상층엔 노아의 가족이 타고 있었다. 수도원의 경우는 하층에 순례자와 신자와 이방인들을 맞아들이는 보시처(布施處)가 있고, 중층에는 수사들의 식당이 있으며, 상층엔 공동 침실이 있다.

수도원을 세운 사람들은 애초부터 몽생미셸이 한낱 작은 섬이 아니라 피안을 향해 항해하는 배를 상징하고 있다는 것을 알았던 모양이다.

498
암흑

우주 공간은 캄캄하다. 별빛을 반사시킬 벽이 존재하지 않기 때문이다. 그래서 광선은 무한한 공간 속에서 소진되고 만다.

언젠가 우리가 우주의 깊숙한 곳에서 희미한 빛을 발견하게 된다면, 그것은 우리가 우주의 경계가 되는 한 모퉁이에 도달했음을 의미하는 것이리라.

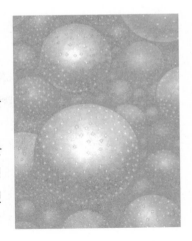

499

아이디어를 찾는 방법

스페인의 화가 살바도르 달리는 아이디어를 찾거나 복잡한 문제의 해답을 구하고자 할 때 다음과 같은 방법을 사용했다. 시토 수도회 수사들의 묵상법을 본떠서 달리 자신이 개발한 방법이다.

수프 접시 하나와 작은 숟가락 하나를 갖다 놓고, 큼직한 팔걸이가 달린 의자에 앉는다. 잠귀가 어두운 사람에겐 큰 숟가락이 필요하다. 팔걸이에 팔을 얹은 채 엄지와 중지로 숟가락을 살며시 잡고, 그 아래 바닥에 접시를 엎어 놓는다.

해결해야 할 문제를 생각하면서 잠을 청한다.

숟가락이 접시 위에 떨어져 갑자기 잠에서 깨어날 때, 아이디어가 떠오르고 문제가 해결된다.

500

평행한 다른 현실

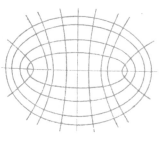

지금 우리가 머물고 있는 현실은 유일한 것이 아닐지도 모른다. 이 현실과 평행한 다른 현실들이 존재하지 말라는 법도 없다.

예를 들어, 이 현실에서 당신이 책을 읽고 있을 때, 제2의 현실에서는 누군가에게 살해를 당하고 있는 중이고, 제3의 현실에서는 복권에 당첨되었다는 소식을 방금 들었고, 제4의 현실에서는 갑자기 자살 충동을 느끼는 식으로 나무가 가지를 치듯이 평행적인 현실들이 수백, 아니 수천 가지로 뻗어 나갈 수 있는 것인지도 모른다.

하지만 얼마간의 시간이 흐르고 나면, 한 가지 현실이 선택되고 고착되면서 다른 현실들은 증발해 버릴 것이다. 그렇게 한쪽 갈래의 현실이 굳어지면, 거기로부터 다시 다수의 새로운 평행 현실들이 갈라져 나오고, 새로운 가지들이 갈라져 나온 줄기는 차츰차츰 고형화되는 것이리라.

지금 여기에서 당신이 이 책을 읽고 있는 현실은, 누가 어떤 기준으로 선택한 것인지 모르지만, 누군가에 의해 선택되고 고착된 현실일 수도 있다. 물론 이것은 완전히 정신나간 생각으로 보일 수도 있다. 그러나 양자 물리학이 그와 똑같은 결론에 이르고 있음을 염두에 둘 필요가 있다.

현실은 단지 앞으로만 전개되는 것이 아니라 옆으로도 전개될 수 있다고 상상하는 것은 가능한 일이다(예컨대 슈뢰딩거의 고양이는 삶과 죽음이라는 두 가지 현실에 걸쳐 있다).

501
칼리프 알 아킴의 통치

파티마 왕조*의 칼리프 알 아킴은 카이로에 살았다. 그는 자기 도시를 얼마나 완벽하게 통제할 수 있는지, 자기 권력의 한계가 어디까지인지를 알고 싶어 했다. 그래서 불합리한 법령을 제정한 다음, 자기 백성들의 반응을 살피기 위해 수수한 마실꾼 행색으로 미복(微服)을 하고 도시를 돌아다녔다. 말하자면, 그는 자기의 모든 백성을 대상으로 사회학적 실험을 한 셈이다. 백성들이 자기 명령에 얼마나 잘 복종하는지를 알아보기 위해, 그는 맨 먼저 야간 노동을 금지했다. 그가 내세운 이유는 빛이 부족한 상태에서 일을 하려면 시력이 나빠진다는 거였다. 누구든 밤에 촛불을 켜놓고 일하다 적발되면 사형에 처하기로 했다. 밤 마실꾼으로 변장하고 돌아다니다가 그는 어떤 빵집 주인이 일하고 있는 현장을 잡았다. 알 아킴은 그 사람을 빵 굽는 가마에 넣어 화형시켰다. 그러고 나니, 모든 백성이 밤일을 금한 그

• 북아프리카에 있었던 왕조(909~1171). 이슬람교 시아파의 한 갈래인 이스마일파의 왕조이다. 예언자 마호메트의 딸 파티마의 후손이 세웠다 해서 그런 이름이 붙었다.

법에 잘 따랐다. 그것을 확인하자 그는 법을 바꾸어 주간 노동을 금지했다. 이번엔 모두가 밤에만 일을 해야 했다. 그의 백성들은 길들여진 짐승처럼 그의 기발한 법령들이 공표되기가 무섭게 시키면 시키는 대로 금방 따라왔다.

그때부터 그에겐 하지 못할 일이 없었다. 그는 모든 종교를 지배하기 위하여 가톨릭 성당과 유대교 회당을 헐게 하고는, 변덕쟁이 군주의 면모를 유감없이 발휘하여 두 종교의 신전을 다시 짓는 데 필요한 돈을 마련해 주었다. 이어서, 그는 여자들에게 향수를 사용하지 못하게 하고, 신발 삼는 것을 금하고, 화장을 못 하게 하더니, 급기야는 여자들의 외출마저도 금지해 버렸다. 어느 날 그는 자기가 만든 법이 어떻게 지켜지고 있는지를 확인하러 돌아다니다가, 공중 목욕탕에서 한 무리의 여인들을 찾아냈다. 그는 즉각 모든 출구를 봉쇄하도록 지시했다. 여인들은 그 안에서 굶어 죽었다.

알 아킴은 도박을 즐기는 사람이기도 했다. 그는 토후들 앞으로 보내는, 봉인된 서신을 여기저기 뿌리고 다녔다. 서신에는, 〈이것을 가져온 자에게 황금을 듬뿍 주시오〉라는 내용 아니면, 〈이것을 가져온 자를 죽이시오〉라는 내용이 적혀 있었다. 그러니까 그가 뿌린 편지를 줍는 것은, 읽는 자가 죽임을 당할 수 있다는 점만 빼면, 오늘날 복권을 사는 행위와 다를 게 없었다.

어느 날, 그의 옷이 피투성이가 된 채로 강변에서 발견되었다. 십중팔구는 그의 수많은 적 중의 하나가 그를 살해했을 터였다. 그의 시체는 끝내 발견되지 않았다. 그런데 이상하게도 그가 죽은 뒤에 그에 대한 숭배가 은밀하게 번져 나갔다. 세월이 흐르면서 그를 지혜와 상상력이 충만했던 군주로 추켜세우는 사람들마저 나타났다.

502

지압

지압은 변비증을 치료하는 데 아주 유용하게 쓰일 수 있다. 오른손 엄지손가락과 집게손가락으로 다른 손 엄지손가락과 집게손가락 사이의 살을 눌러 보면, 변비증에 걸린 사람은 심한 통증과 함께 망울 같은 것이 있음을 느낄 수 있다. 그 망울을 집고 주물러 보면 변비증을 고칠 수 있다.

503
마리엔바트 놀이

레스토랑에서 주문한 음식이 바로 나오지 않고 시간이 걸릴 때, 우리는 이따금 따분함을 느낀다. 특히 자기와 마주 앉아 있는 사람이 재미난 이야깃거리를 전혀 가지고 있지 않을 때는 더욱 그러하다.

바로 그러한 때에 식당 종업원이 음식을 가져다주기를 기다리면서 심심풀이로 할 수 있는 간단한 놀이가 있다. 바로 마리엔바트*의 게임에서 유래한 놀이이다.

성냥개비나 궐련이나 이쑤시개 따위를 식탁 위에 다음과 같이 옆으로 늘어놓는다.

• 체코어로는 마리안스케 라츠녜. 체코의 서보헤미아 지방에 있는 온천 휴양 도시.

각자 번갈아 가면서 자기가 원하는 만큼 성냥개비를 집어 가되, 반드시 한 줄에서만 집어 가야 한다. 상대에게 마지막 하나 남은 성냥개비를 가져가게 하면 이기는 것이다.

필승 비결 한 가지. 상대에게 두 줄의 성냥개비를 남겨 주되, 아래의 예와 같이 양 쪽의 개수가 똑같이 되도록 만들어 놓는다.

504

구체

무한대에서와 마찬가지로 무한소에서도 우리는 구(球)와 마주치게 된다. 행성이 구이고 원자, 소립자, 쿼크*도 모두 구이다.

이 구들은 다음과 같은 네 가지 기본적인 힘의 지배를 받는다.

• 물질을 구성하는 가장 기본적인 단위로 생각되는 가설적인 입자. 물질의 구성 요소인 원자는 원자핵과 그 둘레의 전자로 이루어져 있으며, 원자핵은 핵자, 즉 양성자와 중성자로 이루어져 있다. 양성자와 중성자 및 그들 사이에 교환하는 중간자 등은 소립자라 하여 더 이상 분해할 수 없는 궁극의 입자로 생각되어 왔다. 그러나 새로운 소립자가 잇달아 발견되자, 겔만과 츠바이크는 이들 입자도 더욱 작은 초소립자로 구성되어 있는 복합체라면서 그 초소립자를 쿼크라고 불렀다. 쿼크가 발견된 것은 아니지만, 가속기를 사용한 실험 등이 쿼크설을 뒷받침하고 있어 현재 쿼크의 존재는 확실한 것으로 인정되고 있다. 쿼크라는 이름은 제임스 조이스의 소설 『피니건의 경야』에 나오는 〈Three quarks for Muster Mark〉라는 구절에서 따온 것이라고 한다.

만유인력: 우리를 땅에 붙어 있게 하고 지구가 태양의 둘레를, 달이 지구의 둘레를 돌게 하는 힘.

전자기력: 전자가 원자핵 둘레를 돌게 하는 힘.

강한 상호 작용: 그 원자핵을 구성하는 소립자들을 결합하는 힘.

약한 상호 작용: 그 소립자를 구성하는 쿼크들을 결합하는 힘.

무한소와 무한대는 그 기본적인 힘들로 결합된 구에 지나지 않는다. 어찌 보면, 그 네 가지 힘이 합쳐져 단 하나의 힘을 형성한다고도 볼 수 있을 것이다. 아인슈타인은 죽는 날까지 그 힘들을 통일적으로 설명하는 〈대통일의 법칙〉을 찾아내고 싶어 했다.

505

촉각의 착오

집게손가락과 가운뎃손가락을 어긋나게 겹치고, 다른 손으로 당구공을 탁자 위에 놓는다. 겹친 손가락들의 끝을 당구공 위에 올려놓고, 당구공을 가만히 돌리면서 그 운동을 손가락 끝으로 감지한다. 눈을 감으면 두 개의 당구공을 만지고 있다는 느낌이 들 것이다.

506

웬다트 부족

캐나다의 휴런족 인디언인 웬다트 부족 사람들이 사냥을 할 때면, 짐승을 죽이기 직전에 자기가 왜 죽이려 하는지를 그 동물에게 설명한다. 그들은 짐승을 잡아먹을 사람이 누구인지, 그리고 그 짐승을 죽이지 않으면 자기 가족에게 어떤 일이 일어나는지를 큰 소리로 이야기한 다음에 방아쇠를 당긴다. 사냥꾼이 그렇게 짐승의 살과 가죽이 없으면 안 되는 이유를 설명하면, 그 짐승이 그것들을 제공하기 위해 너그럽게 자기 목숨을 내놓을 거라고 그들은 믿고 있다.

507

사람들이 무서워하는 것

사람들이 가장 무서워하는 것 열 가지는 다음과 같다(1990년 프랑스인 1천 명을 대상으로 실시한 설문 조사에 따른 것임).

1. 뱀
2. 현기증
3. 거미
4. 쥐
5. 말벌
6. 지하 주차장
7. 불

8. 피
9. 어둠
10. 군중

508
음양

만물은 음과 양을 함께 지니고 있다. 선에는 악이 있고 악에는 선이 있다. 남성에는 여성이 있고 여성에는 남성이 있다. 강한 것 속에는 약한 것이 들어 있고 약한 것 속에는 강한 것이 들어 있다. 중국인들은 그 사실을 3천 년도 더 된 아주 오래전에 깨달았다. 상대주의의 선구자는 그들이라고 할 만하다. 흑과 백이 서로 보완하고 서로 섞이면서 가장 좋은 것을 만들기도 하고 가장 나쁜 것을 만들기도 한다.

509
태아

태아는 태어나기 전에 지구상의 생명이 경험한 모든 사건들을 요약하여 되풀이하는 듯하다. 처음에 태아는 짚신벌레와 같은 미미한 단세포 생물과 비슷하다. 그러다가 물고기처럼 되면서 아가미 형태의 호흡을 비롯한 물고기의 모든 특징을 보여 준다. 그런 다음에는 파충류가 되고, 마침내 포유류가 된다. 이건 마치 우리가 다음 이야기로 넘어가기 전에 이

전의 에피소드들을 요약하는 것과 비슷하다.

뇌를 구성하는 막들도 생명이 발전해 온 단계들을 요약해서 보여 주는 것 중의 하나다. 최초의 뇌는 파충류의 뇌와 비슷하다. 그러다가 포유류의 뇌가 되고 인간의 뇌가 된다. 태아는 최초의 세포들 위에 그 뇌들을 모자처럼 포개 간다.

510
장미 십자회식 충고

시간을 알고 싶거든 시계를 보기 전에, 먼저 시간을 짐작해 보라. 전화벨이 울리거든 전화기를 들기 전에, 먼저 전화한 사람이 누구일까 생각해 보라.

511
뇌의 둔화

미국의 신경정신과 의사이자 버클리 대학 교수인 로젠츠바이크는 우리의 뇌 용적에 미치는 환경의 영향을 알아보고자 했다. 그것을 위한 실험에 그가 이용한 것은 햄스터였다. 같은 어버이에게서 같은 날 태어나고 같은 방식으로 양육된 햄스터들을 세 개의 우리에 나누어 넣었다.

첫 번째 우리는 넓고, 잡다한 물건들이 가득 들어 있었다. 햄스터들은 그 우리에서 장난감을 가지고 놀고 바퀴, 철망, 사다리, 시소 따위를 이용해 운동을 할 수 있었다. 그곳에는 다른 우리보다 햄스터들이 많아서 물건들을 먼저 차지하려고 싸움을 벌이기도 했다.

두 번째 우리는 중간 크기였고 비어 있었다. 그렇지만 먹이는 얼마든지 먹을 수

• 17세기 초 독일에서 생긴 신비주의 경향의 비밀 결사.

있도록 공급되었다. 첫 번째 우리보
다 햄스터의 수가 적고, 다툴 일이 없
었기 때문에 햄스터들은 조용히 쉴
수 있었다.

세 번째 우리는 좁았고 단 한 마리
의 햄스터만 들어 있었다. 먹이는 정
상적으로 공급되었지만, 그 햄스터
가 할 수 있는 일이라고는 마치 텔레
비전만 보고 사는 아이처럼 철망 너
머로 다른 햄스터들의 모습을 지켜보는 게 고작이었다.

한 달이 지난 뒤에 햄스터들을 꺼내어 환경이 그것들의 지능에 미친 영향을 확
인하였다. 장난감으로 가득 찬 첫 번째 우리에 있던 햄스터들이 미로 테스트와 이
미지 인지 테스트에서 다른 햄스터들보다 훨씬 더 빠른 반응을 보였다.

다음에는 그것들의 두개골을 열어 보았다. 첫 번째 우리에 있던 햄스터들의 대
뇌피질이 두 번째 우리의 햄스터에 비해 더 무거웠고, 세 번째 우리의 햄스터에 비
하면 훨씬 더 무거웠다. 현미경으로 확인한 결과, 신경 세포의 수가 증가한 건 아
니었고 그보다는 뉴런 하나하나가 거의 13퍼센트 정도 더 커져 있음을 알 수 있었
다. 첫 번째 우리에 있던 햄스터들의 신경 조직이 가장 복잡해져 있었다.

대중의 사랑을 가장 많이 받는 영화는 대개 주인공이 맞닥뜨린 상황들이 갈수
록 복잡해지고 배경도 갈수록 웅장해지고 볼거리가 많아지는 영화일 것이다. 그것
은 결코 우연이 아니다. 사람들이 꿈꾸는 세계는 극복해야 할 시련들로 가득 찬 풍
요로운 세계이다. 〈행동하는〉 주인공만이 사람들의 뇌를 복잡하게 만들어 준다.
식탁에 앉아 이야기만 하는 주인공은 사람들이 꿈꾸는 세계를 보여 주지 못한다.

이상에서 우리가 분명히 알 수 있는 것은, 뇌는 사용하지 않으면 퇴화한다는 것
이다.

512
회문

〈*Elu par cette crapule*〉*은 회문(回文)이다.
앞뒤 어느 쪽에서 읽어도 같은 말이 된다. 〈*Dis
beau lama, t'as mal au bide?*〉** 같은 회문도 있
다. 이 말을 녹음해서 반대 방향으로 재생해
도, 제 방향일 때와 똑같은 소리를 듣게
될 것이다.

513
삶은 달걀

어떤 달걀이 날것인지 삶은 것인지를 판단하려면, 그것을 돌려 보면 금방 알 수
있다. 달걀을 빙그르르 돌린 다음 손가락을 대었다 놓는다. 그러면 삶은 달걀은 더
이상 움직이지 않고 그대로 있을 것이고, 날달걀은 계속 돌 것이다. 껍질 안에 있
는 액체가 회전 운동을 계속하기 때문이다.

• 〈저 천박한 것들에 의해 선출된〉이라는 뜻. 의미보다는 글자의 배열이 앞뒤 어느 쪽에서 시작해도
같다는 것이 중요하다.
•• 〈어이 잘생긴 라마, 배 아파?〉라는 뜻. 발음이 〔dibolamatamalobid〕여서 거꾸로 해도 똑같다.

514

세 조약돌 놀이

이는 유럽 여러 나라에서 여러 가지 다른 이름으로 불리는 옛 놀이다. 이 놀이는 몇 명이서 하기를 원하든 원하는 대로 할 수 있고, 놀이에 필요한 도구라고 해봐야 조약돌 세 개만 있으면 된다. 조약돌이 없으면, 성냥개비나 동전, 종이 조각 따위를 이용해도 무방하다. 이 놀이의 장점은 무엇보다 규칙이 아주 간단하다는 것이다. 하지만 이 놀이를 하면 할수록 전술이 결코 간단하지 않다는 것을 깨닫게 된다. 포커에서 나쁜 패를 가지고 상대를 속이는 책략이나 체스의 전술에 못지않게 까다로운 점이 있다.

놀이에 참가할 사람들은 각기 조약돌 세 개를 쥐고 손을 등뒤로 감춘다. 0에서 3까지 각자 원하는 개수만큼 조약돌을 오른손에 쥐고, 정해진 신호에 따라 주먹을 앞으로 내민다. 그런 다음, 각자 돌아가면서, 모든 주먹 안에 들어 있는 조약돌을 합하면 모두 몇 개가 될 것인지를 말한다. 가령 두 사람이 노는 경우라면, 0에서 6까지 부를 수 있고, 세 사람이 노는 경우에는 0에서 9까지, 넷이 노는 경우에는 0에서 12까지 부를 수 있다.

한 사람이 어떤 수를 말하면 다른 사람들은 그 판이 끝나고 다음 판이 되기 전에는 똑같은 수를 제시할 수 없다. 이를테면, 그것은 주차장에서 자리를 차지하는 것과 비슷하다. 저마다 돌아가면서 수를 말했으면, 모두가 손을 펴고 조약돌의 수를 더해서 누가 맞혔는지 확인한다. 만일 맞힌 사람이 아무도 없으면, 놀이를 다시 시작한다. 반대로, 수를 맞힌 사람이 있으면, 그 사람은 자기의 세 조약돌 중에서 하나를 버리고 이제부터는 두 개만 가지고 놀이를 한다. 또 그 사람은 다음 판에서 가장 먼저 수를 부르게 된다. 세 판을 이겨서 조약돌 세 개를 가장 먼저 버리는 사람이 승자가 된다.

515

어떤 표본 조사

인간 세계에서는 매일 1억 건의 성관계가 이루어지는 것으로 추산되는데, 그 중에서 91만 건이 임신으로 이어진다. 그 임신 중의 25퍼센트는 원하지 않는 임신이며, 50퍼센트는 예정되지 않은 임신이다. 한편 그 성관계 중에서 35만 6천 건은 성병을 옮긴다.

516

욕설

욕설들의 어원을 살펴보는 것은 흥미로운 일이다. 욕설들의 어원은 종종 우리가 생각하는 것보다 한결 덜 모욕적이다. 몇 가지 예를 들어보자.

이디오*idiot*(백치): 그리스어 이디오테스*idiotes*에서 온 것으로 〈특별하다, 남과 다르다〉라는 뜻을 담고 있다. 여기에서 나온 이디오티슴*idiotisme*이라는 말은 어떤 언어의 고유 어법을 가리킨다.

앵베실*imbécile*(바보): 라틴어 임베킬루스*imbecillus*에서 온 말. 이는 다시 지팡이를 뜻하는 라틴어 바킬룸*bacillum*에서 나왔다. 따라서 〈임베킬루스〉는 지팡이를 가지고 있지 않은 사람이라는 뜻이다. 앵베실이란 지팡이를 사용하지 않고 아무에게도 의존하지 않기 때문에 걸음걸이가 불안한 사람, 앞으로 나아가기 위해 외부의 도움을 빌리지 않는 독립적인 사람이다.

스튀피드*stupide*(멍청이): 라틴어 스투피두스*stupidus*에서 온 말. 〈놀라운 일을 당해서 어리둥절하다〉는 뜻. 그러니까 스튀피드란 모든 것에 놀라고 모든 것에 경이로움을 느끼는 사람이다. 세파에 닳고 닳아서 모든 것에 흥미를 잃은 사람의 반대인 셈이다.

517

태반

아프리카의 많은 부족 사회에서는 아이를 낳은 후에 배출하는 태반을 함부로 버리면 안 된다고 생각한다. 그들은 태반을 신생아의 쌍둥이 형제나 우주적인 형제로 여긴다. 그래서 그것을 진짜 무덤에 묻는다. 아이가 병에 걸리면, 아이의 부모는 아이를 그 태반 무덤에 앉힌다. 아이로 하여금 자기의 우주적인 형제와 다시 만나게 하기 위해서다.

518

진시황

기원전 3세기의 중국에서는 한(韓), 위(魏), 조(趙), 제(齊), 진(秦), 연(燕), 초(楚) 일곱 나라가 할거하여 끊일 새 없이 전쟁을 벌이고 있었다. 그에 따라 제철 기술이 발달하고, 농업 공동체의 해체가 일어났으며, 사람들은 철기를 이용하기에 효과적인 더 큰 단위로 재조직되었다. 말하자면 농촌 인구의 대이동이 일어났던 셈이다. 도시 인구의 증가는 유한 지식 계급의 번성으로 이어져, 이른바 제자백가 가운데 법가(法家)의 출현은 그때까지 전혀 알려져 있지 않던 새로운 제도인 절대 군주제를 낳게 했다. 법가 사상가들은 완벽한 절대 왕정의 국가를 건설하고 싶어 했다. 그들은 나중에 시황제가 될 진나라 왕 정(政)에게 그의 모든 권력을 시험하게 했다.

　그들은 왕의 지배력을 강화하기 위해 백성들을 분할하고 상호 감시 체계를 만들었다. 밀고 행위는 의무가 되었다. 범법 행위를 고발하지 않는 것 자체가 하나의 범법 행위였다. 밀고의 순환은 다음과 같이 이루어진다. 다섯 가구가 하나의 조를 형성하고 각 조에는 정기적인 보고의 책임을 맡은 공식적인 감시자가 있다. 그 공식적인 감시자는 다시 비공식적인 감시자로부터 은밀하게 사찰을 받는다. 다섯 조가 모이면 하나의 부락이 된다. 각 단위에서 밀고가 제대로 이루어지지 않은 것이 밝혀지면 그 책임은 구성원 전체에게 돌아간다. 그럼으로써 물고 물리는 감시의 순환이 이루어진다.

　법가들은 유례 없이 극도로 분화한 행정 제도를 만들었다. 진나라 시황제는 법가의 가르침을 지나칠 정도로 잘 받아들여, 자기 백성들에 대한 항시적인 사찰과 역(逆)사찰을 강요했다. 나중에는 자기 신하들도 믿을 수 없어서, 순진한 소년들로 이루어진 경찰을 만들어 관리들을 감시하고 재앙의 두 원천인 반동 분자들과 진보주의자들을 고발하게 했다. 관리들은 앞서가도 뒤처져도 안 되었고, 오로지 현상을 그대로 유지하기 위해서만 일해야 했다.

　법가들은 다투어서 기발한 생각들을 내놓았다. 그들은 〈반사적인 법〉을 만들고 싶어했다. 반사적인 법이란, 구두나 문서로 표현된 법이 아니라, 그것을 어기는 게 불가능할 만큼 백성들의 유전자에 각인시킨 법이다. 그런 법을 어떻게 만들 수 있는가? 공포를 통해서다. 법가는 중국적인 형벌의 개념을 창안했다. 모든 백성들이 법률을 즉각 마음에 새기고 그것을 어기는 것은 상상도 못 하게 만드는 그런 형벌이었다. 고문(拷問)은 하나의 과학이 되고, 형리(刑吏)는 선망의 직업이 되었으며, 고문을 가르치는 학교까지 생기는 판국이었다. 몇몇 죄인을 공개 처형하는 것만으로 새로운 법을 주지시키기에 충분했을 터인데도, 백성들이 한시라도 법을 잊지 않게 하려고 형을 집행하기 전에 죄인들을 끌고 돌아다니는 조리돌리기를 생각해냈다.

　가혹한 형벌 제도를 만든 데 이어 법가들은 〈생각하는 것을 금하는〉 정책을 만들어 냈다. 그에 따라, 기원전 213년 진나라 시황제는 책들을 반체제적인 위험물

로 규정하는 법령을 반포하기에 이르렀다. 책을 읽는 것은 국가의 안전을 침해하는 행위가 되고, 똑똑한 것은 국가의 적 제1호가 된 셈이었다. 누구도 똑똑해선 안 되었다. 생각하는 자는 누구나 황제에게 역심을 품게 마련이라는 것이 법가들의 주장이었다. 그러면, 사람들이 생각하는 것을 막으려면 어떻게 해야 하는가? 사람들을 일에 취하게 만드는 것이 그 방법이었다. 누구에게도 쉴 틈을 주어서는 안 된다. 휴식은 반성을 낳고 반성은 반란으로, 반란은 형벌로 이어진다. 문제의 소지를 근본적으로 없애야 한다. 그것이 그들의 생각이었다.

여섯 나라를 차례로 멸망시킨 뒤, 과대 망상에 사로잡힌 황제는 스스로를 세계의 지배자라 칭하였다. 그도 그럴 것이, 당시의 중국인들은 세계가 동쪽으로 중국해, 서쪽으로는 히말라야산맥에서 끝난다고 생각했다. 그들은 히말라야산맥 너머에는 야만인들과 야수들만이 살고 있다고 믿었다.

빠른 시일 안에 중국의 통일을 완수하였지만, 그것으로는 황제의 욕망을 진정시킬 수 없었다. 자기 군대가 정복자가 되어 더 이상 쓸모가 없어졌음을 깨닫고, 황제는 어마어마한 사업에 착수했다. 만리장성의 축조가 그것이었다. 그 공사장은 처음엔 지식인들의 노역장에 불과했지만, 곧 백성들을 통제하는 좋은 빌미가 되었다. 그 장성을 건설하면서 수백만의 백성이 목숨을 잃은 것으로 추산된다.

종말이 가까워질 무렵, 황제는 자기 주위의 아무도 믿지 못하게 되었다. 후궁들과 법가 신하들을 모두 죽인 뒤에, 황제는 철기 기술자인 자기 스승에게 명하여 철제 꼭두각시들을 만들게 했다. 자기를 절대로 배신하지 않으리라고 확신할 수 있는 신하들은 오로지 그 꼭두각시들뿐이었다. 그 인형들은 당시로서는 경이로운 기술의 산물이었다. 아마도 그것은 인간을 기계로 대체하려 했던 역사상 최초의 시도였을 것이다.

그러나 그 모든 것으로도 시황제를 만족시킬 수는 없었다. 세계의 주인이 된 것으로도 모자라 그는 불사 영생을 꿈꾸었다. 그리하여, 그는 양기가 쇠하는 것을 막기 위해 정액의 사출을 억제했고 — 사정의 순간에 가는 실로 된 올가미로 정액이 나오지 못하도록 막음으로써 기력이 빠져나가지 않게 했다 — 자기의 모든 음식에 산화수은을 넣게 했다. 당시에 그 화학 물질은 불로장생의 명약으로 알려져 있었지만, 결과는 황제를 산화수은 중독으로 죽게 했을 뿐이었다.

그가 살아 있는 동안에 구축해 놓은 공포 정치가 어찌나 막강했던지, 그의 신하들은 그가 죽어서 시체 썩는 냄새가 진동할 때까지 그를 경배하였고 수라도 올렸다.

519

허물벗기

허물을 벗는 동안 뱀은 앞을 보지 못한다. 그와 마찬가지로, 우리는 어떤 변화가 일어나고 있는 동안에는 무슨 일이 벌어지고 있는지를 제대로 알 수가 없다.

520

탕가니카호의
원린어

    탄자니아에 있는 탕가니카 호수는 지구상에 늦게 나타난 산악 호수 가운데 하나이다. 이 호수에서는 다른 어느 곳에서도 오지 않은 기이한 동물상(動物相)이 빠르게 형성되었다. 이곳의 동물들은 다른 곳에서 찾아볼 수 없는 이상한 행동을 보여 준다. 예를 들어 탕가니카호의 원린어(圓鱗魚)는 이제껏 모듬살이를 하는 포유류에게서만 나타나는 것으로 생각했던 복잡한 영역 표시 행동을 보인다. 어떤 원린어 종의 수컷들은 늑대나 사자와 약간 비슷하게 영역을 표시한다. 물론 사방에 오줌을 갈겨서 영역의 경계를 표시하는 건 아니지만 말이다.

    이 수컷들은 자기들의 영역 안에 뾰족한 탑 모양의 모래성을 쌓는다. 놈들은 입으로 모래를 긁어모아 되도록 높게 성을 쌓은 다음, 꼭대기에 분화구 같은 구멍을 만든다. 그런 다음 암컷을 데려와서 자기들의 〈저택〉을 구경시킨다. 암컷은 성이 높으면 높을수록 수컷에 더욱 매력을 느끼면서 수컷의 정액을 받아들인다. 그런데 한 가지 문제가 있다. 탕가니카호의 강한 물살 때문에 애써 쌓아올린 탑의 꼭대기가 유실되기 십상이라는 것이다. 그런 문제에 맞서 탕가니카호의 이 훌륭한 건축가들이 생각해 낸 대응책은 물살의 공격에 성이 무너지기 전에 가능한 한 빨리 암컷에게 성을 구경시키는 것이다.

521

마방진

    3행 3열의 모눈에 1부터 9까지의 수를 넣어, 가로, 세로, 대각선, 어느 줄이든 수의 합이 15가 되게 하려고 한다. 어떻게 하면 좋겠는가?

프랑스의 유명한 카발라 학자이자 리슐리외의 사서관이었던 가파렐은 마방진 연구에 대단히 열중했던 사람 가운데 하나이다. 그는 그 수학 유희에 관한 연구를 나무랄 데 없는 학문의 수준으로 끌어올렸다.

가장 먼저 알려진 마방진은 수의 합이 15가 되는 형태이다.

가로줄과 세로줄 각각 세 개씩 아홉 개의 네모 칸으로 이루어진 사각형 안에, 1에서 9까지의 수를 넣되, 가로줄이든 세로줄이든 대각선이든 수의 합이 똑같아야 한다. 어떻게 하면 해답을 찾을 수 있을까?

1에서 9까지의 수를 죽 늘어놓고 보면, 중축 5의 둘레를 모든 수들이 선회하고 있음을 알 수 있다. 한편, 5를 중축으로 간주하면 좌우의 수들 사이에 대칭 관계가 이루어진다. 1은 9에 대응하며 두 수의 합은 10이다. 2는 8과 연결되며 두 수의 합도 역시 10이다. 마찬가지로 3은 7과, 4는 6과 연결된다.

5를 중축으로 삼고 다른 수들을 선회시키면 수의 쌍이 만들어지고 그 쌍의 합은 모두 10이다. 거기에 중축의 5를 더하면 언제나 15를 얻을 수 있다.

그렇다면 해답은 나온 셈이다. 마방진의 한가운데에 5를 넣고 대칭 관계에 있는 나머지 수들을 그 주위에 배열하면 된다. 다만 한 가지 조심할 것은, 1과 9를 모퉁이에 넣는 것을 피해야 한다는 점이다. 1과 9가 모퉁이에 들어가면, 1은 너무 약하게, 9는 너무 강하게 대각선에 영향을 미치기 때문이다.

따라서 해답은 다음과 같다.

4	9	2
3	5	7
8	1	6

이것을 우리는 3방진, 또는 토성의 도장, 카스피엘 천사의 도장이라고 부른다. 그러나 이 형태는 식물에 비유하면 방진의 싹일 뿐이다. 우리는 이 싹을 키워 점점 더 복잡한 구조를 만들어 갈 수 있다.

그중에서도 해답을 찾기가 가장 까다로운 편에 속하는 9방진을 여기에 소개한다. 달의 도장, 가브리엘 천사의 도장이라고도 불리는 마방진이다. 이 경우는 가로줄이나 세로줄이나 맞모금에 있는 수의 합이 언제나 369가 된다.

37	78	29	70	21	62	13	54	5
6	38	79	30	71	22	63	14	46
47	7	39	80	31	72	23	55	15
16	48	8	40	81	32	64	24	56
57	17	49	9	41	73	33	65	25
26	58	18	50	1	42	74	34	66
67	27	59	10	51	2	43	75	35
36	68	19	60	11	52	3	44	76
77	28	69	20	61	12	53	4	45

이 9방진의 수가 배열된 형태를 자세히 살펴보면, 지구 표면에 가상적으로 그려놓은 경선 같은 이상한 줄들이 눈에 들어온다. 좌상 귀와 우하 귀를 잇는 맞모금 아래에 한 자릿수로만 이루어진 빗금이 있다. 그런가 하면, 1로 끝나는 수들이 하나의 세로줄을 이루어 지구의 적도처럼 중앙을 관통하고 있다. 그리고 그 옆줄로 갈수록 끝자리가 똑같은 수들이 하나씩 줄어드는 것을 볼 수 있다.

522

잘 알려지지 않은 반란들

재(再)세례파 교도

이들의 반란은 1525년 라인강 유역에서 시작되었다. 토마스 뮌처가 이끈 재세례파 교도들은 루터파나 캘빈파보다 훨씬 더 과격한 이단적인 프로테스탄트들이었다. 이들을 재세례파라고 부르는 까닭은 이들이 유아 세례를 용인치 않고 자기의 선택에 책임을 질 수 있는 성인들만이 세례를 받을 수 있다고 주장했기 때문이다. 영주도 사제도 없고 모두가 직접 하느님과 관계를 맺어야 한다는 이들의 주장에 라인강 유역의 농민들이 동조하였다. 그러자 가톨릭 교회와 독일 귀족이 연합하여 군대를 일으키고, 프랑켄하우젠 전투에서 재세례파 교도를 학살하였다. 지도자 토마스 뮌처는 혹독한 고문을 받고 참수형을 당하였다.

그러나 재세례파의 모험은 그것으로 끝나지 않았다. 그로부터 몇 년 뒤에 네덜란드 사람 얀 베우켈스가 생존자들을 모아 다시 운동을 일으킨 것이다. 그들은 야음을 틈타 대원들을 침투시키는 책략을 써서 뮌스터라는 도시를 점령하였다. 그러자, 뮌스터 주교의 군대가 즉시 성을 포위했다. 재세례파의 농성은 1년 동안 계속되었다. 그동안 권력의 맛을 본 얀 베우켈스는 미치광이로 변하여, 여자들을 닥치는 대로 취하고 공포 정치를 실시하는 등 마치 전제군주처럼 행동한다. 그러다가 결국엔 학정에 지친 세 부하의 배신으로 뮌스터의 요충을 주교의 군대에 빼앗기고 만다. 주교의 군대는 그 요충지를 거점으로 삼아 농성자들을 학살하였다.

뮌스터의 학살 때에도 살아남은 자들이 있었다. 그들은 네덜란드를 거쳐 영국으로 갔다가, 다시 미국으로 건너가서 암만파(派)를 태동시켰다.

작은 귀들의 반란

17세기에 폴리네시아의 이슬라 데 파스쿠아, 즉 부활절 섬에서 주민들의 반란이 일어났다. 작은 귀들이 큰 귀들에 맞서서 일으킨 반란이었다. 큰 귀들은 귀족이었고, 작은 귀들은 그 유명한 조각상들을 세우는 일에 종사하는 평민이었다. 작은 귀들은 큰 귀들을 죽인 뒤에 조각상 세우는 일을 중단했다. 그것은 오히려 몰락의 시작이었다. 이 반란은 「라파누이」*라는 영화의 소재가 되기도 했다.

카르마트파

10세기에 이단적인 시아파였던 카르마트파 신자들이 이슬람의 도그마에 맞서 반란을 일으켰다. 그들은 알라는 어디에나 있고 누구나 알라와 직접 소통할 수가 있으므로 사제나 사원, 기도 장소 따위는 필요 없다고 생각했다. 이들은 대단히 부유했다. 메카로 가는 순례자들을 약탈했기 때문이었다. 심지어는 메카의 신성한 〈흑석(黑石)〉까지 훔쳤다. 하지만 이들의 행동은 모두의 분노를 샀고, 적들은 하나로 결속하여 그들을 학살하였다.

미래파

제1차 세계 대전을 전후하여 세계 곳곳에서 갖가지 예술 운동이 생겨났다. 스위스에서는 다다이스트들이, 독일에서는 표현주의자들이, 프랑스에서는 초현실주의자들이, 이탈리아와 러시아에서는 미래파가 나타났다. 미래파란 기계와 속도 등 현대의 테크놀로지에 대한 예찬을 공통점으로 삼았던 일군의 화가, 시인, 작가, 철학자였다. 이탈리아 미래파의 지도적 인물이었던 마리네티는 인간이 기계에 의해 구원되리라고 생각했다. 어떤 미래파 연극인은 로봇이 인간을 구원하는 내용의 연극을 상연하기도 했다.

제2차 세계 대전의 전운이 감돌 즈음에 이탈리아 미래파는 이미 독재자 베니토 무솔리니의 정당에 대거 가입한 상태였다. 그들의 눈에는 전쟁을 위해 탱크와 철제 기계를 만들게 하던 무솔리니가 현대적인 사상을 대표하는 것처럼 보였던 모양이다. 러시아에서는 그와 똑같은 이유로 미래파 예술가들이 공산당에 가입하였다. 두 나라의 미래파는 극단적인 이데올로기에 회유된 채 선전 선동에 이용되었다.

* 이스터섬의 다른 이름.

그러다가 더 이상 쓸모가 없게 되자, 무솔리니와 스탈린에 의해 제거당하는 신세
가 되었다.

523

건배

건배는 프랑크족의 전통이다. 그들은 건배를 하면서 각자 자기 잔의 술 방울이
다른 사람의 잔에 떨어지게 했다. 그럼으로써 그의 술잔에 독을 넣지 않았다는 것
을 증명해 보이는 것이었다. 술잔을 세게 부딪칠수록 흘러 넘치는 술이 많아지므
로, 서로의 술이 섞일 가능성도 높아진다. 따라서 술잔을 세게 부딪칠수록 더 정직
한 사람으로 여겨지게 된다.

524

문자 방진

사토르(SATOR)는 가장 오래된 문자 방진이다. 이 방진은 폼페이에서 하나가
발견되었고, 여러 문명의 많은 기념물에서도 발견된 바 있다.

기독교인들은 이 마방진이 주기도문을 나타내고 있다는 것을 증명하려고 애썼
지만, 뜻대로 되지 않았다. 이 방진의 각 행은 그리스어로 다음과 같은 뜻이 된다.

SATOR : 씨 뿌리는 사람 또는 창조자

AREPO : 기어다닐 때부터, 또는 초목의 싹이 날 때부터

TENET : 너는 가지고 있다

OPERA : 실행

ROTAS : 바퀴들

따라서, 전체적으로는 〈씨 뿌리는 사람이 기어다닐 때부터, 또는 초목의 싹이 날 때부터 우주의 수레바퀴들이 돌아가게 하는 일을 맡고 있다〉 정도의 뜻이 될 듯하다. 한편 이 방진은 완벽한 회문(回文)이기도 해서, 앞뒤 어느 쪽으로 읽든 같은 말이 된다.

525

향기

장미 한 송이가 제가 지닌 향기를 다 표출하는 데에는 12시간이 필요하다.

526

선택 유도의 전략

다른 사람이 어떤 선택을 하도록 유도하는 방법 가운데 하나는, 상대방의 동의를 얻어 내고 싶은 선택지를 상대방이 받아들일 수 없는 것 세 가지와 함께 제시하는 것이다. 그런 다음, 받아들일 수 없는 선택지에 대해서, 상대가 원하면 그것을 선택해도 좋다고 선선히 양보를 하면 된다. 그러면 상대방은 자연히 당신이 바라고 있는 바를 선택하게 될 것이다.

527

꿀 술

인간과 개미는 꿀 술을 만들 줄 안다. 개미들은 진딧물 분비 꿀로, 사람들은 벌꿀로 술을 만든다. 옛날 그리스에서는 그것을 히드로멜리*라고 불렀다. 그리스의 올림포스 신들과 갈리아의 사제들이 즐기던 음료가 바로 그것이다.

벌꿀 술 빚는 법을 소개하면 다음과 같다.

벌꿀 6킬로그램을 끓인 다음, 거품을 걷어 낸다. 끓인 벌꿀에 물 15리터, 새앙 가루 25그램, 사인(砂仁)** 15그램, 계피 15그램을 넣는다. 전체 양의 4분의 1이 줄어들 때까지 혼합물을 졸인 다음, 불에서 내려 식힌다. 혼합물이 미지근해지면, 뜸팡이 세 숟가락을 넣고 열두 시간 동안 가만히 놓아두면서 부유물을 가라앉힌다. 그런 다음, 액체를 작은 나무 통에 따르면서 찌꺼기를 걸러 낸다. 나무 통을 단단히 봉하고 약 2주 동안 찬 곳에 둔다. 마지막으로 술을 병에 담고 마개를 철사로 동여맨 다음, 지하의 술 창고로 가지고 내려가 병을 누인 채로 숙성시킨다. 너무 일찍 술병을 헐지 말고 기다렸다가, 두 달 정도가 지난 다음 벗들을 불러 모으고 고대의 바쿠스 축제 같은 대향연을 벌이면 좋을 것이다.

528
빛의 클라브생

1730년에 예수회 신부 카스텔은 소리와 빛깔을 대응시키는 이론을 발표한다. 그 이론에 따르면, 파란색은 하늘의 색깔이므로 하느님의 빛깔이다. 하느님은 출발점의 음이므로 옥타브의 첫 번째 음인 도에 해당한다. 따라서 도는 파란색이다. 그런 식으로 해서 카스텔은 색깔을 조합해서 투사할 수 있는 광학적인 클라브생을

* 〈물〉을 뜻하는 *hydro*와 〈꿀〉을 뜻하는 *meli*를 합친 말.
** 새앙과의 식물인 축사(縮砂)의 씨를 약재로 일컫는 말.

만들었다. 이 클라브생에는 빛이 충분하게 공급될 수 있도록 건반마다 하나씩 60개의 빛들이창이 달려 있었고, 5백 개의 촛불이 그 빛들이창들을 비추고 있었다. 색깔로 음악을 만드는 기법은 훗날 〈라 루미아〉라는 이름을 얻게 되었다. 러시아의 작곡가 알렉산드르 스크랴빈은 1910년에 「프로메테우스: 불의 시(詩)」라는 교향곡을 작곡했다. 그는 진정한 빛의 음악가였다. 음악을 들으면 바로 색깔이 눈에 보이는 사람이었으니 말이다. 그는 그 교향곡을 대중 앞에서 연주했다. 연주자 참석자들은 모두 하얀 옷을 입도록 사전에 부탁을 받았다. 그래야만 연주회 시간 내내 색깔들이 옷에 흡수될 수 있다는 게 그 이유였다.

529

앙갚음

중국 속담: 누가 너에게 해를 끼치거든 앙갚음을 하려 애쓰지 말고, 그저 강가에 앉아 기다려라. 머지않아 그 사람의 시체가 떠내려가는 것을 보게 될지니.

530

실험실

과학 저널에서는 성공한 과학 실험에 관해서만 소식을 알려준다. 하지만 실패한 실험에 관한 소식도 전해 주어야 할 것이다. 정보가 없으면, 실험이 실패했다는 사실을 모르는 다른 학자들에 의해서 같은 실험이 자꾸 되풀이된다.

531

체스

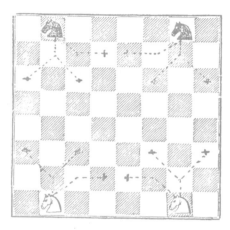

체스 종류의 모든 놀이와 갖가지 카드놀이, 나아가 도미노 종류의 몇몇 놀이는 모두 하나의 놀이에 기원을 두고 있다. 범어(梵語)로 샤투랑가라고 하는 놀이가 그것이다. 이 놀이의 자취를 더듬어 보면, 가장 멀리는 기원전 1천 년 무렵의 남인도로 거슬러 올라간다.

이것은 네 명이 하는 체스의 일종이다. 네 사람이 각각 한 귀를 차지하고 놀이를 벌인다.

놀 차례를 정할 때는 주사위를 던진다. 주사위는 짐승의 잔뼈로 공깃돌처럼 만든 것이다. 주사위의 각 면에는 인도 사회를 구성하는 주요한 네 계급의 이름이 새겨져 있다.

각 계층은 저마다의 상징을 가지고 있다. 사제 계급은 단지로 상징되고, 무사 계급은 칼, 농민 계급은 막대기, 상인 계급은 동전으로 나타낸다.

각 계급의 말들은 정승, 판서, 코끼리, 성장(城將), 기사, 병졸 넷으로 이루어진 위계 체계를 가지고 있다. 그것이 변하여 체스의 말과 카드의 그림패가 된다(체스의 퀸은 모든 방향으로 이동할 수 있는 능력을 상징한다. 퀸은 완전히 서양에서 새로 만들어진 것이다. 장기의 포가 중국적인 특성을 반영하고 있는 것과 같은 맥락이다. 체스에 퀸이 등장한 것은 크리스토퍼 콜럼버스 시대의 일이다. 에스파냐 체커에서는 졸이 상대방 진영의 첫 줄에 들어가면 〈여왕〉이 되었다고 말한다. 체스의 퀸은 그것의 영향을 받아 만들어진 것이라고 볼 수 있다).

샤투랑가의 네 계급은 훗날 카드의 네 무늬로 바뀌었다. 막대기는 클로버, 동전은 다이아몬드, 단지는 하트, 칼은 스페이드에 해당한다. 그러한 네 종류의 구분이 어디에서 유래한 것인지는 알 수 없다. 어쩌면 우리 세포들의 가장 깊숙한 곳에 새겨져 있는 A, T, G, C라는 네 염기와 관련이 있는지도 모를 일이다.

532
죽음을 받아들이기까지의 다섯 단계

엘리자베스 퀴블러로스는 많은 환자들의 임종을 지켜보면서, 불치병 환자들이 죽음을 담담하게 받아들이기까지 대개 다음과 같은 다섯 단계의 과정을 거친다는 사실을 알아냈다.

1. 거부: 환자는 자기의 죽음을 거부하면서, 자기의 삶이 예전처럼 계속되기를 바란다. 그는 치료가 끝나면 집에 돌아가겠다는 식으로 말한다.

2. 분노: 반발. 환자는 죄인을 하나 지목하여 모든 걸 그 사람 탓으로 돌리려고 한다.

3. 흥정: 환자는 의사와 운명과 하느님에게 유예를 요구한다. 〈이번 크리스마스 때까지 만이라도 살고 싶어요〉라는 식으로 날짜를 못박기도 한다.

4. 의기 소침: 환자는 기력을 완전히 잃고 만다. 모든 걸 놓아 버린 듯, 더 이상 싸울 의지를 보이지 않는다.

5. 수용: 세상을 곧 떠나게 될 환자는 통증을 일시적으로만 완화해 주는 치료로 간신히 목숨을 이어가면서도 가장 아름다운 그림이나 가장 아름다운 음악을 요구한다.

533

피라미드

피라미드 형태는 기이한 특성을 지니고 있다. 이집트인들뿐만 아니라 아스텍인들과 마야 인들도 그런 사실을 알고 피라미드를 활용하였다.

피라미드의 한가운데와 높이의 3분의 2 되는 곳에 어떤 물체를 놓아두면, 그 물체는 흔히 일어나는 변화를 겪지 않는다. 꽃은 본래의 빛깔을 잃지 않고 마르며, 고기는 썩지 않고 굳는다.

그런 특성을 지닌 피라미드를 만들려면, 크기의 비율을 잘 지키는 것이 긴요하다. 만일 높이가 10단위라면 바닥의 길이는 15.70단위여야 하고 모서리의 길이는 14.94단위여야 한다. 가령, 높이 10센티미터의 피라미드를 만드는 경우라면 모서리의 길이는 14.94센티미터가 되어야 한다.

피라미드의 방향을 잡을 때는 네 면이 각각 동서남북을 향하도록 놓아야 한다.

534

마지막 만남

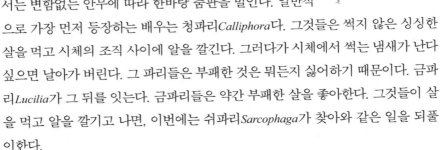

사람이 한데서 죽음을 맞으면, 죽는 순간부터 파리와 구더기와 빈대 따위가 시체 위로 차례차례 몰려와서는 변함없는 안무에 따라 한바탕 춤판을 벌인다. 일반적으로 가장 먼저 등장하는 배우는 청파리*Calliphora*다. 그것들은 썩지 않은 싱싱한 살을 먹고 시체의 조직 사이에 알을 깔긴다. 그러다가 시체에서 썩는 냄새가 난다 싶으면 날아가 버린다. 그 파리들은 부패한 것은 뭐든지 싫어하기 때문이다. 금파리*Lucilia*가 그 뒤를 잇는다. 금파리들은 약간 부패한 살을 좋아한다. 그것들이 살을 먹고 알을 깔기고 나면, 이번에는 쉬파리*Sarcophaga*가 찾아와 같은 일을 되풀이한다.

파리의 첫 비행대들이 작전을 벌이고 나면 딱정벌레목의 곤충인 검은 수시렁이와 비계 수시렁이가 출현한다. 그것들 역시 사람의 시체가 자연 속에서 재순환할 수 있게 하는 청소 작업에 착수한다. 그것들이 일을 끝내면, 치즈파리*Piophila* — 발효 식품을 무척이나 좋아하는 이 파리의 애벌레들은 뮝스테르나 코르시카 치즈처럼 오랫동안 숙성시킨 치즈에서도 발견된다 — 가 날아온다. 춤판의 마지막을 장식하는 것은 침파리*Ophyra*, 송장벌레, 작은 거미 따위다. 그것들은 각자 자기 몫만을 먹고 다른 자들의 몫은 건드리지 않는다. 시체를 자연으로 되돌리기 위해 날아온 곤충들의 행동을 관찰함으로써, 우리는 사망 후 시간이 얼마나 경과했는지, 시체가 어떤 일을 겪었는지 따위를 추정할 수 있다. 예컨대, 으레 찾아오는 곤충의 무리 중 어떤 것이 빠졌다면, 그 시체가 원래 있던 곳에서 다른 곳으로 옮겨졌거나 자동차 트렁크에 들어 있었거나 더위 또는 추위로부터 보호되었음을 시사하는 것일 수 있다.

535

삼파전

어떤 놀이에서는 편이 좋은 편과 나쁜 편으로만 갈리지 않고, 세 편으로 갈리기도 한다. 아이들에게는 그런 놀이를 경험하는 것이 꼭 필요하다.

편이 셋으로 갈려 있으면, 아이들은 착한 편과 나쁜 편, 그리고 착한 편의 동맹군이나 나쁜 편의 동맹군을 번갈아 가면서 하게 된다. 아이들은 나쁜 편이 되는 것을 더 이상 싫어하지 않는다. 모든 게 흑 아니면 백인 줄 알았더니 사실은 그렇지 않다는 것을 깨닫게 되었기 때문이다. 또한 이 삼파전 체제는 동맹의 의미와 동맹군을 바꾸는 것의 중요성을 이해하게 해준다. 닭이 뱀을 잡아먹고, 뱀이 여우를 물고, 여우가 닭을 잡아먹는다고 할 때, 만일 닭과 뱀이 결합하거나 여우와 닭이 결합해서 동맹을 이룬다면, 판도가 완전히 달라진다.

삼파전의 미묘함은 얄타 놀이에서 잘 나타난다. 얄타 놀이란 세모 모양으로 된 체스 판에서 세 사람이 하는 체스 경기이다. 이 놀이에서는 가장 강하거나 가장 똑똑한 자로 보이는 것이 오히려 나쁘다. 그런 태도는 곧바로 다른 두 편의 동맹을 야기하기 때문이다.

536

복식 호흡

가슴을 움직여 숨을 쉬는 것보다는 배를 움직여 숨을 쉬는 것이 한결 좋은 호흡이 된다. 그 이유는 간단하다. 허파는 갈비뼈 속에 갇혀 있기 때문에 완전하게 열릴 수가 없다. 그에 반해서 배는 물렁물렁하고 탄력성이 있기 때문에 많이 부풀어 오를 수 있다. 배를 움직여 숨을 쉬면, 6리터 정도 되는 공기를 쉽게 들이마실 수 있다. 복식 호흡은 창자와 지라와 간을 마사지해 주는 효과도 있다. 복식 호흡을 잘 하면 음식을 삼키고 나서 12분이 지나면 위장의 소화를 끝낼 수도 있다.

537 인류의 기원에 관한 몇 가지 전설

그리스의 전설

데우칼리온과 피라는 청동 시대의 인류를 몰살시킨 대홍수에서 살아남은 단 두 명의 의인이다. 신들은 그들에게 새로운 인류를 만드는 의무를 부여한다. 방주를 타고 파르나스산 정상에 다다른 데우칼리온과 피라는 자기들의 어깨 너머로 돌을 던진다. 그 돌들은 조각상으로 변하더니 노래를 부르기 시작한다. 데우칼리온과 피라는 인류에 관한 이야기를 하는 노래 중에서 어떤 하나를 선택하라고 명령을 받은 바 있다. 그들은 그리스 영웅들의 이야기를 선택한다. 바로 테세우스와 헤라클레스와 다른 모든 반신반인들의 이야기이다. 그러자 인류가 다시 지상에 생겨난다. 데우칼리온과 피라는 죽지만 선택받지 못한 조각상 무리는 부당함을 호소하며 신들에게 재판을 요구한다. 신들은 저울을 이용하여 데우칼리온과 피라가 선택한 이야기의 무게를 달아본 다음, 두 사람이 올바른 선택을 했다고 판정을 내린다. 그리하여 그리스 영웅들을 노래하는 인류가 지상의 유일한 인류가 된다.

터키의 전설

인류는 검은 산에서 태어났다. 어떤 동굴 속에 사람 형상을 한 구덩이가 파이고 빗물이 흘러 그 구덩이에 진흙이 쌓인다. 진흙은 9개월 동안 햇살을 받으며 그 구덩이에 머문다. 9개월이 지나자 동굴에서 최초의 인간 〈아이 아탐〉이 나온다.

멕시코의 전설

이것은 고대의 신앙과 가톨릭 신앙이 혼합된 17세기경의 전설이다. 하느님이 찰흙을 빚어 사람을 만든 다음 가마에 넣고 굽는다. 그런데 너무 오랫동안 굽는 바람에 사람이 까맣게 타서 나온다. 그러자 하느님은 작업을 망쳤다고 생각하고 그 생산물을 땅에 던진다. 그것은 아프리카에 떨어진다. 하느님은 일을 포기하지 않고 두 번째 사람을 빚어 가마에 넣고 굽는다. 그런데 이번에는 너무 살짝 굽는 바람에 사람이 아주 하얗게 되어 나온다. 또 실패다. 하느님은 그것을 다시 던져 버린다. 그것은 유럽에 떨어진다. 하느님은 굽는 데에 만전을 기해서 다시 한 번 해보기로 한다. 이번에는 딱 알맞게 구워져서 사람이 구릿빛이 되어 나온다. 마침내 성공했다! 하느님은 그 사람을 아주 조심스럽게 아메리카에 내려놓는다. 멕시코 사람들은 그렇게 생겨났다.

수족 인디언의 전설

수족(族)의 전설에 따르면, 인간은 어떤 토끼가 길을 가다가 주운 핏덩이에서 태어났다. 토끼는 핏덩이를 발견하자마자 다리로 툭툭 건드리며 장난을 치기 시작한다. 그러자 핏덩이가 창자로 변한다. 토끼는 장난질을 계속함에 따라, 창자에서 심장이 자라고 눈이 생겨나더니 마침내 사내 아이 하나가 나타난다. 최초의 인간이 태어난 것이다. 그가 바로 수족의 조상이다.

아라비아의 전설

아라비아에는 구약 창세기의 변이형이 존재한다. 그곳의 전설에 따르면, 하느님이 사람을 빚는 데 파랑, 검정, 하양, 빨강 등 네 가지 색깔의 흙이 필요했다. 하느님은 가브리엘 천사를 보내어 그 흙을 가져오게 했다. 가브리엘 천사가 흙을 가져가려고 몸을 숙이자, 땅이 그에게 말을 걸며 무엇을 원하느냐고 물었다. 〈하느님이 사람을 빚는 데에 필요한 흙을 가지러 왔다〉고 가브리엘 천사가 말하자, 땅이 다시 말했다. 〈흙을 가져가게 할 수 없다. 인간은 통제할 수가 없을 것이고 나를 파괴하려고 할 것이기 때문이다.〉가브리엘 천사는 땅의 말을 하느님에게 전했다. 하느님은 미카엘 천사를 대신 보냈다. 그러나 다시 똑같은 상황이 벌어졌다. 땅은 인간을 만들어 내는 것에 동의하지 않았다. 그러자 하느님은 아즈라엘 천사를 보냈다. 죽음의 천사인 아즈라엘은 땅의 주장에 설복당하지 않고 흙을 가져왔다. 결국 인류는 이 죽음의 천사 덕분에 존재하게 된 셈이다. 하지만 그 대가로 인류는 죽음을 면할 수 없게 되었다.

하느님은 아즈라엘 천사가 가져온 흙으로 아담을 만들었다. 그런데 아담은 40년 동안 아무것도 하지 않고 내내 땅바닥에 누워 있기만 했다. 한 천사가 아담이 꼼짝 않고 있는 까닭을 궁금하게 여겼다. 그 천사는 아담의 몸 속에 무슨 문제가 있는지 알아볼 양으로 아담의 입 속으로 들어갔다. 들어가서 확인해 본즉, 아담이 움직이지 않는 게 당연했다. 아담의 몸 속이 텅 비어 있었던 것이다. 천사는 그 사실을 하느님에게 알렸고, 하느님은 아담에게 영혼을 주기로 했다. 그리하여 아담은 살아 움직이기 시작했다. 하느님은 아담이 땅과 자연과 풀나무와 짐승들을 다스릴 수 있게 하기 위해 모든 것에 이름을 붙일 수 있는 권한을 아담에게 주었다 (9세기의 아라비아 역사가 타바리의 기록에 의한 것임).

몽골의 전설

하느님은 땅에 사람 모양의 구덩이를 판 다음, 천둥비가 내리게 했다. 그러자 진흙이 흘러 사람 모양의 구덩이를 채웠다. 비가 그치고 모든 것이 마르고 나자 구덩이에서 사람이 튀어나왔다.

나바호족 인디언의 전설

태초에 반인반수의 존재들이 있었다. 그들은 어리석은 짓을 한 탓에 하늘에서 쫓겨났다. 그들은 세 개의 하늘을 지나 마침내 땅에 다다랐다. 땅의 네 신, 즉 청신(靑神), 백신(白神), 흑신(黑神), 황신(黃神)이 그들을 보러 왔다. 신들은 손짓발짓으로 그들을 가르치려 했지만, 어리석은 그들은 아무것도 이해하지 못했다. 신들은 가르치는 것을 포기했다. 다만, 흑신은 그들이 너무 더럽고 역겨운 냄새가 난다는 것을 일깨우면서, 〈다른 신들은 나흘 후에 다시 올 것이다. 몸을 깨끗하게 하고 기다려라. 우리는 인간을 만들기 위한 의식을 거행할 것이다〉 하고 일러 주었다.

신들은 사슴 가죽과 옥수수 두 개(흰 것 하나, 노란 것 하나) 등 여러 가지 물건을 가져왔다. 그들은 마술 의식을 거행하였다. 그러자 하얀 옥수수에서는 남자가, 노란 옥수수에서는 여자가 나왔다. 두 사람은 울타리가 쳐진 땅 안으로 들어가 사랑을 나누고 쌍둥이 다섯 쌍을 낳았다. 반음양(半陰陽)인 맏이는 자식을 낳을 수 없었지만, 나머지 자식들은 모두 자식을 낳았고, 다시 그 자식들은 신기루 부족 사람들과 결혼하였다. 그 결합에서 현재의 인류가 태어났다.

538
공통점

1970년에 심리학자 에이브러햄 매슬로는 자기들의 잠재 능력을 십분 활용한 사람들을 연구해 보기로 했다. 그는 먼저 스피노자, 토머스 제퍼슨, 에이브러햄 링컨, 제인 애덤스, 알버트 아인슈타인, 엘리너 루스벨트 등과 같은 위대한 역사적 인물들을 연구하기 시작했다. 그 연구를 통해서 그는 만족스러운 개인적 성취에 도달한 사람들에게서 공통으로 나타나는 몇 가지 특성을 다음과 같이 도출해 냈다.

- 그들은 불확실성을 용인할 수 있다.
- 그들은 사고와 발의의 측면에서 대단히 자발적이다.
- 그들은 자기들의 개인적인 이익보다는 문제 해결 그 자체에 더 집중한다.
- 그들은 훌륭한 유머 감각을 지니고 있다.

- 그들은 교조주의를 거부하지만, 관습적인 것을 무조건 무시하지는 않는다.
- 그들은 인류의 행복에 관심을 갖는다.
- 그들은 삶의 다양한 경험을 깊이 있게 이해할 수 있다.
- 그들은 많은 사람들과 피상적인 관계를 맺기보다는 소수의 사람들과 만족스러운 관계를 맺는다.
- 그들은 객관적인 관점을 견지한다.

539

인간의 성행위

아주 오랜 옛날, 인간의 암컷들이 네 발로 움직이던 시절에, 수컷들은 암컷들이 성욕을 느끼며 달떠 있는 때를 알 수 있었다. 암컷들의 엉덩이가 부풀어오르면서 붉은 빛을 띠는 것을 볼 수 있었기 때문이다. 그런데 최초의 인간들이 직립 보행을 하기 시작하면서 암컷의 생식기가 감춰지게 되었다. 수컷들은 더 이상 암컷의 엉덩이를 볼 수 없었기 때문에, 유독 두드러져 보이는 가슴에 관심을 가졌다. 그리하여 유방이 성적 매력의 중요한 요소가 되었다. 하지만 암컷의 생식기를 더 이상 직접 관찰할 수 없게 되자, 최초의 인간 수컷들은 암컷들이 〈생리적으로〉 결합의 욕구를 느끼는 때가 언제인지를 알 수 없었다. 그래서 수컷들에게는 아무 때나 교접을 요구하는 버릇이 생겼다. 하지만 암컷은 배란이 절정에 달하는 때에만 억제할 수 없는 욕구를 느꼈으리라.

직립 자세는 암컷의 행동뿐만 아니라 수컷의 행동에도 변화를 가져왔다. 예전에 네 발로 움직이던 때에는 배의 그늘에 욕망의 현실을 감출 수 있었다. 그런데 직립 자세를 취하고 보니, 수컷의 욕구가 〈확인 가능한 것〉이 되어 버렸다.

최초의 인간 공동체는 저마다 성적 욕망을 그렇게 노골적으로 드러내는 문제를 해결하지 않으면 안 되었다. 그래서 발명된 것이 생식기 가리개였다. 그러니까 최초의 옷은 추위나 비를 막기 위한 것이기 이전에 생식기를 가리기 위한 것이었다. 또 근친상간과 사회 불안을 야기하는 교접(예컨대, 우두머리의 암컷을 가로채는 행위 같은 것)을 금지할 목적으로 그 최초의 공동체 내에 법률도 만들어졌다. 한편, 언어는 사회적 관계들을 조절할 수 있게 해 주고, 저마다 자기의 의도를 해명할 수 있게 해 주었다. 〈나는 너를 사랑한다〉는 말은 아마 이 무렵에 나타났을 것이다. 하지만 그 의미는 〈내 앞가리개 때문에 거시기가 보이지는 않겠지만, 난 지금 너에 대해서 대단히 강한 욕구를 느끼고 있어〉라는 정도였을 것이다. 〈나는 너를 사랑한다〉는 표현은 그 뒤로 의미가 약간 변질되었다.

인간의 수컷은 다른 동물들과 마찬가지로 성적인 흥분을 한 차례에 30초 정도밖에 느끼지 못했을 것이다. 하지만 수컷은 억지로 흥분을 더 오랫동안 지속시킴으로써 자기의 의지만으로 일종의 병리학을 발전시켰다. 그리하여 인간이 진화해 가면 갈수록 〈자연에 반하는〉 그 행동을 더욱 잘 제어할 수 있게 된다.

인간 암컷의 오르가슴 역시 다른 동물들의 경우보다 훨씬 더 강력한데, 이 오르가슴도 십중팔구는 직립보행에 따른 적응의 일환으로 나타났을 것이다. 관계가 끝나고 나면 암컷은 현기증 같은 것을 느끼기 때문에 곧바로 일어나지 않는다. 그래서 정자들은 아래로 떨어지지 않고 난자를 향해서 더 쉽게 헤엄을 칠 수 있다(만일 암컷이 관계가 끝나자마자 일어난다면, 가련한 정자들은 중력에 맞서 힘겨운 싸움을 벌여야 할 것이다).

540
지능 검사

지능 검사는 그 검사를 만든 사람들의 정신과 동일한 정신을 가진 사람들이 머리가 좋은 사람이라는 것을 입증할 목적으로 만들어진 것이다. 그 점을 잊지 말아야 한다.

541

조르다노 브루노

1584년에 조르다노 브루노는 『우주와 세계들의 무한성에 관하여』라는 책을 썼다. 한때 도미니크회 수도사였다가 환속한, 나폴리 출신의 이 철학자는 그 저서에서 우주는 무한하며 지구는 만물의 중심이 아니라 태양의 둘레를 돌고 있고 태양은 수많은 별들 중의 하나일 뿐이라고 주장하였다. 그는 외계 생물과 우주의 다양한 차원이 존재할 가능성까지 언급했다. 그와 더불어 인류는 아리스토텔레스가 묘사한 닫힌 우주에서 광대하고 무한한 우주로 넘어가게 된다.

조르다노 브루노는 유럽을 두루 다니며 가르침을 펼쳤다. 그는 비상한 기억력을 지니고 있었다. 교회법과 민법의 2만 6천 구절을 암송할 수 있었고, 성서에서 발췌한 7천 개의 문장과 오비디우스의 시 천 편을 외우고 있었다 한다. 그 타고난 기억력 덕분에 그는 유럽 도처의 강의실에서 천재로 통하였고, 어디에서든 수학과 천문학과 철학을 기꺼이 논하였다. 또 뛰어난 언변과 풍부한 교양으로 늘 사람들의 마음을 사로잡았다. 그는 어떤 인간도 배척하지 않는 사랑의 종교를 주장하였고, 코페르니쿠스의 견해를 옹호하였으며, 종교적이거나 세속적인 일체의 도그마와 〈신성한 무지〉, 〈신성한 어리석음〉, 〈학위를 가진 바보들〉, 〈가련한 현학자들〉을 조롱하였다. 하지만 그를 눈엣가시처럼 여기던 가톨릭 교회는 1592년에 그를 구속하게 하였다. 그는 스물두 차례나 고문을 당하면서도 자기 주장을 굽히지 않았다.

결국 그는 로마 광장에서 화형을 당하였다. 형리들은 그가 화형 장작더미에 올라가서조차 무한한 우주에 관한 이야기를 늘어놓을까 저어하여 그의 혀에 못을 박았다. 그가 감옥에서 작성한 유서는 개봉도 되기 전에 발기발기 찢어졌다. 그의 이단적인 견해가 퍼져 나가는 것을 최대한 막기 위한 조치였다. 그로부터 33년 후, 비슷한 재판관들 앞에서 비슷한 재판이 열렸을 때, 갈릴레이는 자기 말을 번복하는 쪽을 선택했다. 그런데 이상하게도 조르다노 브루노가 받은 보상은 망각이고 갈릴레이가 받은 보상은 영예이다.

542

상대성

모든 것은 상대적이다. 따라서 상대성조차도 상대적이다. 따라서 상대적이지 않은 어떤 것이 존재한다. 그 어떤 것이 상대적이지 않다면, 그것은 당연히 절대적이다. 따라서…… 절대적인 것은 존재한다.

도판 출처

표지, 면지, p. 598 : © Illustrations Humphrey Vidal

pp. 6, 58, 108, 203, 281, 590, 643 : © Gusman/Leemage

pp. 13, 16, 17, 19, 21, 22, 23, 25, 26, 27, 29, 35, 37, 56, 60, 63, 67, 71, 75, 78, 79, 82, 91, 100, 101, 115, 120, 128, 129, 134, 138, 145, 146, 148, 152, 153, 155, 162(위, 아래), 167, 171, 176, 179, 187, 189, 191, 198, 211, 214, 219, 235, 240, 241, 246, 253, 255, 257, 263, 266, 269, 272, 275, 279, 283, 287, 291, 293, 297, 302, 304, 307, 309, 311, 315, 322, 325, 326, 329, 330, 335, 337, 339, 344, 346, 348, 354, 359, 362, 364, 367, 368, 371, 375, 377, 379, 386, 387, 395, 399, 403, 404, 406, 411, 421, 422, 432, 434, 435, 439, 440, 445, 446, 455, 462, 465, 470, 473, 478, 480, 484, 489, 491, 493, 495, 510, 512, 515, 517, 521, 557, 562, 567, 568, 570, 575, 578(위), 582, 592, 595, 600, 608, 611, 617, 620, 622, 626, 628, 631, 634, 635, 637, 640, 642, 645, 651, 653, 656, 660, 662, 664, 667, 674, 678, 679, 682, 684, 686, 689, 690, 692, 699, 701, 703, 710, 712, 714, 717, 720, 723 : © DR/Brockhaus and Efron

pp. 33, 615, 724 : © Fototeca/Leemage

pp. 36, 70, 85, 136, 267, 300, 415, 419, 441, 450, 468, 500, 507, 520, 555, 572, 597, 603, 649 : © Bianchetti/Leemage

pp. 39, 206, 209, 292, 381 : © The Holbarn Archive/Leemage

pp. 42, 69, 111, 143, 202, 217, 452, 604 : © Costa/Leemage

pp. 43, 51, 76, 87, 226, 313, 503, 551, 696, 715 : © Florigelius/Leemage

pp. 47, 119, 343 : © Isadora/Leemage

pp. 49, 250, 323, 539, 549 : © Photo Josse/Leemage

pp. 53, 114, 181, 366, 488, 561, 685 : © The British Library Board pp. 66, 541 : © Whiteimages/Leemage

pp. 74, 397, 672 : © SS PL/Leemage

pp. 95, 258, 389, 409, 429, 458, 582, 657 : © DeAgostini/Leemage

pp. 97, 105, 175, 588 : © North Wind Pictures/Leemage

pp. 125, 262 : © PrismaArchive/Leemage

pp. 158, 228 : © Electa/Leemage

pp. 165, 244 : © Selva/Leemage

pp. 185, 578(아래) : © Jean Bernard/Leemage

p. 225 : © Leemage

p. 230 : © Biblioteca Ambrosi··· DeAgostini/Leemage

pp. 238, 425, 477, 505, 524, 526, 529, 531, 533, 535, 536, 547, 585, 609, 746 : © Lee/Leemage

pp. 249, 314, 471, 485, 601, 671, 724 : © Heritage Images/Leemage

pp. 276, 376, 483, 573, 695 : Public Domain

pp. 289, 318 : © Aisa/Leemage

pp. 333 : © Imagebroker/Leemage

p. 351 : © SuperStock/Leemage

pp. 414, 693 : © Luisa Ricciarini/Leemage

p. 460 : © Lebrecht/Leemage

p. 544 : © Duvallon/Leemage

pp. 565, 639 : © UIG/Leemage

항목 찾아보기 (등재순)

항목 찾아보기 (가나다순)

ㅇ

ㅊ

ㅋ

지은이 **베르나르 베르베르** 프랑스 툴루즈에서 태어나 법학을 전공하고 국립 언론 학교에서 저널리즘을 공부했다. 저널리스트로 활동하면서 과학 잡지에 개미에 관한 글을 발표해 오다가 1991년 소설 『개미』를 선보이며 전 세계 독자를 사로잡았다. 이후 영계 탐사단을 소재로 한 『타나토노트』, 세계를 빚어내는 신들의 이야기 『신』, 제2의 지구를 찾는 모험 『파피용』, 고양이의 눈으로 인간 세상을 본 『고양이』, 기발한 상상력이 빛나는 단편집 『나무』 등 수많은 베스트셀러를 써냈다. 그의 작품은 35개 언어로 번역되었으며, 전 세계에서 2천3백만 부 이상 판매되었다.

옮긴이 **이세욱** 서울대학교 불어교육과를 졸업했으며, 현재 전문 번역가로 활동하고 있다. 옮긴 책으로 베르나르 베르베르의 『제3인류』(공역), 『웃음』, 『신』(공역), 『인간』, 『나무』, 『뇌』, 『타나토노트』, 『아버지들의 아버지』, 『천사들의 제국』, 『여행의 책』, 『개미』가 있으며 그 외에도 움베르토 에코, 미셸 우엘벡, 브램 스토커, 에리크 오르세나 등의 책을 번역했다.

옮긴이 **임호경** 서울대학교 불어교육과를 졸업하고 파리 제8대학에서 문학 박사 학위를 취득했으며, 현재 전문 번역가로 활동하고 있다. 옮긴 책으로 베르나르 베르베르의 『신』(공역), 『카산드라의 거울』이 있으며 그 외에도 요나스 요나손, 피에르 르메트르, 조르주 심농, 엠마뉘엘 카레르 등의 책을 번역했다.

옮긴이 **전미연** 서울대학교 불어불문학과와 한국외국어대학교 통번역대학원 한불과를 졸업하고 파리 제3대학 통번역대학원 번역 과정과 오타와 통번역대학원 번역학 박사 과정을 마쳤다. 한국외국어대학교 통번역대학원 겸임 교수를 지냈다. 옮긴 책으로 베르나르 베르베르의 『문명』, 『심판』, 『기억』, 『죽음』, 『고양이』, 『잠』, 『제3인류』(공역), 『파피용』, 『만화 타나토노트』가 있으며 그 외에도 엠마뉘엘 카레르, 아멜리 노통브 등의 책을 번역했다.

상대적이며 절대적인 지식의 백과사전

발행일 2021년 11월 10일 초판 1쇄
2023년 12월 5일 초판 6쇄

지은이 베르나르 베르베르
옮긴이 이세욱 · 임호경 · 전미연
발행인 홍예빈 · 홍유진
발행처 주식회사 열린책들

경기도 파주시 문발로 253 파주출판도시
전화 031-955-4000 팩스 031-955-4004
www.openbooks.co.kr

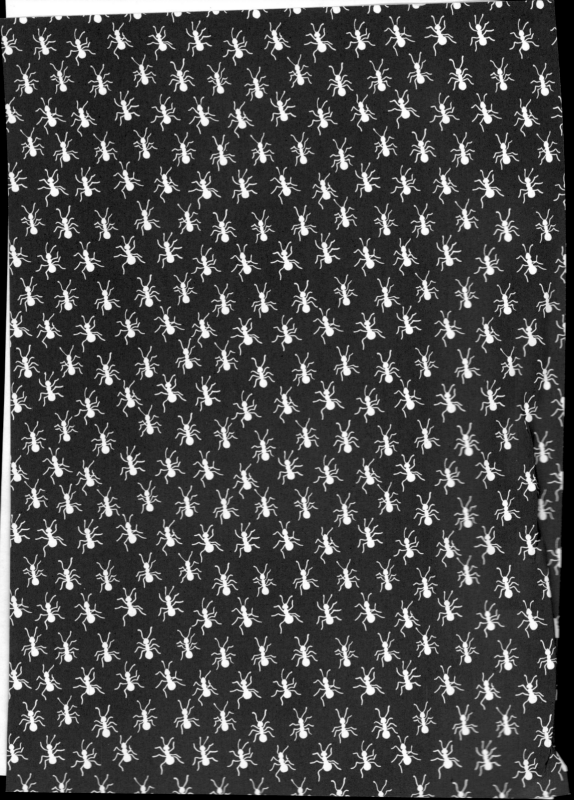